芜湖市文化研究论文汇编

第三辑

芜湖市文学艺术界联合会
芜湖市历史文化研究会
编

安徽师范大学出版社
ANHUI NORMAL UNIVERSITY PRESS
·芜湖·

图书在版编目(CIP)数据

芜湖市文化研究论文汇编.第三辑 / 芜湖市文学艺术界联合会,芜湖市历史文化研究会编.— 芜湖: 安徽师范大学出版社,2023.8

ISBN 978-7-5676-6253-7

Ⅰ.①芜… Ⅱ.①芜…②芜… Ⅲ.①地方文化—芜湖—文集 Ⅳ.①G127.543-53

中国国家版本馆CIP数据核字(2023)第146571号

芜湖市文化研究论文汇编.第三辑

芜湖市文学艺术界联合会 芜湖市历史文化研究会◎编

责任编辑: 胡志恒　　责任校对: 李克非
装帧设计: 王晴晴　汤彬彬　　责任印制: 桑国磊
出版发行: 安徽师范大学出版社
芜湖市北京中路2号安徽师范大学赭山校区
网　址: http://www.ahnupress.com/
发 行 部: 0553-3883578　5910327　5910310(传真)
印　刷: 苏州市古得堡数码印刷有限公司
版　次: 2023年8月第1版
印　次: 2023年8月第1次印刷
规　格: 700 mm×1000 mm　1/16
印　张: 25.75
字　数: 382千字
书　号: ISBN 978-7-5676-6253-7
定　价: 68.00元

目　录

芜湖近现代报业的革命影响

中共芜湖市委党史和地方志研究室课题组

摘要：安徽省有记载的第一张具有现代意义的报纸是1898年3月在芜湖创刊的《皖报》①，距今已有120多年；安徽第一家新式书店是1903年春在芜湖创建的芜湖科学图书社②，安徽现有实物留存的第一张近现代报纸是1904年3月于芜湖面世的《安徽俗话报》③，也都距今近120年。从1898年3月到1949年4月的50多年间，在芜湖公开发行的近现代报刊种类就有100余种。

芜湖近现代报刊历史之长和数量之众均居安徽省各地市的前列，可以说芜湖的报业新闻是近现代安徽报业新闻的拓荒者和实践者。除此之外，芜湖的近现代报业对芜湖地区近现代各个时期的革命思想的传播和引领也发挥了巨大的作用和影响。

关键词：报业兴起　报业实践　影响

① 大约创刊于清光绪二十四年(1898)戊戌变法前不久。今存有木刻印刷《芜湖皖报馆章程》及《招股章程》。参见安徽省地方志编纂委员会编:《安徽省志·新闻志》,方志出版社1999年版。

② 位于芜湖市原中长街20号。1903年由汪孟邹开设的书店,安徽新文化运动等历史事件发端于此。陈独秀、李克农等曾先后在这里进行革命活动。

③ 中国辛亥革命安徽境内出版的第一家革命刊物;也是当时在国内有重要影响的白话报刊之一。1904年1月在安庆创刊,后迁芜湖出版。半月刊。主编和主要撰稿人陈仲甫(陈独秀)。1904年11月被当地官府勒令停刊。1905年3月复刊,8月出版第21、22期合刊后终刊。参见安徽省地方志编纂委员会编:《安徽省志·新闻志》,方志出版社1999年版。

一、芜湖近现代新闻报业的兴起

芜湖依托安徽最早对外通商口岸城市的经济区位优势，在近现代很长一段时期一直是安徽省域内商贸、文化中心，而这些优势在为芜湖现代报业的发展和兴盛提供丰厚条件的同时，也为芜湖提供了最早接受和传播革命思想的契机。

（一）商贸的发展促生了社会民众对报业的需求

1876年9月13日，清政府与英国签订《中英烟台条约》，芜湖被辟为安徽最早的通商口岸城市。虽然是不平等条约，但从客观上也打开了芜湖与外界商贸往来和文化交流的通道，大批外国货物从英国、印度、美国、德国、日本及朝鲜进口到芜湖，再输往安徽各地，同时外界的先进科学、思想、文化随之也进入芜湖，促使芜湖民众有了接受新生事物的机会和条件。

芜湖开埠及发展成为全国“四大米市”之一以后，当时的芜湖不仅是安徽的商贸中心，而且也成为全国重要的商贸内河港口。随着芜湖商贸在全国的影响力不断扩大，芜湖与其他城市的往来也明显增多，芜湖地方官绅、商贾、文化人士包括广大市民都有了迫切了解外部社会形态和科技文化发展状况的信息需求，而报刊就是当时民众了解这些信息和知识的最快最好的渠道，这些需求就是芜湖报业产生和发展的最好土壤。

（二）城市的包容特质促进报业繁荣

作为中国近现代最早对外开放的口岸城市之一，芜湖是一个包容性很强的商业城市，它的这一特质也造就了芜湖报业早期的商业服务和休闲消遣特性。商贸经济的发达促进了芜湖现代市民阶层的形成，而现代市民阶层形成同时促进了报纸的消费和发展，这也就是芜湖会较早出现消闲性小报和商业性大报的原因所在。

芜湖近现代所创办的报纸有八成以上是民办报纸，一批在上海报社当访员的外地人选择了到芜湖办报。民办报纸的开放和包容特质也使它易于接受新生事物，正因如此，中国近现代出现的数次大的变革事件也首先是通过芜湖民办报纸在芜湖及周边地区传播开来。

（三）报业宣传教化的特质吸引了各方政治势力加入

随着芜湖报业的发展和普及，当时的芜湖市民不仅能从报纸中找到自己需要的休闲娱乐和消费信息，还能从报纸中接触到革命思想，嗅闻到政治风向，这些在教育引导芜湖市民关心社会、关心政治、关心国家大事的同时，也提高了市民的政治觉悟和革命热情。

随着芜湖近现代报刊政治属性的不断增强，大部分的报刊发展到后来都具有一定的政治主张。当时国民党、社会党和其他一些小的政治党派也都曾在芜湖建立过支部并创办报刊，建立起宣传各自政党思想和政治主张的报刊阵地。

（四）报业的发展和影响促进革命思想的传播

现代科学技术和革命思想通过近现代报刊在芜湖社会各个阶层的传播，对当时的民众和当时的知识分子起到一定的启蒙作用，促使当时芜湖民众和知识分子关心和投身社会变革中。特别是辛亥革命前后十余年，波澜壮阔的辛亥革命的兴起和影响，通过报刊的报道和传播，加之国内新式学堂学生与留日爱国学生为主体的知识分子的活动和宣传，一个崭新的广大民众觉醒的群体在芜湖已经形成。

这个群体的社会政治责任感和使命感与传统知识分子社会政治责任感和使命感已有天壤之别，并逐渐成为推动社会发展和进步的重要力量。这个群体以报刊为阵地，用通俗的语言和崭新的思想观念，广泛地宣传现代政治学说和民主革命思想，开启了民主自由思想在芜湖的民众中广泛传播，推动了芜湖及周边地区的民主革命高涨。可以说芜湖社会政治运动和知识分子群体的形成、壮大与近代报刊的传播和推动息息相关。

二、芜湖报业在近现代各个历史时期的革命实践

芜湖作为安徽最早对外开放的城市和当时安徽全省最为活跃的商贸和文化中心。进步的报刊是当时宣传外界先进科技和革命思想的重要阵地和窗口，报道和记载了芜湖及周边地区广大民众参与推翻清王朝，反对军阀混战，抗击日军侵略，推翻国民党政府统治，创建中华人民共和国等重大历史事件的史实。

从这些报道和记载的历史事件的时段和时代主题特征上大体可以划分为晚清时期、辛亥革命时期、建党和大革命时期、全民族抗日战争时期和解放战争时期五个主要历史时段。

（一）晚清时期的影响

1894年，中日甲午战争失败后，资产阶级改良主义运动兴起，维新志士纷纷在北京、上海、长沙等地创办报刊，倡导维新变法，对芜湖报纸的产生起到了促进作用。

1898年3月，芜湖的进步人士在芜湖集资创办《皖报》，初聘湖南《湘报》人士担任主笔，日出一张。该报事涉新政，实为务实维新之报。戊戌变法失败后，《皖报》停办。

1899年，桐城人汪熔在芜湖创办《白话报》。汪熔是革命党人，该报是我国早期的白话文报刊之一，它与《皖报》有所不同，形式上摒弃了《皖报》旧的文言文，采用全新的白话文；内容上异于《皖报》的“务实维新”主张，其宗旨是开通民智，唤醒民众，同仇敌忾抵抗外来侵略。次年，汪熔离开芜湖到湖南领导自力军起义，该报亦停办。

1904年3月，由陈独秀创办并担任主编的《安徽俗话报》先在安庆组稿，再拿到芜湖科学图书社转到上海印刷并在全国发行，从第三期开始，陈独秀将《安徽俗话报》直接搬到芜湖科学图书社编辑、印刷和发行。后因刊登反英内容，于1905年9月被清政府勒令停办。

1905年至1911年，芜湖的报界人士，先后在芜湖创办《鸠江日报》《商务日报》《芜湖日报》《风月谭》《芜湖新报》《中江日报》《皖江日报》等民办报纸，宣传反封建反奴化的科学民主思想，其中最有影响的是《皖江日报》。

1.以支持和宣传“变法维新”为办报宗旨

芜湖晚清时期的报业先行者主要以维新派为主，新闻报道中夹带评论，开创了新的报刊政论文体。如有明确记载的芜湖1898年3月创刊的第一份近现代报纸《皖报》，就明确定位为“务实维新”之报纸。论说亦只取“发明义理、直言得失，详究泰西近政新学，期有补于施行”。确立了“开风气、拓见闻，联官民，达中外”的办报宗旨。

中日甲午战争之后，德国与清廷签订不平等的《胶澳租界条约》，桐城人汪熔决心利用报纸制造舆论，为反侵略造声势，在《皖报》创刊一年后推出《白话报》，面对“戊戌六君子”事件，汪熔在《白话报》上奋力疾呼：“康某（康有为）日言变法，为清廷效忠，尚不见容于满人，横遭诛窜，天下事尚可为乎?”

2.提出唤醒民众、抵抗外来侵略主张

这一时期，芜湖的报纸在表述形式上逐渐摒弃了原用的文言文，转而采用通俗易懂的白话文，办报宗旨也以开通民智，唤醒民众，同仇敌忾抵抗外来侵略为己任。

《安徽俗话报》宣传的主题是反对列强瓜分中国、攘夺中国利权。该报1904年第1—17期共刊发新闻作品117篇，其中关于反对外来侵略的有37篇。第一期中有《全省矿山被卖细节》新闻，揭露了英国人凯约翰掠夺安徽矿产资源；第二期刊发的《英军进攻西藏》，揭露英国侵略中国西藏的行为；《俄人侵犯中国中立》抨击日俄战争中俄军侵犯中国主权的行为。此外，还有《论安徽的矿物》《亡国篇》等，并先后刊出3幅地图、10幅漫画，配合时事宣传。

3.对安徽当时新政的肯定和建议

清末时期芜湖的各个报刊对安徽“新政”报道主要集中在教育。其中

《安徽俗话报》的报道更是详实，其中有对新式教育的肯定，如“省农工商实业学堂，派了五个人到日本学习工艺，学费在学堂经费里开销。安徽派学生出洋，这才是头一次哩”。

也有对新式教育提建议，如“为什么蒙学的管理要整齐呢，中国这个时候学堂的风气没有大开，必定把乡间蒙馆，一律改成学堂，是很难的事，求急的法子只有就蒙学馆变通些”。

对新式教育出现的问题给予了揭露：如“前年就奉上谕，各府州县开办学堂。各省听了都办得有眉目，湖南办得顶好，我们安徽省仅只是要求将学堂改为大学堂，外州县就是把书院的名字改叫做学堂的，也没有几处”。

4.用诗句隐喻反清思想

《安徽俗话报》第十一期中《野蛮人仇视文明》中指出：无锡地方民众兴修城隍庙，但却拒不捐款修学堂。此外，该报还推出《恶俗篇·婚姻》《恶俗篇·婚姻下》《恶俗篇·敬菩萨》等文章，抨击封建婚俗的丑恶。蔡元培称《安徽俗话报》“作为爱国宣传的喉舌，揭露了帝国主义和封建主义的罪恶，提高了广大群众的政治觉悟和革命热情”。

《皖江日报》主笔陈子范是同盟会会员，他在《皖江日报》上发表过不少宣传民主革命的文章。其中在副刊上刊出“可怜牛马无猜惯，槽枥相安二百年”等诗句，隐喻他的反清思想。

（二）辛亥革命时期的影响

1911年辛亥革命爆发，结束清王朝封建专制统治。《皖江日报》率先通过采访汉口来芜乘客以及武汉的《大汉报》获悉武昌起义的详细消息，连续刊发号外，宣传武昌起义。

1912年3月11日，民国政府公布“临时约法”规定，“人民有言论、著作、刊行及集会、结社之自由。”受其鼓舞，芜湖报业出现第一个繁荣时期。由同盟会改组的国民党和共和党、社会党先后在芜湖设立支部，党派报纸相继问世。

1913年后，因芜湖政局混乱，尤其是袁世凯颁布钳制言论的“报纸条例”和“出版法”，芜湖报刊纷纷停刊，仅存《皖江日报》《直言报》《闲谭》等。

1915年，江宁人张九皋以专门刊登工商行情和有关实业为由，创办《工商日报》①，成为芜湖报业宣传进步思想的重要平台。

1. 革命形势直接关系着芜湖报业的繁荣

辛亥革命时期，芜湖报业所出现的繁荣与衰落均与当时的革命形势有直接的关系。武昌起义前后，芜湖报业如雨后春笋，最为突出的现象是出现具有鲜明党性的政党报纸，这为资产阶级革命提供了舆论支持。这个时期的芜湖报业尤其是政党报纸将其宣传活动与民族民主革命的斗争紧密结合，报刊的战斗作用得到充分发挥，在宣传手段上力求浅显通俗，引导更多的市民接受和参与革命。

2. 及时向民众传达辛亥革命发展形势

辛亥革命期间，《皖江日报》及时报道革命形势，宣传革命思想，消息甚至比上海报纸还要快两三天，影响颇大。1911年10月11日傍晚，《皖江日报》副刊编辑邹秋士急匆匆地跑到编辑部说：刚才在交通机关得到绝对可靠的消息，武昌的革命党昨天起义，武装占领了武昌，现正渡江向汉口、汉阳进军。编辑部立即召开会议，迅速分配采访任务，一部分记者到各界探听消息，一部分记者到江边码头守候下水轮船，向来自汉口的旅客采访，编辑人员则守在编辑室等待新闻。由于当天没有获得更新的消息，辛亥革命爆发的次日，《皖江日报》只在头版重要位置刊载“武昌方面有激烈炮声”的简短新闻。当天上午，守候在下水轮船采访的记者首先获得很多振奋人心的武昌起义消息，还得到一张武昌起义临时出版的武汉报纸《大汉报》(10月11日出版)。《皖江日报》总编辑张九皋根据手头信息编辑出版一张富有历史意义的“号外”，向芜湖市民报道较为详细的武昌起义的情况，引起芜湖各界的强烈反响。在此后的十余天里，《皖江日报》

① 1915年，张九皋在芜湖筹建《工商日报》，当年10月20日出版发行。抗战时期，芜湖沦陷后停办，1946年2月以《皖江、工商联合版》恢复出版，1947年改名《工商报》。

逐日编发号外，最多时一天发3次号外，及时报道革命形势的发展。

（三）建党和大革命时期的影响

五四运动爆发，大大地激发了芜湖进步人士和青年学生的爱国热情，芜湖学生积极参与到反帝爱国行动中，并得到芜湖社会各界的广泛响应。芜湖进步人士和青年学生通过办报办刊，宣传五四运动，推动马克思主义在芜湖的传播。

1921年1月，高语罕将自己在芜湖商业夜校任教时的讲义编写成书信体作品《白话书信》，由芜湖科学图书社和上海亚东图书馆出版发行。他在作品里对马克思主义的基本原理和苏联十月革命作了重点介绍，出版后在全国引起很大反响，推动了安徽及全国新文化运动的发展和马克思主义的传播。

1925年5月15日，在上海的日本纱厂资本家枪杀工人顾正红导致震惊中外的五卅运动。为了声援五卅运动，芜湖成立芜湖外交后援会，并创办具有反帝性质的刊物《苍茫》。芜湖外交后援会是芜湖成立的群众性反帝组织，《皖江日报》《工商日报》也参加了外交后援会活动。

1926年至1929年，芜湖先后有《芜湖日报》《六点钟晚报》《皖江民报》《新芜湖》和《赭山》半月刊等报刊问世，但大多数没办多久就停刊。值得一提的是繁昌于1930年上半年创办的《炸弹》刊物，刊发《红旗》杂志上的有关文章和左翼作家的文艺作品，发表当地革命斗争信息。1930年，《皖江日报》因在报上刊出“共产党万岁”的标语，被当时国民政府封禁一年，到1932年才解禁继续出版发行。

从1927年至1930年，芜湖出现了中国共产党的刊物，其中有中共安徽临时委员会在芜湖秘密出版的《红旗三日刊》《每周通讯》和中共芜湖特委出版的《芜湖工人》《皖南红旗》①。

1. 宣传新文化运动的中心

“五四”浪潮席卷全国之后，芜湖科学图书社除了继续发行《新青年》

① 参见中共芜湖市委党史研究室编:《中共芜湖党史大事记》,安徽人民出版社2002年版。

杂志外，还经销《中国青年》《新潮》《每周评论》《新生活》《语丝》等进步刊物。芜湖当时倾向革命的高语罕和沈泽民所主办的《芜湖》半月刊、芜湖学联主办的《芜湖学生会旬刊》，以及后来阿英主办的《苍茫》等刊物，均由芜湖科学图书社代为发行。

“五四”期间鲁迅的《呐喊》《彷徨》、郭沫若的《女神》、茅盾的《蚀》等一批优秀革命文学作品能在芜湖一带流行，不能不归功于芜湖当时报刊的宣传和报道。也正是当时这些报刊的宣传和报道，对推动安徽新文化运动的发展和引导青年信仰马克思主义，起到了积极的作用。

2.吹响民主启蒙运动的号角

五四运动时，《工商日报》办报方向倾向民主，反帝反封建态度明朗。该报副刊连载张恨水写的反映安徽学生运动的长篇小说《皖江潮》。该小说后来被芜湖学生改编成话剧，在芜湖各地上演，起到了很好的鼓动作用。

《皖江日报》主笔郝耕仁将文艺副刊改为“皖江新潮”，聚集了高语罕、阿英、蒋光慈、李克农、李宗邺等革命志士和进步师生为其撰稿，公开声明不登旧体诗、旧文章，专登新诗、新文章，批判旧礼教，主张婚姻自由，成为当时人们追求民主、自由启蒙运动的号角，对于当时的新文化运动起到先导作用。

3.全程报道“五卅”惨案

《工商日报》原以刊登工商行情和有关实业的论述为主要内容。1919年5月16日起，《工商日报》停止刊登日本商业广告和船舶行情，与亲日的商会做斗争。

上海“五卅”惨案的消息传到安徽后，《工商日报》更是改变文风，刷新内容，从6月3日起，及时集中地报道了上海工人举行游行示威、商店罢市、工人罢工、学生罢课以及各地成立后援会的消息，支持上海工人的斗争。《工商日报》还顶着被查封的风险，刊发了安徽后援会致外交部及全国各报和各地军阀电：要求张作霖、冯玉祥等集合陆海军星夜赴沪，限期通电英、日两国，如无正当答复，立即断然处理。

6月6日，《工商日报》公开发表国民党芜湖临时市党部四言长诗宣言，号召广大同胞快快觉醒，一致行动反抗帝国主义的暴行，不达目的誓不罢休。同年6月25日，《工商日报》刊发芜湖少年救国团筹备处宣言称：芜湖少年救国团的主要任务是尽所有的力量劝导民众觉醒，抵制英货日货，提倡对英日经济绝交。表现出《工商日报》的爱国热忱。

4.竭力报道反帝反腐败消息

1922年6月23日，《工商日报》报道芜湖学生公布安徽实业厅长五大罪状的消息：芜湖进步学生马寅寿等七人发布宣言，公布安徽实业厅长高炳麟五大罪状：一、垄断矿产；二、任用私人；三、盗名吞款；四、苞苴公行；五、废弛职务。号召全省人民："血如未冷，应得鼓其余勇，除此万恶之公敌。"

1923年6月9日，《工商日报》报道佘小宋等发起组织"马克思主义学术研究会"的消息：芜湖教育界佘小宋、王坦甫、龚念祖、余天觉、曹蕴真、徐梦秋等人，鉴于社会日趋险恶，改造事业急不容缓，征求同志组织"马克思主义学术研究会"，得到了许多人的赞同。

1925年7月7日，《工商日报》发布消息：芜通小轮在安庆马家寓江面被日轮竹丸号肆意冲撞，乘客多人落水，吴国文惨死。该处江面广阔，从未发生轮船相撞事故，这次事件发生是由于日轮不遵守规则，故意肇事。为此，芜湖外交后援会通电北京段祺瑞政府外交部，请求"严重交涉，以维人道，而平众愤"。

（四）全民族抗战时期的影响

1937年12月，日本侵略军侵占芜湖，对芜湖的宣传、报刊进行全面的封管。先前在芜湖的办报人纷纷远走他乡，其报刊也随之撤离芜湖。日伪芜湖县衙署为了控制舆论，于1938年7月17日在原《皖江日报》社址上创办《芜湖新报》，该报是当时芜湖报业市场上被当局唯一允许发行的报纸，是一份为日伪政府歌功颂德的报纸。

然而，在极其困难的条件下，不屈不挠的芜湖报业人员对日寇的宣传斗争也从没停息过，不论是战前对日货的抵制和对日本军国主义野心的揭露，还是战时对敌占区日军残虐行径的披露报道和敌后抗战宣传工作，都激发了人民群众民族危机意识和抗日爱国思想，坚定了抗战必胜的信念。

1.战前积极宣传抗战活动

1930年10月31日，《工商日报》报道：日轮襄明丸船员，殴毙中国乘客丁昌明，激起芜湖人民极大愤怒。芜湖社会各界召开代表大会，决定组织丁案后援会，电告外交部要求向日本政府严重交涉，并呈请中国政府收回内河航行权，通电全国各机关团体请求一致声援。

1931年9月8日，《工商日报》报道：芜湖反日援侨会决定，出口日本菜籽一律扣留。

《中江报》积极宣传抗日，抵制日货，曾多次辟宣传抗日专版。其中1931年10月13日的《中江报》三版有“小学校抗日救国实施法”、本埠新闻“昨日在十九道门焚毁日货”等内容。

1933年3月26日，《工商日报》报道：中山公学校务会做出决定，组织学生航空救国会，由教职员率领学生，发出劝募。同时，芜湖各地也发起捐机救国活动，各校备置储蓄箱，由老师、学生自发募捐。

2.战时坚持敌后斗争

1939年底，在新四军民运工作队的帮助下，芜湖城外的南陵县青年抗敌协会在城关成立，并创办《青抗月刊》[①]。虽然只出三期，但对当地青年抗日做出了贡献。1942年，中共皖南区党委机关报《大江报》[②]在无为问世。

《芜湖晚报》是在上海军民掀起抗战烽火，为了让芜湖人民及时了解抗日战争战况而由原《工商日报》编辑张衡山决定筹办的。由于日本侵略军进入芜湖，在中共宜宾中心县委书记张文汉的支持和中共宜宾地下党徐祥达的帮助下，张衡山将《芜湖晚报》移至四川宜宾和云南的昭通出版，

① 参见中共无为县委党史研究室、政协无为县文史资料委员会：《中国共产党无为地方史》(1921—2001)。

② 参见中共无为县委党史研究室、政协无为县文史资料委员会：《中国共产党无为地方史》(1921—2001)。

并分别在宜宾设立芜湖晚报社，在昭通设立分社。《芜湖晚报》办报宗旨是教育人民，团结抗日，抵抗侵略，振奋民族精神，挽救民族危亡。更为可贵的是《芜湖晚报》虽是民办报纸，但却安置和保护了一批中共地下党员。

抗日战争时期虽然是最黑暗的时期，但南陵出现《青抗月刊》、无为出现《大江报》是亮点，尤其是《大江报》成为无为宣传抗日的旗帜。《芜湖晚报》在宣传抗日和保护中共地下党员上起到了独特的作用。

3.多版面报道“二战”战况

《芜湖晚报》确定教育人民，团结抗日，抵抗侵略，振奋民族精神，挽救民族危亡为办报宗旨。一版是重大时事和新闻，刊登国内各地战况以及第二次世界大战战况；二版为国内、国际重要战况和重要新闻。

1940年9月21日，《芜湖晚报》第一版刊发了《倭军开始侵入越南》《晋南我炮兵炮击陌尔镇》《美对倭军行动绝难予以默认》等稿件。在宣传策略上，为避免政治色彩过浓，报纸一般不转载《新华日报》的文章，也不发社论，只偶尔发过几篇言论。副刊名为“山雨谈”意为“山雨欲来风满楼”的形势，刊发小说、诗歌、散文等，以文艺的形式抗日。

（五）解放战争时期的影响

抗日战争胜利后，撤离芜湖的报人先后回芜继续办报办刊。从1945年9月至1949年4月，芜湖当时报刊多达27种，较大报刊有《大江日报》《复兴日报》《火炬日报》《中央日报（安徽增刊）》《国事快闻》等，其中《大江日报》《工商·皖江报联合版》《工商报》最具影响力。

从芜湖解放至中华人民共和国成立前，中国人民解放军芜湖市军事管理委员会于1949年4月29日出版《新华电讯》，发布重要布告和通报等。7月1日，《芜湖日报》创刊，报道全国解放战争。9月22日，《芜湖日报》与《皖南日报》合并。

1.揭露国民党政府假和谈、真内战的阴谋

抗日战争胜利后，由于共同的敌人日本帝国主义已经被逐出中国，全国人民普遍期待能和平建设自己的国家，包括民主党派甚至国民党内部的一部分人亦反对战争，要求和平。但国民党反动派一面假装要和平谈判，一边调兵遣将，积极准备发动内战，欲消灭共产党及其所领导的解放区和人民军队。

中国共产党围绕着组建联合政府与国民党进行了坚决的斗争，芜湖的多个报刊在这一时期，积极向民众宣传中国共产党的革命主张，有效地揭露国民党反动派假和平、真内战的真面目，粉碎了国民党政府的阴谋，并全程记录了芜湖解放的进程。

2.揭露国民党政府的贪腐

1946年11月1日，《皖江·工商报联合版》在对国民党接收芜湖、组织清查团对各地进行清查的报道中指出：清查团在芜湖共查出隐没物资三十亿。据密告，日伪汉奸当时共交出原始清册五大箱，而接收官员们仅交出少数由各方自造自报之清册，“物资确数无法稽考”，其内容有点舆论监督的意味。

1947年9月26日，《雷风报》头版刊发《程得宜藉故持枪杀人!》，揭露候补乡长非法妄为、倚势凌人欺侮良懦。报道指出：本乡候补乡长程得宜，于是日手持短枪，跑到开店的程荫繁家里，将荫繁抓出房外，举枪就打，当时程荫繁见势不妙，在旦夕之际，只得拼命将程得宜拿枪的手抵着，所以弹出不准，幸未遭祸，得以乘机逃逸。

3.客观报道解放战争

1946年4月25日，《工商日报》报道：京沪卫戍司令汤恩伯将军，鉴于国民大会召开期近，芜湖逼近京畿，为巩固治安便于指挥起见，决定在芜湖设立城防司令部。

1949年1月16日，《工商报》刊发《和平之门并未关闭政府要员仍需努力》报道：驻京监委昨秘密交换中共声明意见。当天头版还刊登《天津市区发生巷战平郊区战事昨一度激烈》新闻，介绍华北地区战事。

三、芜湖现代报业的红色元素

在芜湖近现代报业史上，从来就没有缺少红色元素，红色报纸起到了灯塔的作用。

1903年春，在维新思想影响和亲友的帮助下，绩溪人汪孟邹怀着“匡时济世”的抱负，“为热烈的革新感情所驱使”，在芜湖长街徽州码头租下“中长街20号”一幢二层楼房，开设芜湖科学图书社，经销学校课本和文具以及有关新文化书刊，是芜湖当时唯一经销全国各地新书和杂志的机构，也是安徽最早的新式书店，1904年陈独秀在芜湖办的《安徽俗话报》，就在汪孟邹的科学图书社内，且一直办了二十三期，于1905年停刊。

1913年春，在陈独秀的建议下，汪孟邹带着侄子汪原放到上海，在原四马路惠福里创办上海亚东图书馆，也称“申庄”。陈独秀创办的《青年杂志》（《新青年》）在芜湖科学图书社和上海亚东图书馆销售，芜湖成为《新青年》在安徽最早的发行地。

（一）中共组织秘密出版报刊

从1927年至1930年，芜湖出现了中国共产党的刊物，其中有中共安徽临时委员会在芜湖秘密出版的《红旗三日刊》《每周通讯》和中共芜湖特委出版的《芜湖工人》《皖南红旗》，它们对传播共产主义革命理想起到了积极的作用。

1930年10月，中共芜湖特委出版《芜湖工人》《皖南红旗》，每星期出版一期。《皖南红旗》每期可销售三百份。这些杂志都是中共指导芜湖地方革命的平台。

（二）中共党员办报引发《新芜湖报》案

创办于1929年3月的《新芜湖报》是当时芜湖唯一由中共党员创办的报纸。它由中共党员汪一涛负责报馆具体事务，中共党员鲍仓参与报馆管理。1929年5月28日，因宣传马克思、揭露社会的黑暗和反动派的罪恶，芜湖公安局开展大逮捕行动。先后在各处逮捕鲍仓、汪一涛、李堂华、吕振黄（女）、曹冠英（女）、黄潭一、张志敏、张继增、张继忠、吕绍光、李定华等12人，因在报社搜查出《民众先锋》《资本主义与战争》《开明》《赭山半月刊》等进步书刊，《新芜湖报》遭到查封。为了加重被捕人员的罪名，当局伪造一份暴动计划书，同时在各家报纸上大做宣传，声称芜湖共产党党首鲍仓等人企图在芜湖暴动，欲置他们于死地。这些做法引起芜湖各界的不满，纷纷声援。当局迫于社会舆论的压力，在对被捕人员审讯之后，因查无实据，一律予以保释。这起轰动芜湖的事件史称《新芜湖报》案。

（三）中共皖南区党委机关报创刊

1942年3月，中共皖南区党委机关报《大江报》在芜湖创刊。《大江报》是中共皖南区委宣传抗日的红色报纸，由新四军七师的《战斗报》与无为县政府的新无为报社的《新无为报》合并，是中共皖南区党委机关报。中共皖南区党委宣传部长周新武兼社长，舒文任总编辑。陈毅亲自为《大江报》起报名并题写报头。《大江报》以积极宣传党的路线、方针、政策为己任，教育和团结敌后军民，指导大江南北人民的抗日斗争，抨击了日本帝国主义的侵略谬论，扩大了中国共产党和新四军的政治影响，成为鼓舞华中地区广大军民坚持党的领导、争取民族独立和人民解放的一股精神力量。创刊号头版头条刊发《新四军告别皖江民众书》。

（四）中共党员打入《复兴日报》

1948年2月初，安徽学院的中共党员任陵、姚友林打入《复兴日报》，以记者的身份，搜集国民党军政方面的情报。1949年4月芜湖解放时，《复兴日报（晚刊）》停刊。

（五）中共芜湖市委和皖南区党委机关报问世

1949年4月，中共芜湖军事管理委员会、中共芜湖市委和中共皖南区党委创办《新华电讯》；1949年7月1日，中共芜湖市委机关报《芜湖日报》创刊。该报头版头条刊发《论人民民主专政——纪念中国共产党二十八周年》，第二条是《中国共产党简史》。

1949年8月3日，《芜湖日报》头版刊发《英帝以怨报德紫石英号逞凶潜逃击沉江陵轮乘客数百名死难》，同时配发短评《紫石英号的罪行必须得到征办》。8月12日的《芜湖日报》1版共发稿14篇，其中报道全国解放战争的稿件4篇，新华社社论1篇。

1949年9月22日，中共皖南区党委机关报《皖南日报》在芜湖创刊，《芜湖日报》并入该报。

结　语

在新中国成立前半个多世纪的近现代历史发展进程中，芜湖先后出版众多各类报纸，虽部分存在时间很短且为商业报纸，但总体上说，大多数报纸是趋向进步的。芜湖近现代报业的发展是与中国近现代历史转型历程相契合的。近现代中国政治、经济、文化等各方面剧烈的变革在不同程度上影响了芜湖报业的形成与发展。同样，芜湖近现代报刊在相当大的程度上也促进和影响了芜湖社会的近现代化转型。

晚清时期，芜湖报业对唤醒民众，促进现代科学民主思想在芜湖的传播，从而拥护和主动参与到推翻清王朝发挥了引导作用；在辛亥革命时期和五四新文化运动期间，当时的报刊在反帝反封建、制造舆论、反对军阀混战、传播马克思主义、共产主义思想发挥了积极作用；抗战时期，办报条件极其艰苦，芜湖报业人员依然不畏艰辛，想方设法坚持敌后办报，对鼓舞士气，坚定军民胜利信心，指导敌后根据地的抗战和建设等方面都起了重要作用；解放战争时期，共产党控制和引导的政论性报刊对国民党当局展开针锋相对的斗争，为夺取革命的胜利发挥了重要作用。

可以说芜湖近现代报业的发展在近现代不同的历史时期，通过传播革命理念和思想，开阔了民众的视野，培育了一批拥有革新思想的群体。在不同的历史时期对芜湖地方政治、经济、文化等方方面面都产生了重要的革命影响。

辛亥革命中的潘赞化与张玉良

芜湖市文联课题组

摘要：芜湖在辛亥革命中，涌现出很多英雄人物及其事迹，研究发掘这些历史对传承红色文化，弘扬革命精神，不忘初心、牢记使命，有着十分重要的意义。由于艺术作品《画魂》等影响和特殊感染力，影响了潘赞化与张玉良特别是被称为安徽“辛亥元老”之一的潘赞化人物形象的完整性，亟待正本清源，还其本来面目。

本文通过文献史料及相关资料考证，真实记录了潘赞化与张玉良在辛亥革命中的斗争史实，有很多是过去很少涉及且不为人知。并对艺术作品人物形象的塑造，进一步深化与提升。

关键词：投身革命　海关监督

一、早期接受革命思想和投身革命

潘赞化（1885—1959），桐城西乡潘家楼人，出生于天津。祖父潘黎阁曾任天津道台、天津知府，是晚清重臣李鸿章的得力幕僚。经世致用，为国为民，政治上颇有建树。

潘赞化从出生后，一直跟着祖父生活在天津。他6岁时父母双亡，10岁时祖父潘黎阁因不满清政府腐败，归隐回故乡，潘赞化随祖父回到老家桐城。16岁时祖父潘黎阁去世，潘赞化便随孀居的大伯母戴氏生活。①

潘赞化的嫡祖潘江是明末清初文学家、诗人。潘江，字属藻，号木厓。潘赞化晚年在桐城创办的“木厓小学”，就是为纪念先祖潘江（木厓）。潘赞化在桐城创办的“黎阁”小学，是为纪念祖父潘黎阁。

潘赞化还是张知行将军的表兄。张知行将军是为祖国统一大业做出不懈努力，执着追求光明与进步的一位社会知名人士。

（一）赴上海同文馆读书求学接受革命思想

洋务运动时期，洋务派不仅认识到了自己技不如人，开始兴办江南制造局、汉阳兵工厂等近代军事工业，同时也意识到要真正学到西方的先进技术，还需要兴办学校，学习西方的数学与自然科学。于是，清朝近代学校的代名词“同文馆”便应运而生。

在那一时期，中国国内一共建了3所同文馆，除北京的京师同文馆，另外还有两所分别是上海同文馆和广州同文馆。

同文馆在建馆之初的目的是为清朝培养各类翻译人才，主要是由俄文馆、英文馆、法文馆等构成，类似于今天外国语大学的框架。洋务运动领袖人物李鸿章为这些学校设定了远大目标，他想让西方近代科学在这些学校扎根发芽，为此而不惜血本，购买教材、器械和聘请外国教员。

上海同文馆，中国近代培养翻译和承办洋务人员的新式学校。清同治二年（1863），李鸿章仿京师同文馆例，奏设于上海。初名上海外国语言文字学馆，除经史、小学外，下班习外国公理公法、算术、代数、几何、天文、地理、绘图等；上班习察地冶炼、制木铁器、汽机图样、行海理法、水击攻战，研究外国风俗国政等。

光绪二十四年（1898），上海同文馆与江南制造局炮队营裁并，改名江南制造局附设工艺学堂。后定名兵工学堂及中学堂，分专门、普通两科。学生有名可考者百余人，多服务于外交、教育界。

光绪二十六年（1900），潘赞化15岁那年，在堂兄潘瑨华任教的上海

① 参见张和敬：《清风斋拾遗》，安徽教育出版社2016年版，第26—27页。

同文馆读书求学，接受现代教育和革命思想。[①]

潘瑨华年长潘赞化8岁，从小便和潘赞化随祖父潘黎阁在天津生活。他们俩虽然是堂兄弟，但感情却亲如同胞。潘赞化在上海同文馆读书期间，除了学到很多现代科学知识，接受革命思想，还在堂兄潘瑨华帮助和带领下走上民主革命活动的道路。

（二）参与组织青年励志社

光绪二十六年（1900），潘瑨华回家乡在安庆北门建藏书楼，和陈独秀、潘璇华（潘赞化堂兄，事迹不祥）、潘赞化等组织了青年励志社，聚集有志爱国青年，讨论时局，倡导革命。[②]

青年励志社是潘瑨华留学日本时，效法留日学生组织的一个进步青年团体，是安徽最早的爱国民主团体。每周聚会，组织社员进行军事训练。仿效中国在日本东京留学生的“拒俄义勇军”，准备效命国家，杀敌疆场。

两江总督端方以青年励志社与东京反清组织互通声息为由，电令安徽统领韩大武将潘瑨华、陈独秀、潘璇华、潘赞化等缉拿。韩大武的文案吴汝澄（青年励志社成员）获悉端方来电，急往社友房秩五的家中，并同往潘瑨华住所相告，社友们将《名册》藏匿起来，迅速走避，使缉拿扑了个空。

（三）发起组建中国青年会

1902年，潘赞化在日本东京和张继、蒋百里、冯自由等20余人，共同发起组建旨在倡导革命的中国青年会。

中国青年会以民族主义为宗旨，会员有张继、潘赞化、蒋百里、冯自由、程家柽、谢晓石、蒋方震、熊慕遽、陈由己、苏曼殊、王家驹、周宏业、董鸿祥等人。出版《法兰西革命史》《中华民族志》等进步书籍，宣传革命。

---

① 参见《安庆文史资料》第十五辑，第57页。

② 参见张和敬：《清风斋拾遗》，安徽教育出版社2016年版，第27页。

拒俄运动中，中国青年会的会员分赴各省同乡会从事联络工作。1903年，部分成员组织了激进的团体军国民教育会，不久停止活动。

（四）参与发起组建安徽爱国会

1903年，俄国胁迫清政府签订割让国土的密约，此事被国人知道舆论大哗。在日留学的热血青年纷纷回国，举行抗议活动。潘赞化和陈独秀回国后，潘瑨华、陈独秀、潘璇华、潘赞化等仁人志士，在安庆藏书楼举办了“抗拒强俄，痛斥清廷”的演说。①

演说盛况空前，有300多人参加，史称“拒俄运动”的“藏书楼演说”，是民主革命在安徽的第一声。演说结束后，陈独秀倡议成立安徽爱国会，当场签名入会者126人，公推陈独秀、潘瑨华等7人起草会章。

安徽爱国会以“发爱国之思想，振尚武之精神，使人人能执干戈卫社稷，以为恢复国权基础”为宗旨，计划与上海爱国学社连成一起，并联络东南各省志士，创国民同盟会，共图独立。

藏书楼演说在国内造成很大影响，上海发行的《苏报》详细介绍了这次演说，并全文刊登演说内容，触犯了清政府大忌。就在风声日紧，清政府准备抓捕藏书楼演说首要分子时，潘瑨华、陈独秀、潘赞化等得到消息，于是，他们又一起逃往日本。

（五）支持反清起义

1905年，潘瑨华、潘赞化被派遣回安庆，与早期来安庆的革命党人徐锡麟取得联系。当时徐锡麟深得安庆巡抚恩铭的信任，担任安徽巡警学堂会办。在徐锡麟的活动下，潘瑨华被委任巡警学堂总教练，潘赞化到陆军小学（原武备学校）教日文，在国内进行革命活动。

1906年，潘赞化和孙毓筠、李光迥、权道涵、段云5人赴南京，准备联络新军举事。由于孙毓筠办事不慎，被江苏巡抚端方侦破，孙毓筠、权道涵、段云被捕，潘赞化和李光炯因与他们3人分开居住，侥幸逃脱，乘

① 参见张和敬:《清风斋拾遗》,安徽教育出版社2016年版,第27—28页。

英籍“怡和轮”离开南京前往上海，辗转回到安庆。①

1907年，徐锡麟刺杀安庆巡抚恩铭，率领学生军起义，攻占军械所，激战4小时，不幸失败被捕，慷慨就义。清政府大肆搜捕革命党人，潘瑨华和潘赞化也在清政府通缉之列，于是星夜逃亡。潘瑨华先逃回老家桐城，后至山中避祸。潘赞化则逃往上海，辗转至日本东京。

潘赞化到日本东京后，考进早稻田大学预科，完成学业。辛亥革命时回到国内，投奔新军柏文蔚部。②

二、潘赞化与孙中山及与蔡锷

（一）在日本结识孙中山并加入同盟会

潘赞化逃往日本时，适逢孙中山在东京组织兴中会，在此期间，潘赞化由友人介绍，晋见孙中山，并加入孙中山领导的兴中会。兴中会后与其他革命组织合并，成为同盟会③。

1905年8月20日，同盟会在东京召开成立大会，到会者约100人，除甘肃尚未派留日学生外，其余关内17省均有人参加。大会通过孙中山起草的《同盟会宣言》和《同盟会对外宣言》以及黄兴起草的会章，会上推举孙中山为总理，黄兴为执行部庶务长，协助总理主持本部工作。大会又通过以《二十世纪之支那》杂志作为同盟会的机关报，后改名为《民报》。

作为兴中会的会员，潘赞化参加了在日本东京召开的同盟会成立大会，成为孙中山领导的同盟会正式成员。

（二）参加孙中山领导的护法战争

1917年6月13日，黎元洪在率兵入京“调停”的张勋威逼下，颁令解

① 参见《安庆文史资料》第十五辑，第58页。

② 参见陈所巨、杨怀志主编：《桐城近世名人传》，安庆市政协文史委员会、桐城县政协文史委员会，1993年，第95页。

③ 参见张和敬：《清风斋拾遗》，安徽教育出版社2016年版，第27页。

散国会。7月1日，张勋拥戴清废帝溥仪复辟。7月6日，孙中山等离沪南下，7月17日抵达广州，掀起护法运动，联合桂系、滇系等西南地方实力派，讨伐北洋叛逆。

1917年8月25日，孙中山召集原国会部分议员在广州开会，提出"护法"，即维护《中华民国临时约法》。会议决定在广州成立军政府，以孙中山为军政府大元帅，唐继尧、陆荣廷为元帅。孙中山大元帅通电否认以冯国璋为总统、段祺瑞为国务总理的北京政府，号召北伐。

护法战争的范围遍及粤、桂、湘、闽、滇、黔、川、鄂、陕九省，赣、浙、苏、皖、豫、鲁、甘等省及东北地区也出现规模不等的护法武装及活动。

1918年，潘赞化去广州在孙中山麾下，参加护法之役。受孙中山之命入川东、鄂西，宣慰柏文蔚、黎天才、蓝天蔚、王天纵等军。不久，又受孙中山的派遣，潜回安庆，进行民主革命活动。

1924年1月4日，孙中山在大本营政务特别大会上宣布："现在护法可算终了，护法名义已不宜援用。""今日应以革命精神创造国家，为中华民国开一新纪元。"

1月20日，孙中山在国民党"一大"上重申结束护法运动、另行开展国民革命的主张。

（三）投身蔡锷领导的护国运动并参加战斗

1911年10月10日武昌起义爆发，在各地纷纷响应的形势下，蔡锷经过周密部署，于10月30日晚8时在云南发动起义，次日午前，占领省城。云南起义成功，蔡锷被推为都督。

1915年12月25日，云南"以一隅而为天下先"，举起反对袁世凯称帝复辟的义旗，旋即组织护国军出师讨袁，史称"护国运动"。

云南护国军的基础是清末云南新军（即滇军），其训练是按照日本陆军的训练规程进行，并经历了1911年辛亥革命的洗礼。为了推翻袁世凯军事独裁政权，粉碎"洪宪"帝制，护国军总部和云南都督府陆续调集分驻各地的滇军，组成护国军，分别开赴前线。

1916年，潘赞化离开上海同李烈钧、方声涛前往云南，加入蔡锷领导的云南护国军，讨伐袁世凯。潘赞化任护国军第二军总司令部参议。

进军途中，潘赞化赋诗一首，《东征道中同子白作》："中原无地避强秦，沧海微尘寄一身。最喜滇南春意早，桃花万里送征人。"

护国军凯旋，潘赞化得到蔡锷亲手刻制的"云南起义"德制银打簧表1只，作为纪念，返回上海。后张玉良1937年第二次赴法，潘赞化将此珍贵的纪念品送给张玉良，张玉良在离世前又嘱托友人王守义将此表带回，交给潘赞化的后人。①

这只由蔡锷亲手刻制的"云南起义"德制银打簧表，不仅是潘赞化参加革命的见证，更是潘赞化与张玉良半个世纪旷世奇恋的爱情信物。

三、潘赞化在芜湖担任海关监督（关长）

（一）与柏文蔚的革命友谊

柏文蔚，安徽寿州人。1899年就读于求是学堂，1905年入江苏新军，旋任第33标2营管带，并加入同盟会。1906年因参与谋刺两江总督端方事泄而离职。1907年投奔吉林新军吴禄贞部，担任屯田营管带、奉天督练公所参谋处二等参谋等职。辛亥武昌起义爆发后，南下任新军第1军军长兼北伐联军总指挥。1912年挥军入皖，就任安徽都督兼民政长。

辛亥武昌起义后，潘赞化和好友孙毓筠返回安徽，发动淮上义士响应革命，潘赞化投入老友柏文蔚部下，任新军教练。

新军作为清朝的最后也是最新的一种军制，原是清政府用来巩固维持统治地位的，但由于政治的彻底腐败，光靠一支新式军队难以拯救一个走向末路的帝国。具有讽刺意味的是，这支原本被清政府用来加强统治的新

① 参见陈所巨、杨怀志主编：《桐城近世名人传》，安庆市政协文史委员会、桐城县政协文史委员会，1993年，第96页。

军，在辛亥革命中成了推翻清政府统治的主力军。

潘赞化早期革命时期，就曾与柏文蔚并肩战斗过，并建立了深厚的革命友谊。柏文蔚对潘赞化的作风和能力水平十分欣赏，柏文蔚担任安徽都督兼民政长以后，立即委派潘赞化担任芜湖海关监督（关长）。[①]

（二）担任芜湖海关监督

民国建国伊始，各种政治势力此消彼长，各派系军阀连年混战，政治斗争和军事斗争都需要大笔经费支持。当时国弱民穷，在国内这个贫瘠的土壤上已无多少油水可榨，于是，政坛人物和军阀都向外国政府、外国财团大笔借款，以应付政治斗争和军事斗争需要。借款的条件是，将税收或矿山、铁路抵押给外国，饮鸩止渴，透支国家资源，应付当时的需要。

掌管在中国人手中的各个海关，因为握有大笔关税的经济资源，所以就成为军、政两界“兵家必争之地”。当时的海关税收要按规定的数额交缴总税务司，再由总税务司汇付给外国银行或财团，以逐步偿还“外债”。交缴多余部分称之为“关余”，上缴中央政府财政部。类似于现代我国分税制中的“国税”与“地税”，国税上缴国家，雷打不动；地税由各地方政府自主支配。[②]

当时各路豪强觊觎的，也就是多余部分的“关余”。

潘赞化在这一关键时期，被柏文蔚委派到芜湖海关这一重要经济要塞，担任海关监督，给革命党人谋划、筹措经济后援。

（三）加强海关管理

鸦片战争后，西方列强凭坚船利炮打开了清政府闭关锁国的大门，签订了一系列丧权辱国的卖国条约，要求清政府“门户开放”，让列强能自由贸易。1842年开放广州、福州、厦门、宁波、上海口岸，史称“五口通商”。

---

① 参见《安庆文史资料》第十五辑，第58页。

② 参见庄莹：《民国胭脂和她们的时代》，山东画报出版社2015年版，第193—194页。

1876年，《中英烟台条约》又增加宜昌、芜湖、温州、北海为通商口岸。1877年4月1日成立芜湖海关，英国在芜湖设立商行，后美、法、意、日等列强陆续在芜湖设立商行。

当时掌管税收的是总税务司；管理海关进出口和管理商行（“五洋商行”，由外国人开办进口、贸易，主要有五类进口物资，即洋火、洋皂、洋纱、洋布、洋油）的是芜湖海关。

总税务司由外国人掌管，负责将所得税收偿还中国在各项不平等条约中的对外义务。因国弱民穷、国库空虚，清政府只有将税收大权直接交到外国人手中。海关由中国人掌管，将所收关税上缴总税务司。

当时国家动乱，纲纪废弛，海关人员同不法商行内外勾结，瞒报、少报关税几乎成了公开的秘密，也成了海关人员谋收私利的手段。面对这一情况，潘赞化时常到各商行船泊巡查，亲力亲为。一经查出，严惩不贷。在管理上潘赞化想方设法提高海关人员的积极性，将较之以前多收缴的关税，提出一部分作为奖励。

严格的管理加上奖励手段，使得芜湖海关收缴的关税大幅度提升，故而使“关余”部分也大幅度增加。

在当时的体制下，“关余”应上缴给袁世凯的财政部，但是潘赞化没有这么去做，没有将“关余”部分上缴给袁世凯的财政部，而是交付到同盟会那里，支持孙中山领导的辛亥革命，有力增强了革命党人的力量，削弱了袁世凯的地位和影响。①

（四）参加北伐上阵杀敌

1913年3月，孙中山发动二次革命，武装讨伐袁世凯，柏文蔚在皖坚决支持。不久，袁世凯以“不服从中央”为借口，于6月下令将柏文蔚免职。

7月中旬，柏文蔚出任安徽讨袁军司令。下旬，柏文蔚由南京至蚌埠成立讨袁军司令部，集中皖军向颍州方向推进。

① 参见庄莹:《民国胭脂和她们的时代》,山东画报出版社2015年版,第194页。

北伐战争是国共两党共同进行的一场革命的、正义的战争。两党团结合作一致对敌，北伐军将士英勇奋战，以鲜血和生命换来了辉煌战果。在不到10个月的时间里，北伐军从广州打到武汉、上海、南京，打垮两大军阀，歼敌数十万，一场规模空前的人民革命战争，席卷了大半个中国，在中国革命历史上写下了光辉的篇章。

1927年，北伐军抵达长江流域，柏文蔚出任国民革命军第33军军长，委任潘赞化为暂编第3师副师长，与军阀张敬尧作战。[①]潘赞化作战勇敢，指挥有方，在军中赢得很好口碑。

四、陶塘兵变——潘赞化与张玉良投身革命的历史见证

（一）潘赞化与张玉良

1913年，潘赞化出任芜湖海关监督期间，为青楼女子张玉良赎身。后陈独秀夫妇作为证婚人，二人结成连理。张玉良为感其恩，改姓潘，名潘玉良或潘张玉良。

潘赞化在芜湖初识张玉良时，有两句诗："可怜一样娇儿女，强抱琵琶泪眼淋。"[②]对张玉良极富怜悯之情。相识结合后，由于张玉良的聪颖好学、进步神速，思想学识达到一定境界，关系又上了个大台阶，互相引以为知己。

1937年初夏，张玉良以白描笔法画《潘赞化头像》一幅，旁有潘赞化的题跋，赋诗一首："写字为难画更难，公麟妙意写琅玕；悬针古籀传真笔，周晁商彝一律看。"[③]诗中所提"公麟"，为北宋大画家李公麟，"白描画法"主要代表人物。

张玉良有幅国画《马》，在笔法、意境上颇似李公麟名作《五马图》。

① 参见张和敬:《清风斋拾遗》,安徽教育出版社2016年版,第31页。

② 参见庄莹:《民国胭脂和她们的时代》,山东画报出版社2015年版,第193页。

③ 参见范迪安主编:《潘玉良全集6:白描卷》,安徽美术出版社2015年版,第157页。

张玉良的国画上，常印有两枚篆文印章，一枚为“总是玉关情”；一枚为“玉良铁线”。《潘赞化头像》就印有“总是玉关情”印章，形式上非常中国传统化。由此可见，潘赞化对张玉良中国古典文化、艺术的熏陶，功不可没。

潘赞化在给张玉良的信中说：“非我不能知你，非你不能信我。”到了一种互为知己的境界。

潘赞化还经常给张玉良寄去对她艺术发展上有帮助的资料，如日本画家雪丹的画册等。

张玉良后来的画法日臻“合中西于一治”，独树一帜，潘赞化对她的赞誉和敬慕也溢于言表：

“你有坚决的志气勇敢的精神，要为中国在美术界中放异彩，为个人在艺术上争千秋，我总是赞成你的计划。”“你的志气横贯古今，你的心胸包举四海。”“你的志气一向刚强，一向不肯向困难低头，奋斗到底。你的艺术在一般人之上了，可算成功了。”“以一女子为国争光，凡是中国人闻了都为你可喜可贺。”“妹为国家争光，值得恭贺的，在世界美术之宫里，有此荣誉举动，不敢说空前绝后，真是空前的人物。你的成就半是天才半由你辛苦用功所得。”①

1955年10月3日，潘赞化写给张玉良的信：“你我初结合的时候，你在芜湖陶塘岸上垂杨柳下，曾照一相，你还记得吗？”②

1959年，张玉良寄给潘赞化一张照片，照片的反面写道：“赞兄：你的意中人的心，时刻在你身边。1959年夏暑假时拍。”

（二）张玉良持枪为潘赞化警戒

1913年芜湖陶塘兵变期间，政治氛围险恶，风声鹤唳、草木皆兵。张玉良为防止龚振鹏夜间密捕潘赞化，每夜都不睡觉，拿着手枪，为潘赞化警戒。

① 参见范迪安主编:《潘玉良全集8:文献卷》,安徽美术出版社2015年版,第21页。
② 参见范迪安主编:《潘玉良全集8:文献卷》,安徽美术出版社2015年版,第23页。

晚年潘赞化回忆这段往事，称之（张玉良）为“参加革命”，诗云：“长街民变逼陶塘，鼎革清廷兵马荒；九道门前勤护卫，持枪值宿小戎装。”①

潘赞化后来在给张玉良的信中写道：“我们在芜湖十九道（门）住，陶塘兵变我受嫌疑，陈仲甫被捕，还记得罢！兵变之夕，你把手枪为我守卫整夜不睡的事……”②由此可见，潘赞化同张玉良，已不仅仅是儿女私情，而是并肩作战的革命同志。

潘赞化后偕张玉良一起逃离芜湖，寓居在上海环龙路渔阳里（今上海南昌路100弄）3号，结束了仅1年多时间的芜湖海关监督一职。③

（三）陈独秀作为证婚人，潘赞化与张玉良在上海正式结婚

1913年6月，袁世凯罢免柏文蔚，任命孙多森为皖督。陈独秀不满旧制复辟，再次提出辞职。7月，柏文蔚任安徽讨袁军总司令，陈独秀又与柏文蔚一起返回安庆，协助制定安徽讨袁大计，并起草安徽独立宣言。不久，安徽讨袁军失败，军阀倪嗣冲一到安庆，便抄了陈独秀的家，发通告缉拿陈独秀。陈独秀只得潜往上海。

陈独秀到了上海后，非常巧合的是，住在上海环龙路渔阳里2号，与潘赞化张玉良比邻而居。④

渔阳里2号曾是柏文蔚的住所，此后若干年，陈独秀就一直在这里主持复刊的《新青年》杂志编辑部，并在这里酝酿建立中国共产党。建党以后，又在这里设立中央局，主持中央工作。

在此期间，经陈独秀和夫人高君曼精心张罗，潘赞化和张玉良正式结婚，陈独秀和高君曼夫妇是他们的证婚人。⑤

① 参见庄莹：《民国胭脂和她们的时代》，山东画报出版社2015年版，第194页。

② 参见董松编著：《潘玉良艺术年谱》，安徽美术出版社2013年版，第6—7页。

③ 参见张和敬：《清风斋拾遗》，安徽教育出版社2016年版，第31页。

④ 参见张和敬：《清风斋拾遗》，安徽教育出版社2016年版，第31页。

⑤ 参见张和敬：《清风斋拾遗》，安徽教育出版社2016年版，第31页。

五、潘赞化、张玉良与陈独秀

（一）友谊贯穿一生

从有资料记载的1901年陈独秀与潘瑨华、潘赞化共同组建青年励志社开始，到1942年陈独秀在重庆江津脱离一切党派关系，孤戚离世，潘赞化帮助陈独秀料理后事。潘赞化和陈独秀的交往和友谊，几乎贯穿一生。

1901年，陈独秀已经22岁，在科举途中，虽举人落榜，但已是秀才，忧于国家形势的文章《扬子江形势论略》出炉。

1901年，潘赞化的堂哥潘瑨华24岁，在上海同文馆教书后，又复返安庆斥资辟建安庆藏书楼，购进大批先进杂志、书籍，提供给有志青年学子阅读，藏书楼也成为读书、讨论国事的地方。

其时潘赞化16岁，正是学问日进，忧国忧民、热血沸腾的“愤青”，然而忧国无方，报国无门。是学问深邃、思想激进的陈独秀与潘瑨华，把处于彷徨之中的潘赞化带领上了求学和革命的道路。

1904年，潘赞化在陈独秀的嘱托下，以考察北洋警察的名义，到河北保定联络吴樾，策划暗杀清廷掌握兵权的重臣铁良。到达保定后，潘赞化和吴樾、张啸岑等朝夕聚谈，交换南北革命人士对时局的看法，商讨革命举措。潘赞化当场转达了陈独秀的意见：“要努力唤醒广大群众起而救亡，救亡就必须推翻清室的腐败统治，同仁等进行革命，要能谨慎而不怯懦，要有勇气而不急躁。”激励了吴樾等革命志士用暗杀的形式，实现革命目标的信心。

1919年5月4日，五四运动爆发。6月11日，陈独秀在北京被军阀抓捕，此时在上海安徽同乡会的潘赞化，立即写信给安徽同乡胡适，请胡适出面，设法营救。经多方努力，9月16日警察厅同意安徽同乡会以陈独秀患有胃病为由，将陈独秀保释出狱。

1930年7月，陈独秀原配夫人高晓岚在安庆去世，陈独秀夫人高君曼获悉回安庆奔丧。安庆之行给高君曼带来伤心和悲痛，加上旅途劳顿，宿疾病情急剧恶化，咯血复发，兼又患上子宫癌并发症，一病不起，翌年病逝于南京。

陈独秀当时在上海，由于国民党反动派的白色恐怖，未敢露面，不能亲临殡殓，便托付潘赞化为之料理丧事，安顿善后。

1937年，南京国民政府内迁至重庆，潘赞化随之而往。此时，内地大批流亡学生云集重庆，其中有不少安徽流亡学生处于失学的境地。潘赞化同其他安徽同仁发起安徽旅川公学，后改名为国立九中，潘赞化任总务长。

在此期间，与被蒋介石释放辗转过来的陈独秀重新见面，同时还见到从安庆逃亡到重庆陈独秀的小儿子陈松年。他们一家老小10余口，无任何经济来源。潘赞化便将陈松年安排到国立九中工作，解决了他们经济上的燃眉之急。

这段时间内，潘赞化经常看望居住在重庆江津鹤山坪乡间的陈独秀，讨论时局，研讨国史文献。

陈独秀1940年书赠潘赞化的邓绳侯送苏曼殊一首七律，诗中写道："寥落枯禅一纸书，欹斜淡墨渺愁予；酒家三日秦淮景，何处沧波问曼殊。"①

1942年，陈独秀在贫病交加中去世，潘赞化协助陈松年料理了陈独秀的后事。1947年陈松年将陈独秀迁葬回安庆。

（二）《新青年》杂志最早撰稿人

1915年《新青年》创办后，陈独秀即向潘赞化约稿，潘赞化欣然领命。当时正值第一次世界大战在欧洲愈演愈烈之时，潘赞化以"潘赞"为笔名，接连在《新青年》第一卷第4和第5期上发表了《德国军神兴登堡元帅》《法国名将霞飞将军》两篇介绍第一次世界大战德、法两国名帅的人物传记。

在向国人科普时政的同时，也于字里行间，向国内青年宣传着立志报

① 参见瑞峰编:《苏曼殊作品选》,中央民族大学出版社2005年版,第234页。

国的思想。

《法国名将霞飞将军》一文开篇即言："方今欧洲列强，开有史以来未有之战局。而疆场之上，必有有史以来未有之人物，运筹决策于其中也。……俾吾辈青年有所式焉。"文章结尾处又激励，"有雄心而又习于辛劳则种种艰巨皆莫能阻。"①行文流畅，气势不凡，给人以振聋发聩之感，具有《新青年》杂志的一贯风格。

（三）陈独秀对张玉良艺术创作的影响

1932年，陈独秀因批评蒋介石对日本侵略不抵抗政策，被捕拘入南京"老虎桥监狱"，直至1937年释放。

那段时间内，潘赞化和张玉良正定居在南京，经常以朋友、同学身份，前去探望陈独秀，"并与研讨国史文献、小学说文，并赠日用小费。"（《潘赞化自传》）

去的时候，张玉良经常带上自己的作品，与陈独秀探讨艺术。陈独秀对艺术的见解有其独到之处，对当时的艺坛风气很不以为然，他把张玉良当作艺术上的知己，经常在张玉良的作品上题跋，现已知的就有4件张玉良作品有陈独秀的题跋。

张玉良绘画艺术风格"合中西于一冶"，就是陈独秀最先提出。

结　语

纵观潘赞化一生，自16岁被堂兄潘璠华和陈独秀带领走上民主革命的道路，到74岁去世，按潘赞化自己的说法是："自辛亥以来凡四十年，排满、讨袁、护国、护法、北伐、抗日、诸役，无役不从，无场不在，自问平生唯景仰孙中山先生思想外，未曾慕名位、声势而与背叛先生者同流合污，除以自己所学食俸薪外，其他毫无所取也。"

---

① 参见杨宏峰主编:《〈新青年〉简体典藏全本·第一卷(第一至六号)》,宁夏人民出版社2011年版,第308页。

从中不难看出，在潘赞化以及他的革命同志兼伴侣张玉良身上，所体现的精神风范，不光在过去那个年代英勇无畏，可圈可点，及至当今，也还是令人难以忘怀，学习敬仰，弘扬传承。

安徽早期全省及中心区域中共领导机关在芜湖的设立与活动

中共芜湖市委党史和地方志研究室课题组

摘要：1927年8月，中共安徽省临时委员会（一届）从武汉迁至芜湖，安徽境内第一次有了领导和管理全省各地中共组织的机构。之后，在芜湖先后成立了中共安徽省临时委员会（二届）、中共安徽省委等中共安徽省的中心机构，还相继成立了中共芜湖特别支部、中共芜湖市委、中共芜湖特委、中共芜湖中心县委、中共芜湖临时中心县委等党的区域性的领导机构，芜湖成为土地革命战争早期安徽省中共核心领导机关的所在地。党在芜湖领导和组织发动安徽全境或中心区域的革命运动，使得芜湖成为这一时期党在安徽一个最重要的区域。

关键词：中心区域　领导机构　革命活动　沿革

从1923年开始，到1927年上海发生“四一二”反革命政变这段时间，安徽的安庆、芜湖、寿县、阜阳、蚌埠、六安等共有16个地方先后成立了中共地方组织，但全省始终没有建立一个统一领导和管理各地中共组织的核心领导机构，如安庆、芜湖、南陵等地的中共组织，都由中共中央直接管理。[①]

1927年5月，在中共第五次全国代表大会召开期间，根据中共中央指

① 中共安徽省委党史研究室著:《中国共产党安徽地方史》(第一卷)，安徽人民出版社2000年版，第54—57页。

示，安徽参会代表提出了中共安徽省临时委员会组成人员名单，提交中共中央批准后，中共安徽省临时委员会在武汉正式成立（以下简称“省临委”）。5月下旬，省临委在武汉大智门和平里召开了第一次全体委员会议。省临委的建立，第一次为全省确立了中共组织的领导核心。

1927年7月15日，汪精卫武汉政府发动“七一五”反革命政变，国共统一战线彻底破裂，大革命宣告失败。武汉的环境日趋险恶，省临委必须撤离。当时的中共中央认为，芜湖是安徽“一个最重要的中心区域”。做出这个判断的依据是芜湖具有光荣的革命传统、雄厚的革命力量，以及特殊的区位优势。[①]

1927年8月上旬，省临委部分人员到达芜湖；9月，省临委工作机构基本健全，正式开始工作。至此，中共在安徽境内第一次有了一个领导全省党组织的核心机构。1927年12月，中共中央决定撤销省临委；1928年3月，中共中央又决定在芜湖重建新的安徽省临委（二届）；1929年5月二届省临委也被撤销，中共中央决定把安徽划分为芜湖、安庆、六安、阜阳等4个中心区域，在芜湖成立中心区域领导机构中共芜湖特别支部（简称“芜湖特支”）；1929年底，中共芜湖特支遭到破坏，中共中央决定在芜湖建立中共芜湖市委，又称中共芜湖中心县委，仍然是中心区域领导机构；中共芜湖市委成立于1930年3月，同年9月又根据中央的决定与群团组织合并，成立皖南特别行动委员会（简称“特行委”）；党的六届三中全会以后，特行委被撤销，1939年10月，成立芜湖特区委员会（简称“芜湖特委”），又称皖南特委。这些都是中心区域性质的中共地方领导机构。

1931年2月15日，中共安徽省委在芜湖正式成立，这是安徽历史上第一个正式的中共全省领导机构。同年4月，安徽省委遭到破坏，主要领导人被捕牺牲。中共中央决定重建安徽党的领导机构，6月初，在芜湖建立了中共芜湖中心县委，领导原来属于安徽省委管理的区域；7月，又将芜湖中心县委改组为临时中心县委。1932年初，芜湖临时中心县委被破坏以后，芜湖作为民主革命时期全省或中心区域党的领导机构所在地的历史到

①《安徽政治状况及党的工作方针决议》(1928年3月13日)，原件藏中央档案馆。

此结束。

本文以时间为序，对上述中共组织在芜湖设立的经过、主要活动及沿革过程进行逐一叙述，力求真实重现这段芜湖的重要历史。

一、中共安徽省临时委员会（一届）

“四一二”反革命政变发生后，安徽各地中共组织相继遭到严重破坏，迫切需要建立全省统一的党的领导机构，领导和推动安徽全省各地党组织的恢复和建立工作，复兴安徽的革命运动。

1927年5月，中共五大在武昌召开期间，中共中央政治局候补委员陈延年指示安徽参加会议的代表柯庆施、周范文研究并提出中共安徽省临时委员会组成人员名单，向中央报告。中央随后批准任命柯庆施、王坦甫、王心臬、李宜春、郭士杰、周范文、王步文等7人为省临委委员，柯庆施任省临委书记。5月下旬，安徽省临委第一次全体会议在武汉法租界大智门和平里召开，会议传达了中央批示，讨论恢复全省各级党的组织，发展工农运动和创造条件回安徽开展工作等问题。会后，省临委即派出部分同志先期回到安徽各地，在农村开展恢复组织，发展农运工作。在城市的主要任务则是领导工人和店员进行增加工资和改善待遇的斗争。同时联系安徽在武汉的同志，并进行登记，着手重建全省各地党的组织。

汪精卫公开背叛革命后，武汉地区的形势变得十分恶劣。在这种情况下，同年8月初省临委从武汉迁至芜湖，省临委机关设在距芜湖市区10余华里的滑港镇新民中学内。省临委迁到芜湖后，在执行委员会中设立常务委员会。常务委员会由柯庆施、王步文、王心臬3人组成，柯庆施任书记，王步文负责组织，王心臬负责宣传。

中共安徽省临时委员会的建立和迁芜，标志着党在安徽省境内第一次有了统一全省的领导核心。

省临委刚到芜湖时，只来了柯庆施、王步文、王心臬3个人，因此本身组织机构非常简单，开展工作也十分困难。9月以后，周范文、郭士杰、李宜春相继来到芜湖，省临委工作机构才基本健全。省临委决定对各委员工作重新分配，郭士杰任组织部长、王心臬任宣传部长，周范文负责民运兼农运，柯庆施任秘书（书记）兼工委书记。李宜春为皖北特派员（驻寿县），王步文为皖中特派员（驻安庆）。[①]1927年10月，省临委机构又进行了一次重大调整，由柯庆施、王心臬、郭士杰组成常务委员会，柯庆施任书记兼农运，王心臬任宣传部长兼工运，郭士杰任组织部长。同时任命王同荣为秘书处秘书；朱世珩为组织部秘书，兼负芜湖市的责任；阮淑兰为妇女部秘书兼会计；徐作兴为宣传部干事。

省临委到芜湖后，开始恢复和重建全省各地的党组织，并首先成立了中共芜湖县委。到1927年8月中旬，省临委在宿县、寿县、六安三县成立了临时县委，另外在南陵等8个县成立了特支，宣城等4个县设立了通讯处。同年10月，省临委所属的各地党组织发展为1个市委、3个县临委、2个特区委、8个特支、6个通讯处，全省党员200多人。恢复党的基层组织，大力发展党员，是省临委这一时期的工作重点。

9月初，省临委根据“八七”会议精神和安徽省党组织的实际情况制定了《关于安徽三个月工作计划纲要》（以下简称《纲要》），为恢复整顿各级党的组织，开展土地革命宣传，发动工农运动做出了具体的部署。

在组织工作方面，《纲要》首先要求各地党组织成立审查委员会，对所属党员进行重新登记，严格审查每一名党员。

在宣传工作方面，《纲要》强调将土地革命和建立农村政权为宣传工作的中心议题，让农民明白土地革命和农民政权的意义。特别要利用当时水旱灾害歉收、农民破产的有利时机，提出抗捐抗税和反对军阀战争的口号，引导农民走上土地革命的道路。

在农民运动方面，《纲要》针对大革命时期安徽农民运动开展不充分、发展不平衡的特点，要求将已有一定农民运动基础的宿县、寿县、芜湖、旌德的农民协会尽快整顿恢复，开展活动。同时指出，农民运动的根本目的是实现土地革命和建立革命政权，因此迫切的问题是组织农民武装。各

①《皖省临委给中央报告》（1927年9月27日）。原件存中央档案馆。

地党组织和农协应采用各种方法夺取枪械，秘密组织农民，武装自己。

在工人运动方面，《纲要》提出要全力注意芜湖，先将芜湖、安庆的产业工人、交通工人及电灯、电话、邮政等工人秘密组织起来。省临委决定，全省工运从安庆、荻港、大通、芜湖四地着手，并首先在芜湖秘密组织了芜湖工会联合会。

在组织发动农民武装暴动方面，根据“八七”会议的精神，10月下旬，省临委连续召开第二十二次、二十三次、二十四次常委会和第二次执行委员会会议，讨论发动农民武装暴动和组织建设等重要事项。会议认为，农民武装暴动应在远离中心城市、农运基础较好、反革命势力相对薄弱和具有多山地理优势的地方首先进行，因此确定以六安为中心作为安徽第一暴动区域，首先在皖西地区发动农民武装暴动。这一基本符合当时实际情况的决定，由于党内很快出现的“左”倾盲动主义的错误而没能得到完全执行。

1927年10月、11月，中央巡视员尹宽两次来到安徽。他巡视后认为，安徽的党务工作没有起色，省临委内部存在着不团结的现象，影响安徽工作的开展，并向中央提交了报告。12月6日，中共中央根据尹宽的报告，决定解散省临委。12月8日，中共中央正式通知安徽省临委3条决定：(1)安徽省临委暂时解散，在1928年1月20日前召集全省代表大会，成立省委；(2)派尹宽为中央特派员到安徽巡视工作，组织全省代表大会；(3)在省临委解散期间，由芜湖县委代办中央与安徽各地党部的交通事宜。

二、中共安徽省临时委员会（二届）

中共中央在撤销省临委时就决定，安徽省在1928年1月20日前召集全省代表大会，正式成立中共安徽省委。直到1928年2月，尹宽在巡视芜湖、安庆、六安等地后向中央报告，认为召开全省党代表大会条件还不成熟，仍应由中央指派负责人重建省临时委员会。

经中央同意，1928年3月中旬，以尹宽为书记的中共安徽省临时委员会（二届）在芜湖成立。省临委由尹宽、王步文、王教、龚德元和一个农民出身的同志（姓名不详）共5人组成，并由尹宽、王步文、王教3人组成常务委员会。7月，芜湖市委书记朱世珩被增补为省临委委员。①

二届省临委秘书处旧址

1928年4月，中共中央为纠正“左”倾盲动错误对党造成的危害，发出《全国政治状况和各省的工作决议》通告，承认党内存在“左”倾盲动主义错误，要求各地纠正“左”倾盲动主义和暗杀主义。同年六七月间，省临委接到中央通告。由于尹宽认为安徽不存在“左”倾盲动主义错误，没有将中央的通告向下级的党组织传达，致使安徽仍有盲动错误发生。②因此，尹宽与省临委组织委员王步文产生巨大矛盾，并和芜湖市委产生严重分歧。同时，党内同志对尹宽工作作风比较武断、经济上不公开也有很大意见。尹宽本人也开始称病住进医院，造成省临委工作实际上已经瘫痪。③安徽党内极不正常的情况，引起了中央高度重视。中央决定派中央委员、团中央书记任弼时到芜湖巡视，解决安徽问题。

任弼时到芜湖后，于8月22日在芜湖东门外一个叫“出世庵”的庙里

①《中央给皖省委信》(1928年10月5日)。原件存中央档案馆。

②《康生与委员张谈话》(1929年3月30日)。原件存中央档案馆。

③《朱世珩给中央报告》(1928年8月16日)；《皖省委给中央报告》(1928年10月)。原件均存中央档案馆。

召集省临委扩大会议。随后，任弼时又在芜湖多次召集会议。在充分了解情况后，任弼时在芜湖召开活动分子大会，将对省临委工作批评警告及解决风潮的办法进行报告。9月28日，任弼时将这一决定通告中央。10月5日，中央复函任弼时并转省临委，同意这一决定。

但是，安徽党内的矛盾并未就此解决，反而呈愈演愈烈之势，给党的工作造成了很大损失。到1929年初，芜湖市本地的党员"除掉被捕及自动脱离的外，其余的悉被省委开除了。"[①]安徽各地党的负责人也纷纷给中共呈送报告，反映尹宽和省临委在工作中的错误。省临委原计划1929年2月19日在芜湖召开第一次代表大会，正式选举产生中共安徽省委，也因为意见分歧严重，导致举行代表大会的计划被取消。

为了尽快彻底地解决安徽问题，1929年3月，由中央政治局常委周恩来、项英主持，在上海召开了安徽工作会议。根据安徽党的工作的实际情况，中央在确定了安徽问题的根源及解决问题的措施之后，同年5月，中央再次在上海举行安徽工作会议。会议决定，取消省临委。

5月24日，中央给安徽各县委、特区委发出指示信。信中在指出安徽党的严重问题后，确定安徽在工作开展上、在组织路线上，都有改变组织的必要。中央决定：(1) 暂时取消省委，由中央直接指导各重要区域的工作；(2) 健全地方党部尤其中心县的工作，由中心县指导和帮助各县工作的开展；(3) 中央派巡视员帮助各地方党部工作的建立与推进；(4) 深入群众之中，在群众中建立党的基础，真正发挥党的领导作用。

中央给安徽的指示信正式告知各县委和特区委，自本月起停止省临委的职务，将安徽划为芜湖、安庆、六安（后来移到寿县）、阜阳4个重要区域，建立中心党部，归中央直接指挥。其中芜湖为特别支部，安庆、六安为县委，阜阳为临时县委。同时，中央派出巡视员二人，一人以芜湖、安庆为中心，巡视沿江一带的工作；另一人以六安、阜阳为中心，巡视皖北各县的工作。至此，芜湖市党组织成为中心区域的领导机构，工作范围开始扩大。

---

①《寿县代表刘启元同阜阳六安霍山各县代表组中央报告》（1929年2月）。原件存中央档案馆。

三、中共芜湖特别支部

根据中共中央5月24日的指示，中共芜湖特别支部成立，特支机关设在芜湖市井儿巷一号。芜湖特支对所辖各县亦称芜湖中心县委。特支书记由原二届省临委秘书长宋士英担任。宋士英同时兼任组织委员，刘仿鼎（逢鼎）、王教任特支委员。刘仿鼎负责特支的宣传工作。芜湖特支成立后，在市区恢复了店员、第七中学和柴行3个支部，在芜湖县的万春乡成立了一个支部。8月，时任中央巡视员，负责芜湖、安庆沿江一带地区巡视工作的王步文将王教调离芜湖，另派王亚梅来芜担任特支委员，同时将支部改为小组。①

芜湖特支成立后，就将职工运动作为当前唯一的工作中心，并制定了以裕中纱厂、海员码头、大昌火柴厂、铁厂、面粉厂、人力车夫为运动中心的工作计划。在农运方面，则从芜湖的近郊着手，发动万春乡的农民抗租斗争，在石硊一带组织农民成立农民协会。当时，芜湖市相继发生市民"张学亮被英兵殴毙"、驳船工人"麦义隆为日水兵殴伤"、"水陆劳工游行示威"等重大事件，②特支抓住机会在市区大量散发传单和宣言，号召广大市民反对帝国主义及国民党改组派，反对军阀战争。

特支成立不久，又和所属无为、南陵、合肥、宣城各县的党组织发生联系，开始指导工作，并专门设立了交通处和通讯处。同年秋，宋士英亲往无为县巡视工作，对无为县党组织发动禁止大米外运斗争作了具体的部署和要求。

正当芜湖特支的工作刚刚步入轨道，1929年底，芜湖发生兵变，石友三军队五团、六团相互打了起来。几天后，打赢一方的军队在芜湖市区开始搜查败兵和武器时，突然闯进特委机关。当时刘仿鼎正在整理特委的文件，因事发突然，来不及收藏，被前来搜查的士兵发现。一开始这些士兵

①《英山芜湖桐城等县联席会议记录》（1928年8月30日）。原件存中央档案馆。

②《芜湖特支报告——关于工农运动方面的工作》（1929年7月7日）。原件存中央档案馆。

没有读懂文件，只是有些怀疑。他们在离开后，又突然返回抓人。这时刘仿鼎、宋士英已先后逃脱，国民党军队将宋士英的妻子连同不满4个月的儿子带走。后经党组织设法营救，宋士英的妻儿得以释放。宋士英逃脱后去了上海中央，芜湖特支就此消失。

四、中共芜湖市委

中共芜湖特支消失后，1930年3月，中共中央派史秀峰来芜湖，建立了中共芜湖市委。中共芜湖市委对外亦称芜湖中心县委，同样负有指导原芜湖特支所辖无为、南陵、合肥、宣城各县党务工作的职责。史秀峰任市委书记，裕中纱厂工人王福之和舒某某（名不详）担任市委委员。

史秀峰来芜后，开始寻找旧的线索，由于党组织一再遭到破坏，进行得十分困难，用了近2个月的时间，只找到了3名老党员，另外在裕中纱厂、工职学校各发展了2名新党员，成立了裕中纱厂和工职学校两个支部。

芜湖市委在组织发展非常困难的情况下，还是做了一些工作。在芜湖市区，市委组织发动纪念五一劳动节大游行。为此，市委专门制定了《红色五月行动纲领》，发出了“紧急通告”，号召广大群众上街游行，并在益新面粉厂发动“提前分红”的斗争，以充实这次活动。由于准备时间过于仓促，宣传得不充分，特别是组织内部意见不统一，没有得到广大群众的响应，斗争计划无果而终。

在指导所辖各县的工作方面，芜湖市委成立后，派原共青团芜湖中心县委书记郑钧安前往旌德巡视工作。郑钧安在去南陵途中的小轮上被捕，被解送芜湖关押。党组织经多方营救没有成功，郑钧安随后又被押送南京受审，同年10月被国民党杀害于南京雨花台。4月间，市委派中央军事科特派员赵夫（赵凫）到南陵，将南陵县的党组织进行改组并加以整顿，同时和宣城、繁昌、无为的党组织也开始发生联系。但是，市委的基本情况还是非常混乱，主要是市委委员王福之因个人的经济要求得不到满足，开始消极怠工。不久，舒姓市委委员也因为失业返回家乡，致使市委工作无法正常进行。4月下旬，南陵县委组织东西乡农民开展“借粮”斗争，遭到了国民党当局的严厉镇压，中共南陵县委遭到严重破坏。

在这种情况下，同年5月17日，中央巡视员王步文参加了市委扩大会议，检查五一游行失败的教训。随后，王步文对市委进行调整补充。调整后的市委委员为史秀峰、冰心（何秉新、何冰心、厉石青）、詹洪（志超、一鸣）、王福之。冰心任书记，史秀峰负责组织，詹洪负责宣传。不久，市委在王步文的主持下又进行了一次重大改组。决定开除王福之的党籍，补充书子芳（苏和）为市委委员，负责宣传工作，周心抚为候补委员。由冰心、史秀峰、书子芳3人组成市委常委会。同时，市委的工作机构也逐步健全起来，成立了职工运动委员会、农民运动委员会和士兵运动委员会。同时，市委为了加强和团、互济会的联系，针对党组织不断遭到破坏的情况，由党、团、互济会联合组成了秘密的工作委员会。针对当时党员队伍参差不齐的状况，党、团、互济会还联合组建了教育委员会，专门负责政治教育，提高同志的政治水平。同时，党、团、互济会还组建了党报委员会，编辑出版了《赤光报》。

随着市委的领导和工作机构的健全，芜湖的基层党组织也得到了一定的恢复和发展。到1930年7月，芜湖市直属市委管辖的支部共有7个。

在芜湖市的党组织得到恢复和加强后，职工运动得到进一步的发展。市委首先扩大了职工委员会的组织，同时针对不同工厂行业不同经济要求，来组织发动工人开展经济斗争，并首先在益新面粉厂取得成功。

在农民运动方面，由于当时芜湖地区农村经济发生的巨大变化，出现了一些新的情况。从1929年到1930年间，芜湖相继开通了至南（京）宣（城）广（德）无（为）的公路，商品与原料的输入输出，顿时方便百倍，芜湖及周边各县城的经济有了很大恢复。各县有实力的地主豪绅，开始走出农村发展实业。他们募资集股，组成各种公司，或在城市集资建房出租，一时间把农村的财富集中到了城市。地主豪绅的政治力量随之扩大，他们组织自卫团武装，在大的城镇有千余之众，中等的三五百名，小的城镇也有一二百人的武装。为了防共反共，他们在大的城市实行联保制度，小的城镇实行人事登记，互相担保。地主豪绅和国民党当局勾结在一起，常借“匪”的名义残杀工农群众，又时常借“清乡肃匪”欺诈农民，强迫农民承担各种捐税，借开垦修路名义强占农民的土地，使农民无法生存下去，被迫发起反抗斗争。在芜湖的周边各县，时常有农民自发地组织起来开展包围政府、强抢米行、杀土豪劣绅的斗争，并在斗争中喊出“打倒国民党”“拥护共产党”的口号，并到处张贴“拥护革命的共产党”“欢迎红军”“打倒国民党蒋介石”的标语。在这种情况下，市委多次派人到万春圩活动，在建立了万春圩士兵支部之后，又恢复了万春圩原有的6个农村党支部中的4个，建立了新的农民协会，组织发动农民进行抗租斗争。

市委对各县的指导工作，也取得了相当的进展。为了加强和各县的联系，市委开始建立芜湖到各县、各县到芜湖，以及芜湖本县和各县自身的交通网，同时建立了芜湖总发行处和各县的发行分处，及时地传达中央文件和市委的指导意见。市委由于缺少人手，无法派巡视员到各县巡视，又确定了召开县委书记联席会议制度，加强对整个芜湖区工作的部署和推动。6月，无为县发生烧当铺事件，芜湖市委立即致函无为县委，具体指导斗争的发展，并就如何引导这次斗争取得胜利的结果做了具体指示。为了推动宣城和繁昌两地矿工运动的发展，市委还决定在宣城和繁昌两地建立矿工直属支部，由市委直接领导，当作芜湖区的中心工作来做。同年秋，市委派黄革非赴繁昌，在桃冲矿成立了中共繁昌县委员会。

这时，芜湖市委所辖各县从无为、南陵、合肥、宣城扩大到繁昌、郎溪、旌德、巢县、含山等地。

1930年6月，李立三“左”倾冒险主义在中共中央取得了统治地位。这次“左”倾错误，对芜湖也产生了很大影响。在党内，芜湖党组织多次通过决议，采取多种形式开展对所谓“左”倾错误的斗争。在社会上则指示团组织和赤色工会在“五一”“五卅”“八一”等纪念日公开举行大规模的示威游行，数次发动“飞行集会”。但是，由于国民党当局在芜湖实行严密的控制和反动势力的强大，芜湖党组织发动的各种斗争都没有能够取得成功。反之，党组织却一再遭到破坏，损失惨重。

在整个党的组织需要“军事化”的口号下，李立三等人成立中央总行动委员会，作为全国领导武装暴动的最高指挥机关，同时把各级党、团、工会的领导机关合并为行动委员会，停止党、团、工会的正常活动。根据中共中央的指示，1930年9月，芜湖市委与群众团体合并，成立皖南特别行动委员会，隶属于江苏省总行动委员会领导。中共芜湖市委不复存在。

五、中共芜湖（皖南）特区委员会

李立三“左”倾冒险主义的急剧发展，使党和革命事业蒙受了重大损失。1930年9月24日，中共扩大的六届三中全会在上海召开，这次会议结束了李立三“左”倾盲动错误。

党的六届三中全会后，各级行动委员会被撤销。10月初，中共中央决定成立江南省委，辖江苏、浙江、安徽三省，同时决定在安徽境内建立长淮、皖北、芜湖3个特区委员会。

芜湖特委辖无为、宣城、南陵、广德、郎溪、含山、繁昌、铜陵、巢县等地的5个县委和6个区委，共有党员700余人。芜湖特委委员由王步文、史秀峰、霍锟庸（霍锟镛、何述文、何昆荣）、厉冰心担任。王步文为书记，史秀峰任组织部长，霍锟庸任宣传部长。芜湖市区的10个支部直属特委领导。

芜湖特委成立后，加强了宣传工作，编印了《皖南红旗》和《芜湖工人》两份报纸，每星期各出版一次。同时，特委将党中央的告群众书、各种布告和宣言进行转印，散发到群众中去。并决定从11月25日起，在芜湖与所属各县同时开展大规模的反对进攻红军的宣传。

特委对群众团体工作也有所拓展，专门成立了妇女运动工作委员会，妇委会又成立了公开的组织妇女互济会，开始筹备妇女平民学校，并派专人到裕中纱厂去开展妇女工作。与此同时，成立了共青团芜湖特委，将所属各县的党团组织进行了划分，使得团组织从党组织分开，开始独立活动。

组织发动武装暴动是这一时期特委的中心工作之一。为此，特委成立了“广暴委员会”，召集各革命群众团体与学校工厂的代表参与筹备工作，并对所辖各县发出广暴工作通告和宣传大纲。11月下旬，当广德暴动的红军武装出现困难局面时，皖南特委根据广德团县委书记张国强的请求，派专人前去巡视指导。①12月初，又直接领导了宣城的庙埠暴动。同时，芜湖特委还指示无为县委成立了中国工农红军皖南第三游击纵队，于12月上旬发动了无为六洲武装暴动。在芜湖的郊县，特委派人参与万春圩农民举行的抗租斗争，并通过这次斗争在万春圩找到了几个失去联系的同志，重新成立了两个支部。

就在芜湖特委工作逐步进入正常轨道的时候，情况发生了新的变化，致使芜湖党的组织又进入到一种沉寂的状态中。一是在李立三“左”倾冒险错误被纠正不久，又形成了王明“左”倾教条主义在中央的统治。在王明的“左”倾教条主义的影响下，芜湖特委“主要的是对党内斗争问题找不到正确的出路。而整个工作陷入消极状态，不仅没有群众运动，就连支部会也召集不成功”。②二是从1930年下半年开始，芜湖国民党当局进一步加强了反共行动。1930年9月，芜湖国民党当局召开“讨共大会”，并通电全国新闻界。随后，国民党当局在芜湖实行邮电检查，并成立“铲共团”。为配合国民党军队对红军的进攻，芜湖国民党当局加强了对苏区的经济封锁和“剿共”的宣传。因此，1931年1月，芜湖中共组织和革命群众团体连续遭到破坏。先是发生芜湖特委交通站被破坏，交通员周筱珊、党员鲍仓被捕事件。随后发生了芜湖工会联合会被破坏，工联会主任徐竹涛被捕以及两个党支部被破坏的事件。另外还有机房工人支部因工厂停产，工人党员离开芜湖解散，另一个街道支部因党内斗争影响无形消散。因此，到1931年2月安徽省委成立时，芜湖的党团组织已陷于瘫痪状态。

---

①《访问张宅中谈话录》(1987年1月4日)。原件存芜湖市委党史研究室。

②《巡视员关于安徽工作的报告》(1931年3月)。原件存中央档案馆。

六、中共安徽省委员会

中共六届四中全会以后，中央决定改变由一个省委来分管几个省党务工作的情况，将江南省委改为江苏省委，并决定在安徽成立省委。1931年1月31日，中共中央在上海召开安徽省委筹备工作会议。会议对组建安徽省委问题做了专门研究，决定了省委今后的任务，提出了省委及工作机构负责人的推荐名单。

安徽省委书记处旧址

2月15日，经中共中央批准，中共安徽省委在芜湖正式成立。由于中央任命的省委书记方英（方音）未到职，省委由王步文、霍锟庸、郭春华（学云）、刘静波（刘泉）4人组成。其中王步文、霍锟庸、郭春华任省委常委，王步文为代理书记兼宣传部长，霍锟庸为组织部长兼代职工部长，郭春华任军事委员会书记，刘静波任秘书长，张照明、朱亚清、周心抚任省委巡视员。省委成立了党报委员会，王步文任编辑，编辑省委机关刊物《安徽红旗》，每周出版一次。同时，还出版了《红旗副刊》，又在芜湖筹建图书馆。①3月上中旬，省委设立了妇女运动委员会，书记张亦平。当时，省委在芜湖建立的工作机关有书记处、组织部、宣传部、秘书处、常

①《皖省委皖字报告第五号》(1931年4月1日)。原件存中央档案馆。

委秘书处、交通处、文书处、印刷处和发行处。其中省委书记处设在原芜湖特委机关所在地，也是王步文的住所三圣坊三十号，秘书处设在柳春园宛宅。

3月下旬，由于中央派方英去皖西北苏区工作，刘静波被省委派往安庆任中心县委书记，省委又进行了一次调整。调整后王步文任省委书记兼组织部长，厉冰心任宣传负责人代秘书长，郭春华兼职工部长。

省委成立后，即派人到安徽各地巡视工作，并派专人到繁昌矿山开展工人运动，同时对各地党的领导机构进行了调整。不久，由于中共中央决定在鄂豫皖苏区成立中共中央鄂豫皖分局，皖西北地区划归分局管辖，津浦路沿线各县沿袭过去的做法，仍属江苏省委管辖。安徽省委的管辖范围为江淮地区、沿江地区和皖南各县。

4月6日，由于叛徒出卖，省委和团特委机关在芜湖遭到严重破坏，省委书记王步文、常委霍锟庸、团中央巡视员刘文等11人遭到逮捕。5月31日，王步文、霍锟庸、刘文在安庆北门外刑场就义。

省委被破坏后，省委的主要负责同志只剩下省委常委郭春华。4月7日上午，郭春华召集省委机关有关部门负责人召开紧急会议。会议决定，组织代省委行使省委职能。由郭春华代理省委书记兼组织部长，史秀峰代理宣传部长，赵凫代理军委书记，汪清如代理秘书，其他工作人员仍然做以前安排的工作。

代省委成立以后，引起省委工作部门一些领导的严重不满。他们先后几次写信或派人报告中央。中央因此没有批准代省委的组成，代省委的活动到4月底自行结束。这时，中央决定派邓小平为巡视员，到安徽巡视党务工作。

5月上旬，邓小平来到芜湖。由于白色恐怖严重，邓小平不便活动，他在芜湖只待几天时间。在这几天里，他会见了一些同志，召开了会议。在会议上，邓小平提出了处理安徽党务的意见，决定恢复党的领导机构，成立中共安徽临时工作委员会，作为安徽正式领导机构成立前的临时性过渡机构。省临时工作委员会由武英、谢节之、刘正等人组成，武英任书记兼皖南互济总会负责人。5月中旬，邓小平离开芜湖。就在他刚刚离开不久，武英等人就违背了邓小平的指示，以宗派主义的态度对待党内其他同志的意见，导致安徽党的组织更加混乱，严重分裂。

七、中共芜湖中心县委

安徽党组织不正常的状况导致党内思想混乱和组织分裂，引起中共中央重视，因此决定在安徽重建党的领导机构。6月初，中央根据安徽省委管辖区域仅限长江沿线及皖南地区这一实际情况，决定不再恢复省委，正式建立芜湖中心县委，指导安徽沿江及皖南地区34个县的党务工作。

中共芜湖中心县委由张人亚、刘静波、谢节之、刘正、商惠来（恩甫）组成，张人亚任书记。1930年，张人亚曾被党中央派到芜湖开设金铺，秘密从事为中共中央筹集活动经费的工作。后来，他被调回上海，担任中国互济总会主任。芜湖中心县委成立时，他又被派回芜湖，担任中心县委书记一职。

芜湖中心县委书记张人亚

当时芜湖中心县委所辖的34个县，有党组织的只有20个县，其余的14个县多半没有组织，个别县或有很弱小的组织，但已经同上级党组织失去联系，只有个别党员活动。中心县委成立后，将有组织关系的20个县划为芜湖、安庆、屯溪、宣城等4个巡视区。芜湖巡视区以芜湖、无为为工作中心，包括芜湖、无为、巢县、含山、铜陵、繁昌、南陵等县。芜湖市区当时有4个党支部，共有党员十七八人，直属中心县委领导。中心县委恢复了与省委同时遭到破坏的芜湖工联，中心县委分管宣传工作的负责人商惠来任工联党团书记，管志民任工联主席兼党团组织干事，随后恢复了在裕中纱厂、益新面粉厂和黄包车工人中的赤色工人小组。

在对各县的指导方面，芜湖中心县委成立后，立即派人去广德县指导皖南红军独立团工作，并数次致信广德县委，对其工作提出了批评和要求，并为广德县的工作制定了明确的工作纲领和计划。与此同时，中心县委还派专人到南陵县、繁昌县荻港矿山、潜山县、宣城县水东矿山等地帮助开展工作，并与从赣东北起义失败后撤退到徽州地区成立党组织的同志取得联系。

芜湖中心县委的工作刚刚开始，就遇到了严重的困难。主要原因首先是国民党加紧了白色恐怖的统治，导致中心县委委员刘静波在芜湖被捕；负责秘书工作的谢节之工作调动，准备接任的李合台还没有开展工作就在旅馆中被捕，刘正又被派往徽州做巡视工作，中心县委只剩下张人亚、商恩甫二人包办一切工作。

其次是1931年7月，芜湖遭到了多年未见的特大水灾。芜湖郊县各圩全部破决，芜湖全城也淹没在水中，交通断绝。由于水灾的影响，芜湖中心县委失去和外界的联系，芜湖市区的党组织也因为工厂停产歇业，无形消散。

再次是王明“左”倾教条主义统治中央以后，冒险主义、关门主义和“唯成分论”等“左”倾错误进一步扩大化，使党在国统区和革命根据地的工作都遭到程度不同的严重损失。芜湖中心县委也根据中央精神，对各县领导机关进行改组，把各县领导机关所谓出身不好的人撤换成工农干部，使党失去了一批工作经验丰富的骨干力量，影响了党的工作开展。但是，中心县委也没有全盘接受“左”倾教条主义，他们在给中央的报告中提出，要反对右倾，更要反对空谈“左”倾。[1]这也是最终导致中心县委被中央改组的重要原因。

最后一个原因，也是最主要的原因是中心县委陷入了内部的矛盾和斗争，遭到错误的指责和处理。中央于8月12日专门召开会议，检查芜湖中心县委工作。会议形成了《中央对芜湖工作的决议案》。随后，中央派巡视员陈文来到芜湖，对芜湖中心县委进行改组并指导工作。

八、中共芜湖临时中心县委

中央巡视员陈文于8月15日到达芜湖。他到芜湖后发现，大水确实给中心县委的工作开展造成极大的困难，几乎连通行都成问题。他先后找芜湖工联主席管志民、团临时省委书记张宅中、芜湖中心县委干事何雨亭谈话了解情况。原还准备找基层支部的同志谈话，因大水根本找不到人，就召集张人亚、管志民、张宅中召开党的会议。在这次会议上，决定由张人亚与管志民暂时成立临时中心县委，张宅中作为团的负责人参加临时中心县委的一切会议。会议形成了《接受中央检查中心县委工作决议的决议》。

8月27日，临时中心县委公开发布“中共芜湖县委为水灾告民众书”，同时派刘正到灾民中去开展工作。随后，陈文又对团临时省委进行改组，决定撤销团临时省委，将其分为芜湖、合肥、安庆等3个团中心县委，通过这次改组，加强了党团之间的联系。

临时中心县委成立后，由于水灾的影响，工作进展得十分缓慢，直到9月底，才恢复了芜湖市区的2个支部。临时中心县委除宣城、无为、南陵等县外，与其余各县都没有发生联系。芜湖临时中心县委在9月22日召开第四次工作会议，制定了两个月（9月底至11月底）的工作计划，决定对日军占据满洲事件立即发出宣言，并加紧公开活动，在群众中建立起满洲惨案后援会组织，发动广大群众积极行动起来；努力开展支部工作，建立裕中纱厂、益新面粉厂、洋车夫和灾民4个支部，同时要求每一个同志

①《芜湖中心县委给中央报告》(1931年7月23日)。原件存中央档案馆。

必须过正常的组织生活；建立赤色工会小组、互济会、妇女等群众组织；建立与宣城、广德、无为、繁昌、桐城等县的经常关系，帮助繁昌和宣城开展矿工工作；提拔工农积极分子加入临时中心县委工作。

随着大水退却，道路畅通，临时中心县委先后派刘正、金式城到徽州的休宁、祁门、歙县、黟县、太平、泾县及石台、秋浦等县，将当地零散的基层支部和党小组建成组织系统，于1931年11月成立徽州工作委员会，为党在皖南的发展和创建苏维埃区域打下了基础。

1931年底，张人亚被中央派往江西苏区，由管志民接任临时中心县委书记，中央同时派来高谦任临时中心县委委员、组织部长。1932年3月31日，团芜湖中心县委机关遭到破坏，团中心县委负责人陈贤彬、组织部长石求善被捕后叛变，带着国民党军警破坏了临时中心县委，逮捕了管志民、高谦。高谦被捕后叛变投敌。

此后，由于芜湖的白色恐怖日趋加强，以及受到党内"左"倾错误的严重影响，芜湖失去了作为全省或中心区域中共领导机构所在地的生存条件。安徽自从1931年4月中共安徽省委在芜湖被破坏，到1949年4月，再也没有建立过全省的中共核心领导机构。

结　语

自辛亥革命以来，芜湖就是安徽革命运动的中心，在这里发生过许多全省乃至全国中共党史、革命史上的重大事件，也曾经有很多著名的革命家和党的重要人物在这里从事革命活动。本文叙述的土地革命战争时期，中共安徽省的领导核心以及中心区域领导机构在芜湖建立、活动和沿革的过程，证明了芜湖在安徽革命历史中的重要地位，也说明芜湖拥有丰厚的红色文化资源。

从本文对中共安徽及中心区域领导机构在芜湖的历史梳理过程中可以看到，中国革命的胜利确实来之不易，既给后人留下了成功的经验，也留下了深刻的教训。但是，无论是经验还是教训，都是革命先辈给后人留下的宝贵遗产。

芜湖作为安徽红色资源的大市，有需要也有义务对这些宝贵的历史资源进行深入发掘、整理和更加广泛的宣传，不仅可以提供鲜活的资政育人的乡土教材，同时对打造芜湖人的精神家园、提升芜湖的历史地位和声誉度也会有很大的帮助。

安徽最早党组织之一的中共芜湖特支

镜湖区委宣传部课题组

摘要：作为安徽最早开埠、西方列强势力最早侵入的皖江城市芜湖，其第一个党组织中国共产党芜湖特别支部（简称中共芜湖特支）在1926年4月上中旬成立。这是中共中央文献记载的芜湖最早的中共党组织，也是安徽省最早有文献记载的两个中共党组织之一。成立后的中共芜湖特支为后来党组织的壮大发展奠定了深厚基础。特支党员展现出的崇高理想和特别能牺牲、特别能战斗、特别能奉献的精神品格，生动地诠释了伟大建党精神，至今仍然鼓舞着我们。

他们从芜湖出发走向全国，对中国革命贡献巨大，影响深远，谱写了中国革命的芜湖辉煌篇章。了解这段历史，研究其历史作用、历史贡献与时代价值，具有重要意义。

关键词：新文化运动　中共芜湖特支　时代价值

芜湖是一片拥有光荣革命传统的红色热土。

1876年，《中英烟台条约》签订，芜湖成为安徽省第一个也是唯一一个开埠城市。“光绪初，创建新关，外商纷至，轮舶云集，内外转输，沪汉之间，此为巨擘。新机日辟，文化遂兴，郁郁彬彬，人才蔚起。”[①]同时，新闻报纸业、新式教育的崭露头角，为新思想在芜湖的传播奠定了基础。随着科学图书社的成立和《白话书信》的发表，芜湖成为中国最早传

① 查钟泰：《芜湖新修县志序》，（民国）余谊密主修：《芜湖县志》，黄山书社2008年版，第4页。

播马克思主义的地区之一。

一、中共芜湖特支成立时代背景

（一）新文化运动在芜湖的兴起

1882年，芜湖米市正式开业，形成了盛极一时的米业市场。五四运动前夕，芜湖已是一座非常繁盛的商业城市。已有大小商店近万家，店员、学徒数万人，成为当时的“长江巨埠、皖之中坚”。芜湖工商业的蓬勃发展，促使芜湖成为安徽近代工业的发祥地，并催生了第一批产业工人，一支无产阶级队伍逐步形成。

这一时期，芜湖现代教育也取得了较大发展。1904年下半年，安徽旅湘公学迁至芜湖，改名安徽公学。当时一些著名的进步人士和革命党人都在该校任教。由于安徽公学影响巨大，吸引了全省各地以及省外的许多有志青年来到芜湖，就读于该校。安徽公学成为当时安徽革命斗士心中的一面旗帜，“一批又一批热血青年集聚到公学，搏动着民主主义革命强劲的胎音”。①

辛亥革命后，安徽公学一分为二，一为省立第二甲种农业学校（二农），一为省立甲种商业学校（二甲商）。当时，芜湖另一所名校省立第五中学也是名师荟萃之地，聚集了许多教育界进步人士，其中影响最大的是刘希平和高语罕。刘希平是老同盟会会员，立志于教育救国，1916年他受聘于省立五中教授国文与修身课。五四运动后，被学生推选为校长。同年，早期革命党人高语罕到省立五中担任国文教员，后兼任学监。他们积极倡导教育新主张。1917年，省立五中在皖创立第一个学生自治会，由学生审查、管理学校账务，评论教师讲课能力，监督厨房，实行校务公开、经济公开。

在高语罕的倡议下，以省立五中学生为主，联合芜湖各校一些进步青

① 金根木主编：《永不褪色的记忆》，安徽人民出版社2018年版，第3页。

年学生，组建了无政府主义团体“安社”，编印社刊《自由之花》，宣传反对强权、反对礼教、反对专制的思想。蒋光慈、祖晨、李克农、钱杏邨（阿英）等人都曾是“安社”的成员。同时，刘、高二人还联合各校进步师生，先后创办了平民学校和商业夜校，为人力车夫、纱厂工人、商店店员、学徒及其子弟进行义务教育，开创了在业学习的先例，首创安徽职业教育之先河。在他们的帮助下，这些人不仅学到了文化知识，思想认识也发生很大变化。

“五四”时期，省立芜湖第二女子师范学校、芜湖公立职业学校也聚集了一批进步师生。此外，还有教会在芜湖开办的几所中学，其中部分学生在五四运动爆发后，也主动投身到反帝爱国的大潮之中。正是由于芜湖人民长期遭受帝国主义的侵略之痛、掠夺之苦，并且有一批具有革命思想的进步师生汇聚在芜湖，使芜湖成为安徽最早响应五四运动的城市之一。

由于领导学生运动，高语罕被迫从省立五中辞职。1919年秋，他被二农聘为学监。1920年《新青年》纪念五一特刊发表了高语罕撰写的《芜湖劳动状况》。同年4月，高以“钓叟”笔名在《少年世界》发表连载文章《芜湖文化运动记》。9月，又以“素心”笔名在《民国日报》上发表《芜湖教育观》。这些文章提升了芜湖在全国的知名度。

1921年1月，高语罕的芜湖平民夜校讲义《白话书信》，由在上海的亚东图书馆出版发行。它是安徽最早传播马克思主义的书籍，深受年轻人的欢迎。在高的推动下，《芜湖学生会旬刊》、《芜湖》半月刊创刊，“芜湖学社”成立。一大批勇于追求真理的青年学生，积极投身革命活动，承担起传播新思想、新文化的使命和责任。

（二）深刻影响芜湖社会进程的五大事件

1.五四运动点燃了芜湖社会运动的烽火

1919年5月4日，北京爆发学生爱国游行示威活动。次日凌晨，高语罕即发动省立五中学生骨干“联络各校，采取统一行动声援北京学生”[①]。

①《黄埔军校最受欢迎教官高语罕的悲情人生》，“中国共产党新闻网”2014年1月7日

5月7日，芜湖省立五中、二农、萃文等校学生两千余人上街游行，声援五四运动，成为全国率先响应的城市之一。芜湖声援行动的消息也出现在上海各大报纸上，影响力很大。一大批进步青年学生和知识分子在五四运动中淬炼成长，由此踏上了革命道路，芜湖成为安徽省革命活动的策源地。

2. 芜湖青年赴法勤工俭学、赴俄德日参加革命活动

1919年3月至1920年12月，芜湖二农学生尹宽、李慰农、杨士彬等赴法勤工俭学。1922年6月3日，旅欧中国少年共产党成立，尹宽、陈延年、赵世炎、王若飞和周恩来一道当选为旅欧中国少年共产党中央委员[①]，同年底转为中国共产党员。1921年至1922年，省立五中学生蒋光慈、吴葆萼以中国社会主义青年团团员身份进入莫斯科东方劳动者共产主义大学学习。

1920年至1925年，芜湖、安庆师生分两批赴德、日留学。这些青年到国外不仅学习了文化知识，还受到马克思主义的熏陶，纷纷加入了党团组织。1920年10月，北京第一个共产主义小组成立。当时正在北京的高语罕参加了北大马克思研究会的秘密活动，并成为中共较早的一批党员。[②]一大批从芜湖出发的留学青年接受到革命思想，纷纷加入中共党团组织。

3. 芜湖人力车工人大罢工

1922年3月21日，为了抗议车行老板的残酷剥削，芜湖黄包车工人在学联领导人薛卓汉等人的组织和带领下，举行了大罢工。3月29日，安徽第一个工人组织“芜湖劳工会”正式宣告成立，发表了由学生代为起草的《芜湖劳工会宣言》，并向全国发出通电，拉开了安徽现代工人运动的序幕。[③]芜湖的工人运动受到中共中央的高度重视，薛卓汉作为芜湖工人阶级代表出席了在广州召开的第一次全国劳动大会。

---

① 中共芜湖市委党史研究室著:《中国共产党芜湖历史》(第一卷),安徽人民出版社2008年版,第69页

②《革命先驱高语罕的曲折人生》,《新民晚报》2012年12月17日B8。

③ 芜湖市政协学习和文史资料委员会、芜湖市地方志编纂委员会办公室编:《芜湖通史》,黄山书社2017年版,第345页。

芜湖工人阶级开始作为一支独立的政治力量登上了历史舞台，在反帝、反封建、反军阀革命运动中发挥了主力军作用。[①]

4.反奴化教育

1925年5月，芜湖教会学校学生掀起了反奴化教育斗争。中共中央派张秋人来芜指导运动。以王稼祥为代表的一批教会学生带头参加反奴化斗争。为解决在反奴化教育斗争中退学的芜湖教会学校500余名学生的就学问题，芜湖教育界进步人士发起了芜湖救济教会学生的新校筹备会，通过与省会安庆各教育团体共同努力，最终省教育厅同意拨款6000元在芜湖、安庆建立新校。李克农、钱杏邨（阿英）等创办民生中学，教育进步人士余小宋任新民中学教务主任。

9月10日，芜湖民生中学、新民中学开学。民生中学成为大革命时期芜湖党团组织培养骨干的基地，进行革命活动的堡垒，当时人称“芜湖的水泊梁山”。而新民中学聚集了不少中共党员，也是1927年8月中共安徽省临委会从武汉迁到芜湖的秘密办公地。[②]这场夺取教育权、反对奴化教育的反帝爱国学生运动，取得了胜利，沉重地打击了帝国主义的文化侵略。

5.声援五卅运动

“五卅”惨案发生后，芜湖人民反帝浪潮高涨。1925年4月23日，中国共产党创建者之一、中国革命青年领袖恽代英第二次到芜湖，参加芜湖各界追悼孙中山大会并发表演讲。恽代英在芜湖期间，除公开活动外，还积极指导芜湖团组织通过纪念孙中山逝世活动扩大反帝爱国宣传影响力，这对唤醒广大民众投身反帝爱国斗争起到了重要的推动作用。

1925年6月5日，由芜湖学生联合会、店员工会、律师工会、新闻记者工会、教职员联合会等十余个民众组织发起“芜湖市各界五卅惨案外交后援会”，向北京政府和上海方面发出两则通电，痛斥暴行，严正交涉，

① 中共芜湖市委党史研究室著:《中国共产党芜湖历史》(第一卷),安徽人民出版社2008年版,第65页。

② 中共芜湖市委党史研究室著:《中国共产党芜湖历史》(第一卷),安徽人民出版社2008年版,第108页。

表达芜湖人民誓为后盾的坚定决心。6月10日，全市举行罢市罢工罢课运动，学生、各业工人，以及外轮上的华工全都响应行动。“参加的群众有3万以上，工人占60%～70%，在英日等洋行的华籍职工也参加罢工警告洋商”。[①]

这场反帝爱国运动规模之浩大，气势之激烈，影响之深远，为芜湖历史之所罕见，创造了芜湖乃至安徽历史上的“四个第一”，即：第一次全面举行“三罢”斗争，第一次在一场运动中数次举行规模空前的示威游行，第一次进行长达半年多的斗争，第一次有洋行和外轮上的华人参加。这场运动觉醒了芜湖人民，壮大了革命的力量，提高了群众的斗争觉悟。

（三）芜湖团地委的成立为党组织创建准备了条件

1922年9月，卢春山负建团使命来到芜湖，和薛卓汉等4名学生在二农成立了芜湖第一个社会主义青年团团小组，直接与团中央联系并接受领导。[②]同年底，他们在二甲商成立了一个团小组，在芜湖公立职业学校（职校）成立了三个团小组。

1923年1月5日，经团中央批准，中国社会主义青年团芜湖地方执行委员会正式成立，成为当时芜湖革命运动的领导核心机构。1924年秋，团中央派团的江浙皖区兼上海地方执行委员、执委会秘书张秋人来芜指导团建工作。至1926年1月，芜湖已经建立团支部5个，发展团员43人。[③]领导的革命活动有：

1.学习宣传马克思主义

1923年6月，芜湖团地委书记王坦甫和团员骨干曹蕴真等人发起成立马克思主义研究会，公开登报吸收会员。从苏俄回来的中共党员、原省立五中学生蒋光慈撰写了《经济形式与社会关系之变迁》和《唯物史观对于人类社会历史发展的解释》刊登在《新青年》上，宣传马克思主义的唯物

① 邹义开选编：《安徽大事记资料》上册，安徽省地方志编纂委员会，第198页。

② 金根木主编：《永不褪色的记忆》，安徽人民出版社2018年版，第54页。

③ 中共芜湖市委党史研究室著：《中国共产党芜湖历史》（第一卷），安徽人民出版社2008年版，第74—80页。

史观，被团员们争相传阅。芜湖科学图书社出售《共产党宣言》《马克思小传》等大量进步书刊，让团员明白了科学社会主义和工人阶级专政的概念。团地委指导成立芜湖学生联合会，发展壮大爱社和青年协进会，吸引和培养了一大批进步青年加入团组织，不少人成为中共党团组织的骨干。

根据中央安排，1925年8月25日，留学回到芜湖的高语罕，就芜湖地方团组织开展、国民党地方组织的建设与发展工作进行指导，并指示在团组织的基础上发展中共地方组织。他回芜后不久，即介绍时任芜湖团地委书记、芜湖公立职业学校金工主任王坦甫入党。同时，他还到芜湖青年会及各学校公开演讲，进一步推动芜湖革命运动。

2.开展社会调查

一是办平民学校，通过教授工人识字的方法，注重对青年工人的教育。二是组织星期日社会调查队，到工厂做社会调查。如到裕中纱厂、大昌火柴厂等对工人的年龄、性别、待遇、工作时间、抚恤等情况做过细致调查，指出“在纱厂火柴厂中，有年仅六七岁的童工”。

为引导青年走向革命，芜湖团组织还利用报刊和集会开展宣传工作。1923年5月1日，团组织联络在校学生及工界职校学生上街游行演讲，并散发传单。这是芜湖第一次举行五一劳动节纪念活动，社会影响力很大。

3.开展反贿选斗争

1923年10月10日，市学联集合各校学生数千人游行示威，抄毁在芜“猪仔议员”彭昌福、吕祖冀住宅。佘小宋又率领二农师生将斗争扩大到安庆，震惊了反动当局。这是芜湖团地委建立后组织发动的一次大规模群众斗争。11月16日，陈独秀在《向导》周报第46期发表《安徽学生之奋斗》的文章，赞扬安徽安庆、芜湖学生斗争精神，文章说：“猪仔议员全中国都有，独有安徽学生加以群众的惩戒”，“是全国学界之领袖”。

4.反对日本出兵满洲游行

1925年12月25日，芜湖举行反对日本出兵满洲游行，当日发表《为反对日本出兵满洲告芜湖民众书》。芜湖团地委在这次斗争中第一次向社会公开身份，充分展现了中共党团员强大的力量，以及在反帝爱国反军阀斗争中的重要作用。[①]印刷的2000份《告芜湖民众书》传单被民众抢阅一空，产生了极大的社会影响，以致团地委在给团中央的报告中说："因时间来不及，经济又恐慌，所以只好油印，实在太少了。"[②]

芜湖地方团组织在斗争中发展壮大，成为中共芜湖特支成立前芜湖革命运动的领导核心，在宣传马克思主义和革命理论，领导和发动革命运动，开展国共合作三个方面做出了贡献，为中共党组织在芜湖的建立奠定了坚实的思想基础、群众组织和干部准备。

二、中共芜湖特别支部成立过程

中共芜湖特支的创立与时任中共中央总书记陈独秀在芜湖三年多的革命经历，中央对芜湖高度关注分不开，与团江浙皖区兼上海地方执委会主要组织者和领导人，同时兼全国非基督教大同盟主要负责人张秋人多次来芜指导团党建有着直接的影响。

（一）风起云涌的革命形势

1925年5月，芜湖教会学校圣雅各中学爆发了"夺取教育权、反对奴化教育"的斗争。芜湖团地委动员萃文、育才等教会学校起而响应，同时呼吁社会各界进行支援。随着五卅运动在芜湖激起了更大的反响，两股斗争浪潮汇聚到一起，形成了巨大声势，影响波及全省。从全国的形势看，党在领导五卅运动中得到很大发展，党中央提出要在极短的时间内将党"从小团体过渡到集中的群众政党"，强调对党员进行教育和训练的重要性。[③]迫于芜湖革命运动形势的需要，芜湖团组织写信给恽代英，要求派驻一位常驻员对团员开展培训。

8月下旬，团中央再次派张秋人来到芜指导学生运动，并担任芜湖团

① 中共安徽省委党史研究室著：《中国共产党安徽地方史》（第一卷），安徽人民出版社2000年版，第118页。

②《周范文、张秋人给团中央的报告》（1925年12月28日），原件存中央档案馆。

③ 本书编写组：《中国共产党简史》，人民出版社、中共党史出版社2021年版，第24页。

组织的宣传委员，对外掩护的身份是新民中学英语教员。10月，因时任团地委负责人陈原道被选派到苏俄学习，留校任二农图书馆管理员的周范文接任芜湖团地委书记。

党史资料中有关周的记述并不多，课题组经从省、市党史资料室等处多方查阅资料，考辨了相关史实：

1.在芜湖市党史资料室查阅到“1951年周范文自传复印手稿（入党与脱党经过）”中部分记录：1922年（应为1923年）秋，周范文由宣城转入芜湖二农读书，在校阅读了《独秀文存》和《白话书信》，有了启蒙的思想，开始对社会感到不满。1923年又阅读《中国青年》及瞿秋白的《新俄游记》，接触到马恩列思想，憧憬苏联十月革命以后的社会制度。特别是对文坛恽代英和萧楚女崇拜备至，开始与他们通信联系，得到鼓励与引导。经当时团支部书记曹国云介绍，同年加入S.Y（社会主义青年团），后更名为C.Y（共产主义青年团）。

2.“五卅”惨案发生后，团中央在上海发起召开全国学联第七届代表大会。1925年6月26日，二农周范文和陈原道作为芜湖的学生代表出席。[①]参会期间，周范文、陈原道经常和任弼时、恽代英在一起研究工作，接受团中央的指导。返芜后，他们将大会的精神和团中央的指示向芜湖学生联合会传达，并继续推动外交后援会的工作。[②]

3.根据1925年《中国青年运动历史资料》内容，中国共产党第四次全国大会对于青年运动的议决案（摘要）“怎样能使S.Y青年化，是现在最重要的问题”。S.Y分子的青年化固然可用机械式的办法尽量把超过年龄的团员送入C.P，并且以后不再介绍超过年龄的入团（S.Y系指中国社会主义青年团，C.P系指中国共产党）。[③]

1926—1927中国共产主义青年团中央第三次扩大会议文件《组织问题决议案》（节录）：“本团目前组织工作之要点是青年化和群众化。青年化，

① 中共芜湖市委党史办公室编：《中共名人在芜湖》，安徽人民出版社1991年版，第46页。

② 中共芜湖市委党史和地方志研究室编：《中国共产党芜湖历史大事记（1921—2021）》（上册），中共党史出版社2021年版，第24页。

③ 中共中央书局藏一九二五年卷第四号转描自《中国青年运动历史资料》（1925年）第二卷。

第一是要使本团自身成为真正青年的组织，中国青年年龄在二十岁以上者，已失其青年情绪而成年化了。所以二十岁以上之同志，应渐加入党。”[①]另据“《C.Y工作报告（1926节录）》就团的工作提出须注意青年化，而实际的步骤做出决定：凡年龄过二十岁之团员全数介绍入党；凡年龄过二十三岁之团员加入党后完全脱离团的组织”。基于此，1925年秋，经张秋人直接向党中央提名介绍时年23岁担任芜湖团地委书记周范文入党。

4.国共合作前期，党的工作重点是放在帮助国民党组织建设而忽略自身组织发展。从1925年起，党中央决定要加强自身组织建设。1925年1月召开的中共四大强调，“组织问题是吾党生存和发展之一个最重要的问题”，决定设立中央组织部，作为“实际上真能指导地方之党的组织”，[②]在全国范围内加强党的组织建设，扩大党员数量，明确规定以支部为党的基本组织。[③]大会还形成《对于组织问题之议决案》（摘要）：“为扩大吾党的数量，除上海和广东之外，应特别注意湖南、湖北、唐山、天津、山东等地。在这些地方已具备对于共产主义的工作和对于我们党的组织之前提；因为在这些地方纯粹工业工人的数量很多；同时在尚未有我们组织的其他工业区及大都市，如东三省、河南、重庆、九江、芜湖、福州等均应努力开始党的组织。”[④]这里特别提到了芜湖，说明党中央对芜湖党组织建设的重视。

1926年3月下旬，时任中央总书记的陈独秀亲召芜湖团地委书记周范文赴上海，“当面指导安徽省党组织及有关国民党的党务活动。”[⑤]周根据指示，回芜后即成立了中共芜湖特支。“过后，在芜湖即建立党的地委（应为中共芜湖特支），我任书记，始得党与团在组织上划分。”[⑥]可能由于

① 摘自《中国青年运动历史资料》(1926—1927)第三卷，第196页。

② 中共中央党史研究室编：《中国共产党的九十年（新民主主义革命时期）》，中共党史出版社2016年版，第32页。

③ 本书编写组：《中国共产党简史》，人民出版社、中共党史出版社2021年版，第22页。

④ 摘自《中国共产党第二次至第六次全国代表大会文件汇编》（原件存芜湖市委党史研究室）

⑤《周范文回忆》（原件存芜湖市委党史研究室）

⑥《周范文回忆》（原件存芜湖市委党史研究室）

周范文后期脱党，党史文件中没有周的更多资料。

因受当时的条件及历史环境所限，已无法考证其具体的成立时间、地点，但从现有的资料中还是可以做出大致推断。芜湖市档案馆有一份落款于1926年4月26日，芜湖团地委给团中央的报告（吴德顾耘给曾延的信）"芜湖团的工作情况报告"中记述：据此间"大学"负责人传来消息京案追悼会如果要进行游行，官厅决严格手段对付，因此是日（四.廿）只开了追悼会，参与该会仍以学生为最多。此"大学"就是当时中共党组织的秘密代称。由此可初步判断中共芜湖特支成立的大致时间应为1926年3月底至4月20日前。

中共芜湖特支秘密机关设在二农的可能性较大：其一，二农前身安徽公学为辛亥革命时期安徽革命的中心，积极响应五四运动的芜湖两所学校之一。二农多任校长卢仲农、汪雨相、王仁峰、沈子修、段天爵均为进步人士，鼓励学生关心国家前途，培养了一大批革命青年。其二，1926年4月前入党的二农校友党员有李慰农、尹宽、杨士彬、胡允恭、陶淮、王再生、薛卓汉、曹蕴真、徐梦秋、杨溥全、陈原道、夏雨初、黄让之等，二农革命氛围浓郁。其三，周范文当时任职二农图书馆管理员，有较好的掩护和召集活动的优势。当时，团组织的重要会议一般也是在二农召开。其四，1925年秋，原二农学生杨士彬从法留学回国，作为中共长江局秘密代表回芜湖，公开身份为二农教师。随后不久，二农美术教员沈天白也加入了共产党。因此可以推断，二农是当时芜湖党团活动的重要据点。

（二）芜湖特支的组织架构

1926年4月上中旬，中共芜湖特别支部成立，直属中央管理，这是经中共中央亲自批准，见于中共中央文献记载的芜湖最早的中共党组织，也是安徽省最早见于中共中央文献正式记载的两个中共组织之一。①

至当年秋，特支下属组织有民生中学、农商业职业学校和长街商店3

① 中共芜湖市委党史研究室著:《中国共产党芜湖历史》(第一卷),安徽人民出版社2008年版,第124页

个小组，以后增加了省立五中、澛港、白沙圩3个小组和中共和县支部。1927年4月18日，在国民党右派集团发动芜湖“四·一八”事件后，中共芜湖特支因主要领导人和骨干的离芜、被捕而消失。

1.中共芜湖特别支部

书　记：周范文（1926.4—秋）、王培吾（1926秋—1927.1）、俞昌准（1927.1—1927.4）

委　员：周范文（1926.4—秋）

王培吾（1926.4—1927.1）

杨士彬（1926.4—1927.4）

佘文烈（1926.4—1927.4）

俞昌准（1927.1—1927.4）

禹子啓（1927.1—1927.4）

朱　庥（1927.1—1927.4）

2.特支下属党组织

①民生中学小组（1926.4—1927.4）

负责人：章慕陶（1926.4—秋）

李克农（1926.秋—1927.4）

②二农、商业、职业学校小组（1926.4—1927.4）

负责人：朱　庥（1926.4—1927.4）

③长街商店小组（1926.4—1927.4）

负责人：不　详

鲍　沧（1927.2—1927.4）

④省立五中小组（1926秋—1927.4）

负责人：宋士英（1926.秋—1927.4）

⑤澛港小组（1927.3—1927.4）

负责人：胡本立

⑥白沙圩小组（1927.4—1927.4）

负责人：陈家坤

⑦和县支部（1927.4—1927.4.18）

书　记：禹子邕

3.特支领导的群团组织

①中国共产主义青年团芜湖地方执行委员会（1926.4—1927.4）

共青团芜湖特别支部书记：曹国云（1926.4—1926.6）

共青团芜湖地委书记：王培吾（1926.6—1927.1）

秦礼和（1927.1—1927.4）

②芜湖市总工会（1927.3—4）

委员长：朱　庥（1927.3—4）

③芜湖店员总会（1927.3—4）

委员长：金洁夫（1927.3—4）

副委员长：汪勋甫（1927.3—4）

④芜湖妇女协会（1927.3—4）

会　长：潘　璋（1927.3—4）

⑤芜湖农民协会（1927.3—4）

委员长：胡　济（1927.3—4）

⑥芜湖学生联合会（1927.3—4）

会　长：甘天泳（1927.3—4）

⑦芜湖各界群众运动委员会（1927.3—4）

主　席：刘为公（1927.3—4）

4.已知党员数

据目前所掌握的资料，1926年4月至6月，中共芜湖特支成立初期，党员成分基本是教师和学生，约有12人：周范文、王坦甫、杨士彬、章建新、沈天白、禹子邕、曹国云、周心抚、周筱珊、刘芳珏、佘文烈、王培吾。

1926年6月至1927年4月间，中共芜湖特支又发展了一批党员。主要有：胡浩川、胡苏民、陈家坤、甘天泳、宋士英、桂月峰等20余人。

资料显示，截至1927年4月18日，特支党员约有34人，他们分别是：

俞昌准、禹子邕、曹国云、周心抚、朱庥、胡苏民、胡浩川、佘文烈、周筱珊、刘芳钰、杨士彬、章建新、沈天白、钱杏邨（阿英）、李克农、胡济、郭从淑、王坦甫、鲍仓、李泽纯、严启文、任惠群、宋土英、胡本立、章朗卿、许慕苏、管昌宗、邓贤良、曹重堪、宫成栋、甘天沐、李守鉴、程文清、陈家坤。①

中共芜湖特支成立后，党组织力量在芜湖得到较快发展，扭转了在国共合作早期中共自身的发展基本处于停顿的局面。党组织成立前，许多党员一直在团组织工作。成立后，使得党与团在组织上划分开来，党组织建设得到加强。据1926年10、11月份中央局报告显示："直属中央各级党部及其党员数量统计：安徽芜湖党员27人（1926年6月份）。安庆有地委；芜湖有一特支，属中央管理。"但同时也提到，"安庆、芜湖两地的组织是十分幼稚，因为分子均系中学校学生，所以事起后学校停办，同志便多星散，组织等于瓦解。安徽没有大产业，因之工人运动亦只是城市手工业和很少的纱厂工人及码头工人。"②

从这些文件可以看出，党中央对芜湖的党组织建设给予了充分肯定，但同时也对安庆、芜湖乃至安徽党组织建设中存在的突出问题感到担忧。

（三）中共芜湖特支在国共合作时期发挥的历史作用

中共芜湖特支成立以后，立即以秘密方式开展各项革命活动。直到1927年3月北伐军进入芜湖后，中共芜湖特支公开活动一度在社会上产生很大反响。

1.推动芜湖地区的国共合作

1925年10月，国民党芜湖市党部成立，执行委员7人中有6位是中共党员。由中共特支党员李克农、王坦甫、杨士彬、周范文、钱杏邨（阿英）、胡浩川等人组成，胡浩川任党部主任委员，杨士彬担任市党部宣传

① 中共芜湖市委组织部等编：《中国共产党安徽省芜湖市组织史资料1926.4—1987.11》，安徽人民出版社1993年版，第20页。

② 中央档案馆编：《中共中央政治局报告选辑》，中共中央党校出版社1981年版。

部长，胡苏明任党部秘书。钱杏邨（阿英）、李克农同时担任芜湖县国民党党部执委。1927年4月20日，芜湖《工商日报》刊登新闻："在4月19日召开的芜湖国民党党员大会上，杨士彬当选为芜湖国民党党部主席，胡浩川、胡苏明等当选为执委委员。"

2.大力组织发展工农运动

中共芜湖特支从成立开始就重视工农运动，派员赴广州、武汉培训。1927年3月，芜湖市总工会成立，朱庥任委员长，会员达20000多人，将芜湖广大工人阶级团结在党的周围。农民运动是芜湖特支非常关注的一个焦点问题。1925年10月，中共中央执委会扩大会议提出要在政纲中列入解决农民土地问题，强调党只有和农民"结合巩固的同盟，才能尽自己的历史上的职任"。遵照这个精神，1926年，芜湖特支派胡济进入毛泽东主办的第六届广州农民运动讲习所学习。胡济回来后，受组织委派，与合肥的崔筱斋和寿县的曹广化组成安徽省农民运动委员会，这是安徽第一个专门指导农民运动的组织。

1927年3月，中共芜湖特支领导下的芜湖农民协会成立。1927年3月9日，东乡农民协会成立。不久，芜湖南乡的万春圩区、凤林、麻蒲也组织起农民协会。其中，万春圩区12个乡均建立了农民协会，每个乡农协设立武装自卫团，拥有自卫枪10余支，领导当年抗租斗争并取得胜利。

3.中共芜湖特支的公开活动

1927年3月8日，北伐军光复芜湖，中共芜湖特支积极领导民众支援国民革命军北伐。民生、萃文、圣雅各等校学生、各工会会员、军警政各界代表万余人在太古码头隆重欢迎。3月12日，在纪念孙中山逝世两周年之际，芜湖召开了一次市民大会。时任中共芜湖特支书记汪大炎（俞昌准）走上讲台，引起全场注意。他说"代表中国共产党说几句话"时，全场掌声经久不息，主要内容有"宣传共产主义，阶级斗争，全世界无产者联合起来，实现无产阶级专政，反对剥削制度、取消私有制度，实现各尽所能各取所需社会，联合弱小民族，反对殖民地政策，打倒帝国主义，取消一切不平等条约，收回租界等”。话说完后，全场又是一片掌声。[①]

那天会场到会人很多，站得密密麻麻，不少是裕中纱厂的产业工人。这是特支党员第一次在芜湖公开演讲。从此以后，芜湖有了共产主义的组织这一事实，深刻地留在芜湖民众的脑海里。[②]

3月14日，中共芜湖特支和芜湖团地委又在芜湖《工商日报》公开发表《告民众书》，强调男女平等，号召农工学商兵团结起来，建设真正的民众政权，这在社会上引起很大反响。芜湖妇女界也广受影响，王莹等一批知识女性逐步觉醒，摆脱封建家庭羁绊，走上了革命道路。

3月18日，芜湖民众在十三道门集会，时任中共芜湖特支书记俞昌准再次演讲，阐述巴黎公社的意义，号召无产阶级联合起来，打倒军阀和帝国主义，实现共产主义。这次演说再次给芜湖民众留下了深刻的印象。[③]

北伐军到芜湖后，芜湖特支领导芜湖市民掀起了反帝、反封建、反土豪劣绅的群众运动。随后，在北伐军攻克南京的过程中，芜湖特支领导芜湖社会各界特别是工会，组织输送队、担架队、宣传队等给予了大力支持。

4.与反动军阀和国民党右派进行坚决斗争

1927年3月，军阀陈调元向芜湖市商会勒索百万巨款。在芜湖特支的领导下，工会组织店员、工人开展了罢市活动并取得胜利，并在《工商日报》发表“芜湖驱陈市民大会宣言”和致中国国民党中央党部的“市民大会之通电”。最终，陈只得灰溜溜地逃离芜湖。“驱陈斗争”取得了胜利，创造了芜湖革命运动史上光辉的一页。4月1日《工商日报》刊登《泣告同志》一文，为中共芜湖特支党员所写，文章表达了对国共合作前途的担忧。4月7日《工商日报》刊发《孝子与信徒》一文，对国民党右派丑恶嘴脸进行了无情的揭露。

① 中共芜湖县党史研究室编:《中共芜湖县(市)历史资料汇编》,2017年,第150页。

② 中共芜湖县党史研究室编:《中共芜湖县(市)历史资料汇编》,2017年,第151页。

③ 中共安徽省党史研究室编:《中国共产党安徽地方史》(第一卷),安徽人民出版社2000年版,第138页。

三、中共芜湖特支的历史贡献

“四一二”事变后，4月15日，国民党芜湖市公安局长高东澄赴南京接受蒋介石“严厉镇压革命运动”的命令。回芜后，高即发动了“四一八”反革命事变，开展“清党”运动，逮捕共产党人和革命志士，并将国共合作时期的芜湖市、县党部的群众团体捣毁一空，大多数中共党团员被迫撤离芜湖。

在此之前，李克农奉中共芜湖特支指示与钱杏邨（阿英）等打入芜湖青帮组织。4月18日，芜湖国民党右派策划反革命事变，李克农事先获悉，除工会委员长朱庥等人被捕，两人牺牲外，中共芜湖特支及芜湖团地委主要骨干得以隐蔽并及时转移外地，保存了芜湖革命的火种，但中共芜湖特别支部被迫中止活动，机构不复存在。

中共芜湖特支从1926年4月成立，到1927年“4.18”反革命事变被迫中止活动，时间仅一年，但中共芜湖特支培养了一批特别能战斗、特别能牺牲、特别能奉献的党员队伍。特支党员们从芜湖出发走向全国，对中国革命贡献巨大，影响深远，谱写了中国革命的芜湖辉煌篇章。

1.特支党员在各地继续斗争，把革命火种播撒大江南北

特支党员胡苏明，接受党的派遣，回六安组建中共六安特区委员会，为开辟鄂豫皖根据地做出巨大贡献。特支党员任惠群回无为从事地下工作。1927年8月，根据省临委指示，返乡主持建立了中共无为特别支部，1930年组织领导无为的“六洲暴动”。特支党员陈家坤，回芜湖县组织白沙洲农民暴动。特支书记俞昌准回南芜边区组织农民暴动。特支党员禹子鄨、邓贤良、曹重堪回和县开展地下活动，成立和县党支部。特支党员李克农、钱杏邨（阿英）、严启文、章朗卿、李泽纯赴上海，继续革命道路。

2.特支党员为革命赴汤蹈火，视死如归

为革命先后牺牲的有俞昌准、王培吾、朱庥、郭士杰、陈家坤、桂月峰、李宜春等7人。为革命积劳成疾病逝的有宋士英、杨士彬、曹国云、

刘芳珏等4人。特支书记俞昌准，回家乡南陵组建中共谢家坝支部，1928年1月领导了南芜边区农民暴动，成立了苏维埃政府，点燃了全省农民武装暴动的火炬。12月16日在安庆壮烈牺牲。特支第二任书记王培吾，曾赴苏联学习，参加中共六大，任鄂豫皖军委政治部主任，是我党政治建军的践行者，由于与张国焘开展坚决斗争，1931年11月以莫须有的罪名被杀，1945年被追认为革命烈士。特支党员李宜春（1902—1932），1923年入党，1926年到芜湖二农任教，从事地下工作，1932年任中共河南省委领导时被国民党暗杀。特支党员桂月峰，曾任鄂豫皖根据地中心县县长，1932年牺牲，一家五烈士。特支党员朱庥，曾任芜湖市工会委员长，1940年4月被国民党反动派活埋于无为县城张家山脚。特支党员陈家坤，曾组织白沙圩农民暴动，失败被捕，1931年4月惨死在安庆监狱，成为革命烈士。曾就读于芜湖二农，学生运动的组织者之一的李慰农，1922年在法国勤工俭学时即加入中国共产党。1925年4月被中央派往青岛领导工人运动，后遭反动军阀杀害。他是青岛为革命献身的第一位共产党人。

3. 特支党员为中国革命和建设做出不可磨灭的历史贡献

以李克农、钱杏邨（阿英）为代表的特支党员矢志不渝地投身中国共产党领导的新民主主义革命，经过二十八年的浴血奋斗，建立了新中国，实现了国家的独立和人民的解放。他们把自己的毕生精力和智慧无私无畏地贡献给中国人民的解放事业和社会主义建设事业，他们是杰出的无产阶级先锋战士，也是中共芜湖特支的骄傲。

4. 中共芜湖特支的深远影响

芜湖特支的创建及其活动影响在中共党史文献中均有记载。课题组通过查证资料，了解到安徽第一个农村党支部小甸集特别支部、第一个城市党组织中共安庆党组织的创建，均与在芜求学过并从事芜湖革命运动的一批党团员骨干有关。曾在安徽最早发起现代工人运动、芜湖早期团组织的创建者之一的学生运动领袖薛卓汉、曹蕴真、徐梦秋离芜后加入党组织。1923年冬，薛卓汉、徐梦秋回到寿县，在小甸集成立了中共小甸集特别支部，曹蕴真任支部书记，直属中共中央领导。这是党史记载的中共安徽第一个农村支部。中共党员高语罕、曹蕴真、薛卓汉等曾先后被派到安庆指导革命运动。曾在芜湖参加革命活动的柯庆施于1923年春奉命到安庆，恢复了青年团组织，并从中发展了部分党员。1923年冬，柯庆施、王步文、濮德治等10人齐聚在安庆北门外万安局一号濮家老屋召开会议，正式成立中共安庆支部，但中共党史文献并未记载。

习近平总书记在党史学习教育大会上强调指出："要教育引导全党大力发扬红色传统、传承红色基因，赓续共产党人精神血脉，始终保持革命者的大无畏奋斗精神，鼓起迈进新征程、奋进新时代的精气神。"

通过学习了解中共芜湖党史，我们要牢记中共芜湖特别支部创立时的初心与使命，传承特支党员崇高的信仰、坚定的信念"红色基因"，弘扬特别能战斗、特别能牺牲、特别能奉献的革命精神，敢于迎接各种风浪考验，勇往直前，奋勇争先，为实现芜湖跨越式发展，建设省域副中心城市而不懈努力。

白沙圩农民暴动研究

湾沚区委宣传部课题组

摘要：1927年底至1928年初，白沙圩农民暴动在芜湖县陶辛镇马坝陈村经历了酝酿、涌动、失败全过程。此次暴动在史料记载上虽笔墨甚少，但作为由中共安徽省临委直接领导的安徽省第一次农民暴动，无疑推动了安徽省农民革命进程。

本文挖掘白沙圩农民武装暴动史实资料，还原暴动真实过程，研究暴动失败原因，阐述中华民族在积贫积弱的旧时代里寻觅自由民主的艰难，探讨暴动带来农民革命意识的唤醒，以及对农村革命工作的推动和促进。

关键词：白沙圩　农民暴动　失败原因　影响

1928年1月16日（农历腊月二十四），南陵县、芜湖县[①]在中国共产党的领导下组织了南芜边区农民武装暴动[②]，白沙圩农民暴动是其中重要的组成环节，党史上称之为“南芜边区（白沙圩）农民武装暴动”[③]，民间称为“白沙圩农民暴动”。此次暴动是党的“八七会议”之后，由中国共产党领导的农民武装革命运动，是毛泽东“枪杆子里面出政权”论断的伟

① 芜湖县于2020年9月区划调整中撤县设区，现为湾沚区。

② 南芜边区农民武装暴动，是1928年1月在芜湖县、南陵县两地统一开展的暴动，由芜湖县白沙圩农民暴动、南陵县谢家坝农民暴动共同组成。总指挥俞昌准主要负责南陵谢家坝一带的暴动工作，副总指挥陈家坤主要负责芜湖白沙圩一带的暴动工作。

③ 中共芜湖县委党史办公室：《中国共产党芜湖县地方史》（第一卷1919—1949），安徽人民出版社2008年版，第125页。

大实践，揭开了皖南人民在中国共产党领导下武装推翻国民党反动统治的序幕。

白沙圩农民暴动是中国共产党早期革命较有价值的社会革命实践之一，在当时的时代背景之下，产生了一定的影响力。虽然白沙圩农民暴动最终失败，但是整个过程，展现了陈家坤[①]烈士在内的中国广大的社会民众渴望国家富强、社会变革、建立美好生活的愿望。在大革命失败后，树立起了安徽土地上由中共安徽省临时委员会直接领导的第一面农民武装暴动的革命旗帜[②]。

一、白沙圩农民暴动历史背景

纵观历史，处于封建社会中的中国经济是高度自给自足的小农经济，农民的基数最大，但由于土地不断被兼并，集中到了少数官僚和大地主阶级的手中，农民不仅受地主的压迫，而且还必须缴纳国家的赋税，生活压力巨大。在风调雨顺的年份，农民的生活虽然不好过，但有一口饭吃，尚动不了造反的念头。而当统治集团内部极度腐败、国家政治经济环境十分混乱、自然灾害频发的情况下，农民连基本的温饱都不能保证，各种社会矛盾就会集中爆发，其中以有组织的武装暴动为最高斗争形式。

民国时期，自然灾害的影响、贪官污吏的盘剥、土地的集中兼并等等，造成社会分配出现极大不公，穷人越来越穷，富人越来越富，农村出现了在水深火热的死亡线上挣扎的赤贫农民阶层。内忧外患，军阀混战，政局动荡，政治不安定，则社会无出路[③]。社会矛盾交织，此起彼伏，使得社会底层暗流涌动，白沙圩农民暴动，便在此背景下涌动酝酿。

① 陈家坤(1902—1931)，男，芜湖县陶辛镇马坝陈村人，共产党员，马坝陈农民赤卫队队长，参与组织领导白沙圩农民暴动，任皖南赤卫队队长。《芜湖县志》烈士英名录有记载。

② 陶毓昆：《白沙圩农民暴动》第1页，芜湖县档案局汇编，收藏于湾沚区档案馆。

③ 钱穆：《国史大纲》，九州出版社2011年版，第978页。

（一）民国时期恶劣的政治经济环境

第一次国内革命战争失败以后，在关系党和革命事业前途和命运的关键时刻，中共中央政治局于1927年8月7日在汉口召开的紧急会议，史称“八七会议”。会议集中批判和纠正了陈独秀右倾机会主义错误，撤销了他在党内的职务，选出了新的临时中央政治局，确定了土地革命和武装起义的方针。会议通过了《中国共产党中央执行委员会告全党党员书》等议案。毛泽东出席了这次会议，并提出了著名的“枪杆子里出政权”的论断。八七会议后，毛泽东受中共中央委派，以中共中央特派员的身份前往长沙，领导湘赣边界的秋收起义。这一时期，在中国共产党领导下，全国范围内的中国工农革命运动蓬勃发展。

20世纪20年代，为了寻找救国救民的出路，各个阶级和政治力量纷纷登上历史舞台，结果是你方唱罢我登场，迅即成了过眼云烟；社会各界人士也各显身手，尝试着种种救国方案，都没有成功。因此可以说在中国革命的早期，面对内忧外患、民族存亡的危机，志士仁人和各阶层民众先后发起了一系列救亡图存的斗争，但这些努力都一一失败了，亿万人民仍在水深火热中挣扎。

中国的出路到底在哪里？许多先进的中国人在痛苦、彷徨中寻找新的社会力量和前进道路。几经失败之后，人们把实现民族独立、国家富强的希望寄托到新兴的无产阶级及其政党——中国共产党的肩上。哪里有压迫，哪里就有反抗。在中国共产党领导下，底层民众为谋自救而迅速激活了民族意识，展开了如火如荼的革命斗争。

（二）土地兼并，生产力发展迟滞，民众经济困顿

封建土地所有制是封建时代的根本经济制度，这一经济制度在晚清、民国时期发展到了极致，其弊端也暴露无遗，严重影响了当时经济社会的发展，最后导致经济发展迟滞。究其根本原因，其一，社会官僚阶层的盘剥。官僚阶层高高在上，作威作福，搜刮民众，侵吞民产，久而久之，开

始大量购置田产，持续压迫剥削农民，最后造成大量农民流离失所，这样就出现了历史上所谓的“地主经济”。其二，社会极端的两极分化。在这一经济模式下，人数众多的农民没有耕地，没有耕地所需的生产资料，也没有较高的生产积极性。他们只能选择依附官僚，靠租种地主的土地来生活，忍受着沉重的苛捐杂税。整个社会极端地两极分化，导致整个经济发展的停滞，百姓生活极端艰难。

根据王大来[①]当年回忆，白沙圩胡湾村、马坝陈村的土地基本集中在地主大户胡朝熙、胡宗球、胡宗缪、陈宗银等手中，周围的农民大都是他们的佃户或雇工。这些地主大户高高在上作威作福，农民们苦不堪言，不胜愤懑。

（三）自然灾害频繁，百姓民不聊生

据《芜湖县志》记载，民国时期，自然灾害频仍。自民国五年（1916）起，至民国十六年（1927）的十一年间，有记录的破圩有5次之多。民国十六年（1927）春夏的梅雨季节，皖南大地普降暴雨，长江水位居高不下。地处青弋江下游的陶辛圩破圩[②]，陶辛圩、白沙圩和周边圩区内涝难以外排，洪水滔天，圩区一片汪洋，农民种植的庄稼淹没在洪水之中。

据陈家寿[③]当年回忆，由于洪涝频繁，马坝陈的老百姓灾年常常颗粒无收。为了生存，很多百姓拖儿带女、背井离乡，外出逃荒要饭，但是地主大户们不管百姓生存困难，依旧照常向佃户收取田租，引起了穷苦百姓对他们的极大愤恨，这是爆发白沙圩农民暴动的原因之一。

---

① 王大来：生卒不详，男，芜湖县陶辛镇马坝陈村人，共产党员，赤卫队队员，参与白沙圩农民暴动。

② 芜湖县地方志编纂委员会：《芜湖县志》，社会科学文献出版社1993年版，第71页。

③ 陈家寿（？—1986），男，芜湖县陶辛镇马坝陈村人，共产党员，赤卫队队员，参与白沙圩农民暴动。

（四）贯彻“八七会议”精神，安徽省临委的推进

1927年5月，中国共产党第五次全国代表大会在武汉召开。会议期间，中共中央政治局候补委员陈延年指示安徽参加会议的代表柯庆施、周范文，研究并向中央提出成立安徽全省性的党组织——中共安徽省临时委员会，提出柯庆施、王坦甫、王心臬、李宜春、郭士杰、周范文、王步文7人为省临委委员。中共中央批准了这一组成名单，任命柯庆施为书记。安徽省临委在武汉正式成立。7月，中共中央决定将安徽省临委迁至经济发达、工人基础较好的芜湖。

9月初，省临委根据“八七会议”精神和安徽党组织实际情况，就贯彻执行土地革命的纲领，制定了《关于安徽三个月工作计划纲要》，为恢复整顿各级党的组织，开展土地革命的宣传，发动农民运动，做出了具体部署。10月下旬，省临委召开会议讨论发动农民武装暴动和组织建设等重要事项。会议认为，皖西六安、寿县等县远离中心城市，农民运动有较好的基础，而反革命统治相对薄弱，具有境内多山的地理优势，因此确定以六安为中心，划六安、霍山、英山、霍邱、寿县等5县为安徽第一暴动区，首先在皖西发动农民暴动，开展土地革命，建立红色政权[①]。

1927年10月、11月，中央派尹宽两次巡视安徽芜湖地区工作。尹宽认为安徽党务工作没有起色，安徽省临委内部存在着不团结现象，影响全省工作的展开，因此向中央报告应解散安徽省临委，同时尽快召开全省党代表大会，成立安徽省委。12月6日，中共中央根据尹宽的报告，决定暂时解散安徽省临委，柯庆施调回上海。12月8日，中央正式通知省临委：（1）安徽省临委暂时解散，在1928年1月20日前召集全省代表大会成立安徽省委；（2）派尹宽为中央特派员到安徽巡视工作，组织召开全省代表大会；（3）在省临委解散期间，由芜湖县委代办中央与安徽各地党部的交通事宜。尹宽于12月中旬开始主持安徽党务，巡视各地，批复各县工作报告，实际上负责中共安徽省临时委员会的工作。

① 顾永俊:《命运多舛的中共安徽省临时委员会》,《党史纵览》2013年第5期。

1927年10月，安徽省临委主要负责人尹宽在芜湖巡视期间，听取了省临委组织部长兼芜湖县委书记郭士杰（后被国民党抓捕）关于芜湖县白沙圩农民赤卫队的情况汇报。尹宽觉得当前的敌我形势有利于我，在芜湖举行农民武装暴动，将会收到很好的效果，因此要求省临委、芜湖县委有关领导和赤卫队主要负责人及时召开白沙圩农民赤卫队暴动的准备会议，部署白沙圩的农民暴动。

随后，暴动委员会召集会议，决定举行暴动事项。会议将暴动时间定为1928年1月16日（农历腊月二十四）[①]，而在此之前，据陈家寿回忆，陈家坤等人商定的暴动时间定为1928年2月6日（农历正月十五）。

（五）白沙圩农民赤卫队的创建，奠定了武装暴动的基础

白沙圩农民暴动的酝酿，很大程度归功于白沙圩农民赤卫队的创建。胡功琛[②]到白沙圩秘密开展农运工作，成立了农民协会，农协会就设在马坝陈村。1927年9月，在农协会的基础上成立了农民赤卫队，陈家坤任赤卫队长[③]。当时赤卫队有500多人，后来发展到1000多人，并拥有几十条长枪（收编了一个土匪小队）和三支手枪。

赤卫队的斗争目标：打土豪、分田地、为劳苦大众求解放。1927年梅雨季节，地处青弋江下游的白沙圩和周边地区遭受连续大雨，圩内一片汪洋，庄稼淹没在洪水之中几乎颗粒无收，饥寒交迫的广大受灾群众纷纷参与到革命队伍中来，希望借助革命的力量，打倒地主豪绅、分田分地，为自己谋取生存权利。赤卫队声势浩大，涉及南陵、宣城、繁昌等地，在皖南大地上影响巨大，具备组织暴动的基础力量及组织优势。

---

① 中共芜湖县党史办公室:《中国共产党芜湖县地方史》(第一卷1919—1949),安徽人民出版社2008年版,第25页。

② 胡功琛:芜湖县陶辛镇马坝陈村人,陈家坤的入党介绍人,参与组织白沙圩农民暴动。

③ 中共芜湖县党史办公室:《中国共产党芜湖县地方史》(第一卷1919—1949),安徽人民出版社2008年版第24页。

二、白沙圩农民暴动过程

（一）陈家坤提议开展农民武装暴动

陈家坤是一名血气方刚、意志坚定的共产党员，白沙圩农民暴动最早的想法便来自他。1927年9月，白沙圩组织成立了农民赤卫队，陈家坤任队长，不久，陈家坤来到芜湖市找党组织，他在共青团员朱××的家，和朱××的哥哥（党的同情者）谈心说道："现在地主迫害农民有后台了，以前我们乡下一些人认为长农民志气的事是国民党干的，现在都知道是共产党干的，大家都说共产党好。我们种田的穷人现在太苦了，我这次来芜湖想找党组织汇报一下，要求党组织派人去我们白沙圩领导暴动。我们要像毛泽东、朱德、贺龙等同志那样，拿起枪杆子干革命。你知道党组织在那里吗？"①

这番谈话，恰好被在内房午休的芜湖团市委学生部长、国民党芜湖县党部青年干事吴昭苏②得知，他嘱咐朱××将陈家坤讲的情况和要求立即反映给中共安徽省临委和共青团特委。安徽省临委根据党中央的要求，正准备组织武装暴动，听到陈家坤的想法，十分高兴，随后命令尽快聚集力量，积极准备暴动。

（二）省临委同意批准，拉开暴动帷幕

芜湖早在1927年初，就经中央批准建立了中共地下组织③，设立中共芜湖特别支部。1927年成立中共芜湖县委。根据中共芜湖县早期组织及土

① 芜湖县档案局编：《革命丰碑——缅怀革命先烈陈家坤同志》，存于湾沚区档案局，第2—3页。

② 吴昭苏：生卒不详，男，1926年加入共青团，同时入伍，历任团县、市委书记，团省委宣传部长。解放后任广西平桂矿务局党委书记以及在广西省委工业部、省第二图书馆等单位工作过。见吴昭苏回忆录《陈家坤在狱中》第3页。

③ 芜湖县地方志编纂委员会：《芜湖县志》，社会科学文献出版社1993年版，第443页。

地革命党、政、军组织系统表[1]记载，最早成立的便是中共白沙圩小组，组长为陈家坤。

1927年，中共安徽省临时委员会由武汉迁至芜湖。当时党中央根据“八七会议”精神，明确地向安徽省临委交代了任务：恢复党组织，组织工人农民，组织武装暴动，和国民党反动派进行武装斗争。安徽省临委遵照中央指示明确了在安徽开展活动总的方针、路线[2]：

（1）传达贯彻“八七会议”精神，向基层干部和党员进行阶级教育，扭转国共合作期间所产生的右倾机会主义的残余思想，划清阶级界限，站到“八七会议”所确定的正确立场上来；

（2）整顿组织，清洗异己分子，大量吸收工农分子到党内来，改变党员的阶级成分；发动群众，组织农民协会，进行由减租减税向抗租抗税发展的斗争，斗争的主要对象是封建地主豪绅；

（3）国共已分裂，要扛红旗，撕毁青天白日旗，积极准备组织工农暴动。

中共安徽省临委听到朱××关于陈家坤情况的汇报，三天后便决定成立“白沙圩农民武装暴动委员会”[3]，在临委的直接指示下，很快成立了暴动领导组织。白沙圩农民武装暴动组织构架迅速完善，成立“南芜边区（白沙圩）农民暴动指挥部”“南芜边区（白沙圩）农民暴动委员会主席团”，省临委宣传部长王心臬担任暴动委员会书记，省临委组织部长郭士杰任书记、中共长江局暴动委员会委员俞昌准、陈家坤担任暴动委员会委员。另外，还成立了共青团暴动委员会，由吴昭苏任书记。

当时安徽省临委共有7人，在芜湖工作的有3人，为柯庆施、王心臬、郭士杰，其中参加暴动委员会的有王心臬、郭士杰2人。柯庆施于1928年秋奉命调上海工作后，党中央派尹宽前往安徽作巡视员，实际上负责安徽工作，他此前参加了八七会议。农民赤卫队正式改名皖南赤卫队（大队建制），陈家坤为队长及总指挥长。

---

① 中共芜湖县党史办公室：《中国共产党芜湖县地方史》（第一卷1919—1949），安徽人民出版社2008年版，第123页。

② 芜湖县档案局：《革命丰碑——缅怀革命先烈陈家坤同志》，存于湾沚区档案馆，第3页。

③ 陶毓昆：《白沙圩农民暴动》第3页，芜湖县档案局编，收藏于湾沚区档案馆。

暴动委员会初步计划：暴动由白沙圩、方村、万顷湖，经宣城县油榨沟至南陵县，将一场小规模游击战争扩大到三四个县范围，把整个皖南的农民都发动起来。

暴动前，由于中共芜湖县委内部出了叛徒，县委书记郭士杰等几位主要领导相继被捕。团市委书记吴昭苏、暴动总指挥、农民赤卫队队长陈家坤也是重点的抓捕对象，形势相当危急。中共中央巡视员尹宽指示，白沙圩农民武装暴动指挥部暂时由中共南陵县委领导，并调整暴动机构相关人员，最终形成军事组织名单如下①：

1.南芜边区（白沙圩）农民暴动指挥部

总指挥：俞昌准②（中共南陵县委宣传部长）

副总指挥：陈家坤（中共白沙圩地下支部书记、南芜边区（白沙圩）农民赤卫队队长）

2.南芜边区（白沙圩）农民赤卫队

队长：陈家坤

第一分队队长：陈家坤

第二分队队长：俞昌立

第三分队队长：朱玉龙（被收编的土匪小队队长）

据陈家寿回忆，根据尹宽要求，暴动时间由原来的1928年2月6日（农历正月十五）改定为1928年元月16日（农历腊月二十四），整整提前了21天。陈家坤、俞昌准、胡功琛以及部分赤卫队骨干认为，暴动时间提前，准备工作更难以落实到位，武器打造也存在一定的困难。俞昌准认为，有关暴动的具体计划，省临委有明确的指示，行动事项都已经准备好，应按照省临委的计划行动，暴动时间仍确定在1928年元月16日（农历腊月二十四）晚上午八时举行。

---

① 中共芜湖县党史办公室：《中国共产党芜湖县地方史》（第一卷1919—1949），安徽人民出版社2008年版，第125页。

② 俞昌准（1909—1928），又名俞仲则，南陵谢家坝人。1925年秋，经恽代英介绍加入中国共产主义青年团，翌年转为中共党员1927年任中共芜湖特支书记。同年8月赴安庆任中共怀宁县委委员兼团怀宁县委书记，11月22日被捕，12月牺牲。

（三）暴动组织者积极开展前期准备工作

1.发动宣传工作情况

宣传发动工作由王心臬、俞昌准、陈家坤、郭士杰、吴昭苏、××（一位四川同志）等6同志负责，具体分工为：俞昌准、吴昭苏、××（一位四川同志）到南陵地区活动，王心臬、陈家坤、郭士杰在白沙圩一带活动。主要宣传“八七会议”精神确定的“土地革命和武装反抗国民党反动派屠杀政策的总方针”[①]，动员农民团结起来，为争取生存同地主豪绅进行斗争。提出“掳富济贫”“打土豪分田地”“打倒土豪劣绅”“抗租抗税积分积谷”等口号，并以通俗的语言向农民解说：“我们成立一个会，我们这个会不是菩萨会，我们的会叫农协会。入了会的人，哪个有困难，我们大家帮他向有钱有粮的人家去‘借’”[②]。

2.组织发展工作情况

在原来农民协会的基础上，大量发展农协会员。经过一个多月时间的工作，发展会员达千余人（包括南陵）。仅马坝陈一村，90多户除3户未参加外，其余都参加了。同时，王心臬、俞昌准、陈家坤、郭士杰、吴昭苏等人，积极做党组织的发展工作，先后吸纳王大来、陈家寿等十几位机智勇敢的青年加入中国共产党。

3.暴动需要的武器、物资准备情况

在武器上，俞昌准在堂兄俞昌大、堂叔俞圆家筹集了1支三号驳壳枪、1支二号驳壳枪、2支勃朗宁手枪；在芜湖县埭南圩王宏义处诱缴1支步枪；在芜湖县卜家店收买二十七军散兵所带的3支步枪；收编了一个有十多名土匪的土匪小队，每人都有一支长枪，共有10多支长枪。在枪支上总共有20支左右，且弹药购买难度较大。赤卫队又从芜湖、宣城两地买来一百多斤炸药，自制了三百多颗手雷，但是这些物资远远不够暴动所需。

枪支弹药装备不足，陈家坤便在马坝陈村发动群众忍饥卖米筹款，请

①《毛泽东选集》(第三卷)，1953年5月第一版重排本，第209页。

② 陶毓昆：《白沙圩农民暴动》，芜湖县档案局编，收藏于湾沚区档案馆第5页。

铁匠王老义、王小三等4人打制武器①，打制出来的武器种类和规格如下：

（1）马刀：三尺长，有把环、用红布裹着手柄；

（2）长矛：连柄五尺长；

（3）铁尺：一尺五寸长；

（4）匕首：七寸长，俗称“七寸子”。

此外，马坝陈农民协会会员自筹经费做了一面大红旗，马坝陈村组织了妇女们赶制暴动佩戴的红袖章，预备暴动前做好，发给农民队员每人1只。

（四）拟定具体暴动计划

在上述准备工作紧锣密鼓开展的同时，暴动委员会以农协会名义在章一尔家召开会议，具体内容如下：

（1）暴动时间：民国十六年农历腊月二十四（即公历1928年1月16日）。

（2）暴动具体计划分三步走：

第一步，夺取伪白沙圩乡乡公所枪支，再夺取南陵县东南地区各伪乡公所的枪支。

第二步，进山到红茅冲的大庙里，在庙里休整几天，一面重整队伍，一面开展宣传活动，号召更多农民参加到队伍里来。

第三步，到泾县山里去，建立革命根据地。

在此之前，镇压马坝陈恶霸地主陈宗银的儿子陈朝迁，抄掉胡湾大劣绅胡宗缪的家，以此开刀，作为行动的信号。

（五）暴动风声走漏，引起地主豪绅对抗

南昌、广州、湖南等地的革命起义，早使国民党反动派惊恐不安，白沙圩农民武装暴动在准备时期，进行了大量宣传和造势，使得地主劣绅惶惶不可终日。

① 陶毓昆：《白沙圩农民暴动》，芜湖县档案局编，收藏于湾沚区档案馆第5页。

农协会的会员们白天在田里耕种，夜晚在村里扛着锄头、挖锹开会、贴标语、高唱《国际歌》和《少年先锋队歌》，赤卫队员们在陈氏祠堂操场上日夜操练，大张旗鼓的声势，使得地主豪绅胆战心惊，也引起了他们的注意。由于保密工作不到位，在暴动将要举行时，消息走漏，具体情况有两种说法：

（1）据《中国共产党芜湖县地方志》第一卷（1919—1949）记载：白沙圩农民武装暴动准备时声势浩大，使地主豪绅惶惶不可终日，在暴动的前一天（1928年1月15日）陈宗银得知暴动将要举行的消息，星夜与其内兄胡朝熙赶到伪乡长胡宗球家报信，随即胡朝熙、胡宗球合伙状告至国民党芜湖、南陵两县政府。

（2）据马坝陈村老人陈邦永[①]回忆：马坝陈地主大户陈宗银的儿媳妇，也是胡湾村拥有一千五百亩良田的大户胡朝熙的小女儿，她看到陈氏祠堂前的操场上有赤卫队员们舞刀弄枪，便想方设法地接近他们，探听消息。得知了赤卫队暴动的日期，以及赤卫队杀掉陈宗银、胡朝熙，抢夺粮食物品的计划，就以到村头边的树林里采药草为名，偷偷溜到塘边划着渔船，从水路逃回娘家胡湾，把马坝陈赤卫队的一切情况告诉了父亲胡朝熙。

其父胡朝熙顿感大难临头，连夜召集附近土豪劣绅商讨对策，最后合伙状告至芜湖、南陵两县政府。

在向政府告状后，白沙圩马坝陈和胡湾的几家地主紧闭大门，将粮食钱财搬至家中二楼，全家人躲在二楼，将楼梯抽上去防备赤卫队员暴动。

（六）暴动遭受国民党军队清剿宣告失败

芜湖、南陵两县政府接到胡朝熙等人的状告后，立即联衔电呈安徽省主席、反动军阀、三十七军军长陈调元[②]，电呈夸大其词，诬称“共匪猖

---

① 陈邦永（1940—），男，芜湖县陶辛镇马坝陈村人，村中年长者之一，幼时听到很多参与白沙圩暴动的长辈们谈论叙说暴动经历。

② 陈调元（1886—1943），字雪暄，男，河北安新人，1913年入北洋军，在直系冯国璋部下镇压二次革命。后历任宪兵营长、第47旅旅长、江苏第五混成旅旅长、徐海镇守使等职。1923年任安徽督军，第二次直奉战争后投靠奉系，任第六师师长，1925年升皖军总司令、安徽督办。

獗，一片焦土。尸积如山，血流成河”。

陈调元接此电呈后，觉得事态严重，立即命令他的属下、当时驻扎芜湖的王普①，派一个营前去“清剿”。王普得令后迅速派出一个营的兵力出发前往白沙圩，由于这个营的反动军队不熟悉道路，便先来到陶辛圩，再由陶辛圩、十连圩、白沙圩联防自卫队团团长奚迺辉带着一部分团丁领路赶往白沙圩，首先便来到距暴动点马坝陈不远的胡湾，军队驻扎在大地主胡朝春家，随即包围了马坝陈。

经调查，暴动被清剿的过程，也有两个说法：

(1)《中国共产党芜湖县地方史》(第一卷1919—1949)载：马坝陈村农协会会员事先得知消息，为避免损失迅即分散，敌人进村扑了个空。俞昌准、陈家坤得知消息转移到芜湖市区，白沙圩农民武装暴动夭折。

(2)据陈家寿回忆，暴动起始过程很短，发生了零星枪击。当时马坝陈村农协会会员事先得知消息，为避免损失，决定立即分散，陈家坤命令被收编的土匪小队到村西阻拦国民党军队，争取大家的分散、转移时间。但是，这个被收编的土匪小队却在队长朱玉龙的带领下一枪未放，趁着黑夜临阵脱逃。国民党兵没有遭到任何抵抗，就冲进了马坝陈村，敌人入村后，开始枪击清剿，好在暴动队员们大多是本地农民，立即分散丢掉手中的大刀、长矛等，跑回自己家里，敌人无法辨识，只能作罢。同时，敌人封锁了村东、村西的路口(要想出村只有穿过南北两个方向的水塘)，四处搜查着赤卫队员，本村的赤卫队员已经掩饰潜藏好了，外村的队员只能从村南或村北的水塘里游泳逃离险境。

总之，白沙圩农民暴动甫一爆发，很快便遭遇国民党军队“清剿”，瞬间即告失败。陈家坤奉命转移到芜湖花街五号隐蔽，后被敌人发觉被

① 王普(1890—1958)，字慈生，男，安徽阜阳人，毕业于北洋武备学堂。历任皖省中下级军官。1920年，任马联甲部第三混成旅旅长。1923年任皖南镇守使。1924年授将军府瑞威将军。1925年由孙传芳任命署安徽省长。1926年春去省长职，仍任皖南镇守使和旅长；秋，孙传芳以陈调元任第五方面军总司令，王任副总司令兼第一军军长，参加对北伐军作战。1927年3月，任国民革命军第二十七军军长；7月6日，任国民政府军事委员会委员；7月25日，任安徽省政府委员；10月25日，国民政府复任命为军委会委员。后寓居天津。

捕，判刑8年，后死于狱中。吴昭苏在第二天清晨被捕，据吴本人回忆，当时由于夜黑道路难辨，他只能摸到塘边的一处草堆，用稻草暂时把自己掩盖起来，天亮继续撤离时，不幸被国民党军发现，经问话，因是外地口音，被逮捕。

三、白沙圩农民暴动失败原因

白沙圩农民暴动是中国大革命时期农民革命运动的组成部分之一，如同中国大革命失败的主要原因一样，白沙圩农民暴动失败的原因也是多方面的，在当时的历史背景之下，各种社会集团利益交织，各种社会矛盾交织，以及当时敌人力量过于强大，中国共产党正处于幼年时期，缺乏经验，陈独秀右倾投降主义在党中央占了统治地位等等。具体分析失败原因，主要有以下几点：

（一）外部原因

1.敌我力量悬殊

当时革命处于低潮，白色恐怖笼罩全国。芜湖市因位置重要，国民党严加防范，反动势力十分猖獗，白沙圩距离芜湖市直线距离不足30公里，青弋江水路到达白沙圩亦不足40公里，距离很近，敌人组织反扑只需要很短的时间，也就是说留给暴动队员反应的时间极短。

当时的形势是敌强我弱。一方面，1927年3月，国民革命军北伐进抵安徽境内后，北洋军阀孙传芳所属直系皖军第3混成旅投靠北伐军，王普任芜湖镇守使兼第三混成旅旅长。不久，王普所部改编为国民革命军第27军，王普任军长，下辖3个师（旅），驻扎芜湖。王普的军队虽然不是装备精良，但属于国民政府的正规部队，有较高的战斗力。

另一方面，参加农民武装暴动的人员多为农民，没有战场实战经验，没有良好的组织集体观念，不具备过硬的思想素质，一旦遭遇挫折或受到阻碍，便会打退堂鼓，抑或溃不成军。

再者，农民暴动的武器十分弱劣，枪支很少，仅有20支左右，基本武器为大刀、长矛、匕首、铁尺等，战斗水平几乎停留在冷兵器时代。即使这样，大刀、长矛、匕首、铁尺等武器基本先行被外村队员领走，由于暴动时间的提前，马坝陈村没能在短时间内配齐，很多人没有武器，只能使用家中锄头、铁锹等农具。

由上述情况可见，敌我力量悬殊是白沙圩农民武装暴动的先天不足之处。

2.农民运动处于低潮，农民意志力不够坚定

1927年4月12日是中国共产党历史上一个黑色的日子。这一天，蒋介石指挥的国民革命军在上海开始捕杀共产党人，实行“清党”，史称“四一二”反革命政变。就全国范围来说，1927年，中国第一次大革命失败后，经过国民党反动派的“清党”，中国革命暂时处于低潮时期，此一时期，中共各地的组织机构全部转入地下活动。此外，中国社会底层的百姓文化水平普遍不高，大多数人为不识字的文盲，对于未来懵懂不知，也是造成暴动失败的一个重要原因。

3.涉及阶级利益，地主豪绅联合家族势力极力反抗

我国家族文化根深蒂固，对百姓的影响极深。几千年来，儒释道三种文化交替影响中华民族，虽然它们的起源和对自然社会的认识不同，但它们有一个十分重要的共同点，就是对“孝”的极力推崇，从“忠孝礼义”到“百善孝为先”再到阴阳轮回，无不散发着浓浓的孝文化气息。正是这种浓厚的孝文化，从孝双亲发展到尊长辈、敬祖宗，进而形成了体系完整的宗族观念。同时，在封建社会，统治者也借助宗族观念和力量来加强和巩固其统治，更使宗族观念和宗族力量不断得到强化和加强。因此，族权被毛泽东称作是束缚我国农民的四大绳索之一。

白沙圩胡湾村、马坝陈村居民大多胡姓和陈姓，大地主胡朝熙、胡宗球、胡宗缪、陈宗银等虽和村中农民同姓，但是由于贫富悬殊、阶级不同，陈宗银等地主豪绅得知农民暴动的消息后，便立即展开对抗，联络附近大地主和家族势力，积极准备应对策略，联合家族势力，利用威权、利

诱等手段，极力阻止部分赤卫队员参与暴动，最终将农民暴动毁灭于萌芽状态。

（二）内部原因

1. 领导层领导能力欠缺，指导思想“左”倾

土地革命战争时期，中共党内一度权力过于集中，加上处在残酷的白色恐怖环境中，党内民主生活和各种制度很不健全。“左”倾错误的领导人在推行“左”的路线时，往往片面强调政治纪律，实行组织上的“惩办主义”和命令主义，对持有不同意见、主张在工作中谨慎从事的同志，一律斥之为“右倾机会主义”，加以排斥、打击，其结果加重了“左”倾错误的恶果。

1927年11月初，尹宽结束了在安徽的巡视后，向中共中央汇报了安徽的情况，中央听取了尹宽的汇报，采信了尹宽所认为的“安徽省临委犯了‘右倾’错误（其实当年没有犯所谓的‘右倾’错误）”，解散了中共安徽省临时委员会，原安徽省临时委员会书记柯庆施被调往上海工作，派尹宽作为中央巡视员，来安徽实际上主持中共安徽省委的日常工作①。

在省临委遭解散、新的安徽省委没有产生之前的空窗时期，尹宽实际主持中共安徽省委的工作，大权在握。

在暴动前的准备会议上，部分赤卫队骨干分子提出了许多实际问题，认为我方力量过于弱小，且时间仓促，准备不足，暴动时机不成熟，“不能拿着鸡蛋往石头上碰”，“拿着同志们的生命开玩笑”，请求省临委慎重从事。对此，尹宽斥责为“右倾”“怕死”，要求暴动行动一定要按省临委的决定进行，要执行“铁的纪律”。在“铁的纪律”的高压下，原定计划在1928年2月6日（农历正月十五）举行，在他的硬性要求下，暴动时间提前到1928年元月16日（农历腊月二十四）下午八时，时间提前了21天。

“尹宽‘在指导工作方面像绣花一样，坐在房屋里搬教条’”“只是叫

① 顾永俊：《命运多舛的中共安徽省临时委员会》，《党史纵览》2013年第5期。

‘你们赶快定期暴动啊！期限定好了没有？为什么还不定好？’。指挥暴动的同志怕违反他的指令被骂为‘懦怯’，所以暴动委员会开会的时候，只是讨论‘什么时候暴动的问题’，对主客观条件均不加考虑。加之指挥暴动的同志也大都情绪急躁，不注意保密，结果内情外露，‘事情未闹成，敌人先知道’”[①]。

2.暴动时间提前，造成暴动所需物资准备不足

“凡事预则立，不预则废”。由于几乎没有枪弹，按照原暴动时间，本计划请铁匠打二百把斧头、二百把长矛、二百把大刀、二百把匕首，但是时间提前后，根本无法完成，到了预定的暴动时间腊月二十四的午饭前，铁匠们也只完成了计划中百分之五十的任务。另外，按照以前的计划，赤卫队打算在暴动前的大年除夕夜，利用过年乡公所放松警戒的时机，袭击方村、石硊两地的乡公所，夺取乡公所的十几支步枪及弹药，充实武装力量，因暴动计划提前，夺取乡公所枪支的计划也难以实现，最终成为泡影。赤卫队员们暴动中所需佩戴标志红袖章1200只，村妇们即使日夜加班，也没有完成预订任务。

已经打造好的大刀、长矛等兵器先行被外村赤卫队（马坝王村、谢夏坝村、沟沿章村）先期领走了，本村马坝陈的赤卫队到晚上暴动时，手上连个像样的兵器都没有，大部分队员只能拿着锄头、铁锹参战，被敌人戏称为“乌合之众”。仓促发动的武装暴动，是造成失败的很大因素。

3.暴动领导人警惕性不高，暴动风声走漏

举行如此重大的暴动活动，领导人应当高度加强戒备和保密工作，严防信息泄露。陈家寿虽然安排专职人员负责马坝陈村的警戒任务，但是他们只注重于来往于马坝陈的陌生人，却忽视了白沙圩胡湾村、马坝陈村内部地主豪绅敌对势力对赤卫队暴动的潜在威胁。

无论是陶毓昆《白沙圩农民武装暴动》中提到的地主胡朝熙、胡宗

① 陶毓昆：《白沙圩农民暴动》，芜湖县档案局汇编，收藏于湾沚区档案馆。

球、胡宗缪、陈宗银，还是陈邦和[①]调查中提到的胡朝熙的大女儿（陈宗银的儿媳妇），他们作为被革命的对象，在面临家族利益可能受到损害、自己的利益和财富将被颠覆的情况下，肯定会做出负隅顽抗。这些重要的信息被暴动领导人和队员们忽视、小觑。这些人员打探到准确消息、出门相互联系报信，肯定是有迹象可察，但是由于暴动领导人陈家坤、俞昌准、胡功琛的警惕性不高，没有引起高度注意和提高相应的警惕性，只是在口头上叮嘱陈家寿要多多注意胡湾方向的动静，给予了反动势力通风报信、积聚势力的充足时间，最终对暴动形成不利的局面，造成不可挽回的损失。

4.暴动人员人心不齐，队伍不能形成强有力的整体

中国封建社会的经济主要是以自然经济为主，具体体现为小农经济。在这种经济模式下，绝大多数农民一辈子被限制在固定的土地上，长期从事自给自足的农业生产活动，思想固化。同时，由于领导层对参与暴动的农民思想政治工作没有做到位，导致暴动农民政治思想基础不牢固，人心难以拧成一股绳。

白沙圩暴动准备初期，大多数赤卫队队员听到上级决定腊月二十四举行暴动的消息后，都认为时间安排不合适，因为快过年了，很多赤卫队队员的家中妻儿老小觉得应该过一个安稳的年。而且按当地的农村习俗，腊月二十四是送灶神的日子，农民大都不愿意动刀舞棍的，打打杀杀，造成伤亡，连累家人过不成年。另一方面，家属听说如果暴动失败了，赤卫队需要离家出走，部队要转移到泾县茂林一带的大山里活动，家中妻儿将生活无着落，尤其是上有老、下有小、拖儿带女的队员们，更是丧失信心。个别妇女还到陈家坤家里论理，还有几位村妇把没有做完袖章的红布料还给陈家坤，说叫自己的男人不参加了，过一个太平年再说，造成赤卫队员人心动摇。

此外，赤卫队成员成分复杂，有手工业者、失地农民、佃户、收编的

① 陈邦和（1951—），男，芜湖县陶辛镇马坝陈村人，白沙圩农民暴动业余研究者，以白沙圩农民暴动为原型著长篇小说《红色岁月》。

土匪等等，除土匪小队外，大多数队员连枪都没有放过一次，不仅政治思想不牢固，而且战斗素质极度低下。部分队员属于“随大流”性质，受生活所迫，跟随赤卫队参加暴动，一旦觉得于己不利，就立马放弃。

这些不利的客观因素，都没有让暴动的领导人引起足够的重视和警觉。

5.骨干力量不足，暴动队伍抗打击力薄弱

农民暴动的成功，不仅需要周密的计划安排、领导人的坚定意志能力，骨干力量也异常重要，暴动队伍的骨干分子必须具备一定的领导与协调能力和问题处置能力。

白沙圩农民暴动的骨干力量严重不足，虽然人数达1000多人，但大多是普通的农民，从未参加过任何形式的战斗。其主要领导人大多为“书生型”干部，纸上谈兵有余，实战经验不足，骨干力量完全依赖收编的土匪小队，在暴动群众面临国民党军队包围的过程中，分队长朱玉龙带领经过改编的十几人土匪小队，一枪未放，趁着黑夜，临阵逃跑。这种遇到阻力就一哄而散的行为充分暴露了白沙圩暴动的领导者、骨干力量、前期准备等诸多方面存在的严重不足。

五、白沙圩农民暴动的影响

白沙圩农民武装暴动虽败犹荣，在安徽工农运动中，特别是在皖南地区具有一定的影响力和较高的启蒙价值。

（一）狠狠地打击了国民党反动派的嚣张气焰

芜湖县“白沙圩农民武装暴动”发生后，地主、豪绅们如惊弓之鸟，有的狼奔豕突，有的龟缩深居。农民武装暴动的革命空气，传遍芜湖各地，国民党反动政府惊恐万状，特别是伪芜湖市政府反动派们惶惶不可终日，说“白沙圩农民暴动失败后，还要在新年初几毁灭芜湖”[①]，因而如

① 陶毓昆：《白沙圩农民暴动》，芜湖县档案局汇编，收藏于湾沚区档案馆。

临大敌，全城戒严、草木皆兵，对过往行人一一严格盘查。白沙圩农民武装暴动虽然最终以失败告终，但却狠狠地打击了国民党反动派的嚣张气焰，为皖南地区党组织开展革命武装斗争积累了宝贵经验，也为日后芜湖县开展革命武装斗争播下了革命的火种，为皖南农民革命运动打下了坚实基础。

（二）营造了浓烈的革命氛围

白沙圩农民暴动使皖南地区农民革命斗志更加坚定，革命影响大范围扩散。1928年1月底，在芜湖市大官山民生中学召开了党员大会，芜、南、繁各地农会、街道党员共百余人参加了会议，会议总结了白沙圩农民暴动的经验教训，会后轮训了一批党员干部。同年2月，在南陵县的俞家祠堂成立了“南芜边区苏维埃政府”，提出“抗阻、抗息、抗债、抗税”“打倒土豪劣绅”“打倒贪官污吏”“打倒新军阀”等口号①。自1928年起，在安徽省委领导下，1928年5月，郎溪爆发农民暴动；1930年6月，广德爆发农民暴动；1930年11月，中共芜湖特委派张宅中来宣城双塔寺召开会议②，成立暴动指挥部，部署在庙埠武装暴动。所有这些武装革命，不仅给当时的腐败政权以坚强的打击，还进一步扩大了革命影响，使安徽省的革命氛围更加浓烈。

（三）进一步唤醒了民众民族意识

回顾历史可以清晰地看到，中国人民在中国共产党领导下，在反对腐败政权、争取基本生存权益的斗争中表现出了深刻的民族觉醒。

白沙圩农民暴动是在当时的历史背景之下，由中国共产党领导下的农民革命运动，是中国共产党早期革命最有价值、最有意义的革命实践，体现了积贫积弱的旧时代普通中国人寻觅真理途径的艰难。受此影响的广大基层民众农民更加渴望国家富强、渴望社会变革、渴望建立美好生活，越

---

① 俞道传口述资料，收藏于南陵县档案馆。

② 宣城县地方志编纂委员会：《宣城县志》，方志出版社1991年版。

来越多的群众自觉自愿地团结到中国共产党的领导下，坚决地与命运抗争、与旧时代抗争。

白沙圩马坝陈村贫民农民将与暴动有关的武器、旗帜、书籍等，一直珍藏到全国解放，可见他们初心不忘，斗志不衰。

白沙圩农民暴动所带来的正能量，被永远铭刻在革命的丰碑上，为未来的革命者提供了有力的理想和信念支撑。

（四）更好地催生了广大农民阶层找寻争取权益的路径

民国时期，处于乱世中的广大贫困中国民众，除了遭受天灾以外，还要承受人祸带来的重创。军阀们抢夺地盘，你方唱罢我登场，国民党军队所到之处，鸡飞狗跳，民不聊生。中国共产党人在艰苦的环境中，经过不懈的努力，团结带领广大底层民众苦苦地寻觅一条民族复兴的道路。

在白沙圩农民暴动的影响下，广大贫苦农民找寻到了争取权益的路径，那就是紧紧跟随中国共产党，在中共的领导下用武装暴动消灭腐败的国民党政权，建立以广大人民群众利益为基础的民主新政权，才能保障自身权益不被剥夺、不受伤害，这也为土地革命时期新的革命高潮到来奠定了重要基础。

结　语

回顾历史，白沙圩农民暴动是包括陈家坤烈士在内的无数革命先烈们浴血奋战、激情燃烧的光辉岁月的见证，是中国共产党领导中国人民革命的历史见证。

遗迹犹在，精神永存。白沙圩农民暴动所遗留的精神和物质的文化遗产是宝贵的，白沙圩农民暴动展示出陈家坤、俞昌准等烈士对党忠诚、坚定不移的理想信念，自强不息、力求突破的顽强斗志，让我们深切感悟到共产党人的崇高理想、创新精神、开拓意识和求真态度。国家发展至今天，虽战火已灭，但仍处于复杂的国际环境之中，正如习近平总书记提出

"不忘初心、牢记使命"，我们必须以史为鉴，以史促兴，万众一心、发奋图强，才能使国家民族处于不败之地。相信白沙圩农民暴动遗留的珍贵革命遗产，依然能够在实现中华民族伟大复兴的中国梦征程上，为社会主义精神文明建设提供坚定的精神动力和信念支撑。

南芜边区农民武装暴动

南陵县委宣传部课题组

摘要： 南芜边区农民武装暴动，成立了安徽省第一个苏维埃政府，建立了安徽土地革命初期具有较大规模的农民武装，并在中共安徽省临委驻地芜湖境内打响了武装反抗国民党反动统治的第一枪。它是发生在1928年安徽省的第一次主要农民暴动，[1]点燃了全省农民武装暴动的火炬，为安徽省农民革命运动树立了一面光辉的旗帜。

关键词： 农民武装暴动　南芜边区　失败原因　影响

一、南芜边区农民武装暴动的背景和成因

（一）中共中央八七会议的及时召开

八七会议通过了《中国共产党中央执行委员会告全党党员书》等文件，要求坚决纠正党在大革命后期的严重错误，号召广大党员和革命群众继续战斗。[2]会议总结了大革命失败的教训，讨论党的工作任务，确定了土地革命和武装反抗国民党反动派的总方针。八七会议是一个转折点，给

① 哈庸凡主编：《江淮英烈传》（第一卷第一分册），安徽省民政厅1984年版，安徽省主要农民暴动示意图附注，第324页。

② 中共中央党史研究室著：《中国共产党历史》（第一卷，1921—1949），中共党史出版社2011年版，第237页。

正处在思想混乱和组织涣散的中国共产党指明了新的出路，为挽救党和革命做出了巨大贡献。这是由大革命失败到土地革命战争兴起的历史性转变。①

毛泽东出席会议并在发言中提出“以后要非常注意军事，须知政权是由枪杆子中取得的”②。这个论断是从大革命失败的血的教训中取得的，指出了中国革命的特点，实际上提出了以军事斗争作为党的工作重心的问题。

在中国革命处于严重危机的情况下，八七会议的及时召开，并制定出继续进行革命斗争的正确方针，使全党没有为极其严重的白色恐怖而惊慌失措，重新鼓起同国民党反动派斗争的勇气，从而为挽救党和革命做出了巨大贡献。中国革命从此开始由大革命失败到土地革命战争兴起的历史性转变。

（二）中共安徽省临委和芜湖县委的组织推动

1927年5月，经中央批准安徽省临时委员会（以下简称“省临委”）在武汉成立，5月下旬，安徽省临委第一次全体会议在武汉法租界大智门和平里召开③，会议传达了中央批示，讨论恢复全省各级党的组织，发展工农运动和创造条件回安徽开展工作等问题。

汪精卫公开背叛革命后，武汉地区的形势变得十分恶劣。在这种情况下，同年8月初省临委从武汉迁至芜湖，省临委机关设在距芜湖市区10余华里澛港镇新民中学内。省临委的建立和迁芜，标志着党在安徽省境内第一次有了统一全省的领导核心。

9月初，省临委根据八七会议精神和安徽省党组织的实际情况制定了

---

① 本书编写组：《中国共产党简史》，人民出版社、中共党史出版社2021年版，第38页。

② 中共中央党史研究室：《中国共产党历史》（第一卷，1921—1949），中共党史出版社2011年版，第239页。

③ 中共芜湖市委党史研究室：《中国共产党芜湖历史》（第一卷），安徽人民出版社2008年版，第164页。

《关于安徽三个月工作计划纲要》（以下简称《纲要》）[1]，为恢复整顿各级党的组织，开展土地革命宣传，发展农民运动做出了具体部署。《纲要》强调将土地革命和建立农村中的农村政权为宣传工作的中心议题，让农民明白土地革命和农村政权的意义；特别要利用当时水旱灾害歉收、农民破产的有利时机，提出抗捐抗税和反对军阀战争的口号，引导农民走上土地革命的道路。针对大革命时期安徽农民运动开展得不充分、发展得不平衡的特点，要求将已有一定农民运动基础的宿县、芜湖等地的农民协会尽快整顿恢复，开展活动。同时指出，农民运动的根本目的是实现土地革命和建立革命政权，因此迫切的问题是组织农民武装。各地党组织和农协应采用各种方法夺取枪械，秘密组织农民，武装自己。把发展党员、健全组织作为当前工作的重点。其中要求芜湖、安庆等县市在3个月内必须恢复成立县委或市委，其他有条件的县成立特区委或特别支部。还要求每个共产党员应把介绍同志发展党员作为最重要的工作努力去做，特别是到乡村去介绍有阶级觉悟又忠诚可靠的贫雇农加入党的组织。这一时期芜湖县委在省临委的直接领导下，认真贯彻八七会议和《纲要》精神，大力发展党员，建立党的基层组织；重建群众组织，推动工农运动；培养骨干力量，创建农民武装，组织武装暴动。

1927年10月、11月，尹宽作为中央巡视员来到芜湖，并根据江苏省委的指示，在芜湖成立了长江特委，负责组织发动芜湖沿江地区的农民武装暴动。尹宽于12月中旬开始实际主持安徽党务。尹宽在芜湖巡视期间，听取了省临委组织部长兼芜湖县委书记郭士杰（后被国民党抓捕）关于南芜边区农运工作开展情况的汇报，认为当前的敌我形势有利于我方，在南芜边区举行农民武装暴动将会收到很好的效果，因此要求省临委、芜湖县委积极部署南芜边区农民暴动。在组成的南芜边区暴动委员会成员中，受毛泽东《湖南农民运动考察报告》精神鼓舞的俞昌准、胡济（芜湖农民协会委员长）、陈家坤（中共白沙圩党小组长）等，以极大的热情投入到暴

① 中共芜湖市委党史研究室：《中国共产党芜湖历史》（第一卷），安徽人民出版社2008年版，第164页。

动的组织发动中。

（三）边区农民群众反抗意识的觉醒

南芜边区谢家坝俞村是南陵特支负责人俞昌时、俞昌准兄弟的家乡。1922年8月（暑假期间），俞昌时在南陵县谢家坝创建了南陵县民智促进会（以下简称促进会）。[①]促进会的宗旨是：提高民众政治文化素质，关心国家大事，提倡革旧创新，推进反帝反封建斗争。促进会成立时，还发表了10项具有反封建内容的《宣言书》。

促进会成立后，除着重抓了民众教育事业（兴办1所小学、平民夜校12所）外，还开展了5项颇具影响的活动[②]。一是斗争了贿选参议员王迪成；二是宣传了国民会议；三是召开了孙中山追悼会；四是声援五卅运动；五是开展废除封建礼教，提倡男女平等宣传活动。

该会在谢家坝一带发展迅速，还在边区芜湖县胡家湾等地成立了分会，后发展分会10余处，会员多达200余人。俞昌准、俞昌时等利用民智促进会形式，暗中传播革命道理和革新精神，宣传自由平等，倡议破除封建迷信和宣扬婚姻自由，劝导妇女读书放足剪发等进步思想，与地主豪绅和封建势力针锋相对，这些宣传教育，不仅对谢家坝农民产生了巨大的鼓舞作用，而且对附近的白沙圩农民也产生了很大影响。为南芜边区农民协会的发展壮大和举行农民暴动奠定了思想基础。

（四）土豪劣绅的压榨和天灾人祸

南芜边区主要是指南陵县许镇镇的池湖、华林、马园、李村等与芜湖县陶辛镇的白沙圩等两县交界之处。南陵县以谢家坝为核心，芜湖县以马坝陈为核心。

南芜边区是水乡地带，土地肥沃，沟河纵横，盛产鱼米，历来是富庶之地，但是，广大农民由于长期受着地主豪绅和反动势力的剥削和压迫，

① 中共南陵县委党史办公室：《中共南陵地方史》(1919—1949)，2007年版，第5—6页。
② 中共南陵县委党史办公室：《中共南陵地方史》(1919—1949)，2007年版，第15页。

生活仍很贫困。这一带的肥沃土地，百分之九十五被地主豪绅霸占，而占人口百分之六十以上的贫苦农民只占土地百分之五。在近百户的谢家坝村庄有地主17户。在白沙圩胡湾村、马坝陈村，土地也主要集中在大地主胡朝熙、胡宗球、胡宗缪、陈宗银等手中，绝大多数农民少地或无地，只得作地主的佃户或雇工，生活非常贫困。

据《南陵县志》记载，1910—1942年的33年间，地处南芜边区的下林都圩共溃破7次（1910年、1911年、1914年、1918年、1927年、1931年、1942年），平均4.7年一次[①]。其中1927年南陵圩区大水淹没农田10多万亩[②]。

又据《宣城县志》《芜湖县志》记载，1916—1927年的12年间，破圩5次。1927年的梅雨季节，皖南大地普降暴雨，长江水位居高不下，地处青弋江下游的陶辛圩破圩[③]，陶辛圩、白沙圩和周边圩区内涝难以外排，洪水滔天，圩区一片汪洋，农民种植的庄稼被淹没。

1927年南芜边区的特大洪水灾害，让种田农民收成大减，众多灾民拖儿带女、背井离乡，外出谋生或逃荒要饭。对此，大地主们不但不予减租减息，反而照常逼租逼债。如在马坝陈，大地主陈宗银带着家丁向佃户逼租，因佃户交不起租与其发生纠纷，竟在光天化日之下指使家丁打死了该佃户家的孕妇。这件人命案在当地引起了广大穷苦百姓对地主豪绅们的极大愤恨，灾民的怒火呈燎原之势。一些地方的灾民被地主逼得走投无路，还自发组织起来，开展了从减租减息到抗租抗息的斗争。这为南芜边区农民武装暴动奠定了广泛的群众基础。

二、南芜边区农民暴动始末

南芜边区农民暴动具体可分准备、部署、实施三个阶段。

---

① 南陵县地方志编纂委员会:《南陵县志》,黄山书社1994年版,第174页。

② 南陵县地方志编纂委员会:《南陵县志》,黄山书社1994年版,第15页。

③ 芜湖县地方志编纂委员会:《芜湖县志》,社会科学文献出版社1993年版,第7页。

（一）准备阶段

南昌起义后，中国革命处于紧急关头，党中央及时召开了八七会议，总结了大革命失败的经验教训，就国共两党关系、土地革命、武装斗争等问题进行了讨论。会议确定了土地革命和武装起义的方针。这是一个正确的方针，是党在付出了大量鲜血的代价后换得的正确的结论。八七会议后，党派出许多干部分赴各地，恢复和整顿党组织，发动武装起义。①

中共安徽省临委根据八七会议的总方针和提出的当前党的主要任务精神，研究决定：将工作重点由城市转向农村，深入到农村去广泛发动农民群众，成立农民协会，开展抗租抗捐斗争，并积极准备农民武装暴动。②

根据省临委的决定，中共南陵特支书记俞昌时、宣传委员俞昌准于同年10月4日和12日，先后在城关刘必昌家和金阁第三高等小学召开中共南陵特支会议和党团骨干分子会议，传达贯彻党的八七会议精神和省临委决定。10月底，俞昌准又到芜湖出席了中共芜湖县委召开的县委扩大会议（这时中共南陵特支属中共芜湖县委领导）。会议提出："整顿组织，面向农村，建立武装，组织暴动"是当前党的主要任务。③会后，俞昌时、俞昌准等立即由城关转移到南芜边区农村，开展农运工作。为了加强党的领导，俞昌时、俞昌准首先与陈家坤、强葆华（中共党员）取得了联系，在南陵谢家坝成立了党小组，俞昌准任组长。不久，发展了俞昌立、俞道传、王大来、陈家寿等人入党，成立了中共谢家坝支部，俞昌准任支部书记，属中共芜湖县委领导。

为了建立农民群众组织，成立农民协会，俞昌时、俞昌准、陈家坤等走村串户，深入贫苦农民家里访贫问苦，宣传土地革命精神，号召贫苦农民为了摆脱贫困，取得生存的权利，必须同地主豪绅进行斗争。经过宣传发动，谢家坝、西村冯、十八姓等地的农民群众，于1927年11月初成立

① 本书编写组：《中国共产党简史》，人民出版社、中共党史出版社2021年版，第38页。
② 中共南陵县委党史办公室：《中共南陵地方史》（1919—1949），2007年版，第30页。
③ 中共南陵县委党史办公室：《中共南陵地方史》（1919—1949），2007年版，第31页。

了农民协会联合会。[①]冯荣财任联合会主席，王永林任副主席，并在俞氏宗祠召开了900多人参加的成立大会。谢家坝农运工作浪潮，像洪流一般冲击了其他地区。接着，七连圩、金家阁、落弓桥、蒋塘戴等地的农民协会也纷纷成立，会员达2000多人。[②]与此同时，陈家坤等人在芜湖县马坝陈也组建了农民协会，会员500多人。[③]成立了农民赤卫队，与谢家坝遥相呼应。

（二）部署阶段

时值尹宽代表中共中央来安徽巡视，听取了南芜边区农运工作蓬勃开展情况汇报后，为加强对农民暴动工作的领导，便立即派省临宣传委员王心臬前往，随后又派团省特委书记林植夫（棣夫、郑友苏、徐厚昌）前去视察。根据林植夫的视察情况报告，尹宽和芜湖县委认为暴动已迫不及待，一触即发。在团省特委的联席会议上，尹宽提出组织农民革命委员会主席团，成立农民武装暴动委员会，并指定王心臬、郭士杰、俞昌准、胡济、陈家坤5人为暴动委员会成员，同时规定暴动委员会为农民革命委员会主席团，并为党在革命委员会的党团组织。[④]此外，还成立了共青团的暴动委员会，吴昭苏任书记。

暴动委员会初步计划，暴动由芜湖县白沙圩、方村、万顷湖开始，范围扩大到宣城县油榨沟至南陵县，把整个皖南的农民都发动起来。[⑤]并初定于1928年2月6日（农历正月十五）举行暴动。

会后，郭士杰等人立即前往南芜边区。在马坝陈村，他们发现当地的农协组织还非常弱小，除马坝陈村有一定基础外，其余6村合计还不足50

---

① 中共芜湖市委党史研究室:《中国共产党芜湖历史》第一卷,安徽人民出版社2008年版,第177页。

② 中共南陵县委党史办公室:《中共南陵地方史》(1919—1949),2007年版,第31页。

③ 中共南陵县委党史办公室:《中共南陵地方史》(1919—1949),2007年版,第31页。

④ 中共芜湖市委党史研究室:《中国共产党芜湖历史》(第一卷),安徽人民出版社2008年版,第178页。

⑤ 中共芜湖县委党史办公室:《中国共产党芜湖县地方史》(第一卷1919—1949),安徽人民出版社2008年版,第24页。

人，在农民中也没有建立起威信。同时，党组织成立不久，就介绍了二三十名根本不了解情况的农民入党。在一次讨论是否举行暴动的会议上，除一两个农民党员表示同意，其余的同志一致反对。但因暴动委员会不能违背尹宽和芜湖县委定期举行暴动的指令，仍然要求按期开展暴动。此后，暴动委员会工作重点是广泛发动农民群众加入农协。为此，俞昌准、胡济、陈家坤等日夜辗转在芜湖县白沙圩马坝陈等地组织动员农民。他们提出的口号是："掳富济贫""打土豪分田地""打倒土豪劣绅""抗租抗税分积谷等"等。向农民宣传：我们成立一个会，这个会不是菩萨会，叫农民协会。入了会的人，哪个有困难，我们大家帮他向有钱有粮的人家去"借"。经宣传发动，广大农民纷纷加入农协，一时间会员数量骤增，尤其是马坝陈90多户人家除3户外全部参加了农协。

在南芜边区各地农民协会纷纷建立、农运工作蓬勃发展的基础上，俞昌准提出："为了站稳脚跟，坚强有力地同敌人进行斗争，必须建立农民武装，成立苏维埃政府。"为了促使这一计划及早付诸实施，俞昌时、俞昌准、陈家坤等夜以继日地工作。

1927年12月，在南陵李村圩沟沿张村一所祠堂里，召开了100多人参加的农民协会骨干分子会议。①会上，王心臬、俞昌准、陈家坤、胡济都先后讲了话。他们说，为了不受地主恶霸的剥削和压迫，必须建立农民的武装，推翻旧的政权，成立苏维埃政权，并着重指出，当前的首要任务就是筹集武器，做好武装暴动的准备。②

这次会议以后，俞昌准亲自出面在堂兄俞昌大、堂叔俞园家筹集了1支三号驳壳枪、1支二号驳壳枪和2支勃朗手枪。同时，派人到芜湖县埭南圩王宏义家诱缴七九步枪1支，到芜湖县卜家店收买了国民党二十七军散兵携带的步枪3支。收编朱玉龙10余名"土匪"武装，共有10多支长枪。同时，陈家坤在马坝陈发动农民卖米筹款，请铁匠王老义、王小三等4人日夜不停地赶制马刀、长矛、铁尺、匕首等武器。还从芜湖、宣城两

① 中共南陵县委党史办公室:《中共南陵地方史》(1919—1949),2007年版,第32页。
② 中共南陵县委党史办公室:《中共南陵地方史》(1919—1949),2007年版,第32页。

地买来100多斤炸药，自制了300多颗手雷。为了准备暴动，迎接苏维埃政府诞生，农民们兴高采烈，欣喜万分，他们还卖米筹款做了1面大红旗，并组织妇女们赶制了大量的红袖章。

暴动前夕，因中共芜湖县委内部出了叛徒，县委书记郭士杰、团县委书记吴昭苏、农民赤卫队队长陈家坤等成为国民党当局重点抓捕对象，形势相当危急。为此，尹宽指示，南芜边区农民武装暴动工作由中共南芜边区支部（又称中共谢家坝支部）组织领导。

1927年12月30日，中共南芜边区支部在林都圩谢家坝河堤外的俞家祠堂临时召开了南芜边区农民武装暴动的专题会议。会议成立了南芜边区苏维埃政府和农民武装暴动指挥部。[①]俞昌时担任南芜边区苏维埃政府主席，俞昌准担任副主席，委员为强葆华、胡济、吴积仁、陈家坤、俞道传、王永林；俞昌准兼任南芜边区农民暴动指挥部总指挥，陈家坤担任副总指挥。此外，还成立了南芜边区农民赤卫队，陈家坤任队长。赤卫队下辖3个中队，每个中队70余人。一中队由芜湖县的农民武装组成，队长由陈家坤兼任；二中队由南陵县的农民武装组成，队长俞昌立；三中队由被收编的“土匪”武装组成，队长朱玉龙。会议还任命胡济为农民赤卫队参谋长；吴昭苏为农民赤卫队副政委兼联络员；王大来、陈家寿为农民赤卫队副参谋长。

1927年12月31日，暴动指挥部在芜湖县白沙圩陈氏宗祠召开了第二次会议，会议决定，暴动提前21天举行，即在1928年1月16日举行暴动。[②]

随后，暴动指挥部又以农民协会的名义在章一尔家召集会议，再次确定举行暴动的具体时间为1928年1月16日晚上8时，并决定暴动后首先镇压马坝陈恶霸地主陈宗银及其子陈朝迁，抄掉胡家湾大劣绅胡宗缪的家，为此开刀，作为暴动的信号。具体计划分三步：第一步，先夺取白沙乡乡

① 中共南陵县委党史办公室：《中共南陵地方史》（1919—1949），2007年版，第32页。

② 中共芜湖县委党史办公室：《中国共产党芜湖县地方史》（第一卷1919—1949），安徽人民出版社2008年版，第25页。

公所的枪支，再夺取南陵县东南地区各乡公所的枪支，武装赤卫队；第二步，暴动队伍进入红茅冲山区，在红茅冲大庙里休整，扩大队伍；第三步，队伍开进泾县山区，建立革命根据地。[①]

（三）实施阶段

在武装暴动一切准备工作就绪后，1928年1月中上旬，南芜边区1000余名农民在谢家坝党支部和南芜边区苏维埃政府的领导下，以赤卫队为后盾，在殿湾村、草沟湾、浮城寺、邓村、陶村等地，扒开地主郭世模、郭生财、邓兴旺、王迪成等人家的粮仓，扒出稻谷500余担，分给了缺粮断炊的农民。[②]劣绅俞庭凯趁农民群众开仓分粮，对他没有注意之际，潜逃到南陵县城，向国民党县政府状告俞昌准、冯荣财、王永林、俞昌立、强葆华等人聚众造反。县长李仁接到此状，当即派县自卫队长夏志诚率领30多名武装人员前往镇压。当其行至潘塘冲，即被我赤卫队迎头痛击，活捉了自卫队长夏志诚，并缴获长枪1支，大刀9把。夏志诚经教育后释放了。不久，县政府又派了20多名反动武装人员前来袭击，在黄墓渡与我赤卫队相遇，由于我赤卫队士气旺盛，敌人望而生畏，不战而退。[③]

南芜边区赤卫队两次战斗的胜利，极大地鼓舞了农民群众的士气。

与此同时，在芜湖县白沙圩马坝陈等地，农民协会的会员白天在田里耕种，夜晚在村里扛着锄头铁锹开会、贴标语、高唱《国际歌》，赤卫队员们还在马坝陈陈氏祠堂操场上日夜操练，浩大的声势，使得地主豪绅胆战心惊，也引起了他们的注意。[④]

1928年1月15日，陈宗银从雇工口中得知即将举行暴动消息，同时还从别的渠道获取了信息。陈宗银得知俞昌准、陈家坤等要搞武装暴动的消

---

① 中共芜湖县委党史办公室:《中国共产党芜湖县地方史》(第一卷 1919—1949),安徽人民出版社2008年版,第25页。

② 中共南陵县委党史办公室:《中共南陵地方史》(1919—1949),2007年版,第32页。

③ 中共南陵县委党史办公室:《南陵党史集萃》,中国展望出版社1989年版,第194页。

④ 中共芜湖市委党史研究室:《中国共产党芜湖历史》(第一卷),安徽人民出版社2008年版,第180页。

息后，连夜跑到胡家湾内兄胡朝熙（大地主）家报信，又急忙同胡朝熙一道赶到乡长胡宗球家报告情况。接着，胡朝熙、胡宗球分别到芜湖、南陵县政府告状。芜南两县政府当局听了诉状后，立即联合电呈安徽省政府主席陈调元，谎称“南陵谢家坝和芜湖马坝陈一带的共产党和刁民犯上作乱，举行暴动，杀得人头如瓜滚，血流成河”，请求派重兵“围剿”。陈调元接电后，立即电令驻扎在芜湖的国民党二十七军军长王普派兵镇压。王普接到命令，立即派十八团两个营的部队，兵分两路，1个营从芜湖大砻坊出发，连续10个小时的急行军，于黄昏时到了陶辛圩张社村的承柏余家里，其子承谷香是建平县县长（今郎溪县）。再由陶辛、十连、白沙联防自卫团团长奚乃辉和一部分团丁带路到达胡家湾，随后扑向马坝陈。另1个营直扑谢家坝。[1]

1928年1月16日晚，按照预定计划，暴动领导人俞昌准、陈家坤、胡济、吴昭苏、王大来、陈家寿等来到马坝陈陈氏祠堂开会，他们一边在等待暴动的时间，一面商议活捉了陈宗银后即召开群众大会，用他的人头祭旗，再攻打胡湾，开仓放粮等事宜。晚上，当胡济口袋里的怀表时针指到8点，暴动预定时间一到，农民赤卫大队开始行动。

当天白天下了小雨，陈家寿打着手电筒、点上火把带领着200多人踏着泥泞道路，包围了大地主陈宗银家大院。大地主陈宗银家高墙大屋，大门紧闭，赤卫队员在撞门的过程中，突遭陈宗银家丁的火铳（土枪）袭击，1名队员受伤，陈家寿等人用大铁锤把陈家的后院砸通了1人高的大洞。队员们冲进了陈家大院，但是，房屋厅堂四周所有的厢房、房间、卧室都没有人，更没有财物。陈宗银早已把值钱的东西都搬上了二楼，全家人躲在二楼，将楼梯抽了上去，使楼下的暴动队员无法登楼。

正在这时，赤卫队外围侦查员发现村西边大路上来了许多国民党反动派部队，手电筒光亮闪来闪去，明亮一片。俞昌准、陈家坤、陈家寿等暴动领导人非常惊诧，他们立即认识到，敌人已经早有准备，仅凭赤卫队的

---

① 中共芜湖市委党史研究室：《中国共产党芜湖历史》（第一卷），安徽人民出版社2008年版，第180页。

大刀、长矛、火铳绝对抵挡不住国民党正规部队的围攻，随即下令撤退，并命令朱玉龙率队到村西阻拦国民党军队，争取大家的转移时间。但是，终因双方力量悬殊、寡不敌众，国民党一个百余人连队还是冲进了马坝陈村。

国民党反动军队的两个班士兵封锁了村东、村西的路口，要想出村，赤卫队员只有从南北两个方向的水塘里逃出。此时，村里电筒灯光闪闪，四处是国民党的兵搜查着赤卫队员。本村的赤卫队员没有枪支，纷纷丢掉手中的锄头、挖锹、大刀、长矛等，跑回自己家里；外村的队员从村南或村北的水塘里游泳逃离险境。吴昭苏人生地不熟，加之黑夜道路难辨，只能摸到塘边的一处草堆，用稻草暂时把自己掩了起来。次日，天刚亮，正当吴昭苏撤离时，不幸被敌军发现，经问话，吴昭苏是外地口音，旋即被捕。

在谢家坝，国民党的另1营军队把谢家坝团团围住，挨家挨户进行搜查，并张贴告示，要求参加赤卫队和暴动的人统统到当地乡政府登记“自首”，违者将格杀勿论。[①]因暴动指挥部在国民党军队到达之前已获知消息，在谢家坝等地参加暴动的农民绝大多数已先行分散到各处，但仍有5位农协骨干因坚守阵地被国民党官兵抓捕。[②]

暴动夭折后，南陵和芜湖两县政府当局，还张贴了通缉俞昌时、俞昌准、陈家坤告示[③]，因此，俞昌准、陈家坤等人撤回到了芜湖，俞昌时转入地下工作。农民暴动的熊熊烈火，就这样被反动派扑灭了。

---

① 中共芜湖市委党史研究室：《中国共产党芜湖历史》（第一卷），安徽人民出版社2008年版，第180页。

② 中共芜湖市委党史研究室：《中国共产党芜湖历史》（第一卷），安徽人民出版社2008年版，第180页。

③ 中共南陵县委党史办公室：《中共南陵地方史》（1919—1949），2007年版，第33页。

三、南芜边区农民武装暴动失败的原因分析

（一）指导思想上的“左”倾盲动

八七会议后，党中央已经充分认识到武装斗争的重要性，党派出许多干部分赴各地，恢复和整顿党组织，发动武装起义。当时的安徽省临委负责人尹宽，把暴动看得太容易了。他指派两三个同志下农村，要求马上把农民组织起来举行暴动。他提出由芜湖白沙圩、方村、万顷湖，经宣城油榨沟至南陵为暴动区域的计划，声称“一个游击战争就可以横行3、4县，如入无人之境，是能把整个皖南的农民暴动都震得起来了。”①

指挥暴动的同志怕违反他的指令被指责为“怯懦”，所以暴动委员会开会的时候，只是讨论“什么时候暴动”的问题，对主客观条件均不加考虑。指挥暴动的同志在尹宽和芜湖县委的一再催促下，一股急躁情绪随之产生，结果导致暴动仓促，各项准备工作都不充分。②

（二）暴动时间的提前

在暴动前的准备会议上，部分赤卫队骨干提出了许多实际问题，认为我方力量过于弱小，若提前举行暴动，时机不够成熟。一些同志在讨论时说“不能拿着鸡蛋往石头上碰”，“拿着同志们的生命开玩笑”，请求省临委慎重从事。对此，尹宽斥责为“右倾”“怕死”，暴动行动一定要按省临委的决定进行。在“铁的纪律”的高压下，原定在1928年2月6日举行的暴动提前到1928年1月16日晚8时。

当农民赤卫队员们听到上级决定腊月二十四（1月16日）举行暴动的消息后，大都认为时间安排不合适，因为快过年了，应先和家中妻儿老小

① 中共芜湖市委党史研究室:《中国共产党芜湖历史》(第一卷),安徽人民出版社2008年版,第172页。

② 中共芜湖市委党史研究室:《中国共产党芜湖历史》(第一卷),安徽人民出版社2008年版,第179页。

过一个安稳年。而且按当地的农村习俗，腊月二十四是送灶神的日子，农民大多不愿在这天舞刀弄棍，打打杀杀，造成伤亡，连累家人过不成年。另外，队员们听说如果暴动失败了，赤卫队需要离家出走，转移到泾县茂林一带的大山里活动，这将使家中妻儿生活无着落，尤其是上有老、下有小、拖儿带女的队员们，心情尤为复杂。一些赤卫队员的家属更是心生怨气，这也造成了参加暴动的农民整体士气不够高涨，甚至少数心生动摇。

按照原暴动时间，计划请铁匠打200把斧头、200把长矛、200把大刀、200把匕首，但是由于时间提前，根本无法完成任务。暴动当天，铁匠们虽加班加点也只完成了一半的任务。此外，按照先前的计划，赤卫队还打算在暴动前的大年除夕夜，利用过年时机，附近乡公所团丁放松警戒的时候，袭击方村、石硊两地的乡公所，夺取乡公所的十几支步枪及弹药，以充实武装力量，因暴动提前，未能实施。

（三）暴动计划的泄漏

举行如此重大的暴动活动，在白色恐怖的南芜边区首要的是严加保密，严防消息泄露。相关指挥者如陈家寿等虽然安排数名队员负责马坝陈村的警戒任务，但是，他们只注重来往于马坝陈的陌生人，却忽视了白沙圩胡湾村、马坝陈村内部地主豪绅反动势力对赤卫队暴动构成的巨大潜在威胁。

无论是陶毓昆回忆的《白沙圩农民武装暴动》中提到的地主胡朝熙、胡宗球、胡宗缪、陈宗银，还是陈邦和[①]调查中提到的胡朝熙的小女儿、陈宗银的儿媳妇。他们作为被革命的对象，在面临家族、家庭、个人利益和剥削来的巨额财产将被剥夺的情况下，肯定会负隅顽抗。因此这些人定会到处打探消息、相互通风报信，但是由于暴动领导人全身心关注暴动而没有对此引起足够的警惕。

因而让这些地主豪绅有了可乘之机，导致暴动消息通过三种途径走漏。一是马坝陈大地主陈宗银于暴动前一天从雇工口中得知暴动消息；二

① 陈邦和，白沙圩农民武装暴动研究爱好者，著有长篇历史小说《烽火青弋江》。

是大地主陈朝迁看到暴动前赤卫队员们在陈氏祠堂操场上日夜操练，心存疑窦，多方私下打探得知确凿消息，于是立即告诉其父陈宗银；三是胡湾村大地主胡朝熙的小女儿（陈宗银儿媳）看到陈氏祠堂前的操场上天天有赤卫队员们舞刀弄枪，便想方设法接近他们，暗暗打探消息，得知暴动的日期和打击的对象是陈宗银、胡朝熙后，她就以到村头边的树林里采草药为名，偷偷溜到塘边划着打鱼船，从水路逃回娘家胡湾，把暴动消息告诉了她父亲胡朝熙。①

（四）敌我力量的悬殊

我方参加暴动的人员虽达1000余人，但大多是普通的农民，从未参加过任何形式的战斗，无实战经验。此外，赤卫队举行武装暴动的武器低劣，枪支仅20余支，大多只能使用大刀、长矛、匕首、铁尺、锄头、铁锹等，一遇国民党军的枪炮难以奏效。收编的“土匪”武装，原是南芜边区青龙山（现名瑸琅山）上的“土匪”，主要成分为过去遗落的散兵游勇，因收编后未来得及改造，组织纪律性不强，存在流寇思想、散漫作风，虽有10多条枪，但战斗力不强，遇到强大的国民党反动军队为求自保临阵脱逃，最后导致没有进行丝毫的抵抗。②

敌方王普军原属北洋军阀孙传芳部直系皖军第三混成旅，投靠蒋介石后，王普任国民党第二十七军军长兼芜湖镇守使，下辖3个师。暴动当天王普派2个营正规军分别包围谢家坝和马坝陈，还加上国民党自卫团地方武装，配备的武器都是装备精良的枪炮。

敌我双方如此悬殊，我赤卫队员为保存有生力量，只好分散隐蔽，暴动因而失败。

① 来源于陈邦和采访调查。

② 中共芜湖市委党史研究室:《中国共产党芜湖历史》(第一卷),安徽人民出版社2008年版,第180页。

四、南芜边区农民武装暴动的影响

南芜边区农民武装暴动虽然失败了，但它对此后的皖南地区乃至安徽的农民运动产生了深远的影响，提供了宝贵的经验。

（一）狠狠地打击了国民党反动派的嚣张气焰

暴动发生后，地主、豪绅们如惊弓之鸟，有的狼奔豕突，有的龟缩深居。革命空气一时传遍芜湖各地，国民党反动派做贼心虚、惊恐万状，如临大敌，特别戒严。他们为了转移民众的视线，于是大肆散布谣言，说共产党要在春节期间毁灭芜湖，造成民心动乱。[①]

（二）点燃了全省具有影响力的农民暴动火炬

南芜边区农民武装暴动像星星之火一样，传遍全省各地，革命影响迅速扩大，使各地革命群众斗志更加坚定，并从中吸取了一些经验教训。

1928年1月24日，中共芜湖县委在芜湖市大官山民生中学举办全省农运训练班（省临委解散期间，由芜湖县委代办中央与安徽各地党部的交通事宜），芜、南、繁等全省各地党员骨干共80多人参加了会议，主要内容是总结南芜边区农民武装暴动失败的经验，[②]会议还培训了一批农协干部，为他们回到全省各地开展农运和武装暴动工作指明了方向，提供了方法和路径。

此后，安徽农民运动蓬勃发展。如1928年后相继发生的具有较大影响的郎溪农民暴动、阜阳四九暴动、六霍暴动、广德暴动等。仅1929年冬起到1930年冬，全省各地农民暴动此起彼伏，风起云涌，大大小小的暴动发

① 中共芜湖市委党史研究室:《中国共产党芜湖历史》(第一卷),安徽人民出版社2008年版,第182页。

② 中共芜湖市委党史研究室:《中国共产党芜湖历史》(第一卷),安徽人民出版社2008年1版,第182页。

生二三十起，参加的贫苦农民多则几千人，少则也有一两百人。①这些武装革命，给当时的反动政权以强有力的打击，动摇了国民党在农村的统治基础。

（三）进一步唤醒了广大劳苦民众的斗争意识

民国时期，内忧外患，处于乱世中的广大工人、农民和手业者等除了遭受天灾以外，还要遭受人祸带来的重创。

先是军阀混战，抢夺地盘，你方唱罢我登场。后是国民党反动统治的白色恐怖，地主豪绅与反动政权相勾结联合压榨平民百姓，苛捐杂税多如牛毛，底层民众民不聊生。

南芜边区农民武装暴动正是在这样的背景下，由共产党人领导、组织和发动广大贫苦农民开展的武装革命斗争，旨在推翻反动统治和剥削阶级，进行土地革命，实现耕者有其田，目的是让大多数处于生存线边缘或以下的穷苦人有生路有活路，这使他们看到了希望，唤起了他们为生存而斗争的意识，所以他们紧紧跟随共产党干革命，不惜流血牺牲。土地革命初期，虽然大多数暴动都以失败告终，但武装暴动者仍然前赴后继。后在毛泽东同志总结各地武装暴动和革命根据地建设成功与失败经验教训基础上，形成了党在土地革命时期的正确指导思想，正是在这一正确路线指引下中国土地革命形成了新高潮。鄂豫皖革命根据地和红军的创建发展就是土地革命胜利成功的典范。

南芜边区农民武装暴动留给我们的宝贵精神财富：一是敢为人先的革命精神，敢为天下先，敢闯敢试，勇立潮头，乘风破浪，奋勇争当改革发展的先锋。二是不怕牺牲的革命精神，勇于自我革命，顾大家，舍小家，摒私心，守初心，担使命，坚决向阻碍生产力发展和社会进步的陈腐思想、陈规陋习挑战，破旧立新，勇当新时代的弄潮儿。三是团结奋斗的革

① 中共安徽省委党史研究室著:《中国共产党安徽地方史》(第一卷),安徽人民出版社2000年版,第153页。

命精神，凝心聚力，团结一致，众志成城，心往一处想，劲往一处使，形成推进社会主义现代化建设的强大合力，为实现两个一百年目标而努力奋斗。

六洲暴动相关文献及红色文化遗址研究

鸠江区委宣传部课题组

摘要：1927年北伐战争节节胜利之时，蒋介石背叛革命发动屠杀共产党人的“四一二”反革命政变，大肆屠杀共产党员以及革命群众。中国共产党人迅速拿起武器反抗国民党残酷镇压，六洲暴动就是在这种政治背景下发生，是长江下游武装反抗国民党反动统治打响的第一枪。

本文以六洲暴动为中心，将六洲暴动发生的背景、过程、结果以及影响进行详细阐述，同时考证、记录六洲暴动革命摇篮胡家瓦屋走出去的革命者及其相关事迹，以激励后人对革命者的缅怀和崇敬。

关键字：暴动背景　六洲暴动经过　胡家瓦屋革命者事迹

一、六洲暴动的政治背景

1927年4月蒋介石发动“四一二”反革命政变，大肆屠杀共产党员和革命群众。英勇不屈的中国共产党人并没有被国民党反动派的白色恐怖所吓倒，他们擦干身上的血迹，掩埋牺牲的同志，纷纷拿起武器反抗国民党反动统治，揭开了土地革命的序幕。

1927年8月1日，周恩来等同志在江西南昌发动南昌起义，打响了武装反抗国民党的第一枪；1927年9月，毛泽东在湖南领导了秋收起义；

1927年12月，张太雷在广州领导了广州起义。自1927年南昌起义以来，至20世纪30年代初，全国各地出现了轰轰烈烈的武装起义和革命暴动。地处长江下游距离国民党反动派统治中心南京最近的武装暴动，当属1930年11月7日芜湖市鸠江区白茆镇境内的六洲暴动。

六洲暴动期间，白茆镇（当时叫作白茆区）辖属无为县（今芜湖市所辖无为市）。在辛亥革命以后，特别是五四运动以来，很多新思想、新文化传到无为。有志青年纷纷到外去求学，接受新思想、新文化的启蒙。这些青年中的大部分人在外地学习后，受到熏陶，毕业后选择回到家乡从事教学活动，在学生中间传播新思想、新文化，为中国共产党在无为建立组织打下了良好的思想基础。

五四运动爆发的消息传到无为，县城教育界进步人士、知识青年以及学生数百人集合在南门小十字街，举行游行示威活动。①这是无为第一次游行示威活动，也是新文化、新思想在无为传播、影响的结果，显示进步势力登上了无为的政治舞台。

1923年前后，无为不少知识分子受《新青年》等进步刊物影响，利用寒暑假返乡机会在贫民、手工业者以及其他劳动群众中，通过演讲、说故事、演戏等方式，介绍外地反帝反封建的情况，宣传救国救民的道理。除此之外，他们还举办了假期读书会、贫民夜校等，吸收知识青年和贫民子弟参加，共同探寻和讲解反帝反封建的道理和策略。②

1926年底，当国共合作的北伐战争取得节节胜利，胡竺冰、吕惠生等人在无城秘密成立了国民党安徽省无为县党部，准备迎接北伐军的到来。1927年3月底，北伐军第七军三师二营来到无为。在北伐军的支持下，国民党县党部夺取了军阀县政府大权，成立了无为县临时行政委员会，行使行政职权。

“四一二”反革命政变后，无为县国民党右派建立了无为县清党委员会，逮捕进步人士，白色恐怖笼罩无为全县。8月初，曾在武汉安徽党务

① 邢献宝主编，政协无为县委员会编：《百年沧桑话无为》，安徽大学出版社2006年版，第5页。

② 邢献宝主编，政协无为县委员会编：《百年沧桑话无为》，安徽大学出版社2006年版，第6页。

干部学校学习并入党的任惠群，于赴芜湖途中同中共安徽省临时委员会取得联系，随后奉命返回无为筹建党的组织。8月中旬，任惠群与刘方鼎、倪受健、张泰康等人在无城米市街“刘魁记衣店”召开会议，正式成立中共无为县特别支部。特支直属省临时委员会领导，这是中国共产党在无为建立的第一个组织。①

特别支部由5人组成，任惠群任书记，刘方鼎负责宣传工作，张泰康、倪受健负责交通通讯工作，商恩甫负责农村工作。成立后立即进行三项工作：（1）通知所有参加国民党的共产党员退出国民党组织；（2）宣传国共破裂，揭发国民党的反革命阴谋，教育党员提高警惕；（3）以无城和白茆为工作重点，发展党的组织，壮大党的队伍。会议结束后，商恩甫即赶赴白茆，以其舅父胡竺冰家为据点发展党员，组织农民协会。②

特别支部组织已经取得联系的党员积极开展工作，宣传革命道理，扩大影响。首先在无为初中、义务小学以及东乡冒新洲等处发展了一批党员，如夏子旭、倪合台、胡德荣等人，在东乡还组织了贫雇农进行改善贫雇农待遇的斗争。

1927年9月，由于党组织壮大、党员增多，无为特支改编为特别区委，下设3个党支部，共有党员16人。次年夏，成立无为县（临时）委员会，宋士英为书记。1928年底，无为县临时委员会改为无为县委员会，倪合台为书记。③

1929年春夏之交，无为饥荒严重，奸商们除了囤积居奇、卖高价剥削贫苦人民，还将粮食运往外地，以图获得更高的利润。针对这一情况，县委果断发动群众开展禁粮出口斗争，凡是农民协会（1928年成立）的成员都拿起梭镖，在交通要道、江边河边日夜巡逻，严防奸商运粮出口。农协成员在小江坝查获了五六条大船（每船可载10多吨）装有十几万斤大米，正准备偷运出口。县委发动上千群众，把粮食分掉了。除了分掉粮食，县

---

① 无为县地方志编纂委员会:《无为县志》,社会科学文献出版社1993年版,第8页。

② 邢献宝主编,政协无为县委员会编:《百年沧桑话无为》,安徽大学出版社2006年版,第16页。

③ 邢献宝主编,政协无为县委员会编:《百年沧桑话无为》,安徽大学出版社2006年版,第16页。

委还用粮食买了支勃朗宁手枪，开始有了属于自己的武器。

禁粮出口斗争是在共产党领导下进行的群众运动。当时除无为外，广德、庐江等县都开展了这一斗争。无为禁粮出口斗争后，时任中共芜湖特别支部书记的宋士英去无为指导工作，并于1929年12月给中央写了报告。

二、六洲暴动基本经过

1930年以前，共产党在无为领导了多次斗争，这些斗争既扩大了共产党的影响，同时也提高了人民群众的觉悟。从县城到农村，从学校到工厂，几乎都建立了共产党的组织，全县共有党员500—600人。

中共无为县委成立以后，团县委也成立了，并且组织了红色学生会、济难会和少年先锋队。在农村，特别是东乡，农民协会人员已经有两三万人，群众基础非常好。

无为革命形势的迅速发展，使得国民党反动派终日惶惶不安，[①]广大群众的觉悟提高，都希望拿起武器同国民党反动统治作斗争。

1930年4、5月间，皖南特委（1931年改为芜湖中心县委）一再指示搞武装暴动，并且要求无为县委立即派人去汇报暴动准备情况。县委经过研究，决定派张恺帆去芜湖向特委报告。因为斗争残酷，组织极易受到破坏，同志之间都互不问名字，只用“老王”“老张”等代替。张恺帆到了芜湖后就与特委“老王”取得联系，“老王”告诉张恺帆（“老张”），特委经过研究决定举行暴动，并说到时候会派人去无为与县委一起商量暴动具体方案。

---

① 张恺帆口述，宋霖整理：《张恺帆回忆录》，安徽人民出版社2004年版，第46页。

六洲暴动旧址

张恺帆回到无为后的8、9月间，皖南特委负责人“老王”（据回忆有可能是王步文）来到白茆胡家瓦屋召开会议，确定暴动的时间定在11月7日，进攻的地点为六洲乡。该乡驻有国民党常备军一个排。由于当时情况复杂，意见不能够统一，无法统一步调，于是就所面临的问题展开讨论。经过激烈的讨论，县委最后做出决定，以六洲为攻击目标，实行夜间偷袭。

暴动前的一个月（10月）县委改为军政委员会，开始积极准备，并在军桥村举行了无为县苏维埃政府成立大会，讨论并制定了《苏维埃政府施政纲领》《苏维埃宪法草案》《土地纲领》。选举胡德荣为无为县苏维埃政府主席。①

武装暴动面临着一个很严峻的问题，那就是没有足够的枪支。当时只有一支勃朗宁手枪，还是在禁粮斗争中用粮食购买的。只有一支枪肯定不行，于是张恺帆等共产党员开始调查，哪些地主家有保家护院的枪支。经过调查以及上门宣传，终于把能找到的枪支都设法拿到手。

参加暴动的武装群众100多人，其中有无为中学一部分学生党员、共青团员，持有长短枪20多支，子弹数百发，其余都以梭镖和大刀为武器。

11月7日下午，暴动队伍在白茆新华寺集中。特委给暴动队伍的番号是中国工农红军皖南第三游击纵队，司令员刘静波、副司令员邓逸渔。纵

① 张恺帆口述，宋霖整理：《张恺帆回忆录》，安徽人民出版社2004年版，第50页。

队属无为县军政委员会领导。

暴动队伍到了六洲以后，发起猛烈进攻，但是国民党军队仗着坚固的防御工事，负隅顽抗，一直打到天快亮，敌人的增援部队赶到，为了防止受到两方面的夹击，只好撤退。撤退时，司令员刘静波殿后。

刘静波参加过北伐战争和广州暴动，能双手打枪，他且战且退，带领队伍往汤沟方向撤退。汤沟有民团驻守，为避免发生意外损失，队伍临时化装，把长枪捆在玉米秆子里面，闯过关口，撤到姚湾朱村。在这里稍作休整，开会商讨下一步行动。最后考虑到暴动失败后白色恐怖将会非常严重，于是取消了纵队名称，改叫武工大队，或者叫游击大队。休整了一下，尔后继续在无为东乡一带坚持游击战争。

六洲暴动至此算是失败，刘静波被调到省委工作，由邓逸渔担任大队长，继续领导无为共产党员坚持斗争。

六洲暴动虽然由于种种原因失败，但它还是具有重大意义和政治影响。

首先，使共产党受到了实际的锻炼。无为的共产党组织为了此次暴动做了很多准备，包括制定纲领，发动群众等，在很大程度上扩大了党在无为的影响，为后来共产党革命运动的开展奠定了基础。

其次，使共产党中的更多人认识到了李立三“左”倾冒险错误的弊端。李立三“左”倾冒险错误虽然在此前就已经受到了批判，但是“左”倾思想一直影响着共产党，很多党员都有盲动、冒险的倾向。六洲暴动的失败，使得越来越多的共产党员抛弃错误的“左”倾思想，探索新的道路。

再次，六洲暴动打响了皖中地区共产党领导的人民群众反抗国民党反动统治的第一枪，在长江下游一带激起很大反响，使得更多人民群众奋起反抗，掀起革命的新高潮。

三、胡家瓦屋——六洲暴动的革命摇篮

六洲暴动的指挥部设在胡家瓦屋，之所以将指挥部设在这里，是因为

胡家瓦屋早在20世纪20年代就成了党在无为的活动据点，1930年成立的中共无为县临时县委机关就设在这里。①

说起胡家瓦屋，就得提到从这里走出的第一位革命者胡竺冰。

（一）胡竺冰

胡竺冰，出生于白茆冒新村，幼年就读于乡村私塾，以优异成绩考入安徽省安庆法政专门学校。中国早期革命人士，长期为中国共产党提供帮助，被称为“党外布尔什维克”和“鲁迅式战士”。

1918年，胡竺冰从法政专门学校毕业，投身于“六・二”学潮和反对军阀的贿选斗争，创办了《清议报》，参加孙中山领导的国民革命，拥护联俄联共扶助农工三大政策。

1923年胡竺冰返回家乡创办了青年读书会，传播革命真理。后又在青年读书会基础上创办了私立义务小学，专门吸收贫苦子弟入学。1927年3月，北伐军第七军三师进军无为，成立以胡竺冰为主任委员的无为县临时行政委员会。接着蒋介石发动“四一二”反革命政变，胡竺冰遭国民党当局残酷迫害，被迫离开无为。

1928年夏，胡竺冰经中共组织介绍到桐城县浮山中学任教，与黄镇、郑曰仁等以教师职业为掩护从事革命活动。1929年春，胡竺冰到上海交通大学教务处为党组织做宣传和联络工作。先后参加中共外围组织的社联、左联和世界语学会等革命团体，与鲁迅、沈钧儒等时有来往。

1930年12月，六洲暴动失败，张恺帆等人遭通缉，转移上海，胡竺冰帮助他们解决生活困难，利用各种条件保护他们。

1937年卢沟桥事变后，胡竺冰抱病再返无为开展抗日救亡活动。张恺帆、桂蓬等人从国民党监狱出狱，胡竺冰把他们接到胡家瓦屋居住，调养他们在狱中历尽折磨的身体，一起研究抗日救亡工作，组建抗敌后援会、青年救亡协会等抗日组织。

① 中国人民政治协商会议安徽省委员会文史资料研究委员会:《安徽文史集萃丛书之九 人物春秋》,安徽人民出版社1987年版,第156页。

1938年2月，安徽省动委会成立，胡竺冰应章乃器、朱蕴山、周新民电邀，赴任省动委会文化委员会委员。从事全省范围内的抗日动员工作。是年夏，日机两次轰炸无为，国民党县长韦延杰带着常备队逃往无为西南乡，一时间全县境内土匪横行，盗贼猖獗，民怨鼎沸。中共舒城中心县委、无为县委通过省动员委员会内知名爱国人士，敦促省府撤销韦延杰职务，推荐胡竺冰担任县长。10月8日，胡竺冰就任县长，将胡德荣、周心抚、阮振础、何际堂等共产党员和进步人士安排到县政府各个部门，任命吕惠生为县府秘书，主持日常工作[①]。任命周光春主持县税务、贷款工作，为新四军筹措大量经费。停办一年多的城乡小学和无为中学也恢复招生。无为县党政军及一些进步团体的权力，完全控制在共产党人手中，社会安宁，抗日运动蓬勃开展，党的组织迅速发展，全县党员发展到700多人。

反动派不甘心其失败，从县城到省会到处散布“胡竺冰变成共产党”。10月下旬，省长廖磊以“擅起兵端，破坏合作抗日”为由将胡竺冰革职查办，派马炯接任县长。胡竺冰对此早有思想准备，趁马炯未到无为，和吕惠生等人封锁了省府革职文件，一面继续履行县委职权为党工作，一面在人民自卫军中挑选一批优秀青年和较好的武器，全部移交给新四军四支队，编成一个游击大队。

在党组织和章乃器等人的保护下，胡竺冰免遭查办，廖磊为了限制胡竺冰的活动，任命他为省府参议员。胡竺冰识破这一企图，拒不到任，请留无为担任县财经委员会主任，在此任中继续为我党我军做了大量工作。

1940年，胡竺冰在国民党当局的迫害下，身患重病，在送往皖南新四军军部医院治疗途中逝世。

胡竺冰虽然没有直接参加六洲暴动斗争，但六洲暴动许多领导人都是在他的影响下参加革命的，他还把自己家的胡家瓦屋建成我党在无为乃至皖中的革命活动基地。

1937年7月，无为县抗敌后援会和抗敌协会在胡家瓦屋成立；1937年

---

① 中国人民政治协商会议安徽省委员会文史资料研究委员会编：《安徽文史集萃丛书之九 人物春秋》，安徽人民出版社1987年版，第157页。

11月，中共皖中工作委员会在胡家瓦屋成立，并将机关设在胡家瓦屋；1941年5月1日，新四军第七师在胡家瓦屋正式组建成立。①

（二）夏子旭、倪合台

胡竺冰有四兄一姐一妹，都是在胡家瓦屋里成长起来的。在胡竺冰的影响下，胡家瓦屋陆续出现了一大批革命者，其中在土地革命时期担任中共无为地区主要领导之一，并参加了领导六洲暴动的是夏子旭、倪合台。

夏子旭，是胡竺冰二哥胡厚培的二女婿。1923年，夏子旭叔岳父胡竺冰从安庆回到无为，胡竺冰在无为从事一系列革命活动，夏子旭十分佩服胡竺冰的所作所为，经常向胡竺冰请教，了解一些对社会变革的看法，胡竺冰对夏子旭以后加入中国共产党投身革命，思想上产生了很大影响。

1927年，中共无为特支成立。1928年，夏子旭经人介绍，加入了中国共产党，成为中共无为特支在农村发展的首批党员之一。入党后，夏子旭积极在农民中宣传革命思想，揭露政府当局的反动统治，经过他的努力，白茆农民运动发展形势非常好。

1928年夏，根据中共安徽省临委的指示，中共无为特区委在东乡冒新洲召开党员大会，会议确定了今后的主要任务。在这次会议上，夏子旭根据自己开展农民运动的切身经历，向党组织建议选择东乡复凝洲为基本地区，建立农民协会。夏子旭的建议得到了党组织的肯定。这次会议还决定，将中共无为特区委改为中共无为临时县委，夏子旭为临时县委委员，负责宣传工作。

1928年冬，中共无为县委成立，夏子旭被选为县委委员，分管团的工作。尽管夏子旭为农民运动劳累奔波，但他并没有放松团的工作。1930年春，共青团无为县临时县委成立，在主持团的工作期间，夏子旭非常重视团组织的发展工作，从仅有3名团员的无为第一个团支部，发展到拥有30余人的共青团无为临时县委。

1930年1月，中共无为县委在无城西郊鹗子塘召开扩大会议，决定设

① 广州新四军研究会第二分会、巢湖新四军研究会：《新四军第七师》，2005年，第5、7、59页。

立县委执行委员会，夏子旭被指定为专职负责农运工作。同年5月，无为县委领导城乡人民，开展对无城当铺老板朱长和为窃吞当物为己有的“烧当”斗争。在“烧当”斗争过程中，夏子旭不辞辛劳，四处奔走，以雄辩的口才，启发农民自发加入斗争行列。

1930年7月，中共无为县委在东乡真武殿召开会议，成立中共无为县特别行动委员会，随后在白茆、汤沟一带连续举行“飞行集会”，利用党报《新闻周报》《红旗报》大造舆论，鼓动群众，准备进行六洲暴动。县委指示具有丰富农村工作经验的夏子旭等人隐蔽待命，以防万一暴动失败，革命力量不至于全部受损。

11月7日，无为特支仓促举行六洲暴动，未能取得成功。暴动失败后，根据中共皖南特委关于“隐蔽活动、储蓄力量、以备今后更大的斗争”指示，恢复了中共无为县委，夏子旭在险恶的环境中担任无为县委书记，面临着更加严酷的斗争考验。

六洲暴动虽然没有成功，但它使得敌人更加恐慌，国民党当局加紧对无为农村进行反革命围剿，白色恐怖笼罩。在这种险恶形势下，夏子旭不但没有退缩，反而更加坚定了革命的信念，同倪合台、邓逸渔、张恺帆等人一起，组织了领导全县工作的军政委员会，又成立了以邓逸渔为队长的武装宣传队，继续带领广大党员和革命群众坚持地下斗争。

7月中旬，夏子旭由中共芜湖临时中心县委参加会议返回无为，先后会同张恺帆、周可章、朱子荣、宋沛生、王命寿等人赶赴军桥，与正在那里活动的武装宣传队汇合，准备召开军政会议，传达贯彻芜湖中心县委指示。赶赴途中虽然听说国民党无为县警察中队在三官殿一带封船，并有便衣游动窥探，但夏子旭一行毫不畏惧，依然日夜兼程赶到军桥。7月28日凌晨，国民党军队袭击军桥，夏子旭为了防止开枪射伤群众，没有还击，被国民党抓获，当日子夜，在无城北门大桥惨遭杀害。①

倪合台是胡竺冰二哥胡厚培大女婿。1927年参加革命，同年10月加入中国共产党。1928年，以教书作为掩护在东乡的复凝洲、冒新洲等地开展

① 参见张鹏:《巢湖中共党史人物传》,中共党史出版社2011年版,第12—15页。

工作，秘密组织农民协会。1928年冬季，倪合台任中共无为县委书记。1929年8月，领导农民群众在小江坝、李家潭等地开展大规模的禁粮外运斗争。1930年1月，改任三区区委下属支部书记。1930年11月，参加特别行动委员会，并作为领导者和组织者之一，参与六洲暴动决策工作。随后，根据中共皖南特委决定，参加组成军政委员会，继续领导无为人民开展游击斗争。

1931年3月，倪合台被中共安徽省委派任宣城县委书记，联络农协会员和基本群众，重建宣城的党组织。1931年5月，改任巢县县委书记，在炯炀等地进行党组织恢复工作，领导巢县农民进行武装暴动。同年9月，前往无为东乡临江坝筹措枪支，不幸被叛徒杀害于真武殿。无为县委委员张昌忠同时遇害。

新中国成立后，无为县人民政府为了纪念死难烈士，特将张昌忠、倪合台的家乡命名为“忠台乡”，以此作为纪念。[①]

（三）胡家瓦屋走出的其他革命者

胡家瓦屋在革命时期，除了胡竺冰、夏子旭、倪合台外，还走出了不少杰出的革命者。如胡厚培长子胡珀光，胡竺冰长子胡师伟，胡竺冰侄子胡斯林，以及在胡家瓦屋当长工的何孔顺、何孔财、何孔张等。

胡珀光，胡竺冰二哥胡厚培长子，无为早期中共党员。曾任中共无为县委委员，在无为兴办农民夜校，组织农会，发动贫苦农民为改善自己生活条件斗争。1929年因积劳成疾，不幸逝世。

胡师伟，胡竺冰长子，从小受父亲革命活动的影响，后参加新四军，担任新四军第七师连长，在一次反“扫荡”战斗中不幸牺牲。

胡斯林，胡竺冰二哥胡厚培的第三个儿子，从小受家庭革命环境熏陶，后参加新四军，历任新四军第五支队机关干事、政治部干事、青年干事。1940年6月在淮南路西鸣桥战斗中不幸牺牲。

胡家瓦屋走出的革命者，不仅仅都是胡氏亲属，很多胡家的长工在其

① 参见张鹏：《巢湖中共党史人物传》，中共党史出版社2011年版，第21—24页。

影响下也都走上革命道路。

如长期在胡家当长工的何孔顺、何孔财、何孔张三兄弟，分别于1938年、1939年、1940年参加革命，加入新四军。何孔顺、何孔张兄弟分别在1940年、1941年光荣加入中国共产党。

在何氏三兄弟影响下，何氏很多亲戚也参加了革命，如郭仁道、郭仁和、童雨三等参加新四军，投身革命。

革命战争是残酷的，何孔张在1943年与敌人战斗时不幸英勇牺牲，时任新四军第七师某部班长；何孔顺在1945年与敌人的一次战斗中不幸英勇牺牲，时任新四军第七师警卫排排长；受何氏影响参加新四军的亲戚郭仁道、童雨三等人亦在战斗中英勇牺牲。仅何氏一门，就有多位烈士为抗日战争、解放战争取得胜利，英勇献出自己宝贵的生命。

结　语

发生在鸠江区白茆镇境内的六洲暴动，是大革命时期革命低潮中，白茆人民向国民党反动派打响武装斗争第一枪。有力打乱了国民党反动派统治秩序，扩大了中国共产党在人民群众中的影响，积累了武装斗争的经验。正如中共安徽省委第一任书记王步文在芜湖中心县委总结会上所说："这是一次军事演习，它锻炼了党，锻炼了人民。"

在六洲暴动的前后，涌现出一大批优秀的共产党员和人民群众，他们反对国民党反动统治，做出不懈努力，前赴后继，英勇斗争。正是因为有了这些人，革命才能取得胜利，才能在全中国最终取得胜利。我们一定要学习他们这种精神，发扬革命传统，牢记神圣使命，在革命征途上永远前进。

蒋光慈在芜湖

镜湖区委宣传部课题组

摘要：蒋光慈（1901—1931）是我国无产阶级革命文学前驱作家之一，他不仅创作出版了多部诗歌集和长篇小说、短篇小说集，而且积极投身于党所领导的文化战线斗争，为组织“中国左翼作家联盟”做了大量工作，在文艺理论和文艺批评方面，热情宣传马克思主义文艺观，倡导无产阶级革命文学，为开创中国无产阶级革命文学作出巨大贡献。

蒋光慈于1917年来到芜湖，进入安徽省立五中读书，1920年离芜赴沪。他在芜湖生活、求学达3年时间。这正是革命风起云涌、狂飙突进的年代，他从一名懵懂、迷惘的青年，开始接受新文化运动的滋养和马克思主义理论的哺育，逐渐成长起来。在芜湖响应五四运动的革命群众斗争中，敢作敢为，在芜湖反帝反封建革命运动和新文化发展史上留下了深深的足迹。

关键词：觉醒　“五四”学生爱国运动　革命战士

一、涉世未深，信仰无政府主义

1917年秋，蒋光慈来到芜湖，进入安徽省立五中读书。

蒋光慈是怀着一腔愤世嫉俗的叛逆、抗争情绪来到芜湖的。在此之前，他在家乡霍邱县和河南省固始县小学和中学读书时，受到进步青年教师的影响，开始对社会上不公平现象产生愤愤不平的思想，在一次与校长的冲突中，与几位同学殴打了经常欺侮贫穷学生的校长，被学校勒令退学回家①。半年多之后，在同乡友人、结义兄弟李宗邺的举荐下，来到芜湖进入省立五中丙班读书。他生性率真、耿直，作为一名涉世未深的青年，开始探求人生之路。1918年，李宗邺写了一首题为《与蒋侠生吴葆蕚胡苏明月夜登赭山顶》的诗曰："当前第一爱韶华，各有胸罗百万家，抵掌纵谈天下事，江山如画走龙蛇。"记录了蒋光慈和友人纵谈天下事，亦即探求人生大事的一幕②。但他只是停留在个人的经历和肤浅的识见范围之内，他常说"这个社会太黑暗了，穷的穷，富的富，太不公道"，"今后我们不如去做山大王，像水泊梁山英雄那样打富济贫"③。一度表示要以古代的侠客为榜样，"以削尽人间的不平"，因而将名字"宣恒"改为"侠生"，又打算走出尘世，出家为僧，远离不平，而改名为"侠僧"。

他的这些幼稚念头，很快就被现实中汹涌而来的形形色色社会思潮包围、瓦解。芜湖，作为在全国较早开放的通商口岸之一，经济畸形繁荣，交通便捷，商旅往来频繁，东西方文化汇聚，既有根深蒂固的孔孟之道，也出现了刚刚在中国冒头的"舶来"思潮，如社会改良主义、国家主义、无政府主义等，一时间，在青年中流行开来，各派办的报刊也先后面世。其中无政府主义尤其吸引青年人的关注。它"从极端个人主义出发，反对任何限制个人自由的权威和权力，否定一切纪律的约束，否定一切国家政权，主张放弃一切政治斗争，鼓吹个人绝对的自由，建立所谓无命令、无权力、无服从、无制裁的无政府社会"④。虽然不具备马克思主义的科学性和先进性，但对封建主义的观念和制度毕竟是一种冲击，在当时具有一定的进步意义，因而被北洋军阀政府宣布为"邪说""其祸甚于洪水

① 吴腾凰:《蒋光慈传》,安徽人民出版社1982年版,第9页。

② 哈晓斯:《皖人轶话·蒋光慈早期史事三则》,《皖事拾零》,安徽人民出版社1989年版,第242页。

③ 柏林、和静:《蒋光慈》,中共芜湖市委党史办公室编:《中共名人在芜湖》,安徽人民出版社1991年版,第1页。

④ 王章、惠中主编:《中国近现代社会思潮辞典》,南京大学出版社1996年版,第94页。

猛兽”。

蒋光慈一接触到无政府主义之后，就感到很契合自己的想法，于是在校长刘希平、教师高语罕的支持帮助下，与一些同学，取无政府主义的译音“安其那”的第一个“安”字，组成了一个无政府主义的团体“安社”，共十几个人，校内的有李宗邺、吴葆萼、胡苏明、祖茂林、凌纯池等，不久又发展了校外的钱杏邨（阿英）、陈金生、李克农等人。“安社”成员提倡“八不主义”，即不做官、不要小老婆、不赌、不嫖、不穿皮衣、不乘人力车等①。他们编印了小报《自由之花》，蒋光慈和李宗邺主编，吴葆萼刻钢板，祖茂林夜间印刷，每期1万多字，共出版了6期，前两期油印，后来得到皖江日报社的支持，后四期改为铅印，通过邮局寄往本地的中等学校和外地的“安社”，在全国尤其是在省内产生较大影响，有的学校就因为接收和阅读《自由之花》，而被政府封闭。不久皖南镇守使、军阀马联甲以“过激党小报”的罪名查禁了该报。

安社组织了一次公演，剧目是《夜未央》。这部三幕剧的作者是波兰人廖抗夫，少年时代就加入了波兰的社会党，后来流亡德国，25岁时写出了《夜未央》。这部作品是无政府主义派“虚无美人”的救国故事，取材于俄国女革命家苏维娅真实经历。1881年3月，苏维娅参加暗杀沙皇亚历山大二世，失败后，被沙皇处死，年仅28岁。当年中国无政府主义的刊物《新世纪》介绍过她的事迹，刊出了她的照片。蒋光慈在读到苏维娅的故事之后，非常感动。1908年李石曾翻译了《夜未央》，在巴黎和广州同时出版，后来巴金也翻译出版了这部戏剧。有人认为，《夜未央》是无政府主义作品在中国持续生命力最强的一部。

《夜未央》将苏维娅的故事在舞台上演绎成悲壮而浪漫的爱情故事。剧中女主角安娜与爱人华西里暗杀总督，华西里英勇牺牲，安娜在昏迷中还大声疾呼：“前进呀，前进！”蒋光慈深受震动。革命者勇于献身的精神，引起了他的共鸣，而女英雄苏维娅形象更其美丽而英武了。他充满激情地写了两首诗歌颂苏维娅，其中写道：“此生不遇苏维娅，死到黄泉也

① 翁飞等著：《安徽近代史》，安徽人民出版社1990年版，第492页。

独身"[①]。很显然，蒋光慈已经在探索中开始了思想的转型，不再仅仅是幻想"削尽不平"或者"遁世逃避"，而在心灵中树立了人生的榜样，直面社会。

二、初步觉醒，接受新文化运动和马克思主义哺育

蒋光慈最初在接受和信仰无政府主义的时候，新文化运动的思潮也正在芜湖风起云涌。他所求学的省立五中，前身是清乾隆年间创办的"中江书院"，光绪二十九年（1903年）改办为"皖江中学堂"，这是全省最早的新式学堂。辛亥革命前后，一批反对清王朝封建统治的知识分子，如严复、苏曼殊、陈独秀、沈泽民等在这里聚会，或教书，或求学，或演讲，在青年中传播民主和科学思想。可以说，省立五中已经成为芜湖乃至全省新文化运动的策源地和中心。

蒋光慈进学校的前一年（1916），刘希平和高语罕先后来到学校任教。刘希平曾留学日本，是同盟会老会员；高语罕在日本留学时与刘希平相识。这两位教师对蒋光慈影响很大，特别是高语罕，称蒋光慈为"共学的朋友"，思想激进，成为蒋光慈的引路人。高语罕是寿县正阳关人，他在日本留学时，就同陈独秀往来密切，回国后，积极从事反清活动，曾参加领导安庆的熊成基马炮营起义。第一次世界大战期间，他于1916年11月至1917年1月，在《新青年》杂志第2卷第3至第5期，连载《青岛茹痛记》，深刻揭露了德、日帝国主义在山东的罪恶。第一次世界大战结束的消息传来，举国欢庆中国成为"战胜国"，但高语罕却冷静地觉察到中国饱受外强欺凌的现状并非一朝一夕可以改变，因而自撰一联："此日为欢有惭德，吾侪何以答升平。"让学生贴在省立五中学校的大门上作出警示[②]，使青年学子深受震动。

---

① 胡苏明1964年11月回忆材料，原件存安徽省民政厅蒋光慈烈士档案，转引自《皖事拾零》第249页。

② 张家俊：《高语罕在芜湖》，《大江晚报》2009年7月17日15版。

刘、高两位老师，在学校管理和教学方法上，采用了一系列新的举措，实行校务公开。1917年，组织成立了学生自治会，这是全省成立的第一个学生自治组织，让学生参与监督校务，审查管理学校的财务和卫生，评论教师授课情况。这些做法，在讲究师道尊严的学堂里，无疑是一场惊世骇俗的大变动，社会上各种议论都传到了往日宁静的校园里，激起一阵阵反响，但青年学子却感受到了新鲜活泼和舒畅。由于蒋光慈富于正义感，为人大方，生活朴素，国文程度在全班最好，首屈一指，深受同学拥戴[①]，因而被选为省立五中学生自治会会长。这使他得到了最初的社会工作的锻炼，视野开阔了，接受新事物更广泛了。这也是他最终挣脱无政府主义桎梏的一种推动力。

芜湖当时有一家科学图书社，坐落在繁华的十里长街中段，是徽州人汪孟邹创办的，主要经营新文化书刊和课本，如《新青年》《每周评论》《社会主义ABC》《辩证唯物论》和鲁迅、郭沫若、胡适等人的著作，也售卖文具用品。陈独秀曾在这里编辑过影响甚大的《安徽俗话报》，反清志士俞樾等人曾在这里策划谋杀清廷的出洋五大臣等，科学图书社一度曾是长江沿线一带反清活动的据点。高语罕等人，与科学图书社过从甚密，经常聚集在这里纵论天下大势，传播各地革命消息。每一期《新青年》到芜后，高语罕都要自费购买若干本，带到学校，分发给蒋光慈等人阅读，灌输革命思想。蒋光慈也常常到科学图书社阅读新书刊，与《皖江日报》编辑郝耕仁、外校的钱杏邨（阿英）、李克农等人相识了，相互砥砺思想和学问，共同成长。可以说，蒋光慈从科学图书社得到了新文化运动的直接哺育，是他迈出人生崭新步伐的重要力量。

认识郝耕仁编辑前后，在高语罕老师影响下，蒋光慈开始给《皖江日报》撰稿，主要是白话文和一些针对社会现象的短论，向着帝国主义和封建主义发起了冲击。

① 吴腾凰:《蒋光慈在安徽》,《新文学史料》第4辑,1979年,第201页。

三、勇立潮头，经历时代风雨茁壮成长

1919年5月4日，北京爆发了伟大的反对帝国主义侵略中国、反对北洋军阀政府的爱国民主运动，这也是一场伟大的文化革命运动。北京中学以上各校学生3000余人，在天安门前举行集会和游行示威，四处散发传单，手执白布旗帜，上书“外争国权，内惩国贼”“取消二十一条”“拒签和约”“誓死收回青岛”等口号，愤怒的学生火烧了卖国贼曹汝霖的住宅“赵家楼”，痛打了卖国贼章宗祥。爱国壮举很快传遍中华大地。

5月5日凌晨，《皖江日报》编辑郝耕仁看到了北京来电，立刻派人送给省立五中教师高语罕[①]。高当即将蒋光慈等学生自治会的骨干从睡梦中喊醒，派他们分头到二农、二女师、萃文、圣雅阁、芜关等中学，传播北京消息，联系开展行动。第二天，各校师生代表在西门内詹家巷乙种商业学校举行联合会议，商讨5月7日在“国耻日”四周年纪念日即日本提出“二十一条”最后通牒的四周年当天，举行游行示威等事宜。会议一开始就遭到封建顽固分子的阻挠和抗拒。二女师学监姚慎思不阴不阳地说：“鄙人好文。试问女子与男子一起开会游行，不是有违男女授受不亲之古训吗？女子学校是否可以不参加呢？”高语罕当即反驳说：“鄙人好武。国家兴亡，匹夫有责。爱国不分男女，为什么不能一同开会游行？若说男女不能在一起，请问姚先生，你是男是女？你年纪不大，胡子不长，天天和女学生在一起岂不要避嫌？请姚先生慎思、慎思、再慎思。”当即掌声和哄笑声四起，姚慎思气急败坏拂袖而去。会议研究和通过了游行示威的方案[②]。

5月7日，蒋光慈带领省立五中同学和其他学校的学生会合，齐集东门外老铁路路埂，首先开大会，声讨北洋军阀政府的卖国罪行，呼吁各界同胞迅起抵制日本侵略，挽救民族危亡。接着，2000多名学生进行示威游

---

① 陆德生等主编：《政治风云》，安徽人民出版社1999年版，第229页。

②《话说芜湖·四十年前芜湖的爱国民主运动》，芜湖日报编辑部编印，1959年9月，第38页。

行，一路口号声此起彼伏。队伍先后到了镇守使署和公署示威，递交了《请愿书》，并致电北京政府，要求惩办卖国贼，释放北京游行中被捕学生，拒绝在巴黎和约上签字。游行队伍到了华盛街和大马路（现中山路步行街）时，码头工人、黄包车车夫和大批市民纷纷加入，壮大了示威人群。队伍到泗关街（现长江长小区所在地）日本领事馆时，该馆大门紧闭，愤怒的人群将石块、碎砖砸向领事馆，向日本侵略者发出警告。

在“五七”大游行后，芜湖掀起了抵制日货、提倡国货的群众性斗争。在斗争中，蒋光慈带领省立五中同学，发挥了巨大的作用。由于自1914年第一次世界大战爆发之后，欧美帝国主义忙于战争，放松了对中国的渗透和侵略，日本侵略者趁机蚕食我国土，倾销商品，严重破坏了我国主权，摧残了我民族工业和家庭手工业。日货充斥了市场，芜湖仅长街、大马路、四明路等处就有13家日本人开设的商店，也有不少中国商家销售日货，连一些穷乡僻壤，日货也泛滥成灾。芜湖实际上已经成为帝国主义侵略中国的一个据点。

抵制日货由学生自身做起发展起来。省立五中、二女师和二农等学校的学生，自查和互查自己的用品，把牙膏、肥皂、衣帽等日货集中到操场上销毁。接着学生们走出校门开展宣传抵制日货活动。蒋光慈带领同学组成的检查小组，在长街、大马路对商家逐户检查，动员商人封存日货，不进日货。有的商家深明大义，接受检查，表示不卖日货；也有的阳奉阴违，对学生敷衍、拖拉。有的商店在柜台上放置一种牌子，上面用漆写着“东西洋货零趸批发”，招徕顾客。蒋光慈在学联会上提出，要把“东西洋货”四个字凿掉，大家都一致赞成。他回到学校后，组织了“劈牌子队”，自任队长，拿着斧头、刀子等工具，在长街等处看到这种牌子，就立即把劈掉。有的商店老板敢怒不敢言，学生走后才恨恨地说：“老百姓怕丘八，丘八怕九丘，谁不怕爱国的学生。”[①]经过几天“劈牌子”行动，商家不敢再摆出洋货来卖，有的还将牌子换成“国货”两个字，表示支持抵制日货。斗争取得了明显成效。

① 吴腾凰：《蒋光慈在安徽》，新文学史料第4辑，1979年，第202页。

在抵制日货活动中，蒋光慈还提出了编印“鸡毛报”的办法，用于宣传、鼓动和警告。他说：“我们用一张张的黄表纸，上面画上佛，在佛的底下写道：‘你是爱国的商人，今天就要罢市，不罢市，就是男盗女娼’，再在黄表纸上贴一根鸡毛。”“鸡毛报”上还有各种口号、动态，内容丰富，传递消息及时。此后，每逢罢市，蒋光慈就带领同学们赶制“鸡毛报”[①]。往往通宵达旦，赶制很多份，又趁天色未明，投到商店的门缝里去。这种办法收到很好效果，不少商家见到“鸡毛报”后，就不开门营业，又将“鸡毛报”送交别的商家，形成了“家家飞报，人人传阅”的局面，也有的张贴在墙壁上，让路人阅读。5月17日《时报》、6月12日《申报》都对长街一带发现“鸡毛报”及传单多种，进行了报道[②]。在连续紧张的劳累奔波熬夜之后，蒋光慈身体日渐消瘦，曾不止一次口吐鲜血。

声势浩大的抵制日货活动，得到了工人、商人和市民的响应和支持。据《时报》5月21日报道：上下水日本商轮过芜，搭客及货物日渐稀少，旅馆不代售日本船票，不上日轮接客，拒绝日本客人入住；划船帮不接送日轮旅客，黄包车不载日人，明远电灯公司派出工人将电灯杆上日商广告全部拆撕，居民墙上张贴、粉刷的各种日货广告，屋主也都全部铲除，《皖江日报》《工商日报》停登日商广告、船期、商情等。

在抵制日货斗争中，与日本商家发生了正面冲突。当时大马路上有一家日商丸三药店，平日里就与其他商店不睦。近日又与人发生了口角，互殴，致该店门面损坏。游行示威人群怒砸日本领事馆和与日商发生冲突后，日本政府借口保护侨民，从南京调来5艘军舰停泊芜湖江面，又派海军陆战队登陆威吓，驻南京日领事乘嵯峨号兵舰到芜湖，与芜湖县知事、警察厅长等“会查日商遗失物件，”“语多恐吓”，还提出几项无理要求[③]。芜湖抵制日货活动，引发了北洋军阀政府高层的关注和惊恐。5月22日，北洋政府内务部传达大总统令云：“近闻京师地方排日风潮愈演愈烈……

① 吴腾凰：《蒋光慈传》，安徽人民出版社1982年版，第20页。

② 刘立凯：《五四—六三爱国运动大事日录》，《五四爱国运动资料》，科学出版社1959年版，第797页、第838页。

③ 陆德生等主编：《政治风云》，安徽人民出版社1999年版，第232页。

现闻安徽芜湖地方，并有击毁日人商店、殴打日人情事，……殊非所以慎重邦交、维持治安之道。”要求警务机构“密行查禁，分别依法办理”，严格取缔“排日风潮”。①

6月3日，芜湖各校在原学生自治会的基础上，组织了“芜湖学生联合会”。蒋光慈由于在前一段组织领导学生示威游行和抵制日货的活动中表现突出，得到了学界的好评和公认，被选为副会长，负责宣传工作。会址设在西门吕凤歧公馆②。蒋光慈和另一位同学共同起草了《芜湖学生联合会宣言》③。申言“吾辈学生，背井离乡，负笈芜湖”，“今者国贼曹章，勾结日人，私订密约，丧失国权”，“我芜埠中学各校学生……，共表决心，组织联合会，……演讲国耻，提倡国货，愿邦人父老有以教正。”④他们将宣言广为散发，并致电北京学生表示支持。芜湖学联成立后，创办义务平民学校，组织抵制日货活动，支持工人大罢工，开展了许多活动，发挥了巨大作用。

9月，蒋光慈带领芜湖学联的翟宗文等人同军阀马联甲进行了一场面对面的斗争。马联甲于1918年元月，被省督倪嗣冲任命为安武军第一旅旅长，皖南镇守使，公署设在芜湖。马联甲分兵驻扎在鄂赣交界三处，军费开支巨大。因此，挖空心思要将食盐加25%的附加税，定名为“二五附加”，从中抽分税款，进行贪污，这无疑会加重老百姓的负担。在此之前一年，省里也曾动议“盐斤加价”，虽经省议会通过，但终因民众强烈反对而未能实行。马联甲竟照搬照抄以往旧法，并在芜湖街头张贴许多“二五附加”通告，一时激起市民极大愤慨。蒋光慈等人率领省立五中、二农、二女师的一批学生，闯到马联甲小老婆住处（位于现芜湖第二人民医院西门），堵住马联甲进行质问，据理力争，要他收回成命。马联甲问蒋

①《五四爱国运动档案资料》,《安徽现代革命史资料长编》(第一卷),安徽人民出版社1986年版,第178页。

② 胡苏明:《“五四”时期芜湖反帝反封建的斗争》,《安徽文史资料选辑》第2辑,安徽人民出版社1983年版,第33页。

③ 吴腾凰1963年冬访问王持华记录,《蒋光慈传》第27页。

④ 龚振黄编:《青岛潮》,《五四爱国运动资料》,科学出版社1959年版,第190页。

光慈姓名，蒋大声回答说："我姓大炮！"经过一番争辩，马联甲不得不应允取消"二五附加"。蒋光慈等人又取出事先拟好的"保证书"，让马联甲签了字。这场斗争，显示了蒋光慈的大无畏精神和成熟的斗争本领，他的"大炮"之名，也在江城传播开来[①]。

轰轰烈烈的爱国游行示威和抵制日货活动，推动着芜湖社会各方面走向新的发展阶段，也推动着蒋光慈等人走出书斋、走向工农劳苦大众，迈出了有意义的一步。1920年新年期间，蒋光慈等省立五中学生，组织学生剧团演出筹款，在西花园（现中山路步行街华亿商场所在地）创办了一所义务学校，"任教的都是学生里头比较好一点的，蒋光慈也参加轮流去教课。义务学校的学生都是贫民窟里的工人子女，有年龄小的，也有大一点的，女生中有一二十岁的。来学的很踊跃，并能持久不懈。"[②]当时，"对这些学生不收学费，课本和纸墨砚全部发给。学校不仅传授了文化，而且撒播了革命种子。"[③]

蒋光慈领导和参加芜湖的学生斗争活动，密切关注社会上一些青年的问题，发表自己的意见。1919年末，北京大学发生了女学生李超贫病交加、积郁成疾而死的惨剧。她因为对封建家庭不满，追求自由平等，外出读书，但其兄强迫她结婚，以至断绝经济上供给，逼她就范。李超之死，引起很大反响。北大教授胡适当即写了《李超传》，刊登在《新潮》第2卷第2期（1919年12月），大声责问李超之死"这是谁的罪过？这是什么制度的罪过?"，向封建宗法社会制度、家长族长的专制提出强烈的控诉。蒋光慈遥相呼应胡适教授的责问，写了长诗《读〈李超传〉》，刊登在开封青年学会主办的杂志《青年》第4期（1920年3月1日），他写道："你一生的命运——乖舛！/你满腔的热血——空具！/……你看这昏昏的呵！何处不是地狱？/你看这丛丛的呵！何处不是荆棘？/……现在的青年女

① 吴腾凰:《蒋光慈在安徽》,《新文学史料》,第4辑,1979年,第201页。

② 哈晓斯:《皖人轶话·高语罕、刘希平与芜湖早期义务教育》,《皖事拾零》,安徽人民出版社1989年版,第223页。

③ 胡苏明:《"五四"时期芜湖反帝反封建的斗争》,《安徽省文史资料选辑》第2辑,安徽人民出版社1983年版,第45页。

同胞呀！／但愿你们振作精神，加倍气力／来与这黑暗奋斗……为生者增光／为死者吐气。”大声疾呼，青年们与黑暗抗争、搏斗[①]。

当时，一些因为家庭、婚姻、求学、失业等问题，而陷入思想苦闷，前途暗淡的青年，采取了自杀了结的极端做法，引起了社会的关注和痛惜。蒋光慈写了《我对自杀的意见》，发表在《青年》第5期（1920年4月4日），对青年进行劝导。这表明蒋光慈经过“五四”反帝反封建和新文化运动的洗礼，已经抛却刚刚进入省立五中读书时对人生、对世事不了解、对个人前途无明确目标、内心充满矛盾与苦闷、彷徨与幻想的状态，而成长起来了，正朝着革命者正确的方向迈着坚实的步子前进了。

四、转战上海，成长为无产阶级革命战士

1920年春，蒋光慈受芜湖学联和各界联合会的委派，赴沪接替在全国各界联合会工作的李宗邺。他虽然人在上海，不再直接参加芜湖革命运动的具体工作，但仍然关注和支持芜湖学界的活动。4月上旬，全国学联致电北洋政府，反对政府与日本直接交涉，签订军事协定，延长山东问题解决，并通电全国，自4月14日起实行全国总罢课。芜湖学联决定自4月16起开始罢课。蒋光慈完全支持芜湖学联的决定，18日，他与李宗邺联名公开发表了《代表通告书》，号召安徽各县与芜湖学生一道开展和坚持斗争。此后自4月17日至月底，上海《民国日报》连续刊登了芜湖学生罢课的消息，这同蒋光慈在上海积极推介芜湖学界情况有着一定联系。[②]

1920年秋天，蒋光慈经过省立五中教师蔡晓舟的介绍，结识了陈独秀，进入了上海社会主义青年团办的“外国语学校（社）”，与20余位革命青年一道学习俄语，阅读马列著作，作赴苏学习的准备。第二年的夏天，他同刘少奇、任弼时、萧劲光、曹靖华、吴保萼等，踏上了到莫斯科

① 徐航、吴腾凰：《明月为君侣》，重庆出版社2008年版，第63页。

② 哈晓斯：《皖人轶话·蒋光慈早期史事三则》，《皖事拾零》，安徽人民出版社1989年版，第243页。

留学的旅途。这是他人生的一个重大转折。蒋光慈后来加入中国共产党，在文化战线理论上奋力开拓，创作上孜孜不懈努力，终于成为一名中国无产阶级文学的先驱，在革命历史上写下了熠熠生辉的一页。

芜湖，是蒋光慈辉煌人生中具有重要意义的起点，其小说《少年漂泊者》中的W市，可能就是芜湖市。我们铭记他的功绩，也为这位先驱者曾经在此学习和战斗感到光荣和骄傲。

阿英父子红色文化活动

弋江区委宣传部课题组

摘要：自古以来，安徽芜湖就享有“江东名邑”“吴楚名区”之美誉，是一块人杰地灵宝地。在革命战争时期，这里走出了许多仁人志士，用生命续写了一曲曲革命战歌，留下了一笔笔宝贵的革命历史文化遗产。本文通过述说阿英父子的红色文化历史，让读者走近阿英父子，走进芜湖，传承与弘扬芜湖红色革命历史文化。

关键词：芜湖　阿英父子　弘扬红色文化

阿英，姓钱名杏邨，原名钱德富，又名钱德赋，生于世纪之交1900年，安徽芜湖人。主要笔名还有钱谦吾、魏如晦、张若英、阮无名、鹰隼等，是我国著名的戏剧家、电影作家、文学家。阿英少年时在家乡读书，青年时参加五四运动，后于1926年加入中国共产党，1927年与蒋光慈等人组织太阳社，编辑《太阳月刊》《海风周报》。1930年加入“左联”，曾任常委，又任中国左翼文化同盟常委。孤岛时期，与郭沫若、夏衍创办《救亡时报》，主编《文献》杂志。解放战争期间，先后任华中文协常委，华东局文委书记、大连市文委书记。中华人民共和国成立后任天津市文化局长、天津市文联主席，兼任《民间文学》主编。后又在北京担任全国文联的领导工作，1977年患癌症逝世。阿英的一生都在为革命战争和文艺创作而奋斗，他在我国文艺发展中的贡献是极大的，特别是在民主革命时期，他的创作不仅极大地鼓舞了人民的革命信心，而且成为我国历史上宝贵的文艺财产。

阿英一生育有三子一女，大女儿钱瓔，长子钱毅、次子钱小惠、幼子钱厚祥。阿英的一生都付诸在文学创作上，这也极大地影响了他的子女们，其中自然也包括在战场中英勇牺牲的长子钱毅。在上海时，钱毅就深受父亲的影响，喜爱文艺、戏剧，上学期间积极参加戏剧演出和各种文艺活动，后来因在话剧中演出成功的他也被大家亲切地称为“小阿英”“小童星”。钱毅酷爱读书学习，他与父亲一样，深深扎根于人民群众之中汲取文化创作源泉，后来在17岁时随家人离开上海北上抗日，参加了新四军。

本文将聚焦于阿英与长子钱毅的红色文化事迹，带领读者们回到革命战争时期，深切感受前辈们顽强抗敌、勇于济世救民的精神，弘扬芜湖红色革命文化。

一、少年阿英热爱文学，积极投身民主革命活动

1900年2月6日，阿英出生在一个小手工业家庭，其父钱聚仁是一位钟表修理工，为他取名“德富”，想来父亲对他是寄予了极大的期望的。父亲整天右眼夹一个黑色宽边放大镜，右手拿着镊子摆弄着钟表，也摆弄着全家人的命运，他十分节俭，一直在艰苦地维持着一家人的生活。阿英在家排行老三，上头还有两个姐姐。五岁开始，阿英随父亲识字，后来大了便入了私塾，跟随一位姓马的先生学习，开始接受传统的国学基础教育，《三字经》《百家姓》《古文观止》《论语》《战国策》等古籍，让他接受严格的古文字训练，这些传统文化学习为他后来从事文学事业打下了良好而深厚的基础。1910年，十岁的阿英入读安徽公学附小。在这里，阿英认识了在此教书的辛亥革命前辈卢伯荪、王肖山等，开始接触了资产阶级的新学教育。也是在附小，阿英结识了后来生死相交的同学、战友李克农。不久，广州黄花岗七十二烈士殉难，消息四散，震撼了中华大地，阿

英与同学们纷纷受到了旧民主主义革命思潮的熏陶。1911年，辛亥革命爆发，由孙中山领导的民主革命获得胜利，推翻了清王朝的封建专制统治，革命浪潮席卷了安徽公学，阿英所在的小学也受到影响。阿英兴奋地加入童子团，和同学们一起参加游行示威，为真理而奔走呼号，在革命活动中受到革命思想的洗礼，这也逐渐坚定了他为国为民奋斗的信仰。

由于辛亥革命的影响，所有公立学校停办，直到1912年，时局未稳，学校也一直未恢复，父亲通过要好的牧师，将阿英送到教会办的圣雅各学校求学，阿英在这里认识了同学赵景深，好友李克农后来也转入该校。圣雅各以英语教学为主，阿英等人接受的都是帝国主义奴化教育，被灌输了不少基督教教义，阿英并不喜欢，学习成绩一时难以提高，但也是在这时，阿英开始接触到欧美的文学作品。所幸，第二年安徽公学复课，分设省立第一商业中学和省立第二甲种农业学校，阿英和李克农都考入第一商业中学就读。好景不长，由于袁世凯称帝，蔡锷护国军讨袁，学校又陷停止办学中，阿英便转到了萃文中学读书。萃文中学是美国来复会办的教会学校，在这里，不仅学生的活动更为自由，有关文学的课程也更多，在大量阅读中，阿英的学习兴趣慢慢地转移到了文学上面。在校期间，阿英接触了英美一些文学名著，其中他对英国作家兰姆与狄更斯特别留意，他也尝试着自己翻译了几个短篇。之后受学校节目演出活动和莎士比亚剧本的影响，逐渐地阿英的兴趣又转向了戏剧方面。萃文中学教国文的查老师是地方报的总编辑，著名的教育家、思想家、爱国人士陶行知先生也曾代过他的文学课，诸此种种都促使他加深了对文艺的兴趣。1915年，他用“梅隐”的笔名，开始在上海《中外日报》上发表译作。之后阿英又开始尝试戏剧的写作，1917年他根据《琵琶记》改编的《赵五娘进京》，博得学校与社会一致好评，他本人还在元旦表演时扮演戏中的公主。

1918年阿英高中毕业了，在父亲劝说下，阿英前往安庆邮政局应试，结果被录取为邮务生，他便回到芜湖担任信件分拣工作。由于不满现状，不久阿英就辞职了，在姐姐和同学的资助下，只身赴上海考入中华工业专门学校，就读于土木工程系。本来希望将来当个工程师，但阿英在中学时从没学过解析几何、微积分等，学习十分吃力，而此时的他仍然十分喜爱文学，他对学校教的欧文《札记》（即《拊掌录》）很感兴趣，也很爱读林纾翻译的一些文学作品，在假日里也常和同学去看电影和戏剧，因此阿英仍然将重心放在了文学上。1919年注定是不一样的一年，巴黎和会上中国政府的外交失败引发了中国民众的强烈不满，五四运动爆发，全国广大学生投身于运动中，阿英在学校中也积极参加运动，他还被选为学生代表，出席上海市学生代表大会，并被推选参加学联机关刊物《上海学生联合会日刊》的编辑工作，结识了邹恩润（韬奋）。后来，在安徽旅沪学生选举会上，阿英又被选担任学生会评议部委员。也是在这一年，有一位老先生为他起了一个新名字"钱杏邨"，从此他便以此为名。

在此期间，阿英受到了进步刊物《新青年》和《新潮》的影响，思想发生了深刻的变化，他对于革命充满了热情，在创作中展现出独树一帜的风格，立足于社会现实的他以大胆激进的言语使其作品深入人心。一直以来，阿英都在给《皖江新潮》写稿，内容有揭露军阀欺压、残杀人民的，官僚榨取民脂民膏，花天酒地、娶三妻四妾的。由于继母对他们姐弟不好，还以此为题材，写了一个继母怎样虐待前妻子女并对别人刻薄的事，语言生动活泼。后来，他在《皖江新潮》上发表了《孔丘也配称至圣先师吗?》，一时之间在封建遗老遗少中掀起了轩然大波，报馆都差点儿因此被封门。此外，阿英还在上海中国共产主义小组的刊物《劳动界》上，发表了一篇调查报告《南京胶皮车夫的状况》。①求学期间的阿英孜孜不倦，始终在不停地广泛阅读，接触先进思想，了解百姓民生，他始终站在人民的角度，对现实观察细致入微，从生活中汲取文学创作的精华，并展现出对整个社会、国家、时代的追求。

二、青年阿英与友人受新思想洗礼，勇于追求革命真理

阿英在传统文化和新思潮的影响下，逐渐找到自己的热爱所在，他也

① 钱厚祥:《阿英年谱(上)》,《新文学史料》2005年第4期,第107—119页。

始终在实践中运用所爱，企图寻找济世救民之计。在1919年的暑假，阿英回到芜湖，在省立五中校长刘希平和高语罕老师的精心组织下，参加写稿、办夜校等活动，与蒋光慈成了情投意合的好友，在帮芜湖学联做反帝反封建宣传工作中认识了办刊物的同乡周剑云。后来回到上海，仍利用课余时间，给周剑云创办的通俗刊物《解放画报》写了不少稿，有诗歌、小说、评论和独幕剧等。当时，各种思潮风起云涌，报纸、书刊如雨后春笋般涌现。芜湖的中长街开了一家专售新书刊的科学图书社，它是绩溪人汪孟邹在新文化运动主将胡适支持下创办的，阿英在这里买到《新青年》及《湘江评论》创刊号及以后各期。李克农也经常去这家书店，并给阿英送去许多进步书刊，他俩经常在一起读书、讨论，对未来充满热切的向往。在这一年秋季，安徽省开展新文化运动十分缺乏人才，阿英在校长刘希平的多次劝说下，毅然退学回合肥省立二中任教。他在任教期间以白话文为教材，大力传播激进的新思想，但合肥也是李鸿章、段祺瑞等清末权贵和民国军阀的家乡，封建顽固势力强大，阿英的教学遭受到强烈反对，认为他"大逆不道"，是"洪水猛兽"似的人物。时任校长王蔼如是辛亥革命人物，思想进步，始终给予阿英极大的支持，奈何王也是新到任，势单力薄，一学期下来，阿英丢掉了饭碗，王蔼如不久也被迫辞职了。

之后，阿英先在省立第三甲种农业学校任教，他选读了鲁迅的作品，又把新思潮的书本读了个遍，后转到以卢伯荪为首创办的求是中学、省立第八中学任教，都因形势变化而离开，辗转到芜湖二女师教书。二女师是清末民初安徽几位爱国进步的教育家创办的新式学堂。在封闭落后的社会制度和封建愚昧的思想环境重重包围下的二女师，因为专门招收女学生入学，而被一些人视为异类。有人在学校门口贴了一副对联"教育教育，学生学生"，诬蔑二女师的教育是教学生生育，学生是学习生孩子。阿英讲课十分生动，常常离开教科书，介绍鲁迅先生的著作，以及全国各地包括芜湖本土反帝反封建斗争的情况，鼓励学生不要读死书，而要关心社会，关心人心，在年轻学生的心里播下自由、民主的种子。后来成为著名的左翼电影话剧演员和作家的王莹，当年在这所中学读书时，受到阿英的教诲，萌发觉醒，最终走上了革命的道路。1956年王莹在自传中称“革命前受阿英先生的影响甚大”，指的就是这一段人生经历。1925年芜湖爆发了大规模的收回教育权的风潮，进步学生提出废止早晚祷告，并且在晚祈祷时，撕毁圣经，奋力跺脚，掀起了反帝爱国学潮，一大批学生愤而退学。这时，已经是中共地下党员的阿英和李克农等人创办了一所“民生中学”，招收这些学生入学。阿英担任语文教员。随着北伐军节节胜利，逐渐逼近芜湖，学生思想十分活跃。阿英组织学生排练话剧《春闺梦里人》，亲自担任导演，在芜湖大戏院上演。这部话剧是根据侯曜编剧的同名电影改编的，比较真切地反映出军阀混战的罪恶及其给人民带来的灾难，表现出了作者对军阀战争的谴责。话剧在“白骨河边，春闺入梦，战争的结果是如此，内乱的结果是如此”的呼喊声中落幕。演出成功，引起轰动。演出时阿英站在侧幕边，鼓励学生，也分享成功的喜悦。在民生中学，阿英和李克农等人还率领学生进行了大量宣传和革命活动，被地方军阀和守旧势力视为赤化人物。

1927年，“四一二”蒋介石叛变革命之后，芜湖国民党也开始迫害共产党人，其时，阿英与李克农在国共合作的县党部工作，4月18日，就在敌人逮捕阿英、李克农前的半小时，他们获知消息，迅速乘坐小木船划过长江，逃离了虎口。阿英后来在《流离——1927年日记选》中，详细地记录了这段艰苦危险的流亡飘泊生活。几个月后，阿英潜回芜湖，于当年11月20日清晨辞别父母奔赴上海。自此一别，阿英就再也没有回到过故乡。

三、阿英与太阳社、左联

学者吴家荣在《阿英传论·第一章导论：论阿英现象》中曾这样评价道：阿英是中国共产党直接领导下的第一个文学社团——“太阳社”的中坚与战将。一篇《死去了的阿Q时代》，虽有着激进中的幼稚，却以惊世骇俗的否决精神，激起了文坛的震荡……二三十年代，阿英高倡力的文艺，为新生、稚嫩的无产阶级文学呐喊助威。他较早地运用马列主义阶级斗争学说，从革命功利主义的立场上阐释无产阶级文学的性质、目的、纲领、任务，并对大量作家、作品进行了立足于现实意义的评论，促成了普罗文学的高涨。他在当时评论作家之多、影响之大，堪与茅盾比肩。抗战时期及稍后，阿英以惊人的精力创作了十一部话剧。夏衍认为："在抗日战争时期，剧本写得最多的一是郭沫若，二是钱杏邨。"特别是阿英创作的五部历史剧，鲜明的爱国主题、气贯长虹的英雄气概、荡气回肠的革命豪情，以及娴熟的艺术技巧，不仅极大地鼓舞了时人的抗日斗志，产生了强烈的社会反响，而且较成功地处理了史与剧、古与今的关系，走出了一条历史剧创作在忠于史的前提下服务于现实斗争的新路子。这样的评价无疑是客观且精准的。据统计，阿英的著述包括小说、戏剧、散文、诗歌、杂文、文评、古籍校点等共有160余种，是我国珍贵的文化财产。

太阳社于1927年秋在上海成立，由蒋光慈、钱杏邨（阿英）、孟超等作为发起人创建的现代文学团体，主要成员有林伯修（杜国庠）、夏衍、洪灵菲、戴平万、刘一梦、顾仲起、楼适夷等人。太阳社先后编辑、出版了《太阳月刊》《时代文艺》《新流月报》《拓荒者》《海风周报》等刊物，以及"太阳小丛书"（"太阳社丛书"）等，在反对国民党政府的文化"围剿"，倡导无产阶级革命文学方面，发挥了积极作用。以《太阳月刊》（1929年1月创刊，同年7月停刊，共出版7期）影响最大，与创造社（由郭沫若、成仿吾、郁达夫等人发起）的《文化批判》一起，成为提倡革命文学的主要刊物。另外，《拓荒者》也以其刊载的大量革命文学作品和不少倡导无产阶级文学的论文、译文及关于文艺大众化讨论的文章而在社会上有较大的影响。

太阳社于1929年底宣告解散，次年春全部成员加入左联。左联，即中国左翼作家联盟，是中国共产党于20世纪30年代在中国上海领导创建的一个文学组织，由鲁迅、郭沫若、阿英、茅盾等人发起创建，目的是与中国国民党争夺宣传阵地，吸引广大民众支持其思想，在当时的文坛上产生了广泛影响。阿英是筹建左联的主要战士之一，他对左联的感情极深，后来他也一直想要撰写一篇系统回忆左联的文章，但还未实现，便离开了他热爱的这份事业，离开了他热爱的这片热土。学者吴泰昌在阿英逝世后，将自己从阿英处听到的、了解到的对左联的回忆进行了整理，并写下《阿英忆左联》一文，给后人留下了宝贵的史料。①

四、阿英的红色军旅路——北上抗战

1941年岁末，随阿英到苏北抗日根据地的家人，有女儿钱瓔、长子钱毅、次子小惠和三子厚祥，其中最大的女儿钱瓔18岁，最小的厚祥只有12岁。一家五口分两次从上海十六铺码头乘船，经过一昼夜的行驶，到达苏北张家港上岸会合，又经过一番奔波，到达了苏中三分区新四军一师一旅的驻地。早就听说过阿英大名的新四军一师一旅旅长叶飞，对于这位大文人的到来非常高兴，热情地安排了接待活动，并将一旅的战斗、生活情况，向阿英一一做了介绍。

初到根据地，阿英感到这里的一切与上海有天壤之别，而这些都是可用以写作的生动感人素材。令阿英出乎意料的是，叶飞提出希望阿英能留下一段时间，帮助指导一旅的文化工作。阿英觉得刚到苏北根据地，也极需要了解、熟悉和感受这里的战斗气息，所以就愉快地接受了叶飞的邀请。对于阿英乐意留在一旅工作的表示，叶飞高兴得乐不可支。于是，他提出请阿英到服务团帮助开展文艺工作。阿英当即表示尽快到服务团参加活动，并安排钱瓔和钱毅到服务团戏剧组工作，年龄尚小的小惠和厚祥，则被分配去服务团的少先队那里参加活动。从此，阿英同子女都穿上了新四军军装，阿英还发到了一支小手枪。钱瓔在回忆这段生活时感慨地说："那时，我们一切都改变了，就连生活方式也变了。"服务团的成员基本上是来自江、浙、沪的知识青年。由于服务团所在地经常处于扫荡和"反扫荡"的斗争环境，他们就利用战前抓紧学习排练，为战士和当地群众作宣传鼓动性演出。在战斗打响后，他们就担任后勤工作，去打扫战场。战后，又抓紧赶排节目，慰问部队和群众。

① 吴泰昌:《阿英忆左联》,《新文学史料》1980年第1期,第12—28页。

这时期的阿英不仅为服务团的戏剧组排戏，还亲自改编了话剧《小奸细》，并加以排练。为了提高多数并非科班出身的演出人员的业务水平，他在简陋的农舍里，开讲中国戏剧运动史课，为大家讲解表演艺术，满腔热情地为大家辅导。每次演出后，阿英还与农民交谈，征询对演出的意见。他对钱璎说："从农民的反映看，城里演出的戏剧不宜照搬到农村，我们要好好研究一下根据地的战士和群众所喜欢和接受的状况，只有找准了他们可以接受的内容和形式，才能真正发挥戏剧宣传群众、鼓舞群众的作用。"在阿英的悉心指导和培育下，原来只是演演小戏和活报剧的服务团，后来也能够演出多幕的大戏了，演出水平大有提高，受到了旅首长和战士、群众的好评。

陈毅、粟裕指挥的黄桥自卫反击战，是新四军打开苏北局面的一次决定性战斗。阿英得知一师一旅当时是这次战役中的主力，便到一旅政治部，请阮英平主任讲述这场战役的经过，还搜集了具体资料和查阅了有关档案。当他了解了这支劲旅是从福建老区以一杆枪起家，一直发展到后来改编为新四军一支劲旅的战斗历程后，产生了歌颂弘扬这支部队英雄业绩的强烈责任感。为了写好部队，他不但自己深入到斗争的最前线，还鼓励刚到部队的大儿子钱毅，到前方经受考验。

新四军代军长陈毅，在得到阿英于一师一旅指导文化工作的消息后，托前来军部开会的叶飞，向阿英传达要其到军部工作的指示。叶飞只得忍痛割爱，于是阿英和四个子女从服务团的所在地泰州地区出发，历时45天，到达了新四军军部所在地。在一座新盖的茅草屋里，陈毅和夫人张茜热情接待了阿英，一番询问阿英前来的路途情况后，就滔滔不绝地介绍起新四军文化工作的现状和问题。他认为：现在苏北根据地的文艺作品中，反映新四军战斗生活少了，特别是在戏剧方面，更是不够。为此，他想集中一批文化人，加强部队的文化工作，并希望阿英留在军部工作，把主要精力放在剧本创作上。对于阿英的到来，陈毅有相见恨晚的感觉，为了与阿英联系和交谈的方便，他特地交办将阿英搬到他的邻近处居住。只要是夜晚闲暇，他就来到阿英家里，或带口信要阿英到他的家里。陈毅非常健谈，国际、国内的大事，从政治、经济到文化艺术，侃侃而谈，阿英更多时间是在聆听，但一涉及文学艺术，他的话语也多了起来。两人每次都谈得十分投机。陈毅知道阿英有不少藏书，他不仅一一阅读了阿英在“孤岛”时期所写的一些抗日剧本，而且还借阅了古典文学作品。一次他阅读了《宋人小说集》《琵琶记》《牡丹亭》，在将书送还给阿英时，还附信写了他对三本书的评价。

1942年11月，陈毅从团结盐阜区各界人士，做好抗日统一战线工作出发，在盐阜区参政会闭幕后，又倡议要阿英、彭康、范长江、王阑西、白桃、薛暮桥、车载及开明士绅杨芷江、计雨亭等作为发起人，成立了湖海艺文社。阿英起草了六条临时社约，明确规定：愿以艺文为抗战建国服务者，方得为本社社员。后来，阿英在他主编的《新知识》刊物上，特地增辟了《湖海诗文选》栏目。湖海艺文社事实上作为一个统一战线性质的文艺人士的组织，在联络团结各界知识分子，发扬民族正气和爱国主义精神，推动抗日战争这一伟大事业中，起到了特殊的作用。12月初，日伪在盐阜地区的又一次“大扫荡”即将开始，文化村的文化人属非战斗人员，被安排到阜东县分散隐蔽。阿英被安排到爱国民族资本家创办的华成盐业股份有限公司打“埋伏”。第二年2月中旬，日伪军兵分五路开展了规模空前的春季大扫荡，他们扬言要将新四军消灭于黄海之滨。阿英在华成公司武装的掩护下，与公司总经理张仲惠一家和公司职工，迅即转移到了30里外的海滩边缘与敌人周旋。也就在这时，上海的敌伪报纸刊登了“阿英全家遇难”的消息。

1944年，世界反法西斯战争出现了重大转机，这年3月，郭沫若眼见抗战即将迎来胜利，他以历史学家的远见，考虑了胜利后防止骄傲和腐败的问题，以史为鉴写了《甲申三百年祭》一文，发表在重庆《新华日报》上。在延安的中共中央非常重视郭沫若的这篇文章，不仅在《解放日报》和敌后各根据地党报上予以转载，而且将它作为干部整风学习的参考文件。

根据党中央的部署，苏北抗日根据地的党政军领导干部，很快掀起了学习《甲申三百年祭》的热潮。这时，三师副师长兼八旅旅长张爱萍对阿英说，如能将李自成的历史写成一个剧本演出，这对干部战士进入城市前，将是很好的思想教育教材。阿英听后尽管感到当时的战争环境中，创作剧本困难很大，但一想到写这样的历史剧意义非同寻常，难度再大也应当克服。于是，他凭着自己脑海里积累的资料，加上收集到的一些资料，先编写了一个《李自成年表》，随后很快拟好了剧本的分幕和分场提纲，而后大约用了一个半月的时间完成了初稿，接着又做了反复修改。3月初，剧本一定稿，就开始帮助八旅文工队一边排练，一边再作修改。

经过紧张排练，大型历史剧《李闯王》就要演出了。但是，没有室内舞台，没有古代服装，灯光、道具、布景也遇到了困难。经过阿英和文工队全体同志齐心协力，因陋就简，问题都被一一解决了。5月6日晚上9时，在阜宁益林镇郊外广场搭的土台上，五幕历史剧《李闯王》一直演到了深夜两点才结束，观众有2000余人。这天，阿英拿了小板凳，就坐在观众中间，边看边注意听取群众的反映。戏一散场，他顾不上休息，就伏在豆油灯下连夜修改剧本。三师师长黄克诚在演出的第二天写信给阿英，信中说："这个戏演给干部看，是会有很好影响的。"[①]《李闯王》在盐阜地区巡回演出了30多场，还到苏中东台等地，为一师的指战员演出。1946年后，《李闯王》在东北地区演出了60多场。新中国成立前后，这个戏在华东、北京、上海、南京、昆明等地演出达400多场。

1946年年底，解放战争进入艰苦的岁月，阿英怀着对老区人民依恋不舍的感情，离开了他生活了五年多的苏北老根据地，踏上了去山东的征途。1947年3月，阿英到达了已遭到敌人几度轰炸的沂水城，19日到达了华中分局的所在地于家湖。23日，他急着去坡庄军部看望非常惦念的陈毅军长。可是，因陈毅在大诸葛北卫生部养病，这天未能见上。谁知，阿英两天后却得到了长子钱毅在淮安前线壮烈牺牲的噩耗，使他异常悲痛。27日，阿英与李一氓、张恺帆等又到军部，终于见到了分别四年多的陈毅军长。陈毅关切地询问了阿英的身体状况，在谈到钱毅牺牲时，陈毅安慰阿

① 阿英在苏北抗日根据地，https://www.sohu.com/a/154901801_820674

英说："死得很可惜，你要好好地收集钱毅的遗文替他编本集子，好好纪念他。"

阿英是我国无产阶级文艺的拓荒者、组织者和领导者之一，也是一位著述宏富、成就斐然的作家、学者和藏书家。他漫长的革命生涯，波澜壮阔，充满传奇故事。他自1927年离开家乡后，整整50年，再也没有回到生他养他的故乡，只把浓浓的思念之情，通过对学生、对故乡的关爱表达出来，他也多少次渴望着"归去、归去"而不可得，情真意切，令人动容。

五、阿英与《中国新文学大系史料·索引》

阿英既是著名的中国现代文学文献收藏家，又是重要的中国现代文学研究家。《中国新文学大系》（以下简称《大系》）（1917—1927）各卷的编选，有赖于他提供的丰富坚实的史料文献的支撑。《中国新文学大系史料·索引》，在中国现代文学研究史上具有重要的价值和意义。它是中国现代文学文献学的奠基之作，无论是在确立中国现代文学文献学学科的研究对象、研究方法方面，还是在构建该学科的研究框架、确定该学科的具体研究内容方面，都起到了发凡起例的先导作用。在编辑《大系》的过程中，阿英付出了很大心血。由于社会动乱，战火频仍，中国现代文学文献的损毁比较严重；有些出版物阅读范围小，发行量少，更有的人认为中国现代文学典籍不如古籍那么有收藏价值。所有这些因素，都造成中国现代文学文献的流失。文献资料问题成了编选《大系》的首要问题。赵家璧在此前的准备工作中，曾经数次到上海有名的几所大图书馆熟悉编选对象，但它们的藏书也不完整。阿英给了他实实在在的帮助，答应无条件为其编选工作提供材料支持。正是有了阿英的藏书作为后盾，赵家璧才敢答应为各位编选者提供资料。阿英的新文学藏书以其丰富珍贵闻名于当时与后世。赵家璧在参观时看到："上海各大图书馆所没有的书，他大部分都有，而且以初版本居多，有的还是作者签名赠送本。大量文学期刊几乎是整套的。……我第一次感到，我为编这套大书所首要解决的资料来源问题，已找到了一个大宝库。因为向图书馆借书有种种限制，现在有了阿英藏书作靠山，让我看到了希望，我可以起步了!”①阿英一生热衷于读书、藏书，在他逝世十周年后的1987年，阿英的子女钱瓔、钱小惠、钱厚祥秉承父亲的遗愿，将多达12000多册珍贵书籍及其他字画、文物，一并捐赠给了家乡芜湖，将他珍藏的书刊资料全部捐赠给故乡人民，就像是他的英灵回到了梦魂萦绕的故乡，一直陪伴着芜湖乡亲。

新中国成立以后，阿英身居北京，在全国文联担任领导工作。他曾多次向有关部门要求回故乡工作。他深切地怀念年青时代一起并肩战斗历经磨难的老同志，热心地采集有关史料，准备进行整理。1961年李克农同志一次专程看望阿英，两人回忆起在故乡度过的岁月，特别谈到不少牺牲的同志，准备替他们立传。但天不假年，李克农第二年初就病逝了。这个美好愿望最终未能实现。阿英在著述中很少谈及个人的革命经历，但在哀悼李克农之际，忍不住详细回顾与克农自幼年开始到革命胜利后的数十年间相识相交相知，特别是1927年如何在李克农的父亲和妻子帮助下，化险为夷逃脱敌人的追捕。阿英说：“这些早年的往事，一幕幕地复现在我的脑际。我忍不住流泪。”1963年秋，家乡一位青年到北京拜望母亲早年的老师阿英，阿英兴致勃勃地带着她看望了其母的友人王莹。异地相聚说不完的是家乡人家乡事。阿英无限深情地说：“来日方长，来日方长，以后我们到芜湖去，大家好好地聚一聚。”1965年1月，全国三届人大开会期间，阿英见到当年的学生、时任安徽省副省长的张恺帆，再一次表示回皖工作的愿望，游子思归的情怀，溢于言表。浓浓的乡情，悠悠的归心，阿英怀抱的这腔热望，却始终未能实现。

一场“文革”浩劫，阿英的家被查抄了，藏书被掠劫了，人被关押了，身体被整垮了。1977年6月，阿英与世长辞。1987年，阿英的骨灰盒也从八宝山革命公墓迁回家乡安葬。芜湖市举行了隆重的纪念活动，并在

① 赵连昌、李广:《阿英对新文学史料构建的开创之功——关于〈中国新文学大系史料·索引〉(1917—1927)的编撰》,《东方论坛》2018年第3期,第87—94页。

美丽的街心公园镜湖小岛上，建立了“阿英藏书陈列室”和镌刻着阿英头像浮雕的汉白玉纪念基石，陈云题写了“阿英藏书陈列室”匾额，李一氓在纪念基石上题写了“文心雕龙”。此后，每年清明节，钱瓔、钱厚祥都要到芜湖凭吊父亲。阿英离乡50载，生前未能了却的归乡愿望，最终还是实现了。他现在与故乡相依相亲，永远不会分离了。

六、在人民群众中深耕厚植，一生都是“人民的儿子”

1925年4月，阿英的长子出生了，取名钱厚庆，后改钱毅，因阿英从事党的地下工作，钱毅4岁时随父迁居上海。在家庭的熏陶下，他自幼爱好文学艺术，具有较高的修养。还在上海的时候，他就受到父亲钱杏邨极大的影响，特别爱好文艺和戏剧。13岁那年，他就在上学读书的课余时间积极参加戏剧演出和各种文艺活动，并处处显露出他的艺术天才。他曾和同学们一起组织学子剧社，还先后参加了上海剧艺社、新艺剧社，16岁时又参加了大钟业余剧社。在参加这些众多的剧艺社后，他曾主演过《高尔基童年》《古庙钟声》《夜上海》《桃花源》《碧血花》《七夕》和《海国英雄》《一年间》等剧目，大部分都是话剧，也有少量的街头活报剧等。演出时，钱毅扮演的都是朝气蓬勃的青少年角色。如在《一年间》，他扮演的是一位封建家庭出身的第三代青年，显示了在抗日救亡时代锻炼、分化出来的新生进步力量，从而鼓舞了中国人民的抗日斗志。在《七夕》一剧演出中，他饰演“毛狗”这个角色。为了保卫4000多同胞的生命，“毛狗”机智勇敢地同敌人作斗争，取得胜利后“毛狗”却献出了自己年轻的生命。在大型舞剧《桃花源》中，钱毅扮演的是一位青年农民。但这位“农民”质朴、英武、极富正义感，他敢于和坏人作斗争，又善于斗争，钱毅演得真切感人，深受观众喜爱。

出身于书香之家的钱毅酷爱读书，更为难能可贵的是能虚心向群众学习。到苏北后，当时战斗频繁，钱毅总是抓紧战斗的间歇时间进行学习。特别是1944年他调到《盐阜大众报》当编辑兼记者后，更加刻苦学习马列主义和毛泽东在《延安文艺座谈会上的讲话》等著作，并大量阅读中外古今的文艺书籍和文艺理论。无论战斗多么紧张，他在学习上却从不懈怠，持之以恒。钱毅不仅学习文艺和理论，还长期坚持向工农大众学习。一年夏天，钱毅住地附近有一位年逾八旬的老者趁晚上乘凉时给人们说书，他便悄悄坐在一旁静静地听，从老人生动形象的讲述中，汲取生动的群众语言词汇。遇有听不懂的方言俚语，便就地请教在场群众。打那以后，钱毅每到一个地方，都十分注意搜集当地一些活生生的群众语言，日积月累，群众语言的累积也越来越丰富。那时，他每写出一篇文章，总要先读给当地农民听，问他们听了懂不懂？话说没说清？再根据群众的意见进行修改，一而再，再而三，不厌其烦，直到群众都说“好”才定稿。即便是这样，钱毅每到一处，总要抽出点时间去“拜师傅”、交朋友。

抗日战争胜利后，钱毅和全国人民一样，高兴得不得了。然而，蒋介石独裁之心不死，又挑起了内战。钱毅不得不继续投身战斗。1946年春，钱毅驻淮安城里，他被淮安古城文化所深深吸引，一有空就溜上大街小巷，无论是沿街叫卖的小商小贩还是挨家逐户挑柴送水的苦力工，他都能和他们亲亲热热长时间交谈，既向他们学习生动的群众语言，汲取丰富的文化“营养”，也借机向大家宣传革命形势和党的政策。后来形势紧张，报社转移到农村乡间，钱毅白天编报、撰稿，晚上走访群众，和妇女会、儿童团一起开会、演节目。群众非常喜欢他，他也觉得离不开群众。在那短短的几年内，钱毅一边刻苦读书学习，一边勤奋挥笔写作。他先后出版了《庄稼话》《大众诗歌》《海洋神话与传说》等书，还专门为工农通讯员写了一本《怎样写》的工具书，加上他的日记、书信、民风民俗资料等共有400多万字，平均每年100多万字。1946年7月6日，钱毅在日记中写道：“群众真是母亲，靠近他们，总有使我吸吮不完的乳汁！”

1946年秋，蒋介石调动千军万马向苏北解放区发动进攻。年轻的钱毅怒火中烧，一而再、再而三地向领导打报告，要求到前线去，投身战斗第一线，当一名战地记者，进行战地采访，后来得到了批准。9月底，钱毅临上前线时，组织上又交代他顺便负责盐阜地委（也称五地委）的北线后勤工作。钱毅愉快地接受了。行军路上，钱毅具体任务是负责阜东县民工的组织、驻地及思想教育工作。当时，国民党飞机在头顶上盘旋，不时俯冲下来，扫几梭子弹，撂几颗炸弹，前边则是不断传来隐隐的大炮声，到处弥漫着战火硝烟，环境极其险恶。钱毅充满着革命乐观主义精神，一边走一边豪情满怀地向民工们讲解放战争性质，讲我军两淮（指当时的淮安、淮阴）主动撤退的伟大战略意义和我们终将取得胜利的因素。他说得有根有据，合情合理，鼓舞了民工的必胜信心。一路上不仅没有民工开小差，而且还能服从命令听指挥，出色地完成了送粮送草和运送伤病员等后勤任务。12月，国民党王牌军七十四师经过两次涟水战役，占领了涟水城，反动派的气焰十分嚣张。淮安从城到乡大部分地方都为国民党部队和地方势力——还乡团所占领，一时黑云压城。五地委为了保护《盐阜大众报》的一批文化精英，决定将报社解散，有关人员分别疏散到各县地方武装中"坚壁"下来。钱毅被分配到盐阜区第五中心县委（辖阜宁西部、淮安东、南部及涟水南部一带）任记者组长。

钱毅背着背包来到离国民党正规军占领的淮安城南仅六七公里的石塘区（今淮安市楚州区建淮、朱桥、马甸等乡镇一带）的一支民兵队伍里。这时国民党正集中七十二师、七十四师、八十三师等五个主力师的兵力和淮安、涟水、阜宁等三个县的保安大队以及地方武装还乡团对所有根据地采取庄庄驻军、村村安营、步步推进，处处堡垒的"铁壁合围"政策，妄图一举剿灭共产党领导的人民武装力量。在这敌强我弱的非常时期，钱毅没有被反动派的气焰吓倒，仍坚持天天随地方联防队员一起到砖桥乡（今楚州区建淮乡砖桥村一带，当时是国民党还乡团的一个乡镇据点）一带，冒着生命危险，除奸反霸，袭击敌人，直接投身战斗。[①]

危险的时候到底还是来临了！1947年春，新四军战略转移，撤到山东。国民党军队对苏北解放区的游击队和坚持人员大肆围捕，对支援新四军的老百姓烧杀抢掠。在这极其艰难的时刻，新华社盐阜分社和盐阜大众

① 秦九凤:《生命火花血染果——记英年早逝的钱杏邨之子钱毅》,《党史纵览》2004年第4期,第41—44页。

报社被迫撤退到阜东县海边，活动范围大为缩小。这时，钱毅提出了主动出击的建议，经过组织上批准，决定钱毅作为新华社盐阜分社特派记者深入到盐城以西的腹地淮安，随地方游击队到蒋占区进行采访。钱毅不畏艰险，到淮安后英勇机智地开展了对敌斗争，用自己的笔热情地讴歌淮安人民坚持斗争的风采，揭露敌人临近覆灭的血腥罪恶，写下了不少激动人心的报道、通讯。2月28日，钱毅随联防队活动完后于深夜回到芦受乡宿营，在芦家八大门吃饭。本地还乡团、伪保长芦仲球发现后，向敌军告密。敌人连夜出动一个连的兵力由东向西搜索。这时，联防队已经转移出去。敌军扑了一个空，就住下来做夜饭吃。3月1日拂晓，敌人发现了目标，迅速向蒋舍包抄过来。蒋舍庄外有一条河，区委副书记范万来、区委委员高端宝带领十几人渡河突围，钱毅不会游泳，大家想把他抬过河，但钱毅担心连累大家，坚持一个人隐蔽在一家巷口的柴禾堆里与敌人周旋。敌人进庄后两次搜索，钱毅不幸被捕，在石塘镇的蒋匪军团长陶富钱认为抓到新四军的一个不小的人物，一心想从钱毅身上获得大量情报。他先是派一副官前来劝降，试图软化、收买钱毅。副官对钱毅说："我们知道你是一个文化人，非常有才华。只要你答应跟我们干，就可以送你去南京养伤。"钱毅没等他说完，就怒斥道："滚，你没有资格同我讲话。"当天下午，敌团长亲自出马，摆出各种刑具恐吓、威胁钱毅，钱毅大义凛然，无所畏惧。

"我要你说两个字，'自新'，就免你一死。"敌团长这样说。

"宁可枪毙，决不自新！"钱毅坚定地回答。几天以后，钱毅被敌人惨杀在石塘镇的涧河畔。

3月24日，延安新华广播电台沉痛地播发了一条消息："华中新华社特派记者，阿英的公子钱毅，最近不幸为敌人所掳英勇牺牲。今年二十三岁（按虚岁计算），中共正式党员。"

诗人柳亚子先生为钱毅题词："是人民的文学，是民族的精英，从墨写的言辞中，辉映着血写的生命的火花。"

在山东前线的陈毅军长听到钱毅牺牲的消息之后，沉痛地勉励阿英同志："好好地搜集他的遗文，替他编个集子纪念他。"

邓子恢极为惋惜地说："像他这样大众化的人才，华中只有几个，死得太可惜。"

1949年，郭沫若为钱毅烈士的墓碑挥笔书写了碑文。

黄克诚于1949年10月题词，高度评价钱毅的一生："威武不能屈，临难不苟免，是真正的英雄。"

钱毅的牺牲地"芦受乡"之后也被命名为"钱毅乡"。①

钱毅生前就以夏完淳为榜样，敬仰他那舍生忘死、顽强抗敌的民族精神，事实上，钱毅用自己的生命叙写了不一样的爱国精神，他就是革命新时代的"夏完淳"!作为新华社的青年记者，他始终站在人民群众中汲取滋养，在他牺牲的六十年里，人民群众从没有忘记过他，他在烈火中永生，在我们的心中永生。

1947年，钱毅英勇牺牲了，阿英白发人送黑发人，三十年后，阿英因病逝世，他们父子二人在文学上的贡献是不可替代的，他们始终扎根在人民群众中，以笔为枪，为人民发声。

他们虽然离我们而去，但历史不会忘记他们，人民不会忘记他们，他们顽强不屈、勇于牺牲、为国奉献的爱国精神会一直流传下去，激励一代又一代的新青年们为中华民族伟大复兴梦而奋斗！

---

① 董彩兰:《在烈火中永生——记新华社盐阜分社特派记者、〈盐阜大众报〉副主编钱毅》,《铁流》(37),北京新四军暨华中抗日根据地研究会,2019年,第296—307页。

诗人田间革命生涯与他的诗歌创作

无为市委宣传部课题组

摘要：本文通过对诗人田间的革命生涯和诗歌创作的梳理和研究，对其抗战时期的诗歌创作、延安时期领导的街头诗运动、新中国成立以后的新诗探索等方面进行全面细致的探讨，并对其诗歌的民族性、时代性、大众性、人民性等特点进行整理归纳，为新时代的新诗歌创作和研究提供借鉴。

关键词：革命生涯　诗歌创作　诗歌特点

一、田间的革命生涯

田间，原名童天鉴，1916年5月14日出生于安徽省芜湖市无为市开城镇羊山潘岗村。他的家庭算是一个中小地主，有出租地，还有自耕田30多亩，是由他的祖父和一个姓孔的帮工共同耕种的。田间自小就爱到田里去，拾谷穗、摘瓜果、捉蝈蝈、骑水牛，有时还趁黑跑到打谷场去和家里的帮工做伴，夜晚就闻着四处飘来的稻香，甜甜地睡在棚子里。

田间的父亲是一个读过古书的“书生”，有一定的文化基础。还在田间很小的时候，他就在家里开了私塾，延请塾师讲授《诗经》和唐诗。一本《诗经》田间能倒背如流。不久，父亲又买回了不少的白话新书，如郑振铎、沈雁冰、叶绍钧等人的小说，田间也似懂非懂地啃着。而等田间稍大一些后，注重教育的家人又送他去“英、汉、算”三科都有教员的王家私立小学读书。在那里，田间第一次接触到了郭沫若的新诗《司春的女神歌曲》。总之，田间从小就接受了中国古典与现代两种文学的熏陶，为其后来走上文学创作道路打下了基础。①

田间的初中生活先后在无锡辅仁中学和南京安徽中学度过。辅仁中学是个教会学校，注重英文，田间跟随一位老师补习英文。除了学习之外，一有机会，田间便观赏无锡的山川景色，开始对祖国的美景感到新奇，年幼的心灵增添了许多幻想。一年后，田间又来到南京安徽中学读书。安徽中学是陶行知创办的一所进步学校，当时抗日救国的思潮已席卷到南京。在这里，田间读到了蒋光慈的《少年漂泊者》等早期左翼书籍，参加了抵制日货的活动，并第一次目睹了共产党爱国志士被押赴刑场的场面，这使得他年轻的心灵受到了极大的震撼。

1933年正月，田间初中毕业，从家乡无为县城乘船去芜湖考学。在开往芜湖的小火轮上，田间遇到一位陌生的同路人给他讲述了这世界的不公，讲述了无辜的爱国者是怎样难逃专制当局的杀戮，单纯的田间在不胜惊讶之中上了人生“重要的一课，以人民的鲜血，染红了国土，中国还有出头之日吗?”义愤和抑郁从此袭上了这位有血性的青年的心头，“像有一股不灭的火焰，在轻轻的燃烧着。”田间在心里默念：“唉，这是一个什么世界？中国，你在哪里呵！春天，你在哪里呵？……”②

田间直接跳级考取芜湖省立七中高二年级。省立七中在校长柯德发（后改名为柯育甫）的治理下，教学质量在全省名列前茅。学校设备良好，有校舍100多间，体育场三处。藏书一万多册，各类杂志1200多册，挂图100多幅，报纸十余种。学校开设了大量英语课，每周达六七个小时之久，甚至超过了语文课。学校十分重视学生的课外活动，除政治训话、军训、政治专题演讲会以外，还有讨论会、辩论会、合法选举练习活动、科学演

① 田间:《田间自述》(一),《新文学史料》1984年第2期,第50—57页。
② 田间:《田间自述》(一),《新文学史料》1984年第2期,第50—57页。

讲会、实验竞赛、文艺音乐会、成绩展览会以及到商店、银行的实习等。学生还成立了戏剧剧社和摄影会等。

置身于这样的校园环境中，田间除学到了很多知识尤其是英语知识外，诸多的课外活动也使田间得到了很大的锻炼，迅速地成长起来。

1933年夏天，17岁的田间考取了上海光华大学文学院政治系，辅系是社会系。此时的田间已是一个“早熟”的人，他不仅有了“文学应为政治服务”的想法，而且“思想很明确与进步”，叛变了其“地主的公子”的阶级，站在劳动大众一边要求以革命行动来改变旧社会。①

1934年，通过同学欧阳弼（蒋弼）的介绍，田间加入了光华大学的“左联”小组，正式参加了革命活动，并且尝试写作诗歌，他的诗歌《坏傻瓜》《午夜工》《故乡》《雪夜逃荒者》等诗作，相继在《新诗歌》《京报》《诗经》《光华附中半月刊》等报刊上发表。同时，他参加了“左联”刊物《文学丛报》《每月诗歌》的编辑工作，并起笔名“田间”，意思是“到群众中去，到工厂去，到农村去”。更使他幸运的是，在上海，田间有幸结识了艾青、胡风、柳倩、杜谈、蒲风、溅波等著名诗人、作家，和他们保持了密切联系，得到了他们的关心和帮助。

1935年，田间出版了第一本诗集《未明集》，主要描写农村贫苦农民的生活斗争，由同乡、“左联”成员、文艺评论家王淑明作序。《未明集》的出版使田间的诗名迅速在上海滩传开，甚至传播到了日本。在日留学的胡明树用日语翻译了田间的诗，1936年1月10日的《留东新闻》（郭沫若主编）曾有书评称赞田间是“一个时代的歌手，是一个有前途有希望的歌手”。②

1936年，田间出版了第二本短诗集《中国牧歌》，主要写东北人民抗日斗争。原先鲁迅要为这套丛书写一篇总序，后因故改变计划，改由胡风作序。同年，田间出版长诗《中国农村底故事》，以红军长征为背景，写农民的反抗斗争。茅盾在《文学》上以“叙事诗的前途”加以介绍，大加

① 马子华：《我与田间在光华大学左联的活动》，《新文学史料》1998年第3期，第76—79页。

② 马迪夫：《田间的〈未明集〉读后感》，《留东新闻》1936年1月10日。

赞赏。

由于《中国牧歌》《中国农村底故事》两书的出版触怒了反动当局，被列为禁书，并要逮捕田间。加之1936年“左联”自动解散，田间便于下半年回到家乡无为县。因想学日语，了解国外革命文学，田间于1937年春到东京学日语。“七七事变”后，田间即刻和郭沫若等人一道同船回国，积极参加抗日斗争。

1937年10月，受茅盾邀约，田间从无为家中赶到武汉。此时的武汉，成立了中华全国文艺界抗敌协会，进步作家云集，抗日文化运动如火如荼。置身于抗战烽烟的田间，写下了大量诗篇，如《中国的春天在号召全人类》《棕红的土地》《自由向我们走来了》《给战斗者》等抗战诗歌。闻一多称他为“擂鼓诗人”。

在武昌逗留不久，田间受诗人臧云远之约，和萧军、萧红、聂绀弩等一批作家，北上太原。他谢绝了山西民族大学的邀请，三下临汾，求见丁玲，最终成为八路军西北战地服务团的一名战地记者。

1938年春，西北战地服务团回延安汇报工作。路过西安时，田间写了入党申请书，交给文书邵子南。1938年夏到延安后，由中共中央组织部批准田间入党，介绍人是丁玲、邵子南。在延安时，田间和延安文抗的柯仲平、林山、敏夫等共同发起了著名的街头诗运动，发表了《街头诗运动宣言》，以8月7日为街头诗运动日。延安大街小巷，都写有街头诗和诗传单。田间的《假使我们不去打仗》《义勇军》《毛泽东同志》等，就是这时候写的。田间还和冼星海合作一首歌曲，名《反攻》。到前线时，沿途在岩石上和被烧毁的村庄，都写上街头诗。此后街头诗传至各抗日根据地，有的叫枪杆诗。①

1940年，田间调到晋察冀边区通讯社当战地记者，和孙犁、陈肇等一起工作。当时八路军正发动“百团大战”，为了切实报道120师，从阜平到平山，田间跟随贺龙师长转战南北并亲自参加了著名的陈庄大歼灭战。在

① 田间:《我的诗歌人生》,《安徽文史资料全书·巢湖卷》(下册),安徽人民出版社2007年版,第1319—1321页。

此期间，田间写成了《名将录》组诗，画龙点睛地描述了贺龙、聂荣臻、萧克、杨成武、白乙化等将领们的思想个性和心灵境界。

同样在1940年，田间根据自己在晋察冀的生活体验，写成了两部长诗：《亲爱的土地》和《铁的子弟兵》。它们是边区最早出现的叙事长诗，诞生时间比李季的《王贵与李香香》还要早五年多。前者有3500多行，讲述了晋察冀普通农民刘大发和妻子王桃积极参加抗战、保卫“亲爱的土地”的故事；后者有3200多行，描述了放羊人邓兴发在其母“好老妈妈”的鼓励下参加子弟兵、英勇牺牲的故事。两者在人物对话、环境、民俗等方面的描写都具有晋察冀的地域特色，并且注意使用通俗易懂的口语来写作，在诗中还加入当时流行的抗战歌曲、民间歌谣等元素。“《亲爱的土地》和《铁的子弟兵》都是反映晋察冀现实的两个主要的侧面。只有在亲爱的土地上，才能产生铁的子弟兵，只有铁的子弟兵才能保卫亲爱的土地。诗人以时代的眼光来照耀出边区一新的家庭和新的人物之成长，以及群众怎样为保卫家乡和祖国而斗争。”①

1941年，晋察冀边区文协成立，田间调任文协副主任，和孙犁、邓康等一起工作。田间负责主编《晋察冀日报》的文艺副刊“晋察冀艺术”。该副刊共刊出42期，是“街头诗运动”的阵地之一，也是《晋察冀日报》持续时间最长的纯文艺副刊。田间曾在上面发表过《怎样写街头诗》《街头诗运动三周年纪念》等文章。除“晋察冀艺术”外，田间还主编过《晋察冀日报》的另一副刊“鼓”，以及文艺刊物《晋察冀文艺》和《诗》。田间发表的长诗《祝山——为勇敢的人而作并献给十月革命节》，他在诗中将晋察冀抗日根据地比作“山”，体现了其内心汹涌蓬勃的革命热情。

也是在1941年，田间被选为边区参议员，参加了边区参议会，并参加邓拓等同志筹办的燕赵诗社。

1942年5月，毛泽东在延安文艺座谈会上提出，文艺要为工农兵服务，文艺工作者应该到群众中去，虚心向群众学习。《讲话》的主要思想很快传播到晋察冀，《晋察冀日报》上也发表了鼓励文艺工作者下乡的文

① 何洛：《四年来华北抗日根据地底文艺运动概观》，《文化纵队》1941年第2期。

章。田间也积极响应党中央和毛主席的号召，在1943年从边区文协下放到盂平县担任县抗联负责人和县委宣传部长、县委委员，并常到游击区搞减租减息工作，一直到抗日战争胜利。

1945年冬，田间被调到冀晋区党委《新群众》杂志社任社长兼主编。田间在那里创作了其学习《讲话》精神后较为成功的两部长诗：《戎冠秀》和《赶东传》（又名《赶车》《减租记》）。这两部长诗可谓是"双胞胎"，前者以"子弟兵的母亲"戎冠秀为书写对象，发表于《新群众》上，后来又出了多个单行本；后者以田间参加的减租斗争为蓝本，发表于张家口创办的《长城》上。《戎冠秀》的初稿甚至得到了戎冠秀本人的肯定：

我到红土山不久，赶上群英会开幕。会外，我见到了戎冠秀，和这位老人、著名的拥军模范，叙谈了几次，又写了一篇《戎冠秀》初稿并请杂志社佘素琪同志，为我朗读给老人亲自听一遍，征求她的意见。并告诉她，丝毫不必客气，有啥说啥！老人听完，慢慢地说："我没啥意见，你们把我写得太好了。"

"你别客气，有什么不妥处，你尽管讲，我是你的小学生哩。"我说。

老人马上摇摇手，"我很喜欢的，"又望着我说，"你写好了，能不能送我一本？"

"当然要送的。我们的娄霜同志正在配画，刻本刻哩！"

提起这事，全国解放后，戎冠秀进京，参加大会，每见到青少年，她就说，"你们想知道我，看看田间写的诗。"①

1946年，田间到雁北地委担任宣传部长和秘书长、地委委员，参加土改复查。

1948年冬天，田间到张家口市委担任宣传部长，后到石家庄，与周扬、赵树理、顾阳山等一起出席华北文艺会议。

① 田间:《田间自述》(七),《新文学史料》1985年第4期,第105—121页。

1949年，田间兼任察哈尔省文联主任，并作为华北文艺代表团团长参加了第一届全国文代会。会议期间，周恩来总理几次询问田间来没来。在会上，田间明确提出了诗歌创作民族化、大众化、战斗化的主张，受到周恩来总理的高度赞赏。

建国初期，田间由察哈尔省调至北京，先后担任中国作协创作研究室主任、中央文学艺术研究所秘书长兼研究员、中国作协文学讲习所主任、《诗刊》编委等职，更是呕心沥血地为党和人民工作。抗美援朝战争爆发，他于1951年和1953年两次赴朝鲜慰问，并以记者身份，进入板门店谈判现场，写成《板门店纪事》散文集。

1953年，世界和平大会在维也纳召开。应苏联《真理报》之约，田间写就了《我是和平的歌声——给莫斯科》。该诗发表后，引起了很大反响。

1954年，田间受邀去德意志民主共和国、罗马尼亚、保加利亚访问。次年，写就出国访问记《欧游札记》。

1956年，田间到内蒙古的包钢、黄河两岸访问，写出了《马头琴歌集》一书。不久，到云南深入生活。三个月里，他除写出了《芒市见闻》外，还一口气写下了三首长诗《丽江行》《阿佤人》《龙门》。三首诗加在一起近7000行。这样高的创作热情、惊人的速度和丰硕的成果，不仅在诗人自己的创作道路上是空前的，在我国新诗发展史上也是罕见的、值得称道的。

从1959年到1980年，田间全身心地投入到巨著《赶车传》的写作之中。《赶车传》共分七部，第一部作于1946年，作者通过刻画贫苦父女石不烂与蓝妮的形象，表现出他对现代中国农民摆脱悲惨处境、追求解放过程中所显示的鲜明爱憎精神和顽强不屈品格的无限崇敬之情。其第二部至第七部分别是《蓝妮》《石不烂》《毛主席》《金不换》《金娃》《乐园歌》。在后六部诗作中，作者对主人公的际遇作了重新的定位，其思想内涵与艺术探索，较第一部有了更新的体现和更高的意境。

“文化大革命”开始，田间首当其冲，被打成河北文艺界头号走资派和反动学术权威，关进牛棚。造反派把田间划成敌我矛盾，为找证据，三次去北京抄家，拉回来的“战利品”不过是电视机、录音机、油画、相册，最神秘的物证是阎锡山的布告，日军的宣传品，日本人拍摄的平阳、阜阳、应县惨案的照片。其他，都是报请组织批准留作创作资料的。正是根据这些，田间创作了长篇小说《牛棚传》《拍碗图》。可惜的是，这些“罪证”公安部门不认可，当作垃圾扔掉了。

随着“运动”的深入，田间的处境更加险恶。从保定的“牛棚”，到石家庄学习班，后来又转到唐庄劳改农场，田间虽横遭迫害，但他的革命信念不变，仍在努力探讨中国诗歌发展的道路，于1978年出版了纪念周恩来总理的诗集《清明》。①

“四人帮”被粉碎后，田间当选为第五届全国人大代表、全国文联委员、中国作家协会理事、河北省人大常委、河北省文联主席。繁忙工作之余，仍坚持笔耕不辍，经常带病下乡，深入生活，热情讴歌中国的春天（《青春中国》等），并且一如既往地关注新诗的普及与发展。

1985年8月30日，田间因病医治无效，在北京逝世，终年69岁。

田间一生作诗无数，留下著作30多部，部分诗作被译为日、俄、法、朝、罗、保、蒙、美等国文字，在世界上广为流传。田间逝世后，夫人葛文忍着巨大的悲痛，以带病之身，艰难地寻觅、爬梳，集十数年之力，在艾青、臧克家、贺敬之、魏巍等老友的帮助下，分四次在花山文艺出版社出版了六卷本长达236万字的《田间诗文集》，收有田间的短诗、长诗、诗论、小说、散文、回忆录、书简和著作年表，较全面地总结了田间的毕生创作。萧克将军为《田间诗文集》题词：

君为当代人，高歌当代事。
今虽不见人，歌声犹传世。

这可说是对田间其人其诗做出的最客观公平的评价。

田间十分热爱和眷念故乡。生前常说，他来自田间，最终还要回到田

① 尧山壁:《诗人田间》,《诗选刊》2016年第1期,第29—31页。

间。田间逝世后，其一半骨灰葬于北京八宝山，另一半骨灰由他夫人葛文遵照他临终嘱托，葬到故乡的土地上。故乡无为羊山的父老乡亲为他在无为羊山东麓建墓，并立了碑。1986年被列为无为县（2019年12月无为撤县设市）重点文物保护单位，同时作为爱国主义教育基地，并建立田间纪念馆，以供缅怀。

二、田间的诗歌创作

1934年，田间在蒋弼的介绍下加入“左联”，在这个进步团体中他受到鲁迅、聂绀弩、胡风、王淑明等作家的指导或影响，参与编辑了进步刊物《新诗歌》《文学丛报》《每月诗歌》，同时开始创作和发表诗歌作品。田间第一次发表诗歌作品使用的笔名就是“田间”，是他本名“天鉴”的谐音，而他最早的作品发表在校内进步文学社团“轨迹文艺社”创办的刊物《轨迹》上。

田间部分作品

在“左联”这个大家庭里，田间的创作有了很大的进步，在众多左翼作家的扶持下，他在1935年12月出版了自己的处女诗集《未名集》，该集子作为“每月文库”由上海群众杂志公司出版，加上序诗共计收入诗歌40首。时任中国左翼作家联盟宣传部长的安徽无为籍作家王淑明给田间的诗集作序，“展开《未名集》，其内容如《我厌恶这春天》《祭冬天》《这一天》《滴港》《铁工厂》《阿比西利亚颂》等都是很好的诗：诗形的雄放，与内容的充实，尤能显示出他有过人的天禀。如能循着这条路子走下去，更加顽强的努力，与更好的体验现实人生，则未来的成就，应该是无限的”。[①]该诗集主要写城市工人、流民、囚犯以及士兵、逃荒的农人的疾苦，属于典型的底层写作。田间在序诗《我怎样写诗的——生命的叫歌》中阐明了他之所以会创作诗歌、为底层人民代言：“我，／生长在南方的村野，／城市，给我又浪荡了十年。／……今天，我伴着我的慈母，／人类的慈母！／用小心，／嚼味痛苦；／用烂秽的笔，／画万千行短句。”[②]田间早期的作品虽是对全中国底层人苦难的关注，但却预示着田间已经踏上了社会革命的征程，踏上了为民族独立而战的大道。

1936年7月，上海诗人社同时出版了田间诗集《中国牧歌》和叙事长诗《中国农村底故事》。《中国牧歌》分为“夜的诗”“唱给田野”“向田野出发”“十月诗篇”“站”和“北方”六辑，加上自跋共计收入诗歌34首。胡风在《中国牧歌·序》中，对田间其人其诗作这样描述：

田间是农民底孩子，田野底孩子，但中国底农民中国底田野却是震荡在民族革命战争的暴风雨里面。从这里“养育”出了他底农民之子底温顺的面影同时是“战斗的小伙伴”底姿势。更丰润地描写了诗人的当然是他自己底全部作品。差不多占了三分之二以上的是歌唱了战争下的田野，田野上的战争。他歌唱了黑色的大地，蓝色的森林，血腥的空气，战斗的春天的路，也歌唱了甜蜜的玉蜀黍，年青的油菜，以及忧郁而无光的河……。在他底诗里现出了“没有笑的祖国”，残废的战士和凝视着尸骨的郊野的垂死的战马，也现出了歌唱，射击，斗争的音乐……[③]

---

① 王淑明：《未名集·序》，《田间诗文集》（第一卷），花山文艺出版社1989年版，第4页。

② 田间：《我怎样写诗的——生命的叫歌》，《田间诗文集》（第一卷），花山文艺出版社1989年版，第5—6页。

③ 胡风：《中国牧歌·序》，《田间研究专集》，浙江文艺出版社1984年版，第11—14页。

《中国农村底故事》分为三部分：第一部“饥饿”、第二部“扬子江上”、第三部“去”。此外还包括作者自己写的序和补记。长诗是以红军长征和北上抗日为时代背景，以扬子江为空间背景，展示当时农村的风云变幻以及农民阶级意识的觉醒过程。茅盾曾在《叙事诗的前途》一文中，对田间的这本诗集评述道：“让我先说《中国农村底故事》罢。这长篇，严格说起来，也许不能称为叙事诗，因为它没有一般叙事诗的特性，——一件故事（作者本亦没有自题为叙事诗）。但是这诗所要达到的目的却正是叙事诗所应有，我们不妨把它归入叙事诗这一类。”因为田间已经“把新诗从‘书房’和‘客厅’扩展到十字街头和田野”，[①]这是对田间诗歌战斗性的高度赞扬。

全面抗战爆发后，田间于1937年12月24晚，在武昌的一个旅馆里，一夕写下激荡人心的《给战斗者》一诗。昏黄的灯光下，诗人奋笔疾书：

七月／我们／起来了。

我们，／起来了，／睁起悲忿的眼睛呀。

我们／必须／战斗了，／昨天的忿怒的，／是狂呼的／是挣扎的，／四万万五千万呵！

在斗争里，／胜利，／或者死。

……

在诗篇上，／战士的坟场，／会比奴隶的国家，／要温暖，／要明亮。[②]

为什么写《给战斗者》？田间回忆道：

我之所以能写这首长诗，是因为我已经在上海参加了革命组织“左联”的缘故。当时，我已受过一些革命的教育，读过一些革命的

① 茅盾：《叙事诗的前途》，《文学》第8卷，1937年第2期。

②《田间》，人民文学出版社1988年版，第3—11页。

书籍。我还读了大量诗作，中国的我不说了，以外国的说，普希金、涅克拉索夫、裴多菲、海涅以及马雅可夫斯基等的作品，我都读过一些。尤其是马雅可夫斯基对我的影响很大，他的名言“诗到广场去”，直到现在，我也没有忘记的。①

多年后，闻一多在读到田间的《给战斗者》《自由，向我们来了》等诗篇后，以《时代的鼓手——读田间的诗》，将田间喻为“擂鼓诗人”，对他的诗大加赞赏：

这里没有“弦外之音”，没有“绕梁三日”的余韵，没有半音，没有玩任何“花头”，只是一句句朴质、干脆、真诚的话，（多么有斤两的话！）简短而坚定的句子，就是一声声的“鼓点”，单调，但是响亮而沉重，打入你耳中，打在你心上。

当这民族历史行程的大拐弯中，我们得一鼓作气来度过危机，完成大业。这是一个需要鼓手的时代，让我们期待着更多的“时代的鼓手”出现。②

1938年，田间前往丁玲领导的西北战地服务团当战地记者，亲临前线，目睹遭受侵略战火摧毁的乡村，创作了反映战争生活的诗集《呈在大风砂里奔走的冈卫们》。在这本诗集里，诗人以战士的姿态，歌颂了人民战士的精神面貌，丁玲为其作序：

老早听到过田间的名字，说是一个“牧歌诗人”。既然已经是诗人了，我就不特连做诗的人不想见，纵是诗也愿意暂缓拜读。因此田间在我始终是生疏的。当然这是因为我对他有成见。成见是要不得的东西，却不是无来由的东西。我并非对“田间”有成见，也并不是对

① 田间:《〈给战斗者〉写作前后——答〈诗刊〉编辑部》,《诗刊》1981年第1期,第52—53页。
② 闻一多:《时代的鼓手》(1943),《闻一多全集》第3卷,开明书店1948年版。

年纪轻写诗的人有成见，是因为有一些不知怎么就出了一点名的人，这些所谓诗人的，小说家的，就顶上那眩人的桂冠，满身也不忘记时时放射着艺术风味，实际还是“司丹康”和“法兰绒”的西装，于是趾高气扬，徜徉过市。但不久之后，这些所谓诗人艺术家也者的，又不知到什么地方去了。这样经过几次之后，无形之中我便有一点成见。凡是无名者的作品和人我都愿意在那里发现一些好的，有希望的，我愿意在那里得到一点东西和贡献一点微力，至于太骇人的诗人，艺术家，我就不免是有意躲避。但这种成见，田间却用了他对生活和对工作的严肃努力以及学习的勇敢虚心打破了我的成见。现在田间在我不特是不生疏，而且我还时时用了这个名字在一些同志面前提到，愿大家学习他的勤恳，特为在他的这本诗集前边说几句话，也是这个意思。

至于诗，我实在是外行，我说我很愿意读他的诗，因为那里面，每篇都有一点感情，诗能写得有感情，在中国还不很多吧。①

《呈在大风砂里奔走的冈卫们》给予很多向往延安的青年以鼓励，比如贺敬之便回忆道：

是田间的诗歌给我增加了力量，使那时的我——一个16岁的少年更加勇敢和急切地同伙伴们一起投奔革命圣地延安。在大西南到大西北的艰难道路上，我确是怀揣着并默诵着田间的诗歌《呈在大风砂里奔走的冈卫们》，自己也一步步地在大西北的大风砂里奔走向前的。与此同时，我也用小纸片悄悄写上自己的关于大风砂、关于自己正向神圣的“冈卫”奔去的稚拙的诗句。②

1938年8月7日，田间和柯仲平在延安领导了著名的“街头诗”运动。

① 丁玲序：《呈在大风砂里奔走的冈卫们》，生活书店1938年版。

② 贺敬之：《田间诗文集》前言，花山文艺出版社1989年版。

这一天，延安的大街上，一幅写着“街头诗运动日”的红布高高挂起，田间回忆当时的情景：

不久，几乎是片刻之间，城门楼旁、大街小巷，写满了街头诗、诗传单。我大致还记得的，有柯老的《告同志》，以及其它许多墙头诗作。我自己，由于是发起人之一，自然也义不容辞，即兴挥毫，写了不少的街头诗、诗传单。有的写在墙上，有的写在红绿纸上，贴在墙上，如《毛泽东同志》《假使我们不去打仗》《呵，游击司令》《义勇军》等。……这些诗，写在墙头或贴在城门楼旁以后，马上便围上一群人，有手执红缨枪的，有手持纪念册的，有牵着山羊的，有嘴含大烟锅的，都在看，都在念。还有的急匆匆地抄在他的本子上。①

街头诗短小通俗，往往只有几行，但却能用富有鼓动性的语言激发人民的抗日爱国热情。《街头诗歌运动宣言》这样写道：

在今天，因为抗战的需要，同时因为大城市已失去好几个，印刷、纸张更困难了，我们展开这一大众街头诗歌（包括墙头诗）的运动，不用说，目的不但在利用诗歌作战斗的武器，同时也就是要使诗歌走到真正的大众化的道路上去，不但要有知识的人参加抗战的大众诗歌运动，更要引起大众中的‘无名氏’也多多起来参加这运动。②

在街头运动中，田间一直在做表率。如《假使我们不去打仗》用明白晓畅而又富于鼓动性的语言，阐发了一个发人深省的道理：

假使我们不去打仗，/敌人用刺刀/杀死了我们，还用手指着我们骨头说：/看，/这是奴隶！

---

① 田间：《田间自述》(三)，《新文学史料》1984年第4期，第104—111页。

②《街头诗歌运动宣言》，《新中华报》1938年8月10日。

《义勇军》则用简洁的诗行，勾画了一个战斗英雄的形象：

在长白山一带的地方，/中国的高粱/正在血里生长。/在大风沙里，/一个义勇军，/骑马走过他的家乡，/他回来了：/敌人的头，/挂在铁枪上。

该诗将侵略者的不堪一击与复仇战士的自豪形象刻画得淋漓尽致、入木三分。

还如《坚壁》一诗：

狗强盗，/你要问我么：/“枪，弹药”，/埋在哪儿？”/来，我告诉你：/“枪，弹药，/埋在我的心里！”

这里，通过敌人和抗日战士的“对话”，塑造了抗日战士坚强不屈的高尚品质，诗情画意跃然纸上。

街头诗运动影响深远。1956年7月1日，党中央在中南海召开庆祝建党35周年大会，田间应邀出席，毛泽东在会场、大厅与各界人士亲切交谈。田间曾对孙国栋说起，那次毛泽东曾与他说到抗战时期的墙头诗又称街头诗运动。①

1940年，田间写了两部长篇叙事诗《亲爱的土地》和《铁的子弟兵》。诗集一诞生，就受到边区文艺界的一致赞赏，比如孙犁在总结1940年边区文艺活动时曾重点介绍了田间的这两首长诗：《亲爱的土地》在形式上来了一个突破。诗人从生活上接近了边区的新人物，促使他重新考虑他的形式。作者企图以史诗的形式来记录时代的光彩，又写了《铁的子弟兵》。作者亲身接近着故事的主人，主人的遭遇给诗人以感情，于是像旋风般的韵律，预示着他的新形式的作品的诞生。《亲爱的土地》记载了边区人民。《铁的子弟兵》叙述了边区的战士。而这是一样的。战士也就是人民，人

① 倪迅：《田间和墙头诗运动》，《光明日报》2005年7月12日。

民参加着保卫家乡的战斗。作者用王桃（《亲爱的土地》女主角），用牧羊人，用蝴蝶、水草、小鱼，画着边区的伟大人民。“作者在《亲爱的土地》中接触了人民的语言和感情。在《铁的子弟兵》中运用了童话的精神，旋转着故事和节奏。”①

胡风在1942年为田间编辑并出版诗集《给战斗者》，在诗集“后记”里也特别提道：

> 随着对于生活内容坚韧的深入，诗人田间终于开辟了纪念碑式的大叙事诗的方向。我看到了《亲爱的土地》底全篇和《铁的兵团》（即《铁的子弟兵》一部分）。②

1946年，田间出版了《赶车传》，不久《赶车传》被编入“中国人民文艺丛书”（由新华出版社出版）。关于这篇长诗，捷克斯洛伐克著名作家、老一辈汉学家、曾任欧洲汉学家协会主席的普实克，在捷克文版《赶车传》的序言里这样写道：

> 田间在其雄伟的诗歌画卷里，通过对诗中英雄石不烂（即击不碎的石头）及其女儿蓝妮的描绘，刻画了封建制度下受苦受难的中国人民的形象。田间站在这个普通的雇农和他那貌美似花的女儿一边，反对阴险、残酷、荒淫无耻和令人厌恶的地主及其卑贱的狗腿子。田间深刻了解人民，他所塑造的人物完全是现实主义的。然而，石不烂并非是艺术实验标本的纯洁典范，他喜欢酗酒，他的弱点是爱唠叨，话多。但是，他却象他那善良而勇敢的女儿一样，有一颗正直、纯洁、不卷入封建的贪淫好色的美德。田间有分寸地、热情地描写了自己的英雄、真正的人民，他的最大的力量源泉。石不烂因不堪忍受残酷压榨而被迫寻找“出路”。几千年来，中国的哲学，除

① 孙犁：《1940年边区文艺活动琐记》，《晋察冀日报》1941年1月26日。

② 胡风：《给战斗者·后记》，《田间研究专集》，浙江文艺出版社1984年版，第18—20页。

了经常以陷入个人问题的迷途而告终外，任何时候都没有找到过出路，它不能引导人民脱离不幸的苦海。但是，现在石不烂象所有的中国人民一样，在共产党的学说与活动中，找到了出路。这条出路是：在党的领导下，团结起来，向地主作斗争，不仅要解放自己的女儿，而且要解放全人类。①

新中国成立后，田间经常到祖国各地参观、访问，内蒙古草原、天山南北、西南边陲等地，都曾留有他的足迹。他还两次赴朝鲜报道抗美援朝，出访非洲、苏联、东欧等国家。此时他发表了大量的诗歌，时刻与祖国同呼吸、共命运。“正是通过这些色彩极浓的诗行，表现了你对蒙古族人民的看法，表现了你对现实生活中的积极因素的强调，表现了你满怀热情的高昂的声音。也正是在这个意义上，我感到这些诗不仅是充满智慧的好句子，不仅是有思想的想象，而且是革命的浪漫主义的。”②“《丽江行》奇丽的神话色彩，崭新的表现手法，迥异寻常的艺术构思，清丽朴素的民歌语言，构成了一种独特的艺术风格；象一颗新奇的珠子一样，在广大读者面前闪耀着炫目的光辉。”③“田间同志积极响应毛主席关于向古诗和民歌汲取营养的号召，不是生搬硬套，而是把古诗和民歌的学习心得化为丰富的营养，加以吸收，逐步形成自己的独特风格。所以我们读《清明》中的许多诗，既有古代诗歌的严整、精炼的感觉，也有民间歌谣的清新、刚健的气息，显然是向古诗和民歌学习的结果，但又不同于古诗和民歌，而是田间自己的诗。诗人的不断实践，必能推动新诗更好更快地向民族化、大众化的方向发展。”④

尤为称道的是，作为“时代的鼓手”的诗人田间，在中国新诗史上，曾有过自己的辉煌时代：20世纪30年代后期至40年代前期，田间曾经在边区发起“街头诗”运动，产生了巨大影响；40年代他创作的长诗《赶车

① 普实克:《关于田间的〈赶车传〉——记于捷克斯洛伐克译本之后》,《河北文艺》1982年第1期。

② 沙鸥:《与田间谈〈马头琴歌集〉》,《文艺报》1956年第23期。

③ 蓝华增:《试论〈丽江行〉》,《边疆文艺》1959年第4期。

④ 吴本星:《松柏长青音容永在——读田间的新作〈清明〉》,《河北日报》1978年9月4日。

传》是中国现代文学史上规模很大的文人叙事诗，曾经被作曲家冼星海、吕骥，画家吴作人、蒋兆和等谱曲或配画，让其有了更加广泛的传播。田间还是唯一一位参加过中美朝“板门店谈判”的中国作家，代表着中国广大作家为保卫世界和平做出了努力。田间还是一位具有国际影响的诗人，他的诗歌作品被翻译成英、俄、德、日、朝等多国文字，可谓是我国当代著名的“国际诗人”，是一位名副其实的走向世界的战斗鼓手。[①]

三、田间的诗歌特点

对于田间诗歌总的评价，当数贺敬之最为全面、科学。他在《田间诗文集·前言》中这样评述：对田间诗歌的喜爱，绝不仅仅是我个人的偏爱。从田间登上诗坛之初到半个多世纪以后的今天，他一直拥有广大读者。不论在过去或今天的诗歌界、诗评家以及读者中间曾有过怎样不同的评价，对他的创作在几个不同的历史时期都曾发生过重要影响，这一点恐怕是谁也无法否认的。我个人从来认为：田间是继他的前辈诗人们之后的又一位大诗人，他在我国五四运动以来的新诗发展史上占有特殊的重要地位。照我看来，这些特殊之点在于：他不仅继承了郭沫若《女神》时代的战斗传统，冲破在这之后诗坛出现的脱离时代和人民的个人主义和形式主义思想的束缚；而且还在于他和那些抒写着对民族及社会的深沉忧思并憧憬着未来的比他年长的诗人们相呼应，响亮地为新时代的战斗者们擂起了诗的战鼓。大诗人闻一多正是从这一点上发现并肯定了田间作为时代鼓手的特殊意义。

此外，田间的特殊点还在于：在投身到战斗者行列并在战斗者的先锋部队的直接率领下进行战斗的许多诗人之中，他是和人民群众生活在一起时间最长的诗人之一，是用大量诗篇表现了人民群众的思想感情和众多人物形象的诗人，是写出了具有宏大历史规模的最长的叙事诗的诗人。

① 涂涂:《走向世界的战斗鼓手——田间诗歌在国际上的传播和影响》,《湖南文理学院学报》2008年第3期。

与此同时，田间为了适应诗歌内容的变化，在表现形式和表现方法上，他先是做出了充分解放艺术个性的大胆突破；随后，在诗歌走向群众并把诗人的自我同时代、同人民大众更紧密结合的自觉要求下，从另一种意义上进行了又一次新的突破，为诗歌的革命化、群众化和民族化做出了坚持不懈的努力和有价值的探索。

新时代的擂鼓者，新世界的战斗者，新诗歌艺术的探索者——正是从以上这几方面，田间的诗歌在我国新诗的发展史上有着不可轻视的艺术革新（或曰创新）的特殊意义。这就是我所认识的田间，是我过去曾经这样、今天更加这样认识的田间。①

贺敬之的这段评价，把田间放在20世纪最有影响的诸多诗人之中，放在20世纪新诗诞生以来不断探索、不断前进的历史长河中，综合众多诗人、诗评家的评价，紧紧抓住诗人与时代、诗人与人民、诗人与诗的关系，科学地指出了田间在我国五四运动以来的新诗发展史上的特殊的重要地位：新时代的擂鼓者，新世界的战斗者，新诗歌艺术的探索者。

综观田间一生创作的几个时期，以及通读其发表的全部诗作，我们不难看出诗人在中国现代新诗发展史上所做的巨大贡献。

（一）诗歌的民族性

田间所处的时代，中华民族正受帝国主义国家的蹂躏。作为诗人的田间以他的诗作匕首，狠狠地投向敌人，并引导着人们前进。受抗战的影响，田间冲破诗歌格律的束缚，向民族化、群众化方向发展，成为受人们欢迎的时代鼓手。

在诗歌体裁方面，抗战初期，田间的诗表现为鼓点自由体。所谓“鼓点”式的诗行，所表现的常是闪电似的感情突击，诗人往往在第一节就唱出其他诗人在最后一节才歌唱出来的东西，将一些铺垫、过渡全部省略。茅盾说读他的诗就“好像看了一部剪去了全部的‘动作’而只留下几个

① 贺敬之：《田间诗文集·前言》，《田间诗文集》（第一卷），花山文艺出版社1989年版，第2—3页。

'特写'几个'画面'接连着演映起来的电影。"[1]田间又利用诗句的分行（读的时候是中止和间歇）形式急驰的旋律，而诗行精而短，有时一个字，一个词就是一行，以诗句的连续反复出现来渲染雄壮的气势："人民！人民！／抓出／木厂里／墙角里／泥沟里／我们底武器／痛击杀人犯！"[2]这暴风雨般呼唤的感情，闪电般的，跳跃式、急驰的、强烈的节奏，和抗战初期慷慨激昂的时代气氛是十分合拍的。田间鼓点式的诗对于抗战时期诗歌民族化倾向无疑是一个新的创造和推动。

田间到达延安后，立即参与发起声势浩大的街头诗运动。诗人开始整顿自己原先比较零散的诗句形式，改写近于民谣风格的自由体小诗，并且着意无韵转向有韵。街头诗名作《假使我们不去打仗》《义勇军》《坚壁》等，都是质朴干脆的口语，画面清晰，节奏感较强，多半适合配乐配画。群众一看就懂，一听就明白了，所以比较喜欢。

随着诗人深入斗争生活实际，思想感情与民众越来越取得一致，收集的民歌、民谣、民谚、俗语也越来越多，更是在民歌的基础上创造出人民大众喜闻乐见的民族化新形式，长诗《赶车传》即为典型，其体式特点以五、六、七言为主，活用各种言体；大体押韵，韵脚用字及位置有较大随意性；分节可长可短，可整可散，不强求一致。

在诗歌语言特色方面，田间诗歌语言形式变动较大，但越来越民族化。抗战初期那种激昂歌唱，与诗人自创的鼓点句式十分和谐，正如闻一多所言"这里没有任何'弦外之音'，没有'绕梁三日'的余韵，没有半音，没有任何'花头'，只是一句句朴质、干脆、真诚的话。"[3]后来，这种鼓点式诗句与民歌民谣进一步结合，其音乐性大大增强。

总之，战斗的情绪，高昂的格调，鼓点的节奏，通俗语言形式，民族化的表现手法，构成了田间诗歌尤其是抗战诗歌一个突出的特点。[4]

---

① 茅盾：《叙事诗的前途》，《文学》第8卷，1937年第2期。

② 田间：《给战斗者》，《田间诗选》，人民文学出版社1983年版，第12—24页。

③ 闻一多：《时代的鼓手》（1943），《闻一多全集》第3卷，开明书店1948年版。

④ 张太兵：《田间抗战时期诗歌创作的特色》，《滁州师专学报》2001年第3期，第12—14页。

（二）诗歌的时代性

田间写于抗战初期的名篇，如《中国的春天在号召着全人类》《棕红的土地》《这年代》《回忆着北方》《自由，向我们来了》《给战斗者》，是一篇篇诗的战斗檄文。尤其是《给战斗者》，在当时轰动文坛，是一篇杰出的抗日的诗的宣言。这篇长诗以高度的艺术概括力，以饱满的爱国热情和强烈的忧患意识与鲜明的艺术形象，表现了中华民族的觉醒与不可抗拒的伟大力量，也证明了田间是我们伟大民族自觉的卫士，是伟大时代呼唤出来的诗人。

抗战全面爆发后，田间顺应抗战潮流，更加激昂地歌唱抗战。他在动荡不安、出生入死的战争环境中，创作了大量抗战诗歌，先后结集出版的就有《呈在大风砂里奔走的冈卫们》《她也要杀人》《抗战诗抄》《短歌》等。抗战后期，又创作了《亲爱的土地》《铁的子弟兵》《戎冠秀》《赶车传》等叙事长诗。在民族战争的特定时期，这些诗篇鼓舞着人们走向战场，为民族的独立自由而奋勇奋战。

新中国成立后，对于新的时代、新的任务、新的要求，田间有清醒的认识。他在《关于诗的问题》一文中说：

> 伟大时代的开端，人民正在渴望好的诗歌，正在要求诗歌歌唱他们的心和希望，歌唱他们的斗争，并且希望诗歌成为他们心上的阳光。①

为此，田间“一直在警惕着自己：不要做旁观者，不要做落后的人，不要做保守者，不要做抄袭者，不要做自私自利的人，要不断地改造自己”。②

田间言行一致，切切实实地与时俱进。这一时期，单诗集就出版有：

① 田间：《关于诗的问题》，《文艺报》1949年1卷7期。

② 田间：《纪念〈在延安文艺座谈会上的讲话〉发表十周年》，《人民文学》1952年第6期。

《短歌》《汽笛》《芒市见闻》《马头琴歌集》《1958年歌》《东风歌》《英雄歌》《田间诗抄》等，以及长篇叙事诗《天安门赞歌》（长诗二首）、《长诗三首》、《英雄赞歌》、《赶车传》（七部）。这些诗歌的题材内容及其广泛，其时代性主要表现在：

深刻地反映和热情地歌颂了我国社会主义革命与社会主义建设的伟大成就，以《赶车传》为典型。长诗以“赶车”象征党所开辟的新时代，由抗战后期落笔，一直写到1959年。特别是下卷三部诗，较全面地反映了建国十年我国农村所发出的翻天覆地的变化。

抒写和讴歌祖国各族人民的新生活、新风尚及边疆风情。田间来到内蒙古大草原，伴着马头琴的音韵，唱起草原建设者之歌。他来到云南，歌唱中缅人民的兄弟情谊，抒述傣族、景颇族、克钦人、阿佤人的美丽传说和自由的新生活。他还来到新疆，歌唱哈萨克、维吾尔、锡伯、柯尔克孜、塔吉克等众多少数民族。

歌唱时代变革，传达社会信息，激励人们战天斗地、奋发向前。

“文革”后的新时期，田间一如既往地勇于探索，善于分析，努力把握时代的脉搏，以诗歌为社会主义“四化”建设服务，为人民服务。从1976年开始，他又创作了大量带有新时代气息的诗歌，结集出版的有《清明》《青春中国》《离宫及其它》等。诗人或痛定思痛，思考如何沿着老一辈无产阶级革命家开辟的道路，继续长征；或纵情欢呼劫难后的中国又焕发出青春，为经济特区的腾飞唱赞歌；或歌咏祖国的大好河山、文化古迹、革命圣地，表达老而弥坚的赤子之心。①

正如田间自己所说：“人民的诗人，实际上是战士的别名，是新的集体主义英雄的代号。如果这样说，大体上没错，那么，诗歌也就是时代真实而嘹亮的音调，是人民意志的代表，是劳动人民（包括诗人）思想情绪精炼的韵律语言的艺术。”②

时时刻刻与时代接轨，诗歌永远不会过时。

---

① 郭仁怀：《论田间诗歌的时代和社会属性》，《文艺理论与批评》1993年第2期。

② 田间：《关于诗的问题》，《文艺报》1949年1卷7期。

（三）诗歌的大众性

在田间的诗里，没有浮艳的词句，没有蓄意的雕琢，他一直和人民大众生活、战斗在一起，用大量的诗篇表现了人民群众的思想感情和众多人物形象，并且写出了具有宏大历史规模的、最长的叙事诗。诗歌为人民而作，为大众呐喊，这样的诗人无愧于“人民的歌手”的称号。

在20世纪诗歌史上，田间的贡献在于继承“五四”后左翼诗歌传统，与少数先进者一起，率先走上跟劳苦大众的生活和斗争相结合的道路，在新诗创作中创造性学习和运用民间资源，立足底层变革“五四”新诗，独具个性地感应劳动大众的思想情绪和审美要求，传动劳动大众的心声，塑造觉醒的劳动大众的艺术形象。在他以及同时代优秀诗人的共同努力之下，新诗从知识分子的圈子里解放出来，走向民族解放和人民革命，成为劳动大众能够接受的新诗。

20世纪30年代初期，在上海的田间呼应左翼文学阵营的呼求，开始创作大众化的诗歌，《中国牧歌》和《中国农村底故事》就是当时的收获。诗人运用自由体形式，在诗中跳跃着火一样的表达滚烫的激情，开始向着大众喜爱的方面靠拢。1937年春，诗人因为诗歌尖锐触及农村黑暗的现实而遭国民党追捕，流亡日本，在短期内接触了马雅可夫斯基的诗歌观念，对诗到广场去，和诗的“罗斯塔之窗”精神发生兴趣。抗战全面爆发后，诗人旋即回到祖国，不久到晋东南参加八路军“西北战地服务团”，1938年春又到延安，后又去晋察冀从事抗战文化工作。他深入到根据地农民和八路军当中，与他们的情感世界进行了广泛、深刻的交流，学习劳动人民的口语，搜索和学习民歌，体会到在贫瘠的黄土高原，在广大的抗日民主根据地，正出现一场新文学运动。他呼应劳动大众文化主体性要求，和柯仲平等诗人一起发起延安街头诗运动，把新诗的创作和接受同时引向劳动大众。

1942年毛泽东《在延安文艺座谈会上的讲话》发表后，田间更是自觉奉行为工农兵而创作、为工农兵所利用的原则，其《戎冠秀》《赶车传

（第一部）》等长篇叙事诗和大量短诗，热情塑造来自劳动大众的先进人物和英雄，歌唱劳动大众的觉醒和奋起寻找人间乐园的执着信念和坚强斗争精神。他与一大批解放区诗人一起，通过创造性实践，改变了“五四”以来新诗领域精英叙事和精英抒情的局面，终于使新诗从知识分子的圈层里解放出来，并且赋予了其人民革命时代的新质。

值得一提的是，在着重创造性学习和运用大众口语的同时，田间还注意到了古典诗词精于炼句、炼意的传统，使之有机地化入民间风格当中。在他看来，创新大众化的新诗语言并不拒绝古典遗产，以至于他的新诗往往具有一种文野一体的韵味。小叙事诗《下盘》写老汉李和在风雪中送公粮，经十八盘不幸失足殒身的悲剧故事，诗人不止于悲，突出其壮。到得十八盘，当儿子告诉说挑子上的公粮撒了，诗歌接着给出两节，一写老汉救粮，一写老汉壮烈牺牲：“老汉象一只鸟／从风雪里惊起，／头伏到岩上，／一粒米也不叫丢。//忽然风一吹，／雪一抖，／老汉跌杀了，／伏在岩下头。”[①]遒劲，简洁，犹如一幅由动到静的雕塑，蕴含了无尽深意，老汉的崇高之情也就崛立在读者心头。《山中——题贺龙将军》中既写人又写马，写马也是写人。写人：“枪林弹雨中，／他走上山；／勒马一看，／人像立在马上，／要扑下山，／全山抖的一惊。”//写马：“那匹马、又高，／又红的骏马，／不用人拴，／崖前姗姗踏踏；／如一轮红日，／搭着一幅铜鞍。”[②]联想的超拔，民间经验的发挥，以大众口语取胜，又深得古典诗词的炼意之长，平实中见奇崛，不动声色之间，贺龙将军的举止威仪、精神力量获得了成功的诗性呈现。

新中国成立以后，田间继续坚持这一艺术道路，走向更加广阔的世界，以《英雄战歌》《短诗》《汽笛》《芒市见闻》《马头琴歌集》《天安门赞歌》《东风歌》和《赶车传》（续集）等一大批作品，讴歌行进中的人民，在探索过程中努力传达对现实和历史的诗性感受，抒写由新的时代激起的神圣的情怀，继续为人民唱赞歌。

---

① 田间：《下盘》，《田间诗选》，人民文学出版社1983年版，第37—39页。

② 田间：《山中——题贺龙将军》，《田间诗选》，人民文学出版社1983年版，第47—48页。

（四）诗歌的人民性

与创新诗歌语言相联系，田间从诗歌表达的内在要求出发，自觉学习和创造性地吸纳民间资源——神话、传说、英雄史诗等民间文学中伦理型美学资源，诸如献身正义事业的忠诚信念和坚强决心，征服邪恶的英雄气概和牺牲精神，济弱扶危的仁义情怀和道德力量及其表现形式，给以创造性转化，彰显人民力量的伟大。田间在《赶车传》后记里，说到这部长诗受胎于在晋察冀听到的一个“神话”：

> 说是有一天傍晚，在临近敌区的地方，突然出现一座美丽的村庄，村里起了万丈光芒。人们争着向这座村庄走去，那红光和美丽的村庄，又忽然不见了，只看到一块石碑，上面刻着五行字迹：一、中央军长不了。二、八路军走不了。三、大户富不了。四、穷人穷不了。五、好人死不了。①

后来，当他来到这个神话“五不了碑”发生地的时候，由此引起了思考：

> 这个神话，它道出了人民的勇气、理想和信心，富有革命浪漫主义的气息。它鼓舞了人民。在那血与火的日子，在新旧势力进行决斗的日子，人们不但没有低下头来，反而斗志昂扬，把革命进行到底。他们时刻盼着，在自己的身边，有一座人间乐园。神话中传说的红光万丈和美丽的村庄，这不就是他们所想望的乐园么？②

田间的长诗《赶车传》（七部），歌唱20世纪上半叶中国农民成长、解放，不断寻找人间乐园的英勇斗争。田间借鉴史诗叙事的某些手法，运用

---

① 田间：《〈赶车传〉上卷后记》，《田间研究专集》，浙江文艺出版社1984年版，第147—154页。

② 田间：《〈赶车传〉上卷后记》，《田间研究专集》，浙江文艺出版社1984年版，第147—154页。

传奇性情节、高度个性化和概括化语言，通过大胆夸张和神奇幻想，刻画了石不烂、金不换、史明伟、蓝妮、金娃等人独具个性的性格，熔铸了人民新英雄的特质。他让他们在实际的社会矛盾和斗争中推动着历史的进程，在日常的事件中开创人生的崇高价值，塑造了普通劳动大众成为人民英雄的光辉形象。

新中国成立以后，田间总结自己的经验，并根据时代的要求，对新诗的发展更提出了要向人民性方面迈进：

> 我们现在所要考虑的是：诗如何表现新的群众，和如何掌握群众新的思想情绪、语言？诗如何到人民斗争中去？诗如何表现新的爱国主义，新的生死问题，新的恋爱问题，新的劳动观点？诗如何表现人民的英雄，表现集体主义？
>
> 新时代的诗歌的责任，不但要求歌颂新的主题，而且要求诗歌的语言、比喻、韵律、节奏也要带有集体主义的气息，群众斗争的声色；不但要求歌颂群众，而且要求把诗歌群众化；不但要求歌颂斗争，而且要求把诗歌斗争化。①

田间总结中外诗歌史的经验，并特别引用海涅的诗歌《倾向》予以说明，认为：

> 关于诗歌群众化这个问题，这也并不是我们这个时代诗歌特殊的要求，一切人民的诗人，人民的诗歌，他们都早已这么做的，都有这种伟大的特质，愈是纯真美妙的诗歌，愈是平易近人。换一句话说，愈是平易近人的诗歌，往往正是好的诗歌。②

在田间看来，诗歌语言及其表达方式的变革，是大众化新诗的本体性

① 田间：《关于诗的问题》，《田间研究专集》，浙江文艺出版社1984年版，第52—53页。

② 田间：《关于诗的问题》，《田间研究专集》，浙江文艺出版社1984年版，第53—54页

要求，新诗如果弃置了时代变迁过程中劳动者大众的语言及其相关的形式，就不能自如地抒写与劳动者大众相通的思想感情，就不能成功地塑造觉醒的劳动者大众的艺术形象，也就不能真正称之为人民的新诗。他的那些较为优秀的作品因为较好地做到了个性独具的劳动者大众思想要求和艺术表达的统一，所以也就实现了以人民性为灵魂，现代性和民族性的有机统一。[①]

田间独特的诗歌历程，独特的艺术魅力，永远感召着我们前进。

① 张器友:《田间诗歌的人民性》,《高校理论战线》2008年第7期,第51—56页。

皖江抗日根据地水利建设研究

无为市委宣传部课题组

摘要：皖江根据地作为全国19块抗日根据地之一，在中国共产党领导的抗日根据地中发挥了巨大作用。皖江地区土质肥沃，河流纵横，湖泊星罗棋布，是名副其实的“鱼米之乡”。但由于旧政府的腐败和不作为，该地区一遇水旱灾害，就颗粒无收，俗云：“家住无为州，十年九不收。”皖江区党委和政府十分重视水利建设，兴修黄丝滩新堤、改建三闸工程，重建牛屯河新闸工程以及湖东县大新河水利工程等，为抗战与生产提供了坚定的物质保障，体现了中国共产党“利为民所谋”、全心全意为人民服务的宗旨。

关键词：皖江抗日根据地　水利建设　惠生堤　三闸工程

一、皖江抗日根据地概况及水利建设的重要性

（一）皖江抗日根据地概况

1.位置、面积及人口

皖江抗日根据地位于安徽省中部地区，其北濒临烟波浩渺的八百里巢湖，南抵险峻雄伟的九华山、黄山山脉，西达大别山区，东到南京对江的

江浦县。根据地中部是由西南奔腾而来的长江冲积平原，土地肥沃，物产丰富，地势险要。

皖江抗日根据地的范围由小到大发展起来，经历了很长一段时间。根据地开创时期，所属区域主要包括巢湖以南的山区和无为东乡地区。巢南地区是指以董家山为中心，东到石涧埠，西到大任家山，长约三十千米；南到簸箕场，北到巢湖边，宽约十千米的一个地区。无为东乡是指白茆洲、神塘河、临江坝、三官殿、汤家沟、后包、田家桥一带。另外，在皖南繁昌以铁虎口嘴为中心，铜陵以朱村、洲上为中心及宁国、绩溪的一些地区。在桐城东面以三官山为中心和宿松、望江、太湖间的湖泊区，都有我们的力量。经过几年艰苦卓绝的斗争，到抗日战争胜利前夜，已逐步发展为沿江两岸的广大地区，从东（江苏江浦）至西（安庆附近）长约五百多里，由南（太平、绩溪）到北（合肥）三百多里，包括无为、巢县、庐江、桐城、和县、含山、合肥、江浦、全椒、繁昌、铜陵、芜湖、宣城、南陵、青阳、绩溪、宁国、泾县、旌德、太平、潜山、舒城、望江、怀宁、宿松、太湖等约三十个县的地区。这个地区的总面积大约一万五千平方千米，人口六百万。其中巢无、和含、皖南（铜陵、南陵、繁昌一部分地区）、沿江（白湖东南、桐城东）等处是较为完整和巩固的根据地，人口一百八十多万。其他为游击区。

由上可见，皖江地区是华中敌后我军的一个战略要地，它处于日寇在华中的心脏地带，扼制着长江下游咽喉和淮南路两侧，迫近南京、芜湖。在这里坚持斗争，不仅可以给日寇以严重打击，而且对我党、我军力量的发展关系极大。如果占有了这块地区，就可以成为沟通新四军苏北军部、淮南二师与鄂东五师、苏南六师的枢纽，成为大反攻的前进基地。[①]

2.交通

（1）水运

皖江地区的水上交通素来发达。长江作为大动脉横贯全境，本地区工农副林等产品可以用船顺水运到江浙上海一带，逆水可到江西、湖北、四

① 应兆麟：《皖江抗日根据地财经史稿》，安徽人民出版社1985年版，第2—3页。

川等地。沿江有安庆、贵池、铜陵、荻港、芜湖、西梁山、马鞍山、乌江等口岸，在军事和经济上均有很大价值。

长江以北水运以巢湖为中心，形成一个四通八达的交通网，向南有裕溪河到芜湖对岸的裕溪口，汽艇、木船常年通行，向北小轮可直达合肥郊区。此外，巢湖通过丰乐河等与西南方的庐江、舒城等县连接起来，常年有木船可通过。

长江以南水运以芜湖为中心，溯水阳江可通宣城、宁国等地；溯青弋江可通泾县、旌德等县，从而与徽水、舒溪沟通。

（2）陆上交通

铁路方面：淮南路在根据地北部由芜湖西北上行，经合肥至淮南及蚌埠等地。与本区直接接触者为芜湖至巢县段，长约六十千米，是我区与外界联系的重要线路之一。在军事上，此线对我威胁较大，直接阻隔七师与二师之联系；从芜湖到南京方向有宁芜铁路，此线从根据地东部穿过，是日寇掠夺我区农、矿等产品至南京等地的重要运输线。此线对我向东发展有阻碍作用。

公路方面：本区公路纵横交错，四通八达。以无为县城为中心，向东经三官殿、汤家沟到芜湖对岸的裕溪口等地；向北通巢县，经巢县可到合肥、含山、和县、江浦等地；向西经襄安、黄姑闸、白湖可到庐江、舒城、桐城等地；向南有若干小路直达长江北岸，由此经白茆洲过江到江南的繁昌、铜陵、南陵、青阳、贵池等县，这些县都有公路通当时有“小上海”之称且又未落入日寇之手的屯溪镇，从屯溪有汽车通往浙江、江西等省。发达的公路网，成为浙江、江西、江苏及皖南到西北重镇西安及我党直接领导的陕甘宁边区的主要货运线路之一。①

3.发展历程

抗日战争全面爆发后，八路军驻南京办事处派李世农到皖中无为地区组建中共皖中工作委员会，恢复和重建各地党组织，组织群众参加抗日团体，推动了皖中地区救亡运动的开展。

① 应兆麟:《皖江抗日根据地财经史稿》,安徽人民出版社1985年版,第4—5页。

1938年，日军逐步向华中腹地深入推进，皖中地区成为抗日前线。2月，红军第二十八军和桐柏山区红军游击队改编为新四军第四支队，随后奉命东进，迅速在桐城、舒城、庐江、无为、巢县等地区展开。5月12日，第四支队一部在巢湖县东南蒋家河口伏击日军，取得江北新四军的首战胜利，为此还受到了蒋介石的通令嘉奖。

为了加强对江北新四军部队的领导，新四军参谋长张云逸于1938年率军部特务营由皖南到达皖中无为地区，将庐江、无为地区党组织领导的游击纵队合并成立江北游击纵队，担负皖中抗战的任务。

1940年3月，国民党桂系部队及地方部队在皖中地区不断制造摩擦事件，日军不断进行扫荡，皖中形势堪忧。9月江北游击纵队随后改变番号为无为抗日游击纵队，返回巢无地区，恢复皖中地区的抗日形势，相继恢复了区、乡民主政府，

皖中地区逐步发展成为抗日根据地的雏形。

1941年1月，皖南事变发生，中共中央军委发布重建新四军军队的命令，皖中各部队奉命组成了新四军七师，担负起皖中地区的抗日任务。

到1942年春，第七师相继开辟铜陵、繁昌地区，含山、和县地区，桐城、怀宁、潜山地区，望江、太湖、宿松地区，创建了皖中、皖南游击根据地，打通了与第六师、第二师的战略联系。

1942年4月27日，为统一领导皖中地区的抗日斗争，中共皖鄂赣边区委员会在无为恍城成立。随后，召开了皖中参议会，成立了皖中行政公署，皖江地区开始有了统一的行政机构。

1943年是皖江抗日根据地最艰苦的一年。日伪频繁地向皖江各地“清乡”“扫荡”，国民党军队也不断向皖江地区发动进攻。根据地军民经受了严酷斗争的考验，克服重重困难，取得了反扫荡和反顽斗争的重大胜利，同时各项建设日益完善，根据地进一步巩固、发展壮大。

1945年3月，皖中区党委改称皖江区党委，皖中行署改称皖江行署。自此，皖中抗日根据地即称皖江抗日根据地。8月15日，日本宣布无条件投降。第七师展开大反攻，解放了无为、巢县、芜湖等地日伪据点。到抗

日战争胜利时，皖江抗日根据地面积3万余平方千米，人口300万。①

（二）皖江抗日根据地水利建设的重要性

1.党的宗旨水利建设理念的体现

《共产党宣言》中，论述了共产党人始终代表无产阶级的整体的和长远的利益，而不是代表某个局部或者某个阶级的利益。无产阶级的阶级地位，又决定了它解放全人类的历史使命，决定了它大公无私的品质，决定了与最广大人民群众的一致性。

中国共产党作为无产阶级政党，始终代表最广大人民群众的利益，在全体人民中和社会各阶层倡导为人民服务的宗旨。在抗日战争时期，作为局部执政党的中国共产党始终把人民群众利益放在首位。关心人民疾苦，为实现最广大人民利益而奋斗。作为抗日战争的特殊时期，水旱灾害及衍生灾害极大地威胁人民疾苦，威胁抗日战争的胜利实现。在这种情况下，中国共产党需要发挥党的执政理念与生产实际相结合，而发展水利建设既是党全心全意为人民服务宗旨的体现，也是适应生产所需、体现广大人民群众需求的一项重要举措。

1934年1月27日，毛泽东在《关心群众生活，注意工作方法》一文中指出："真心实意地为群众谋利益，解决群众的生产和生活的问题"②。1941年11月21日，毛泽东在陕甘宁边区参议会上的演讲中，指出："共产党是为民族、为人民谋利益的政党，它本身决无私利可图。"③

在水利建设方面，毛泽东从事关人民利益的高度，认为治水用水是关系到国计民生的大事。在革命战争年代，毛泽东就从解决水利问题对发展农业的重要性上做了阐述。④1934年，毛泽东做出"水利是农业的命脉，

① 皖江抗日根据地编审委员会编：《皖江抗日根据地》，中共党史资料出版社1990年版，第1—13页。

②《毛泽东同志论党的作风和党的组织》，人民出版社1984年版，第15页。

③《毛泽东选集》（第三卷），人民出版社1991年版，第809页。

④ 王琳：《毛泽东水利思想及其重要启迪》，《中共山西省委党校学报》2012年第4期，第12页。

我们也应予以极大的注意”①的论断，指出水利建设的重要性，并为抗战时期根据地水利建设的开展提供了思想指导。1942年12月，毛泽东在陕甘宁边区高级干部会议上作《经济问题与财政问题》的报告，提出“兴修有效的水利”是提高农业技术的首要方法。

所有这些，都体现了中国共产党“利为民所谋”的服务宗旨和中国共产党确定以服务人民大众为己任的崇高理念。

在抗日战争阶段，敌寇封锁、肆意扫荡，加上水旱灾害造成田地冲毁、亩产量大幅减少，皖江抗日根据地亟需发展农业生产提供赖以生存的主要物质基础以保障抗战胜利的背景下，农业生产的重要性不言而喻，而决定农业命脉的水利建设自然成为不可忽视的重要力量。中国共产党顺时而为，大兴水利，自然对抗战的粮食补给、民众的抗战积极性都有深远的影响。

2.大兴水利凸显了人民民主

皖江抗日根据地主要是在广大的农村，农村经济的主要部分就是农业生产，而粮食生产又是农业的重中之重。“民以食为天”，在战争年代，抗日根据地最需要的是粮食，只要能保证我们的军民衣食无忧，我们就能坚持和发展。确实有了粮食不仅可以解决抗日根据地人民吃饭问题，还可以用粮食从敌占区换回我们急需的民用和军需产品，因此，当时流行一种口号“谁有了粮食，谁就有了一切”。以粮食生产为主的农业生产除了受到当时险恶的社会环境的威胁之外，还受到自然灾害尤其是频繁的水旱灾害的严重威胁。因而，农田水利工程是农业生产丰歉的屏障，是在一定程度上改变农业“靠天收”，保护人民生命财产安全的民生工程。

在皖江抗日根据地水利建设中，废除不合理的封建剥削，实行按田亩出伕的均伕制度，使人民负担公平合理；皖江抗日民主政府发放水利贷款作为兴修水利的经费；提出了“有钱出钱，无钱出力”“救灾恤邻”的动员口号。贷出粮食，采取以工代赈的方法，动员贫苦农民挖土方卖，有地无劳力的人可以出粮买土方，组织帮工换工。抗日民主政府的这种以经济

①《毛泽东选集》(第一卷)，人民出版社1991年版，第132页。

手段动员劳力的办法，不仅使水利工程所在地群众做到了合理负担，而且解决了春荒时期群众的口粮问题。把度荒和兴修水利相结合，凸显了皖江抗日根据地党和政府关注民生、改善民生。正因此，加强水利建设，加快农业生产，对改善受灾情况、保障粮食供给、反抗敌人破坏、保障战争胜利起到了较好的推动作用。同时也体验了中国共产党一切以人民意愿为行动指南的优良作风。

二、皖江抗日根据地重点水利工程——惠生堤

水利是农业的命脉，也是国计民生的大事。皖江抗日民主政府成立后，带领皖中人民一面抵抗日本侵略者，一面发展生产，改善抗日根据地人民生活。水利建设理所当然地成了抗日民主政府重中之重的工作。

皖中区党委和皖中行署所在地无为县沿长江北岸筑有长江大堤124.475千米，称“无为大堤”，其中有一段素有“一线单堤，七邑生命”，旧称黄丝滩江堤，它是直接关系到无为、巢县、含山、和县、舒城、庐江、合肥7县市数百万人民生命财产安危的重要水利屏障。

惠生堤的前身黄丝滩江堤位于长江北岸，是无为东乡沿江的一段江堤，这个地区自古水患不断，经常破堤成灾，无为民谣称“江北无为州，十年九不收”。[①]频繁的水患，压得无为人民常常颗粒无收，流离失所。沿江居民为了阻挡洪水的侵袭，屡屡修建堤防。但由于缺乏统一规划，封建官府又难有作为，修筑的江堤堤身矮窄，加上避让豪绅田地，堤身九拐十八弯根本挡不住长江洪峰的冲击，无情的洪水一次又一次把堤坝冲垮，淹没江北的田地房屋，人民的生命财产损失殆尽。据历史记载：“明末以来的300多年间，大堤出险96次”[②]，沿江人民饱受水患。无为民谣：“破了黄丝滩，淹到卧牛山”。卧牛山是巢县县城内的一座小山，卧牛山都被淹，江北的7县市还得好吗？

---

① 无为县地方志编纂委员会编：《无为县志》（1985—2005年），黄山书社2014年版，第178页。

②《初心》（准印证WH2016—006），2016年，第148页。

面对凶猛的洪水，历代统治者都借修堤向人民派捐要款，从未认真地整修过无为大堤。1911年和1931年，无为大堤又先后两次出险，数百万人惨遭水劫，家破人亡。因此，重修黄丝滩大堤一直是皖中江北沿江地区人民迫切盼望的一件大事。

1942年3月，中共中央华中局决定成立新四军第七师和皖中地区党、政、军委员会，曾希圣任书记，边区党委称皖鄂赣边区党委，统称皖中区党委（后改称皖江区党委）。7月，无为县参议会在无为县恍城区召开，邀请巢县、和县、铜陵、繁昌、桐城等县代表参加，会议决定成立皖中参议会，一致同意成立皖中行政公署，并选举吕惠生为行署主任，标志着皖中地区新的抗日民主政府诞生。皖中区党委和行署成立以后，把发展生产、改善根据地人民生活摆在重要的议事日程。

5月底，就在根据地军民反扫荡斗争稍稍平缓的时段，一封封急件如雪片般飞到吕惠生案头："长江水位急剧上涨，黄丝滩江堤年久失修，近期坍塌内损严重，即将全线崩溃，情况十分火急。"战争频繁，生产萎缩，人民生活举步维艰。这一切，使行署主任吕惠生深感心力交瘁，头痛顽疾不时发作，痛苦不堪，而黄丝滩江堤一旦溃口，必将产生难以预料的后果。

吕惠生立即带领行署工作人员，赶赴黄丝滩毁损江堤现场，与先行到达的区乡抗洪抢险队伍汇合。黄丝滩江堤被国民党无为县政府称为"柴堰"，因堤身单薄、骨瘦如柴而得名。吕惠生迅速组织村民护堤除险。当时，抢险物资十分匮乏，老百姓就地取材，搬来树木、门板、枝条、芦柴捆、柳条捆等挡水堵漏。险急之处，用木材、树干打桩，再放芦柴捆、柳条捆，再放石头，然后填土夯实。经过紧张有序的抢险，黄丝滩险情终于被控制，未造成大的损失，人们松了一口气。

黄丝滩抢险过后，皖中根据地党和行署把如何根治长江水患摆上议事日程，行署主任吕惠生开始筹划重建黄丝滩新堤的规划。他首先通过关系，查阅国民党无为县政府收藏的清嘉庆八年所编修的《无为州志》，志书上明确记载："黄丝滩距城东四十五里，原长七百八十丈，外连八圩，内护四十八圩。嘉庆四年州守顾浩因外滩渐次坍江，遂被院会府勘明，奏准在原堤处所让进一百五十丈，鼎建月堤一道，长六百四十四丈三尺，面宽二丈，底宽六丈。七年复建内堤一道，长一千一百零八丈，遂为安然完固。”其后“固基抵实，而洪滔汹涌，石矾不支。伏秋大风，江仍北埽，所种沙影被冲附南，以为坝害。若添建新堤，复何夫可动？现江工非河工可比矣，河患上倒，底有泥沙可聚以成基。江患下刷根皆活沙，可浚而成窟，拉冲之下，测不可测，断难打桩立脚，尤劳工无益。”[①]乾隆二年，无为州守范从澈奏折曰：“无为素称泽国，面临大江，惟赖一线长堤抵御江水。堤决江漫，不独无为一郡尽为波臣，而邻属均成渊薮。所以‘志’称为和、含、庐、巢无咽喉也。从前江水顺流，堤外沙滩拥护，可以无恐。自前明时涨发新洲，横亘江心，致江水折而北趋，江北沙滩日被汕刷。……目睹一线长堤横抵江流，其最险者为黄丝滩、鲍家桥，溜冲坝根，势成壁立。盖以江流冲激，其势甚猛，又俱沙土，势必随支随刷，甚无益也。今惟弃地让水，迁河筑坝，切近可行。”[②]

吕惠生从《无为州志》的记载中领悟到，只有退建黄丝滩江堤，避开急流险滩，理顺水道，才是根治水患的万全之策。他不辞劳苦，沿江调研，村民一致认为退建江堤，势在必行。吕惠生在取得第一手资料基础上，亲自起草关于兴建黄丝滩退建工程的报告，准备提交皖中参议会讨论。

为了根除7县市人民生命财产攸关的水患，1943年7月25日，皖中第一届参议会代表大会在无为县恍城区召开，会议通过了黄丝滩退建工程的动议。吕惠生在会议上就黄丝滩退建工程发表了热情洋溢的讲话：“我们大家，为了防御水患并获得安全，为了保障生产、长期抗战，为了巩固发展皖中抗日根据地，争取抗战胜利、建国成功，已经坚决奋勇的进行着这一伟大的水利建设工程。”[③]随后，皖中区党委和皖中行署决定新修建黄丝

①《无为州志》(嘉庆)，黄山书社2011年版，第128页。

②《无为州志》(嘉庆)，黄山书社2011年版，第115页。

③《安徽文史资料全书》(巢湖卷)，安徽人民出版社2007年版，第730页。

滩新江堤。

1943年7月，皖中水利委员会成立，决定把修建黄丝滩江堤作为首要任务，任命毕业于北京农业大学、熟悉水利建设的吕惠生为水利委员会主任。10月7日，皖中各县水利代表会议在无为东乡汤沟镇召开，无为、巢县、庐江、桐城、和县、含山、铜陵、繁昌等8县派员参加会议。皖中行署主任吕惠生、副主任张恺帆分别主持会议，吕惠生在会作了“关于目前形势和黄丝滩退建工程的报告”。会议决定成立“黄丝滩退建工程委员会”，下设施工管理机构——退建工程局。会议还制定了黄丝滩退建工程计划，提出“少压农田，拉直堤线，退建新堤”的施工方案。吕惠生亲自主持工程委和工程局的日常工作，并请来水利专家审阅施工设计图和施工方案，指导工程建设。吕惠生亲自和工程师谈话，着重指出：大堤退建工程是关系到国计民生的大事，你们是技术员，又是中国人，应当为国家抗战建国创大业，为老百姓兴利除害作贡献。参加工程建设，就等于参加革命，要克勤克俭，尽心尽力。并对工程技术人员提出三点要求：一是勘线要少占农田，避开险段；二是要加快进度，保证质量，尽量缩短工期；三是要革除陈规陋俗，不许借端敲诈民众财物。最后鼓励他们，只要认真负责，工程结束时，将论功给予奖励。

吕惠生、张恺帆会同有关部门负责人及临江办事处主任张君武等人，不畏风险，通过伪军刘子清占领的汤家沟，亲赴工程现场勘察退建基线，决定工程起讫点：南端从汤沟的三支笔，北至二坝的中路，全长约15华里。商定施工前必要的准备工作。按照设计要求，新堤堤面宽8米（当时称2丈4尺），坡度要求披挂上顶。要求工程局及时上报施工概况、施工进度、工程质量等情况给行署，以便统筹掌握工程全局。

12月正值长江枯水期，有利于围堰导流等土建工程。第二年汛期前完成施工，新堤即可挡水度汛。行署下令民工上堤，退建工程开工。在21日的开工典礼上，吕惠生作了简洁、明快的动员报告。他要求各县民工应当提高对黄丝滩退建工程的认识，他指出：“从人类劳动意义上看，是克服自然、创造世界的表现”；“从政治经济意义上看，是抗战建国、建国抗战的需要”；“从利害关系意义上看，是建造六县屏障，抗战长城的大业”。[①]身为皖中抗日自卫军司令员的吕惠生，在黄丝滩开工典礼的前夜还带领部队与敌人周旋，又带着一身征尘匆匆赶到工地参加开工典礼。工程初期，行署初步确定参建民工2万~3万人，分配到各县。其中直接受益区（无为、临江两县）、间接受益区（湖东、无南、和含三县）和友谊区（巢县南乡及丘陵地带），按三等合理负担。由各区乡民兵组织或农抗组织的负责干部带队，到达指定地点，集中待命。

工程开工后，各县数万民工先后奔赴工地参加江堤建设。新堤工地北面是雍家镇，为日伪军的据点，南面神塘河由日军占领，江南是日占区芜湖，加上周围零星的日伪据点，所以工程的施工环境十分凶险恶劣。为此，区党委、七师师部提出了“武装保卫修堤”的战斗口号，七师皖南支队派出两个营的部队担任工地警戒，临江县还派出大批民兵日夜巡逻，以保证工程施工顺利进行。

皖中区党委和行署的领导、机关干部都组织起来，分期分批上堤劳动，参加大堤施工。一有机会，吕惠生就脱下军装，加入挑土、挖土、打硪的民工行列，与民工共同劳动。七师的指战员们也常常成建制地上堤参加劳动，他们的绝大多数来自农村，有的本身就是干农活的好手。在修堤的工地上，战士们如鱼得水，不仅进度快，而且质量高，给地主的民工和民兵们做出了表率。民工们唱着吕惠生编的打硪歌：“共产党，咳哟！领导咱，咳哟！建新堤，咳哟！为人民，咳哟！”[②]工地上你追我赶，掀起劳动竞赛高潮，有的区乡连妇女儿童也争相上工地送茶送水，参加劳动。

区党委还组织七师七团、皖南支队文工队、无为县文艺工作队等部队和地方文艺团体到黄丝滩江堤修建工地去慰问演出。这些文工团员大部分是来自大城市的青年学生，他们开赴施工现场，边参加劳动边抓紧时间编排节目，晚上就搭起了土台演出，节目内容大多取材于修建江堤的实际生活，剧目都是短小精干且群众喜闻乐见的秧歌剧、活报剧、小话剧等。文

① 政协无为县委员会编:《百年沧桑话无为》,安徽大学出版社2006年版,第207页。
②《安徽文史资料全书》(巢湖卷),安徽人民出版社2007年版,第731页。

工队自编自演的大合唱《黄丝河大合唱》在修堤民工和民兵中间广泛传唱，一直唱遍整个皖江抗日根据地。

区党委和行署妥善地安排好参加修堤人员的生活保障。民工和民兵有工棚，可以遮风避雨，有的住在大堤附近村民家里，伙食由各区乡打大灶自行打理。经费由各县从财政中列支解决，保证参加建设的民工们都能吃饱肚子，使大家能够鼓足干劲地完成施工任务。

在皖中区党委和行署的领导下，经过近百万人次皖中民工、民兵和新四军指战员的辛勤努力，砥砺奋战，1944年5月初，黄丝滩大堤退建工程顺利完工，经验收全线工程质量优良，全部达到和超过设计要求。从汤沟三支笔起至二坝中路，长约7.5千米和一条底宽约40米，顶宽约8米，高约6.6米的笔直江堤横卧在大江北岸，长江之水驯服在江堤的管束之下，滚滚东流再也不敢肆虐江北7县市的人民群众。整个工程历时212天，共完成土石方120万立方米。工程耗费大江币（当时皖江抗日根据地发行流通的纸币）5000万元，它换来的是数百万人民几代乃至世代生命财产的安全。

据当时黄丝滩修建工程局的竣工报告称："此次退建后，新堤（走向）已几乎与江水（流向）平行，堤身不再受江水冲击。新堤较以往任何一次筑堤都坚实，因此以后或可不再退建。"[①]这一结论经70多年的实践检验，是非常正确的。

1944年5月6日，皖江抗日根据地数百名党政军各界代表，在临江县黄丝滩大堤上举行黄丝滩江堤退建工程竣工典礼，皖江行署主任吕惠生为新堤剪彩。他在致词中指出："该工程在皖中区党委、皖中行署的领导下，在处于战争环境的恶劣条件中，我们抗日根据地人民先后出动民工30余万人，军民并肩，共同奋战，历时5个多月，建成15里的新堤，保障了无为、临江、湖东、巢县、庐江、和县、含山、舒城、合肥等县市百万人民生命财产安全，这是非常了不起的事情。"皖中区党委书记曾希圣著文称颂"这是皖中人民在共产党领导下的惊人奇迹，更是敌后水利建设的一个

① 政协无为县委员会编：《百年沧桑话无为》，安徽大学出版社2006年版，第208页。

新记录”。[1]5月30日，延安《解放日报》以《华中各地大修水利，皖中黄丝滩大堤竣工》为题，对此事作了长篇报道，称“通过这项工程，抗日民主政府在皖中人民心目中树立了更加崇高的威望”。[2]

因皖中行署主任吕惠生对黄丝滩新堤建设所做出的特殊贡献，1944年9月，由皖中第二届参议员代表大会提议，经皖中区党委批准，决定将黄丝滩新堤命名为“惠生堤”。新中国成立后，无为县人民政府对惠生堤多次整修加固。1954年，在吕惠生逝世10周年之际，无为县人民政府在惠生堤内侧新建小学，命名为“惠生小学”，寓意“惠及民生”。2008年8月，“惠生堤”被定为“全县重点文物保护单位”，并立碑以表纪念。

惠生堤

三、皖江抗日根据地其他水利工程

皖江抗日民主政府为了持久抗战，解决经济困难，保障供给，尤其是保障粮食丰收和增产，改善生活，全力以赴，掀起了大规模水利工程建设高潮。除了黄丝滩退建工程（惠生堤）外，还重建了无为境内的三闸工程和位于和县的牛屯河新闸工程以及湖东县、临江县大新河水利工程等。

---

①《安徽文史资料全书》(巢湖卷)，安徽人民出版社2007年版，第731页。

②《解放日报》1944年5月30日

三闸指的是陈家闸、黄树闸和季家闸，三闸位于无为市无城镇北郊，陈家闸在陈闸行政村季村自然村，黄树闸在黄闸行政村姚巷自然村，季家闸在无仓路仓头段。陈家闸为黄陈河水系，季家闸、黄树闸属西河水系。该水利工程受益灌溉面积为三闸大圩内的十万亩农田。现今的三闸虽有部分损毁，但主体仍然保存较好，有的进行了改建，基本上还在发挥着作用。

三闸水利工程始建于1943年7月，1944年6月竣工。1942年7月皖中行署成立后，毕业于北京农业大学的行署主任吕惠生把兴修水利摆上了工作日程，他在全区农业会议上指出："经营农业，不能不讲水利。闸是圩田作灌溉排水用的，堤坝是抵御河水、江水的。这些设备必须健全起来，然后我们就可以把水运用得任意自如，就必然年年得利丰收"。

1943年7月，皖中抗日根据地中心区军民在粉碎日军的二次"扫荡"之后，开始在全境范围内修建涵闸斗门。此时的三闸大圩已逐步形成，圈圩垦殖进入鼎盛期。但由于圩口或圩势倾斜，河道多弯曲，遇有暴雨，洪水直泄，流聚内圩，易于形成涝灾。吕惠生亲自率领水利委员会负责人到大圩踏勘，制定了"蓄泄分举，分流疏导"的建堤方案。经过一年的艰苦奋斗，三闸工程如期完成，成为调节圩内十万亩农田水利的吐纳咽喉。

三闸工程是敌后水利建设的壮举，是无为人民在严酷的战争环境中为抗日救国大业所做出的历史贡献，是抗日民主政府"利为民所谋"的具体体现。[①]

可是，三闸工程这个浸透无为人民劳动汗水的水利工程，在1945年9月新四军第七师北撤之后，却成为国民党反动派屠杀共产党人的刑场。

今天，在陈家闸石壁下方镌刻的"一九四四年立"字样，依然清晰可辨，它既见证了中国共产党人全心全意为民服务的功绩，又见证了国民党

① 中共无为县委党史研究室编：《岁月留痕：无为县红色遗址寻踪》，中共党史出版社、安徽美术出版社2012年版，第108—109页

反动派血腥屠杀革命志士的滔天罪行。①

和县境内长江边的新桥闸，年久未修，圩堤崩破，每年当夏秋江水高涨时，圩地之稻田多为水淹，危及白渡、陶运、南姥三区。自和含抗日民主政权1942年正式成立后，即积极筹划重建新闸，趁冬季农闲时兴工建筑，组织和含新桥建闸委员会委员21人，由过晓初、张铁庵分任正副主任委员，建筑费估计为430万元，包工承建。新闸建成可救起被水淹之田五万亩，受益之田达12万亩。②此工程后纳入牛屯河水利工程治理项目内。

牛屯河水利工程，位于和县、含山县境内，因河水流经牛渚山而得名。牛屯河发源于含山县南太湖山、石门山等地，系天然古河道，汉代前就已形成，属“古濡须支津”，其入江口称“牛渚”，为古代战略要地。牛屯河上游在水达庙与裕溪河相接，流经铜城闸、白桥，至圣家圩注入长江，流域面积为372平方千米。为了控制巢湖洪水及江洪倒灌，早在吴赤乌八年（公元245年）就在牛屯河上游建造了铜城闸。由于年代久远，铜城闸节制洪水效能日益消退，每逢江洪爆发，江水倒灌，牛屯河屡屡受灾。

1943年5月吕惠生接到和、含两县抗日民主政府报告，当即奔赴现场，查问灾情、水情，又与水利委员会专家协商，确定在牛屯河下游建“新桥闸”，以遏制江水倒灌。由于两道水闸的节制，江潮得以驯服，水势平缓流逝，确保了牛屯河圩区农业生产不断持续发展，形成旱涝保收的良好局面。吕惠生“新桥建闸”在和含地区传为佳话。③

湖东县境内的大新河流域内阡陌纵横，河汊交错，流域内20余万亩农田完全依靠人力取水排水，严重制约了农业生产的发展。1943年前后，吕惠生几次对大新河圩内进行实行地方考察，提出建造涵闸陡门的必要性，以期调节和改良农田水系状况和水利条件，以满足农业生产发展的需要。吕惠生提出两点措施：一是采取蓄水、引水，跨流域调水等来调节水资源

① 中共无为县委党史研究室编:《岁月留根:无为县红色遗址寻踪》,中共党史出版社、安徽美术出版社2012年版,第190—191页。

② 应兆麟:《皖江抗日根据地财经史稿》,安徽人民出版社1985年版,第64页。

③《新四军在无为》,准印证WH2019—005,2019年10月,第148—149页。

的时空分布，为充分利用水、土资源和发展农业生产创造良好条件；二是采取灌溉、排水等措施，调节农田水利状况，改良低产土壤，满足农作物需水要求，改善农业生产现状。湖东县抗日民主政府遵循吕惠生的科学、合理建议，不断加强小型农田和水利建设，实现大新河圩内灌溉自流化，科学合理利用水资源，保障农业稳产丰产。[①]

新民区群众响应政府号召兴修水利，农闲开始改建黄汰圩，成立黄汰圩兴建工程委员会，下设工程局。该圩有2000亩田，四周高，中间低，又在盛水与出水之处，上下不通。每逢夏令天雨，全圩变成泽国，群众迫切要求改建。工程规模是在该圩中间自东至西七百丈长处，挖开两丈宽、五尺深的一道内港，旱季盛水，淹时供上通下流之用，以防止旱淹。同进在内港两面筑埂，两头建造陡门，需人工两万工。该圩造好后，不仅将每年被淹没或半淹没之田完全变成熟田，而且该圩四周1500亩旱田用水更加便当，3500亩田可免旱淹。

1943年冬和含地区在人民生活改善的前提下，政府农抗又以全力进行水利建设工作，为1944年大生产打下了基础，其成绩较大的如白河口堵塞桥孔的工作，屏障和含大部良田，如陶运区的均侠挑圩，增加了全区十分之八的圩田生产。

临江地区较大的水利工程有：修建七洲江堤，改建新堤一道，堤长一里半，全工土方9000方；补修屏障江水的大圩堤，全长14里，用工5000个；并加修各地预备堤，更修补文洲至小江坝之内江堤，长七八里，按地势与分段水势加高加宽，开挖浃北乡太平保通小江北沟，两旁5000多亩田，可免旱涝。全区其他各乡保亦都在积极修沟打坎，总计该区参加这一工作的民众不下20万。临江陡沟区兴修完竣了陡沟坝大陡门，保证了上千亩农田的安全。另外，临江濑蒲滩防水堤也竣工。自濑蒲滩荒地积极开辟后，政府鉴于该地四面低洼，须筑堤防水，始能收成，并因该滩领者多为贫苦民众，特发动保甲民伕，共去千工，无代价帮助筑堤，未及半月即全

① 应兆麟：《皖江抗日根据地财经史稿》，安徽人民出版社1985年版，第65页。

部完成。[①]

除上述几项大水利工程外，1943年至1944年，先后兴建的还有繁昌县高安桥石闸和九连圩工程，无为县青山圩新堤，和含陶运区的新兴圩圩堤，贵东合众圩长堤等。由于抗日民主政权的大力倡导和组织，减租后广大农民的生产积极性高涨，又实行了合理负担的办法，彻底废除了佚役的封建剥削，变患为利，造福于民。

这些工程大都是在紧张的对敌斗争中完成的，是在极端困难的技术条件下完成的巨大险要工程，有许多是在过去多年所未能完成。缺乏水利工程师，就向有经验的工人和农民学习；缺乏钢管水泥，就以花岗石和灰砂代替；缺乏近代工程器材，则利用铁轨等战利品改制，而运输主要靠人力和畜力。过去在封建势力统治下，圩埂荒废，有的有田无埂。而有的贫困户则有埂无田，修埂负担全落在贫户身上。加之地主对圩田有索取放牌费、灯油费等陋规，一般贫户负担过重，无力修埂，以致连年破圩成灾。1943年，抗日民主政府提出取消陋规，均埂修圩，分配富户出料，贫户出工，组织帮工换工等，减轻了贫农负担，使群众劳动热情大大提高。这些水利工程的兴建，对皖江抗日根据地的农业丰收起了重大作用。

同时，众多水利工程的修建，使很多省内外抗战难民定居在皖江抗日根据地。据统计，抗战时迁入本地的难民主要是来自省内的当涂县、凤阳县、天长县、

寿县、全椒县、舒城县等根据地外围地区[②]总人数达数十万。迁入的省外难民主要来自南京和苏南等地，南京原有居民100万，1937年12月沦陷前后有大批难民迁离，其中多数移往安徽和两湖地区，迁入皖江抗日根据地的南京难民有上万人之多。[③]

---

① 应兆麟：《皖江抗日根据地财经史稿》，安徽人民出版社1985年版，第65—66页。

② 张根福：《战祸、自然灾害与难民迁移——抗战时期安徽省个案研究》，《民国档案》2004年第4期，第105—111页。

③ 石庆海、王倩：《抗日战争时期皖江根据地的人口发展》，《沧州师范学院学报》2015年第4期，第51—54页。

四、皖江抗日根据地水利建设评析

如果说抗日战争是一部气势恢宏的长篇史诗，可以毫不夸张地说，皖江抗日根据地的水利建设书写了浓墨重彩的一笔。由于水旱灾害贯穿于抗日战争的各个阶段，与水旱灾害作抗争也成为一项长期工作。换言之，这也是一部战斗史书，皖江军民齐心与自然灾害的顽强抗争，保护了人民群众的生产与生活利益，使群众的生产建设在水旱灾害中大有起色，为抗战胜利提供了生产与物资需要，共同开创了团结互助、建设水利的新局面。

综观以上的材料，我们认为皖江抗日根据地在开创水利建设新局面过程中，有许多方面值得我们研究与思考。

（一）彰显了中国共产党始终把人民的利益放在首位

农民对自然界最感到受威胁除了旱灾就是水灾。皖江地区濒临长江，各县地势低洼，长江洪峰发生时便大水成灾。以前国民党以修水利为名剥削人民，不断摊派巨款，但从不认真修建。这里的人民深受水害之苦，怨声载道，苦不堪言。抗日民主政府成立后，即排除困难，发动群众，以水利建设为根据地经济建设的中心工作之一，领导人民全力修堤。普修圩埂与改建水闸，解除人们水涝之忧。仅1944年皖江筑堤、控河、改修水闸等就使受益田亩达484600亩，以前经常受水灾危害的大片田地生产收获有了保证。[①]

最大的水利工程是兴修黄丝滩新堤，这是皖江江北七县市100多万人民生命财产的屏障。黄丝滩江堤，自汤家沟至文洓港突入江心，最南为江流冲刷，数百年来曾向后退建九十余次。皖中抗日民主政府建立后，决定工程由全地区人民来共同负担，但就利害的轻重不同，区别为四种：一是临江的汤沟与陡沟两区首当其冲，为修堤主体，每亩田摊土方一个；二是无为全县圩地有直接联系的，每六亩田摊土方一个；三是无为山地及和

① 《解放日报》1944年10月30日。

县、含山、巢县、庐江四地有间接联系的，每二十亩出土方一个；四是皖南铜陵、繁昌两县代表本着根据地人民休戚相关的精神，自动提出友谊帮助，每亩田出法币三元，所有负担在出租之地均为东佃各半。动员民工范围，不仅有无为地区的，还有皖南芜湖、繁昌和铜陵的农民前来支援。由于用工合理，深受人民欢迎，到工者达万余人，劳动热情之高涨，为历来所仅见。

黄丝滩大堤工程得以迅速完成的主要原因为：

一是实行均伕制度，废除了不合理的封建剥削，使人民负担公平合理。未均伕前水利工程中，黑暗流弊层出不穷。其一为隐瞒田亩以求少出伕，其二是按田亩出伕的原则也贯彻不了，有钱有势的田多至数百亩，可以不出一伕，无钱无势的虽十亩八亩也要出伕，因担负不均打架起讼的事件很多，即或被征去的伕工，也不甘出力，消极怠工，拖延工程。均伕以后消除了各种弊病，按以田求伕原则，田多多出，田少少出，统筹征伕，改变了过去圩与圩之间分割不团结的现象。同时查实田亩，运用以田求产、插旗清查的办法，由田主用小旗写明自己的姓名，田亩数插在田旁。当地保甲长、圩董、堤段董，带清册下田对照登记，没有旗号的，马上能认出是未报的黑地，多方对证考察，大部分田亩均清查准确。由于摊派合理，伕工劳动热忱大为提高。

二是根据地人民打破了地域观念，发扬了互助协作精神，大家一致出钱出力。兴修该大堤对江南及江北许多县群众虽没有什么大的直接利益，但在党和政府的教育和号召下，他们也积极从人力、物力、财力上进行支援。

三是彻底纠正了过去退建中官僚主义的领导，废除打骂，严禁贪污，全体人员与伕工同生活。在突击期间，临江几乎全部的县区干部均亲率民伕到堤工作，因而伕工情绪振奋，形成热烈的劳动竞赛，预定四个月完成，而能提早于三个半月完成。

其他地区的水利建设几乎与以上同例。

皖江抗日根据地水利建设的成就充分证明：中国共产党领导的新民主

主义政权，不仅能打败日本帝国主义，而且有能力来建设一个新中国。秘诀只有一个：就是忠心为人民和依靠人民。敌后解放区的水利建设，是真正为广大人民服务的，因此各阶层人民都愿全力参加这一工作，再加上正确的领导和庞大的部队劳动力的支援，一切困难都迎刃而解了。这些水利工程的兴修，对农业生产的发展起了重大的作用。[①]

（二）体现了吕惠生为水利建设事业的殚精竭虑

为了建好黄丝滩工程，皖中行署主任吕惠生呕心沥血，经常亲临施工现场勘查，开会动员，制定规划，亲自测算。他指示工程局："天数不可多，以不碍耕作为度。"要求工程"勿做无用功，只求实，不求表，一切表面工作皆免去"。反复叮嘱工程局的同志"质量不可疏忽，任何粗心大意，我们将愧对与日军浴血奋战的新四军将士，愧对子孙后代"！[②]白天与民工们同生活，同劳动，一起挖土、挑担、打硪；晚上，他打着自己使用多年的一支德国造手电筒，沿堤巡查，仔细察看工程质量，记下出现的问题，第二天召集工段负责人到现场，分析原因，想出办法，立即解决。

吕惠生十分重视工程技术人员在施工中的作用，遇有专业技术问题，虚心地求教于水利工程专家。黄丝滩退建工程委员会成立时，他便多次登门求贤，请国民党无为县党部书记长、水利专家齐丹九出山，担任工程委员会副主任。请县厘金局工作人员、水利专家徐冬荣担任退建工程局副局长。这些水利专家在黄丝滩退建工程中，发挥了很大的作用，他们用自己的专业知识、施工经验，指导大堤建设。

在江堤退建中，如何把大堤修成能抗浪防洪、质量一流的工程，让江北人民世代受益，吕惠生和专家们一起，果断采取"裁弯取直，清淤夯土，植柳防浪，抛石护坡"的办法，保证工程质量优良，能抗浪抗风、抗洪抗崩。事实证明，黄丝滩江堤建成几十年来，历经大风大浪、洪水冲

① 应兆麟：《皖江抗日根据地财经史稿》，安徽人民出版社1985年版，第60—66页。

②《安徽文史资料全书》（巢湖卷），安徽人民出版社2007年版，第731页。

击，屹立长江北岸，至今受益数百万人民！①

吕惠生不仅时刻关注新堤的进程，而且十分关注民工的生活。当他看到工地上有的民工衣着单薄，在寒风中瑟瑟发抖；有的民工生活日用品匮乏，在苦苦支撑，便立即与行署副主任张恺帆分头赶赴七师被服厂、毛巾厂、肥皂厂、香烟厂，说服动员各个厂家尽其所能，帮助解决上堤民工的实际困难。当大量衣服、毛巾、肥皂、香烟等生活物资运到新堤工地时，民工感动得热泪盈眶。春节前夕，工程局决定放假，让民工们回家过年。由于几个月的薪资尚未完全兑付，民工们回去不知道该如何面对家乡亲友，一脸愁云。吕惠生闻讯后，马上前往行署财经处与七师供给部协调，并以行署主任的信誉担保，请求他们拨出一定额度的钱款，让民工们高高兴兴地回家过年。当民工们拿到薪资，笼罩多日的愁云立刻烟消云散，大家再次感受到了抗日民主政府的关怀和人民子弟兵的深情厚谊。

春节期间只有各县民运工作队以及新四军第七师皖南支队部分指战员仍坚守岗位，进行着新堤第一段工程的补遗拾缺劳动。除夕之夜，吕惠生与行署的几位负责同志，冒着凛冽的寒风，赶赴工地进行慰问。吕惠生动情地说："新四军军歌唱道'千百次抗争，风雪饥寒；千万里转战，穷山野营。'这是新四军铁的意志、铁的理想、铁的信念的表达。你们坚守黄丝滩退建工程工地，就是'为了社会幸福，为了民族生存，一贯坚持我们的斗争。'因为你们是铁的新四军！"吕惠生端起一杯热水，以水代酒，与新四军指战员、民运工作队队员们互致问候，与他们一起在简易搭盖的工棚里度过了除夕之夜。②

在修建黄丝滩主堤的同时，还在江边修建了新桥闸，在后河修建了黄树闸等配套水利工程。并沿江种植柳树，减少江堤水土流失，抗击风浪冲击，稳固江堤。对已完工的堤身，吕惠生率领工程技术人员仔细认真地勘验堤身夯土的密实度，必须达到一硪砸下去不见坑的程度，达到堤顶宽二丈四尺、底宽十二丈四尺、堤高二丈、坡度五丈至三丈七五的要求。拉皮

①《新四军在无为》，准印证WH2019—005，2019年10月，第146页。

② 施昌旺、王敏林：《吕惠生传》，江苏人民出版社2018年版，第77—78页。

尺实地丈量，不够尺寸，或密实度达不到设计标准，必须返工，直到合格。全线工程竣工，吕惠生亲自率领工程局的专家技术人员统一验收。

可以说，吕惠生为了皖江抗日根据地的水利工程建设，真正做到了鞠躬尽瘁、死而后已！

（三）三闸工程开创了意想不到的奇迹——成为大江币的票面图案

皖江抗日民主政权建立以后，即根据中央中华中局第一次（扩大）会议精神，于1943年5、6月间，在皖中总金库的基础上成立大江银行，行长叶进明，下设会计、发行、业务三个职能科。大江银行为皖中行政公署的地方性银行，总部设在皖江抗日根据地无为县汤家沟。该行发行的货币简称“大江币”，是皖江抗日根据地的本位币，主要流通在皖江长江南北和芜湖以西的无为、巢县、庐江、舒城、桐城一带地区。大江币的票面盖有“和含”字样，仅限于“和含”地区流通使用，即今安徽省的和县和含山县。其他同例。

皖江抗日根据地所发行的纸币，收集进中国革命根据地货币图册的有26种。据《皖江抗日根据地财经史稿》记载，皖江抗日根据地货币一共有40种，列表如下：[①]

贰拾元	木刻直形黄金塔图	1945
拾元	木刻春耕图(埠)	1945
	木刻春耕图	1944
	铜版工农兵学商图(和含)	1944
	铜版陈家闸图	1945
	铜版工农兵学商图	1944
伍元	木刻灯塔图绿色(和含)	1945
	木刻灯塔图蓝色	1945
	木刻春耕图(皖南)	1945

① 应兆麟:《皖江抗日根据地财经史稿》,安徽人民出版社1985年版,第173—174页。

续 表

贰拾元	木刻直形黄金塔图	1945
	铜版陈家闸图青莲色	1944
	江淮印刷所印	
	铜版陈家闸图绿色	1944
	江淮印刷所印	
贰元	木刻山寨图	1945
	木刻城关图	1945
	木刻秋收图	1945
	木刻直形升旗图	1945
	木刻埋雷图(值国币壹佰元和含)	1945
	木刻工农兵学商图	1944
	木刻季家闸图	1945
	木刻工农兵学商图	1945
	木刻工农兵学商图红色	1944
壹元	木刻工农兵学商图	1945
	木刻山村图(皖南)	1945
	木刻站岗图(和含)	1945
	铜版陈家闸图	1945
	木刻直形抗日胜利图	1945
伍角	石印农村图	1942
	木刻工农兵学商图	1944
	木刻山村图(皖南)	1945
	工农兵学商图(和含)	1944
	耕牛图(永大号代价券)	1945
	耕牛图(裕民号代价券)	1945
	石印山村图(集成号代价券)	1945

续 表

贰拾元	木刻直形黄金塔图	1945
壹角	木刻陈家闸图	1944
	木刻灯塔图	1944
	紫色陈家闸图（裕民号）	1944
	黄色陈家闸图（无东联营社）	1944
	绿色晨曦图（胡东联营社）	1944
	木刻图案（南义合作社）	

从以上的40种货币种类看，以陈家闸为标面图案的有拾元铜板券、伍元铜板券青莲色、伍元铜板券绿色、壹元铜板券、壹角木刻券、壹角紫色券、壹黄紫色券，共有七种之多。以季家闸为票面图案的有贰元木刻券。两项合并大江币有8种货币以“三闸”工程为票面图案，凸显水利建设工程在皖江抗日根据地的重要地位。

而《华中革命根据地货币史》对大币券进行了统计，列表如下：[①]

表 3－1　　大江币券别统计表

版别	色别	面额	年版	正面图案	背面图案	主色	票幅 mm	印制	纸质	备　注
1	1	伍角	1942	江船	花符	深蓝	117×59	石印	土纸	
2	2	壹角	1944	陈家闸	支前	棕	92×58	木核	土纸	
3	3	壹角	1944	灯塔	筑堤	红棕	92×58	木刻	土纸	
	4	伍角	1944	工农兵学商	工具	蓝	106×63	木刻	洋纸	“和含”
4	5	伍角	1944	工农兵学商	工具	深棕	106×63	木刻	洋纸	“川”，“上”，“战”，“运”
5	6	贰圆	1944	工农商学兵	工具	红	104×59	木刻	土纸	
	7	贰圆	1944	工农商学兵	工具	棕	/	铜版	印钞纸	“苏”，“助”，“南”
6	8	伍圆	1944	陈家闸	抢禾农民	绿	166×80	铜版	印钞纸	
	9	伍圆	1944	陈家闸	抢禾农民	青莲	166×80	铜版	印钞纸	“经”，“卫”，“放”
7	10	拾圆	1944	耕牛	花符	绿	/	木刻	土纸	
	11	拾圆	1944	工农兵学商	工具	红	167×88	铜版	土纸	
8	12	拾圆	1944	工农兵学商	工具	绿	167×84	铜版	土纸	“紧、男”
	13	拾圆	1944	工农兵学商	工具	浅蓝	166×80	铜版	土纸	“和含”

① 安徽省钱币学会编：《华中革命根据地货币史》（第二分册），中国金融出版社2000年版，第176—178页

版别	色别	面额	年版	正面图案	背面图案	主色	票幅 mm	印制	纸质	备注
9	14	伍角	1945	山	花符	棕	103×60	木刻	土纸	“皖南”
10	15	壹圆	1945	陈家闸	花符	蓝/红	104×54	铜版	印钞纸	行名右侧有“ACE”
11	16	壹圆	1945	抗日胜利	花符	绿/棕	104×57	木刻	印钞纸	（竖式）
12	17	壹圆	1945	站岗	花符	棕	108×67	木刻	土纸	“和含”
13	18	壹圆	1945	山村	花符	蓝	107×59	木刻	土纸	“皖南”
14	19	壹圆	1945	工农兵学商	工具	深蓝	108×64	木刻	土纸	“李”，民”
15	20	贰圆	1945	李家闸	花符	棕黄	103×59	木刻	印钞纸	“上”，“川”（民国三十四年印）
	21	贰圆	1945	李家闸	花符	棕黄	103×59	木刻	印钞纸	“京”，“海”（三十四年印）
16	22	贰圆	1945	升旗	花符	棕绿	106×65	木刻	土纸	（竖式）
17	23	贰圆	1945	保卫秋收	花符	棕绿	106×65	木刻	土纸	（竖式）
18	24	贰圆	1945	城关	花符	咖啡	106×65	木刻	土纸	（竖式）
19	25	贰圆	1945	山寨	花符	深棕	102×63	木刻	土纸	（竖式）
20	26	贰圆	1945	埋雷	花符	浅绿	106×65	木刻	土纸	“和含”，“值国币壹佰元”

版别	色别	面额	年版	正面图案	背面图案	主色	票幅 mm	印制	纸质	备注
	27	贰圆	1945	埋雷	花符	深绿	106×65	木刻	土纸	“和含”，“值国币壹佰元”
	28	贰圆	1945	埋雷	花符	红	106×65	木刻	土纸	“和含”
21	29	伍圆	1945	灯塔	花符	棕	127×67	木刻	土纸	“和含”，“备”，“攻”
	30	伍圆	1945	灯塔	花符	绿	127×67	木刻	土纸	“利”，“民”
	31	伍圆	1945	灯塔	花符	蓝	127×67	木刻	土纸	“力”
22	32	伍圆	1945	村庄	花符	浅蓝	128×78	木刻	土纸	“皖南”
23	33	伍圆	1945	春耕	花符	蓝	130×80	木刻	土纸	“皖南”
24	34	拾圆	1945	耕牛	战士	墨蓝	138×72	木刻	土纸	“芜”，“埠”
	35	拾圆	1945	耕牛	战士	绿	139×79	木刻	土纸	“保”，背盖红宝塔
	36	拾圆	1945	耕牛	战士	深绿	139×75	木刻	土纸	“大”，“攻”
25	37	拾圆	1945	陈家闸	花符	深绿/红	114×68	铜版	印钞纸	
26	38	贰拾圆	1945	黄金塔	保卫春耕	蓝	168×82	木刻	土纸	（竖式）“芜”，“蚌”
	39	贰拾圆	1945	黄金塔	保卫春耕	蓝/黄底	170×82	木刻	土纸	（竖式）“芜”，“头”

同时，对公营商号和合作社代价券也进行了统计，列表如下①

表3-2

券别	面额	年份	正面	背面	主色	票幅 mm	印制	备注
南义合作社代价券	壹角	1944	插秧	战士	黄	86×56	木刻	（竖式）“辅”
信义合作社代价券	壹角	1944			浅黄		木刻	（竖式）
无为县联营社代价券	壹角	1944	陈家闸	支前	浅红/黄	90×57	木刻	
无东联营社代价券	壹角	1944	灯塔	筑堤	紫红	90×57	木刻	
无东联营社代价券	壹角	1944	陈家闸	支前	桔红	90×57	木刻	
湖东联营社代价券	壹角	1944	晨曦		绿		木刻	
裕民号代价券	壹角	1944	陈家闸	支前	紫红	90×57	木刻	
裕民号代价券	伍角	1944	春耕	花符	青莲色	99×58	木刻	
裕民号代价券	伍角	1945	春耕	花符	桔红	99×58	石印	
裕民号代价券	伍角	1945	春耕	花符	青莲色	99×58	石印	
集成号代价券	伍角	1945	山村	花符	浅蓝	104×59	石印	“和含”
永大号代价券	伍角	1945	春耕	花符	绿	99×59	石印	“卫”

① 安徽省钱币学会编：《华中革命根据地货币史》（第二分册），中国金融出版社2000年版，第180页。

大江币发行量较大号码有9种，其中陈家闸占2种，为1944年陈家闸伍圆券，号码为231363（1156815元）；1945年陈家闸拾圆券，号码为0240701（2407010元）；季家闸占1种，为1945年季家闸图贰圆券，号码为128064（256128元）。①

大江币的图案一般都和抗日根据地人民生活有一定的关系，如灯塔图象征中国共产党在抗日战争中的正确领导，是有很强的政治意义；陈家闸、季家闸图，则是根据地民办公助的“三闸工程”中的二个，图案体现出新四军和人民群众军民一体的象征，也表现出军民共建家园的美好愿望。

结　语

皖江地区历年来多水旱灾害，宜荒程度深，影响范围广，造成农业生产不济、民众生活困苦、社会矛盾激化。为减轻灾害影响，改善民众生存环境，水利建设显得极为重要。特别是处于抗战时期的根据地建设，亟需发展水利建设，解救民众疾苦，提高农业生产，增加粮食供给，保障抗战胜利的实现。

皖江抗日根据地的水利建设，是在中国共产党边区政府的领导下，通过采取设置水利组织、加强领导，实施土地政策，提高群众水利建设的积极性，颁布水利条例，切实办理水利等方针，为水利建设的推进提供保障，有效地推进了皖江抗日根据地水利建设开展。在此过程中，摸索出了动员群众建设水利的有效途径，影响群众水利观念的变迁，形成军民团结建设水利的新局面，并在农田水利、河流治理方面取得巨大成就，推进抗战胜利的到来。

皖江抗日根据地水利工程建设是在艰苦卓绝的民族解放战争中进行的。虽然条件很差，但由于党和边区政府正确地贯彻了中央的方针政策，做了精密的调查研究，制定了周详的施工计划，妥善地协调了各方面的利

① 安徽省钱币学会编:《华中革命根据地货币史》(第二分册)，中国金融出版社2000年版，第173页。

益，动员了各阶层人民全力参加这一工作，还有庞大的部队保障并参加工程建设，因而一切困难都迎刃而解。水利工程的建设使根据地的耕地面积扩大，粮食增产，人民生活得到了很大的改善，极大地激发了群众的生产热情，也使广大群众对中国共产党和抗日民主政府有了新的认识。他们衷心拥护党和政府的各项工作，积极投身根据地建设和对敌斗争，为抗日战争和解放战争的胜利奠定了坚实的基础。

皖江抗日根据地水利工程建设所取得的成就是我国水利建设史上一个奇迹，它充分证明：中国共产党领导的新民主主义政权是全心全意为人民服务的政权，不仅能打败日本帝国主义，而且有能力建设一个崭新的中国。

新四军在南陵寺冲

南陵县委宣传部课题组

摘要： 戴公山，位于南陵县西，是南陵县内最高峰。山下一个看似不起眼的村庄，因为一座俗称“老庙”的古寺，而得名“寺冲”。寺冲地处铜南繁三县交汇，重峦叠嶂、扼南控北，独特的地理位置，使其成为皖南新四军活动的重要地点。本文试图通过史实梳理与田野走访，解密新四军与寺冲的点点滴滴。

关键词： 新四军　寺冲　老庙　铜南繁

南陵县，地处皖南丘陵向沿江平原过渡带。境内西南多山丘，东北多平畴。戴公山，又称大工山，距县城西约十公里，属九华山余脉。戴公山海拔558米，为南陵最高峰。东临南陵县城，北抵芜湖繁昌，西南与青阳相望，西北与铜陵接连，南（陵）铜（陵）古道逶迤山谷岭脊，自古就是一方交通咽喉与战略要地。

戴公山西南麓，有座半山，因形似半只露出地面的鸡蛋，俗称鸡蛋山。因东晋时代，这里出了个名叫何琦的大孝子[①]，曾被封朗陵侯，当地官府为纪念何琦，就把鸡蛋山命名为朗陵山。

在戴公山与朗陵山之间，有一条长达两三公里的山冲，因为这里有座寺庙，叫灵山寺，所以这条山冲，也就叫做了寺冲。山冲中间是一条溪流，源于戴公山与朗陵山上的泉水。平常日月，溪流清清，水底卵石历

①《晋书·列传第五十八·何琦传》。

历；梅雨旱季，山洪暴发，一派滔滔浊浪。溪流的两边，住着一户户农家，同样因为灵山寺，这里的村庄也就叫作寺冲村。寺冲既是地名，同时也是以地为名的村庄，行政隶属原戴汇镇戴汇行政村（现工山镇戴汇行政村）。

寺冲地形复杂，山冲两侧山连山、冲通冲。冲外小道纵横，直达泾县云岭、青阳木镇，及本县的谢家阡、三里店、土塘、夫子岭、马家园、何家湾；顺冲而上，翻过山脊，直达铜陵钟鸣、顺安，繁昌中分村、荻港，本县的八都何、沙滩脚、牧家亭。戴公山区域，时属中共繁昌县委的管辖，是南（陵）繁（昌）芜（湖）游击总队的主要立足点和活动区。距寺冲十来公里的晏公殿，是通往沿江工委的中途交通站。

一、老庙与寺冲

“老庙”，即灵山寺，也是“寺冲”地名与村名的由来。“老庙”本身不是庙名，而是为了区别于后来扩建的新庙，就把原来的庙叫作“老庙”。据年届九十的原戴汇镇（2003年区划调整时撤并到工山镇）戴镇中学退休老师张建中描述，在清朝咸丰年间，位于南（陵）铜（陵）古道咽喉要道的灵山寺，因八方香客慕名而至，香火太旺，香客容不下，应香客的要求，方丈多方化缘，在灵山寺南面约500米的地方，建起了一座新庙。新庙其实是灵山寺的扩建，但因为殿舍独立，为了方便区分，原来的灵山寺，就逐渐被叫作“老庙”。扩建的新庙作为灵山寺的引庙，香客进入寺冲，先到新庙烧香，然后再到老庙进香。

据《南陵县志》（民国版，徐乃昌主编）载：“灵山寺在县西三十里，朗陵峰下，诸峰攒簇，溪流萦绕。梁天监元年，杯渡禅师建，旧云何琦游息之所。元末毁，明洪武九年重建。”[①]据张建中老人及寺冲村老人们描述，当初“老庙”建筑宏伟，房屋最多时有400多间，山门、大雄宝殿、东西配殿、法堂、藏经阁、方丈院、寮房、钟鼓楼，形制宏大，规制宏

① 徐乃昌主编:《南陵县志》(民国版),黄山书社2007年版。

伟。寺内供奉阿弥陀佛、大势至菩萨、观世音菩萨、释迦牟尼、文殊菩萨、普贤菩萨、准提、接引菩萨、弥勒佛、韦陀佛、武财神关羽及周仓。鼎盛时期，有僧侣数百人，在皖南宣城、池州、铜陵、黄山一带，颇具影响。寺庙拥有佛山、佛田几百亩，用于僧侣生活开支、庙宇修缮。《南陵县志》（民国版，徐乃昌主编）载，南陵工山镇八都何村，有东晋孝子何琦，常到老庙游玩、寄居。

寺冲原来没有住民，也不是一个村庄。

寺冲重峦叠嶂，林密水丰，扼南（陵）铜（陵）古道要冲，独特的地质风貌与地理位置，使这里成为立庙的宝地。老庙在这里建成后，僧众生活，香客往来，对餐饮食宿自然产生的需求。过往的商旅，以及周边有头脑的经营者，嗅到商机，纷纷在这里经商安家，加上老庙僧人住家，一家一户，寺冲村庄就逐渐在长长的寺冲里形成了。

寺冲村庄的发展，与老庙香火的旺盛成正相关。村庄里有米店、酒肆、旅舍、驿站，更多是琳琅满目的香烛经营店铺。据村中老人描述，晚清时期，最隆盛时，寺冲村庄，有700多户，人丁五六千口，多数人家做着与老庙相关的生意，经济繁盛，生活丰盈，是方圆百里有名的大村与富村。

寺冲民风淳朴，民性刚烈，受老庙僧人影响，爱施舍，行仗义，路见不平，扶危助弱，颇具朴素的家国情怀。

二、南陵及其周边新四军活动情况

1938年9月，新四军第三支队，在谭震林副司令员的率领下，由泾县开赴南（陵）芜（湖）宣（城）边境地区。第三支队司令部驻在南陵蒲桥，其所辖五团、六团，分别驻扎在弋江镇、马家园、金阁、西河一带。三个月后，1938年12月，第三支队移防到铜陵、南陵、繁昌三县边境地区。与此同时，第一支队一团在傅秋涛率领下，从苏南调防到南陵县土塘村。1939年1月，第二支队三团在团长黄火星率领下，从苏南调到了南陵县何家湾村。[①]

新四军进驻皖南后，一系列抗日活动相继展开。新四军三支队和皖南特委，派出大批党员、干部，在南陵、芜湖、宣城一带地区，宣传党的抗日政策，动员和组织群众，成立各种抗敌协会；发动群众进行抗日，动员青壮年参军参战，发动农民群众，开展减租减息，发展党员，建立基层党组织。

日军占领芜湖后，将芜湖作为其控制长江中下游和进攻皖南的据点，南陵便成为皖南抗战的前线。1938年初至1939年秋，在上海、南京、芜湖等地读书、工作的南陵籍青年，怀着一腔热血纷纷返回家园，积极投身抗日烽火之中。青年学生俞锡恩领头组建成立“南陵抗日青年团”，宣传、鼓动南陵军民“拿起刀枪，投身抗日，拯救中华，保我家乡”，并得到国民党军一四四师政治部主任张士军的帮助和支持，将“南陵抗日青年团”纳入一四四师师部直属战地服务团，与三里土塘新四军军部战地服务团联系呼应，扩大抗日思想的宣传。

随着抗日救亡宣传活动的蓬勃发展，南陵及周边地区，各种形式的抗日组织相继产生。1938底，在新四军民运工作队的帮助下，南陵县城关地区成立了“南陵青年抗敌协会”，所辖各乡随之相继成立了“南陵青年抗敌协会分会”。南陵青年抗敌协会成立后，创办了“新知书店”，出售大量的进步书籍，宣传抗日精神和爱国精神。“新知书店”还专门开设了“新四军专柜”，毛泽东的《论持久战》，还有《中国革命与中国共产党》，在南陵最早就是由这家“新知书店”出售的。

芜湖沦陷后，铜陵、繁昌二县，相继遭到日军铁蹄的蹂躏，繁昌黄浒、铜陵钟鸣等地，均有日军据点。1939年4月，新四军三支队驻沙滩脚村，其所属第五团驻八都何村，其时，一四四师四三二团则驻守牧家亭村，双方团结合作，并肩战斗，阻止日军南犯。1939年5月17日，日军从顺安出动千余人，在飞机大炮掩护下，经钟鸣向牧家亭进行“扫荡”。在新四军三支队副司令员谭震林的指挥下，三支队五团从下牧冲堵击向牧家

① 中共南陵县委党史办公室:《中共南陵地方史》(1919—1949),2007年。

亭侵犯的日军；一四四师四三二团从夏家泊、毛路向牧家亭聚集，两支友军分进合击，协同作战，将进犯的日军击退，缴获敌人机步枪、战刀、钢盔、子弹等战利品，并活捉日军小队长一人，由新四军三支队转送泾县云岭新四军军部。

1938年底，新四军三支队从南陵蒲桥，移防到铜（陵）南（陵）繁（昌）边境地区。为了培养抗日救亡骨干力量，新四军三支队政治部，在三条冲村办起了抗日救亡干校，朱农、陈爱曦、马文杰被安排到干训班学习，学习结业后，马文杰分配到铜（陵）南（陵）繁（昌）中心县委机关工作。中心县委机关设在南陵沙滩脚村，县委书记张伟烈。1939年5月，铜（陵）南（陵）繁（昌）中心县委撤销，分别成立铜陵县委和繁昌县委。繁昌县委下辖一区（孙村）、二区（大磕山、小磕山）、三区（新林、平铺）、四区（南陵桂镇桥）四个区。当时工作开展最有声色的是一区和四区，蔡志清（后叛变被镇压）、潘效安、何扬珊，先后担任过南陵桂镇桥四区区委书记。南陵桂镇桥四区干部力量比较强，各项工作都领先，特别是民兵工作，组织有力，基础扎实，各保都成立了猎户队，后来在猎户队的基础上，成立了民兵中队，青年人都参加了民兵。①

1940年10月间，皖南事变发生前，上级决定地方上“面目红了”（即暴露了共产党身份的人）的干部，要随同部队一道撤离。因身体原因，一些走不了的同志，就地隐蔽下来。1944年3月，川军一四四师同国民党嫡系部队发生矛盾，双方相互争斗，从水龙山一直打到青阳县。后来，一四四师副师长张昌德投降了日本，当了汉奸，将一四四师改编为“皖南独立方面军”。在日军的掩护下，“皖南独立方面军”占据了南陵、繁昌县城和周边一些地方。同年4月，党组织为了恢复南陵工山地区党组织活动，马文杰、魏鹏奉南（陵）繁（昌）芜（湖）县委指示，来到南陵工山（即桂镇桥、八都何一带）开展活动。经过一段时间工作，恢复与发展了一些党员，成立了工山区委和工山区政府，马文杰任书记兼区长。工山区政府下辖桂山、工山、联柏、龙泉四个乡政权。为了打击敌人的嚣张气焰，鼓舞

① 中共南陵县委党史办公室：《中共南陵地方史》（1919—1949），2007年。

群众的斗志，工山区委镇压了对地方党组织危害很大的吴振铎、吴世恩等几个比较反动的势力。

1945年初，世界反法西斯战争进入最后阶段，日本侵略军在各路战场节节败退。为了准备战略反攻，夺取抗日战争的最后胜利，党中央和毛主席向八路军、新四军提出了1945年的战斗任务，即：继续向敌伪守备薄弱的地方进攻，消灭敌伪，扩大解放区，缩小沦陷区。根据党中央和毛主席的指示，皖南地委做了相应的战斗部署，即：巩固与加强沿江一带根据地，寻机深入到敌、伪、顽纵深地区，发动群众，开展游击战争，打击敌人，扩大游击区，发展武装力量。1945年春，陈爱曦奉命到达泾南地区工作。泾南地区，包括泾县的孤峰、童疃、北贡，南陵的峨岭、戴家汇、童村街、绿岭、牧家亭、三里店、烟墩铺等一带。泾南地区是一个战略重要地区，它东接南陵城关，西临青阳乔木和木镇，北与铜陵接壤，东北部靠近铜（陵）繁（昌）抗日根据地，南北约30公里、东西约20公里，贯通泾（县）、青（阳）、南（陵）、繁（昌）、铜（陵）五县的交通要隘，呈方形带状的丘陵地带，尤其适宜游击战。控制了泾南地区，不仅能有效地牵制和阻击敌人，而且能从西南面保卫铜（陵）繁（昌）抗日根据地不受敌人侵犯。

1945年4月，陈爱曦带了七八个武装人员来到泾南地区，在南陵戴家汇与王安葆接上头。王安葆有地方武力量七八十人，步枪三十多支、土枪十多支。两支武装会合后，双方武装人员合编成两个连队（一连和三连），并宣布成立泾南游击大队，由王安葆任大队长。并成立了泾南工委，陈爱曦任工委书记，王安葆为委员。①

泾南工委和泾南游击大队成立后，在泾南地区同敌人打了三次规模较大的战斗。一次是5月底的童村街战斗。驻戴家汇花山村的川军，得知泾南游击大队有一个排驻扎在童村街，便出动一百五六十人，对驻扎在童村街的游击队进行包围，并抢先占领了童村街周围的制高点，将游击大队的一个排挤压到河边。正在万分危急之际，驻在刘家村的游击队闻讯，火速

① 中共南陵县委党史办公室：《中共南陵地方史》(1919—1949)，2007年。

从距离童村街约两公里的刘家村赶来增援，战斗进行了两个多小时，川军受到前后夹击，最后狼狈逃窜。这次战斗，川军伤亡六人，游击队无一伤亡。一次是7月初的塌里河战斗。南陵县三里店附近的塌里河，驻有国民党南陵自卫大队一个中队，约八十余人，对新四军南陵地区游击活动阻碍很大。7月3日，游击队组织两个连的兵力，于晚上九点多钟悄悄摸近敌人驻地，以迅雷不及掩耳之势，冲进敌人驻在地的前屋，将前屋敌人全部消灭，缴获步枪二十多支。住在后房里的敌人，听到前面屋子枪声，知道游击队打来了，从后门逃跑。还有一次是7月中旬，戴家汇战斗。游击队一个连队驻在戴家汇，花山村伪军探知后，出动一百多人，向戴家汇游击队扑来。游击队得知消息，奋勇迎战，双方激战一个多小时，敌人伤亡五人，不敢恋战，急忙撤退，逃回花山村老巢。三次战斗的胜利，大大鼓舞了士气，鼓舞了群众，泾南地区的人民群众迅速被发动起来了，工作有了新的发展。一是童村街、戴家汇一带地区，实际已为泾南游击队所控制，敌人再也不敢轻易肆意侵犯；二是泾南地区建立了两个乡级政权，即童村乡政府、戴汇乡政府；三是游击队武装力量有了大发展，此时的泾南游击大队已发展到近两百人。

抗战胜利后，皖江区党委和新四军七师根据中央“向北发展，向南防御”的战略方针，决定北撤。当时，皖南沿江地区仅留下两支小武装：一支由尹彬、张良仕率领，坚守在铜陵；一支由王文石、王安葆率领，坚守在繁昌。抗战时期一直坚持在皖南的中共皖南地委和新四军七师皖南支队，1945年10月初，已奉命撤到江北，正当部队要过巢湖向苏北进发时，华东局考虑到皖南沿江地带的重要战略地位，决定派出一个营的部队和地方力量干部，回师皖南，坚持斗争。皖江区党委和皖南地委又指示朱农和陈爱曦回师皖南，继续坚持游击战争，保护那里的群众和干部、战士家属。10月4日，杨明奉命率领新四军皖南支队三团两个连返回到铜陵，紧接着陈爱曦、朱农等人也相继回到铜陵。10月10日，在铜陵顺安肖村召开了一次重要会议，根据华中局决定，成立了中共沿江中心县委，书记杨明，副书记王文石，组织部长朱农，宣传部长陈爱曦。会议分析了抗战胜利后皖南的形势，讨论了坚持沿江地区斗争的方针、任务和工作部署。中心县委决定，坚持皖南斗争的方针应该是：背靠山区，面向平原，隐蔽精干，积蓄力量，广泛发动群众，分散游击战争。斗争的任务是：反蒋反内战，保护群众利益，为解放皖南创造条件。12月底，沿江中心县委转移到泾县、太平两县交界的樵山，在樵山与坚持在这一地区领导打游击的皖南山地中心县委会师。樵山会师后，根据华中分局指示，皖南山地中心县委和沿江中心县委，合并组成中共皖南地委，统一领导皖南地区的对敌斗争。原沿江中心县委所属铜（陵）青（阳）南（陵）县委，转移到泾（县）青（阳）南（陵）三县交界的宾山，改称泾（县）青（阳）南（陵）县委，书记朱农。宾山地区山多林密，地形有利，又是三县交界，敌人统治力量相对薄弱。1946年春，泾（县）青（阳）南（陵）县委，派出三支力量，从东西南三个方向，向南陵境内发展。一支由王克祥率领，在泾县、南陵交界的田坊、孤峰、东山、三里店一带地区开展工作；一支由陈尚和率领到铜陵、南陵两县交界的丫山、何湾、戴家汇一带发展；县大队则以宾山脚下的二酉保、宋冲、大格里为基地，积极向泾县、青阳和南陵童村街、烟墩、海井一带开展游击活动。陈尚和在丫山、何湾一带活动，经过一段时间工作，在何湾建立了基地，站稳了脚跟，之后这支游击队便积极向张家山、戴公山一带发展，与寺冲有了更多的联系。

三、寺冲与新四军

戴公山是红色根据地，从寺冲老庙，一直到谢家阡、大张家山、小张家山、沙滩脚、八都何等地，都是游击队经常活动的游击区。戴公山麓的寺冲老庙，更是游击队的根据地。游击队常以寺冲老庙为依托，白天在戴公山一带活动，晚上回到老庙食宿。寺冲村民与老庙僧人，为游击队、新四军，以及渡江战役的解放战争，做出了积极的贡献。[①]

寺冲老庙僧人，在新四军抗日宣传和地下党组织的影响下，积极为抗

① 梁宝金主编:《穿时越空话老庙》,《南陵史话》,作家出版社2005年版。

日民族解放和南陵地方党组织和游击队工作，提供掩护和便利。在僧普光、僧西林、僧有法等方丈的主持下，老庙和尚，坚持正义为先，主张爱国第一，为抗日和全民族的解放，默默做出自己的牺牲与贡献。1938年到1940年，活跃在青阳、泾县、铜陵、南陵一带的新四军、游击队，经常驻扎在老庙，叶挺及刘奎、刘国新等都曾是老庙的常客。

据罗光奖描述，新四军战士和游击队员们每次来到老庙，方丈都亲自带着僧徒打扫殿堂，宰鸡杀鸭，淘米洗菜，热情为战士们安排食宿。僧人子弟还利用身份掩护，借化缘之由，走出老庙，去县城或周边县区，为新四军、游击队打探消息、传递情报，面对流血牺牲，也是在所不惜。

1938年5月26日，在叶挺军长的率领下，新四军军部进驻南陵县三里店土塘村。8月2日，新四军军部移驻泾县云岭。寺冲距土塘约二十公里，是新四军与江北联络的重要通道。新四军军部进驻土塘期间，叶挺军长主持召开了两次会议，一次是由地方士绅、乡村教师、农民和妇女代表参加的各界人士会议；一次是数百名群众参加的群众大会。叶挺在会上详细阐述了新四军深入皖南敌后的抗敌任务，强调国家兴亡，匹夫有责。号召大家积极投身抗日，踊跃参加农抗会、青抗会、妇抗会等群众性抗敌协会组织，参与各种形式的抗敌活动，共同打击日本侵略者。会后，受到鼓舞的土塘及土塘周围的群众，纷纷报名参加抗敌协会，仅土塘村参加抗敌协会的群众就达1000多人。军部还将来自全国各地的爱国青年学生，组成战地服务团（又称“民运工作队”），派遣到泾县、铜陵、南陵、繁昌等县山区以及寺冲老庙，进行抗日救亡宣传工作和组织工作。寺冲老庙与新四军的联系，更加紧密了。

1938年10月至1940年4月，新四军在南陵打了三场对日寇的大胜仗。一是马家园战斗。1938年10月，溯长江西上进犯武汉之日军，为掩护航运，派出一部攻占安徽铜陵县大通镇，转犯青阳县，与国民党第五十军对峙。驻宣城县湾沚镇（今湾沚区）日军为配合在大通沿江的“扫荡”，向南陵县门户弋江镇进攻。新四军第支队第五团第一、第三营，第六团第三营，第一支队第一团第二营等部，为粉碎日军进攻，并配合国民党第五十军作战，决心守备南陵县夫子决、马家园至西河一线，以运动防御打击进犯之敌。10月30日晨6时，新四军与湾沚来犯之敌五百余人，包括骑兵一百人，激战于清水潭，毙伤敌百余人。8时许，又与敌激战于红花铺，毙敌十余人。11月3日，日军增兵四百余人，分四路围攻，并占领马家园、十甲村等地。新四军猛烈反攻，收复了马家园。日军被迫退至红杨镇、红花铺两地。3日晚，新四军派出精悍小分队，袭击湾沚和九里山之敌，造成日寇极大恐慌。4日拂晓，新四军又袭击红杵树。日寇被迫于4日上午退回湾沚。此次战斗前后历经6日，毙伤日军300余人。新四军伤亡32人，其中亡排长1人。[①]二是父子岭战斗。1940年4月24日，日军第十五师团一部约五千余人，由安徽芜湖县湾址、黄墓渡过青弋江，攻占南陵县城。25日，日军分兵一部，约两千余人，在飞机掩护下，进犯三里店，企图迂回青阳。新四军第一团决心截扰与迟滞该敌前进。26日上午8时，日军池田联队步、骑、炮兵约两千余人，附重炮8门，在4架飞机掩护下，沿公路向三姓街前进。在其附近的新四军小部队即对敌进行游击战。在大塘坳附近的第一团第二营第四连，与四面包围上来的敌骑兵进行反复冲杀。激战两小时后，第四连转移到何家湾方向，对敌进行袭扰。在父子岭一线占领阵地设伏的第二营第五连，凭借山地，以浓密火力阻击敌人。日军在飞机和炮火掩护下，向第五连发起正面猛攻，并向五连侧背突进，双方在吕山冲展开了白刃肉搏。经四小时激战，敌退，转向木镇西犯。此次战斗前后累历八小时，毙伤日军317人。新四军伤亡84人。三是何家湾战斗。1940年4月25日，日军三千余人，分三路向南陵县何家湾“扫荡”。26日上午9时，由绿岭方向进犯的日军五百余人，与新四军第二支队第三团直属大队发生战斗。激战两小时，九郎庙之敌两千余人赶来增援。新四军即向横山岭方向转移。上午10时，第三团第二营赶至苏家村，在运动中与日军遭遇。第二营当即展开阵地。日军步、骑、炮兵一千余人，在飞机掩护下，分三路向苏家村附近新四军阵地进攻。激战至下午四时，敌数次冲锋均被击退。第三团第一营于26日中午11时到达何家湾附近，与敌人遭遇，

① 中共南陵县委党史办公室:《中共南陵地方史》(1919—1949),2007年。

双方展开激战至黄昏，日军退出阵地，向青阳木镇方向撤退。此次战斗累历时九小时，毙伤日军三百余人。新四军伤亡十余人，另有二十人失踪。[①]

三次大的战斗，都发生在与寺冲老庙数十里的范围。许多信息情报，都通过寺冲老庙，来回传递，并与繁昌、铜陵两县及江北通联。

① 中共南陵县委党史办公室:《中共南陵地方史》(1919—1949),2007年。

从奇袭官陡门谈皖江抗战

鸠江区委宣传部课题组

摘要：日本全面侵华以后，中国共产党领导新四军积极抗战，芜湖地区成为新四军抗战的主要战场之一。本文以奇袭官陡门为切入点，系统梳理日寇在芜湖的暴行以及新四军第三支队、第四支队、第七师在芜湖地区抗击日寇的军事行动，同时考证相关史实，以启示后人革命成功来之不易，铭记革命先烈的历史功绩。

关键词：官陡门　新四军第三支队　新四军第七师　皖江

一、日寇在芜湖的暴行

芜湖，地处长江中下游，处于武汉和南京之间，且紧靠南京，同时也是安徽江南、江北的交通要道，地理位置极其重要。1937年7月卢沟桥事变发生后，日军全面侵华开始，为攻下国民政府首都南京，日军分兵三路合围南京，其左路军沿太湖南侧，自长兴绕道宣城，经湾沚直扑芜湖县城区，日军飞机连续三天对芜湖城区轰炸，国民党守军无心抗战，纷纷撤离；12月10日，日军从东门攻入芜湖城区，芜湖沦陷[1]。

从此，芜湖人民在日军的屠刀下，过着暗无天日的生活。日军在芜罪

---

① 参见王万春主编：《方村史话》，安徽师范大学出版社2018年版，第85页。

行累累，罄竹难书[1]。日寇占领芜湖后，在芜湖的暴行，尤以狂轰滥炸对民众造成的伤亡最大。

（一）日寇狂轰乱炸，民众伤亡惨重

日军为了加快对芜湖陆路进攻的进程，减少占领芜湖的阻力，加强了对芜湖的轰炸。1937年的10月5日，日军轰炸机群第一次偷袭了芜湖湾里机场。当时，机场的飞机驾驶员还在市内同庆楼饮酒作乐。日机偷袭得手，炸毁飞机10多架，自此以后，芜湖市成了无空防的城市了[2]。

12月5日起，日军轰炸机群60余架次，连续3天轮流空袭芜湖，投掷了燃烧、穿甲等炸弹，从湾里机场到车站、码头和商业中心的十里长街、国货路、吉和街、陡门巷等主要街道，炸为废墟，烈火延烧20多天。全市硝烟弥漫，尸骸遍地，浩灾巨难，古今罕闻。

第二天，停泊在英商怡和洋行趸船外舷的德和号客轮被炸。此轮系广东帮裕生祥号买办崔松国兄弟和宏安洋行买办欧墨元父子以及广东同乡会花重金租赁来芜遣送眷属的专船。船中有6000多人，妇孺占大多数。日机炸弹袭中机舱，船身崩裂下沉，顿时哭喊声震天，死者不计其数。仅被当时外国人开设的医院收入的受伤者，即达百人之多[3]。

日军除了轰炸市区，对芜湖周边的县城、乡镇也进行狂轰滥炸，芜湖民众伤亡惨重。

在繁昌，1938年上半年间，日军进占繁昌沿江的三山、旧县、荻港镇，同时驱机轰炸繁昌县城达7次之多，炸毁机关、学校、商店、民房、寺庙等房屋，10多人被炸死。此外，还经常炮击繁昌县城，有一天，连续

① 参见中共安徽省委党史工作委员会:《安徽现代革命史资料长编》(第三卷),安徽人民出版社1995年版,第307页。

② 参见中共安徽省委党史工作委员会:《安徽现代革命史资料长编》(第三卷),安徽人民出版社1995年版,第307、308页。

③ 参见中共安徽省委党史工作委员会:《安徽现代革命史资料长编》(第三卷),安徽人民出版社1995年版,第308页。

向县城发射炮弹97发之多①。

在南陵，1938年2月17日晨8点左右，由芜湖方向飞来两架敌机在县城上空盘旋。当时，有人还好奇地翘首观望指点议论着。突然，空中强盗向下投了一颗又一颗炸弹。下午3时许，又飞来两架敌机继续投弹轰炸。这天，南门城边炸死1人，伤2人；十字街德记烟店和消闲居茶馆等处被炸，当场炸死4人，伤10人；南门小南街的电灯公司被炸毁；东门四和楼茶馆被炸毁；北门城外，一枚炸弹落下，当场炸死4人。在这一天中被炸的地点有10多处，炸毁房屋200余间，死难同胞30余人、受伤的就更多了②。

日军甚至连芜湖下辖的乡镇也轰炸。日机多次轰炸黄浒镇，炸死数人，半数以上民房被炸毁，后街的草屋全部烧光，居民无家可归。1940年5月的一天，日机轰炸黄浒下街的关帝庙，当时庙内大殿为大米交易市场，正在进行交易的数百名农民，当场有30多人被炸死③。

（二）日寇对无辜平民的残害

日寇进攻芜湖时狂轰滥炸，使许多无辜平民伤亡惨重，统治芜湖时又大肆残害无辜平民，凶残程度令人发指。

侵芜日军对待我人民极尽残暴，见稍有不满轻者拳打脚踢，重者即行枪杀。湾沚驻一个大队，司令部设在湾沚狮子山。每个据点都构筑工事，拉了铁丝网、实行法西斯统治。凡过往行人，不但要向日军弯腰行礼，出示“良民证”。还要受搜身检查，对稍有不满者，轻的遭到拳打脚踢，重的关进据点而不知下落④。

---

① 参见中共安徽省委党史工作委员会:《安徽现代革命史资料长编》(第三卷),安徽人民出版社1995年版,第311页。

② 参见中共安徽省委党史工作委员会:《安徽现代革命史资料长编》(第三卷),安徽人民出版社1995年版,第311页。

③ 参见中共安徽省委党史工作委员会:《安徽现代革命史资料长编》(第三卷),安徽人民出版社1995年版,第311页。

④ 参见中共安徽省委党史工作委员会:《安徽现代革命史资料长编》(第三卷),安徽人民出版社1995年版,第309页。

日寇占领芜湖期间以杀人为乐，经常无故残害我人民。驻守在江边码头的日寇，肆意扫杀渡江船只。见有驰往对江的民船，就机枪扫射。一次，一只小船漂荡到弋矶山医院前的岸边，船中3人都被击中，其中1人身中10弹。当时在外国人开设的医院里，太平间堆满了受难者尸体。因受难者家属不敢外出收尸，院方只好挖一大坑埋尸，一次就埋了20具尸体[①]。

驻在小河口的日军，一次从陶辛圩承村抓来一个农民，把他当肉靶子给狼狗撕咬，被咬得血肉模糊，不省人事。后扔到铁路埂边的荒野地里，深夜苏醒后爬了回去，他才死里逃生[②]。

1938年6月18日，日军在荻港登陆的第二天，在山后搜捕到27名逃难百姓，把他们集中在一起，架起机枪扫射，26人惨死，仅一人因闻枪倒下，被尸体掩埋而幸存。有一次，日军抓来农民张文治，他被当作是新四军关进水牢，后被他绑在树干上，让狼狗活活咬死[③]。

1938年春天，日军占领三山镇以后，杀戮百姓，抢劫民财，拆焚民屋，时有所见。一次，日军在镇上抓来两名无辜农民，逼其2人自掘土坑，而后将他俩砍成数段，推入坑中。另有8名青壮年农民，被认为是中国兵而遭残杀[④]。

日军在“扫荡”时，更是随意践踏无辜平民的生命及财产。侵驻清水的日军，一次下乡“扫荡”，见人就抓。到了祠山，无辜农民周老小、管承杰因年老未及逃走，周当场被刺死。管被迫带路去找“花姑娘”，因无法找到，嘴部被刺，顷即倒在血泊之中。接着，日军放火烧房，从祠山烧到大闸。八里长堤，顿时成了火龙，烧毁民房60余间[⑤]。

① 参见中共安徽省委党史工作委员会:《安徽现代革命史资料长编》(第三卷),安徽人民出版社1995年版,第308页。

② 参见中共安徽省委党史工作委员会:《安徽现代革命史资料长编》(第三卷),安徽人民出版社1995年版,第309页。

③ 参见中共安徽省委党史工作委员会:《安徽现代革命史资料长编》(第三卷),安徽人民出版社1995年版,第311页。

④ 参见中共安徽省委党史工作委员会:《安徽现代革命史资料长编》(第三卷),安徽人民出版社1995年版,第311页。

⑤ 参见中共安徽省委党史工作委员会:《安徽现代革命史资料长编》(第三卷),安徽人民出版社1995年版,第309页。

驻在缪庄据点的日军到陶辛圩“扫荡”，一次在郑桥头、沙墩村、梁屋基逮捕了农民20多人。为了逼使他们说出新四军的下落，日本兵施以酷刑。农民梁诸节被用烧红的火钳夹着颈子，烫得昏死过去。农民吴居炳被倒吊在梯子上，从鼻孔里灌水。肚子膨胀后放下，日本兵站在他肚子上踩，水自腹内从嘴和肛门直流①。

这年3月的一天，繁昌的旧县、库山、桃冲、横山等日军据点，联合出动200多人，对汪冲、谷村、孙冲一带进行疯狂“扫荡”。他们从孙冲抓到14名老人、小孩、全部绑在一棵大红枫树下，先是用刺刀戳，接着用机枪射击，最后在周围堆起干柴，放火焚尸，惨状目不忍睹。日军撤走时，又放火将民房全部烧光②。

仅据市区万字会的一次统计，1938年被日军惨杀的我市同胞，有据可计的就有977具尸体③。

日寇占领芜湖期间，凌辱、强奸妇女，无恶不作。12月10日，芜湖沦陷。不久，成立了“自治会”，还建立一个“皇军慰安所”，强抓来许多妇女供日本兵糟蹋④。

驻在湾沚镇的日军，经常到红杨树“扫荡”。驻守在那里的国民党军一四四师见日军一来就弃阵逃跑。日军在红杨树烧、杀、抢掠，无恶不作。他们开枪扫射青弋江中的船民；抢劫沿江的店铺。洗劫一空后放火烧房子；闯进民宅，见到妇女就抓，肆意凌辱后再杀死⑤。

日军占领下的荻港，竟在中街茂源屋内设有“桃花园”，关着中国的

① 参见中共安徽省委党史工作委员会：《安徽现代革命史资料长编》(第三卷)，安徽人民出版社1995年版，第309页。

② 参见中共安徽省委党史工作委员会：《安徽现代革命史资料长编》(第三卷)，安徽人民出版社1995年版，第311页。

③ 参见中共安徽省委党史工作委员会：《安徽现代革命史资料长编》(第三卷)，安徽人民出版社1995年版，第308页。

④ 参见中共安徽省委党史工作委员会：《安徽现代革命史资料长编》(第三卷)，安徽人民出版社1995年版，第308页。

⑤ 参见中共安徽省委党史工作委员会：《安徽现代革命史资料长编》(第三卷)，安徽人民出版社1995年版，第309页。

姐妹，让日军凌辱，苦不堪言[①]。

驻在竹丝港的日军，经常到渡船口寻衅滋事，抓到了妇女、强迫她们赤身露体地回去。一年冬天，日本兵把抓到的10多名妇女关在石碗庙里，剥光她们的衣服，叫她们围个圈子，供日军玩赏取乐[②]。

日寇对我爱国人士的残害更是凶残。在湾沚狮子山的日军司令部，更是一个恐怖的地狱。司令部中间的操演场是个杀人场，场左侧高地一个大池塘，在塘边建有绞刑架，许多爱国志士和无辜同胞在这里被绞死后尸首抛进池塘淹埋[③]。

繁昌浮山俞村农民俞海恕，被认为通新四军，遭日军抓获，受酷刑之后被剖腹而死。岳山地区一名游击队员，被日军抓去关入水牢，敌人对他多次动刑审讯，一无所获，于是煮了一大锅粥，把这名游击队员丢进沸腾的粥锅里活活烫死。驻在梅山据点的日军，一次就惨杀7名游击队员。在一次“扫荡”中，日军将五条龙、白果树、观音岩3个村约七八十户房子全部烧光，有7人被杀死[④]。

（三）日寇的经济掠夺、奴化统治

日寇占领芜湖期间，不仅残害民众，而且还在经济上大肆掠夺芜湖人民。日军占领期间，在加强军事统治的同时，又加紧了经济掠夺。任意抢占民众财产及大型企业归为己有。日军在芜湖的商业街，霸占店屋和公房，开办了诸如松板屋、三井、三菱、宫壮等招牌的日本商店。同时还霸占明远电气公司和电话局、火车站，设立“通航运输会社”“东亚轮船公

① 参见中共安徽省委党史工作委员会:《安徽现代革命史资料长编》(第三卷),安徽人民出版社1995年版,第312页。

② 参见中共安徽省委党史工作委员会:《安徽现代革命史资料长编》(第三卷),安徽人民出版社1995年版,第309页。

③ 参见中共安徽省委党史工作委员会:《安徽现代革命史资料长编》(第三卷),安徽人民出版社1995年版,第309、310页。

④ 参见中共安徽省委党史工作委员会:《安徽现代革命史资料长编》(第三卷),安徽人民出版社1995年版,第310、311页。

司”，独霸芜湖长江和内河的航运，把掠夺来的大量物资源源运走[①]。

日寇通过征收捐税、强派劳役等手段来搜刮芜湖人民。征收捐税，各种日用商品连柴在内，我商店出售时都要到日本商行投行，被抽5%的行佣[②]。日军在各城镇还勒令居民家家户户缴纳大米、蔬菜、肉类、鸡蛋、喂马饲料等各种物资。在农村则按户摊派，由保甲长征收。农民除缴纳上述捐款外，还要增缴保甲费及拉夫去为日军据点修筑碉堡、挖壕沟等苦力[③]。

日寇甚至通过强制芜湖农民种鸦片，并广开烟馆来毒害芜湖人民。1943年5月7日，《新华日报》刊登了题为《敌毒化芜湖——烟馆增至四百家》的报道，指出：“芜湖之敌，广设烟馆，实施毒化政策，刻芜湖烟馆已自四十余家增至四百余。其鸦片来源除敌贩卖外，并迫令居民尽量播种，芜湖全县田地，现种植鸦片者达十分之六以上。”当时的芜湖，大街小巷内布满了所谓“戒烟所”，这些“戒烟所”以禁烟为名，行纵毒之实，实为吸毒所，可谓“五步一灯，十步一枪，横床吸毒，到处皆是”[④]。

日寇为了巩固其殖民统治，还对芜湖人民实行奴化教育。1942年12月芜湖县伪政府在第二次行政会议上提出的《沟通中日文化应从小学入手案》提案，其内容为当时日伪政权大肆鼓吹“中日亲善”，并试图通过小学教育手段，极力灌输“东亚共荣圈”“新秩序之建设”等思想，其行为之卑劣，让每个中国人都憎愤不已。日伪统治时期，日本正是通过伪政权实施奴化教育，采取各种方式歪曲侵华罪行，摧残中国人民的民族意识和反抗意识，尤其从小学儿童入手，实现其民族同化政策，从而达到对中华

① 参见中共安徽省委党史工作委员会:《安徽现代革命史资料长编》(第三卷)，安徽人民出版社1995年版，第309、310页。

② 参见中共安徽省委党史工作委员会:《安徽现代革命史资料长编》(第三卷)，安徽人民出版社1995年版，第310页。

③ 参见中共安徽省委党史工作委员会:《安徽现代革命史资料长编》(第三卷)，安徽人民出版社1995年版，第311页。

④ 参见芜湖市档案局(馆)编:《不能忘却的记忆:芜湖抗日战争档案文献资料选编》，安徽师范大学出版社2015年版，第35页。

民族实行绝对统治的目的[1]。

二、官陡门之战

日寇的残暴统治，激起了中华儿女的强烈抗争意识，但因国民党的片面抗战战略导致国民党在正面战场上节节败退、大片国土沦丧。而我中国共产党领导的八路军、新四军坚持全面抗战战略，实施游击战的战术，多次给日寇以沉重打击，其中尤以1939年1月发生在芜湖的奇袭官陡门最为经典。

（一）战斗原因及战前分析

为何选择官陡门据点作为进攻对象？官陡门据点有何战略意义？

1939年初，侵华日军开始在南京、镇江、芜湖三角地带进一步增强兵力，采用攻守并用的战术，深入重要集镇，构筑“梅花桩”式的据点，对新四军的茅山根据地进行了大规模的“扫荡”。而国民党为了限制新四军发展壮大，又规定江南新四军只能在江宁、句容、丹阳、镇江、当涂、芜湖一带活动[2]。新四军急需打开被敌人封锁的局面，化被动为主动，而官陡门据点对我新四军根据地威胁尤其大，故而被选为进攻对象。时任新四军二支队副司令员的粟裕将军，在战前曾详细讲述了战斗原因，并对战前敌我双方力量对比，以及战斗及进军过程中可发生的问题进行了详细分析。

官陡门在日军盘踞的战略基点芜湖近郊飞机场附近，是一个极险要的地方，它的位置恰恰像象棋盘中心卒前边的渡河点一样，棋盘河两边的两条线，正如官陡门的两岸的两条宽不到一公尺的堤埂的通路。这几条道路都被破坏了，白天要架上木板才可以通行。据点周围设置三层铁丝网和其

① 参见芜湖市档案局（馆）编：《不能忘却的记忆：芜湖抗日战争档案文献资料选编》，安徽师范大学出版社2015年版，第48、49页。

② 参见芜湖市档案局（馆）编：《不能忘却的记忆：芜湖抗日战争档案文献资料选编》，安徽师范大学出版社2015年版，第112页。

他障碍物，铁丝网以内筑有掩蔽的战壕。两岸中间的河，是不能徒涉的，宽约五十公尺，其余的空白地方，全是河网与湖泊，而其周围几十公里，特别是我们由东向西去进攻的地方，足足有七八十公里的河网。在这地区你要向前走一百公尺，至少就得过两三条河，河沟纵横交叉，水既深而船又小。几十公里地，往往找不到一条陆地，一出门，就非坐船不可。这七八十公里的区域中，只有两条路可以直达官陡门。

但是还需要渡过好几条深不可涉的河。而青山、黄池，敌人的两个据点，正如棋盘东面的两个炮位。这两个据点之间，有一条直达的长约十八公里的宽大的堤埂联系着。而芜（湖）宣（城）铁道的据点线，正如棋盘上的卒子线，每隔五里即有敌人构筑的据点，并派兵守护着，其距铁道最近的，只有三公里，距飞机场则不到三公里，距芜湖也未超出敌人轻炮兵火炮的射程。官陡门两岸的街道以南四公里的永安桥、以北五公里的年陡门，都有敌人驻守，可以沿堤埂直趋街道。总之，在半小时以内，敌人由西、南、北三面各据点开出的增援部队，都可以赶到，飞机的出动更不消两分钟。官陡门的两岸街道，不到一百公尺长，建筑在高高的堤埂上，可以观察四周的河网与水田，虽是单线的砖房屋，但对我们只有步枪和很少轻机枪的部队来说，也是够麻烦的。这里总共驻扎了三百余伪军。两岸之间，只有宽约一公尺的衰朽的板桥贯通，这可算是天险了，也是敌人认为最安全的地方。可是一个极安全的地方却正是我们出奇制胜的地方！①

正因为官陡门据点战略位置重要，处于日伪防守的中心地带，易守难攻，故而选择其为攻击点，既有利于我新四军根据地的安全，又有利于威慑日伪。1939年1月，时任新四军二支队副司令员的粟裕将军，为狠狠打击日伪的嚣张气焰，激励人民坚持江南抗战，率部深入虎穴，决定袭击官陡门之敌②。

① 中共芜湖市委党史资料征集小组：《抗日战争专辑中江烽火》，内部刊物1987年版，第39、40页。
② 安徽省新四军历史研究会编：《新四军抗战在安徽》，安徽人民出版社1995年版，第139页。

（二）战斗过程

1939年1月18日清晨，粟裕作了简短的动员后，就亲率二支队第三团一部，冒着严寒风雪，从宣城狸头桥出发，沿丹阳湖东岸北进。为了不暴露行踪，部队沿丹阳湖东岸，在冒雨北进25公里后停止行动，隐蔽宿营。19日便开始夜晚行军，并从东岸转向丹阳湖西岸，改乘预先备好的船只，沿内河西进。午夜12点，在距离官陡门40公里处的预定村庄隐蔽下来，20日傍晚5点，部队继续开拔。行进到连接黄池、青山大道上的亭头镇。夜10点经大闸，渡过青山河，21日凌晨4点左右，部队终于迂回穿插逼近官陡门日伪据点，组成东西夹击之势。当距敌不到30米处时，发起了突然攻击，这时，机枪、冲锋枪、驳壳枪的怒吼声，手榴弹的爆炸声、嘹亮的冲锋号声响成一片，敌哨兵还没清醒过来，就被子弹穿了无数个窟窿。与此同时，兵分两路的我东岸部队也打响了。在我军两路夹攻下，打得敌人失魂落魄，血肉横飞。经过一阵激战，旋即攻占了敌军司令部，瓦解了敌人。

官陡门之仗，从攻击开始到战斗结束，仅用了8分钟时间，连同清扫战场在内只耗时20多分钟。这场突袭战，击毙官陡门守敌200余人、活捉俘虏57名。仅伪军司令1人因在芜湖未归，侥幸逃脱。缴获大批武器，有机枪4挺，步枪六七十支，短枪10余支，以及不计其数的手榴弹、子弹和其他军用品。

战斗结束后，粟裕将军迅速率部撤出官陡门，沿途受到人民群众的热烈欢迎。下午2点、战士们扛着胜利品，押着俘虏，回到亭头镇。镇上群众敲锣打鼓，燃放鞭炮，庆祝新四军凯旋，在这里，部队召开了庆功大会，喜祝官陡门大捷。会上，粟裕将军格外高兴，欣然题词：“新四军胆气豪，不畏艰苦与疲劳。七十里之途，夜奔芜湖郊。伪军无处逃，伤毙满沟，活捉四（五）十余。步枪四（六）五（七）十条，机枪三（四）挺，驳克十余条。还有大刀，日伪军旗，脚踏车，大衣和皮袍，军用品用箩挑。汉奸远逃，敌内心愁，广大人民兴高，同声咒骂汉奸罪不可饶。”这既是对战斗胜利的史实总结，又是讴歌人民军队英勇作战的壮丽史诗[①]。

新四军第二支队奇袭官陡门凯旋后合影

（三）战斗影响和意义

奇袭官陡门，战斗影响非常大。从战略上讲，打破了日伪对根据地的封锁，使新四军化被动为主动。从战术上讲，这是一次成功的游击战，粟裕将军谋划之精、出兵之奇、行动之快、用时之短，堪称奇袭战的经典范例。这一战，狠狠打击了日伪军的嚣张气焰，极大地鼓舞了江南敌占区人民的抗日信心和斗志[②]。

新四军多位首长对此战赞誉有加，副军长项英在1939年战情总结大会说道："以芜湖为中心有一个师团，南京为中心有一个师团，镇江为中心有一个旅团。另外还增加了从华北、'满洲'来的五千多伪军，敌人的布置更严密了。凡是交通要道，每一座桥梁、车站，甚至公路的拐角处，都构筑据点、驻扎队伍，集中相当的兵力在把守。官陡门据点是日军的重要

---

① 参见安徽省新四军历史研究会编：《新四军抗战在安徽》，安徽人民出版社1995年版，第139、140页。

② 参见芜湖市档案局（馆）编：《不能忘却的记忆：芜湖抗日战争档案文献资料选编》，安徽师范大学出版社2015年版，第114页。

战略据点之一，处于南京、镇江、芜湖日军重点交通线上，这是新四军进行的首次长途奔袭战，而且是在敌人重兵把守的江南战区，所以战略影响很大。”[①]

作为新四军第二支队的司令员张鼎丞同志对此战评价亦非常高，明确指出这是“最标准的一次远袭击”。张鼎丞同志说道：“根据敌人的地形和兵力，看来我们好像是没有办法的，因为敌人不仅有四面坚强的堡垒封锁着的据点，而且四面还有湖有河川；敌人不仅有强大的伪军，而且附近还驻守有大量的日军；但我们终于取得了胜利，半小时内消灭了伪军二百余，俘虏近六十名，而我们则只有两个轻伤的。”[②]

张鼎丞同志对此战取得胜利的原因也做了详细分析，认为“一靠敌情的侦察详细与真确；二靠我们的坚定性及刻苦耐劳的精神；三靠动作敏捷；四靠牺牲的精神”[③]。

粟裕将军将此战经验撰写为《芜湖近郊的奇袭》，于1939年10月7日在《新华日报》全文刊登[④]。此战的战斗经验被我八路军、新四军各部积极学习，从而创造出更多的抗战辉煌战绩。经过此战，江南地区的日伪已被我新四军吓破了胆，龟缩在据点，外出运输物资时必重兵防护；同时也大大鼓舞了我抗战军民的斗志，以极大的热情投入到抗战斗争中。

三、新四军第三支队在芜湖的抗战活动

奇袭官陡门的是新四军第二支队，而抗战初期长期活动在芜湖地区的新四军主力部队是新四军第三支队。新四军第三支队在芜湖地区抗击日寇

① 参见芜湖市档案局(馆)编:《不能忘却的记忆:芜湖抗日战争档案文献资料选编》,安徽师范大学出版社2015年版,第114页。

② 参见芜湖市档案局(馆)编:《不能忘却的记忆:芜湖抗日战争档案文献资料选编》,安徽师范大学出版社2015年版,第114、115页。

③ 参见芜湖市档案局(馆)编:《不能忘却的记忆:芜湖抗日战争档案文献资料选编》,安徽师范大学出版社2015年版,第115页。

④ 参见芜湖市档案局(馆)编:《不能忘却的记忆:芜湖抗日战争档案文献资料选编》,安徽师范大学出版社2015年版,第115页。

侵略的事迹数不胜数。现将其主要战斗列举如下。

（一）首战马家园

新四军第三支队组建完成后，于1938年六七月份随军部挺进至皖南，在东起芜湖、宣城，西至青阳、大通镇一带地区布防。后根据第三战区司令长官命令，于1938年10月7日，从该地区调至青弋江地区，接受国民党友军阵地的防务。第三支队自挺进皖南抗日前线，积极抗战，不断予敌军以沉重打击，取得了一系列的胜利。其中马家园战斗是第三支队挺进皖南以后打响的第一仗①。

芜湖是日寇的一个重要战略要地，经常驻有较多兵力，湾沚与九里山成为日寇向江南进攻的前进阵地。友军国民党一〇八师虽向湾沚之敌多次进攻，但均未得手，形成相持状态。日寇为进犯武汉，掩护航运，对长江南岸国民党炮兵部队进行扫荡，正攻占大通，转犯青阳，与川军五十军对峙中。湾沚之敌为配合其在铜陵、大通沿江的扫荡，遂取攻势，向青弋江进攻。由于新四军第三支队多次对日寇进行袭扰，日寇企图集中兵力，扫荡我新四军第三支队守备部队②。

据1938年10月29日新四军侦察员获得的敌情，日寇在湾沚、凤凰闸、大洋桥一带增兵800余人，有向我军进攻模样③。

针对突发敌情，第三支队迅速做出了战情分析，第三支队防区为湖沼地带，堤埂如网，日寇汽船可达西河，地形对我军不利，为不致遭受敌人强烈炮火的攻击，同时为求得本身机动地对付敌人由水道任何方面的攻击，故而决定采取运动防御的方式，正面配备疏散的战斗群，侧翼控制主力，以便对敌侧击和实施反突击。实现保卫南陵门户青弋江的战略目标，

---

① 参见中共安徽省委党史工作委员会:《安徽现代革命史资料长编》(第三卷),安徽人民出版社1995年版,第170、171页。

② 参见《中国抗日战争军事史料丛书》编审委员会编:《新四军·文献(1)》,解放军出版社2015年版,第200页。

③ 参见《中国抗日战争军事史料丛书》编审委员会编:《新四军·文献(1)》,解放军出版社2015年版,第200页。

以巩固南陵，配合五十军主力对铜陵、青阳之敌作战，守备夫子决、马家园至西河一线，打击来犯之敌[①]。

第三支队积极做战前部署：六团三营防守夫子决、上杨杵、马家园、十甲村一线，担任正面防御。五团团部率二营驻于西河镇，为指挥中心。五团三营之七、九两连位于跑马山，担任左翼侧击；八连则位于三义河，担任警戒。五团一营及一团二营驻蒲桥、青弋江一线，为预备队[②]。

10月30日，日军驻湾沚部队500余兵力，其中内有骑兵百余，兵分三路向红杨镇第三支队阵地进攻。第三支队先后在清水潭、红花铺等地与敌交火，予敌重创，但亦有十余名指战员牺牲[③]。

11月3日，日军增加400余兵力，配合原来进攻之敌分四路围攻马家园、十甲村。第三支队指战员奋起反击。双方一度在马家园和三甲村打成拉锯战。后第三支队主力集结，对日军进行猛烈的反攻，日军遂被迫退至红花铺、红杨镇两地，马家园被第三支队收复[④]。

11月4日拂晓，五团参谋长桂蓬洲率该团三营又袭击红杨树之敌，因侦察不确，仅将敌之排哨歼灭。同时，3日晚上第三支队又另派精悍小队袭击湾沚及九里山之敌，给敌人造成极大恐慌。敌人唯恐后院起火，遂于4日上午将其主力退回湾沚，五团乘胜收复红杨树。至此，马家园战斗告结束[⑤]。

此次战斗，前后经4日之久，敌人伤亡300余名，第三支队伤亡32名，

① 参见《中国抗日战争军事史料丛书》编审委员会编:《新四军·文献(1)》,解放军出版社2015年版,第201页。

② 参见《中国抗日战争军事史料丛书》编审委员会编:《新四军·文献(1)》,解放军出版社2015年版,第201页。

③ 参见《中国抗日战争军事史料丛书》编审委员会编:《新四军·文献(1)》,解放军出版社2015年版,第202页。

④ 参见《中国抗日战争军事史料丛书》编审委员会编:《新四军·文献(1)》,解放军出版社2015年版,第202页。

⑤ 参见《中国抗日战争军事史料丛书》编审委员会编:《新四军·文献(1)》,解放军出版社2015年版,第203页。

阵亡排长1名，遗失步枪10支；终将30日以前地区收复[①]。

经此一战，第三支队实现了保卫南陵门户青弋江的战略目标，使日军不敢轻易进犯第三支队防区。同时也证明了新四军不仅会打游击战，而且还会打阵地战[②]。

（二）繁昌保卫战

繁昌是新四军皖南前线的抗战要地。对于破坏和威胁敌之长江交通运输，与策应青（青阳）、铜（铜陵）、南（南陵）、宣（宣城）等地附近友军之守备作战，在保卫整个皖南的抗战战役上，具有重大战略意义。日军为夺取繁昌，多次向驻繁昌新四军进攻[③]。从1939年1月至12月，日军与新四军在繁昌进行了五次争夺繁昌的战役，在新四军第三支队副司令员谭震林的指挥下繁昌多次失而复得，最终为新四军守住。

第一次繁昌保卫战。1939年1月10日，日军四百余人进犯繁昌，11日日军占领县城。新四军三支队奋起反击，击毙日军二十余人，13日收复县城，取得第一次繁昌保卫战的胜利[④]。

第二次繁昌保卫战。第一次进攻繁昌失败后，日军贼心不死，于1939年3月10日，再次进攻繁昌县城，并一度占领繁昌县城。三支队集结主力反攻，再次收复繁昌城，取得了第二次繁昌保卫的胜利[⑤]。

第三次繁昌保卫战。1939年5月17日至23日，因前两次进犯繁昌失败，日军决定集中兵力分数路进犯繁昌，并逐次增兵，总兵力达两千余人，企图一举攻克繁昌县城。新四军第三支队英勇抗击，日军全线溃退。

① 参见《中国抗日战争军事史料丛书》编审委员会编:《新四军·文献(1)》,解放军出版社2015年版,第203页。

② 参见《中国抗日战争军事史料丛书》编审委员会编:《新四军·文献(1)》,解放军出版社2015年版,第203页。

③ 参见《中国抗日战争军事史料丛书》编审委员会编:《新四军·文献(2)》,解放军出版社2015年版,第160页。

④ 参见中共芜湖市委党史资料征集小组:《抗日战争专辑中江烽火》,内部刊物1987年版,第505页。

⑤ 参见中共芜湖市委党史资料征集小组:《抗日战争专辑中江烽火》,内部刊物1987年版,第506页。

新四军取得第三次繁昌保卫战的胜利①。

相对于前三次繁昌保卫战，第四次繁昌保卫战是战斗时间最长、最为激烈的，此次战役历时15天，与日军进行了三次激烈的战斗。日军自从进攻长沙惨败后，恐我东线守军继续策应，进行战役反攻，并为了维护长江的交通运输和巩固其占领地区的统治，正在抽调强大兵力，增加据点，采取以攻为守的作战方针，企图先发制人，“扫荡”皖南，先夺繁昌作为它的前进阵地②。

据新四军第三支队情报人员侦察得知，日军第十五师团五十二高品联队之川岛警备部队约计步、骑兵五六百人，附大小迫击炮四五门，重机关枪七挺，于1939年11月7日晚由峨桥、三山镇，横山桥附近出发，向繁昌前进，企图夺取繁昌。8日拂晓前，日军分三路到达新兴街、松林口、三元口附近③。

新四军第三支队得悉敌情后，积极部署，准备迎战。11月8日七时许，日军川岛警备部队约计步、骑、炮兵五六百人，分三路向我繁昌城开始进攻。第一路为峨桥、新兴街、繁昌城；第二路为三山、松林口、繁昌城；第三路为横山、马家坝、繁昌城。

日军在马家坝附近，先与五团一营之一部接触。该路敌人因受新四军侧面袭击，即行转向松林口方向，与其第二路主力会合，继续向繁昌城前进。

日军借炮火掩护，全部于九时迫近繁昌县城，并以一部向峨山头守军围攻。第三支队以短兵火力顽强抗击，经数次反复冲锋，将敌击退。

十一时，五团一营、二营互相配合动作，将日军重重包围，日军企图出击突围，双方遂展开激烈战斗。

① 参见中共芜湖市委党史资料征集小组：《抗日战争专辑中江烽火》，内部刊物1987年版，第508页。

② 参见《中国抗日战争军事史料丛书》编审委员会编：《新四军·文献(2)》，解放军出版社2015年版，第160页。

③ 参见《中国抗日战争军事史料丛书》编审委员会编：《新四军·文献(2)》，解放军出版社2015年版，第162页。

至午后三时，峨山头守军亦开始反攻，一部直扑城内，进行巷战。至午后五时，日军纷纷向北门外溃退。新四军即乘胜追击，日军退至草头山附近，又顽强抵抗，并施放毒气。此时天已昏黑，日军即迅速向七里井、松林口方向窜去，战斗结束[①]。

自11月8日，日军进攻繁昌县城被新四军击退后，连日忙于调动军队，企图再行进攻，先夺取赤滩，威胁后方，从而使繁昌孤立[②]。

11月14日凌晨二时，日军石谷联队之西川大队步、炮兵五六百人，由孙村继续向汤口坝、赤滩镇方向前进。新四军五团三营，即与日军在梅冲附近交火。至拂晓时，日军因受新四军钳制，不能实现渡河至赤滩镇的企图，因而迅速占领汤口坝西北之金从山、九龙石一带高地，另一部运动到乌龟山占领阵地。此时，五团三营主力，已向日军指挥阵地九龙石高地进行白刃肉搏战。

上午八时，新四军五团二营，已由白马山运动到三梁山南侧之乌龟山附近，先以火力压制敌人，掩护冲锋，于是双方展开激烈的阵地争夺战斗。

上午十一时，日军从三江口方向，派来第一批增援部队，约两百余人，到达汤口坝附近，向乌龟山上与日军对峙的阵地包围，经新四军反复冲锋，将日军击退。

下午二时，日军从荻港方向，派来第二批增援部队，约四百余人，向新四军右翼包围，此时我方以警卫排警戒三梁山之右侧，同时五团三营，亦已由金从山机动的转移阵地到三梁山上阻击敌人。

黄昏时，在三梁山后面待机的六团三营，以一部向乌龟山之南侧出击包围日军，激战甚烈。该部日军因伤亡过重，不能支持，即利用夜间退出乌龟山阵地。

下午七时，日军第三批增援部队约两百余人，到达黄浒、在黄浒以北

---

① 参见《中国抗日战争军事史料丛书》编审委员会编：《新四军·文献(2)》，解放军出版社2015年版，第164页。

② 参见《中国抗日战争军事史料丛书》编审委员会编：《新四军·文献(2)》，解放军出版社2015年版，第165页。

的象山附近占领阵地，似有收容退却之企图。

下午十二时，日军全部秘密退出战斗，新四军向黄浒方向追击，战斗遂结束。

此次战斗共持续22个小时，日军连续三次增援，兵力达到1200多人，最后以日军败退结束[①]。

日军经过11月8日、14日两次进攻受阻后，恼羞成怒，决定增兵对驻繁昌新四军进行报复，企图一举拿下繁昌县城和消灭驻繁昌新四军[②]。

11月21日早晨，驻扎在荻港、铁矿山附近据点的日军石谷联队，会同驻三山附近的川岛警备队，集中步、骑、炮兵两千余人，分别由桔竹岭、钞矿山、横山、峨桥等五路向我前进。上午七时，新四军五团一营一部，在马家坝附近与从桔竹岭、横山而来的两路日军交上了火。同时，日军主力已从孙村方向经五里绕到繁昌县城西门附近，其他各路日军，均采取稳扎稳打、步步为营的办法徐步推进。

下午三时，日军大部已进入繁昌县城，并集中兵力与火力，向峨山头守军包围冲击，激战数小时，该处敌众我寡，曾一度被敌占领，激战至黄昏。经我军从锤子山方向勇猛反攻，重新夺回了峨山头。

11月22日日军进据繁昌县城以后，即停止向南前进。新四军以五团一、二两营主力，将繁昌县城及其以西、以北地域内的据点重重包围，并不时进攻。是日狂风暴雨，日军死守孤城，不敢出击，且因粮尽弹绝，恐慌异常。

11月23日拂晓前，日军企图冲出重围，被围城部队痛击后，又退入城内。至上午七时左右，日军又向城外猛冲，企图突围，我军以火力在峨山头附近压制敌人，以突击队之二营，向日军突围部队袭击。日军伤亡甚重，残敌即向马家坝方向逃窜，新四军即向马家坝进攻，日军遂仓皇向三山、横山方向分头逃逸。至此，繁昌县城又被我军收复，战斗结束。

① 参见《中国抗日战争军事史料丛书》编审委员会编：《新四军·文献(2)》，解放军出版社2015年版，第166、167页。

② 参见《中国抗日战争军事史料丛书》编审委员会编：《新四军·文献(2)》，解放军出版社2015年版，第168页。

此次战斗历时三天两夜，日军集中兵力达两千余人，最终以我军收复县城，击退日军而结束[①]。

11月8日至11月23日的繁昌保卫战，共击毙日军近五百人（日军指挥官川岛中佐在此役中被击毙），新四军伤亡百余人，缴获子弹近千发，步枪十余支，以及大量其他军用物资[②]。

虽经四次进攻失败战斗，日军对繁昌县城仍不死心，于1939年12月21日上午八时复在三山、横山桥等处集结，约三百余人，附炮四门，卷土重来。经新四军第三支队五团一部在积谷、大行冲等处予以严重打击，激战甚烈。终因我官兵英勇苦战，至下午三时，遂将来犯之敌击退至大小行冲、松林口一带。次晨，该日军再度向繁昌进攻，同时铁矿山之日军亦增援五百余，于占领红花山后以一部进犯白马山，至山腰时，遭新四军猛烈攻击，日军不支，向原路溃窜。时峨桥、三山日军四百余名亦附重炮十余门来援，上午十二时繁昌曾一度为日军所占。新四军当即开始反攻。日军炮火猛烈，战况惨烈。赖新四军三支队五团全体将士奋勇作战，机动袭击，战至下午三时半，将日军击溃，日军残部向横山桥一带窜退。此仗血战两昼一夜，日军伤亡达百余，并夺获军用品甚多，总计炮弹六百余发，新四军亦壮烈牺牲二十余名[③]。

在1939年1月至12月的五次繁昌保卫战中，新四军第三支队共击毙日军1000余人，保卫了繁昌这一皖南和沿江的新四军重要战略据点不致落入敌手。同时也用事实证明了，新四军不仅擅长在敌后战场与日军战斗，而且在正面战场也能与日军一决高低[④]。

---

① 参见《中国抗日战争军事史料丛书》编审委员会编:《新四军·文献(2)》,解放军出版社2015年版,第170、171页。

② 参见《中国抗日战争军事史料丛书》编审委员会编:《新四军·文献(2)》,解放军出版社2015年版,第171、172页。

③ 参见《中国抗日战争军事史料丛书》编审委员会编:《新四军·文献(2)》,解放军出版社2015年版,第195页。

④ 参见中共安徽省委党史工作委员会:《安徽现代革命史资料长编》(第三卷),安徽人民出版社1995年版,第176页。

（三）南繁战役

1940年日军为了巩固长江防线，一方面强化皖南沦陷区的法西斯统治，另一方面不断向皖南地区增兵，企图占领整个皖南地区；同时也为了解决粮食不足问题，向皖南地区发起了一次大扫荡。新四军第三支队积极应战，这就拉开了南繁战役的帷幕[①]。

此次战役日军兵器精良，兵力强大，故新四军不宜与其作坚守的防御战；应采取独立自主的游击战，吸引与消耗日军，疲惫与迟滞日军，发现其弱点，打击日军之一部并配合友军与日军作战[②]。

1.父子岭战斗

南繁战役中发生了很多战斗，其中尤以父子岭战斗最为激烈。1940年4月24日日军的五十一联队与四十九联队混合编成步、骑、炮兵约五千余人，由湾沚、黄墓渡经青弋江攻占南陵。25日，日军又分兵一部，约步、骑、炮兵两千余人，借空军掩护由峨岭猛犯三里店。26日，该部日军继续沿青南公路向西南前进，企图迂回青阳。

26日上午八时，日军池田联队之步、骑、炮兵约两千余人（附重炮八门，飞机四架），由广济坦沿公路向三姓街前进。其先头搜索骑兵，即与我军在三姓街附近游击的小部队接触战斗，同时发现我军在大塘坳附近二营四连目标，对该连实施乘马战，四面包围突击，反复冲杀，激战约两小时，因众寡不敌，该连即分头冲杀，向何家湾方向转移[③]。

① 参见芜湖市档案局(馆)编:《不能忘却的记忆:芜湖抗日战争档案文献资料选编》,安徽师范大学出版社2015年版,第121页。

② 参见《中国抗日战争军事史料丛书》编审委员会编:《新四军·文献(2)》,解放军出版社2015年版,第274页。

③ 参见《中国抗日战争军事史料丛书》编审委员会编:《新四军·文献(2)》,解放军出版社2015年版,第275、276页。

新四军第三支队在父子岭与日伪军战斗

当时新四军在父子岭阵地的伏兵，即向密集公路附近日军射击，于是日军将轻重火器配置在公路北侧山地，骑兵向父子岭西侧阵地包围进攻，步兵主力由大通寺方向展开，实施迂回。

日军借飞机的扫射轰炸与炮火的掩护，一面以骑兵向父子岭阵地猛冲，一面以步兵主力向吕山冲侧背突进。当时我军除以浓密的火力杀伤日军外，即调隐蔽茶山附近之主力出击，在吕山冲内与日军展开激战，白刃肉搏，约经四小时之久。我军因已经达到杀伤敌人目的，即以主力向庵基、紫石汤、许庄方向集结，吸引日军深入与之决战。

日军进至庵基附近，因受我军伏击部队突然的侧射，甚为慌乱，即行停止进攻，退回大路、转向烟墩铺、木镇方向西犯。此次战斗结束。

此次战斗经过约计八小时，日军伤亡兵员三百十七名，战马二十余匹。我军伤亡兵员八十四。缴获机枪夹子二十一个，步枪弹四千五百零五发，机枪弹四百五十发，掷弹筒弹三十七发，日旗三面，火药两箱等。我军消耗七九弹一千二百二十三发，驳壳弹二百三十六发，掷弹筒子弹三发，手榴弹二百八十七枚①。

2.纪家岭战斗

南繁战役中既有惨烈的父子岭战斗，也有规模较小的纪家岭战斗。4

① 参见《中国抗日战争军事史料丛书》编审委员会编：《新四军·文献（2）》，解放军出版社2015年版，第276页。

月26日早晨，日军与新四军在父子岭附近激战时，其空军侦察颇为活跃。日军为使其翼侧安全，掩护主力西犯，派出骑兵三四十人，向烟墩铺搜索前进。

26日上午十一时，我军情报人员发现日军骑兵三十余人，由烟墩铺东侧转向北贡里搜索前进。待至新四军纪家岭伏击阵地前四百米处，新四军即以机枪火力向其扫射。日军骑兵即行分散向我军阵地冲击。当时新四军以手榴弹的密集火力将敌击溃。约战一小时日军即折返烟墩铺。

日军骑兵被我军击溃后，一时战况沉寂。不久日军炮兵由三姓街方向对新四军射击，随后有便衣部队百余人，由刘店铺经童岗又向纪家岭阵地攻击前进，展开激战。我军派出在烟墩铺附近的游击队，亦在敌后活跃；同时新四军由殷冲方向向日军右侧包围突击。日军甚为慌乱，伤亡颇多，即行撤退，向乔木湾方向溃窜，战斗结束。

此次战斗，日军伤亡三十余人，毙马两匹，我军亦伤亡十余人，缴获军用品一部[①]。

3. 繁昌战斗

在南繁战役中，繁昌亦是日军重点进攻的对象。4月24日，繁昌北三山镇、横山桥，大小磕山、峨桥、伏垅山等处之敌十七师团步、骑、炮兵约三四千人，向马家坝、繁昌城攻击前进。

24日下午二时，日军十七师团之步、骑、炮兵四千余人，借飞机掩护向我军活动于马家坝附近之部队进攻，激战约两小时后，因敌众我寡，我军即逐次退至铁门闩一带与敌对峙。

当晚日军继续进攻，新四军继续与之战斗，以小部队的战斗群与日军战至25日凌晨三时，我军主力移至中分徐、八房村一带。

此次战斗日军占领马家坝、铁门闩、中分徐之线。五团移至高坑附近，准备继续战斗。此次战斗，日军伤亡四十余，我军伤亡两名，消耗弹

① 参见《中国抗日战争军事史料丛书》编审委员会编：《新四军·文献（2）》，解放军出版社2015年版，第277、278页。

药三千余发[①]。

4.何家湾战斗

在南繁战役中，除了父子岭战斗，何家湾战斗亦是相当激烈的战斗。4月25日繁昌中分徐、赤沙滩、九郎庙、戴家会、童村街、三里店等处，均被日军占领。

据侦察得知，日军三路向何家湾前进，九郎庙、水龙山一路，约有步、骑、炮兵两千余人。戴家会、六里丁一路，约有步、骑、炮兵一千余人。童村街、晏公殿一路，约有步、骑、炮兵一千余人[②]。

新四军决定以小部队分散牵制敌人迟滞其前进，并截击各路向何家湾前进之敌，情况不利时，则转移敌后打击敌之侧背。

26日上午九时，六里丁方向前进之敌五百余人，与新四军三团团属部队首先发生战斗，经战两小时，因九郎庙来敌两千余人，该部为避免受敌包围起见，即向横山岭方向撤退。

新四军三团二营于25日晚利用夜间运动，至26日上午十时左右赶至苏家村，与日军遭遇，当即展开战斗，占领制高点。敌步、骑、炮兵千余人，分三路配合空军，向何家湾东苏家村附近阵地进攻，激战至下午四时，日军无法攻占阵地，几次冲锋均被击退。

新四军三团一营于25日晚由八里亭出发，经方村、水龙庙、甘杨村至26日上午十一时左右到达何家湾附近，即与日军遭遇，进行战斗。我军以火力阻击日军之冲锋，战到黄昏日军战势不支，即向木镇、了山方向退却。

日军向木镇、了山方向退却，新四军转移至敌后游击，此次战斗结束。此次战斗，日军伤亡三百余人及军官三名；新四军伤亡十余人，消耗机枪弹三千余发，步枪弹五千余发、炸弹一百余颗，损坏步枪五支，又缴

① 参见《中国抗日战争军事史料丛书》编审委员会编：《新四军·文献（2）》，解放军出版社2015年版，第278、279页。

② 参见《中国抗日战争军事史料丛书》编审委员会编：《新四军·文献（2）》，解放军出版社2015年版，第279、280页。

获迫击炮弹、烟幕弹各三颗，炸弹四个，六五弹一百七十五发等[1]。

此次南繁战役还有王家桥战斗、铁门闩战斗等，限于篇幅就不一一阐述了。此次战役从1940年4月23日开始，至5月3日结束，新四军与十余倍兵力之日军，大小战斗十余次，以劣势的兵力与火力杀伤日军近千，消耗其物力无计，这充分证明了新四军作战的英勇；同时也打击了日军“扫荡”皖南，威胁徽、屯的意图，巩固了新四军现有地区和保障了云岭之安全，部队获得了对近代化装备联合兵种战斗的实践经验，并且提高了正规战术的学习情绪[2]。

四、新四军第四支队、新四军第七师在芜湖的抗战活动

上述内容主要讲述的是抗战初期，芜湖地区长江以南新四军主力抗战的事迹。长江以南新四军主力是新四军第三支队；而芜湖地区长江以北新四军主力是新四军第四支队。

1938年春，在鄂豫皖大别山地区的红二十八军及鄂豫边游击队改编为新四军第四支队，于1938年4月进驻皖中地区，1938年5月12日在巢县蒋家河口打了日军一个伏击战，是新四军建军以来首次战斗，初战告捷，毙敌20余人，获枪20余支[3]。

（一）新四军第四支队在芜湖的抗战活动

新四军在芜湖地区长江之北的战斗主要都发生在无为，而新四军第四支队进入无为以后，首战不是针对日军，而是针对勾结日伪、破坏抗战的国民党顽军。

① 参见《中国抗日战争军事史料丛书》编审委员会编:《新四军·文献(2)》,解放军出版社2015年版,第280、281页。

② 参见《中国抗日战争军事史料丛书》编审委员会编:《新四军·文献(2)》,解放军出版社2015年版,第283页。

③ 参见中共安徽省委党史工作委员会:《安徽现代革命史资料长编》(第三卷),安徽人民出版社1995年版,第179、180页。

1938年无为县县长组织反动武装，勾结日伪，为非作歹，残害人民，破坏抗战，且不服从国民党安徽省政府调动，拒绝新县长上任。为扫清坚持敌后抗战的障碍，新四军第四支队奉省政府电令，由参谋长林维先率7团、手枪团、特务营进行了无为讨伐战斗。1938年10月23日，手枪团和特务营攻打无为县之襄安镇。歼灭保安大队等反动武装共600余人，活捉警备司令。7团和特务营攻克无为县城，歼灭5个保安大队，击毙反动县长。接着护送省政府委任的新县长到任就职①。

新四军第四支队抗战活动区域很大，涉及鄂、皖、苏等地区，而在无为地区抗战的新四军第四支队主力主要是江北游击纵队。

为了加强对江北地区新四军和其他抗日武装力量的领导，1939年时任新四军参谋长的张云逸与时任国民党安徽省主席的廖磊谈判，达成协议，将新四军第四支队第二游击纵队扩编为新四军江北游击纵队，该纵队编为三个大队，孙仲德为司令，黄岩为政委（时任无为地委书记），全纵队1500人②。后该纵队不断壮大，于1940年3月所属3个大队扩编为新七、新八、新九3个团，共3000余人③。

新四军江北游击纵队刚一成立，就痛击了日军。1939年元月，江北游击纵队一大队改编为二大队第四连后，在无为县南乡太阳洲与日军第一次交锋，打了一个漂亮的小歼灭战。这天国民党无为县政府将日军出动的情报送给我军四连（四连连长郑子争、副连长王正都、指导员钱耀武）。四连正驻在无为县南襄安镇，得知情报后，部队在第二天拂晓前开到凤凰颈，由副连长王正都带一个班13人过江，到太阳洲埋伏，其余全部在凤凰颈江堤埋伏。上午，日军果然开着一条机器船，载着14个日本兵过来了，当日军进入我埋伏的火力范围时，这个班的机枪、步枪、手榴弹一齐向敌

① 参见中共安徽省委党史工作委员会：《安徽现代革命史资料长编》（第三卷），安徽人民出版社1995年版，第182页。

② 参见中共安徽省委党史工作委员会：《安徽现代革命史资料长编》（第三卷），安徽人民出版社1995年版，第183、184页。

③ 参见《皖江抗日根据地》编审委员会编：《皖江抗日根据地》，中共党史资料出版社1990年版，第399页。

船猛射猛投，仅几分钟的时间，就将日本兵14人全部打死，船也被打沉了。我四连一个班缴获了日军全部武器，在日军援兵赶到之前，全部安全转移，这次战斗中战士蔡继群不幸牺牲①。

1940年6月新四军江北游击纵队奉命在合肥三官集整编，谭希林任司令员，孙仲德改任政委，王集成任政治部主任。新四军第四支队十四团编入江北游击纵队为一团，原江北游击纵队新七团和新九团合编为江北游击纵队二团。原江北游击纵队新八团编入新四军第四支队②。

1940年9月16日孙仲德等率领江北游击纵队二团团部及2个连返回巢南、无为地区，与先期返回的江北游击纵队一部及地方武装合编，改番号为无为游击纵队。周新武、后奕斋等亦同时返回③。

江北游击纵队（无为游击纵队）自1939年成立以来在无为地区进行了许多抗击日伪及国民党顽军的活动。1941年国民党顽固派发动了皖南事变，新四军总部遭受重大打击，芜湖地区新四军主力部队重新组建为新四军第七师，江北游击纵队即为新四军第七师的重要组成部分，后面江北游击纵队（无为游击纵队）抗战的内容我们将放在新四军第七师的抗战活动里讲述。

（二）新四军第七师在芜湖的抗战活动

1940年国民党顽固派要求新四军军部及主力部队撤到长江以北，中共中央为了团结抗战，决定将新四军军部撤到长江以北。并提前为新四军军部向江北转移做了前期大量准备。

1940年9月初，新四军三支队参谋长兼挺进团团长林维先率部到江北无为开辟新区，并为掩护新四军军部和皖南部队过江做准备。10月下旬，在无为县东乡临江坝建立新四军渡江指挥部，曾希圣任指挥长，张正坤、

① 参见安徽省新四军历史研究会编:《新四军抗战在安徽》,安徽人民出版社1995年版,第390页。

② 参见《皖江抗日根据地》编审委员会编:《皖江抗日根据地》,中共党史资料出版社1990年版,第400页。

③ 参见《皖江抗日根据地》编审委员会编:《皖江抗日根据地》,中共党史资料出版社1990年版,第400页。

孙仲德任副指挥长。铜陵敌后县委筹备粮食、渡口，为新四军部队由铜、繁渡江北移作准备[①]。

1941年1月，国民党顽固派制造震惊中外的皖南事变。新四军军部及所属皖南部队9000余人，在遵照国民党军事当局的命令向北转移途中遭到国民党军8万余人的伏击和围攻，除2000余人突围外，一部被打散，大部壮烈牺牲或被俘，军长叶挺在与国民党军进行谈判时被扣押，副军长项英在突围过程中遇害。事变发生后，蒋介石竟污称新四军“叛变”，宣布取消其番号。[②]

面对严重形势，中国共产党仍然以抗日的大局为重，在军事上严守自卫，在政治上坚决反击。中央军委于1941年1月20日发布重建新四军军部的命令，陈毅任新四军代军长，刘少奇任政委；同时组建新四军各师。

皖南事变新四军突围的部队一部分去了苏南，大部分从繁昌、铜陵一带突围渡江到了无为。中央军委和军部命令，将皖南突围部队与原先在江北分散独立活动的几支部队会合一起，组成新四军第七师。

1941年3月17日，新四军军部做出了《关于成立七师及其编组问题的决定》，“指定孙仲德无为纵队，林维先挺进团及现有散布在皖南部队，及已突围过江之皖南部队，均归七师编制，即由张（云逸）、邓（子恢）协同曾希圣商定编制办法，并开始工作。”

同时指定“七师活动地区，暂时以孙、林部驻地为中心，积极整训编制，并即派人过（江）来铜（陵）繁（昌）地区，作收容开展工作，以便七师部队能迅速转移（到）皖南活动，去恢复工作”。[③]

1941年2月19日，中共中央军委任命张鼎丞为新四军第七师师长（未到职），曾希圣为政委。4月15日，中共中央中原局及新四军军部决定第七师暂时成立第十九旅，由孙仲德任旅长，曾希圣兼任政委，何伟任政治

① 参见中共芜湖市委党史资料征集小组:《抗日战争专辑中江烽火》,内部刊物1987年版,第510页。

② 本书编写组:《中国共产党简史》,人民出版社、中共党史出版社2021年版,第89—90页。

③ 参见中共安徽省委党史工作委员会:《安徽现代革命史资料长编》(第三卷),安徽人民出版社1995年版,第547页。

部主住。5月1日，第七师在无为县东乡白茆洲大胡家正式成立，编入第七师的有无为游击纵队、新四军第三支队挺进团、散布在皖南的以及突围北渡到无为县的皖南部队共1900余人。师部与旅部合署办公。第十九旅下辖五五团（团长谢忠良，政委黄火星）、五六团（副团长徐绍荣、主任高立忠），保留挺进团建制（团长林维先、政委李丰平）。此外，还成立了独一营、独三营、特务营。不久，又成立五七团（团长梁金华、政委马长炎），后又将挺进团与桐西独立团合编为五八团[①]。

新四军七师初建时期，采取隐蔽发展方针；第一步是向南、向西发展，第二步是向东、向北发展。同时还积极向四面八方发展，一方面加强打击敌伪，拔除了许多可以拔除的敌伪据点，如土桥、临江坝、三官殿、汤家沟、黄山寺、螺蛳滩、南义等处；一方面派出大批精悍的武工队深入敌后，开辟了广阔的新游击区[②]。

新四军七师成立初期，多次出击，打击日伪，破坏其军事设施、拔除其据点、接应日军统治下的暴动人员，现略举数例以佐证之。

1942年2月20日，新四军七师在芜湖市焚烧了敌特机关及东门火车站，炸毁了电灯公司，破坏了芜湖至当涂段铁路多处，对荻港日军军事设施进行了破坏性袭击[③]。

1942年6月，新四军五十七团团长梁金华率该团一部在地方武装配合下，火烧了三山伪军龙王庙据点，打击了日伪的气焰[④]。

1942年10月，裕溪口日军苦工营发生暴动，在新四军七师所属无为地区游击队接应下，"囚犯"们逃出虎口[⑤]。

---

① 参见《皖江抗日根据地》编审委员会编:《皖江抗日根据地》,中共党史资料出版社1990年版,第234、235页。

② 参见《皖江抗日根据地》编审委员会编:《皖江抗日根据地》,中共党史资料出版社1990年版,第235、236页。

③ 参见中共芜湖市委党史资料征集小组:《抗日战争专辑中江烽火》,内部刊物1987年版,第515页。

④ 参见中共芜湖市委党史资料征集小组:《抗日战争专辑中江烽火》,内部刊物1987年版,第515页。

⑤ 参见中共芜湖市委党史资料征集小组:《抗日战争专辑中江烽火》,内部刊物1987年版,第517页。

1942年底新四军五十七团一个连，夜袭芜湖县麻浦圩胡家村伪据点，毙伤伪军十余人，缴枪数支[①]。

1943年3月，新四军七师所属部队统一整编为含和支队、皖南支队、沿江支队、巢湖支队和独立团，其中战斗在芜湖地区的主要是皖南支队。皖南支队队长兼政委黄火星下辖五个大队。4月，黄火星调任含和支队政委。支队长、政委分别由梁金华，黄耀南就任[②]。

新四军七师直属的皖南支队自成立以来，在芜湖地区积极寻找战机，多次袭击日军，打击了日军的嚣张气焰。

1944年7月，皖南支队下属繁昌警卫大队抓住战机，于父子岭伏击日军，全歼其日军一个小队十余人[③]。

1944年冬，皖南支队下属繁昌大队一个连由南陵回繁昌，途中与日军十余人遭遇，我繁昌大队奋然发起攻击，将其全歼，但我军亦遭受重创，伤亡三十余人[④]。

1945年8月，皖南支队一团一个营活动于繁昌狮子山一带，在杨家渡全歼日军一个小队。后又与二团一营进袭驻扎在芜湖澛港的日军，迫使日军向我新四军投降[⑤]。

皖南支队不仅抓住战机，袭击日军，而且对于日伪据点及伪军亦多次攻击，取得了难以数计的胜利。现略举数例佐证之。

1944年5月13日晚，皖南支队独立大队一部、繁昌大队一部以及无为游击队，强袭驻芜湖、湾址间铁道以东罗家祠堂伪保安大队一个中队及驻老暨滩伪三师七团一个排，战斗同时开始，战约半小时，将两处伪军全部

① 参见中共芜湖市委党史资料征集小组:《抗日战争专辑中江烽火》,内部刊物1987年版,第517页。

② 参见中共芜湖市委党史资料征集小组:《抗日战争专辑中江烽火》,内部刊物1987年版,第517页。

③ 参见中共芜湖市委党史资料征集小组:《抗日战争专辑中江烽火》,内部刊物1987年版,第521页。

④ 参见中共芜湖市委党史资料征集小组:《抗日战争专辑中江烽火》,内部刊物1987年版,第523页。

⑤ 参见中共芜湖市委党史资料征集小组:《抗日战争专辑中江烽火》,内部刊物1987年版,第527页。

击溃。缴获步枪二十一支，轻机枪一挺，驳壳枪一支，指挥刀一把，弹药三百余发，军用品、文件各一部，俘伪军排长以下二十七名，伪军官兵伤亡十二名，我新四军轻伤二名，耗弹药百余发，余无损失①。

1944年5月，皖南支队临江团一部由南芜游击队配合，攻打驻芜湖县埭南圩新屋基及罗家祠堂伪芜湖保安队及伪绥靖队一个排，歼敌七十余人，缴长枪三十多支，机枪一挺②。

1944年9月，皖南支队南繁芜总队、奎谭区警卫队化装进袭肖家渡之伪芜保安队一个排，将其全歼，获步枪十五支，俘伪排长以下十二名，新四军无伤亡③。

1944年10月，皖南支队繁昌大队一部于高埂埠袭击伪芜保安队一个排，将其全歼，毙伪排长等七名，俘伪（军）十二名，获步枪十八支，短枪二支，新四军伤一名，亡二名④。

1944年10月15日晚，皖南支队繁昌大队强攻旧县伪据点，激战四小时，攻下碉堡七座。是役，伪军伤亡十余人，并俘军六人，获步枪十二支，短枪三支，弹三箱，新四军伤亡战士八名⑤。

1945年8月18日，新四军七师“巢大”部队第一、二营，皖南支队二营，攻打驻繁昌中分村伪军独立方面军一个团，激战一夜，摧毁敌碉堡十八座，歼敌一个营⑥。

新四军皖南支队在抗战过程中，与日伪作战多次，但也并不是每战必

① 参见《皖江抗日根据地》编审委员会编：《皖江抗日根据地》，中共党史资料出版社1990年版，第211页。

② 参见中共芜湖市委党史资料征集小组：《抗日战争专辑中江烽火》，内部刊物1987年版，第520页。

③ 参见《皖江抗日根据地》编审委员会编：《皖江抗日根据地》，中共党史资料出版社1990年版，第215页。

④ 参见《皖江抗日根据地》编审委员会编：《皖江抗日根据地》，中共党史资料出版社1990年版，第215页。

⑤ 参见《皖江抗日根据地》编审委员会编：《皖江抗日根据地》，中共党史资料出版社1990年版，第215页。

⑥ 参见中共芜湖市委党史资料征集小组：《抗日战争专辑中江烽火》，内部刊物1987年版，第527页。

胜，亦有许多失利的战斗，很多英勇的新四军指战员不幸流血牺牲。

1944年6月18日，皖南支队临江团二营攻打王家埂日伪据点回来，在老鹳嘴休息。遭大刀会一千多人袭击，伤亡五六十人，其中五连连长张英牺牲[①]。

1944年7月，皖南支队繁昌大队派分队长梁瑞华率武装小分队东进南芜地区活动，一天夜里，小分队在黄公坝附近渡樟河时，遭伪军袭击，梁瑞华等八人当场牺牲[②]。

新四军七师尤其是其直属的皖南支队在抗战时期，杀伤与牵制了大批日伪军。自1941年七师成立至1945年8月抗战胜利，七师健儿与日伪军进行了千百次的英勇战斗，杀伤了大批日伪军的有生力量，缴获了各种炮、轻重机枪、步枪和很多弹药，取得了辉煌胜利。同时，又牵制了日军大批军事力量。如日军为了维持其傀儡统治中心南京的安全，为了防守长江等交通要道，不得不在皖南等地布下重兵，其中有日军一一六师团的三十三联队（分布襄安、刘家渡等地）、十五师团的高田联队（分布于无为城、裕溪口等地）、仓桥联队（分布于芜湖荻港等地）、伪军“护国救民独立师”刘子清部（驻无为城、三官殿等地），为正面战场的友军抗击日军，大大减轻了压力，从而有力地支援了抗战[③]。

抗战胜利后，根据战略需要，中共中央发出关于向北发展，向南防御的战略部署，指示皖南主力立即撤往江北。1945年9月底至10月初新四军第七师除留下少数干部及武装坚持斗争外，其余皆撤至山东根据地[④]。

---

① 参见中共芜湖市委党史资料征集小组:《抗日战争专辑中江烽火》,内部刊物1987年版,第520页。

② 参见中共芜湖市委党史资料征集小组:《抗日战争专辑中江烽火》,内部刊物1987年版,第521页。

③ 参见《皖江抗日根据地》编审委员会编:《皖江抗日根据地》,中共党史资料出版社1990年版,第247、248页。

④ 参见中共芜湖市委党史资料征集小组:《抗日战争专辑中江烽火》,内部刊物1987年版,第528页。

五、结语

新四军成立时，共组建了四个支队，其中第三支队主要战斗在皖南地区；第二支队主要战斗在芜湖地区周边的苏南地区、宣城地区，偶尔也对芜湖地区的日军进行攻击和袭扰，其中奇袭官陡门就是跨地区抗战的典范；第四支队有很大一部分部队主要战斗在芜湖地区江北的无为县（今无为市）。

第二支队、第三支队、第四支队在芜湖地区抗战时，以游击战、运动战为主，但亦进行了多次阵地防守战、攻坚战，如马家园战斗、繁昌保卫战等，给日伪以沉重打击，显示出了中国军民抗战的决心和大无畏的英勇精神。

在芜湖地区的抗战斗争中，新四军取得了许多巨大战果，给日伪以重创，但亦为此付出了重大牺牲。新四军自1937年成立至1945年8月抗战胜利，在八年的艰苦抗战中，在芜湖地区大江南北广大土地上洒遍了烈士的鲜血，涌现了无数可歌可泣的英勇事迹。可以这么说，芜湖地区的每一寸土地，都是用革命先烈、革命战士的鲜血换来的[①]。

① 参见《皖江抗日根据地》编审委员会编:《皖江抗日根据地》,中共党史资料出版社1990年版,第250、251页。

新四军第七师白茆成立史实考

鸠江区委宣传部课题组

摘要：抗日战争时期，新四军第七师是皖江地区抗击日军的主要军事力量。新四军第七师自1941年成立至1945年8月抗战胜利，大小战斗数千次，歼灭日伪军数万人。本文以新四军第七师在白茆成立为切入点，来系统梳理、考证新四军第七师成立的背景、原因以及部队组成，同时亦概说新四军第七师的历史地位。

本文以史实、史料为基础，考证、梳理新四军第七师的相关史实，以便于让后人了解、学习革命先辈的牺牲精神、奉献精神。

关键词：新四军第七师组建　新四军第七师历史地位

一、抗战初期皖江抗战与新四军第七师成立

1937年7月7日，日寇悍然发动卢沟桥事变，进犯我平津地区，中华儿女奋起反抗，为挽救民族危亡，国共两党再次携手合作，全国统一抗日战线迅速建立。

日寇为了扩大侵略战果，除了在北方进攻平津地区之外，1937年8月13日，挑起“八一三”事变，进攻上海，企图以上海为跳板，直接攻占当时国民政府的首都——南京，并自大而狂妄地提出“三个月灭亡中国”的

口号。然而，英勇的中国人民组织的淞沪会战、平型关之战、台儿庄战役，打破了当时日寇不可战胜的神话，狠狠打击了日寇的嚣张气焰。但是，贫弱的旧中国毕竟和当时的军事强国日本实力差距非常大，不久淞沪会战失利，日寇攻占上海，进逼南京。

为攻下国民政府首都南京，日军分兵三路合围南京，其左路军沿太湖南侧，自长兴绕道宣城，经湾沚直扑芜湖县城区，日军飞机连续三天对芜湖城区轰炸，国民党守军无心抗战，纷纷撤离；12月10日，日军从东门攻入芜湖城区，芜湖城沦陷。①

（一）全民族抗战初期皖江地区的抗战活动

芜湖，地处长江中下游，处于武汉和南京之间，且紧靠南京，同时也是安徽江南、江北的交通要道，地理位置极其重要。鉴于芜湖重要的战略地位，抗战一爆发，中共地方组织迅速在芜湖地区恢复，1937年11月中旬八路军驻南京办事处派李世农到无为县白茆洲胡家瓦屋组建了中共皖中工委，工委机关设在胡家瓦屋，领导无为、巢县、桐城等地的抗日活动②。皖中工委成立后在中共长江局的支持和帮助下很快建立了一支自己的抗日武装队伍。1938年春天，在长江局工作的陈家康路过无为时，指示皖中工委，在地方“建立了党组织以后，就要发动群众，建立抗日武装。”于是，皖中工委“在无为东乡，成立了第一支抗日游击队。”③

全民族抗战爆发后，在皖江地区抗击日寇的军事力量，除了游击队之外最主要的就是中国共产党领导的新四军了。在芜湖地区长江以南抗击日寇的新四军，主要是新四军第三支队。

新四军第三支队组建完成后，于1938年六七月份随军部挺进至皖南，在东起芜湖、宣城，西至青阳、大通镇一带地区布防，迅速进入战斗状

① 参见王万春主编:《方村史话》,安徽师范大学出版社2018年版,第85页。

② 参见广州新四军研究会第二分会、安徽省巢湖市新四军研究会编:《新四军第七师》,2005年,第6、7页。

③ 参见中共安徽省委党史工作委员会:《安徽现代革命史资料长编》(第三卷),安徽人民出版社1995年版,第97页。

态，抓住战机不断向日寇发起攻击。[①]

1938年10月份的马家园战斗是新四军第三支队在皖南地区打响抗击日寇的第一枪。

10月30日，日军驻湾沚部队500余兵力，其中内有骑兵百余，兵分三路向红杨镇第三支队阵地进攻。第三支队先后在清水潭、红花铺等地与敌交火，予敌重创，但我军亦有十余名指战员牺牲。[②]

11月3日，日军增加400余兵力，配合原来进攻之敌分四路围攻马家园、十甲村。第三支队指战员奋起反击。双方一度在马家园和三甲村打成拉锯战。后第三支队主力集结，对日军进行猛烈的反攻，日军遂被迫退至红花铺、红杨镇两地，马家园被我第三支队收复。[③]

11月4日拂晓，五团参谋长桂蓬洲率该团三营又袭击红杨树之敌，因侦察不确，仅将敌之排哨歼灭。同时，3日晚上第三支队又另派精悍小队袭击湾沚及九里山之敌，给敌人造成极大恐慌。敌人唯恐后院起火，遂于4日上午将其主力退回湾沚，五团乘胜收复红杨树。至此，马家园战斗告结束。[④]

此次战斗，前后经4日之久，敌人伤亡300余名，我军伤亡32名，阵亡排长1名，我军遗失步枪10支；终将30日以前地区收复。[⑤]

新四军第三支队在芜湖地区与日寇打得最惨烈的战役当属繁昌保卫战。繁昌是新四军皖南前线的抗战要地。对于破坏和威胁敌之长江交通运输，与策应青（青阳）、铜（铜陵）、南（南陵）、宣（宣城）等地附近友军之守备作战，在保卫整个皖南的抗战战役上，具有重大战略意义。日军

---

① 参见中共安徽省委党史工作委员会:《安徽现代革命史资料长编》(第三卷),安徽人民出版社1995年版,第170、171页。

② 参见《中国抗日战争军事史料丛书》编审委员会编:《新四军·文献(1)》,解放军出版社2015年版,第202页。

③ 参见《中国抗日战争军事史料丛书》编审委员会编:《新四军·文献(1)》,解放军出版社2015年版,第202页。

④ 参见《中国抗日战争军事史料丛书》编审委员会编:《新四军·文献(1)》,解放军出版社2015年版,第203页。

⑤ 参见《中国抗日战争军事史料丛书》编审委员会编:《新四军·文献(1)》,解放军出版社2015年版,第203页。

为夺取繁昌，多次向我驻繁昌新四军进攻。①

从1939年1月至12月，日军与新四军在繁昌进行了五次争夺繁昌的战役，在新四军第三支队副司令员谭震林的指挥下繁昌多次失而复得，最终为新四军守住。

第一次繁昌保卫战。1939年1月10日，日军四百余人进犯繁昌，11日日军占领县城。新四军三支队奋起反击，击毙日军二十余人，13日收复县城，取得第一次繁昌保卫战的胜利。②

第二次繁昌保卫战。第一次进攻繁昌失败后，日军贼心不死，于1939年3月10日，再次进攻繁昌县城，并一度占领繁昌县城。三支队集结主力反攻，再次收复繁昌城，取得了第二次繁昌保卫的胜利。③

第三次繁昌保卫战。1939年5月17日至23日，因前两次进犯繁昌失败，日军决定集中兵力分数路进犯繁昌，并逐次增兵，总兵力达两千余人，企图一举攻克繁昌县城。新四军第三支队英勇抗击，日军全线溃退。新四军取得第三次繁昌保卫战的胜利。④

第四次繁昌保卫战。1939年11月8日至23日，日军发动了多次对繁昌的进攻，兵力一度达到两千多人，但最终被英勇的新四军第三支队击退。此次战斗共击毙日军近五百人（日军指挥官川岛中佐在此役中被击毙），新四军伤亡百余人，缴获子弹近千发，步枪十余支，以及大量其他军用物资。⑤

第五次繁昌保卫战。1939年12月21日，日军聚集三百余人，附炮四门，再次进犯繁昌。新四军立即组织反击，最终将日军击溃。此仗血战两

① 参见《中国抗日战争军事史料丛书》编审委员会编：《新四军·文献(2)》，解放军出版社2015年版，第160页。

② 参见中共芜湖市委党史资料征集小组：《抗日战争专辑中江烽火》，内部刊物1987年版，第505页。

③ 参见中共芜湖市委党史资料征集小组：《抗日战争专辑中江烽火》，内部刊物1987年版，第506页。

④ 参见中共芜湖市委党史资料征集小组：《抗日战争专辑中江烽火》，内部刊物1987年版，第508页。

⑤ 参见《中国抗日战争军事史料丛书》编审委员会编：《新四军·文献(2)》，解放军出版社2015年版，第171、172页。

昼一夜，日军伤亡达百余，并夺获军用品甚多，总计炮弹六百余发，新四军亦壮烈牺牲二十余名。①

当然在芜湖地区长江以南抗击日寇的新四军除了第三支队，还有其他主力部队，比如新四军第二支队。奇袭官陡门就是新四军第二支队抗击日伪的经典战斗。

1939年1月粟裕亲率新四军第二支队第三团一部奇袭芜湖近郊日伪官陡门据点，整个战斗仅用了八分钟，连同清扫战场在内只耗时二十多分钟。这场突袭战，击毙官陡门守敌200余人、活捉俘虏57名。缴获大批武器，有机枪4挺，步枪六七十支，短枪10余支，以及不计其数的手榴弹、子弹和其他军用品。②

（二）皖南事变及新四军第七师组建

抗日战争进入相持阶段后，国民党顽固派害怕中国共产党领导的抗战队伍逐渐壮大，不断制造反共摩擦。1940年夏秋，国民党顽固派在华北发动的第一次反共高潮遭到失败后，便把制造反共摩擦的视角转到了华中地区的新四军。

1940年9月初，中共中央从重庆周恩来、叶剑英的报告中，获悉国民党政府军令部已向顾祝同发出"扫荡"长江南北新四军的命令。9月6日，中共中央军委电示叶挺、项英、刘少奇准备自卫行动，并嘱皖南尤须防备。

1940年10月19日，国民政府军事委员会正副参谋长何应钦、白崇禧致电八路军朱德总司令、彭德怀副总司令和新四军叶挺军长，对中国共产党及其领导的武装力量进行种种攻击和诬蔑，进而要求在大江南北坚持抗战的八路军、新四军于一个月内全部开赴黄河以北，并将八路军、新四军合并缩编。同时，国民党当局又密令汤恩伯、李品仙、韩德勤、顾祝同等

① 参见《中国抗日战争军事史料丛书》编审委员会编:《新四军·文献(2)》,解放军出版社2015年版,第195页。

② 参见安徽省新四军历史研究会编:《新四军抗战在安徽》,安徽人民出版社1995年版,第139页。

部准备向新四军进攻。此电进一步表明国民党顽固派妄图把共产党领导的绝大部分军队驱逐到黄河以北，同日军配合夹击消灭八路军、新四军的险恶用心。

1940年11月9日，中共中央以朱德、彭德怀、叶挺、项英名义复电何应钦、白崇禧，据实驳斥他们的反共诬蔑和无理要求；同时表示，为顾全大局，坚持团结抗战，新四军驻皖南部队将开赴长江以北。

1941年1月，国民党顽固派制造震惊中外的皖南事变。新四军军部及所属皖南部队9000余人，在遵照国民党军事当局的命令向北转移途中遭到国民党军8万余人的伏击和围攻，除2000余人突围外，一部被打散，大部壮烈牺牲或被俘，军长叶挺在与国民党军进行谈判时被扣押，副军长项英在突围过程中遇害。事变发生后，蒋介石竟污称新四军“叛变”，宣布取消其番号。①

面对严重形势，中国共产党仍然以抗日的大局为重，在军事上严守自卫，在政治上坚决反击。中央军委于1941年1月20日发布重建新四军军部的命令，陈毅任新四军代军长，刘少奇任政委；同时组建新四军各师。

皖南事变新四军突围的部队一部分去了苏南，大部分从繁昌、铜陵一带突围渡江到了无为。中央军委和军部命令，将皖南突围部队与原先在江北分散独立活动的几支部队会合一起，组成新四军第七师。

1941年3月17日，新四军军部做出了《关于成立七师及其编组问题的决定》，“指定孙仲德无为纵队，林维先挺进团及现有散布在皖南部队，及已突围过江之皖南部队，均归七师编制，即由张（云逸）、邓（子恢）协同曾希圣商定编制办法，并开始工作。”

同时指定“七师活动地区，暂时以孙、林部驻地为中心，积极整训编制，并即派人过（江）来铜（陵）繁（昌）地区，作收容开展工作，以便七师部队能迅速转移（到）皖南活动，去恢复工作”。②

① 本书编写组：《中国共产党简史》，人民出版社、中共党史出版社2021年版，第89—90页。

② 参见中共安徽省委党史工作委员会：《安徽现代革命史资料长编》（第三卷），安徽人民出版社1995年版，第547页。

1941年2月19日，中共中央军委任命张鼎丞为新四军第七师师长（未到职），曾希圣为政委。4月15日，中共中央中原局及新四军军部决定第七师暂时成立第十九旅，由孙仲德任旅长，曾希圣兼任政委，何伟任政治部主任。5月1日，第七师在无为县东乡白茆洲胡家瓦屋正式成立，编入第七师的有无为游击纵队、新四军第三支队挺进团、散布在皖南的以及突围北渡到无为县的皖南部队共1900余人。师部与旅部合署办公。第十九旅下辖五五团（团长谢忠良，政委黄火星）、五六团（副团长徐绍荣、主任高立忠），保留挺进团建制（团长林维先、政委李丰平）。此外，还成立了独一营、独三营、特务营。不久，又成立五七团（团长梁金华、政委马长炎），后又将挺进团与桐西独立团合编为五八团。①

二、新四军第七师的历史地位

皖南事变后，诞生的新四军第七师，是新四军七个师中成立最晚、实力最弱的一个师，但它在党中央“坚持皖中，发展皖南”方针的指引下，经过五年浴血奋战，粉碎了日伪的多次扫荡、国民党顽军的重重夹击，领导皖江人民前赴后继，为中华民族的解放事业和反法西斯战争的胜利做出了巨大牺牲，其辉煌战绩铸就了其在抗战史的历史地位。②

自1941年5月1日第七师成立到1945年10月撤离皖江的五年时间里，七师健儿驰骋大江南北，与日本侵略者展开了不屈不挠的殊死斗争。据不完全的统计，五年中，七师共进行了大大小小的战斗2771次。皖江大地上洒下了他们的斑斑热血，一次次的战斗都是一幅幅惊天地、泣鬼神的壮丽诗篇。

在第七师刚刚成立的1941年，指战员们在揩干身上的血迹后，就在皖江各地与日伪军作战255次，击毙日伪军503人，伤1288人，俘171人。

① 参见《皖江抗日根据地》编审委员会编：《皖江抗日根据地》，中共党史资料出版社1990年版，第234、235页。

② 参见广州新四军研究会第二分会、安徽省巢湖市新四军研究会编：《新四军第七师》，2005年，第304页。

第七师部队阵亡224人，伤520人。

1942年，日、伪、顽不断进攻皖江地区的沿江、皖南、和含各抗日根据地，第七师部队和地方武装协同作战，共作战455次攻克据点13个，毙、伤、俘日伪军及国民党顽固派军队各2642人、1666人、4816人，反正的日伪军和顽军150人。第七师和地方武装共伤422人，亡214人。

1943年是皖江抗日根据地最为艰难的一年，日伪军数次纠集大部队“扫荡”根据地中心区和其他各根据地，战斗次数和伤亡人员显著增多。1943年共作战913次，攻克据点41个，伤、亡敌军（包括进袭根据地的顽军）各4269人、1827人，俘2581人，反正2143人。第七师部队及地方武装共伤、亡2728人、1935人。

1944年，第七师部队和地方武装获得了较大的发展。此年度共作战868次，攻克据点41个。伤、亡敌军（包括顽军）共2994人、4852人，俘虏12301人，反正659人。第七师部队和地方武装共伤3483人，牺牲402人。

从这一组组数字统计中，足可以证明新四军第七师和地方武装在与日、伪军、顽军千百次的英勇战斗中，不仅杀伤了大批日伪军、顽军的有生力量，而且牵制了敌人大批的军事力量，保卫了广阔富饶的皖江大地，使皖江数百万人民免受蹂躏之，为中华民族的解放建立了不朽的功勋。①

① 参见广州新四军研究会第二分会、安徽省巢湖市新四军研究会编:《新四军第七师》,2005年，第314、315页。

新四军大江护商队部分史料考

芜湖市新四军历史研究会课题组

摘要：“皖南事变”后，为了坚持皖南敌后抗战，解决生存问题，新四军在皖南一度采取“打资敌”罚款和强制地主、老财捐献来获取经费，随着皖南根据地的建立，逐步采取生产自救，成立皖南税收机构，通过收税的办法，解决部队的财政供给。

1943年初，皖中区党委批准成立大江护商队，保护在根据地进行商品贸易或途经根据地贩运货物的商人生命财产安全，随着形势的发展，护商队又承担起长江流域货船通过我军控制区的税费征收任务，这支队伍逐步发展成为皖江地区我党地下交通线的重要组成部分。

关键词：大江护商队　税收　交通线

一、开展武装护商的历史背景

皖南抗日游击根据地，长江横贯其中，这里是沦陷区通往大后方的重要通道，各类物资由芜湖经青弋江到皖南山区及第三战区；经裕溪河到无为汤家沟，进入大别山，再经河南第五战区到大后方。因此，皖南抗日根据地不仅是军事上的战略要地，而且也是经济上的战略要地。1942年9月，国民党为了控制新四军的发展，第三战区下令禁止新四军在沿江地区收税。在新四军七师研究对策的同时，皖南特委税务所发生了一件突发情况：10月初，所长芮胜带队员胡二前往铜陵流谭圩梨把桥村落实税收任务，被一名叫王三麻子的汉奸和日本便衣发现，芮胜叫胡二赶紧回去报信，通知其他同志离开，自己去引开敌人，结果被敌人抓捕。由于在敌占区活动不便带枪，搜身时发现芮胜身上只有一本收税收据，上面只开有6天日期，所以在敌人审问时，芮胜一口咬定在家种田，因生活困难受朋友委托代收一定钱、粮食，自己也留一点过日子。因票据是新的，伪军也查不到其他证据，但是芮胜还是被日本便衣带到铜陵县伪军大队部，关进了监狱。监狱是一个油坊改建的，狱中关了很多人，每间牢房都有20多人，监狱中还有新四军长江支队章啸衡司令的警卫员王开学。针对突发情况，皖南特委立即通知相关人员进行了疏散，造成我军在皖南税收工作实际上已经停止。[①]由此，造成皖南根据地一段时间内，新四军部队、特委所属县、区委及地方组织，生存困难，各谋财路、各显神通，主要做法还是靠"打资敌"（没收资敌者财产），勉强维持军费和地方政府的财政开支。一些地方政权为了生存，以群众自发名义成立抗日组织，打击向敌伪走私行为，这些办法虽然解决了临时困难，但不是长久之计。

每年元旦，也是日本人的新年，一般伪政府都在节前放一些人员，以体现中日友善。对此皖南特委开展对芮胜的营救工作。铜陵伪军大队长吴智和是新四军长江支队司令章啸衡的学生，所以组织就请章啸衡出面，将王开学和芮胜一并担保出来。后经部队审查，没有发现失节问题。芮胜出狱后，针对当时情况，向皖南特委提出，皖南是敌占区，采取打击向敌伪走私商品做法，不利于保护当地群众的生产生活。为此建议：以查处违禁物资，保护正常商品安全通行的名义，像税收一样合理收取一定费用，让商人能接受，叫押运费也行，护送费也行，这样可以长期进行下去。芮胜的建议引起皖南特委高度重视并向皖中区党委进行了汇报，1943年3月皖中区党委研究决定，以防止各类物资流向日本人占领区和敌方违禁物资进入根据地的名义，加强对抗战物资进行的管理，把物资管理（税收）工作

①《难忘的皖南岁月——采访老战士芮胜》,《大江同舟》2004年第3期。

交给各级地方政府承担，成立根据地物资管理机构，实际上还是收税机构，只不过以前由新四军部队收税，改为地方政府组织实施，以前叫税收所，现在叫货管局。同时，为了进一步加强党对皖中地区的各级地方党组织的领导，皖中区党委研究决定撤销七师敌工部，将敌工部合并到皖中区党委联络部，区党委书记曾希圣兼任联络部部长，段洛夫任副部长，以提高军队和地方政权融合；撤销皖中财经委员会，为统一管理根据地的财经贸易工作，成立皖中行政公署财经处，下设皖江货物管理总局，叶进明任财经处处长，蔡辉任财经处副处长兼货管总局局长。为了加强对皖南抗日根据地地区的领导，皖中区党委对皖南地区党、政、军组织机构进行调整，皖南特委改为皖南地委，书记黄火星，副书记黄耀南。以七师57团为基础，连同江南铜陵、繁昌，江北无东、无南4个县委武装一起合编成立了皖南支队暨皖南军分区。撤销原来隶属于新四军建制的皖南特委税务所，将皖南地区税务所工作交给各级地方党委承担，设立属于皖南地委领导的皖南财经委员会（财经分处），领导铜青南、南繁芜、南芜、无东、无南的财经工作，皖南财经委员会下设货物检查处，下设分处（局）、分所，不久改为货物管理局。皖南的货物检查管理机构执行双重领导，由皖中货管总局和皖南财政经济委员会共同领导，这样安排，从表面上满足了第三战区的要求，在体制上也理顺了同皖中货管总局的关系。但是，由于货检处人员党的组织关系属当地县委，工作上又是统一管理，所以在分配比例有一些矛盾，比如繁昌保大圩货检处还成立了“三人党政军小组”，其中皖南支队为一方，负责协调货管收入分配问题。①

自日军进入皖江地区以后，这一地区的人民饱受战火的蹂躏和经济掠夺，同时还要承受天灾的威胁。特别是巢（县）无（为）中心区，由于地势低洼，常遭洪水侵袭。天灾人祸，造成民生凋敝。从1943年开始，日军进一步实施“以战养战”的方针，加紧对皖江地区的经济掠夺，日军和汉奸开设了多家洋行和公司，控制了水上运输，他们在皖中抗日根据地接壤

① 中共繁昌县委党史办公室编：《红花山风云录》，安徽人民出版社1994年版，第79页。

的地方开设了许多分支机构，大肆抢购粮食和土特产品。[①]

面对这种情况，为解决人民群众的生活困境，粉碎敌人对根据地的频繁进攻和经济封锁，皖中区党委号召抗日根据地的党组织和民主政府，把工作重点放在发展根据地农业生产上，提出一系列措施：一是，广泛宣传劳动光荣，号召农民发展副业、畜牧业、林业和瓜果蔬菜等生产，组织各级干部和新四军指战员参加农副业生产。二是要求各区、乡、村都建立生产委员会，发动、组织和帮助农民发展生产；三是为了增加农民收入，兴办农业互助合作组织，开展劳动互助运动。由于生产力水平的提高，各类农产品也获得丰收，上海、南京、芜湖等地的大批商人来到根据地进行贸易活动，为了保护这些商人生命财产的安全和根据地贸易活动的正常开展，保护运输货物安全经过根据地前往其他地区，在江北地区，曾希圣政委特调一支200多人、装备精良的警卫大队给货管总局。后来，蔡辉还抽调精兵500人组成水上武工队，负责水上治安，切实起到了护商的作用。由于皖南地区以敌占区为主，江北无东、无南县；江南的铜青南、南繁芜、南芜等地区隶属皖南地委管辖，长江从皖南地委辖区通过，如何保障长江流域的货物运输安全，成为皖南地委一道必须解决的难题。

二、成立大江护商队

抗战爆发后，长江沿岸上海、南京、芜湖、九江、武汉先后沦陷，长江就成为京、沪、杭及无锡、苏州、芜湖等地商人与皖南山区、大别山、重庆等国统区进行贸易运输的必经之路。从内河运往长江沿岸大城市的货物，以糙米、生油、茶油、山货等土特产为主。从大城市运到长江沿岸农村、集镇的货物，多为食盐、棉纱、洋杂、布匹、白糖、煤油等商品。这些物资在长江上航行，短途一般都是民用机帆船，长途是小火轮、货船运输队。当时，在长江上除去日本人的汽艇以外，还有散布在各地的国民党忠义救国军部队，以及地方武装、帮会，乃至散兵游勇、土匪，他们扯起

①广州新四军研究会第二分会、巢湖市新四军研究会:《新四军第七师》,2005年,第352页。

自治军的旗帜，占城夺池，据地称雄，来往长江的货船，航行到皖江一带时，不但受到日伪盘查、国民党地方武装的袭击，还常遭到散兵、土匪的抢劫，商人的生命财产承受着巨大的风险，往往视水路为畏途。[①]为了保证根据地长江南、北地区物资流通，保障商人在根据地进行正常贸易，针对上述情况，皖南地委决定将原撤销的皖南特委税务所的新四军干部、战士，包括所属获港、黄浒、沙洲、顺安、青北五个区域税务所的人员合并，组建大江护商队，负责长江流域的运输安全，重点是保障江北巢无根据地商品交易的安全，所以，皖中区党委联络部高度重视这支队伍的建设，段洛夫同志为增强护商队的战斗力，还从师直部队直接抽调一个排战士，由参谋方德祥带队参加护商队工作，并按照一个大队的编制和武器进行配备，成立初期人员就达120多人，成立地点在繁昌黄浒镇感定圩(村)，任命芮胜担任队长，王成信、章科、郏繁任副队长，王成信重点负责通往皖南山区（三战区）进出物资的中转运输护送任务。[②]

选择芮胜担任队长，区党委进行了多方考虑。芮胜原名芮学贤，1939年8月参加地方抗日游击队，“皖南事变”发生后，芮胜为护送突围新四军战士渡江，留在七师曾希圣身边当警卫员。1941年5月在无为汤沟镇进入地下工作培训班学习，有经验、有文化。还有一个考虑是他的家族背景，当时芮姓在皖南地区是一个有名望的家族，先祖芮世通，据《大清一统志卷八十四——人物》记载：“芮世通，芜湖人，十世共居，朝廷旌之。”1934年至1949年间在国民教育新生活运动中，芮世通作为重点宣传人物之一，受到国民政府的颂扬，一批党政要人、社会贤达都为芮世通题字，写文章。芮胜还有一个族兄叫芮勤学，时任国民党军法执行总监部中将督察官，曾任蒋介石副官处长、宪兵第三团团长，抗战时期任第41师123旅旅长，参加过南京保卫战。选择芮胜当队长，在特定的时候，可以利用上述关系处理一些问题。所以护商队成立时，曾希圣提出，不能以新四军名义出现，对外称船帮护商队。当时护商队有二十几个芮姓人员，都是本地

---

① 安徽省新四军研究会:《抗日战争回忆录》,安徽人民出版社1992年版,第318页。

②《难忘的皖南岁月——采访老战士芮胜》,《大江同舟》2004年第3期。

人，也称芮氏船帮。晚清时，山西的晋商同日本做海上商品贸易，因用船作为交通工具，所以将这些从事对日本贸易的商会组织称为“船帮”。抗日战争时，一批山西商人在上海恢复了“船帮”，把国内矿石等原材料运到日本，换回一些物资，其中就有铜陵的矿石和粗铜。护商队还定制了专门的制服，用黑色棉布缝制，有帽子、绑腿、布质护商队襟章，实行供给制。所以，在当时被外界包括第三战区都认为是忠义救国军部队。护商队成立后，任务是负责进出根据地的商船的安全，保证我军控制区长江流域的通行畅通，具体任务就是武装护航，对押运船舶，按货物价值抽缴一定押运费，当时叫护送费，也称辛苦费。[①]押运费收到后，交到皖南财经委员会，由他们统一同皖中财经处结算。

护商队成立之初，为了提高护商队整体素质，根据皖南地委的要求，除了加强训练提高干部战士军事素质外，还专门组织对干部战士进行保密和廉政教育，要求干部战士在艰苦复杂的斗争环境中，能吃大苦耐大劳，廉洁自律，要求每一位干部战士对每次收费，要向群众反复说明当前正处在民族危亡之际，我们的工作是为了抗日，是从根本上保护人民的利益；讲清国家兴亡，匹夫有责、有钱出钱、无钱出力的革命道理；宣传根据地党、政、军人员为了减轻人民负担，过着极其艰苦的生活，同群众一起共渡难关的事迹；宣讲根据地人民政府的护商政策，说明护商的目的是抗日。大江护商队经过一段时间的工作，产生了一定社会影响，也取得良好成效。

1943年7月，皖中参议会第一届参议员代表大会在无为县召开，在大会形成的决议案中，第十三个提案就是扩大根据地财政税收，繁荣根据地经济，具体提出四条建议：（1）邀请商人来根据地，鼓励自由贸易；（2）保护和优待一切过境商人；（3）参照护商队的做法，在根据地成立公路、内河护商团体，组织货物运输栈；（4）巩固巢、白二湖商业交通线。该提案获大会原则通过，交主管机关参考。此后，武装护商在皖江抗日根据地

① 《铁军》2021第7期，第29—30页。

相继建立并发展起来。①

由于是武装护商，在押运过程中参加战斗也是经常的事情。一次芮胜带队外出时，途中路经繁昌黄浒镇一个小桥边，发现了一个日本人，和队员周昆迅速将他抓获。这个日本人不但会讲中国话，还是一名日本共产党员，当时即将其送到交给新四军皖南支队，受到曾希圣的表扬。1943年9月，芮胜带领的队员在繁昌黄兴圩活动时，在河堤上一户老百姓家纳凉，日本便衣队不知怎么得到消息，他们乘船偷袭，在河堤上进行了激战，战士吴因岗在战斗中不幸牺牲。日军也有伤亡，第二天日军为了报复，包围黄兴圩，火烧了村子，杀了十几个人，借口是村里来了新四军未报告。

三、地下护商通道

皖南事变后，逐步形成的皖中抗日根据地，对日伪在皖江地区的统治形成了巨大的威胁。日伪千方百计对根据地进行封锁，企图从经济上摧垮皖中地区抗日力量。其封锁办法，一是在边界地区设立封锁管理处（站），严格禁止粮食、食盐、布匹、药品及其他军需物资的输出②，凡商民向封锁线外携带粮食5斤以上者，不仅没收③，还要被处罚；二是在占领区内到处设立关卡，限制物资流动，并对各种物资的流进流出课以重税。当时从芜湖到合肥，一路要过20多道关卡，关关受检，卡卡纳税；三是对民间物资进行严格控制，对农民未被征收的粮食，也强迫登记入仓，不仅粮食计口配给，对食盐也实行按人限量，造成沦陷区的农产品基本被日军所控制。在农业生产方面，推行农村殖民地化政策，提出“中、日、满农业一体化”和“全体主义的计划经济”，强迫沦陷区农民按照日本侵略者的意图安排耕种，并据此制定“增产计划”，以满足他们

①《皖江抗日根据地》编审委员会编:《皖江抗日根据地》,中共党史资料出版社1990年版,第117页。

②《父亲从事地下工作的往事》,《江淮文史》2018年第1期。

③《皖江抗日根据地》编审委员会编:《皖江抗日根据地》,中共党史资料出版社1990年版,第117页。

贪得无厌的需要，达到“以战养战”的目的。各县伪政府，还专门设立“增产委员会事务局”，监督农民按照日本侵略者的意图耕种，积极推行农村殖民地化。日伪的封锁，造成根据地食盐、布匹、药品及日用百货等生活必需品的异常短缺，各种军需物资更加难以采办，造成整个皖中根据地严重的财政经济和军民生活的困难，加上新四军队伍扩编，到1943年初，整个皖中根据地均出现了严重财政危机，部队一日三餐以瓜菜为主，冬天也没有棉衣。要解决部队的生存问题，就必须大力发展根据地的经济和贸易。为此，皖中区党委、行署决定将皖江贸易总局从巢无中心区迁到与芜湖一江之隔的汤家沟镇，在镇上成立“集成号”商行。工作人员以商人的身份与芜湖、南京、上海商人联系，合资开办公司，以扩大进出口贸易，创建的较大公司有上海通汇公司、上海中华物资公司、上海安源公司、芜湖海记公司等。商品流通就离不开长江运输，这就要求创造一个安全交通环境。大江护商队成立后，首先围绕长江沿线进行侦查摸底，基本掌握了长江沿途的日、伪、顽、土匪的情况，并向皖南地委做了专题报告，采取三条措施：第一，由皖南支队在我军控制区，发出关于在长江沿线打击江匪路霸的通告；第二，在我军控制区以外的地方，由护商队同相关国民党地方政府、顽军（四川部队）联系，提出共同保护商人、运输业者的要求，我军让出一定比例押运费，由商人、运输业者交给国民党地方政府、顽军。第三，对日伪方面，主要通过地下党和当地民主人士沟通协调，让商人平安通过封锁区域，特殊情况由护商队安排偷渡；对三番子、大刀会等长江流域比较普遍的帮会组织，段洛夫安排参加过这些组织的赵鹏程、谭长发，要求他们利用自己原来参加过三番子、大刀会且辈分高的特殊身份，配合护商队工作，收到良好效果，以后这些组织还帮助我军搜集情报，购买武器弹药及药品；对江匪路霸主要以打击为主，个别情况采取协商方式解决，比如在当涂的采石矶有个名叫四十八村的大庄子，在长江边上，地形十分复杂，长期为一股大土匪盘踞。这股土匪的组织十分严密，除了首领与军师外，有四大护法、八大金刚、四十八堂主。这股土匪与地主豪绅勾结，成为独立小王国，外人不敢进去。1938年春，粟裕率领的新四军抗日先遣支队路过这里也是通过谈判，才得以通过。日军占领当涂后，对这股土匪收编不成，进而围剿，成效不大。为了解决这股土匪，护商队采取猎狩的办法，先后抓到他们9个人，给予优待，组织他们到根据地参观，以后放了二个人，请他们带了一封信回去，大意是皖江根据地的物资安全流通，关系到几十万老百姓的生存，要求他们必须放弃侵犯抢劫进出根据地的商人和船只的行为，否则将受到围剿。结果他们答应了条件，护商队也放了人，此后，这些人不但为我军地下人员进入敌占区提供方便，还帮助承担了一些皖中根据地送到苏北新四军部队物资的任务。

由于皖南地区中心城镇基本被日军占领，国民党军队仅控制了皖南山区，在皖南山区驻有国民党三战区司令部，川军第二十三集团军，总司令刘湘，辖第二十一军（军长唐式遵）、第二十三军（军长潘文华）和蒋经国的青年军，还有安徽省政府等大量行政机构，青弋江就成为上述部门物资供应重要渠道，当时山区货物通过小船运输到西河镇，再中转换大船运入长江，同时把山区需要的一些商品运回去（特别是高档消费品）。一些商人就找到了商机，通过青弋江同国民党政府、军队后勤部门做生意，这对护商队来说是一个重要契机，也引起皖中区党委高度重视，因为对皖南山区的物资管理，不但能为我军增加一笔可观的资金收入，同时也能沟通与皖南游击队的联系。皖南事变后，七师敌工部在西河镇建立秘密交通站（站长刘焕安），1943年6月日军攻占西河镇，交通站受到破坏，站长牺牲，交通一度中断。1944年5月为了沟通与皖南山区游击队的联系，安排王成信、舒梦熊带领一个班战士和5名干部到皖南山区绩溪、宁国和浙江昌化等县交界的地方，组织情报搜集，帮助物资转运活动，他们在绩宁昌边区建立了根据地，在歙县社山、旌德管家山等地建立交通站。

护商队也在西河镇芮家巷设立联络点，帮助进行物资转运。为了沟通与皖南山区部队的联系，联络部专门调铜陵沿江地下交通站副站长章家元，公开身份是伪军小队长。（站长洪亮）以辞职做生意名义，到西河镇承担地下交通任务，接着根据梁金华支队长命令，繁昌大队和护商队各抽调一个班战士，组成小分队，由梁瑞华、芮正昌带队到南芜地区建立交通线，小分队在渡过漳河时，突遭国民党军袭击，梁瑞华等7人当场牺牲，其他人员打散，芮正昌等五人突围到了西河镇，7月联络部决定以护商队在西河镇物资转运点为基础设立的皖南交通站，芮胜兼站长章家元、芮正昌为副站长。

经过护商队一段时间的工作，沿江交通渠道和通往皖南山区的通道基本上建立起来，通往皖中根据地（江北）的交通渠道安全得到保障，汤家沟贸易市场随后建成，并形成一定规模，有了地下商品流通渠道，针对敌顽对皖中根据地（江北）的封锁，七师决定以封锁对封锁的策略，实行粮食贸易管制和垄断经营，使芜湖米市粮价暴涨，带动南京、上海粮价狂升。而汤家沟则有大量的粮食可供出口，仅仅两三个月，就吸引了大江南北的大批商贾蜂拥而至，大批以货易货方式进口的工业品源源而来，米行、盐行、五金行、百货行、钱庄、客栈、中药店、山货行等各类商行纷纷开张，二三百家各类商铺鳞次栉比。内江船帆如林，码头日夜繁忙，白天人声如潮，夜晚灯火如昼，这种盛世景象，同敌占区与国统区三里一关、五里一卡，层层收税，商贩不堪重负形成了巨大的反差。皖江贸易工作迈出了成功的一步，皖中根据地的财税收入也出现了明显好转。

四、敌伪夹缝中的税收工作

太平洋战争爆发后，驻芜日军调集6000余兵力，两次“扫荡”巢无根据地。皖南支队奉命抽调铜陵大队、繁昌大队等武装前往江北，配合七师反“扫荡”。

1943年七师政治部主任何伟(二排右5)

联络部段洛夫(二排左1)与芮胜等合影(三排右5)

由于日军的“扫荡”，造成汤家沟农副产品集散地和二坝贸易市场一度停止运行。在江南地区，日军实施“以战养战”的方针，开始加紧对以芜湖为中心皖南地区的经济掠夺，大肆抢购根据地粮食和土特产品。日军的行动给我皖江根据地造成极其严重的影响，根据地正常次序都被打乱，造成财政危机、物资奇缺。由于皖南地区局势相对平稳，皖中区党委一度要求皖南地委设法筹集经费，保障部队供给，皖南地委决定在长江上做文章，要求护商队在护商的同时，承担长江过往船只进出口货物税和过境税征收的任务，具体要求：“对境内只要不违背政府法令，不贩卖违禁物品，不偷运逃税，一概保护；对境外采取赋税形式予以管理”。①

为了执行皖南地委的决定，大江护商队把工作的重点及时转移到长江税收工作上来。首先在长江上采点，在长江支流出入口设置站点，从池州到当涂沿江主要税收站点有：大通河站、顺安河站、姑溪河站、裕溪河站等站点，这样设置，遇到情况可以及时撤退。一般一个大站点安排一个中队人员，收税方式采取流动小组，划船在支流入口等待，看见货船就进行登船收税，税收时一般安排人员在岸上掩护。为了保证护商队员安全，护商队还通过各种渠道在敌伪据点中发展内线人员，便于掌握敌伪武装和便

① 安徽省人民政府税务局、安徽省档案馆编：《安徽革命根据地工商税收史料选》(上、下册)：安徽人民出版社1984年版，第239页。

衣活动情况，避开敌人巡查，也依靠广大群众为护商队提供敌伪的情况。征收税种主要是进出口货物税和过境税，对象就是过往皖江地区的船舶，税收标准是依据皖中财经委员会颁发的税率，结合船舶运输物资情况的实际情况征收，一般物资根据市场价灵活掌握。

具体分为出口（根据地）物资类和进口（根据地）物资类；出口物资类：大米、小麦、黄豆、玉米、高粱等，10%～15%；此外还有芝麻、花生、油菜籽，18%～20%；麻、茶、桐油、生漆、中药材，15%～20%；猪肉、鲜蛋、鲜鱼、螃蟹等，10%～15%；竹木柴炭及竹木制品，包括竹篮、箩筐、扁担等，5%～15%。进口物资类分为，生活类；食盐、食糖、火柴、肥皂、黑白布、细布、兰士林布等5%～10%；消费品类：香烟、水酒，各类糖果、糕点、食品等，20%～30%。迷信品、化妆品类：花露水、雪花膏、胭脂、口红、香粉等，40%～50%。[①]

过境税主要就是在长江上各类货物运输船只，税收标准同上。也有相当一部分没有税收标准，比如机械设备、地矿产品、建筑材料，对于这些只能现场评估，协商一个税收标准；对走私违禁品、枪炮子弹的一律没收。在税收中，对个别抗税或与敌伪军有勾结的奸商，则强行开征进出口货物税和过境税，严重者加罚或没收其全部货物，个别情节恶劣的采取镇压措施。

为规范税收管理，护商队在征收货物税过程中，统一印制税收票据，标明货物品种、数额、税率，收税人签字等。为了做好税收工作，大队领导在大队部一个月工作的时间只有三五天，日常工作就是深入到各个站点。每到一个中队，都要把下面存在的问题了解清楚，一起研究解决问题的方法。重点的工作就是如何将收到的税款带走，税款带走前，当面开好三联收据。一份用于核算、一份交给中队、一份留作存根。为了防止意外事故发生，每个月底或者税款多了，必须携带收据到各个中队收账。然后解送到皖南分金库（即第三分金库），然后送皖江总金库。税款是多种多样的。有黄金、白银、烟土、国民党银行法币和汪伪政府储备券，还有各

① 中共巢湖市委党史研究室:《皖江抗日根据地史》,皖非字(2000)第096号,2001年,第243页。

根据地自己发行的诸如江淮币、盐阜币、淮北币、淮南银行币、大江银行币等。有时不能及时送达时，就将所收的税款捆在身上，然后想方设法找到机会，将税款解送到第三分金库，有时直接送到皖江总金库（入库单交财经处）。为此干部战士一旦收到钱款，总是提心吊胆，吃不下饭，睡不好觉，往往一个晚上，要转移好几个村庄。在抗日战争的艰苦岁月，他们克服各种困难，在极其危险的随时都可能掉脑袋的情况下出色完成了任务，不但经受了战争的洗礼，同时也经受了金钱的考验。

护商队在长江流域开展收税，也造成一些船舶公司和从事长江运输贩运的商人反对，他们向当地日伪机关和国民党政府告状。要求查处江面上税收行为。为此，日伪和国民党军队都在长江上派出武装船只和军舰袭击护商队。在陆地上，日伪和国民党军队也多次组织围剿护商队，造成二十多名队员受伤，十多名队员牺牲。为了改变这种局面，护商队研究决定，采取防卫措施，在日军派部队开着汽艇追击时，先在河道里布置暗桩，不明白水下状况的日军，如果贸然去追，很容易搁浅，一搁浅遭到护商队的攻击，后来日军基本不敢进内河，护商队也改变过去设点收费方式，成立战斗小队，分散活动，不确定地点，在远离敌人据点的长江上，流动税收，基本做法就是首先安排好警戒，防止敌人袭击，再派一两名队员划一条小船向过往船只送一个通知，要求他们纳税，并侦查船只情况，如有逃跑的由上游或下游队员进行武装收税，如遇到武装护卫的、开枪的由岸边队员掩护，用机枪和小炮还击，掩护队员撤离。有的队员在送通知时，就带着一颗手榴弹，发现拿枪袭击的扔了手榴弹就跳江撤离。由于在长江武装税收效益可观，为了保证税款安全，七师领导经常派部队接应护商队，对护商队工作多次进行表彰和慰问。进行武装收税，自然屡屡发生武装冲突，上海、南京一些报纸对此进行了报道，给新四军七师形成一定的舆论压力，所以皖中区党委通知暂停在长江上武装税收。可是没有半个月时间，区党委联络部就通知芮胜到七师师部开会，原来是一些长期在长江上跑运输和进行货运的公司，比如日商三井株式会社和烟台米业帮会（将芜湖大米运到烟台的商家）等纷纷派员通过各种关系找到根据地负责人，请求帮助协调运输安全和各地重复收税及标准不统一问题。皖中区党委认真听取了他们意见，决定调整长江区域税收管理的政策，统一皖中根据地各地税收管理，采取分工负责制度，规定根据地内河船只进入长江以及长江上仅过江小型船只的税收，由皖中行署领导的地方货物检查部门或我党地方行政机构负责收取，实行“一站通”的税收政策，各地货检（税收）机构不再重复收税，过往货船只验证一下税收单据。当时在长江跑长途运输的船只，是根据地税收的主要来源之一，相当一部分是运输船队，十几条货船一队，运输的东西，不但数量大，而且一部分没有税收标准，比如矿石、机械设备、煤炭、砂石等，对此，护商队经向七师联络部请示后决定，由财经处主任唐晓光负责，在二坝等江边设点直接收取，以后为了方便运输公司，皖江货管总局能够收取的税收由他们负责收取，因为皖江货管总局为了开展对敌伪控制区域的贸易工作，在上海设立安源贸易公司、中华物资公司，这些公司在沿江城市设有分公司或者办事处，比如在芜湖设立了中华物资公司芜湖办事处，办事处经理盛慕荣。[①]长期在长江上跑运输的船舶运输公司，必然有出发点，所以要求尽量改为出发地由货管总局办的公司以中介费名义收取，这样不但方便了运输公司，税收标准也相对合理，又能保障货款的安全。以后这两个公司以合法的身份，同各地运输公司谈判，按趟数、按价值、数量，统一收取费用，凭通知通过我军管理的区域，护商队直接放行。安徽教育学院教授陈家骥在《皖江抗日根据地的贸易经济》一文中也介绍“无为县汤家沟、二坝等集镇，商贩云集，市面繁荣，有时一个商队就是几百人，一条商船就是上百吨货物。于是，财经处参照国民党政府的赋税法令，征收过境税，按商品价格计征”。其他不方便到指定地点缴纳税费的船舶由护商队直接收取，这样做法不但方便了运输单位，减少护商队直接税收矛盾，税收也更加规范化。也为我军增加了不菲的财政收入，皖中区党委还专门给予护商队嘉奖，为护商队配了四人一组的大功率电台。至此皖江根据地的税收，除保证七师各部队和

① 中共芜湖市委党史研究室著:《中国共产党芜湖历史》(第一卷)，安徽人民出版社2008年版，第379页。

皖中各级党政机关的开支外，还有较大富余，不但能解送一定数量的款项到新四军军部，还能支持其他各师。

五、建立长江地下交通线

大江护商队作为我党领导的一支地下武装，又长期在长江上活动，具有一定的特殊性，所以组织上经常将一些特殊任务交给他们完成，为了完成任务，护商队干部战士经常要深入敌占区开展活动。上海中华物资公司（设在伪海军上海办事处内）副经理蔡志锷是蔡辉局长的兄长，1943年10月，派人找到芮胜，讲上海有一个三晋源运输公司商会，也叫三晋源船帮，希望同护商队合作。经请示联络部领导，芮胜到了上海，在三晋源商会馆与会长范道顺谈了合作事项。对方了解到芮胜的家族背景后，不但同意缴纳税金，还要求芮胜参加他们船帮，具体任务就是负责承担物资运输护送业务，并根据运输经营情况按一定的比例分红，如愿意还可以承担长江以外的护送业务。对此，皖江区党委联络部高度重视，不但支持承担护送业务，而且要求把长江以外的业务也接下来，于是，又派芮胜等到上海，联系了上海地下党负责人张执一，他交给芮胜一支队伍，负责人叫张凡，芮胜帮助培训几天，就带张凡去拜会了范道顺，以后的事情由张凡同他们洽谈。1944年春节后，范道顺会长托人给芮胜带来一些回礼，说明事情办成了。由于皖南地区处于日伪顽交错控制，很多工作仍然难以开展，为了打通贸易交通渠道，皖中区党委领导要求皖江贸易总局和皖南地委要结合实际研究对策，迅速打开局面。对此，皖江贸易总局通过在芜湖地下党同志了解到，日伪芜湖维持会会长、伪军粮统购委员会主任汪子东正在大规模收购军粮，如果他收不到军粮，就难以向日军交差，联络部一边要求护商队严格封锁江北根据地粮食出口芜湖，一边安排“集成号”人员约汪子东进行粮食交易谈判，终于达成亦商亦军的特殊贸易协议，这样不但为根据地物资外运提供了便利，也为根据地紧缺物资进入提供了渠道，对护商队来说，多了一条通往日伪控制区的通道，为商品通过芜湖经过青弋江进入皖南山区提供了方便[1]。打通芜湖日伪控制区的通道后，对国民党顽固派的工作也取得了进展。1943年10月9日，马志超出任“忠义救国军”总指挥，总部设在安徽广德县王岭。马志超新官上任，决定扩充队伍。当时长江三角洲有不少地方抗日武装、江湖草莽，如浦东的张熙明（女）、淞江的封企曾、太湖的金家骧、平湖金山的黄八妹（女）、川沙崇明的张为邦等，马志超通过各种手段把他们收编。马志超了解到皖江地区也有一支大江护商队，要求收编，忠义救国军皖南总队长苏澄宇找到芮胜谈判，由于皖江地区日伪和国民党军队同处一地，苏澄宇也只是想交个差，结果议定这样一个协议：不接受改编，挂名为忠义救国军皖南总队皖江缉私队，向他们上交一些缉私物资。这是建设地下交通线一个机遇，所以联络部同意这个方案。1944年元月至3月，芮胜还被皖南总队安排参加中美合作所在雄村训练班第二期培训班学习，本期共600人，其中缉私班是由安徽省政府（住屯溪）委托合作所承办的一期安徽军事干部培训班，重点培训缉私人员，它以屯溪缉私处人员为主，增加皖南、浙西等一些地区缉私人员。（安徽军事干部培训班结业每人发一把佩剑，实物赠给省博物馆）由于采取上述措施，地下交通线终于建立起来，护商队也从过去护商、税收外，又增加了一项地下交通的任务。

1944年下半年，抗日形势发生变化，护商队已经从过去的以税收为中心，转移到保护地下交通和执行战斗任务上来。1944年7月和1945年6月，根据师部通知，护商队先后两次参加护送2名美国飞行员回后方任务。从红庙镇山水涧村（师部）出发，在繁昌油坊嘴上岸，经慕店、磕山、乌阳冲到达繁昌山里三条冲皖南支队司令部，再移交给国民党接送人员。[2]

1944年8月，国民党第三战区特工科机要员到临江办事处同新四军进行情报交接，结果在顺安乡河堤同日军相遇。为掩护机要员，芮胜同队员朱大娄迎面冲上去阻击敌人，打死两名日军后撤退途中，为不当俘虏，二

① 中共芜湖市委党史研究室著:《中国共产党芜湖历史》(第一卷),安徽人民出版社2008年版,第378—380页。

② 杨明:《皖南星火》,安徽人民出版社1985年版,第129页。

人泅水过河，朱大娄不幸被子弹打中腹部，因无医救治而牺牲。经过护商队干部战士共同努力，皖江地区地下交通终于有了一个良好的开局。

六、根据地生产生活的后勤兵

随着皖中根据地不断发展，为满足军事、政治斗争的需要，皖中区党委和行署，制订了一系列发展工业、农业政策。在发展生产方面，帮助群众发展生产，减轻他们的负担，是抗日民主政府的一项重要的政权工作。根据地要扩大再生产，就必须采购生产设备，由于我军根据地处于日伪顽的包围和封锁之中，这里的工商业基础本来就极为薄弱，军民所需的日常工业用品都不能制造，连最普通的墨水、铅笔、火柴也必须依赖进口，所以采购相关设备，成为建设工厂的前提，由于护商队长期在长江沿岸与各方面人物打交道，有着独特的优势，所以对外的一些采购、销售任务，都考虑安排护商队承担，从小型维修工具到机床设备等。1945年初铜、繁两地抗日根据地连成一片后，黄浒镇一时成为两地盛极一时的货物进出口集散地。皖南行政专员公署也在那里设了物资管理服务机构。包括护商队设立的物资代购代销点。由于皖南行政专员公署的支持，在狮子山下办起了有7台纺织机和12台织布机的小工厂，以后还相继建立了被服厂、制革厂、鞋厂、雨衣斗笠厂等，这些工厂很多设备、原材料都是护商队帮助采购的，皖南支队修械所，通过帮助采购维修工具，发展成为有300多人的兵工厂。他们还帮助大小阳冲、大小磕山小煤窑和山区竹木柴炭外卖到周边城市。

由于皖中地区濒临长江，地势低洼，湖泊众多，水灾经常发生，皖中区党委、行署一直把兴修水利作为中心工作之一。1943年7月，皖中参议会上一致通过修建黄丝滩新堤计划，同年10月6日，在无为县汤家沟镇召开各县水利代表大会。经大会讨论决定立即实施此计划，实施中根据受益情况不同，由无为、含山、和县、巢县、庐江各县按田亩合理分摊土方；

非受益的皖南铜陵、繁昌两县也积极资助，每亩出法币3元。[①]

由于皖南地区，同样濒临长江，每年夏季经常发生内涝，加上部分乡、保没有将每亩资助法币3元的情况解释清楚，造成部分群众不理解。为了取信于民，1945年春，皖南地委黄耀南书记到黄浒镇开会，南繁芜行政办办事处主任江干臣，黄浒镇镇长王安葆等参加会议，议定将李圩、崔圩等七个圩口一起挖通，调节水位，土方用于加高圩堤，达到防洪和方便农业灌溉的目的，所需费用由受益人承担部分外，不足部分由政府解决，会上公推黄浒街上热心公益事业的陈明璋老先生代表群众参加工程建设，为了落实议定的问题，皖南地委研究将工程组织，交给护商队负责完成，由所需人力和资金，通过义工，募捐进行，义工按照受益情况确定，超过部分给予补偿，抽调荻港税务所所长孙科同李先清负责现场核方，皖南支队交通科第二兵站长芮少荣负责民工通知和组织，募捐由护商队负责，为了完成组织交给的任务，护商队以维修防洪圩堤名义联系当地开明绅士，运输大户进行募捐，由副队长章科带领一个排战士，现场负责施工。采取挑方发“非子”（安大方，一丈乘以一丈乘以一尺，挑一大方发“非子”一张，每张二十斤稻，需要稻的，秋收兑现），也可以直接打折支付法币或者大江币。梁金华任支队长也安排一些部队轮流参加挑土方，加强军民融合，改善部队伙食，李圩、崔圩等七个圩口共开挖55000多土方，直接受益土地1150多亩，以后由于募捐款节余较大，护商队经过黄耀南书记同意，又兴建了黄浒义兴圩堤。以后又根据群众要求，在梅冲口挖造了一千多米长的水渠（官沟）扩大了灌溉系统，这些水利工程对发展本地区的农业生产、改善群众生活起了很大作用。1945年端午节前工程完工，任繁昌抗日民主政府县长江干臣带队，慰问了新四军干部战士，送了“安居不忘共产党、丰收铭记新四军”的牌匾，将两个圩，一个称为九连圩，一个称为义兴圩（义务兴建）。当地老百姓不知道护商队是什么队伍，就称义兴圩为五爷圩（伪军称新四军为四爷），新中国成立后改称五联圩。

护商队作为一支党领导的武装力量，主要活动在长江，因此一些到域

---

① 安徽省新四军历史研究会:《安徽抗日根据地文集》,皖非字(2001)第029号,2001年版,第298页。

外采购任务也安排他们参加。《大江报》是皖中根据地办的一份报纸，由陈毅军长亲自题写报名，油印4开报，很受欢迎。由于油印的报纸印刷数量有限，1943年11月，黄火星同志要求皖中行政公署财经处长叶进明安排资金，由吴锦章负责到敌占区购买印刷机械、纸张及油墨等设备，要求护商队负责运到根据地。护商队主动找三晋源商会馆范道顺的堂弟、在南京的分公司经理范道清，他帮助联系到南京洪武路一家宝顺印刷厂，该工厂由于受敌伪限制，将要关厂。吴锦章和芮胜找到该厂一位万姓老板洽谈，把全厂印刷机买下来。并招聘七名排字工人、技术人员到《大江报》工作。该厂的印刷机（包括附属铸字炉和1～5号6600个铜模字，重量在3吨以上）还有切纸机、柴油机、发电机、马达其他几十种零配件被全部购买，化工材料、纸张都是在市场上购买的，并由范道清帮助送到无为姚隍庙码头，再组织人员转运到《大江报》印刷厂，护商队郏繁副队长还被留在印刷厂工作一段时间，自铅印以后，《大江报》发行量增到5000份。

1944年4月初，皖中区党委要求贸易总局设法采购大江币印刷设备纸张和制作钞票原版，中华物资公司芜湖办事处经理盛慕荣找到原在上海中华书局印刷厂印制版技工过雪川，通过过雪川到上海后找到一位叫高攀桂的人，设法获得了一套钞票花边和底版，经过技术处理，大江币的钞票原版就拼制成功。此后，盛慕荣、过雪川积极物色和聘请各工序技术工人，共招聘技术人员连同家属计65人；要求护商队长芮胜带着一个分队人员（15人），承担保卫和后勤运输任务，当时芮胜到上海找到三晋源商会会长范道顺，请他帮助购买了一架对开胶印机等设备。1944年5月初开始发运，5月中旬在沪所购的印钞机具及配件全部运抵无为姚隍庙码头，再转运到大池州。5月下旬，过雪川率领所有技工及其家属到达皖江根据地时，新来的工人们十分震惊，在日、伪这样严密检查封锁下，能把这么多大机器运到根据地来，真是奇迹。[①]

---

①《大江报——抗战时期皖江根据地的喉舌》，《中江潮》2021年第1期，第32—33页。

七、光复芜湖发挥作用

芜湖历史上就是皖江平原和青弋江流域的物资集散地，史称“长江巨埠”“皖之中坚”，民国时是安徽省最大的经贸中心。1937年12月10日，芜湖城在遭到日机连续5天的狂轰滥炸后，被日军占领，芜湖就成为日军在华东地区发动侵略战争的基地和向皖南地区新四军发动进攻的指挥中心。在日军侵占芜湖市的八年时间里，芜湖人民在中国共产党的领导下，前赴后继，英勇奋斗，终于迎来胜利的曙光，1945年8月9日，毛泽东发表《对日寇最后一战》的声明。

大江护商队缴获的日本军刀

为了把江南地区中心城市芜湖从日寇的铁蹄之下解放出来，新四军军长陈毅命令战斗在皖江抗日根据地的新四军七师，立即组织对以芜湖为中心的皖江地区日伪军发动全面反攻。新四军七师对此战做了详细部署。芜湖城北的四褐山、湾里方向由新四军含和支队一部担任攻击；东面的清水镇、神山、大砻坊、铁桥一带，由三师独立旅一部负责进攻；南面的澛港、箱子拐、南关等地，由皖南支队第一团等部负责主攻，形成对日、伪军三面包围之势。①

与此同时，命令大江护商队，对芜湖城内敌情进行侦察。在队长芮胜的带领下，找了一些同护商队有业务往来的人员，主要有东亚内河轮船公司、烟台米业帮会的负责人，还有中山路和国货路上日商三井、三菱、宫

①《大江报——抗战时期皖江根据地的喉舌》,《中江潮》2021年第1期,第32—33页。

状等商行里的中国职员、买办，通过他们帮助，基本摸清了情况，芜湖驻有日军第十九旅团部（驻赭山），名义上是旅团部，实际上日军只有300余人；日警备司令部（驻现芜湖一中）200多人，伪军张昌德一个团，号称“独立方面军”，有1000余人；此外，还有税警团、伪警察近千人。日军驻在大砻坊军营（今宣城市委党校）、十九道门军营（今中山路保健院边），还有一个日军医院（今环城南省商贸学院）。芜湖城周边还有日伪一些据点。七师收到护商队情报后，为了加强芜湖城南的战斗力量，七师命令17日刚在运漕镇战斗中获胜的五十五团一、二营，在政委邓清和、参谋长邬兰亭带领下，立即过江进入皖南，在皖南支队梁金华支队长、黄耀南政委统一指挥下，首战中分徐，歼敌一个营，再克荻港。

1945年8月15日，日本宣布无条件投降，16日七师派作战参谋刘毅、田萼芳两同志把已经印好的日文《敦促日军投降书》和中文印刷的《为欢迎伪军反正来归》布告送到大江护商队，要求他们设法把受降书送到芜湖驻军日军19旅团部和芜湖警备司令部，布告送给伪军、伪警察。队长芮胜立即通过同护商队有业务联系的日商三井株式会社和东亚河轮船公司的人员，委托他们同驻芜日军联系，送交受降书，并将《为欢迎伪军反正来归》布告委托送给一些伪军、伪警察。

当天傍晚，汪伪芜湖县政府的日本经济顾问花釜仙公陪同一名日军军官在东亚河轮船公司同芮胜、刘毅见了面，通过日商翻译介绍日军军官是警备司令部的代表，日商翻译向日军军官介绍了来意，翻译了芮胜讲话内容：你们已经投降，我们是代表新四军七师来受降的，目前新四军七师部队已经完成对芜湖城的包围，你们必须向七师交枪。日军军官讲回去请示，并说：“战争已结束，希望不要发生冲突，要把日本士兵带回国。”为示诚意，将佩刀送给芮胜（军刀由芮胜保留，后赠送无为市七师展览馆）①。为了等待日军代表回复，芮胜和田萼芳找到地下党员、在日军利记杂粮部任副经理的汪仑同志，将皖江货管总局局长蔡辉亲笔信交给他，要他代表七师承担同日军联系的事务，并留下田萼芳协助汪仑工作。第二

①《父亲从事地下工作的往事》,《江淮文史》2018年第1期。

天中午，驻守日军派人转告汪仑，同意协商投降事宜，谈判的时间定在8月18日上午9时，地点在赭山日军司令部；伪军受降谈判的时间定在8月18日下午3时，地点在河南民众教育馆。针对上述情况，芮胜立即通过电台向七师进行报告，七师进行了布置，由皖南行署任命南芜游击总队队长后奕斋任芜湖县长，负责受降事宜。并以县长的名义发出布告，号召全县人民行动起来，迎接大反攻和接管芜湖城。

在我军准备接受驻芜日伪军投降之时，一批国民党特务和党政人员也潜入芜湖城，他们策动日伪军拒绝向新四军投降。军统南京办事处负责人刘方雄派陈伟光到芜，与当时芜湖维持地方治安机构汪伪政治保卫局第二局皖南分局长章韬（少将）、汪伪芜湖警察局局长宋奎同联系，协商后，将皖南分局"十一号"改作"忠义救国军芜湖先遣纵队"，并挂出牌子。皖南分局因住在芜湖西门城根十一号，又称芜湖"十一号"特工站。不日，忠义救国军皖南总队总队长苏澄宇到达芜湖，组织日伪军对抗新四军接收芜湖。由于国民党特务的策动，驻芜日伪军拒绝向新四军投降。17日晚，东亚河轮船公司派人带出话，驻芜日军以"须候冈村宁次大将的命令"为借口，不同意谈判。伪军方面，则开始和国民党特务暗中勾结，公开拒绝向新四军投降并配合军统特务秘密抓捕所谓嫌疑分子，将其中5人（进城侦查人员）严刑拷打后分两次杀害：先杀1人，后杀4人。为了掩人耳目，竟分尸数段，装进麻袋，投入江中，造成18日同日军受降谈判流产。[①]

针对这个情况，梁金华支队长要求二团赖正刚团长带领部分部队向清水河地区发起进攻，结果"十一号"警卫队配合日寇阻击新四军，经过激战，占领清水河地区，到达扁担河东岸，战斗中我军5名战士牺牲。与此同时进攻芜湖城的战斗也在澛港打响，由皖南支队一团参谋长谢长华带领两个连及南芜游击队总队百余人先将澛港日伪军包围，久攻不下，针对此情，皖南支队长支队长梁金华要求参加攻克荻港的五十五团一、二营立即赶到鲁港，联合发起进攻，20日攻克鲁港，歼灭日军一个小队和一个警察队约300人。由于日伪公开拒绝向我军投降，21日，梁金华支队长命令皖

① 中共芜湖市委党史研究室编:《日本侵略者在芜湖的暴行》,2007年,第101—102页。

南支队第二团的繁昌大队、铜陵大队、警卫大队警戒外围，防守国民党军队从皖南方方向进行侧翼侵犯。要求五十五团一个营在参谋长郐兰亭带领下，由护商队带路，从鲁港乘船沿江而下，在箱子拐下船，占领南关地区。我军其他部队由南芜游击队带路，从陆路赶到南关与先期到达的部队会合。22日日军对我军在城南行动有所察觉，日军宪兵队派出一个中队在中山路集合（地点在今商之都，原宣城地区招待所），乘坐五辆卡车，准备夺回河南地区，我军侦察人员发现后及时报告了主力部队。当日军五辆卡车行至河南南关一带时，早已埋伏的皖南支队一团一营6挺机枪同时向敌人开火，日军死伤数十人，退回城里，我军立即在城南地区采取行动拿下江口镇和尚来镇，至此城南地区被我军光复。此时，我军收到情报，国民党军队五十二师、一〇八师、新七师一九二师、忠义救国军挺一纵队、挺二纵队等数万兵力，从皖南山区向芜湖方向移动，准备与我军争夺芜湖城，五十二师部分已经进入芜湖郊区。根据当时的形势，军长陈毅审时度势，从维护国内和平考虑，命令围攻芜湖城的部队撤离，23日下午，围城部队接到命令，停止进攻，撤到繁昌孙村一带待命，五十五团二个营被调回江北。在此次围攻芜湖城战斗中，我军牺牲18位同志，其中在河南南关对日寇作战中有8位同志牺牲，包括师部参谋刘毅同志。他们的遗体在鲁港地下党负责人江化新和乡长谷应等配合下，由护商队战士伍维圣、佘德云、胡传存等同志，将其安葬在城南卡子口对面山坡上。8月24日，新四军军部命令七师主力部队不得南渡长江，“请考虑第十九旅及独立旅困难时跳出，向第二师靠拢，集结两旅主力突渡巢湖，绕道北上，与二师或四师会合。”9月3日，皖江区党委、皖江行政公署、新四军第七师、皖江参议会在无为县恍城区涧边村第七师师部所在地附近召开万人大会，庆祝抗战胜利，举行抗日阵亡烈士公祭活动。9月7日，十九旅和三师独立旅及部分师直机关人员共万余人，在代师长谭希林、七师政治部主任王集成的率领下，在湖东县槐林咀等地上船，15日到达定远县城南严家河、商家河一带，与第二师在津浦路西的部队胜利会师。①

① 广州新四军研究会第二分会、巢湖市新四军研究会:《新四军七师》,2005年。

接着国民党三战区五十二师及安徽第六专员公署开进芜湖，10月10日举行日军受降仪式。随着国共谈判完成，七师开始北撤到苏北江阴，走上新的征程。

八、对抗战的贡献

皖南事变后，为了坚持敌后抗战，新四军派部队进入皖南，由于没有地方政权，一度依靠打击一些日伪村公所和一些投靠日伪的地方财主，维持生计，随着皖南根据地的建立，成立税务所等机构，逐步采取征收税款的办法，解决了皖南新四军部队的供给问题。1943年初为了保障根据地的生产和贸易的开展，建立大江护商队并承担长江流域护商、税收任务，直到抗战胜利。由于大江护商队是一支具有特殊性的新四军部队，文字记载不多，皖江行政公署主任吕惠生在他的日记中，关于护商队只记下了一句话，“有重要的商人经过根据地，我们都派护商队护送。”[①]这句话也说明了护商队是存在的，护商工作在当时也是重要的。根据皖江根据地的主要领导人曾希圣在《皖江的抗日斗争》一文件中，也提到了护商和税收问题。“资产阶级对我们的护商政策也很满意。由于根据地内交通安全，所以，很多商人从上海、南京、芜湖购买商品运往大别山，都愿意从我们地区过境。这样，我们既扩大了政治影响，又增加了税收。”由此可见，护商和税收工作是皖江根据地实行的一项重要政策，它不仅体现在经济上，也体现在政治上。由于护商和在长江中收税，是在动荡的战争环境下制定一项生存性政策，它处于战斗—税收—战斗的过程中，始终处于一种探索阶段，从某种意义上说，这是一种不成熟的税收制度，但是税收增加了根据地的财政收入，为打败日本侵略者提供了物质保障，为今后的我党的税制建设提供了宝贵的经验。

从这个角度上说抗战时期税收队伍功不可没。由于涉及向商人和农民收税，关系到群众利益，还有税收政策掌握和收取押送费问题。这些问题

① 安徽省军区政治部:《新四军在安徽》,安徽人民出版社1982年版,第125页。

在新中国成立后，特别是受到“左”倾思想影响，一些历史资料在整理定位上，一直把老百姓利益放在第一位，很多历史研究部门对于皖南新四军部队税收历史的编写，只能采取淡化处理或者只言片语提一下。一些当事人，在回忆这段历史时，对此也有顾虑，造成皖南新四军税收历史资料严重缺失。大江护商队作为一支屡立战功的新四军部队，在相关资料中还是有所涉及，但是收了多少税费，收了多少押运费，目前没有查到具体数据。北京新四军研究会蔡晓鹏同志在《新四军研究》内刊中发表《皖江根据地创新发展战时经济的历史回顾》一文中提道：“皖江贸易总局在无为三宫殿成立后，开辟二坝为对敌区特别贸易商港。一时间万商云集。江北的粮油、土特产品在这里集中，流向江南；江南的工业品在这里转口江北广大地区。每天上收的过境税最高达百万元。”这些从侧面反映从护商队成立后，税收工作对根据地的贡献。根据《中国税务报》2017年6月24日《抗战时期新四军税收纪事》一文刊登：由于各根据地在日伪封锁下成孤立状，各根据地隶属于不同的部队建制，开征的税种、税制与组织机构并不相同，一般以行署或专署为单位，自行规定。普遍开征的有田赋（公粮）与营业税、农业税、产销税等，各地方开征的地方税有过境税、契约税、屠宰税、牌照税等。在税收征收负担上，基本是按照100个农民养一个兵把握的。实物类税主要是田赋（公粮），涉及农副特产品的农业税、产销税；货币类税，主要就是过境税、进出口税。

新四军税收分解的基本原则是2/3归新四军各师，1/3留地方政府。新四军军部对下没拨款义务，各师对军部有数额不同的“上解款”责任，其中一师与七师上解款最多。7师1942年上缴税款为74.9万元，1943年为191.78万元，1944年又翻了三番，折合大米8.3万担。据新四军参谋长赖传珠日记的不完全统计，1944年1月至1945年1月的一年间，上交现款4400万元，按当时国民党军队的供给标准，可供20个甲级师的一年供养。此外，七师还上交军部大量军需用品、通讯器材，为军部提供了不少特需而又难以弄到的日元、美钞等外币，还多次在资金上支持二师、五师。1944年底至1945年，七师按军部要求调拨5000万元支援五师，这些款项从何而来？

第一，实物类税收主要是田赋（公粮），涉及农副特产品的农业税、产销税主要用于解决根据地部队口粮问题，新四军在皖中的部队从七师成立时的1900人，到抗战胜利，近三万人，加上皖中根据地地处长江南北，地势低洼，境内河汊纵横，湖泊众多，经常发生水灾，相关资料记载：1942年夏，无为县部分圩区发生水灾，粮食歉收，无为沿江一带部分农民缺粮，一些地方闹起了“粮荒”，甚至发生吃大户、抢稻抢米现象。为此，皖中区党委和七师党委抽调大批干部，组成工作组，深入农村，开展减租减息宣传活动，执行“二五”减租，佃主佃农互利，各得其所。1942年到1944年，为了防止水灾，提高生产率，开始修建的大型水利工程，特别是兴建最大的水利工程黄丝滩新堤，皖中行署先后动员民工21万人，挖土44.4万方，修成长达15华里的新江防大堤，该堤命名为“惠生堤”。

1943年巢县、无为一带还发生蝗虫灾害，民主政府和七师及时组织许多灭蝗突击队，帮助农民消灭了蝗虫。由于自然灾害和组织开展水利工程，加上根据地周边地区由于遭到日军的经济封锁，造成了食盐、布匹、药品及日用百货等生活必需品的异常短缺，各种军需物资更加难以采办，据《皖江根据地创新发展战时经济的历史回顾》记载“到1943年初，皖江根据地一度出现过财政枯竭，战士们没有烟抽（原来每月配给10包香烟），常常连每天5分钱的菜钱都发不出来”。可见，皖中根据地是困难重重。

第二，为了解决供给困难，搞活根据地贸易，皖中区党委、行署决定将皖江贸易总局从巢无中心区迁到与芜湖一江之隔的汤家沟镇，在镇上成立“集成号”商行，通过搞活根据地经济，解决根据地物资短缺问题，根据叶进明《皖中地区财经工作的回忆》一文介绍，我们采办的物资，共分三类：第一类是军火物资，如TNT火药、雷管、机枪、扣发扳机等，占总额的30%；第二类是管制物资，如钢材、铜材、五金、工具和机床等，也占30%；第三类是一般工业物资，如食盐、火柴、电池、药品、杂货等，占40%。我方结算时，主要的支付手段是以粮食和山货作价，其中山货占

30%。[①]这些也仅仅解决根据地物资短缺问题。

第三，如何解决资金问题，成为一项必须完成的任务。1943年夏，部分皖中参议会参议员也向皖江行署建议：拓展税收渠道。应该因地制宜，围绕“黄金水道”长江做文章，因为长江是沦陷区通往大后方的一条重要通道，物资向北由芜湖经由无为汤家沟的皖中地区，进入大别山，再经河南第五战区到大后方；向南由青弋江通往皖南山区第三战区。应该采取措施，把皖南地委控制的长江段纳入根据地税收征收范围，像修建高安闸一样，在长江上筑一道税收闸，这样我们根据地必然能获得财源滚滚的大丰收。

参议员的建议，引起皖中区党委高度重视，经过研究，决定大江护商队除去护商任务外，主要承担长江过往船只进出口货物税和过境税征收的任务。大江护商队成立后，情况发生了质的变化，到“1945年9月，七师奉命北撤时，已拥有主力部队3万余人，伙食标准最高（每人每月10元，主食大米，另发零用钱，1支牙膏，3条香烟）、军装最整齐（军部特批，全军唯一用料进口龙头细布）、武装最先进（全日式）的主力部队”。同1943年初七师战士们常常连每天5分钱的菜钱都发不出来的情况，形成鲜明对比。

通过对上述情况的分析，可以得出这样的结论：皖中根据地江北部分是七师主力所在地，第七师师部兼皖中军区领导机关，含和、沿江、巢湖3个支队和1个独立团都在皖中，所以皖中地区以实物类税田赋（公粮）为主，主要解决部队的生存问题，货币类税收也主要用于生产、救灾。以后通过发展经济，搞活贸易，进行以货易货贸易，也是解决根据地物资短缺问题。而皖南地区情况就不同，它以日伪控制区为主，根据地范围和新四军部队有限，税收虽然涉及农副特产品税，但仍然以货币类税为主，特别在长江流域收取过境税、进出口税，成为皖中根据地货币类最大的现金税源，所以“富七师，甲全军”美誉的背后应有大江护商队的一份功劳。

---

① 中共芜湖市委党史研究室著：《中国共产党芜湖历史》（第一卷），安徽人民出版社2008年版，第380页。

繁昌保卫战

繁昌区委宣传部课题组

摘要：1938年底，新四军第3支队奉命进驻铜（陵）繁（昌）抗日前线，担负正面战场防御任务。3支队积极指导地方党组织建设，发动群众建立抗日组织，不畏强敌，勇猛机智地打击日军，1939年取得了五次繁昌保卫战的胜利，向世人证明新四军在兵力弱小、武器装备不足的情况下，不仅善打游击战，也能打运动战、防御战，是当之无愧的抗日铁军。

关键词：新四军3支队　繁昌保卫战　峨山头争夺战　血战塘口坝

全民族抗战爆发后，日本侵略军大举侵犯中国。到1938年12月，繁昌境内的三山、横山、旧县、荻港等镇，均被日军占领，繁昌北部沿江地区亦陷落敌手。此时，国民党繁昌县政府已迁出县城，搬到繁（昌）南（陵）边境五桂墩一带，仅有繁一、繁二区尚能推行政令。

12月下旬，谭震林副司令员率新四军第3支队进驻铜（陵）繁（昌）抗日前线，英勇抗击日军。自1938年底到1941年初“皖南事变”前，共进行了大小200余次战斗。仅在1939年，大规模的战斗就有五次，这些战斗都是围绕争夺繁昌县城而进行的，史称繁昌保卫战。五次繁昌保卫战分别在1939年1、2、5、11、12月进行，其中11月的第四次繁昌保卫战最为激烈。以往的论者多数仅讲述五次繁昌保卫战苦战情况，本文试图从新四军3支队进驻繁昌，积极指导党的地方组织建设，发动群众建立抗日组织，在繁昌人民的支持下，不畏强敌、勇猛机智地打击日军，取得了繁昌保卫战的伟大胜利，并重点讲述1939年11月第四次繁昌保卫战中的三场战斗，阐明繁昌保卫战的重大意义。

一、开赴铜繁前线

1937年7月，全面抗战爆发后，国共两党达成协议，南方8省红军游击队改编组成国民革命军陆军新编第四军（简称新四军），这是共产党领导的又一支抗日武装（另一支为八路军）。

新四军成立之初，下辖4个支队（旅级），即第1、2、3、4支队。第3支队由闽北、闽东红军游击队组成，司令员张云逸（兼）、副司令员谭震林、参谋长赵凌波、政治部主任胡荣，下辖第5、第6两个团，共2200余人。第5团团长饶守坤（后为孙仲德）、副团长曾昭铭、参谋长桂逢洲，下辖3个营，分别以闽东北红军游击队、闽北红军游击队、中共闽赣省委机关直属部队和崇安、建阳游击队为主编成，成立时全团900余人。第6团团长叶飞、副团长阮英平（后为吴焜）、参谋长黄元庆，下辖3个营，以闽东红军独立师为基础编成，成立时全团1300余人[①]。

1938年4月初，第3支队到达皖南歙县岩寺镇集结整训。尽管第3支队部队人数不多，装备落后，但他们是经历南方三年游击战争的磨练和考验而保存下来的精华，是一支抗战意志十分坚定的人民军队。

新四军集结整训期间，中共中央和毛泽东对新四军的任务和行动方针做出了一系列指示，要求新四军抓住日军会攻徐州、武汉，无力后顾之机，积极主动地深入到敌人后方去，在大江南北依靠人民群众，广泛开展游击战，创立抗日根据地[②]。

根据中共中央、毛泽东关于新四军在华中敌后开展游击战争的方针部

① 朱晓明、蔡朋岑：《保卫繁昌——1939年11月新四军在皖南》，《党史博采》，2015年第5期。

② 南京陆军指挥学院、中国新四军和华中抗日根据地研究会编著：《新四军对日作战研究》，军事科学出版社2015年版，第8页。

署，新四军军部指示所属部队："深入敌人后方，开展广泛的游击战，达到牵制和分散敌人的兵力，配合国民党军主力正面作战，在持久战中，争取最后的胜利。"[①]据此，新四军各支队分别向华中敌后和抗日前线开进，在大江南北展开了广泛的抗日游击战争。

1938年夏，新四军第1、2支队向苏南、第4支队向皖中敌后挺进，第3支队奉命留在皖南。

在日军的进攻和"扫荡"下，国民党军不断后撤，一些临江的前沿阵地丢失，致使日军沿青弋江一线向皖南纵深进犯。设在皖南屯溪的国民党第3战区，于9月28日强令新四军第3支队开赴芜湖青弋江一线担任阵地防务。10月上旬，第3支队到达青弋江西岸的西河镇一带，先后取得了红杨树、马家园、湾沚等战斗的胜利。12月，第3支队又奉国民党第3战区的命令，由青弋江一线移防铜陵、繁昌沿江地区，担任长江沿岸防务。

繁昌是皖南门户，战略位置十分重要。这里地处长江南岸，迫近日军重兵据守的芜湖和日军在华中的指挥中心南京，境内多山，便于部队隐蔽，是控制长江中下游地区交通的重要侧翼，是国民党第3战区总部和新四军军部（设在皖南泾县云岭）及其后方基地的重要屏障，也是皖南新四军军部联系江北新四军部队的主要通道。同时，繁昌位于芜湖至铜陵长江段的突出部，日军为了加紧向中国腹地侵略，保障其海军舰艇的安全和长江运输的畅通，繁昌也是必争之地。

1938年12月中旬，新四军第3支队在副司令员谭震林（司令员张云逸在军部工作，副司令员谭震林担负第3支队主要工作）率领下，由南陵蒲桥、青弋江一线开赴铜陵、繁昌沿江地区，同国民党52师、144师一起担负繁昌、铜陵、南陵境内长江沿岸防御作战任务。

早些时候，因战争形势发展需要，叶飞、吴焜率领6团1、2两个营奉调苏南，归第1支队指挥，所以第3支队只有5团3个营和6团1个营。此时，已挺进苏南敌后的新四军第1支队1团调回皖南，归第3支队指挥。

① 参见《中国抗日战争军事史料丛书》编审委员会编：《新四军·文献(1)》，解放军出版社2015年版，第266页。

1939年1月，第2支队第3团调回皖南，归新四军军部直接指挥。新任5团团长孙仲德和参谋长桂逢洲于4月下旬调赴江北组建游击纵队，这样，就由谭震林直接指挥4个营。

新四军第3支队进入铜、繁地区后，支队司令部开始驻南陵县赤滩脚，1939年4月23日进驻5团团部所在地繁昌县中分村，其他部队分驻繁昌老虎山、马家坝、白马山、孙村、赤沙滩等地。国民党繁昌县政府也迁回到繁昌的八分村。在整个防区作战部署中，第3支队居前沿中间位置，国民党52师、144师居侧靠后，144师在第3支队左后翼，以黄浒河为分界线，主力在铜陵狮子山、钟鸣街一线；52师在第3支队右后翼，其主力在南陵桂镇一带。第3战区在青弋江一样布阵，把我新四军夹在国民党两军之间，日军来犯，新四军首当其冲。

繁昌多山地，少平原。县城以东，是河圩地带，敌我均难以运动。北面开阔，城西及南部有大青山、红花山、三梁山、白马山、铁牛山、狮子山等诸道屏障，地形隐蔽复杂，便于钳制和打击敌人。繁昌西南十数公里的塘口坝、孙村是日军荻港、桃冲铁矿山据点通往繁昌、南陵线上的要隘，两侧多是山地，地形对我有利。

二、建立抗日组织

初到繁昌，日军尚无大的军事行动，新四军第3支队便组织小股部队不断袭击其沿江据点，同时以较大精力抓紧建设繁昌西南山区的抗日根据地，贯彻党的统一战线政策，团结各党派、各阶层人民，组织各种抗敌协会，开展减租减息，部队既是战斗队，也是工作队。

第3支队有个战地服务团，约五六十人，其中女同志占一半。服务团的女同志，除给战区的群众演戏、唱歌、教文化以外，有相当一部分同志直接下乡作民众运动工作。当时支队部有民运科，团有民运股，相当于现在的群工部门。民运队员在民运科、民运股的领导下开展工作，部队走到哪里，民运工作随之开展到哪里。民运队向群众开展政治宣传，讲解抗日救亡的道理，搞社会调查，发动和组织群众起来抗日。民运队员们都很辛苦，他们往往只身深入到各个村庄，主动地接近群众，住在贫苦农民家里，开展抗日宣传工作。他们像一颗颗火种，落到哪个村，不出一个月，哪个村的群众就轰轰烈烈地发动起来。

第3支队副司令员谭震林在繁昌县中分村

根据这种国共两党在同一地区混合交织的复杂情况，谭震林非常关心铜（陵）南（陵）繁（昌）地方党的建设和发展，经常深入到各乡检查指导民运队工作，了解有关地方党的发展，各种群众抗日团体的组织及抗日统一战线建设方面的具体工作。他还积极地指导繁昌县委办党训班，组织支队政治部的同志给党训班的同志讲国际歌、讲党章党纲等，并号召地方党的同志大胆积极地同国民党地方当局开展有理、有利、有节的斗争，在抗日统一战线中不断壮大人民力量，争取独立自主的地位。

当时第3支队的民运工作队在各乡建立的群众抗日组织，主要有农抗会、妇抗会、猎户队、儿童团和递步哨等。

农抗会，一般以乡保为单位组织，是最基本的农村基层抗日组织。各乡保的农抗会干部，都是当地群众选举产生，一般配有主任、理事、调解委员、组长等。

妇抗会，是妇女抗日组织，是在第3支队做妇女工作的郭显、葛慧敏、罗毅、王萍等同志的领导下组织起来的。1939年初在第3支队的驻地，铁门闩、中分村、八分村、港冲、赤沙滩、孙村、乌金岭等地都成立了妇抗会。妇抗会对抗日工作的贡献很大，她们演戏、唱歌、开展抗日宣传，动员子弟参军参战；还同儿童团和递步哨一起搞侦察、送情报、捉特务，锄汉奸。1939年夏，芜湖日军派汉奸特务化装成小和尚、小尼姑来繁昌刺探军情，被妇抗会、儿童团盘查识破，交给第3支队军法处。妇抗会还积极帮助新四军做好后勤工作，平时为部队筹集军粮军鞋、缝补浆洗，战时抬担架、运子弹、救伤员、送水送饭；战后则组织慰问，给立功战士戴光荣花、送慰问信，是一支重要的抗日力量。

青抗会，是青年群众的抗日组织，在3支队文工团指导下工作，贴标语、搞宣传，带动或动员青年参军，在抗日斗争中也起了很大作用。

繁昌西南山区打猎的人多，许多农民家里都有猎枪，第3支队就把这些群众武装组织起来，叫猎户队，这实际上是我党领导下的抗日武装组织的化名，更有利于进行合法斗争。开始先在孙村一带发起，接着中分村、范冲、梅冲也成立了猎户队。到1939年春末，全县山区，凡有土枪的、成份好的青年几乎都参加了这个组织。区里有大队，乡里有中队，保里有分队，全县有七八十个中队，计1000多人。到1939年下半年，为了抗日斗争需要，五团还同繁昌县委一起，组建了猎户队总队部。

五团同猎户队的关系非常密切，各营经常派出军事教员帮助猎户队训练，还给他们上政治课，激发队员们的抗敌信心。当时猎户队传唱一支歌："河里水，黄又黄，东洋鬼子太猖狂，昨天上了张家冲，今天又上我王家庄。捉到我青年当炮灰，追得我老娘运军粮。炮弹掉山岗，老娘打死在路旁，活着有啥用，拿起刀枪上战场!"

猎户队站岗放哨，搞情报，做向导，减租减息，保卫会场，护送首长，堵截敌人物资，积极配合部队作战，活动在敌前敌后，成为新四军最有力的助手。

由于我们没有自己的政权，部队又要时刻准备战斗，地方上的许多事情，只能靠猎户队来帮忙。例如，争取民主人士和开明士绅，整治伪、顽反动分子，打击地方反动势力，镇压汉奸特务，保护地方民主选举，教育地主豪绅自觉减租减息，支持抗日。范冲的大财主谢保先就是猎户队帮助教育改造的，谢家兄弟四人，家里有大片土地，从范冲到梅冲方圆十几里的毛竹山都是他家的，谢家有楼房、花园，大小几十间房子。当时谢保先是伪乡长、联保主任，家有毛瑟枪。猎户队在新四军的支持下，主动上门要他将枪交出来支援抗日，并教育他多为抗日着想，报效国家。后来谢家有了一些转变，腾出不少房子让3支队队部同志住。1938年冬，谭震林就住在谢保先家，直到塘口坝战斗以后才离开。

三、峨山头争夺战

繁昌当面之敌，有日军岩松第15师团高品52联队川岛警备部队，约计五六百人，还有大量伪军，他们分驻伏龙山、峨桥、三山、横山桥、矶山一线；敌116师团之石谷133联队西川、藤井、青木3个大队，约计1500余人，驻荻港、桃冲铁矿山、三江口一线。同时，日军随时可以从芜湖调集大量日伪军①。

在敌、顽的夹缝中坚持抗战，新四军第3支队要立足并得到发展，除了做好统一战线工作，团结各党派力量，发动群众建立各种抗敌协会进行斗争以外，最主要的就是积极主动地开展武装斗争，粉碎日寇“扫荡”，在与敌人浴血战斗中树立自己的威望。

新四军第3支队在谭震林副司令员领导下，在广大人民群众的支援下，在第1团、第3团的协同下，两年间，在铜繁前线共取得了200余次战斗的胜利，沉重打击了日本侵略军的嚣张气焰，在新四军抗战史上留下了光辉的一页。

1938年12月下旬，第3支队刚进入铜繁地区，就遭到日军的“扫荡”。26日，日伪军200余人向第5团驻地中分村发起攻击，第5团利用有利地形，打退了日伪军，并乘胜追击，一举攻克繁昌城，占领了这个战略要地。从此，繁昌保卫战的帷幕正式拉开。

1939年一年，日军分别于1、2、5、11、12月，五次大规模地进犯繁

① 陈仁洪:《繁昌保卫战》,《繁昌党史资料通讯》1985年第1期。

昌，3支队指战员浴血奋战，取得了五次保卫繁昌之战的重大胜利，其中11月的第四次保卫战中的三次战斗最为激烈，创造了新四军正面战场作战取胜的典范。

11月7日晚，日军第15师团高品52联队川岛警备队步骑兵600余人，携迫击炮5门、重机枪7挺，由峨桥、三山、横山桥等据点出动，分三路进犯繁昌城。8日拂晓，日军到达新兴街、松林口、三元口附近。

敌人刚一出动，第3支队就接到侦察员的报告。谭震林分析敌情，来犯之敌兵力虽比我劣势，但有无援兵及其他方面情况还未明了，在这种情况下，应避免与敌决战，决定扩大正面，对敌形成包围之势，把主力摆在繁昌西南山地，待机出击。繁昌城南的峨山头是整个战场全盘的中心要地，如能扼守，则不但可以控制城厢，而且能吸引敌人兵力，造成出击部队的有利条件。繁昌西北一带山地，便于我军威胁和钳制敌人，要防止敌人从荻港、桃冲铁矿山方面增援其攻城部队，宜预先布置相当兵力担任警戒，以保障我军侧翼安全。

基于这种分析，支队司令部决定，5团1营布置在横山桥通往马家坝方向的附近山地，以小股部队正面钳制，主力占领据有利地形，打击敌人侧翼；5团2营隐蔽在白马山附近，待机向繁昌城西北方向袭击敌人；5团3营在红花山、孙村附近加强侧翼警戒，随时准备打击荻港、铁矿山方向可能来援之敌；6团3营占领繁昌城南之峨山头，扼守该地，并以一部担任城防。同时，为便于指挥，谭震林率支队司令部由中分村进至铁门闩一带。

8日7时左右，从横山桥出发的日军经三元口进至马家坝附近，首先与我军5团1营接触，遭到我军侧面突然袭击后，即转向松林口方向，与从三山出发的日军主力会合，继续向繁昌城行进。9时，这路日军集中力量向峨山头阵地发起猛烈攻击，企图占领阵地，控制全城。6团3营主力居高临下，以短兵火力顽强抗击，击退了日军数次冲锋，牢牢控制了阵地。11时，日军一部突入城内。5团1营由羊尖山迂回到县城北门附近，2营也迅速赶到西门，两营互相配合，对突入城内之敌实施攻击，双方展开激烈巷战。

扼守峨山头的6团3营在敌人不断的进攻中，伤亡渐增，但士气仍然高昂。下午2时，日军调整兵力，以猛烈炮火攻击峨山头阵地，几百名日军向山上猛冲，3营指战员毫不畏惧，与攻到近前的日军拼刺刀，一次次击退敌人的进攻。战至下午3时，峨山头阵地岿然不动。见敌人已经完全被包围并呈慌乱和疲惫之态，谭震林下令各营立即展开总攻。峨山头守军率先反击，并以一部直扑城内，配合5团1营、2营与日军作战。战士们一边冲，一边高喊"活捉鬼子""缴枪不杀"口号。激烈的巷战中，1营1连3排在连长祝希林率领下，与日军展开肉搏，予日军大量杀伤，直至全排战士壮烈牺牲。战至下午5时，天空虽飘下蒙蒙细雨，可战士们越战越勇，日军终招架不住，向北门溃退。

天色渐渐黑下来，雨越下越大，日军且战且退，我军紧追不舍。追到草头山附近，敌人施放毒气，我军才停止追击，溃败日军趁机向七里井、松林口方向逃窜，战斗暂告结束[①]。

当时很多战士没有吃中饭，城厢商抗会组织商民送来了食物，有的送馒头包子，有的送饭团糕点，有的送饼干锅巴，有的送菜送水。晚上，部队胜利归来，路过城关进城休息，商民们在家门口用碗点上香油灯，照得街上通明。

峨山头战斗，日军伤亡50余人，我军伤亡38人。

四、血战塘口坝

11月8日，日军进攻繁昌城受挫后，并不甘心失败，连日调兵，企图再次进攻繁昌。

11月13日夜，日军第116师团石谷133联队的西川大队步骑兵五六百人，由荻港、桃冲铁矿山、三江口等地出发，到达繁昌城西南约12公里处的孙村附近，暂作休息，准备继续南下向赤沙滩前进。

① 陈仁洪:《繁昌保卫战》,《繁昌党史资料通讯》1985年第1期。

谭震林分析敌情：日军认为正面进攻繁昌不行，改为打侧翼，企图抓住国民党部队这个薄弱环节，从3支队和国民党144师的接合部，由孙村—塘口坝—赤沙插进来，从而把铜繁抗战链条打开一个缺口，以孤立繁昌、直逼云岭，策应青阳方向的进攻，威胁徽屯后方，继而为打通浙赣线创造条件。

第3支队首长洞悉了敌人的企图，考虑到孙村与敌人后方据点接近，我若以主力迎击，则与我后方联络困难，而敌人则增援容易，孙村以北为山地，敌人居高临下，若再加从三山、横山方向配合进攻繁昌城，则我军不但仰攻难克，且侧、背受敌，陷入困局。为争取主动，宜以一部兵力诱敌至孙村南五六公里之塘口坝附近，变不利为有利，再以主力待机出击，一举破敌。据此，决定派5团3营从红花山迅速赶到孙村附近，钳制敌人；以5团2营和6团3营为增援部队，在塘口坝东北之白马山、三梁山附近，待机出击；支队警卫排占领三梁山西侧，向梅冲、孙村方向警戒；在马家坝的5团1营向三山、横山桥方向之敌侦察警戒，敌若出动，务必死死挡住。支队司令部亦从铁门闩转向西推进到三梁山东侧附近。为加强作战力量，确保战斗顺利进行，谭震林电告军部，请调1支队1团也来塘口坝支援。

14日凌晨2时，进犯日军由孙村向塘口坝、赤沙滩方向前进。5团3营即与敌在必经之梅冲附近接触，我军未攻击纠缠，而在其后跟随。拂晓，日军准备渡河时，5团3营果断出击，使日军不能及时渡过赤沙河，打乱了日军部署。日军非常恼怒，但一时又摸不清新四军的实力，迫使其改变行进方向，遂占领塘口坝西北之金丛山、九龙石一带高地，并派一部运动到三梁山南侧之乌龟山抢占阵地。5团3营紧紧咬住敌人，乘敌立足未稳，向日军指挥所九龙石高地发起冲击，一鼓作气冲到近前，与敌展开白刃战。敌人大惊失色，慌忙应战。当时日军单兵素质远超中国士兵，特别是拼刺技术，一阵白光闪闪，将我5团3营击退。

但日军已被我军成功引至塘口坝，3支队立即命令待机多时的5团2营由白马山出发占领乌龟山一线高地，堵击敌人，不让其前进。2营营长陈仁洪命令4连连长林昌杨带领4连迅速占领乌龟山阵地，抢占制高点，坚决阻止敌人南进；6连随在营指挥所后面前进，配合4连战斗；5连在乌龟山背后南侧隐蔽待命，作为2营的预备队。

乌龟山本是个无名高地，位置比较突出，在塘口坝的东南，与塘口坝仅隔几百米远的平川稻田。山的东侧连接大青山，西侧靠近黄浒至赤沙滩的河道和大道，南侧是一片起伏地，满山光秃秃的，只有齐膝深的荒草和稀疏的小松树，高地的中央是一个椭圆形的大空地，从这里向四周伸出四个短短的小山脚，因为它是3支队与144师接合部上的一道屏障，平时大家经常在这里搞防御作战演习，战士们觉得它像一只大乌龟，所以就叫它乌龟山。

4连赶到乌龟山近前，发现日军已到了乌龟山脚下了，他们迅速集中队伍选择了一条上山小路，随着机枪和冲锋号声骤然响起，战士们像脱缰的烈马，勇猛地往上冲，日军的迫击炮弹不停地在阵地上爆炸。6连同时也冲上去，战士们甩出一排排手榴弹，把敌人压下去了。随之，4连、6连控制了乌龟山。

乌龟山阵地进可攻退可守，是敌人主攻的高地。只有夺取乌龟山，才能挽回日军的败局。于是，一场血战，又在塘口坝展开了。上午8点多钟，山坳里雾消尽了，阵地前面和山下稻田里成群乱窜的日军，都清晰地暴露在我军的火力之下。2营居高临下，轻、重机枪猛烈地向敌人扫射，靠前的日军趴在田里一动也不能动。日军重新整理了队伍，密集的炮火向2营阵地打来，趴在田埂上敌步兵，按散兵队形，沿着乌龟山的山脚，漫山遍野地向上爬。

阵地西北面最突出的小高地由4连连长林昌杨带领1排坚守，日军一次次集团式冲锋，都被英雄的4连打了下去。阵地前打成了一片火海，茅草灌木在燃烧，树叶树皮被弹片削光了，石头和野草被翻了个个儿。

随着步兵的冲锋，山下通往黄浒的小河旁，100多名日军骑兵声嘶力竭地狂叫着向山上冲来，4连沉住气放敌到50余米时，轻重机枪对准敌人的马队一齐猛烈扫射。刹那时，敌人的骑兵人仰马翻，许多日军士兵滚到河里、水田里去了。

战斗正在最激烈的时刻，4连连长林昌杨那高大的身躯突然晃了一下，接着便沉重地倒下去了，他的胸前横穿过一排机枪子弹，殷血的鲜血把身下的泥土都染红了。4连2排长和他率领的3个班长又先后牺牲。战斗仍在继续，战士们非常勇敢，尽管敌人反复向阵地冲锋，战士们始终坚守着阵地。排长牺牲了，副排长代理，副排长受了伤，班长指挥，班长、副班长牺牲了，战士自动出来代替。

整个阵地好似天崩地裂一般，到处是浓烟烈火，到处是吼声和鲜血，敌人的第三次猛烈攻击终于又被4连打退了①。

新四军第3支队战士在塘口坝前沿阵地阻击敌人

为了保住4连阵地，营长陈仁洪决定派在营部的特派员赵培枫代理4连连长。时近中午，日军从三江口方向，利用黄浒河河道，派出第一批增援部队，约200人，到达塘口坝附近，又开始进攻乌龟山。阵地上原有工事大部分已被摧毁，战士们只得利用弹坑和大石头来隐蔽身体。这时，营部副官童景瑞带领猎户队三四十人，送来了急需的子弹和手榴弹，他们还赶紧帮助部队抢修工事，有的还把手榴弹一个个打开盖子送到战士跟前。战斗紧张地进行着，赵特派员一口气扔出4颗手榴弹，当他扔出第5颗手榴弹时，不幸中弹牺牲。

① 陈仁洪:《繁昌保卫战》,《繁昌党史资料通讯》1985年第1期。

这时，4连阵地上已经剩下不多的人了，战斗仍然在激烈进行。在短短的几个小时里，牺牲了两个连长，1排长在另一侧阵地打得脱不开身，随同代理4连连长赵培枫特派员来的通讯员，紧急之下大声地向活着的同志宣布："同志们，请让我来代理阵地指挥员，同大家一起坚守阵地!"乌龟山西侧阵地，就这样在通讯员的指挥下，牢牢地掌握在我们的手里。

敌人在4连阵地上连连吃亏，便把主攻方向转向乌龟山右侧6连阵地，共产党员、4班长汤永言率领全班坚守在右侧小高地上，敌人几次冲锋，都被他们用手榴弹和机枪火力击退。日军尸体横七竖八地倒在阵地前的小山包上，三八式步枪零乱地丢在草丛间。

汤永言右腿负了重伤，尔后左臂又被子弹击穿，但他看到阵地上全班连他在内只剩下4个人时，坚决不让背他下去。战士们把他移到一块大石头旁，让他斜靠在那里，便于观察、指挥战斗。不一会儿，汤班长又被敌人打断了喉管，昏迷过去。6连组织力量阻击敌人，才把汤班长及4班撤换下来，营长陈仁洪右臂负伤，仍坚持一线指挥。副营长马长炎带营预备队5连，与塘口坝南边的敌人紧张对峙着。

下午2时左右，日军见进攻毫无进展，又从荻港方向经黄浒向梅冲派出第二批增援部队，约400人，向我军右翼包围。此时，3支队警卫排警戒三梁山之西侧，同时5团3营也由金丛山转移到三梁山上阻击，致使该敌被堵截，未能支援乌龟山。

战斗到黄昏时分，新四军老1团迟迟未到（后来得知，该团在增援途中，因解救铜陵东南之舒家店被日军劫掳的民众，没有及时到达战场），谭震林觉得必须要动用自己的最后一支生力军了，当即命令在三梁山后面待机的6团3营投入战斗。该团势如猛虎，迅速向乌龟山南侧出击包围敌人，日军疲惫不堪，猝不及防，伤亡很大，不能坚持，遂准备撤退，电告133联队派部队增援接应。

傍晚7时，夜幕降临，日军第三次增援部队200余人到达黄浒镇，在黄浒以北之象山附近占领阵地。同时用汽艇在黄浒至塘口坝的河道里来回运伤兵和武器。午夜12时，日军全部秘密退出战斗，我军向黄浒方向追击末果，战斗遂告结束[1]。

第二次战斗，几乎是14日一整天，敌人先后三次增援，投入兵力达1200多人，死伤300多人，川岛中佐被击毙。我军负伤44人，阵亡22人，缴获了一批步枪、子弹。

为了抢救伤员，军部医院调来一批军医，包扎急救站设在中分村徐祖恒家。新四军在塘口坝浴血奋战，深深地感动了繁昌人民，人们纷纷参战支前，直接参战的猎户队员（民兵）有570多人，从事战勤工作的有430多人。他们抬担架，送弹药，送茶饭，就连国民党繁昌县县长徐羊我也感动得亲自带人抬担架。乡亲们送来了一担担饭菜，又冒着危险把伤员和牺牲的同志背下去。葛为富、俞成章、张文斗等从战场上将伤员背下来，然后送到无烟冲抢救，一连背几趟，忘记了饥饿和危险。农抗会员、猎户队员献出棺材和木板，将林昌杨、赵培枫、李志魁等13位烈士埋葬在后冲(新中国成立后迁至县烈士墓)。

五、再战繁昌城

日军在8日、14日两次受到重创后，发誓要报复。驻繁昌周边的日军东西配合、联合行动。20日晚，日军驻荻港、桃冲铁矿山、三江口的石谷133联队和驻峨桥、三山、横山桥的川岛警备队步骑兵炮兵共2000多人，从孙村、枯竹岭、横山、三山、峨桥兵分五路，再犯繁昌。

谭震林副司令员立即召开干部会议，分析敌情，这次敌人使用兵力很多，多方面配合行动，妄图与我军正面决战。敌人五路推进，我军若采取各个击破的办法，击其一路，敌人各路策应容易，我军则转移困难，则必有被敌包围的危险。为了掌握主动，应在繁昌城西北山地部署足够兵力，采取运动防御，拖累敌人；另以一路占领峨山头，控制城厢，主力相机出击，消灭敌人有生力量。支队司令部把5团1营部署在繁昌城西北山地，实施运动防御，疲劳敌人；5团2营在繁昌城西南山地白马山附近，待机

[1] 朱晓明、蔡朋岑：《保卫繁昌——1939年11月新四军在皖南》，《党史博采》2015年第5期。

袭击敌人侧翼；5团3营在红花山、孙村之间，警戒侧翼；6团3营担任城防，扼守峨山头，控制敌人。支队司令部推进到铁门闩附近。

21日早晨，五路日军向繁昌城压来。7时许，5团1营一部在马家坝附近与枯竹岭、横山两路来的敌人接触，节节抵抗，阻击其前进，使之行动迟缓。孙村那一路日军主力行动非常狡猾和迅速，在白马山5团2营尚未发觉之时，就经五里亭进至繁昌城西门附近。这路日军动作如此之快，出乎我军意料，以致担负城防的6团3营一时没有反应过来，日军就已经攻城了。3营寡不敌众，被迫放弃城防，退守峨山头。而此时其他各路日军，均采取稳扎稳打、步步为营的办法，向繁昌城推进。

下午3时，日军大部分进入繁昌城，集中兵力向6团3营峨山头阵地包围冲击。激战持续2小时，因敌众我寡，峨山头一度失守。后在我5团1、3营一部的配合下，6团3营从西面锥子山（官山）方向发起勇猛反攻，激战到黄昏，夺回了峨山头。

22日，敌人进占繁昌城后，即停止向南前进。5团1营、2营将繁昌城及其西、北地域内的据点重重包围，并不时冲击、袭扰城内之敌。当日，连续下雨之后又下起大雪，日军的粮食弹药供应不上，加上不明真相，只得死守城里，不敢出击。

紧张的一夜过后，天气仍未好转。日军虽然占领了繁昌城，但并没有消灭新四军主力，且弹尽粮绝，恐慌异常。23日拂晓，日军企图突围。进来容易，想走就没那么容易了。突围的日军被我5团、6团两侧夹击，又退回城内。7时，大股日军又向城东方向猛冲，被峨山头守军火力压制。我军又以5团2营为突击队，向敌突围部队袭击，敌伤亡甚重，残敌向马家坝方向溃逃。我军跟踪追击，敌人遂仓皇分向三山、横山方向逃去。至此，繁昌城又被我军收复，战斗胜利结束[①]。

第三次战斗，历时三天两夜，新四军再次取得了保卫繁昌的胜利。这次战斗，日军共伤亡100多人，我军仅伤9人，牺牲2人，取得了1比10的战绩。

---

①朱晓明、蔡朋岑：《保卫繁昌——1939年11月新四军在皖南》，《党史博采》2015年第5期。

六、繁昌保卫战重大意义

繁昌保卫战的胜利，无论是对扩大新四军的影响、屏障皖南后方，还是对配合华中和华南两个战场对敌作战，都具有重大意义。

1.打出了新四军威信，扩大了新四军影响

新四军进驻铜繁前线之时，日军已占领铜繁半壁江山，国民党守军纷纷败退，这里的人民已经陷入灾难深渊，惶惶不安。他们眼见新四军装备如此落后，加之国民党顽固派散布所谓“新四军游而不击”等流言蜚语，不免产生疑虑：新四军真的能打日本鬼子吗?

要改变这种状况，对刚刚进驻前线的3支队来说，必须用抗日游击战争的胜利，来建立新四军的威信，消除人们心头的疑虑，以鼓舞抗日军民的士气。

五次繁昌保卫战的重大胜利，充分证明了共产党领导的新四军是一支真正坚持抗战英勇杀敌的军队，面对现代化装备的日军多次进攻，不但没有被消灭、被赶跑，相反在人民群众的支持下，有效利用皖南复杂的地形，采取运动防御战法，不但站稳了脚跟，而且狠狠地打击了敌人。繁昌保卫战的胜利，打破了日本“皇军不可战胜”的神话，大灭了日本侵略军嚣张气焰。繁昌保卫战后，日本驻南京的派遣军总司令失望地哀鸣：“国民党军队乃是手下败将，唯共产党军队才是皇军之大敌，看来要在共产党军队手中夺取繁昌城是不可能的”。①

对国民党顽固派来说，这一胜利粉碎了他们“借刀杀人”图谋，驳斥了他们对新四军的种种诬蔑之词。一位常驻3支队专门监视新四军的三战区特派联络官在五次繁昌保卫胜利之后，不得不在谭震林面前承认，“一年来随谭司令转战皖南，亲眼得见贵军志诚抗日，坚贞不渝，令人钦佩之至，社会上说贵军游而不击实属流言。”此人从此离去，一去不返。

五次繁昌保卫战的胜利，推动了国民党铜繁当局的上层人士走向进

① 姚有志、李庆山:《新四军令人称奇的十大战役》,白山出版社2009年版,第36页。

步，争取了一大批有党派和无党派民主人士的同情与支持。1939年间，国民党繁昌县政府换了两任县长。第一任县长张孟陶深深感到："能在半壁繁昌主政，主要是靠新四军的支持。"第二任县长徐羊我，看到3支队血战塘口坝而深受感动，亲自带人抬担架。后在中分村举办的3支队五战五捷祝捷大会上，他亲自代表繁昌县政府，献给3支队一面书有"保障繁昌"四个大字的横匾。就连国民党三战区，也不得不做点"通令嘉奖"的表面文章。更为重要的是，铜南繁地区广大人民群众，从五次繁昌保卫战的胜利中，完全看清了"新四军才是真正的抗日部队"，看到抗战必胜的光明前景，踊跃投入到抗日救亡运动中来。

2.创建了铜南繁抗日根据地，推动了皖南抗日形势发展

铜（陵）南（陵）繁（昌）地区是皖南后方的前哨，在这一地区创建抗日根据地，既是新四军第3支队本身开展游击战争、坚持持久战的需要，也是保卫皖南后方、发展皖南抗日形势的需要。然而，在革命战争年代，革命根据地的建立与巩固，固然要靠坚强的政治工作和必要的经济、文化等工作，但更重要的是要靠军事工作，靠武装斗争的胜利来保证根据地内各项工作的开展。铜南繁抗日游击根据地正是在积极开展游击战争尤其是在五次繁昌保卫战中给敌人以重大杀伤的前提下，给同时开展的民运工作创造了必要的条件。第3支队刚进驻铜繁之时，整个繁昌和南陵南四区，并无群众基础，党的工作更是一片空白。谭震林代表支队党委，宣布成立以张伟烈为书记的中共铜南繁中心县委，以便统一领导这一地区建党和抗日工作。

在夺取第一、二、三次繁昌保卫战胜利的过程中，繁昌及南陵南四区从无到有，重新建立了党的组织，到4月，铜繁两县便分开成立了县委，驻地各区和大部分乡、保都建立起区委、中心支部、支部；通过"抗日救亡训练班"，培养出200多名地方军政干部；各种群众性的抗敌协会，在铜陵敌前敌后、繁昌的敌前西南山区和漳河沿线以及南陵南四区，纷纷建立起来。抗日民族统一战线也在这期间建立起来，一批地方士绅和民主人士，纷纷走了出来，为抗战出谋献力，可见这一地区的抗战局面已经打

开。在这种形势下，3支队司令部和政治机关，在4月间分别由原驻南陵县赤滩脚和铜陵燕子牧，移到繁昌西南山区的中分村，向前推进了约20华里。繁昌的民运工作由敌前推进到敌后，在大磕山、高安、大洲一带，开展建党、组织群众、建立武装等工作，游击区不断扩大，日伪控制区相应缩小。

到第4、第5次繁昌保卫战取得重大胜利后的1939年底，铜南繁地区的党、军、群组织已经遍及敌前和敌后中心地区。由此可见每一次繁昌保卫战的胜利，就把抗日根据地建设向前推进一步。抗日根据地的形成，又为新四军战胜敌人、坚持抗战提供了坚实基础。

3.维护了长江南北交通，为皖南与皖中、苏南的战略配合创造了条件

新四军第1、2、4支队在苏南、皖中等敌后地区实行战略展开之际，占领南京、芜湖、武汉的日军，在加紧对敌后新四军“扫荡”的同时，实行对长江航线的封锁，企图割断皖南新四军军部通过长江航道和宣（城）郎（溪）广（德）地区与皖中、苏南新四军各支队的联系。在这种情况下，是否能建立起保证畅通的公开的和秘密的交通线和交通网，对于发展抗日形势和坚持开展抗日游击战争，无疑是十分重要的。鉴于第3支队驻防的铜南繁地区地处沿江，既是皖南门户，又是长江南北来往的“跳板”，更是敌人封锁长江的交通线的重要地区，因此这里的交通网络能否建立和畅通，在地理位置上显得特别重要。

当时中共中央东南局、皖南特委和新四军军部都设在皖南泾县境内，它们与皖中、苏南地区党的领导机关和各支队之间的联系，基本上是要靠地面交通来完成。正是因为五次繁昌保卫战的胜利，在建立铜南繁这块游击根据地的同时，既保障了这个地区兵站设置的加强和任务的执行，又建立了党的地下交通和群众递步哨相结合的交通网络，彻底打破了敌人的封锁。

早在新四军第3支队进驻铜繁之前，军部就派人在铜陵新庙王建立了一个兵站，五次繁昌保卫战胜利后，军部在皖南最后设置的第六兵站，在靠近繁昌的南陵县南四区何家湾建立，军内称何家湾兵站。它从一个侧

面，说明铜繁地区交通工作的可靠性。兵站的主要任务是运输军需物资，确保军部与各支队间的联系，同时又密切配合地下党的交通工作，接送过往人员，通讯联络，传递文件报刊及其他任务。

1939年间，繁昌地下交通是以3支队司令部和繁昌县委机关所在地中分村为中心，建立了北至江北无为地区、西至铜陵地区、东至南芜宣地区、南至军部和特委所在地的四条交通线。地下交通工作，往往通过兵站，打着国民党招牌，公开进行秘密交通活动。此外，各村农抗会中普遍建立的递步哨，配合地下交通执行近距离的传递任务。如此交通网络的建立和活动，无一不是在战胜敌人的前提下顺利进行的。

4.抵御了日军向南扩张，使皖南成为支撑华中和华南两个战场对敌作战的一个基地

日军占领南京后，就把它的反动统治中心设在南京，在军事、政治、经济、文化上实行全面伪化，妄图把华中地区变为它的“以华制华”“以战养战”的“王道乐土”，作为连接华北和华南的枢纽和实施南进计划的后方基地之一。1939年日军五次大规模进犯繁昌县城等地，正是它妄图从这里突破、威胁徽（州）屯（溪）后方，实施上述战略计划的组成部分。然而，五次繁昌保卫战的胜利，彻底粉碎了日军南进的企图，屏障了新四军军部和后方基地，使皖南的前线和后方成为配合华中敌后战场乃至华南正面战场对敌作战的一个重要支撑点。

第一，牵制和削弱了日军的一部分兵力。新四军东进后，日军在南京、芜湖、镇江一带由原两三个联队，增加到5个师团，其中芜湖驻有敌116师团（武内峻二郎），控制着芜湖至湖口的沿江各据点。对此长江沿线的日军，虽属国民党军队与新四军共同抗击，但包括皖南部队在内的新四军，抗击了其中的60%，在皖南前线，实际上是新四军单独抗击。1939年初，日军在增兵加紧对华中地区敌后“扫荡”的同时，又从南京调来15师团（岩松）52联队（高品），配合116师团进犯繁昌，趁机南进。

从那时起，日军常保持4个师团另3个旅团共10余万的兵力在安庆以东驻扎，担负对长江下游两岸的国民党军和新四军作战任务。当时，整个

华中有日军13个师团，3个独立旅团，其中长江沿线就占有三分之一兵力，而且敌在长江下游这一部分兵力，又相当于当时日军在华南正面战场兵力配置数的总和。从日军南进的战略企图来看，新四军皖南部队至少牵制芜湖至安庆长江沿线敌军总数一半的兵力，并且在五次繁昌保卫战中给日军以很大杀伤，始终御敌于长江沿线一带。这对挺进华中敌后的新四军粉碎敌人“扫荡”和实施战略展开，解除对皖南后方的威胁、削弱华南地区正面战场的压力，都起到了一定的战略配合作用。

第二，吸收和培养了大批抗日骨干力量。五次繁昌保卫战的胜利，直接保卫了皖南后方新四军军部。特别是第3次繁昌保卫战挫败敌军南进之后，又由于第1、2、4支队在苏南、江北、皖东坚持积极的敌后游击战，牵制了日本华中派遣军大量兵力，从而使皖南前线敌我双方处在相持阶段。在这一阶段，3支队不断派出小部队分散出击，打击敌人的江防，袭扰其长江运输船队，随后又取得两次繁昌保卫战胜利，这样，新四军军部得到了稳定的发展，云岭成了进步青年向往的地方，安徽、江苏、上海、浙江、江西等地青年工人、青年知识分子、青年学生，纷纷奔向皖南，投身革命熔炉，给新四军增加了新鲜血液。军部通过大力兴办教导队，组织干部和青年学政治、学军事、学文化，一批批革命青年，从这里培养成材，源源不断地输送到华中各抗日前线。

第三，保证了军需品的转运和生活用品的生产。新四军的军需品主要是通过兵站运往华中各地，处于皖南后方的军部总兵站，对外隶属第三战区兵站分监部领导，对内直属军部直接领导。当时国共虽然合作抗战，但三战区对新四军供给总是尽量克扣，对军粮、军械和弹药的克扣更甚。军部为保证部队的给养，在向三战区据理力争的同时，一靠战斗的缴获，二靠自力更生制造武器弹药，三靠国内外爱国人士的捐献。而所有这些军需物资的接送，都是在抵御了敌人南进皖南后方的条件下，由总兵站及其下属六个地区性兵站及相应的兵站线负责完成的。此外，1939年春夏之间，由上海爱国人士胡愈之、陈翰笙等，会同国际友人斯诺、艾黎等人建立中国工业合作协会，利用皖南山区的自然资源，在泾县茂林、小河口等地筹建了纱布厂、蜡烛厂、宣纸厂，并在屯溪设立“工合”浙皖办事处，后来还办了缝纫、制鞋、烧炭、雨具等十几个合作社，既解决了军部的军需品和生活用品需要，又为各地的民运工作提供了可靠的物质基础[①]。

1940年春，新四军文艺战士曲再之、吴蔷、何士德创作了歌曲《繁昌之战》，随着那激越昂扬的旋律、铿锵有力的歌词，繁昌保卫战传遍了大江南北，给全国的抗日军民以极大的鼓舞。

① 桑良谷:《试析五次繁昌保卫战的意义》,《繁昌党史资料》1989年第2期。

渡江战役及“渡江第一船”始发地白茆

芜湖市文联课题组

摘要：渡江战役“渡江第一船”始发地和登陆点，说法很多。本文根据有关党史、军史和其他文献资料以及部队战斗总结与渡江指战员、船工等亲历者回忆，对渡江战役的历史背景、人民解放军与国民党部队在长江两岸战斗部署、渡江战役的准备以及江北人民群众积极支前等进行梳理；对“渡江第一船”始发地进行深入研究，进一步阐述“渡江第一船”始发于无为（今鸠江区）白茆，成功登陆在三山保定夏家湖的真实历史。

关键词：渡江战役　渡江第一船　始发地白茆

渡江战役又称京沪杭战役，是解放战争期间，中国人民解放军继战略决战胜利后对国民党军进行战略追击的第一个战役，也是中国人民解放军战争史上规模空前的强渡江河进攻战役。

战役自1949年4月20日发起，至6月2日止，历时43天。人民解放军第2、第3野战军和第4野战军第12兵团及华东、中原军区部分地方武装，共约120万人，在中共中央、中央军委的统一部署和总前委统一领导下，在华东、中原两区党和政府及广大人民群众大力支援下，在江南中共秘密组织和游击队密切配合下，以雷霆万钧之势，一举突破国民党陆海空三军联合组成的长江防线，占领了蒋家王朝的政治中心南京，攻克了全国经济中心上海，解放了杭州、武汉、南昌等大中城市，以及苏南、皖南、浙江大部、闽北、赣东北、鄂东南广大地区，歼灭国民党军43万余人。

渡江战役的胜利，宣告了蒋介石集团22年反动统治的灭亡，为人民解放军继续向东南、华南、西南地区进军奠定了胜利的基础，在中国革命战争史上写下了光辉的一页。

一、战前形势

解放战争中随着辽沈、平津、淮海三大战役的胜利，从根本上改变了中国阶级力量的对比。蒋介石内外交困，人心丧尽，内外矛盾激化，四分五裂，统治基础岌岌可危。从1946年7月至1949年1月，国民党军损失总兵力495万人，能用于作战的146万人。蒋介石集团面临崩溃绝境，财源枯竭，物价飞涨，财政赤字高达900万亿元。民族工业纷纷倒闭，农村经济破产，国统区广大人民陷入失业、贫困、饥饿的深渊。中国共产党威望空前提高，广大人民群众大量逃离国民党的影响和控制，站到共产党方面来，各民主党派、知名人士大批奔向解放区。国民党内部爱国高级将领和地方实力派，纷纷寻找关系，设法与共产党取得联系，准备投靠人民方面。解放军经过两年半作战，至1949年1月，总兵力已由解放战争初期的127万人，发展到358万人。中国共产党领导的解放区一片兴旺景象，总面积达261万平方公里，占全国总面积27%；总人口约2亿，占全国总人口42%。人民群众生产、支前积极性空前高涨，工农业生产迅速恢复发展，分到土地的广大人民群众热情支援前线，参军参战，保卫胜利果实。

1949年1月1日，新华社发表了毛泽东主席撰写的《将革命进行到底》的新年献词，号召全国人民、各民主党派、各人民团体："坚决彻底干净全部消灭一切反动势力，把伟大的解放战争进行到底。"

在这种形势下，蒋介石策划了一场和谈骗局。于1949年元旦发表《新年文告》，宣布愿与中国共产党"商讨停止战争，恢复和平的具体方法"，提出保存其"宪法""法统"、军队等为和谈条件，企图以此阻滞人民解放军渡江，以争取时间，依托长江以南半壁河山，重整军力，伺机反扑。

毛泽东主席针对蒋介石的阴谋，为进一步分化瓦解敌人营垒，于1949年1月5日为新华社撰写了《评战犯求和的评论》一文，揭露批驳了蒋介石要求“和谈”的虚伪性和反动性。1月14日，毛泽东主席代表中共中央发表具有历史意义的《关于时局的声明》指出，蒋介石所提的和谈条件是“继续战争的条件，不是和平的条件”。[①]同时声明，为了迅速结束战争，实现真正的和平，中国共产党愿意和南京反动政府在“惩办战争罪犯；废除伪宪法；废除伪法统；依民主原则改编一切反动军队；没收官僚资本；改革土地制度；废除卖国条约；召开没有反动分子参加的政治协商会议，成立联合政府；接收南京国民党反动政府及其所属政府的一切权利”基础上进行和平谈判。

毛泽东主席这一声明，进一步揭露了美国支持下蒋介石反动集团的本质，反映了全国人民的心声，立即得到全国人民和各民主党派、人民团体的热烈拥护。迫于国民党内外交困的局面和政治上、军事上的强大压力，蒋介石不得不于1月21日宣告“因故不能视事”而“隐退”，由李宗仁代理总统。但蒋介石在“隐退”后，仍以国民党总裁身份继续总揽大权，幕后操纵指挥，并在“隐退”前后对重要人事做了调整，由其亲信汤恩伯担任京沪杭警备总司令，加强长江下游的防御。同时还拟定了一个庞大的扩军计划，准备3至6个月在长江以南扩编训练250万新兵，妄图同中国共产党作最后较量。

李宗仁代理总统后，希望通过和平谈判保存国民党政府和残余势力，实现“隔江而治”，并借以扩充桂系势力而展开“谋和”活动。1月22日，李宗仁发表文告，声称：“政府工作目标在集中争取和平之实现”，“中共所提八条件，政府愿即开始商谈”。[②]经中共中央同南京政府协商决定，中共派出以周恩来为首席代表，林伯渠、林彪、叶剑英、李维汉、聂荣臻等参加的中共代表团；南京方面派出以张治中为首席代表并包括邵力子、黄

① 中国人民解放军历史资料丛书编审委员会：《渡江战役》，解放军出版社1995年版，第5页。

② 中国人民解放军历史资料丛书编审委员会：《渡江战役》，解放军出版社1995年版，第6页。

绍竑、章士钊、李蒸、刘斐等国民党政府代表团，于4月1日在中国共产党提出的“八条原则”基础上于北平开始商谈。

南京代表团提出了40多条修改意见，中共代表团做了很多宽怀大度的让步，采纳了20多条。4月15日，中共代表团将《国内和平协定（最后修正案）》提交国民党政府代表团，由于考虑到长江汛期影响渡江作战的可能性，郑重宣布，签字的最后期限为4月20日。解放军渡江南进，完成解放全国大业是中共中央坚定不移的方针。在和谈期间，中央军委虽力争和平渡江，但对谈判破裂可能性也做了充分估计，一再向渡江部队指出，和平谈判丝毫不应影响渡江的准备，一切工作仍需加紧进行，以便在谈判破裂时一举突破长江防线。

二、战前敌我双方战役构想与部署

国民党统治集团虽然已日薄西山，气息奄奄，但仍作垂死挣扎。1949年1月25日，蒋介石在溪口召集何应钦、顾祝同、汤恩伯等人开会，布置长江防务，确定京沪杭地区的作战方针是：以长江防线为外围，京沪杭三角地带为重点，淞沪为核心，持久防御，待机反攻。

国民党在皖南沿江一带集中9个军17个师的兵力，共有正规军14.5万人，另有保安队和地方兵力合计达16.7万人。其中第7绥靖区所辖第20军、第66军、第88军，防守江苏铜井镇至安徽铜陵地段；第66军驻防铜井、当涂及和县的西梁山；第20军驻防裕溪口、芜湖城区、澛港至三山；第88军驻守繁昌瓦窑至铜陵（含）一线，其中149师师部驻铜陵顺安，防守荻港以西至铜陵（含）段，东接313师。

313师驻繁昌横山桥，后移防驻古竹岭马厂村，该师下辖937、938、939等3个步兵团；师部直属1个警卫营，担任长江南岸东起油坊嘴以东3华里至瓦窑，西至荻港以西约1华里处防御。937团由芜湖调来时驻泥埠桥，团部及213营移防黑沙洲。938团团部及直属单位驻荻港镇。下属第1营3个连驻十里场（荻港庆大村）江边。第2营3个连驻防芦南西峰庵；第

3营3个连驻荻港铁矿公司、板子矶。后每营又增编一个小炮排，配有4门小炮。939团驻平铺，后移驻高安、泥埠、横山桥等地，其中两个连驻旧县镇（今新港）。

1949年2月，国民党京沪杭警备司令部调派第20军到芜湖，担任芜湖地区防守任务，军长杨干才，辖133、134两个师，120个连队，2万余人，装备精良，战斗力强，号称蒋军“主力中的主力”“王牌中的王牌”。所属133师师部和134师的402团驻芜湖、387团加398团的1个营驻芜湖北岸裕溪口，134师师部和401团及炮兵团2营驻澛港，防守油坊嘴以东3里处至澛港沿江。400团驻防三山。

“国民党长江设防是东重西轻，纵深薄弱，可机动兵力很少。究其原因有三：一是战线长，兵力少，捉襟见肘，无法处处重点设防；二是依仗长江天险，将主要兵力部署沿江一线，以求孤注一掷；三是预留退路，如长江防线守不住，避免主力部队在长江一线被消灭，以便迅速将其收缩到上海和东南沿海固守。”①

为实现中共总前委确定的战役意图，第3野战军前委根据长江从芜湖到江阴段向北突出成“弓”形，便于组织对敌实施钳制突击，决定以第20、26、34、35、30军分别在扬州、仪征、六合、江浦、和县地段公开以宽大正面进行佯攻，迷惑和钳制镇江、南京、芜湖地区守敌，将其吸引到“弓背”。中集团主力则秘密准备突袭繁昌至铜陵段，第10兵团秘密准备强攻江阴段，力求在渡江当夜分别南渡3至4个军大部，楔入敌之纵深，寻索在“弓背”两端形成两大对进集团达成割裂包围芜湖、南京、镇江地区守敌之势。其中第7兵团指挥第21、22、24军及特种兵纵队炮兵2团、骑兵团，由枞阳镇（不含）至姚沟段渡江。第21、24军为第一梯队。登岸后除以一部包围歼灭铜陵、贵池、青阳地区之敌外，主力沿南陵、宣城、十字铺（广德县北部）之线以南，向长兴、吴兴、安吉疾进，切断宁杭公路，尔后协同第9、第8、第10兵团合歼南京、镇江地区之敌，或夺取

① 南京军区《第三野战军战史》编辑室编：《中国人民解放军第三野战军战史》，解放军出版社1996年版，第322页。

杭州。

“第9兵团指挥第25、27、30、33军及特种兵纵队炮兵第4团和第1团1个营，由姚沟（不含）至裕溪口段渡江。第25、27军为第一梯队，第30、33军为第二梯队。登岸后除一部兵力围歼繁昌境内的三山街、旧县之敌和监视芜湖守敌（待交第3兵团接替）外，主力沿南陵、宣城、十字铺（含）及以北地区，向溧阳、宜兴以南地区疾进，切断宁杭公路，而后协同第8、第10兵团聚歼南京、镇江地区之敌。”①

1949年2月20日，第3野战军发布《京沪杭战役预备命令》，基本确定了各兵团及各军的任务。

第7兵团进驻庐江地区，辖第21、22军和24军，集结在铜陵县对江无为县的姚沟，准备南渡进攻铜陵和贵池守敌。并以第21军、24军为渡江作战第一梯队。

第9兵团辖第25军、27军、30军和33军，进驻无为、含山地区，集结在芜湖、繁昌县对岸的无为县白茆、汤沟，准备南渡进攻繁昌澛港至荻港守敌。并以第25军、27军为渡江作战的第一梯队。

同时规定担任第一梯队任务各军应有两个师，各第一梯队师应有两个团，各军均选择坚强之两个团担任渡江突击作战任务，各级干部应随先头营、团、师渡江（即：过去1个营，团干部随营过江，过去1个团，师干部随团过江，过去1个师，军干部随师过江），以便适时掌握调整部署。

据27军军史记载：27军以79师、80师作为第一梯队。79师于4月18日晚隐蔽集结马圩、红庙子以西，沿江以东、以北，洋桥、小江渡口以南地域，于20日22时30分在旧县镇、夏家湖段登陆。以一部首先攻占油坊嘴、鸡（矶）头山，师主力攻歼旧县镇之敌，并占领附近山区；尔后，挥师东进，向大、小磕山、库山、白马山攻击前进，由正西、正北逼近繁昌，协同80师围歼繁昌之敌。

80师于4月18日晚隐蔽集结于旧坝头、龙王庙以南，立沟镇以东，桥

① 南京军区《第三野战军战史》编辑室编：《中国人民解放军第三野战军战史》，解放军出版社1996年版，第329页。

马头以北，沿江以西地域。于20日22时30分在荻港到旧县（不含）突破江防，首先歼灭荻港马鞍山之敌，并以1个团攻占癞痢山、蜈蚣山，协同79师攻占旧县镇。尔后向孙村镇攻击前进，攻占铜山、峨山头一带地区，直逼繁昌，协同79师围歼繁昌之敌。

三、渡江战役战前准备

（一）中国人民解放军整编

为适应向全国进军的需要，人民解放军遵照中央军委1948年11月1日命令和1949年1月15日的决定，于1949年春季休整期间陆续进行整编。并对新编制和番号作出原则规定，将西北、中原、华东、东北野战军依次整编为第1、第2、第3、第4野战军。其中中原野战军改称为第2野战军，由刘伯承任司令员，邓小平任政治委员，张际春任副政治委员兼政治部主任，李达任参谋长，下辖第3、4、5兵团，共28万余人；华东野战军于1949年2月发布整编命令，改称中国人民解放军第3野战军，由陈毅任司令员兼政治委员，粟裕任副司令员兼第二副政治委员，谭震林任第一副政治委员，张震任参谋长，唐亮任政治部主任，下辖第7、8、9、10兵团，共58.1万余人；其中第9兵团辖第20、27（原9纵改编）、30、33军。第27军按三三编制，仍辖3个步兵师，9个步兵团，1个山炮团。原25、26、27师依次改称79、80、81师；原73至81团依次下推编为235、236、237、238、239、240、241、242、243团；军直辖1个山炮团和1个教导团；军司令部直辖警卫、侦查、工兵3个营。军长聂凤智、政委刘浩天、副军长兼参谋长贺敏学、政治部主任仲曦东、后勤部长侯青久。

与此同时，长江以南几支较大的游击队，遵照中央军委的命令，也先后进行了整编，准备配合大军渡江。

（二）渡江作战准备

1.政治动员和政策纪律教育

渡江战役前，广大指战员斗志昂扬，求战心切，但也有部分干部战士存在思想疑虑和模糊认识。

根据中央军委指示，各部队根据华东野战军政治部3月1日下发的《关于向江南大进军的政治工作指示》，结合部队思想情况，认真组织学习新华社《新年献词》、中共中央政治局1月会议和七届二中全会精神及野战军两次会议精神，"使广大指战员认清了国民党反动派和谈的真面目和美帝国主义及一切反动派都是纸老虎的实质，坚定了'打过长江去，解放全中国'，将革命进行到底的决心和信心。"①

同时，迅速进行溶俘工作，充实兵员，调整干部，发展党员，培养新提拔的干部和积极分子。普遍进行城市政策、新区农村政策、遵守纪律、地理常识及与江南游击队会师等教育。各军颁发了《渡江作战奖惩条例》《党员在渡江作战中注意事项》，团以上单位都举行了誓师大会。

2.实施战役战术侦查

为深入了解敌情，研究拟定作战方案，各部均采取措施侦查敌情。1949年2月21日，第27军军长聂凤智率部分连以上主官和小部队先行出发，3月1日抵达无为县江边一带，进行渡江前的各项准备工作。成立外勤组，紧紧依靠当地党组织和人民群众，采取实地勘察、走访调查、渡江捕俘侦查手段，基本摸清了当面敌兵力分布、工事构筑、两岸地形、长江水情及涨落情况。聂凤智将军回忆录记载："军师团各级领导干部带领突击队长，多次到江边研究敌情，了解地形、水情、选择登陆突破点，在江边活动时，对岸敌人经常瞄着我骑马的干部打冷炮，各级干部改穿便衣，骑着向老乡借来的牛，三三两两到江边活动。"②

① 南京军区《第三野战军战史》编辑室编：《中国人民解放军第三野战军战史》，解放军出版社1996年版，第331—332页。

② 聂凤智著：《战场——将军的摇篮》，解放军出版社1989年版，第146页。

此后，第27军接连派人化装渡江10次，成功8次，捕俘30余人，获得大量情报。随着渡江战役时间的迫近，聂凤智感到这种零打碎敲式的偷渡侦查无法了解敌纵深情况，不能随时掌握敌情变化，决定派一支侦查分队过江侦查，并拟制了《27军先遣渡江侦查实施方案》上报兵团，经过一级级上报，最后得到中央军委和总前委的赞誉和批准。4月6日晚，300多人的渡江先遣大队，分左右两路渡江，在地方党组织和皖南游击队配合下，摸清了第9兵团预定渡江地段的国民党军江防体系、兵力部署、指挥系统、指挥所位置、火力配置、工事构筑和沿江两岸地形、长江水情、潮汐规律、天气变化及理想的起渡点、登陆点并报告给军部，为制定和修改作战方案起到了可靠的依据。

3.筹集船只开展训练

早在济南战役结束后，团以上单位就成立船舶指挥所，华东野战军派出干部到苏北筹集船只，至4月初，在苏北征集到各类船只20977只，其中用于渡江的8302只，用于后方转运的12675只。动员了1.9万余名船工随军参战。各单位提前派人赶到江北，积极在当地征集船只。但长江以北地区船只绝大部分被国民党军破坏或拉到江南，对解放军不甚了解的老百姓也把剩余的船只藏了起来。解放军广大官兵以最大的耐心、最诚恳的态度拉近与老百姓之间的距离，讲清解放军是人民的军队，为了解放江南人民，准备打过长江去，现急需大量船只的道理。第2野战军4兵团司令员兼政治委员陈赓日记记述："昨日到今日，我与群众谈话足有30余人，房东老太太第一次赏光与我搭话，不胜欣慰之至。"陈赓还把他的收音机悬挂在街上，让百姓聆听新华社广播，一时拥挤不堪，群情激奋。终于，老百姓把沉入江底的船打捞上来，把藏在芦苇中的船摇出来，贴上"渡江胜利"的大红纸。

解放军集中征集的船只

第27军首批干部随军长聂凤智抵达江边时，在无为、临江、无南三县进行初步调查，掌握了船只、船工大致数量。聂军长亲自与当地几十名百姓谈话，鼓励他们积极支持解放军渡江。79师、80师、81师分别在临江、无南、无为征集船只和船工，各师在新区群众思想顾虑大的情况下，克服种种困难，在3月底征集到完好船只515只，动员集中水手（含部队内部抽调）2463人。

船是船民的最主要生产资料，也是他们的生活主要来源。在渡江中，极有可能造成船只等损毁，甚至船工的生命都有危险。为了让船工们安心，江北各部队想方设法解决船工们的后顾之忧。

船工们习惯于单船自由行动，如何将他们训练成适应战斗需要，如何将成百成千船只按作战需求组成战斗队形，又如何将指战员训练成在波涛汹涌的长江中沉着作战，都是急需解决的问题。为此，各部队利用湖泊、河流，展开大规模战前训练。据第3野战军战史记载："指战员们在'练好本领过大江，彻底解放全中国'的口号下，不怕早春天冷水寒，赤着胳膊，穿着短裤，一练就是几小时。来自北方的这些'旱鸭子'一下水就呛得翻白眼，有的上船不一会就呕吐得脸色蜡黄，但谁也不退缩，硬是顽强的挺着，日日夜夜的练，从上下船、乘船、划船、游泳、救护、堵漏、操船、救生器材使用、水上射击、打击敌舰、滩头爆破、登岸冲击、稻田水网地带作战的指挥与战斗动作等技术训练，逐渐进行到航渡队形、联络指挥、步炮协同及抢滩登陆等战术训练，各种技术全面提高。”①235团9连1个班渡过50米宽的小河，从上船到下船仅需2分钟。第237团40人夜渡90米宽的河面，从上船到全部登陆仅需3分钟。

解放军官兵教船工们熟悉解放军的战术，懂得听飞弹的声音，辨别子弹的高低、远近，讲清人民解放军登陆点和战斗动作，请他们观看演习等。

船工教战士们划船升帆

4.动员组织人民群众支前

在中共中央华东局、中原局和总前委统一部署下，华东和中原解放区的人民群众展开了规模巨大的支前工作，除动员了大量作战使用的船只外，还集中了大量的粮食、柴草和各种副食品、编组了浩大的车船运输队和担架队、挑运队，及时修复了铁路、公路、桥梁，架设长途电话线，进行了大规模的疏河、开坝工程。据不完全统计，仅在山东、苏北、皖北动员的临时民工就达320余万人，随军长期服务的民工团有16个20余万人；苏北、皖北筹集与运往前线的粮食达3.4亿多斤；山东妇女赶制的军鞋200多万双。

抗日战争时期，皖江抗日根据地是全国19块抗日根据地之一，新四军第7师驻地无为处于根据地中心地带，为了团结社会各界和广大群众共同抗日，7师部队根据中共中央毛主席“关于各根据地要加强党政军民之间

① 南京军区《第三野战军战史》编辑室编：《中国人民解放军第三野战军战史》，解放军出版社1996年版，第333—334页。

的团结”的指示，广泛开展拥政爱民工作，部队所有干部战士坚决服从执行政府法令，爱护根据地一切财富，执行三大纪律八项注意，保护和帮助群众团体，帮助群众生产，武装保卫群众耕作收割，实行“满缸”行动。帮群众打扫卫生、挑水、收割、打场、推磨、割牛草、种菜、为群众治病等。凡是对群众有利的事，战士们都抢着做，新四军深得民心，得到广大群众的支持，广大群众踊跃报名参军，帮助部队收集子弹、弹壳，帮助部队提供后勤保障，积极参加农抗、工抗、妇抗、商抗、自卫队、民兵等组织，掩护伤病员、给部队送情报等。群众把战士当成了自家人，许多老大娘出门看女儿，大嫂走娘家，常把钥匙交给新四军战士，把战士看成比自己的亲人还亲，根据地呈现出一派军民鱼水亲情。

渡江战役发起前，无为地区广大人民群众在党组织领导下，帮助渡江大军架桥修路、疏通沟渠、筹粮运粮、站岗放哨、配合主力部队进行武装斗争。当时驻扎在蜀山、襄安、开城、泥汊、白茆、汤沟等地的第24、25、27、30军约30万人，每天需成品粮120万斤、柴草50万斤，每天动用民工5000余人运粮，持续40多天。第27军驻守区域做饭是当时最大的困难，下雨柴湿，好不容易连吹带扇把火生着了，敌机飞临上空，为避免暴露目标，赶快灭火散烟。民工在工地干得正欢时，敌机扫射轰炸，为抢时间赶进度，白天改夜间施工，夜间禁止点灯，民工摸黑挖土，水溅泥滑，跌倒了爬起，爬起又跌倒，个个都成了泥人。江边有一种“香灰泥”，今天挖开明天又恢复原样，只好把泥挑到远处。男女老少齐上阵，日夜挥锹不停工，经过27天奋战，共挖河疏渠200多里，架桥20余座，修路100多里，终于完成了小江坝、姚王庙、神塘河、泥汊河4条渡船出江口修建任务。

群众开沟挖渠疏通河道

为防止过早暴露目标，当时渡江部队船只隐藏在靠近江堤的内河汊里，等发起渡江战斗前才将船只翻坝入江。由于江堤较高且坡度较陡，船只翻坝困难，广大官兵和当地群众献计献策，有的在江堤内外坡坡底填土，有的在江边割大量芦苇，把芦苇铺在江堤内外侧坡底，再糊上泥土降低江堤坡度，使船只很轻易地就能翻过江堤。

当时凡18—35岁的青壮年均参加担架队、筑路队；36—45岁的担任递步哨、盘查哨。支前民工实行军事编制，以乡为单位成立大队，行政村成立中队；中队下设分队，每个分队设3个班。据统计，当时无为县有100多万人参加担架队、运输队、修筑公路；3400多名水手参加渡江作战。修筑巢县至无为、无为至二坝、无为至庐江简易公路约680华里，支援部队粮食2000多万斤，柴草数百万斤，架设电线杆1万多根。

群众运输队运送物资

据聂凤智将军回忆："战役发起前，江北大军云集，活动频繁。越临近渡江，保密显得越重要。当时，部队驻地几乎家家户户养狗，部队夜间行动，一只狗惊，满村狗吠；部队走到哪里，嘈杂的狗叫声追随到哪里，此起彼伏，彻夜不绝，部队准备向地方政府提出来，却发现狗奇迹般消失了，原来地方政府及时向群众打招呼，为了大军过江，有的把狗藏于地窖或深洞中，有的将狗北送几十里人家代养，更多的村民干脆捉狗、宰狗，百里江岸，狗肉飘香。"①从这件小事反映了军民之间的团结。

四、渡江战役实施及始发第一船诞生

（一）渡江战役提前一天打响

1949年4月21日，毛泽东、朱德发布《向全国进军的命令》。故有人以为渡江战役是1949年4月21日发起。事实上是，为了配合东集团渡江作战，人民解放军中集团第7、9兵团的第21、24、25、27军，于国民党拒绝在和平协议上签字的20日20时，在强大的炮火掩护下利用夜幕实施偷渡与强渡并举，一举攻占诸江心洲，突破敌人长江防线，继而占领控制了铜陵、顺安、繁昌等地。

21日晚，东、西集团同时渡江，23日，人民解放军解放国民党政府首都南京。对于中集团为什么提前渡江，华东军区和第3野战军《第三次国内革命战争史（初稿）》第168页指出，中集团提前1天发起战斗，是"为了吸引敌人的注意力，保证东集团及2野渡江成功以及渡江后迅速与东集团汇合。"

军事科学院战史部受粟裕委托，答复繁昌县委党史办1983年8月16日致粟裕同志的函指出，中集团提前1天渡江，"是为了更有力地策应东集团渡江和渡江后更有利于合围宁、镇地区南逃之敌加以围歼。"

渡江战役的时间，并不是一次确定，而是依据当时国共谈判情况。

① 聂凤智著:《战场——将军的摇篮》,解放军出版社1989年版,第146页。

1949年4月11日，中央军委给总前委、粟裕、张震、刘伯承、张际春、李达的电报指示："依谈判情况，我军须决定推迟1星期渡江，即由15日推迟到22日渡江，此点请即下达命令。总之，4月下旬必须渡江，你们必须精确的准备一切。"

4月15日，中央军委又指出："和谈决以4月20日为期限，该日以后，我军即须渡江。"

4月16日，中央军委致电总前委："你们的立脚点应放在谈判破裂用战斗方法渡江上面，并保证于廿二日（卯养）一举渡江成功。"[①]同时又请总前委考虑，"假如南京愿意于廿日签字，但要求于签字后给他们几天时间以便部署，在这种情况下，我军是否可能再推迟3天，即由卯养（4月22日）改至卯有（4月25日）渡江。"[②]

4月17日，中央军委给总前委的电报明确指出："廿日以后我军何日渡江，完全由我方选择，不受任何约束。""你们应按原计划，确定于廿二日渡江不要改变，并争取一举成功，是为至要。"[③]

4月17日，总前委向中央军委报告了全线渡江作战具体部署，这个部署明确指出21日至22日为正式发起渡江作战的时间，这个时间也同样包括中集团。但在部署中对中集团又做了具体规定："宋（时轮）郭（化若）兵团以卅军于二十（哿）日[④]黄昏开始攻击裕溪口、西梁山两地，西梁山可于二日至三日内夺取，裕溪口不拟迅速夺取，仅迫近包围与钳制；芜湖对岸之中路码头，由廿五军（7纵）一部夺取之。以上均为对芜湖当涂之敌廿军、六十六军起吸引作用。该兵团九纵（即9兵团27军）、七纵主力、后续张克侠（33军军长）部则于鲁港间举行正式渡江作战。预定步骤是，廿日晚开始夺取鲫鱼洲、黑沙洲等江心据点。王（建安）吉（洛）兵团二十四军于二十日黄昏夺取江家洲太平街以北之江心大沙洲（在铜陵以北），

---

① 中国人民解放军历史资料丛书编审委员会：《渡江战役》，解放军出版社1995年版，第172页。

② 中国人民解放军历史资料丛书编审委员会：《渡江战役》，解放军出版社1995年版，第172页。

③ 中国人民解放军历史资料丛书编审委员会：《渡江战役》，解放军出版社1995年版，第172页。

④ 电码、韵目代日、哿为20日。

努力做到突破江心洲防线，廿一（马夜）[1]日正式向鲁港、荻港间以偷渡和强渡相结合，完成对繁昌、南陵之包围，并继续攻占之。廿一军廿（哿）日黄昏选择在贵池大通之间夺取长生洲、凤凰洲。”[2]

这里所规定的攻击，仅指江北如裕溪口、西梁山和江心洲等地，并不是指中集团渡过长江，因为中央军委在4月16日给总前委的电报中指出：“对敌北岸及江心据点，凡能于一夜夺取又利于夺取后第二天夜即南渡者，则于渡江前一夜夺取之；凡不能于一夜夺取，又于夺取后需要较多时间做准备工作方利于南渡者，则应提前夺取之。望按实情处理。”[3]总前委决定中集团于20日发起攻击，正是贯彻中央军委这个精神，为21日正式发起渡江作战扫清障碍。

4月17日、18日，中央军委复电总前委：“谈判至15日已告一段落，16日至20日，是给国民党政府决策时间，“二十日以后我军何日渡江，完全由我方选择，不受任何约束。”如果国民党政府拒绝在和平协议上签字，同意4月20日开始渡江作战，并“一气打到底”。中央军委还特别强调，“此次我百万大军渡江南进，关系全局胜利极大，希望我二野、三野全军将士同心同德，在总前委及二野三野两前委的领导下完成伟大任务。”至此，渡江作战时间最终决定下来。[4]

4月20日晚，中集团军在裕溪口至枞阳段开始渡江，敌人的沿江防御在人民解放军强大的攻势面前不堪一击，江心洲很快被突破，并一鼓作气，一举突破长江天险，比东、西集团提前一天到达江南。

（二）始发第一船诞生

根据预定作战计划，4月20日黄昏，第27军第1梯队235、237团部队开始将船只从无为、姚王庙、小江坝、神塘河、泥汊河4个入江口翻坝拖

---

① 电码、韵目代日、马为21日。

② 中国人民解放军历史资料丛书编审委员会:《渡江战役》,解放军出版社1995年版,第172页。

③ 中国人民解放军历史资料丛书编审委员会:《渡江战役》,解放军出版社1995年版,第172页。

④ 南京军区《第三野战军战史》编辑室编:《中国人民解放军第三野战军战史》,解放军出版社1996年版,第325页。

入长江。

渡江部队将船只从白茆小河沟拖船入江

20时15分左右，第一批渡江船只大部分均泊于江畔，一字排开，准备冲向南岸。第9兵团第27军79师235团（“济南第一团”）指战员已全部整装待发。237团也拖出一部分。

235团1营3连2排5班将船从白茆沟渠中翻坝入江。班长刘德翠带领李世松、姜保崔等8名战士、1名船工和3名机枪手及连排干部约20人，一起在船上听命待发。每人手中握一把划船用的铁锹，这时出现了一个意想不到的情况。235团团长王景昆看到自己所属部队赶在所有突击部队的前面，完成了渡江准备工作，下令：“船只整理好，听令开船。”1营营长董万华立即让通信员将团长的命令传达给各连。3连连长王凤奎接到命令后，又让通信员将团长的命令传达到各排，通信员由于兴奋和激动，误将“整理好船只，听令开船”变为“将船整理好，开船！”2排长林显信闻命后给全排下达的命令更为简捷：“开船！”早已憋足了劲的3个班3条船一起开动。其中5班船上的战士在班长刘德翠带领下动作最快，每个战士奋力划桨或划锹，船犹如离弦的箭“嗖”地冲在最前面。接着船只全部开动，7连也不甘落后，随之出发。

奋勇冲在最前面

旁边的船只以为战斗已经开始，纷纷划船。一时间上百条船悄无声息地冲向江心，个个争当渡江英雄。团领导试图将部队叫回来，可是船一开动，就如离弦之箭叫不回来。团长王景昆只好拿起电话向师长萧镜海报告。师长萧镜海接到报告后，命令全师开船，争取主动。235、237团也开始渡江，第27军各突击部队陆续起渡。

“27军渡江时，对岸江防之敌尚未察觉，我各突击部队以夜幕为掩护划船疾进。当先头船只进到距南岸一二百米时，突然遭敌炮火拦阻。我北岸炮群闻声而动，按预定作战方案，以猛烈密集炮火压制敌人，支援步兵渡江登陆。长江两岸枪炮声大作。21时许，第235团3连5班首先在夏家湖附近登陆。”①

当时长江为枯水期，江岸崩塌造成江岸陡峭很难攀登。首先下船的4名战士立即架梯攀登。在梯子被敌炮炸断后搭成人梯攀上南岸，将守敌消灭。在占领第一道壕沟和江边地堡后，班长刘德翠按照事先约定好的信号，拔出信号枪，向空中发射了3颗信号弹。王景昆团长和单文忠参谋长所乘渡船正到江心，看到信号弹后，马上向师部报告：“饭做熟了！饭做熟了！”这是事先约定的密语，意思为登陆成功。

① 苏灿杰、王卿军、姜湘卿：《威武之师：中国人民解放军第二十七军征战纪实》，解放军文艺出版社2004年版，第232—233页。

据3连指导员姜呼万回忆："当235团3连所有的船都已下水，战士们一个个气足足地手握划水的铁锹，在江边等待渡江命令"。姜呼万自己带领1排的船沿江边排开，他紧盯着旁边营部的渡船，生怕看错信号，"这天晚上出发信号很简单，就是看'头船'，只要领头的船一开动，就全体出动。"营部的指挥船是一条笨重的大船，战士们七手八脚抬到江边，却发现船抬反了，姜呼万走到大船边帮助这条船掉头。这时紧张等待渡江的1班战士林二虎模模糊糊看见船在动，指导员也动了，以为是渡江开始，大叫："1排动了！"一跃出了行列。周围战士一听喊叫，也立即奔跑起来，一条条小船箭似的离开江岸，比预定的时间提前30分钟。

3连一动，刚刚抬了一趟船的7连，不等第二趟船翻坝入江，也发出了出发命令。1营营长董万华和副教导员宋玉明在岸上见船动起来，连忙给团里打电话，说了一句"我们走了！"就上了船。不知不觉，船已远离岸边，回头看看两侧江面，觉得不对，董万华摇头说："老宋，不大对，我们可能提前了。顾不上了，渡过去再说，渡不过去就投江，反正是军法处见了。"79师师长萧镜海得到消息后，报告军长聂凤智，聂凤智把手一挥："马上跟上，不许丢了这个营。"萧镜海师长立即拿起电话打给团长王景昆："上一条开一条，决不能丢了1营！"

235团1营便在这种情况下提前行动，冲在最前面的是5班。这个班清一色广东籍战士，作战勇敢且灵敏，他们小船在渡江过程中始终保持领先位置，紧跟着他们的是2班。3连指导员姜呼万紧跟着这两条船。已经看到对岸的高坝和铁丝网，才被江防守敌突然发觉。①

① 赵忆鸿编著：《27军传奇》，吉林人民出版社1995年版，第312—313页。

渡江船工

结 语

“渡江第一船”的说法，是1949年4月初第3野战军对船工进行政治、军事常识教育时提出。目的是激发船工阶级觉悟和革命荣誉感，激励他们与人民子弟兵同舟共济，夺取渡江战役的胜利。后来在部队举办渡江誓师大会上，部队各师团均号召广大官兵争当“渡江英雄”和“渡江第一船”。渡江战役全面打响时，波澜壮阔的千里江岸，万船争先，各部队纷纷争当“渡江英雄”，勇夺“渡江第一船”，奋勇向前。

“渡江第一船”产生于235团1营3连，有其偶然性也有必然性。偶然性在于其误传命令，使1营3连早于其他渡江部队行动，占得先机。

必然性在于以下三个因素：

一是人的因素。235团前身是参加胶东著名的天福山起义的老13团，胶东老百姓对老13团可谓家喻户晓，无论环境多么艰苦，只要知道老13团还在胶东，百姓就安心。

解放战争中235团打了不少硬仗，在打平度、胶线、高密、即墨，战周村、潍县、兖州、济南、碾庄、莱芜等战役中，235团都担任主攻。济南战役后，235团被中央军委命名为“济南第一团”。该团是有4000名官兵组成的主力团，战斗力特别强，所以渡江战役在选第一梯队时，聂凤智军长把突击任务交给235团。235团接到命令后，又把任务交给能打硬仗的1营3连。

二是地利因素。中集团突击部队中，第27军驻白茆的突击部队距三山保定江面最窄，只有1000米；27军东侧的25军渡江部队，江面最窄处为1300米；24军突击部队江面最窄处为1600米左右；21军突击部队江面最窄处1800米左右。作为第1梯队的235团突击部队，由于江面较窄，为登岸部队缩短了航渡的时间。

三是使用的船只小而灵活。235团1营3连使用的船在争议较大的“渡江第一船”中，是载重吨位最小的船只，乘载人数不超过20人，这种船涉水浅，宽度窄，航行阻力小，速度快，1个班战士抬着就走，翻坝入江快。3连5班当时正是乘坐这种船，在航行速度上占有优势。多种因素促成了“渡江第一船”始发白茆，首先在夏家湖登岸的事实。

据中国人民解放军历史资料丛书《渡江战役》记载，渡江战役中人民解放军牺牲10553人，负伤35448人，其他减员3877人，合计49878人。其中团以上干部牺牲30人。

正是他们大无畏的牺牲精神，换来了今天的幸福生活。当我们享受着和平、安宁和美好时，千万不能忘记这些献出宝贵而又年轻的生命，有的甚至连姓名也没有留下的英烈们。让我们时刻牢记习近平总书记在视察安徽金寨革命博物馆时作的指示：“一寸山河一寸血，一抔热土一抔魂，我们要沿着革命前辈的足迹继续前行，把红色江山世世代代传下去。”

夏家湖“渡江第一船”登陆地史料考证

三山区委宣传部课题组

摘要： 渡江战役是在具有决战意义的辽沈、淮海、平津三大战役胜利后，中国人民解放军转入战略追击的第一个大战役，也是中国人民解放战争走向全国胜利具有重大决定意义的一个战役。安徽是渡江战役指挥中心所在地，渡江战役的主战场，为渡江战役的胜利做出了重大贡献。位于芜湖三山区境内的夏家湖作为“渡江第一船”登陆地，具有重要的战略意义和历史价值。

本文以“渡江第一船”史料考证的方法，对“渡江第一船”及其登陆地展开探讨研究，记录曾经发生在这一地区的革命事迹，弘扬渡江战役精神，开展红色教育。

关键词： 夏家湖　渡江战役第一船　登陆地

一、渡江战役的动员、组织与实施

“渡江没有老百姓是不行的。我们在江北准备的时候，老百姓很热情。除了提供船只以外，还有一些船老大很勇敢地给我们开船。他们是暴露的，我们还可以在船舱里面，可隐蔽，他们无法隐蔽，所以有一些船老大牺牲了，也付出了一些代价。所以老百姓都觉得我们的部队纪律严明。那个时候我们和群众的关系搞得真好，群众把我们当作子弟兵。”①

从这段口述史的记录中，可以看出人民群众在渡江战役中的贡献。据不完全统计，仅在山东、苏北、皖北动员的临时民工就达320余万人，随军长期服务的民工团有16个20余万人；苏北、皖北筹集与运送前线的粮食达3.4亿多斤；山东妇女赶制的布鞋有200多万双。广大人民群众的全力支持，不仅保障了百万大军渡江作战的需要，也为渡江后对被接管的大城市的供应做了准备。

同时，过江以后的支前工作问题，主要是煤粮问题。粮食共需要常备民工40万，部队110万，150万人，过江后200万人。从4月15到9月15日，5个月共吃5亿2500斤，一个月1亿零500万斤。供给城市与支持货币5亿。根据渡江后出现的该问题，提出了部队办法只第一遍，第二遍要善后，部队组织大而多的筹粮队，各区党委一进入地区，中心工作便是筹粮草，从中建立政权，发动群众，解决其他。江北支前机关的干部最缺的是乡以下干部，是直接联系群众、执行政策的干部。江北的4个民兵团，区党委的民兵团及各兵团的民兵团及综管处的民兵团组织工作队，在区的领导下进行筹粮。现在的民兵作民工使用的。而在这过程之中，南岸的群众也积极支持人民解放军的工作，纷纷贡献出家中的粮食与煤。②由此可见，无论是在江北，还是在江南，人民解放军都得到了广大人民群众的支持。

1949年4月21日，毛泽东主席、朱德总司令向全军发布了《向全国进军的命令》，命令人民解放军“奋勇前进，坚决、彻底、干净、全部地歼灭中国境内一切敢于抵抗的国民党反动派，解放全国人民，保卫中国领土主权的独立和完整”。第3野战军在总前委的指挥下，和第2野战军一起，按预定部署发起了渡江战役。因4月20日下午国共“和谈”失败，中央军委和总前委决定，中集团先于全军一步，于当日晚开始渡江。

4月20日20时，中集团首先发起冲击，中央军委和总前委要求，各个军、师、团把战斗力最强的部队，派到第1梯队去，于是第7兵团第21、

① 渡江胜利纪念馆编：《渡江战役亲历者口述史》，南京出版社2019年版，第67页。

② 参见刘瑞龙：《我的日记——淮海、渡江战役支前部分》，解放军出版社1985年版。

24军，第9兵团第25、27军作为第1梯队被派出去完成渡江任务。第1梯队4个军在人民解放军强大炮兵的掩护下，不到1个小时，就攻占了黑沙洲、鲫鱼洲、闻新洲、紫沙洲等江心洲，迅速突破了敌人防线，建立了滩头阵地，打响了人民解放军渡江作战第一枪。

中集团提前渡江，“是为了更有力地策应东集团渡江和渡江后更有利于合围宁、镇地区南逃之敌加以围歼”“中集团军渡江江面较窄，江身逐步北转，与宁芜铁路平行，一旦强渡成功，即可控制铁路，挥戈东向，抄捷径直捣国民党的老巢南京。”①

渡江战役前动员会

二、“渡江第一船”争议

关于“渡江第一船”，目前为止，仍然是中国人民解放军军史界、中共党史界以及有关学者探讨的重要问题，且认识不一，各有说法。现将几种说法概述如下：

（一）235团1营3连5班的“渡江第一船”

235团是人民解放军赫赫有名的“济南第一团”，在解放战争中屡立战

①《安徽党史通讯》1986年第6期。

功。渡江战役战前动员时，235团3个营的战士士气高昂，人人争先。“4月20日黄昏，27军第一梯队各团开始拖船翻坝，进入长江，部队随之整装登船，根据上级领先号令，当晚20时30分开始渡江。20时15分，第235团已将船拖出大部，其中3连已全部整装待发；第237团也拖出一部。第235团团长王景昆下令各部‘整理好船只，听令开船’。3连连长王凤奎接令后，即令通信员将团长的命令传达到各排，通信员因太激动兴奋而误传为‘将船整理好，开船！’2排长林显信闻命后给全排下达的命令更为简捷：‘开船’。”[①]3连2排5班所乘木船，冒着密集的炮火和硝烟，冲在了最前面，于21时在夏家湖一带登陆。

目前有较多的资料对这一事实进行了记录。如《中国人民解放军第27军第三次国内革命战争史》：“79师235团4月20日19时20分从无为姚沟镇、白茆镇开始抢渡，于21时由夏家湖一带登陆。”《中国人民解放军第27军军史》：“235团1营3连5班所乘船为百万雄师中‘渡江第一船’”。”《中国人民解放军战史丛书·第三野战军战史》：“21时许，第27军第1梯队在荻港至旧县之间登岸，一举突破国民党军第88军防线。79师235团1营3连5班所乘木帆船，首先在夏家湖附近登上南岸，成为百万雄师中‘渡江第一船’”。

第25军副政委兼政治部主任邓少东回忆：“9兵团于无为县罗布湾下达作战命令，令25军、27军于20日22时30分登岸发起战斗，并规定各级指挥员靠前指挥……当我军（25军）船只出江时，靠近我右翼之27军某团突击连，于20时左右首先发起战斗。”靠近25军右翼的部队正是27军79师235团1营，这也证明了235团1营率先起渡。又据时任235团3连副指导员宋孔广回忆：当时他就在率先登陆的第一条船上，当时船上有3连5班的8名战士和1名船工。

---

① 苏灿杰、王卿军、姜湘卿：《威武之师：中国人民解放军第二十七军征战纪实》，解放军文艺出版社2004年版，第232页。

（二）张孝华的“渡江先锋船”

张孝华，安徽省巢湖市（原巢县）银屏镇钓鱼乡东张村人，他从小跟随父亲在船上生活，从12岁开始随父以撑船为业。他先后在船上做帮工24年，饱尝生活艰辛。49岁那年，张孝华终于自己买了一艘4吨船开始单干。1948年，他又将其改造为7吨船，就是这条刚刚改修不久的船只参加了渡江战役，战后张孝华获得“一等功臣”功劳证和印着“渡江第一船”的奖旗。这条船陈列于中国人民革命军事博物馆，名“渡江先锋船”。

在此段渡江的是第3野战军第9兵团第27军80师，集中了81条10吨位以下的轻快船只，组成1个冲锋突击队，每9条船为1个小队，3条船为1个小组，9个小队、27个冲锋突击组将以连珠式直取敌主碉堡方向，以图一举突破敌之荻港防线。张孝华的船被编列为冲锋突击队第1小队第1小组第1号船。“第80师第1梯队238、240两团，一路船行甚速。船过江心，遭敌炮火凶猛射击。第238团3连1班班长、副班长先后牺牲，全班在另一副班长指挥下，不怕伤亡，划船疾进，终于在22时25分登陆，随即突入敌前沿阵地，摧毁敌一批火力点和地堡，接应大部队登陆。1连1班在接近江岸时，船被打穿漏水。班长不顾伤痛指挥全班迅速堵塞漏洞，加速划船，以最快速度靠岸登陆。第240团2连6班在近岸时受敌炮火阻拦，全班机智地下船涉水登陆，迅速突破敌前沿，为后续部队开辟道路。4月21日天亮前，本军第236、第239、第241、第242团和军指挥所全部渡过长江。”[①]由上述材料可知，张孝华登陆的时间，最早是在4月20日22时25分。

（三）马毛姐的“渡江第一船”

马毛姐，1935年生，家住安徽无为县马西村。离长江仅五六里之遥。1949年春节前夕，她的家乡一带住了许多准备渡江的解放军，部队纪律严

① 苏灿杰、王卿军、姜湘卿：《威武之师：中国人民解放军第二十七军征战纪实》，解放军文艺出版社2004年版，第233页。

明，经常帮老百姓做事，军民关系融洽。根据马毛姐的回忆："1949年4月20日下午4时，眼看着渡江战斗快要打响了，我偷偷地躲藏在船尾。不料还是被解放军发现了。解放军看我不肯下船，一位军官唬下了脸面：'你要被敌人的枪炮吓哭了，我们都会危险的，你要不下船，我们就打不过长江去消灭蒋匪了。'1949年4月20日晚上9点多钟，吹了一天的南风，约摸过了10分钟，小船纷纷移动了，我眼看着船要离岸两丈远了。15分钟后，船悄悄地划到了江中，国民党突然打照明弹发现了江中的小船，半个多小时后，小船冒着敌人的枪林弹雨，破浪前进，直刺铜陵的螺丝岗。5分钟后，随着一声声震耳欲聋的轰响，敌船江工事霎时灰飞烟灭，一股股浓烟裹走了敌人的座座碉堡。千里江面扬帆飞渡，全面出击，以排山倒海之势，突破了国民党军的长江天堑。"① "那天晚上，我们来回六趟运送解放军，完成了渡江任务。当时，什么死啊，饿啊，一概想不到，只想到把解放军送过江，把敌人消灭了，我们穷人才可以过好日子。"②

由马毛姐的回忆可以得知，其所乘船到达对岸的时间最早也是9时30分以后。另根据有关资料记载，在铜陵率先登陆的部队为第7兵团第24军，自20日晚9时15分发出开船号令，于9时35分至45分间在套口、东风泡、新江口等地先后顺利登陆。由此可知，马毛姐的船只登陆对岸最早也在4月20日晚9时35分。

（四）其他"渡江第一船"

1.陈文义父子"渡江第一船"

合肥滨湖渡江战役纪念馆里，陈列着一面长20多厘米、宽12厘米的黄色锦旗，锦旗上方书写着"奖给水上英雄"，中间为"渡江第一船"，落款是"一零六团"。这面锦旗的主人就是陈文义、陈正华父子。

陈文义、陈正华父子常年生活在枞阳县铁铜乡桂家坝村旁的菜子湖，

---

① 李孝林：《她跳上了"渡江第一船"——访电影〈渡江侦察记〉中刘四姐原型马毛姐》，《中国民兵》1999年第6期。

② 渡江胜利纪念馆编：《渡江战役亲历者口述史》，南京出版社2019年版，第4页。

其所住的小渔村是人民解放军择定的最早起渡点之一。根据陈正华的回忆：4月21日凌晨2点，随着指挥员一声令下，陈正华负责扯帆父亲专司掌舵，父子俩划着自家木船满载18名解放军，从枞阳江段桂家坝起渡点疾速向对岸驶去。半个小时后，船只冲向江岸。由此可知，陈文义陈正华父子所驾驶的船只，于4月21日凌晨2时出发渡江，最早于凌晨2时30分到达对岸。

2.车胜科的“渡江英雄船”

车胜科的船，载有解放军第27军81师241团1营1连一个30多人加强排组成的突击队，两名连级干部指挥。船从临江坝起锚，对江是汪家套。渡江战役结束后，人民解放军第3野战军司令部授予车胜科“渡江特等英雄”称号，无为县支前指挥部评选他为“特等渡江功臣”。根据有关资料记载：241团于4月21日4时由79师渡口过江，其1营迅速向小磕山发展，至4月21日9时许全部占领该带山头阵地。由此可知，车胜科的船只于4月21日4时出发渡江，最早于4月21日9时登陆。

3.“京电号”小火轮“渡江第一船”

4月23日，黄兴发等9名船工以发电厂运煤炭为掩护，将“京电号”小火轮开往浦口，悄悄地护送解放军过江。“京电号”先后运送1400多名解放军指战员过江，攻占国民政府总统府的解放军第3野战军35军104师312团的绝大部分指战员，都是由“京电号”运送过江。4月26日，邓小平听说了“京电号”的故事，连声夸赞，随后，他欣然登上“京电号”，由中山码头进入南京城。从此，“京电号”便有了“渡江第一船”之称。由上述可知，“京电号”登陆时间最早也要追溯到4月23日。

4.王东诚的“渡江第一船”

军旅作家吴强撰写的《渡江第一船》一文中有这样一段记述：“船上掌舵的是船主王东诚”，船到江心时，连长刘刚看看表，已经是下半夜4点来钟。“这只9号船毕竟按照第9连连长刘刚和战士们的意愿，第一个靠上了长江南岸。”由此可知，该船登陆时间当为凌晨4时之后了。

根据上文可知，235团1营3连5班的“渡江第一船”登陆时间为4月

20日21时；张孝华的“渡江第一船”登陆时间最早是在4月20日22时25分；马毛姐的“渡江第一船”登陆时间最早是在4月20日21时35分；陈文义父子的“渡江第一船”最早登陆时间为4月21日2时30分；车胜科的“渡江英雄船“登陆时间最早为4月21日9时；“京电号”的登陆时间则为4月23日，而王东诚的“渡江第一船”登陆时间为4月21日凌晨4时之后。

因此，从登陆时间上看，“渡江第一船”当为最早登陆的船只——235团1营3连5班的船只。

同时根据中共芜湖市委党史研究室文件《关于明确“芜湖解放日”暨“渡江第一船登陆点”的通知》：“渡江战役渡江第一船登陆点为繁昌县保兴乡夏家湖（今三山区保定街道夏家湖），史实准确、文献资料丰富。经市及有关县党史部门进行过专题研究和考证，并经市委、县委审核同意载入中共市、县地方党史正本。”这一文件的颁布，更加确定了最早在夏家湖登陆的235团1营3连5班的船只为“渡江第一船”。

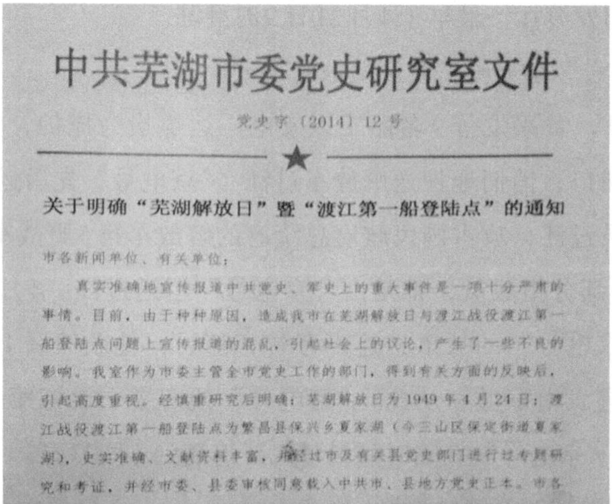

中共芜湖市委党史研究室文件

党史字〔2014〕12号

关于明确“芜湖解放日”暨“渡江第一船登陆点”的通知

市各新闻单位、有关单位：

真实准确地宣传报道中共党史、军史上的重大事件是一项十分严肃的事情。目前，由于种种原因，造成我市在芜湖解放日与渡江战役渡江第一船登陆点问题上宣传报道的混乱，引起社会上的议论，产生了一些不良的影响。我室作为市委主管全市党史工作的部门，得到有关方面的反映后，引起高度重视。经慎重研究后明确：芜湖解放日为1949年4月24日；渡江战役渡江第一船登陆点为繁昌县保兴乡夏家湖（今三山区保定街道夏家湖），史实准确、文献资料丰富，并经过市及有关县党史部门进行过专题研究和考证，并经市委、县委审核同意载入中共市、县地方党史正本。市各有关部门、市各新闻单位在今后的宣传报道及有关活动中应以此为准，不再产生歧义。

特此通知

报：市委、市人大、市政府、市政协

送：市委宣传部、芜湖军分区政治部

中共芜湖市委党史研究室文件《关于明确“芜湖解放日”暨“渡江第一船登陆点”的通知》

1949年4月20日，南京政府仍然拒绝在国内和平协定上签字，中央军委和渡江战役总前委决定，以第3野战军第7、9兵团的7个军组成的中集团军，首于20日夜发起渡江战役。第27军作为第九兵团主力，奉命担负第1梯队突破敌江防任务。该军曾在济南战役中率先突破内城而被中央军委授予“济南第一团”荣誉称号的235团，成为第1梯队里的“第1梯队”。

19时20分，各渡江部队把木船从泥叉河拖出顺着专门挖好的通往长江的河道一条一条拖进江中预先指定的起渡位置。几乎在此同时，235团团长王景昆下令部队上船。各战斗班组依令开始有条不紊地登船，约半个小时登船完毕。按照总前委作战命令，渡江战役的发起时间为当晚20时30分整。20时15分时，为做好随时起渡的准备，235团王景昆团长再次下令：“整理好船只，听令开船！”意为让各部再检查一下人员登船情况，做好准备，以便一声令下，能够立即行动。3连长王凤奎接令后，即令通信员将团长的命令传达各排。由于通信员的失误，将命令传为：“将船只整理好，开船！”2排长林显信闻命后给全排下达命令：“开船！”5班战士们启动得最快。2排的船一起动，全连、全营的船也都跟着动了起来，纷纷开动起来，虽然没到预定时间，但开出的船已经叫不回来了。王景昆团长见此情况，只好立即拿起电话向师里报告。师长萧镜海接到报告后，迅速做出判断，认为235团第1梯队提前开船已成事实，如果不下令全师开船，对全局取胜不利，因此，决定全师立即渡江。

在班长刘德翠的率领下，3连5班的船一马当先，冲在了最前面。当距离南岸还有一百多米时，被敌军发现。在这时，为5班掌舵的船工中弹负伤，刘德翠班长立即跑过去抓住船舵，摆正船头，继续前进。21时，于夏家湖登陆。5班的李世松、姜保崔等4名战士，首先冲上江滩，将木梯往崖岸上一搁，竖了起来。班长刘德翠第一个登上木梯，几下就上了岸顶。紧跟其后的李世松、姜保崔等4名战士，刚刚登上木梯，由于承载过重，加之江岸泥沙松软，木梯陷入泥糊中短了一大截，这时，黑沙洲敌第937团和矶头山敌939团，从不同方向打过来的炮弹，落在他们附近的江滩上。飞弹炸断了木梯，李世松、姜保崔等纷纷跌落。在敌人炮火的压制下，全班处在十分危险的境地。面对炸断的攀登工具，他们很快在陡崖下搭成人梯，用手互相攀登。

第一个登上南岸的班长刘德翠，立即用火力掩护相互拉扯的战士，抓崖登岸。战士们以迅猛的动作，纷纷登上江岸向敌展开火力，压制近岸敌人的反扑。李世松一登岸，刚好遇到一股敌人从右侧包抄过来，企图偷袭刘德翠班长的后路。他立即端枪猛扫，将敌击溃。刘德翠率1个组从正面反击迎面地堡之敌。李世松小组在一阵猛烈的扫射后，将敌歼灭。正面进攻的刘德翠小组迅速占领了岸边的地堡。至此，5班顺利地突破了敌前沿，并巩固了第一个滩头阵地。刘德翠班长站在地堡顶上，面对长江，迅速掏出信号枪，连续打出了几发红色的信号弹。正渡江的235团团长王景昆和参谋长单文忠，乘坐指挥船在江心，见到南岸预定登陆的地方升起红色信号弹，这是既定的登陆成功信号，心里一阵激动，根据位置判断这是一营方向，“一定是他们登陆成功了。”单文忠参谋长拿起报话机，向师部报告：“饭煮熟了，饭煮熟了！”这是早已约定的联络密语，意思是“登陆成功”。不久，第235团在夏家湖、庙下陈一带全部登陆成功，巩固和扩大了突破口，为渡江大军挺进江南，解放全中国开辟了道路。

为什么235团1营3连5班的船是真正意义上的“渡江第一船”，却没有受到任何嘉奖？根据时任人民解放军第27军79师235团政治处主任王济生的回忆：“4月30日开始，部队在吴兴休整3天，对渡江作战进行总结，兵团嘉奖本兵团4个连队为‘渡江英雄连’；军授予4个班为‘渡江英雄班’，有3名个人被授予英雄称号。但是，我团各连在这一重大战役中没有荣获英雄称号，这在我团历史上是没有过的，也是非常遗憾的。究其原因，主观上是本团的思想教育与纪律教育不扎实，个别干部急于求胜，通信人员误传口令；客观上，为了隐蔽接敌，面对敌岸登陆，连队登船位置很分散，命令传达不畅，出现失误，时间紧急，来不及纠正。这些主客观原因造成3连、7连没按规定时间开船，而是提前15分钟起渡。3连未按规定时间抢先开船渡江，取得渡江的成功，事实上成为‘渡江第一船’，虽留下了说不尽的遗憾和无法再弥补的历史缺陷，但我认为更重要的是留下了那种‘勇争第一，敢打必胜’的精神。”①

上述回忆或可窥见一二。由于“船只整理好，听令开船”的命令，在传输过程中发生了错讹的特殊原因，造成了5班率先登陆的特殊条件。也正是这一特殊原因，当时的第27军就未确定谁是真正的“渡江第一船”。这样该班所乘之船为“渡江第一船”，也就一直鲜为人知。凡参战的兵团以上机关也没有授予任何单位“渡江第一船”的称号，有关文电、总结或会议也没有予以明确或褒奖。第27军的军首长对该班先违规，后立功的事实、来了个将功补过的做法：即只做不说，不解释，不发文。

在渡江战役总结报告中，聂凤智军长虽然表扬了“235团登陆迅速”，却把235团1营3连5班所乘之船率先登岸的事实给回避了，仅做了一个既明白又糊涂、既直率又含蓄、既严肃又诙谐的回答：“有的同志问这次究竟是谁先过江，我们说是毛主席的路线先过江，人民解放军全部过江。”这对于235团1营3连5班的解放军战士而言，不可谓不有些许遗憾。

另一个遗憾则是“渡江第一船”的战士，在上海战役中全部牺牲。

在上海战役中，2排长林宪信带领3连的突击排，其中就有“渡江第一船”5班的全部战士。他们端着枪，以战术队形前进，交替掩护冲上桥去，眼看着突击排渐渐接近目标点，突然受到了敌军的攻击，在硝烟中倒下后就再也没有起来。有着“渡江第一船”口传声誉的5班战士全部阵亡。“渡江第一船”上的5班战士们，在上海战役中全部牺牲，作为亲历者，却再也没有机会向世人说出“渡江第一船”的真实经过，这或许也是235团1营3连5班的船只，一直默默无闻的原因之一。

今天考证“渡江第一船”，一是为了还原真实历史，同时也是了让在上海战役中牺牲的5班战士们的英勇事迹，能够流传下来，让“渡江第一船”精神发扬光大。

① 王济生:《“渡江第一船”的光荣与缺憾》,《军史历史》1999年第2期。

四、“渡江第一船”登陆地夏家湖

（一）夏家湖的地理与人文条件

夏家湖，原属于繁昌县保兴乡，现位于芜湖市三山区保定街道，濒临长江，地理位置优越。据《繁昌县志》记载：“东至石硊河东芜湖县界距治四十里，东南至马仁渡河南陵县界距治四十里，南至麻桥南陵县界距治二十五里，西南至黄浒河心铜陵县界距治三十里，西至荻港大江中流无为州界距治五十五里，西北至白马洲并大江中流无为州界距治六十里，北至澛港河心芜湖县界距治五十五里，东北至下峨桥河东芜湖县界距治三十里，东西广九十五里，南北袤九十里，由县治至郡城陆路一百三十里，水路一百四十里，至省城陆路三百里，水路三百三十里。”①

由上述记载可知，繁昌县县域较广，且水陆交通发达。又据有关资料：“三山区北面属平原地带，南面丘陵平原相间。平原地带，沟渠纵横，塘坝相连，有典型的江南水乡特征；丘陵地带，山水相依，葱绿滴翠。地貌属长江中下游冲积平原，主要由河漫滩河阶地构成，地势东北高，西南地，平均海拔6—10米（黄海系统），以平原为主，山岭多集中在峨桥镇境内，地表河流交织，有长江和漳河相依。长江和漳河从三山区东北侧环绕而过。”②

夏家湖濒临长江，距荻港等数十公里，距澛港也仅13公里，与无为县隔江相望。长江由铜陵流经繁昌荻港，在这里弯了几道弯后又向东偏北。由于湍急江水的冲刷，造成南岸一线的崩塌，形成陡峭的土崖。江岸的堤内除零散的村落外，全是平原水网地带，没有什么可以利用的地形地物，从白茆到夏家湖这段江面也较窄。同时在夏家湖这一段，敌军江防工事，只是沿着江堤大埂建筑，除2公里左右一个碉堡外，再设些零星小哨棚、

①《繁昌县志》，清道光六年增修，民国二十六年重排印本。

② 中共三山区委党史和地方志研究室编：《三山区年鉴2019》，黄山书社2019年版，第32页。

哨所等，敌军的防御力量较弱，兵力不敷支配，也为在夏家湖成功登陆创造了条件。人民解放军在这里抢登，既为攻击点，又是立足点，登陆部队可以迅速展开兵力。

夏家湖的人文条件，也为成功登陆奠定了基础。夏家湖所属的保定地区，一直以来都是革命老区，1928年就有了党组织，抗日战争时期一些抗日民主组织在保定成立，皖南事变中，保定的乡民们护送中共军队撤离，在抗日战争和解放战争中，这里的人民群众积极参战，英勇无畏。由此可见，夏家湖地区的群众基础是极好的，在此登陆，受到人民群众的支持。

（二）地理环境对渡江战役的影响

地理环境包括自然地理环境和人文地理环境。自然地理环境主要包括地形、水系、气候、植被、土壤等自然构成的因素，人文地理环境主要包括政治、经济、军事、科技、交通、民族、宗教等人类社会活动所产生的因素。

在渡江战役中，自然地理环境对作战的影响主要集中在水系和地形两个方面。长江中下游江身弯曲，江阴至芜湖段向北突出，形成一大弧形。平时下游水流平稳，每年春雨之际，水位上涨，水流变急。长江两岸多为土堤，港汊多，江内又有较多的江心洲。根据对地形的分析，江阴至芜湖段长江向北方突出，南京位于弧形突出部，利于部队从南京两翼实施钳形攻击，加上正面牵制、突击，可以达到四面合围南京的目的。同时江内的江心洲有利于渡江时的过渡地，先攻占江心洲，再过宽度较窄的夹江便非常有利，江岸许多地段平坦，利于登岸。人民解放军根据长江地形的特点，组成了东集团、中集团和西集团军，东集团军一部以积极动作牵制南京，实施渡江后迅速向宁沪铁路、宁杭公路挺进，切断宁（南京）、镇（江）敌军逃往上海的退路。

中集团实施渡江后迅速向繁昌、宣城、长兴方向实施主要突击，与东集团会合，截断宁杭公路。西集团协同和保障东、中集团军。根据这个部署可以清楚地看出，总前委是根据长江的地形特点而做出的正确的战役部署，因此也取得了渡江战役的巨大成功。在渡江战役的作战时间内，长江南岸广大地区都是小麦和油菜，田间平坦，土壤干硬，人民解放军突破长江后，根据这一时期的地形特点，实施大兵团的机动作战，并充分利用平坦开阔地形的优势，迅速向敌军纵深地区发起攻击。

人文地理环境对渡江战役的影响，主要体现在交通、城市等方面。解放军突破敌军长江防线后，合围歼敌，主要就是切断敌军交通要道。主要的交通要道有浙赣铁路、宁杭铁路、宁沪铁路等。浙赣铁路是汤恩伯和白崇禧两个防御集团的联系纽带，只有占领了浙赣铁路及相应的要点，才能割裂两个集团的联系，使敌军孤立无援。第2野战军根据中央军委指示，确定以第3、5、4兵团分别向浙赣铁路义乌至龙游段、衢州至上饶段、横峰至东乡段进击。至5月11日，第2野战军控制了长达400公里的浙赣铁路，完全切断了汤恩伯、白崇禧两集团之间的联系，为后续战役创造了条件。

"在城市对渡江战役影响方面，重点是要夺占城市，城市房屋密集，道路复杂，根据不同城市的特点，总前委始终把重点攻击方向放在具有重要价值的大中城市，利用城市地形构建坚固的防御征地。"①因此，在渡江战役中，党中央根据地理环境，做出了最正确的作战部署，为渡江战役的胜利奠定了基础。

（三）成功登陆夏家湖的启示及影响

渡江之前的充分准备是成功登陆的基础。人民解放军在渡江之前做了充足的准备，部队开展以渡江、登陆为主要内容的战前训练；针对地理条件，加强了侦察的力度，对长江两岸进行实地勘察，基本掌握了敌军兵力、工事构筑、火力配备和长江两岸的地形、水情等。在渡江登陆的地段选择上，注意选择江面相对较窄和敌军防守薄弱之处。同时在物资保障上重点做好了船只筹备和主要物资储备的准备，保障了人民解放军前线部队

① 参见路文焕：《地理环境对渡江战役作战的影响》，中共江苏省委党史工作办公室等编：《风卷红旗过大江》，中共党史出版社2000年版。

与敌军作战的物资需要。制定了正确的战略战术。渡江登陆前总前委从敌情、水情等方面出发，合理科学地进行了渡江登陆兵力的编组。正因为编组科学合理，各部队能够迅速而有序地渡江登陆，快速将兵力投于对岸，建立统一的指挥机构，提高了登陆的速度。

235团1营3连5班的“渡江第一船”成功登陆夏家湖，对后续战斗具有重大的影响。成功登陆夏家湖后，按照过江信号规定，登岸部队立即点灯报信。先遣渡江大队也按照预定要求，在山头、高坡燃起篝火。登陆部队与敌军展开了激战，经过两个多小时的战斗，第27军登陆部队在油坊嘴、旧县镇附近全歼敌军1个团，在荻港重创敌军1个团，共歼敌3000多人，控制了荻港、旧县等要点。与此同时，81师攻取黑沙洲、全歼敌军1个团和两个营，21日晨抢渡夹江，到达南岸。

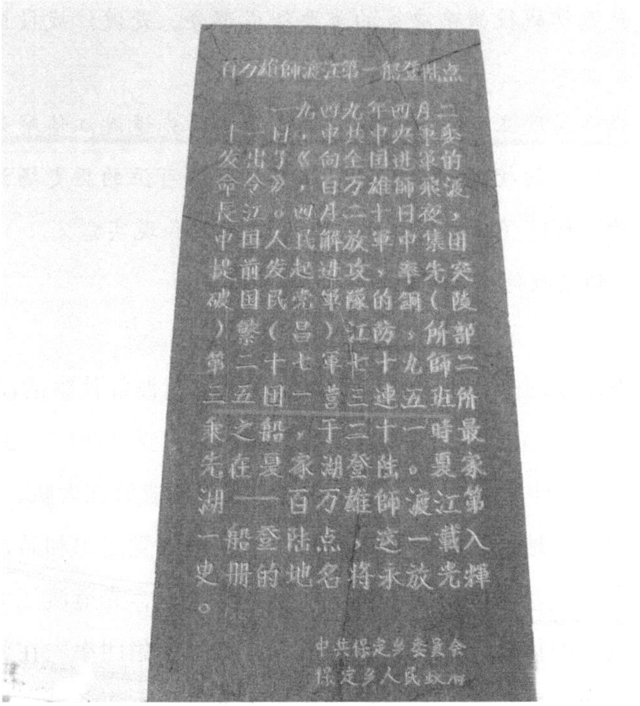

夏家湖“百万雄师渡江第一船登陆点”纪念碑

先遣渡江侦察始末

繁昌区委宣传部课题组

摘要：渡江南进，是中共中央、中央军委长期周密擘画的战略决策。解放战争战略进攻序幕揭开后，中央就对渡江作战有了初步的构想。先遣渡江侦察，是渡江战役战略决策的重要组成部分，是渡江战役中具有战略意义的预演。

本文从战略高度立意，从战术行为入手，对先遣渡江侦察始末进行了全面的描述、深入的挖掘，着重呈现在繁昌可歌可泣的历史场景和生动感人的英雄人物，反映了先遣渡江侦察的历史意义和现实意义。

关键词：侦察捕俘　先遣渡江　战略作用

渡江战役发起前夕，各部队组织大规模的先遣渡江侦察活动。第27军前后组织了10次渡江侦察，成功了8次，捕俘国民党江防守军30多名。尤其是1949年4月6日，第27军组织了300多人的先遣渡江大队，强渡长江，成功地在铜繁沿江地区登陆。在中共皖南沿江地方党组织和游击队的配合下，特别是在中共繁昌县委和游击队的全力支援下，先遣渡江大队，胜利地完成了历史性的侦察、战斗任务，为百万雄师中集团率先在繁昌胜利突破，拦腰斩断国民党军苦心经营的长江防线创造了重要条件，为渡江战役伟大胜利，发挥了重要作用，展现了人民军队特有的精神风貌，留下了光辉典范和宝贵的精神财富。

一、先遣渡江侦察决策的形成与实施

解放战争战略进攻序幕揭开后，中共中央就对渡江作战有了初步计划和构想。辽沈、淮海、平津三大战役之后，这一战略决策最终实现的时机才完全成熟。

1947年7月23日，中央军委就提出华东野战军“叶、陶两纵队（叶飞第1纵队、陶勇第4纵队）出闽浙赣，创造闽浙赣根据地”。后来，为保障刘邓大军南下，华东野战军需在鲁西南重兵钳制国民党军，便放弃了这一计划。[①]中央军委提出的这一设想，当然包括先遣渡江侦察的战略意图。

刘邓大军挺进大别山后，中央军委又指示派一支部队秘密渡过长江，在南岸楔入一颗钉子，并侦察敌情。刘伯承、邓小平商定后，成立了一个独立旅，配属3个团，以张体学任旅长，鲍先志任政委，谭善和任副政委，计划到皖南一带活动。独立旅在黄梅、广济（武穴）地区进行活动，相机渡江。由于国民党军江防把守严密，独立旅无法偷渡。经请示中央军委后，该旅返回鄂豫军区。[②]虽然没有渡过长江，但这支部队是最早实施先遣侦察的，初步摸清了长江北岸这一带的江防情况，完成了早期的侦察任务。

1948年1月27日，中央军委再次命粟裕率华东野战军第1、第4、第6纵队组成一个兵团，渡江南下。后粟裕提出了关于3个纵队暂不过江在黄淮地区歼敌的建议，经中央军委同意并要求在4个月至8个月内，华东野战军主力在汴徐线南北地区歼敌。[③]

粟裕建议并经中央军委批准暂不渡江南进，并没有放松渡江南进的准备。

1948年春节前夕，时任华东野战军第6纵队第17师副师长的马长炎接

① 粟裕:《第三野战军在渡江战役中》,《渡江战役》,解放军出版社1995年版,第391页。

② 李达:《百万雄师过大江》,《渡江战役》,解放军出版社1995年版,第372页。

③ 粟裕:《第三野战军在渡江战役中》,《渡江战役》,解放军出版社1995年版,第352页。

到命令，赶到华东野战军司令部受领新的任务。粟裕接见了马长炎，面授南下任务，为执行中央军委渡江南进的命令，华东野战军选调一个加强营，带40挺机枪和200名干部组成南下大队，马长炎任大队长，高立忠任政委，任务是护送干部队南下，前往皖南，作战略侦察，与地方党联系，从南向北积极开展工作。

马长炎所部到达界首与阜阳之间，与陈洪、陈木寿、江干臣、黄少诚等带领的干部队会合后，成立了党委，马长炎任书记，陈洪、高立忠任副书记，吴立奇、黄少诚、郑家琪等为委员。至此，南下大队正式组建，伺机渡江。①

1948年5月31日，华东野战军又组成渡江先遣纵队，孙仲德任司令员，谭启龙任政委，准备渡江南下进入皖（南）浙闽赣，与在当地坚持斗争的武装力量结合，发动群众，开展游击战争，为迎接大军渡江南下创造有利条件。8月上旬，华东野战军总部侦察科长严振衡，率领部分参谋人员、电台及一个侦察营，随先遣纵队南下。由于长江沿线国民党军戒备森严，先遣纵队暂不能实现渡江计划。粟裕随即指示先纵：坚持淮南敌后，开展游击战争，待机南渡。②

随着人民解放军在各个战场的胜利，渡江南进的条件日趋成熟。中央军委于1948年12月12日致电淮海战役总前委，提出召开一次总前委会议，着手准备将来渡江作战计划，待“完成渡江的诸项准备工作，即举行渡江作战”。③淮海战役结束后，按照中央军委关于统一全军组织及部队番号的指示，中原野战军、华东野战军于1949年2月9日，依次改称中国人民解放军第二、第三野战军。④并从1949年1月15日至3月31日，分5期进行休整并完成渡江作战诸项准备工作。⑤

① 刘以顺、毕长春：《马长炎传》，安徽人民出版社2000年版，第61页。

② 谭启龙：《谭启龙回忆录》，山东人民出版社1995年版，第334—335页。

③《中央军委关于今后作战方针的意见致总前委电》，《渡江战役》，解放军出版社1995年版，第36页。

④ 南京军区政治部编研室：《华东军区、第三野战军组织发展实录》，江苏人民出版社1993年版，第17页。

⑤ 龙方成、秦克丽：《渡江战役历史经验论》，《军事历史》1999年第2期，第62页。

在战役准备工作期间，总前委指示各部队，为了实施渡江作战，必须加强侦察工作，要求各级指挥员除组织部队实施侦察外，必须亲自参加这项工作。即使临近渡江作战前夕，刘伯承还在进一步强调侦察工作，他在3月24日起草的《渡江战术注意事项》中指出：在夺取与控制江北渡口桥头堡后，即应开始组织我渡江的突击部队与掩护部队，并在实地侦察。因长江及其两岸地形经常变迁，故不能专靠地图，必须实地侦察，进行判断，而善于利用之。①

1949年1月21日，第三野战军在徐州召开了为期8天有军侦察科长以上干部参加的全军侦察工作会议，研究渡江作战的侦察任务。②2月4日，第三野战军参谋长张震作出《关于渡江侦察工作问题》的专题指示，并规定了侦察区域，明确侦察的主要任务和注意事项。③

2月中旬，第三野战军各兵团组成侦察委员会并以兵团及军侦察营为骨干，抽调军、师少数指挥员，由参谋长负责，按照预定作战地域，先期进入江边与地方党组织和政府建立联系。

各部队均以侦察分队为骨干，吸收家住沿江地区且熟悉地形民情的人员充实到侦察机构。④

2月20日，发布《第三野战军京沪杭战役预备命令（京字第一号）》，进一步明确各兵团侦察任务地段：

7兵团负责枞阳镇至刘家渡（均含）段；9兵团负责南京（含）、当涂、芜湖至刘家渡（不含）段；8兵团负责南京（含）、镇江、扬中至龙稍港（不含）段；10兵团负责龙稍港、江阴至张黄港段侦察。

并要求各兵团除查明规定地段沿江情况外，均须设法组织对各段沿江两岸及沪宁芜安沿线纵深情况侦察，查明掌握敌之纵深情况，并于3月20

① 中国人民解放军军史大辞典编委会：《中国人民解放军军史大辞典》，吉林人民出版社1993年版，第653页。

② 军事科学院军事历史研究部：《中国人民解放军全国解放战争史》，军事科学出版社1997年版，第94页。

③《关于渡江侦察工作问题》，《华东战史资料·军事类》第40卷第4号，第8页。

④ 中国人民解放军历史资料丛书编审委员会：《渡江战役》，解放军出版社1995年版，第13页。

日前报告本部。①

解放军第24军副军长皮定均到江边观察地形选择渡江登陆点

2月20日，第7兵团召开侦察工作会议，确定了各军的侦察任务，并将各军侦察部队统一组成先遣支队下辖3个大队，即每个军侦察营组成1个大队，先期出发至无为、枞阳间作战地区。先遣支队2月下旬抵达各预定位置，第24军在荻港至大通段，第21军在大通至贵池段，第22军在贵池至枞阳段，其中第24军侦察部队由皮定均副军长率领于2月28日到达昆山。②

3月15日，奉命在第8兵团指挥下的第20军到达扬州东北樊川、丁沟、宜陵地区后，即组织了一支800余人的侦察部队，由廖政国参谋长指挥，并由军侦察科会同苏北军区第2军分区江南工作委员会共同组成侦察指挥所。侦察部队克服种种困难，潜入南岸国民党军江防纵深进行侦察，为渡江作战搜集了大量情报。③

在先遣渡江侦察的队伍中，第9兵团第27军派出由300多人组成的先遣渡江大队的侦察活动尤为典型。4月6日晚，该大队强渡长江，突入铜陵、南陵、繁昌三县交界的山区，在中共皖南地方党组织和游击队的配合下，侦察搜集了第9兵团预定渡江地段的国民党军江防、地形等大量情报，及时报告军部。

---

①《第三野战军京沪杭战役预备命令（京字第一号）》，《华东战史资料·军事类》第38卷8号，第18页。

②《第七兵团渡江战役经过概述》，《华东战史资料·军事类》第83卷第21号，第853页。

③ 汤光恢：《打过长江去解放全中国》，《渡江战役》，解放军出版社1995年版，第609页。

各部队对预定渡江地段实施大规模的战役、战术侦察，采取直接观察、捕捉俘虏、派遣侦察员或侦察分队渡过长江深入江南等手段，基本查清了国民党军的江防体系、兵力部署、指挥系统、指挥所位置、火力配置、工事构筑和沿江两岸地形、长江水情、潮汐规律、天气变化，以及比较理想的起渡点、登陆点，为制定和修改作战方案提供了可靠的依据，对各级指挥员正确指挥渡江作战起到了极为重要的作用。①

二、“三陈”部队先遣渡江

1948年4月25日，马长炎、高立忠等率领南下大队到达无为团山寺。原计划南下大队全部渡江，由于江北、江南形势严峻，国民党军对长江两岸封锁严密，到达无为后又战事不断，连续打了三叉河、羊山口、龙骨山等战斗，很难全部渡过长江。后趁战斗间隙，江边国民党军防备稍松的机会，派陈洪、陈木寿、陈高全等带领干部中队渡过长江。②干部中队三位领导陈洪、陈木寿、陈高全，都姓陈，人们爱称这支部队为“三陈”部队。抗战时，“三陈”在皖南沿江一线战斗多年，深受地方党和老百姓的信赖和赞誉。这支部队人数虽不多，但都是班、排、连干部，全队除炊事员外，每个人都携带一支冲锋枪，每个班都配置一挺机关枪。

1948年7月5日凌晨2时，“三陈”部队90余人，组成3个排，分乘4只船，随毛和贵等向导，由无为白茆洲五号起渡。③由于国民党军“清剿”封江，船未靠岸即被国民党沿江巡逻队发现，他们在繁昌保兴乡团洲（今芜湖市三山经济开发区保定街道）强行登陆。④并将一个班的国民党沿江巡逻队击溃，后兵分两路，一路由陈洪、陈高全带领，在毛和贵、滕在槐引领下直插红花山区；一路由陈木寿、艾萍带领一个排，行至矶头山附

① 南京军区《第三野战军战史》编辑室：《第三野战军战史》，解放军出版社1996年版，第332页。

② 刘以顺、毕长春：《马长炎传》，安徽人民出版社2000年版，第65—66页。

③《南繁芜游击根据地军民迎接大军渡江》，《中共繁昌县委征集党史资料第二次老干部座谈会讨论稿之十》，档案资料，第1页。

④ 中共繁昌县委政策和党史研究室：《中国共产党繁昌历史》（第一卷），2008年，第203页。

近，打掉国民党高安乡公所。两支部队于第二天早晨在红花山下的朱冲会合，随即遭到国民党新编独立13旅所部的包围。“三陈”部队撤向红花山上，与围攻的国民党军展开激战，并打退了进攻，后乘夜色撤出红花山。①

“三陈”部队在国民党新编独立13旅和繁昌、南陵等地方武装的尾追堵截下，转战于繁昌、南陵、铜陵、青阳4县边境山区，努力寻找地方党组织和游击武装。13日下午，“三陈”部队在南陵黄连山西南的桃园，与隐蔽活动的杨鹏（王安葆）及其所带的游击武装会合。国民党军处处设防，层层包围。两支部队会合在一起，人多目标大，为摆脱困境，只得分开行动。杨鹏（王安葆）派一个排，配合陈木寿、陈高全在桃园、黄连山、板石岭等山区开展游击活动，陈洪带两个班随杨鹏（王安葆）部一起行动。在陈木寿、陈高全和游击队的掩护下，陈洪部突出重围。②

突围后，陈洪部18人在游击队的护送下，终于在7月28日安全转移到太平县秧溪乡的上戴村中共皖南地委委员孙宗溶处。③此外，艾萍、杭其成、吴光木等历尽艰辛，也突出重围。

7月15日，在大批国民党军的围攻下，陈高全在南繁交界的塔儿岭激战中，壮烈牺牲。④

7月17日晨，陈木寿带领8人转战到南陵桂镇东南的小青山，隐蔽在村民胡一海家的草屋里休整。胡家草屋地处半山腰，比较偏僻，但胡是一个做桐油生意的人，并不可靠，向甲长王兆满报告情况后，在胡引领下，驻桂镇的国民党独立13旅的一个连将陈木寿所部休整的草屋团团包围，陈木寿迅速组织突围，途中腿部中弹，身负重伤，为了不当俘虏，陈木寿拔出手枪，饮弹牺牲。⑤

① 滕在槐口述、严寒松记录：《先遣渡江大队的行动路线与战斗概况》，档案资料，第2—5页。

② 中共繁昌县委政策和党史研究室：《中国共产党繁昌历史》（第一卷），2008年，第204页。

③ 中共繁昌县委政策和党史研究室：《中国共产党繁昌历史》（第一卷），2008年，第204页。

④ 中共繁昌县委党史办公室：《南繁芜游击根据地军民策应大军渡江》，《繁昌党史资料》1987年第2期，第2页。

⑤《南陵县桂山乡人民政府乡志办来函》，档案资料。

陈木寿，福建宁德人，1938年4月随闽东游击队到达皖南，后编入新四军第3支队，转战于铜南繁地区，曾任新四军繁昌大队队长，身经百战，智勇双全。

担任过繁昌大队2连连长的郑广霖，是陈木寿的部下，后来在回忆中写道："他作战勇敢，到哪里总能搞到几条枪，繁大武器基本上是他搞来的，在繁昌有威信，他对人民有贡献。"①

当时险恶的环境和战斗激烈程度，可在1948年7月27日《大江日报》中略见一斑：

五日晨二时，由无为白沙洲，乘木船六艘偷渡长江之陈木寿……部百三十余人，于当日三时许，在繁昌旧县镇高安乡属油坊嘴登陆……旅部得报后，当即令驻守繁昌之三十六团团长张亦君，指挥三十五团第二营，及该团第一营之一部，迅速集结，将渡江之匪包围歼灭之，并对江防特别警戒，防匪再渡。张团长奉命后，即令三十五团第二营由南陵之麻桥，向繁昌以西集结堵……南窜，并令驻旧县镇之三十六团机枪一连周连长，率该连一部驰援，及驻横山桥之第三连傅连长，率该连一部……侧击，并即分两路跟踪追剿……②

抗战胜利后，新四军主力部队北撤，皖南沿江一线仅留下少数武装人员以地下隐蔽为主要方式，坚持地方游击斗争，形势较为严峻。1947年11月国民党第63师首批开赴南繁芜地区进行"清剿"，1948年3月，国民党新编独立13旅接防，进一步向皖南沿江地区发动更为残酷的"清剿"。4月，该旅以第36团1营直属部队和第35团2营，在旅长许午言（许立新）的率领下"驻剿"繁昌，在平铺设立"清剿指挥所"，统一指挥对泾、青、繁3区的"清剿"，并扬言"三个月内消灭游击队""不消灭共军决不回师"。③

"三陈"部队渡江后，对皖南沿江地区国民党军力量估计不足，和数

① 郑广霖：《我在繁昌的战斗生活》，《红花山风云录》，安徽人民出版社1994年版，第155页。

②《追剿陈……经过十三旅招待记者报告》，《大江日报》1948年7月27日第3版。

③ 中共繁昌县委政策和党史研究室：《中国共产党繁昌历史》（第一卷），2008年，第191—193页。

倍于己的国民党军纠缠过多，过早地暴露了目标，没能尽快脱离国民党军重点控制的沿江地区，向皖南山区国民党军控制薄弱的地区进发，造成重大损失，渡江时90余人的“三陈”部队大部牺牲，仅陈洪部18人和其他少数人员突出重围。

“三陈”部队虽然遭受了挫折和损失，但是，他们凭借木帆船突破国民党军严密防守的长江防线，成功地在江南繁昌登陆，带来了人民解放军在正面战场上取得战略进攻的胜利消息。这种大好形势，鼓舞着南繁芜游击根据地的军民，深信游击队下山的日子不会太远了。同时，南繁芜游击根据地的军民，在配合“三陈”部队的战斗过程中，积累了经验，为以后成功地配合第27军先遣渡江大队的侦察打下了基础。①

三、第27军先遣渡江侦察及捕俘

1949年春，人民解放军百万大军云集长江北岸。根据部署，中集团第9兵团第27军，奉命在繁昌荻港至澛港一线长江以北实施渡江准备。

2月21日，第27军军长聂凤智率部分连以上主官和小部部队先行出发，于3月1日先行抵达无为江边一带，进行渡江前的各项准备工作。大部队于3月3日由宿县出发，10天后陆续到达渡江预定区域。军长聂凤智率先头部队进抵江边后，即将人员统一分为内勤、外勤和行政管理3个组，各司其职，全军渡江准备工作随即迅速展开。内勤组负责掌握全面情况，编拟材料，教育部队。外勤组紧紧依靠当地党组织和人民群众，采取实地勘察地形、渡江捕俘侦察、走访调查、征集船只等。②

对各师的侦察区域进行了明确的划分：第79师负责汤家沟至临江坝，第80师负责黑沙洲，第81师负责神堂河至泥汊坝段。③

军侦察营行动迅速积极，所属2连到达无为沿江一线后，立即分成数

① 中共繁昌县委政策和党史研究室:《中国共产党繁昌历史》(第一卷),2008年,第204—205页。

② 苏灿杰、王卿军、姜湘卿:《中国人民解放军第二十七军征战纪实》,解放军文艺出版社2004年版,第226页。

③《中国人民解放军第二十七军军史第二十一节渡江战役》,档案资料,第98页。

个小组实施侦察。2连连长高锦堂带领3排至江心洲，担任马头口及长江南岸荻港与夹江口一线侦察；副政治指导员徐万礼带领2排4班、6班，在姚沟以西担任刘家渡、太阳洲一线侦察。2月26日晨，3排9班班长吕本清带领6名侦察员到马头口国民党军江防据点执行捕俘任务。①

3月21日夜，2连3班侦察员鞠增伦、鞠文义、于乃让、冯正义4名侦察员在班长张云鹏带领下，乘着夜色渡过长江到达南岸，并带3名老百姓返回，以了解江南的江防情况。②

3月23日夜，2连3班、8班的侦察员分乘两只木船，在黑色的夜幕中驰向南岸，3班在班长张云鹏的带领下捕俘国民党军第149师4团2营7连的1名排长，并当场击毙1名负隅顽抗的通信员，侦察员鞠文义在这次渡江侦察中光荣牺牲。当夜，3排副排长尹荆山带领8班的5名侦察员从另一处渡过夹江口在太阳洲登陆，捕俘国民党江防守军的1名班长。③

在渡江战役发起前的一个多月里，第79师侦察队5班班长徐宗仁，带领侦察员5次渡过长江，3建奇功。3月11日，徐宗仁带领5名侦察员在长江北岸江边姚王庙，捕俘国民党军1名中尉艇长，获取了有关国民党江防海军情报。3月14日，他带领5名侦察员趁风雨之夜，偷渡到鲫鱼洲登陆侦察，与国民党守军遭遇，随即展开激战，毙国民党守军12人，并捕俘1人胜利返回，出色地完成了侦察任务。战后，第27军授予徐宗仁“渡江英雄”称号，并记特等功1次，华东军区授予“华东二级人民英雄”光荣称号。④

3月15日，第79师侦察队1排副排长齐进虎奉命带领5名侦察员到繁昌永固乡的黑沙洲侦察。黑沙洲是个江心洲，驻有国民党第88军313师

① 中共繁昌县委党史办公室:《二十七军侦察营先遣渡江总结》,《先遣渡江侦察纪实》,中共党史资料出版社1988年版,第17页。

② 中共繁昌县委党史办公室:《二十七军侦察营先遣渡江总结》,《先遣渡江侦察纪实》,中共党史资料出版社1988年版,第20页。

③ 中共繁昌县委党史办公室:《二十七军侦察营先遣渡江总结》,《先遣渡江侦察纪实》,中共党史资料出版社1988年版,第20—21页。

④ 27集团军政治部:《陆军第二十七集团军英模功臣单位人物事迹汇编》,1994年内部资料,第167页。

937团团部及2营、3营，与长江南岸守军炮火形成交叉火力网，对第27军渡江有重大威胁。因此，准确了解洲上国民党军江防和地形情况，极为重要，也是一项非常艰巨的任务。[①]

齐进虎带领5名侦察员，乘坐一只小木船，冒雨趁夜色在黑沙洲登陆。留下3班长刘玉福带领2名侦察员看守木船和警戒，自己带着宋协义和王林芳向国民党守军的地堡摸去。

齐进虎等侦察员渡江侦察返回江北时使用的大木盆(陈列在中国人民革命军事博物馆)

齐进虎与宋协义、王林芳已无法随船回到江北。3人以惊人的毅力，在这个被国民党守军严密设防的小洲上顽强坚持了31个昼夜，白天躲藏在麦田里，任凭风打日晒，饿了摘点油菜或是蚕豆叶充饥。他们昼伏夜出侦察，曾顺着电话线找到国民党守军的指挥部窃听电话，取得了大量的江防情报。最终靠一只偶然发现的当地老百姓采菱用的木盆，在距大军渡江前只有5天的一个夜晚，齐进虎等3人凭着顽强的意志和必胜的信心，奋力划向江北。将黑沙洲上国民党军的江防情报及时报告上级，为渡江作战做出了重要贡献。[②]

在洲上齐进虎他们得到项礼水、徐径祥等12户群众的帮助，战后齐进虎和几名侦察员带着米面再次登洲表示感谢。[③]

1950年5月8日，华东军区授予齐进虎“华东一级人民英雄”称号。齐进虎，山东荣成人，全国著名侦察英雄。先后几十次深入敌核心区侦察

---

①《第二十七军渡江战役总结报告》,《华东战史资料·军事类》第43卷第13号,第937页。

② 27集团军政治部:《陆军第二十七集团军英模功臣单位人物事迹汇编》,1994年内部资料,第142页。

③ 邹积军、李波:《侦察英雄齐进虎》,泰山出版社2015年版,第70页。

敌情，屡建奇功。1950年9月25日，出席在北京举行的全国战斗英雄代表大会，并受到毛泽东主席等党和国家领导人的亲切接见。[①]1950年12月2日，在抗美援朝二次战役柳潭里小德西南山战斗中牺牲，年仅25岁。[②]当年齐进虎、宋协义、王林芳乘坐的木盆，现陈列在中国人民革命军事博物馆。

1950年，长江中流与无为交界的黑沙洲（22平方公里），由繁昌县划归无为县管辖。[③]至此，黑沙洲与繁昌脱离了隶属关系。

第27军前后组织10次渡江侦察，成功了8次，捕俘国民党江防守军30多名。可以称得上“五最”：在所有的参战部队中侦察得最早；自行组织偷渡的次数最多；偷渡的成功率最高；获取有价值的情报最多最重要；为大军成功地横渡长江发挥的作用最大。[④]

渡江英雄班

渡江战役前，第27军79师侦察连5班深入国民党军江防核心侦察，圆满完成任务。第27军授予该班“渡江英雄班”荣誉称号，并记集体特等功1次。

① 邹积军、李波：《侦察英雄齐进虎》，泰山出版社2015年版，第80页。

② 27集团军政治部：《陆军第二十七集团军英模功臣单位人物事迹汇编》，1994年内部资料，第141页。

③ 繁昌县地方志编纂委员会：《繁昌县志》，南京大学出版社1993年版，第34页。

④ 苏灿杰、王卿军、姜湘卿：《中国人民解放军第二十七军征战纪实》，解放军文艺出版社2004版，第226页。

1949年3月30日，第三野战军在一份呈报中央军委的军政动向简报中报告：如宋兵团（第9兵团—编者注）派干部已偷渡到江南繁昌山地实地观察，回报敌情及敌江防空隙甚大等。如是一般，打破了南下时渡江的顾虑，增强了渡江的胜利信心。[①]

四、先遣渡江大队在铜繁沿江地区成功登陆

（一）组建先遣渡江大队

为进一步查明国民党军江防部署及纵深情况，随时掌握江防军情变化，打破木船不能渡江的论调，增强大军横渡长江的信心和决心，经第27军党委反复研究，将《27军先遣渡江侦察实施方案》上报第9兵团。兵团首长考虑，虽然第27军只打算派遣一支侦察分队过江，但事关渡江作战全局，在全军没有先例，为慎重起见，需向上级请示。经过逐级上报，最后得到总前委和中央军委的赞誉和批准。[②]

随后第27军党委决定，由军侦察营1连、2连及第79、81师抽调3个侦察班，组成"先遣渡江大队"，任命亚冰（章尘）为大队长兼临时党委书记，慕思荣为副大队长兼临时党委副书记，车仁顺、刘浩生、王德清为委员，先行渡江执行侦察任务。[③]

先遣渡江大队预定渡江正面的江防是：国民党第88军第149师，所辖445团5连守荻港以南之大成圩，6连守祝墩大成圩至十里场段，7连守十里场，8连守皇公庙，9连守坝埂头埂上崔。447团团部于太平街，其7连守北埂王，8连守夹江口，9连守朱家、观音阁。其江防部署仅沿江一线，

①《第三野战军前委关于渡江准备的军政动向呈中央军委并告第二野战军简报》，《渡江战役》，档案出版社1989年版，第61页。

② 苏灿杰、王卿军、姜湘卿：《中国人民解放军第二十七军征战纪实》，解放军文艺出版社2004年版，第228页。

③ 章尘：《先遣渡江的日日夜夜》，《先遣渡江侦察纪实》，中共党史资料出版社1988年版，第53页。

无纵深配备，且兵力相当薄弱。[①]

（二）强渡长江在铜繁沿江成功登陆

4月6日21时，亚冰（章尘）和车仁顺率领180多人的左路部队，从无为石板洲的鲤鱼套，乘20多只木船，分4个箭头，成一字队形齐渡。[②]

船至江心被南岸国民党守军发现，首先在第1排处打响，国民党守军火力异常猛烈，船距岸边还有200米左右时，6班长吴子元、机枪手王吉保和任陆臣先后中弹牺牲，高锦堂左臂负伤。1排3班所乘木船被江防工事设置的木桩卡死，指导员王德清、通信员袁丕基先后中弹负伤，张云鹏率先跳入江水中，紧接着有几名侦察员也迅速翻船跳下水。由于长江水深流急，岸上火力密集，最后只有1班长王长仲、侦察员宋希文成功登陆，张云鹏、王承保、祁学礼、靳丕友、谭春哲壮烈牺牲。[③]

左路部队经过奋力拼杀，除身负重伤和牺牲的人员运送返回江北外，于21时50分全部在预定登陆点繁昌荻港十里场、皇公庙地段抢滩登陆。在龚家渡过了三河口，避开荻港附近的老虎头，绕过碉堡和封锁线，经一夜急行军直奔铜（陵）繁（昌）交界的狮子山。

当晚22时，慕思荣和刘浩生率领140多人的右路部队，分乘十几条船，从无为的江心洲南侧起渡。船队没到江中心，即被南岸国民党守军发现。指战员们勇敢镇定，变偷渡为强渡，终于在22时25分，在铜陵北埂王附近东侧的北埂崔至金家渡登陆。5班所乘船只被炮火击中沉没，9名侦察员光荣牺牲。[④]另有4名侦察员浮水登陆后，其中两名侦察员在铜陵罗家拐被俘后押至繁昌桃冲附近牺牲，另两名侦察员在地方党组织帮助下成功

①《二十七军侦察营先遣渡江总结》，《先遣渡江侦察纪实》，中共党史资料出版社1988年版，第67页。

② 章尘：《先遣渡江的日日夜夜》，《渡江战役》，解放军出版社1995年版，第820页。

③《二十七军侦察营先遣渡江总结》，《先遣渡江侦察纪实》，中共党史资料出版社1988年版，第26页。

④《侦察营先遣渡江总结》，《先遣渡江侦察纪实》，中共党史资料出版社1988年版，第10页。

归队。①

亚冰（章尘）所率左路部队在铜繁交界的狮子山诈敌制胜后，摆脱了国民党繁昌县自卫团的袭扰，于7日晚赶到南陵的塌里牧。4月8日凌晨，左、右两路部队在塌里牧胜利会师。②

（三）与中共繁昌县委、游击队取得联系

由于一时未能同皖南地方党和游击队取得联系，先遣渡江大队人生地疏，情报、粮食均无依靠，一度发生困难。当时的首要任务是如何迅速同游击队取得联系，才能使先遣渡江大队处于主动地位。这时第27军军部也电令他们，想方设法尽快地和游击队联系上。

经先遣渡江大队研究决定：4月10日指派1名参谋和3名侦察员随向导何道纯一道行动，要求他们想尽一切办法，尽快地找到游击队。在地下党员罗玉英和地下交通员叶显金等人掩护配合下，于当晚八九点钟，终于在南陵、繁昌交界的板石岭俞冲与中共繁昌县委代理书记王佐（阮致中）、南繁芜总队队长杨鹏（王安葆）见面。③

经过简短的交流互通情况后，中共繁昌县委和南繁芜总队研究决定：派叶明山立即去与先遣渡江大队联络，并携带一封给大队负责人的信件，建议大部队不要在张家山一带久留，以防出现问题。随后，叶明山等4人和两名先遣渡江大队的侦察员，冒雨连夜赶往预定联络点戴公山老庙。先遣渡江大队的参谋和另1名侦察员留在南繁芜总队，开展侦察工作。至此，先遣渡江大队与皖南地方党和游击队正式取得联系。④

① 罗贤余口述、郑少袭整理：《无名两英烈光辉照后人——悼念先遣渡江大队两位遇难烈士》，《铜陵党史通讯》1989年第1期，第42页。

② 章尘：《先遣渡江的日日夜夜》，《先遣渡江侦察纪实》，中共党史资料出版社1988年版，第65页。

③ 章尘：《先遣渡江的日日夜夜》，《先遣渡江侦察纪实》，中共党史资料出版社1988年版，第67页。

④ 章尘：《先遣渡江的日日夜夜》，《先遣渡江侦察纪实》，中共党史资料出版社1988年版，第67页。

先遣渡江大队亚冰(章尘)部登陆地——繁昌荻港十里场

(四)开展侦察和练兵活动

先遣渡江大队在南陵戴公山老庙，将国民党南陵地方武装击溃后，向南转移，于12日黄昏，到达泾县陈塘冲里的庄里村，与中共皖南沿江工委、沿江支队胜利会师。[①]

陈塘冲与原新四军军部所在地泾县云岭罗里村仅一山之隔，是革命老区。先遣渡江大队与沿江支队会师后，抓紧时机练兵，并向游击队学习江南水网地带的作战经验。

同时，在沿江支队的配合下，积极开展敌后侦察活动。沿江支队迅速侦察收集国民党军江防部署、兵力调动、编制装备、作战能力、指挥系统、炮兵阵地、舰艇活动以及地形交通、风情民俗等情报。铜陵，繁昌两地的党组织也派出武装小分队到江边活动。芜湖西至贵池沿江一线近20个工作站，也收集了大量的江防情报。这些情报，有的绘成图表，有的通过电台，源源不断地报告江北军部。[②]

① 章尘:《先遣渡江的日日夜夜》,《先遣渡江侦察纪实》,中共党史资料出版社1988年版,第70页。

② 章尘:《先遣渡江的日日夜夜》,《先遣渡江侦察纪实》,中共党史资料出版社1988年版,第68—75页。

（五）接应主力部队渡江

4月18日下午，先遣渡江大队接到军部电示："我军定于20日发起渡江战斗"。18日黄昏，先遣渡江大队由塥上王出发，冒雨强行军，20日凌晨到达板石岭，与南繁芜总队会合。根据第27军总的布置："定于20日晚10时30分全面打响，先遣侦察部队以迎接第80师为主，有攻占龙门山、马鞍山任务并对繁昌、旧县、横山桥间实行扰袭，破坏电线，错乱敌之部署，扰乱敌之指挥，有效地迎接大军渡江。"

先遣渡江大队具体部署是：第2连全部并附第1连一个排为主攻，选择马鞍山（蚂蚁山）或龙门山一点攻击。得手后，以一部火力扼守，大部向长板冲发展，策应渡江大军（第80师方向）。

第1连（欠一个排）对铁矿山、荻港方向实行积极钳制佯动，保障第2连攻击安全，并作第2连预备队。[①]

原第79师侦察连一个班插入横山桥、旧县（新港）间，负责破坏国民党第313师师部通各团电话线，执行扰袭。

原第81师侦察连一个班，插入繁昌城四周负责破坏国民党第88军军部通向各师电话线，并监视南陵、繁昌间纵深情况变化。电台、伤病员留守板石岭，并以一个班保护。急进中失去联系的第1连一个排，在战斗打响后，果断地插到大磕山，并击溃了国民党守军，控制了该山。

在南繁芜总队的配合下，先遣渡江大队于4月20日拂晓前，在寨山、龙门山之间的高地，与第80师238团2营胜利会师。[②]

先遣渡江大队强渡长江成功登陆南岸后，在长江北岸待渡部队中引起强烈反响。4月20日，第三野战军由参谋长张震签发的术字第27号的战术通报，向全军通报第27军侦察营（先遣渡江大队——编者注）渡江登陆成功的经验：我9兵团27军侦察营在本月6日机动灵活渡过长江，并英勇果

---

① 章尘：《先遣渡江的日日夜夜》，《先遣渡江侦察纪实》，中共党史资料出版社1988年版，第74页。

② 章尘：《先遣渡江的日日夜夜》，《先遣渡江侦察纪实》，中共党史资料出版社1988年版，第74—75页。

敢向前挺进，顺利地完成插入敌人的后方侦察情况任务。[1]

第27军军长聂凤智在论述先遣渡江大队的作用时给予高度评价：在江南地方党和游击队的帮助下，他们神出鬼没地开展敌后斗争，就像插入敌人软肋上的一把利刃。尽管他们根本算不上什么大部队，在敌人心目中却无疑是共产党派过来的第一支正规军，搞得镇守江防的敌人寝食不安，草木皆兵。对敌人政治上、心理上所起到的震慑作用，其实超过了行动的直接军事意义。[2]

战后，亚冰（章尘）、慕思荣荣立一等功，其他指战员也多人立功。侦察营荣立集体一等功，侦察营1连荣立集体特等功，侦察营2连被授予“先遣渡江英雄连”的光荣称号。1950年9月，一等功臣慕思荣带着“先遣渡江英雄连”的锦旗，赴京出席全国战斗英雄代表大会，会后锦旗由解放军总政治部转送中国人民革命军事博物馆。[3]

五、繁昌积极策应先遣渡江侦察活动

繁昌位于皖南北部，长江下游南岸，历史悠久，位置独特，素有“皖南门户”之称，历来是兵家必争之地。早在1925年，繁昌就有了中国共产党的萌芽，1927年设有中国共产党“通讯员”组织，1929年成立了便兴洲、严村宕两个党支部。1930年成立了中共繁昌县委。[4]特别是1938年新四军第三支队来到繁昌，给繁昌党的组织建设带来历史性的变化。此后，一直到大军渡江，繁昌地区都是在中共党组织的领导下，适时开展革

---

①《战术通报术字第27号》,《渡江战役资料汇编》,中国人民解放军高等军事学院训练部1959年内部资料,第84页。

② 章尘:《新四军回来了》,《战斗在皖南沿江地区》,合肥工业大学出版社2005年版,第135—136页。

③ 27集团军政治部:《陆军第二十七集团军英模功臣单位人物事迹汇编》,1994年内部资料,第159页。

④ 中共繁昌县委政策和党史研究室:《中国共产党繁昌历史》(第一卷),2008年,第22、31、42、47页。

命斗争。①

1949年2月20日，中共皖南沿江工委做出了《为紧急完成迎接大军渡江的任务的决议》，为了策应大军渡江的需要，沿江工委对下属五个工委作了变动。成立繁昌县委，由王佐（阮致中）为代理书记，杨鹏（王安葆）为委员，滕良福为候补委员。沿江工委所属各县建立行政办事处，杨鹏（王安葆）任繁昌行政办事处主任。明确规定芜湖至荻港段及芜当方面江边工作，由繁昌县委负责。②

渡江战役前，中共繁昌县委、游击队和人民群众，早已有了策应大军随时强渡长江的诸多准备，为人民解放军先遣渡江侦察部队选择在繁昌突破登陆，特别是先遣渡江大队成功地开展侦察活动，奠定了胜利的基础。

（一）为“三陈”部队做向导及配合作战

1948年4月，中共皖南地委就提出：“我们的总任务是为大军渡江准备基地。”皖南各级党组织将工作重点转入策应大军渡江的具体准备工作。为迎接南下大队“三陈”部队渡江南下，南繁芜工委指派毛和贵、缪传友、胡明旺、操大升，于5月28日夜，从繁昌荻港附近的板子矶偷渡长江，到达南下大队队部，受领为“三陈”部队渡江南下做向导的任务。③

7月5日晨2时，“三陈”部队90余人，随毛和贵、缪传友等向导，在繁昌保兴乡团洲（今芜湖市三山经济开发区保定街道）强行登陆。他们过江的任务是：由陈洪、杨鹏（王安葆）等组建铜（陵）繁（昌）工委，打开沿江铜、繁地区的局面，为大军渡江准备“跳脚板”。7月13日下午，南繁芜工委书记、总队长杨鹏（王安葆）带领游击武装，在南陵黄连山西南的桃园，与“三陈”部队会合，此后一直与“三陈”部队并肩作战，终于在7月28日，掩护、配合陈洪部18人突出重围。④

① 中共繁昌县委政策和党史研究室：《中国共产党繁昌历史》（第一卷），2008年，第1页。

② 中共繁昌县委党史办公室：《解放战争时期南繁芜地区党组织的建立、发展及其活动概况》，《繁昌党史资料通讯》1986年第7期，第15页。

③ 毛和贵：《江边游击队》，《红花山风云录》，安徽人民出版社1994年版，第215页。

④ 中共繁昌县委政策和党史研究室：《中国共产党繁昌历史》（第一卷），2008年，第203—205页。

（二）建立江边情报工作站

1949年3月，中共繁昌县委认真贯彻皖南地委、沿江工委决议，在芜湖、澛港、螃蟹矶、三山、大小洲、油坊嘴、高安桥、旧县（新港）、箬帽山、荻港等地建立10个江边工作站，并在荻港、旧县（新港）、笔架、高安、小洲、马坝等乡镇建立6个情报站，基本上掌握了国民党军在沿江一带的江防情报。为使情报迅速而稳妥地传递，主要采用3种方式：（1）武装交通；（2）便衣交通；（3）通过敌人据点的各种秘密交通。[①]

南繁芜总队队长杨鹏（王安葆）后来在《迎接大军渡江》一文中回忆：我们有一个交通情报小组，是姚家淑、方继中、周明水等人负责。磨子岭上胡明新家是交通联络点。胡有一弟弟胡明月经常化装为卖柴的，给我们提供军事情报。[②]

课题组于2021年12月22日，采访了胡明月老人，他说：那时我还是个10来岁的小人，头上有秃子，穿大襟排子衣，把情报缝在破衣里，挑两把柴，在荻港街与磨子岭来回传送。在荻港街上姚家淑还交给过枪和子弹，我从荻港后街上凤凰山走山路带回的。[③]

所获情报有的通过沿江渔民中的地下党员或可靠的渔民，利用小船以打鱼为掩护，向江北传送。有的则通过沿江工委转交皖南地委的电台把情报发往江北。

大军渡江前夕，国民党江防守军封锁长江，南北交通中断。中共繁昌县委克服一切困难，有重要情报就选派专人泅水过江，地下交通员马庆训冒着生命危险，乘坐网鱼的腰子盆连夜过江，将国民党守军调防情报安全送达江北解放军第27军渡江指挥所。[④]

① 中共繁昌县委党史办公室：《南繁芜游击根据地军民策应大军渡江》，《繁昌党史资料》1987年第2期，第4页。

② 王安葆：《迎接大军渡江》，《红花山风云录》，安徽人民出版社1994年版，第222页。

③ 胡明月：《访问胡明月材料》，2021年12月22日。

④ 中共繁昌县委政策和党史研究室：《中国共产党繁昌历史》（第一卷），2008年，第199—201页。

荻港磨子岭交通联络点(旧址)

(三) 采取适时正确的斗争方式

渡江战役前，繁昌军民策应大军渡江的各项准备工作，是在极为困难的条件下进行的。当时繁昌县委所辖地区，不仅处于国民党军江防线以内，且靠近国民党军江防重要据点芜湖，国民党江防部队和地方武装不断地对这一地区进行“清剿”和绑架、暗杀活动，环境险恶，形势极为严峻。[①]

根据沿江工委指示，各地游击队不要冒险打仗，以保存革命力量，策应大军渡江。中共繁昌县委于3月14日至4月4日前，先后将两批部分武装人员及非战斗人员转移至泾县沿江工委处。留下部分人员采取隐蔽的精干活动方式，进行策应大军渡江的准备工作，并加强对广大党员和群众的思想政治教育，宣传解放战争的大好形势和人民解放军一定会打过长江。[②]

由于中共繁昌县委采取了正确的斗争方式，加之全体武装人员的顽强斗争，保持了原来工山区及新林区两块游击根据地。同时，毛和贵的江边武工队在沿江笔架、大磕山、小磕山一带活动，滕良福的南芜游击队在埭南圩、十连圩以及奎湖一带活动，均一直坚持到解放。这样，南繁芜军民

---

① 中共繁昌县委政策和党史研究室:《中国共产党繁昌历史》(第一卷),2008年,第201页。

② 中共繁昌县委政策和党史研究室:《中国共产党繁昌历史》(第一卷),2008年,第202页。

在极端困难的条件下，为策应大军渡江准备了一块基地。[①]

（四）主动配合先遣渡江大队侦察活动

4月6日晚，先遣渡江大队强行登陆与国民党江防守军发生激战时，中共繁昌县委和南繁芜总队几位主要负责人，在南陵黄连山头隐约地听到荻港方向传来的枪炮声，便分析判断，有可能是江北部队偷渡过江，随即派人员分头向沿江一线侦察联络。由于先遣渡江大队化装身着国民党军服，登陆后迅速脱离江边向山区进发，未能联络上。[②]

4月10日晚，先遣渡江大队与中共繁昌县委和南繁芜总队取得联系后，王佐（阮致中）和杨鹏（王安葆），立即将党组织和游击队有关活动情况以及国民党军江防守备等情报，向联络的同志做了介绍。并指派江边武工队负责人毛和贵，迅速赶赴荻港、旧县（新港），进一步侦察收集国民党江防情报。此后，中共繁昌县委、南繁芜总队积极配合先遣渡江大队，一方面努力寻找失去联系的侦察员，一方面多次深入沿江一线开展侦察活动。所获情报，通过先遣渡江大队电台，及时电告江北指挥部。[③]

为保存力量，减少损失，吸取1948年7月“三陈”部队过江后的经验教训，中共繁昌县委建议先遣渡江大队迅速撤离沿江国民党军江防守备的敏感区，最后达到完成先遣侦察和策应主力部队渡江作战的目的。[④]

① 中共繁昌县委党史办公室：《南繁芜游击根据地军民策应大军渡江》，《繁昌党史资料》1987年第2期，第7页。

② 王安葆：《会师板石岭》，《先遣渡江侦察纪实》，中共党史资料出版社1988年版，第158页。

③ 中共繁昌县委政策和党史研究室：《中国共产党繁昌历史》（第一卷），2008年，第208—221页。

④ 中共繁昌县委政策和党史研究室：《中国共产党繁昌历史》（第一卷），2008年，第210页。

南(陵)繁(昌)交界的板石岭俞冲，先遣渡江大队联络人员与中共繁昌县委和南繁芜总队主要负责人会合地点。

（五）全线出击迎接大军渡江

根据第27军电示，要求沿江地方党和游击队，在大军渡江时，必须完成“三项任务”：（1）20日晚上10时30分全面打响，希做好迎接大军渡江的各项准备工作；（2）20日晚上8时切断敌人电话线；（3）在敌人占领区放火为号，指示炮兵射击目标。①

中共繁昌县委在板石岭召开了县委会议，研究策应大军渡江具体措施，迅速向各级组织传达，指示各地党组织和游击队全部出击。

同时具体布置游击队员和民兵剪断国民党军江防电话线：何新龙负责孙村区，吴正学负责繁昌城区，谢有武负责南陵，毛和贵、缪传友负责江边。行动前，杨鹏（王安葆）吩咐后勤负责人余健民杀了五头肥猪慰劳先遣渡江大队的指战员，并将早已准备好的100多双布鞋捐送部队。②

4月20日20时，南繁芜游击队和先遣渡江大队相互配合，准时剪断国民党军江防电话线。从油坊嘴、焦湾、孙滩到三山一线，凡有国民党军的地方，游击队都烧起了火堆，给江北解放军炮兵指示射击目标。

22时，杨鹏（王安葆）带领游击武装到达红花山，指挥开展策应大军

① 章尘：《先遣渡江的日日夜夜》，《先遣渡江侦察纪实》，中共党史资料出版社1988年版，第73—74页。

② 王安葆：《会师板石岭》，《先遣渡江侦察纪实》，中共党史资料出版社1988年版，第160页。

渡江战斗，游击队分别沿荻港、旧县（新港）以及大磕山、小磕山、白象山、大小洲方向，有计划地隐蔽在敌后，进行扰袭。各地电话线一断，国民党江防守军彼此失去联系，加之情况不明，头尾不能相顾，完全失去了守备的信心，乱成一团。①

21日午夜，毛和贵带领江边武工队在大磕山西侧徐家黄与第27军第80师238团黄正报率领的突击部队会师。拂晓前，先遣渡江大队也按军部的指令，圆满地完成了策应主力部队渡江的任务。②

（六）繁昌永远载入中国人民解放战争的光辉史册

4月21日3时，人民解放军第27军指挥所渡江，于凌晨到达大磕山山麓的一个小村庄。军长聂凤智、政委刘浩天等首长亲切地接见了先遣渡江大队的指战员和南繁芜游击队员，赞扬先遣渡江大队在地方党和游击队的配合下，胜利地完成了历史性的先遣渡江侦察任务。③

由于中共繁昌县委和游击队的全力配合，第27军先遣渡江大队出色地完成了任务。先遣渡江大队的英勇事迹，激发了文艺工作者的创作热情，1953年12月著名作家沈默君创作了电影文学剧本《渡江侦察记》，1954年同名影片由上海电影制片厂拍摄公映。影片以渡江战役为背景，以渡江侦察活动为线索，生动地再现了发生在繁昌的先遣渡江侦察故事。④沈默君当年深入生活，采访过亲历者王安葆、毛和贵等同志。为表示谢忱，他在电影剧本的扉页郑重地列出上述致谢同志名单。

渡江战役总前委书记邓小平，1949年8月4日在向新政治协商会议筹备会代表作的报告中指出："江南地下党、游击队配合了渡江作战。我们曾开过去一支部队，埋伏了十天，敌人还不知道。"⑤这是对包括繁昌在内

① 中共繁昌县委政策和党史研究室:《中国共产党繁昌历史》(第一卷),2008年,第216页。

② 中共繁昌县委党史办公室:《南繁芜游击根据地军民策应大军渡江》,《繁昌党史资料》1987年第2期,第9—12页。

③ 中共繁昌县委党史办公室:《南繁芜游击根据地军民策应大军渡江》,《繁昌党史资料》1987年第2期,第11页。

④ 中共繁昌县委政策和党史研究室:《中国共产党繁昌历史》(第一卷),2008年,第221页。

⑤ 邓小平:《从渡江到占领上海》,《渡江战役》,解放军出版社1995年版,第332页。

的江南地方党、游击队的充分肯定。

中共繁昌县委和南繁芜游击队，以及人民群众全力支持和配合先遣渡江大队，胜利地完成了历史性的侦察、战斗任务，为百万雄师中集团率先在繁昌胜利突破，拦腰斩断国民党军苦心经营的长江防线创造了重要条件，将永远载入中国人民解放战争的光辉史册。①

六、先遣渡江侦察的重要意义

先遣渡江侦察，是百万雄师过大江这首乐章的重要前奏。带有战略、战术侦察任务的侦察部队，有的虽然没有渡过长江，但均到了长江北岸沿江一线进行了相关的侦察活动；有的渡过长江到达长江南岸和登陆江心洲成功地开展侦察和执行捕俘任务。第27军先遣渡江大队成功地强渡长江，插入国民党军江防纵深，在皖南地方党和游击队的全力策应下，获取了大量的情报和出色地完成了迎接主力部队渡江。

（一）为中共中央、中央军委和总前委的战略决策提供依据

解放战争战略进攻序幕揭开后，中共中央、中央军委就对渡江作战有了初步计划和构想，曾多次指示中原野战军、华东野战军派出部队开展渡江作战前的准备工作，并要求对长江南岸国民党军的防御配备，进行侦察和情报收集。根据中央军委的战略意图和要求，中野和华野多次组织先遣渡江侦察部队，深入到长江岸边进行侦察。淮海战役结束后，总前委即开始了渡江战役前的侦察工作部署，要求在渡江战役前，视情况可能隐蔽地先派遣一个团或一个营到江南，进一步查明和掌握敌情。

先遣渡江侦察获取的情报，无疑对中共中央、中央军委和总前委的战略决策和决心，提供了有力的依据，为前线各级指挥员正确指挥渡江作战起到了重要作用。

---

① 中共繁昌县委政策和党史研究室：《中国共产党繁昌历史》（第一卷），2008年，第225页。

（二）增强全军渡江的必胜信心

人民解放军要胜利实现渡江的战役目的，首要的任务就是渡过长江去。能否渡得过去，这是关系到整个渡江战役成败的大问题。因参战部队北方成分较多，刚刚开拔到江边，少部分干部战士对胜利突破长江，抱有怀疑，如说长江“无风三尺浪，有风一丈高”，“江无底，海无边，秤砣落底也要三天”，“黄河是面恶心善，长江是面善心恶”，“黄河波浪大我们胜利强渡了，长江虽无大浪，但内有江猪暗礁，有九里十三矶一触就翻船”等等。①

先遣渡江的成功实践，充分说明了长江可以渡过，而且可以乘小帆船渡过，不但少数人可以偷渡，大部队也可以强渡过去。从实战中打破渡江前部队中产生的恐惧思想。4月20日，第三野战军向全军通报了先遣渡江成功的经验和消息，在长江北岸待渡的主力部队中产生了强烈的反响，战士们纷纷表示：“先遣大队能过去，我们也能过去！”增强和提高了主力部队战胜长江，打倒蒋介石，解放全中国的信念和决心。

（三）开创木帆船突破江防的成功范例

人民解放军渡江工具，依然是古代水战中使用的木帆船，凭借木船强渡有陆、海、空三军扼守的长江天堑，史无前例，渡江部队中的一些同志也存在着“木船能否渡江”的疑虑。

国民党军的一些高级将领也吹嘘，长江防线“固若金汤”“可保无虞”，散布“木船不能渡江”的种种谬论。面对国民党陆、海、空三军扼守的长江天堑，用木帆船先遣渡江成功的实例，极大地鼓舞了渡江部队的斗志，坚定了渡江作战的信心。先遣渡江的事实说明，不管国民党守军构筑什么样的长江立体防线，人民解放军完全可以凭借木帆船突破江防，实施渡江作战，消除了“木船不能渡江”的顾虑，批驳“木船不能渡江”的

① 第3兵团11军：《渡江战役经验总结》，《渡江战役资料汇编》，中国人民解放军高等军事学院训练部1959年内部资料，第119页。

谬论。同时对于瓦解国民党军守备江防的意志，动摇其军心，也起到了重要的作用。

（四）证实渡过长江就能站稳脚跟

渡过长江之后的先遣渡江大队穿插迂回到国民党军长江防线的纵深后方，以实际行动表明，在江南军民的策应和配合下，只要人民解放军渡过长江，完全可以利用江防后方空虚这一弱点，扩大巩固滩头阵地，迅速楔入纵深。

要实现渡江战役的战略目的，人民解放军不仅要渡过江去，还要在渡过江去之后站得住脚。当时，有少数人还存在着"渡江过去后能否站得住脚"的疑虑。先遣渡江大队在敌后站稳脚跟并和皖南沿江地区的地方党组织和游击队并肩深入地开展敌后侦察活动，为渡江部队下定渡江决心和制定具体登陆作战方案，提供了有力的依据。事实表明，人民解放军只要渡过长江，就可以在江南军民的支持和配合下，乘虚推向纵深，实现渡江战役的战略目的。

（五）为配合主力部队渡江发挥了重要作用

为更有力地策应东、西集团渡江和渡江后更有利于合围宁、镇地区南逃国民党军并加以围歼，中集团比东、西集团早一天渡江。在中集团于4月20日晚首先发起渡江作战的同时，先遣渡江大队与繁昌地方党和游击队互相配合，在繁昌城附近及江边一带，展开了一场特殊的战斗。他们剪电话线，以破坏国民党江防守军通讯联络系统；烧火堆，以指示江北炮击目标；攻山头，以夺取制高点，背击国民党江防守军。从而，扰乱了国民党守军后方，动摇了军心，为中集团渡江部队率先在繁昌沿江一线胜利突破，拦腰斩断国民党军长江防线，配合东、西集团向预定的作战方向推进，创造了重要条件。

湾沚之战及其在解放皖南全境中的重要作用

湾沚区委宣传部课题组

摘要：湾沚之战是渡江战役期间，解放军中集团第二十五军于1949年4月在湾沚镇境内，对国民党第二十军、第九十九军一部、保安四旅等逃敌进行的围追阻击作战。这是解放战争中一场以少胜多、迅速歼敌的经典之战，对解放皖南全境乃至整个江南都起到了一定的积极作用。

本文依据详实资料对湾沚之战的时代背景、敌我双方概况、战斗过程、我二十五军取得大捷的原因等进行逐一梳理、阐述、论证，以期还原历史真相。

关键词：湾沚之战　解放皖南

一、湾沚的战略区位及湾沚之战时代背景

（一）湾沚的战略区位

湾沚又名沚津，位于宣城北七十里、芜湖南八十余里处，1971年前一直隶属于宣城，系宣城县除城关镇以外的第一大镇。由于宣城偏居皖南腹地，作为其北大门的湾沚也就以特殊的地理位置形成隘口重镇。

1937年7月，抗日战争全面爆发。同年12月，日寇攻下宣城，不久，

湾沚镇沦陷。

日军一一六师团曾在湾沚长期驻扎一个大队以上的兵力，比县城宣城还多，原因在于之前随着芜屯公路、江南铁路（皖赣铁路前身）的开通，湾沚交通更加发达，经济更加活跃。为此，日军川月大队特在狮子山修筑工事设大队部，其下辖的三个中队，一个炮队，一个机枪队，一个伪保安大队分散在湾沚及周边八个据点，并在宣城与湾沚之间的九连山上建了一座碉堡，以此扼守芜屯公路。①

1940年10月，日军第十五、十七师团和一一六师团一部共计一万多人，发动了对皖南地区的第二次大扫荡，其中一个主要的部队集结地便是湾沚。②

1946年8月7日，芜湖成立“市政建设委员会”，颁布《市政实施纲要》，提出在芜湖县县城的基础上设立芜湖市。市、县行政区域需要划分开来，经国民党安徽省政府例会决议，拟将芜湖县县城迁至宣城县湾沚镇，并初定县名为“沚鸠”。1947年初，国民党安徽省主席李品仙视察湾沚后认为，该镇有山有水，地势开阔，发展前途可期，不久即派民政厅厅长黄同仇等人到湾沚落实县治迁移具体事项。③

（二）湾沚之战的时代背景

1945年8月，日本宣布投降，中国人民终于取得了近代以来反侵略战争的第一次彻底胜利。

1946年6月，蒋介石在美帝国主义支持下，公然撕毁国共两党和平协议，悍然发动了全面内战，中国人民在共产党领导下迅速投入了波澜壮阔的全国解放战争。

战争仅仅打了两年，形势发展就已对蒋介石集团愈来愈不利，人民解放军和国民党军力量对比悬殊的距离大大缩小了。中共中央军委和毛泽东

① 古培霖：《日军在芜湖暴行点滴》，《京沪沪杭甬铁路日刊》1935年第1336期。

② 《芜湖军事风云》；《新四军三支队喋血皖南》，《铁军·纪实》2013年第7期。

③ 郭静洲：《李品仙视察湾沚》；童达清：《民国往事：宣城的护县运动》；《宣城历史文化研究》（第847期）。

主席因势利导，做出就地歼灭敌人重兵集团的战略决策，从1948年9月12日至1949年1月31日，连续组织了震惊世界的辽沈、淮海、平津三大战役，并取得了每一场决战的完胜。经过这一系列战略决战，解放军解放了东北、华北、中原、华东大片地区，使国民党的统治面临崩溃边缘。

1949年4月中旬，在经过部队的必要休整及再次和谈失败之后，毛泽东主席和朱德总司令发布了《向全国进军的命令》，命令解放军“奋勇前进，坚决、彻底、干净、全部地歼灭中国境内一切敢于抵抗的国民党反动派，解放全国人民，保卫中国领土主权的独立和完整”。

二、交战双方概况及战斗经过

（一）国民党等主力二十军及其军长杨干才

二十军既是抗战期间的国民党军劲旅，也是人民解放军的宿敌，其前身为川军杨森军事集团一部。

1926年7月，国民革命军北伐，击败北洋军阀吴佩孚、孙传芳，相继占领武汉、南京、上海，四川军阀随之纷纷倒向蒋介石。同年10月，杨森被北伐军总司令部任命为第二十军军长兼川鄂边防司令。

1935年5月，二十军因在追堵长征中的红军作战积极，蒋介石驻重庆参谋团将其下辖各师统一排序改用国民党军第一三三、第一三四、第一三五师番号。

1939年1月，杨森辞去军长职，由杨汉域接任军长，夏炯任副军长，下辖第一三三师，夏炯兼师长；第一三四师，杨干才任师长。同年，该军先后参加南昌会战、第一次长沙会战和1939年冬季攻势作战。

1946年6月，国民党军进行整编，二十军改编为整编第二十师，隶属第二十七集团军，杨干才任师长。

1948年9月，二十师恢复第二十军番号，杨干才任军长，伍重严任副军长，胡显荣任参谋长。原整编第一三三旅恢复第一三三师番号，陈亲民任师长；原整编第一三四旅恢复第一三四师番号，李介立任师长。此时，该军驻守襄樊一带，归第十四兵团司令宋希濂指挥。10月，二十军奉命乘船东下，开赴武汉，准备参加增援淮海战场的作战，当运兵船开至南京时，淮海战役已接近尾声，二十军便留守长江防线。1949年4月，二十军归汤恩伯指挥，参加江防战役。[①]

1948年秋，人民解放军解放襄樊，随之向北作战术转移，杨干才率整编二十师奉命前往襄樊。杨到达后即下令搜罗逃匿的国民党区、乡、保长，恢复国民政府政权，让军内政工人员竭力督促各地重新编组保甲，并印发《保甲须知》手册，实行十家连环保连坐法，组织民团布岗设卡。蒋介石对此甚为满意，特予“犒赏”，授杨干才三等宝鼎勋章一枚。同年11月，国民政府国防部将编制师恢复成军，整编二十师改为二十军，杨干才亦由师长改任军长。淮海战役开始前，蒋介石调杨干才到南京，授其南京卫戍总司令部滁县指挥所主任职，指望杨干才及其二十军在危亡之际有所作为。

（二）解放军主力参战部队第二十五军

第二十五军的前身是解放军华东野战军第七纵队，该纵队由新四军第三支队等部发展演变而来。

1938年春，闽北、闽东红军游击队和闽西游击队一部编为新四军第三支队，司令员由新四军参谋长张云逸兼任，副司令员谭震林，参谋长赵凌波，政治部主任胡荣。下辖由闽北游击队编成的第五团、闽东游击队和闽西游击队一部编成的第六团，共2500余人。3月至4月间，第五、第六团先后到达皖南歙县岩寺镇地区集中。7月，三支队开赴皖南前线。9月，坚守青弋江阵地，同日军作战多次，并取得红杨树、马家园、芳山等战斗的大捷。12月，三支队担负铜陵、繁昌沿江防御任务。其间，新四军第一支队第一团调至皖南归第三支队指挥，三支队第六团调至苏南归第一支队建制。

---

① 李宝明:《国民革命军陆军沿革史》,中华书局2018年版。

1939年，三支队先后五次取得繁昌保卫战的胜利，致日本派遣军总司令无可奈何地承认："国民党乃是手下败将，唯共产党军队是皇军的天敌，看来要在共产党手中夺取繁昌城是不可能的。"

1940年，三支队改称新四军"新编第三支队"，辖第五团、军部特务团等部。1941年5月，新编第三支队、无为抗日游击队和皖南事变突围出来的部分部队合编为新四军第七师，师长张鼎丞（未到职），政治委员曾希圣，参谋长李志高，政治部主任何伟，下辖第十九旅和挺进团。至1942年底，七师各部建成巢（湖）无（为）根据地并开辟了含（山）和（县）桐（城）东游击根据地。

1943年，七师兼皖江军区，所属部队编成含和、沿江、皖南、巢湖四个支队和独立团。1943年9月，新四军第二师第六旅第十六团调至七师。此后，七师在极其艰苦的条件下，坚持开展反日伪军"扫荡"、反"蚕食"以及反国民党顽军制造摩擦的斗争。

抗日战争胜利后，1945年9月，七师免兼皖江军区，辖第十九、第二十、第二十一旅近两万人。10月，该师在师长谭希林、政治委员曾希圣、副政治委员兼政治部主任李步新、参谋长孙仲德等率领下撤离皖江地区，开赴鲁南，隶属于津浦前线野战军（后改称山东野战军），阻击国民党军沿津浦路北犯，并肃清拒绝投降的日伪军，先后参加临城、枣庄等战斗。

1946年1月，七师改称"山东野战军第七师"。6月，解放战争全面爆发，七师进军淮北，参加朝阳集、泗县及保卫淮阴等作战。9月，七师第二十一旅番号撤销，部队并入第二十旅。10月，调整编组，第二十旅拆散，补入华中野战军第一、第六师，七师师部及第十九旅与华中野战军第十一纵队合并，仍称第七师，师长成钧，政治委员赵启民，副师长林维先，参谋长胡定千，政治部主任黄火星，下辖第五、第十九旅和特务团（由原淮南军区独立第五团改称）。重新编组后，参加涟水保卫战和宿北等战役。

1947年2月，山东野战军第七师改编为华东野战军第七纵队，司令员成钧，政治委员赵启民，副司令员林维先，政治部主任黄火星。第十九、第五旅分别改称第十九、第二十师，以鲁中军区第四、第六团组建第二十一师，共2.5万余人。3月以后，转战鲁中山区，先后参加莱芜、孟良崮和临朐等战役。8月后，归东线兵团（后改称山东兵团）指挥，转战胶东地区，和兄弟部队一起取得交河战役、胶（县）高（密）阻击战和莱阳战役的胜利。

1948年3月，第七纵队进行新式整军运动，参加胶济路西段作战，攻克张店、淄川等地。4月至5月，在胶济路中段作战，在西线连续八天阻击济南国民党军东援，对确保潍县战役的胜利起到了重要作用。6月至7月，七纵转至津浦路中段，与十三纵等部队一起攻克兖州及曲阜、邹县等城。9月，七纵奉命与兄弟部队在滕县一带阻援，使徐州地区国民党军未敢北援，保障了攻济（南）作战的胜利进行。同年冬初，七纵参加淮海战役，担负突破万年闸（运河大桥），在台儿庄接应何基丰、张克侠两部起义，在徐州以东截断陇海路，切断黄百韬兵团西逃之路，参加徐东阻击战，担负大许家、刘芦家、火神庙、麻谷子等重要设防点的阻击任务，后又参加围歼黄维兵团，在双堆集歼灭战中，血战大王庄、攻占尖谷堆，使国民党第十八军彻底失去战斗力，共歼敌两万余人。

1949年2月，根据中共中央军委关于统一全军编制及部队番号的命令，七纵改称中国人民解放军第二十五军，隶属于第三野战军第八兵团。成钧任军长，黄火星任政治委员，詹化雨任副军长，邓少东任副政治委员兼政治部主任，熊应棠任参谋长，其下辖的第十九师改称第七十三师，王培臣任师长，萧学林任政治委员；第二十师改称第七十四师，张怀忠任师长，邓清和任政治委员；第二十一师改称第七十五师，谢锐任师长，何志远任政治委员，全军共3万余人。

“老五旅的战旗迎风飘扬，所向披靡锐不可挡。桐柏星火映红了战旗，驰骋淮南百炼成钢……”这首老五旅旅歌唱诵的就是二十五军第七十四师，该师最早渊源是中共鄂豫边省委于1936年1月在信阳县吴家山成立的红军游击队。抗战期间，“老五旅”是坚守淮南根据地的中坚力量，饱经战火磨练，先后参加了东山口、半塔集、来安城、山子头、桂子山、占鸡岗等著名战役战斗，歼敌22900余人。渡江战役之前，又参加了苏中、涟水、宿北、莱芜、孟良崮、临朐、莱阳、兖州、淮海等重要战役战斗，歼敌无数。

人民解放军第二十五军是一支历史悠久、功绩卓著的老部队，战力强悍，战斗经验丰富，其七十四师更是新四军的甲等旅，也是三野少有的几支既能打阻击又擅野战的主力师。

（三）战斗经过

1949年4月，人民解放军强渡长江后，我中集团第九兵团二十五军七十四师和七十五师奉命迂回穿插到宣城县湾沚地区，正面阻击南逃之敌。

此前，国民党在当涂、芜湖、繁昌等沿江地区守军为第六十六、二十、八十八三个军，其纵深为驻守于当涂县黄池镇的新建二十五军、驻守芜湖的一〇六军两个团、二十一军大部（其中一个师在泾县），分布在正宽300里、纵长240里地带，由第七绥靖司令张世希指挥。

为加强芜湖江防，京沪杭警备总司令汤恩伯又于1949年3月命二十军杨干才部（其中一个师在重庆护卫杨森）从南京周边的龙潭、下蜀开至芜湖，担任芜湖、澛港、三山街等地沿长江南岸的防守任务，其军部和一三三师、一三四师的四〇二团驻芜湖，一三三师三九七团、三九八团的一个营在芜湖北岸裕溪口建立桥头堡阵地，一三四师师部、四〇一团及炮兵团的第二营驻澛港，以四〇〇团驻三山街。各守军沿长江南岸先后构筑了数以千计的永久性和半永久性防御工事。此外，守军在江面还布置有海军第二舰队，以及由林遵（后起义）率领的担任长江中下游巡弋任务之“楚云号”军舰和数艘炮艇。

与敌二十军对面的江北我军部队便是三野第九兵团。该兵团根据作战计划，拟以二十五、二十七两个军为第一梯队，并肩于荻港至澛港地段展开渡江作战。二十五军加三十军八十八师，附野炮三营两个连、榴弹炮两个连，由无为境内新沟街至五棚段突破敌江防。三十军在扫除西梁山、裕溪口守敌后，相继渡江，务求钳制与迷惑长江南岸芜湖及以北之敌，打击该段及由南京增援或西窜之敌海军，保证二十五军左翼安全。完成任务后，三十军紧跟二十五军渡江，进占澛港、石硊镇、竹丝港及芜湖以南地带，掩护兵团主力东进，并接替二十五军威逼芜湖。而后，直插江苏宜兴、溧阳及以南地区，待机策应第八、第十兵团作战，并堵南京、镇江出逃之敌。①

西梁山和裕溪口是芜湖北岸的重要渡口，守敌为国民党六十六军第十三师的两个团。为迷惑和钳制芜湖守敌。4月20日黄昏，我三十军九十师二团团长朱慕平开始率军猛烈佯攻西梁山。同时，八十八师二六二团在团长程贞恒的指挥下也开始佯攻裕溪口。守敌果然上当，误以为西梁山是我军选定的主要渡江突破口，立即调陆、海两军向西梁山和裕溪口两地增援。我军达到了调动敌人之目的。

20日22时15分，我二十五军七十三师二一九团一营以偷袭动作，绕至鲫鱼洲南岸登陆；七十四师由白茆洲向南岸渡江作战。21日晨4时整，全军于套口至澛港段全部登陆，直插平山尖高地，并同时向横山镇攻击，先锋部队向龙潭方向进击。横山镇战斗中，七十四师俘获敌12卡车弹药，得到了军火补给。

在此之前，我二十七军已由夏家湖至荻港的板子矶一线相继登陆。

21日上午，汤恩伯匆匆赶至芜湖。为稳定军心，汤当面鼓励二十军军长杨干才，并口头提升杨为兵团司令，令其指挥二十军、九十九军部署堵截，以期挽回战局。

杨干才提出反击方案后，汤恩伯很满意，认为杨的方案可以将渡过江的解放军赶下江去，然此时解放军已经多路突破天险，正在向纵深穿插，江防实已全面崩溃。九十九军还没赶到芜湖，二十军两翼的八十八军和六十六军已经开始溃败撤退。②

22日晚，杨干才眼看回天无术，遂命令李介立于23日拂晓从澛港向湾沚镇撤退，并令其子杨德儒率四〇〇团殿后，他本人则率领军部沿芜屯

---

① 古培霖:《芜湖解放经过》。

② 南京军区《第三野战军战史》编辑室著:《中国人民解放军第三野战军战史》。

公路向宣城撤退，同时打开芜湖军火库，将库内军火统统投入青弋江。

23日中午，敌四〇〇团及从澛港逃窜而来的残余在芜湖南白马山一带被我七十五师二二五团三营包围，激战两小时，敌四〇〇团被全歼，杨德儒被俘。[①]

溃退心切的李介立得到杨干才命令后，立即派一个团的兵力先行赶到湾沚镇，向宣城方向警戒，并沿青弋江堤岸进行布防，以便后续部队到来时能得到一定的休息时间，次日再向宣城前进。

此时，我二十五军接到《九兵团京沪杭当芜繁段作战补充命令第四号令》："待三十军接替二十五军威逼芜湖（三十军沿长江大堤直插芜湖、解放芜湖并军管芜湖）后，即令七十四师师长张怀忠率二二〇团、二二二团从繁昌浮山、峨桥奔袭湾沚，在湾沚以南分由凤凰桥、芳山一线渡过青弋江，于芳山以东地区，与湾沚之敌接触。"

23日上午10点左右，大雨滂沱。渡江过青弋江的七十四师二二二团侦察连经侦察发现，南窜之敌二十军一三三、一三四师、敌九十九军四〇二师及保安四旅等部均踞缩在湾沚一带。七十四师立即报告军部，请军部组织部署围歼湾沚之敌。

此时，李介立发现湾沚到宣城几个重要地点已被解放军占领，立刻向正在赶往湾沚途中的军长杨干才报告：

"向宣城撤退，肯定要遭到解放军的阻击，要么改道向东，从狸头桥、水阳方向突围，要么马上出发。"然杨干才却认为：所谓道路被占领，不过是解放军小股部队的骚扰，根本抵挡不住我前进的道路，全军于24日依次向宣城撤退的计划不变。[②]

24日凌晨，雨水渐收。敌军刚刚出发，就在湾沚镇场口外不远处被我军阻击，敌二十军用猛打猛冲的办法攻击前进，当行至芳山附近的凤凰山时，又遭到我七十四师二二〇团从芳山、二二三团沿芜屯公路和拂晓时从豹山进入集结地区的二二一团坚强阻击。经过一番激战，由于敌我力量悬

① 古培霖：《芜湖解放经过》。

② 李介立：《芜湖江防第二十军在宣城被歼纪实》。

殊，七十四师向后稍稍收缩，退至十八塔、十字路、蒲塘陶一线作短暂休息，等待后续部队到达，再组织共同围歼敌军。但敌军见我七十四师部队后撤，立刻猛扑过来，企图夺路（芜屯公路）逃窜。

七十四师师长张怀忠迅速靠前指挥，沿芜屯公路分别占领晏公庙、皂角树、将军墩、桂花树等有利地形，同时调二二一团猛插螺蛳塘一线，二二〇团向鹭鸶窝穿插，协同已渡过青弋江的七十五师二二四团对敌进行拦腰分割。

敌军急红了眼，开始在公路两侧小高地上集中炮火轮番轰炸，同时派出几个团拼命冲锋，但都受到了我军顽强阻击，始终寸步难行。

具体战斗中，双方在可控制芜屯公路的将军墩以及控制皖赣铁路的桂花树等高地展开了反复拉锯作战，尤以桂花树高地争夺至为激烈，这是敌人夺（铁）路而逃的咽喉，夺得了桂花树，他们就不但打开了南逃的最后一道大门，而且此后前去宣城，入江西，下杭州，都没有大军阻挡了。

当时，我军桂花树阻击阵地只有二二二团的一个营，要对付的敌人却有一个团，渐渐有点抵挡不住，几个前沿阵地很快落入敌手。烟雾中，敌人用密集的队形蜂拥而上。关键时刻，七十四师长张怀忠又派了一个营从桂花树左侧占领了阵地，有力地阻住了敌人的攻击。与此同时，芜屯公路东侧的二二二团主阵地皂角树、青弋江畔二二〇团阻击阵地上均枪声大作。一时间，双方杀得难解难分。

杨干才发觉，如此恋战下去结局肯定不妙，遂下令改变原行军路线：撇开当面的桂花树，绕道皂角树以东以北向宣城撤退。

我二十五军军长成钧此时已经查明，当面之敌为敌二十军大部、九十九军两个团和一个保安旅及国民党联勤总部。

在成钧的命令下，解放军各师立即对敌人展开了攻击：第七十五师二二四团受命沿查山头村向螺蛳塘攻击前进，分割敌人；二二三团及第二二五团一个营加速前进，由湾沚镇东北向吊桥、老旗杆、新屋基方向实施迂回攻击，与七十四师密切协同，形成南北夹击之势，全歼被截之敌。

第七十四师根据当面敌情和第七十五师的战斗行动，以第二二一团沿十字路猛插螺蛳塘，与第二二四团配合并肩拦腰突击；第二二二团一营迂回老旗杆，配合第二二三团阻击向东逃窜之敌；第二二二团二、三营和第二二〇团则以营、连为单位，由正面分路向西北和向北出击，全歼当面之敌。

此前，七十五师二二四团在团长张明山、副政委张永亮的率领下，按军部作战计划分成两部，由西南方向往湾沚两侧攻击前进：一部通过浮桥强渡青弋江，一部攻战湾沚铁桥，向湾沚东南五里墩出击，进一步截断了敌军退路。同时，我七十三师师长王培臣也率部向湾沚方向星夜兼程，追击芜湖逃敌。该师二一七、二一八、二一九三个团先后赶到湾沚战区参战。围歼部队源源不断开进阵地，终于对敌形成了包围圈。

到了中午时分，大雨又开始倾盆而落，公路上的交战双方均采用炮战，战况更为激烈，每一发炮弹落地后都掀起漫天的水雾。堵截部队发挥不怕牺牲、英勇顽强的作风，坚守住了阵地，共击退敌军十多次强攻，挫败了敌人通过猛扑猛打、夺路逃窜的企图，为全歼敌军赢得了时间，创造了条件。

大雨还在继续，道路泥泞不堪，重武器难以发挥效果，解放军又是如此拼命堵截，李介立感到形势极为不利，即向军部建议："丢掉大炮，轻装由小路向宣城撤退。"杨干才仍置之不理，并亲自到阵前督战。他因迷信火力而骄横，因骄横而至愚蠢，竟不顾两侧及后方安全，再次令一三四师在炮火掩护下向我七十四师阵地发起猛攻，妄图把重炮及装备辎重一起带走。然为时已晚，我军已占据有利地形，可以发挥居高临下的射击优势，给敌军以大量杀伤，此外，我军还组织了一支突击队对敌进行反冲锋。

雨雾茫茫、硝烟弥漫中，厮杀声响彻整个丘陵地带。很快，敌九十九军四〇二师、保安四旅中已有人开始举手投降。

两次突围猛攻都被解放军击退，且伤亡惨重，夺路而去的希望越来越渺茫，杨干才终于惶恐起来，不得不命令部队向后移动，而他自己依然带领军部及一三三师一部向东北方向突围，企图撕开一道口子，可惜又在我二二三团和二二〇团的一个营的迂回截击下败退。

二十五军军长成钧在得知增援部队已陆续就位、敌人已成笼中困兽后，决心以七十四师、七十五师（尚缺二二五团两个营未到）两个师主力，主动出击，歼灭湾沚南逃敌军。

考虑到被困之敌虽然已经被我军打伤，但依然有一个军、两个师和一个旅共三万多人，无论武器还是人数均超过我军，如果立刻压缩包围圈，势必造成内众外寡的不利局面。成军长决定继续先割后歼，以一个营迂回到敌军北侧，再以二二二团、二二〇团正面出击并左右穿插，终将大块割成若干小块。

原空四军[①]保密室所存《湾沚战斗经过要图》显示：湾沚逃敌最后被围堵在竹园村、井边村、老旗杆、查山头、螺蛳塘、新屋基、双池塘等沿线呈椭圆形山洼地带。

下午两时许，一切布置就绪，成军长发出总攻命令。霎时枪炮齐鸣，解放军指战员纷纷跃出阵地，勇猛前冲，奋力杀敌。

敌二十军此刻依然未完全丧失战斗力，在发现我主力部队全部逼近并出击后，也组织了数次强攻，但都遭到了我军的猛烈打击。一次次进攻，一次次失利，敌二十军终于锐气大挫，军心动摇，并全线崩溃。成军长抓住有利战机，命令七十五师二二三团乘势打掉敌二十军指挥部，活捉杨干才。二二三团参谋长陈兴华随即率领一个营从东北方向朝敌军指挥部西双庙冲杀过去。

至下午5点左右，该营六连摧毁了杨干才的指挥部，敌军顿时乱作一团。而我军上下则斗志旺盛，以勇猛神速的动作，南北夹击，在嘹亮的冲锋号中迅疾缩小包围圈，将绝大部分敌军歼灭在湾沚以东五里墩、灰山头、拦冲张、西双庙、双池塘一带，战斗胜利结束。

这场经过一整天激烈厮杀的围歼战，我二十五军共消灭敌二十军及九十九军一部、保安四旅计13000余人，活捉了二十军副军长陈亲民、参谋

① 1952年7月，经军委批准，组建空军第四军军部，其前身是华东军区空军上海基地司令部，11月，陆军第二十五军军部与空军第四军军部合并。

长胡显荣、一三四师师长李介立及杨干才的副官雷震来等，仅敌一三三师师长景嘉模等率部分残余部队从狸桥头逃窜。

捷报传出后，三野九兵团发出嘉奖令："湾沚战斗，首创一个军歼敌一个军。"

4月27日，《中原日报》发文："新华社26日电：人民解放军23日解放南京西南著名的米市芜湖，并于24日截获逃敌第二十、九十九两个军大部及保安四旅，予以包围歼灭，俘敌1.3万余人。"

三、湾沚大捷的主要原因及战略意义

（一）湾沚大捷的主要原因

从战略层面来看，主要有以下几点原因：

1.守敌普遍士气低落、兵无斗志。1949年4月20日晚，长江防线被我渡江部队突破后，芜湖守敌顿时慌了手脚，连连电呼汤恩伯救援。21日，汤恩伯亲自来芜督战，替杨干才打气，令其指挥二十、九十九两个军，妄图挽回战局。23日上午，第七绥靖司令张世希也赶到澛港，命李介立派四个团火速增援三山街、横山镇，阻击我渡江后续部队，但都被我军击溃，缩回芜湖。张世希临逃前对李介立说："我张世希成了国家民族的罪人，这次共军由我们当面渡江，不好向老头子（蒋介石）交代。"随即逃到宣城。①

由于连续遭受我军打击，丧师失地，芜湖守敌充满着失败情绪，军心开始动摇。(24) 坏消息不断传来：4月21日，国民党军江阴要塞官兵7000余人，在吴铭、唐秉琳、唐秉煜等人率领下，于江苏省江阴附近举行反蒋战场起义：4月23日，国民党海防第二舰队司令林遵率1200余名官兵、25艘舰艇在南京篱斗山江面起义。所谓兵败如山倒，你跑我也跑。汤

① 李介立:《芜湖江防第二十军在宣城被歼纪实》及1983年7月12日给中共繁昌县委党史办公室复信。

恩伯集团纷纷向浙赣、沪杭、芜屯线逃窜。

2. 我军作风顽强，战术得当。一是不怕疲劳。为了不给敌人喘息机会，二十五军抓住战机，不顾刚刚攻克三山街、横山镇等连续作战的疲劳，强行军120多里，跋涉10余条河流，途中不吃饭、不休息，昼夜兼程，终于在湾沚截住了二十军及九十九军一部和保安四旅等从芜湖逃过来的敌军。李介立被俘后惊叹道："万万没有想到，贵军竟然来得如此神速！"二是战术灵活。堵住装备精良、战力强悍的二十军后，迅速调整部署，以二二二团正面卡住了通往宣城的公铁两路，以二二〇团扼守芜屯公路以西较为有利的地形，构成侧翼重要屏障，同时以二二一团作为纵深机动力量。战斗中，在几次阵地吃紧的情况下，始终让二二一团这支机动部队不做大动，从而快速完成了对敌的分割，为增援部队到达争取了时间，创造了条件。此外，考虑到情况变化急剧，各级指挥所均靠前，命令传达得快，执行得也快。

3. 地下党有力配合。当时，宣城从事战略情报收集的党组织主要有两个：一是中共南京市委领导下的宣城支部，二是中共芜当宣工委。渡江战役前夕，宣城支部通过各种渠道，收集敌军布防、兵力配置、军事动向等方面的资料，为渡江战役的胜利提供有力的情报支持。在他们的领导下，皖南人民自卫军积极为解放大军做好渡江准备，接应和护送先遣渡江侦察大队。芜当宣工委芜湖工作组搜集情报由皖南地委直接向三野总部发报，其余各站搜集来的情报，均由上一站送到下一站。

敌人封锁长江时，一路由交通员在夜间用小船偷渡过江，送至二坝联络站，然后由沿江指挥处提供给驻和县、含山地区的江淮第五军分区。另一路由芜当宣工委派人从安庆过江，绕道转送驻无为的解放军第二十五、二十七军机关。敌二十军被彻底包围前，湾沚地下党同志多次给部队介绍敌情，带路，组织群众成立担架队，运送和看护伤员，送茶、送饭、送弹药。战斗打响后，芜当宣工委领导的游击队在湾沚左翼进行助战，有力地配合了主力部队。

1948年11月，留在国民党军南京指挥所的中共秘密党员利用参加顾祝同召开的作战会议的机会，获得了《长江江防兵力部署和作战方案要图》，并通过党的地下交通线，直接送给苏北兵团司令员管文蔚。

1949年3月28日，中共地下党员许锡缵参加国防部三厅留守处召开的紧急会议，又得到一套10张江防详图，有江防全线各点的兵力、炮位、暗堡、火力配置等，还有美蒋联合绘制的长江水文、地形、地貌和江防工事图。

此后，中共南京市委还陆续收集到《京沪杭作战方针及兵力部署》《京沪、沪杭沿线军事布置图》《长江北岸桥头堡封港情况》《江宁要塞弹药储运及数量表》《南京城防工事地图》，以及浦口沿江地带敌指挥所位置、军官名单、炮兵阵地、武器装备等情报。这一大批军事情报，使我军指挥员对国民党军在长江南北的布防有了较清晰的了解。经过我军临战前侦察小分队潜入敌占区实地勘查，结果与情报基本一致。由于敌布防情况尽在我掌握之中，渡江战役开始、之中及之后，国民党军多次哀叹："共军炮弹如同长了眼睛一般。"①

4.群众有力支持。习近平总书记在渡江战役纪念馆参观时十分感慨地说：渡江战役的胜利是靠老百姓用小船划出来的。

人民解放军战争史上规模空前的强渡江河进攻战役打响之前，在中共中央、中央军委的统一部署和渡江战役总前委的统一指挥下，江北解放区政府和广大人民群众进行了一场长达5个多月轰轰烈烈的支前运动，共发动民工320万人，筹运粮草4.5亿斤，征用船只5万多只，并提供了大批作战器材和军需物品，为渡江战役胜利打下坚实的物质基础。②

江南人民同样为渡江战役的胜利做出了巨大贡献。宣城市委党史和地方志研究室有这样一组数据——"泾旌宁宣县委筹粮75万斤，赶制军鞋12000双；绩溪路东工委征收公粮40余万斤，赶制军鞋13500双，军服1700多套；歙绩旌工委征粮30多万斤，军鞋8000多双；郎溪县筹集大米

① 古培霖：《渡江战役解放芜湖的一仗——湾沚大捷浅析》；李玉：《渡江战役大写真》，中共中央党校出版社1995年版。

② 李燕：《65年前，百万雄师过大江——重温渡江战役胜利及党的地下工作重大贡献》（上海新四军历史研究会《大江南北》）。

83万多斤，赶制军服300余套，布鞋500多双……”

5.杨干才判断失误。一是自认为二十军始终元气未伤，凭借其全副美式装备，完全能够应付我军追击，却忘了我军一贯获胜的法则就是扬己之长，击敌之短。战斗中，我军始终组织开展近战，使敌火力优势难以充分发挥。

二是估计我主力部队没有这么快就到达湾沚，认为通往宣城的道路上只是我地方部队的袭扰，后来又只顾向前突围，放弃背后警戒，失去了对湾沚城及青弋江沿岸的控制而无回旋空间，致我七十五师轻易袭占，不得不仓皇退却。

三是妄图在不丢弃任何辎重与重火力的情况下全身而退，致在我军全线出击后手忙脚乱。①

（二）湾沚大捷的意义

我二十五军只用了两个师（实际只有5个团加1个营），便在湾沚全歼芜湖守敌骨干二十军，并打残了敌九十九军，给逃敌以极大震惊，也更加鼓舞了皖南军民的歼敌热情。

解决了敌二十军，二十五军得以挥师南进，减少了兄弟部队追歼南京、镇江南逃之敌时的侧翼压力。我军在此后的追击战中，敌军可以说是一触即溃。二十五军所在的第一梯队半个月便前进了2000里。对此，时任国民党代总统李宗仁叹道：“这次江南的溃败，可以说是空前的。我军有时一昼夜退二百里，共军追击的速度，有时一昼夜两百里以上，四处设伏。双方并无激烈战斗，我军便俯首投降。”

就在敌二十军被围堵于湾沚的23日，南京守敌便不战而弃城逃跑。为此，渡江战役总前委专门指示各部队：“应迅速猛进，全力追歼逃敌。”

1949年4月27日，我军东线和中线突击集团的5个军将逃亡的国民党5个军及残部共10万多人包围于郎溪县城以东、广德县城以北、东西长约30公里、南北宽约25公里的范围内。

① 古培霖：《渡江战役解放芜湖的一仗——湾沚大捷浅析》。

28日晨，我军展开全线猛烈攻击，不仅在广德郑家山、杨邯桥、沈家渡、界牌一线歼敌六十六军两个师，还在广德界牌、浙江省泗安一带俘获敌第四军军长李子亮以下官兵2800人，更在由广德县城以西地区向北、由郎溪县城向东等多个方向歼灭国民党军大部，在广德门口塘追歼逃敌5000余人；在郎溪县城和广德戈场、凤凰桥地区歼灭逃敌3000余人；在郎溪流洞桥俘师长以下官兵5000余人。

到了4月29日，郎广围歼战胜利结束，郎、广地区全部解放，此战共歼灭国民军军8万余人，成为人民解放战争期间一次消灭、俘虏敌军最多的战役。其间，泾县因国民党泾县县政府宣布起义、当涂县因守军溃逃，先后解放。

此前，芜湖县县长谢汝昌于1949年4月22日率党政人员及所部1500余人起义投诚，23日，敌二十军、九十九军等芜湖守军主力溃退时，谢汝昌率地方武装部队维持秩序，迎接人民解放军入城，4月24日，皖南重镇芜湖市解放。同日，南京市军管会派军事代表组前往马鞍山接管国民党政府资源委员会华中矿务局暨马鞍山分矿，马鞍山解放。①

在二十五军进攻湾沚的同时，九兵团第二十七军于22日上午由繁昌出发，向南追击。当日17时攻占南陵县城，24日拂晓进至宣城县城，战至14时许，守敌溃散东逃。南陵、宣城县城宣告解放。

由于后方（湾沚）再无压力，二十七军在24日攻克宣城后，以日行军六七十公里速度乘胜东进，连克洪林桥（宣城东部）、广德等城镇，歼灭国民党南京卫戍司令部警卫团等部3个多营。26日，广德解放，第九兵团主力进驻广德。第二十五军随之从宣城向郎溪方向追击前进，4月27日解放郎溪县城。之后，由郎溪南下，3个师齐头并进，在郎溪、广德一带参加了一场较大规模的“郎广围歼战”。

自湾沚之战后，解放军在皖南地区基本没有遇到过像敌二十军那样的

① 李玉：《渡江战役大写真》，中共中央党校出版社1995年版；古培霖：《渡江战役解放芜湖的一仗——湾沚大捷浅析》。

对手，郎广围歼战后期实际上成了各部队开展抓俘虏比赛。[1]

大军渡江后，绩溪正处于二野、三野两大野战军进军路线的空隙地带，从4月27日国民党绩溪县政府党政军人员随路过绩溪的国民党军南逃，除陆续有溃军过境外，绩溪已是一座空城。4月30日，绩溪宣告解放。

同日，国民党屯溪守备司令部司令方师岳在中共皖浙赣工委多方争取下宣布起义。至此，皖南地区全部解放。

①《解放时刻安徽——克敌制胜，宣城解放亮点多》(中安在线“红色记忆”专栏)。

芜湖和平解放与老浮桥

弋江区委宣传部课题组

摘要： 1949年4月23日，人民解放军88师262团到达芜湖河南地区（今弋江区境内）。为避免不必要损失，使江城完好无损地回到人民的怀抱，解放军没有立即攻城。1949年4月24日，88师262团以1营为先导，在各界派出的代表的迎接和引导下，从老浮桥（今弋江桥旧址）列队由沿江路，经国货路、中正路（即今中山路步行街）进入市区，宣告芜湖和平解放。

本文拟从和平解放前的芜湖、芜湖和平解放的进程及重要历史人物、芜湖老浮桥的前世今生等方面，逐一梳理。

关键词： 芜湖解放　老浮桥

一、和平解放前的芜湖

芜湖和平解放前国民党在政治上的腐败，突出表现在抗战胜利后国民党政府接收芜湖这一事件中。

日本投降消息传来后，安徽省省政府主席李品仙，令在泾县的第六区行政督察专员邓昊明就近迅速进驻芜湖，派第六区专署保安副司令宋楚为芜湖县县长抢先来芜湖接收，还派贺宗章为芜湖警察局局长，自立煌即今金寨兼程前来接任。

得知日本投降消息后，安徽省省政府皖南行署主任张宗良也紧急行动，尽管李品仙不让他插手，他仍然派出了“皖南行署宣导团”前来芜湖，且任命了皖南行署军民合作处处长丁培鑫为芜湖警察局局长抢先来芜接任。

此外，获知日本投降消息后，第三战区长官司令部也电令前沿特务情报人员等化整为零潜入芜湖，其他各系统特工人员亦相继进入芜湖，皖南各县三青团主任书记不下三四十人皆放弃本职涌入芜湖。

日军撤尽之前，各路接收大员在夜间展开了一场劫收敌伪物资的争夺战。对于汉奸的财产，谁先占领并贴上封条、挂上机关招牌，便归谁所有，并及时偷运转移；但是机关来头大、拥有人枪多的会后来居上，赶走先占领的人员，重新贴上封条、挂上招牌以示占领。

接收过程中，大小劫收人员假公济私，起码都能得到一座住房，且出入有包车。“我来芜看见一些熟人，陡然阔绰了，确有‘士别三日’判若两人之慨。”张宗良在主持接收芜湖期间，虽然也做了一些诸如接受被害人申诉等反映较好的事情，但“也难解决派系、利益之争”。①

从1945年9月到1949年4月，芜湖先后有5任县长，任期短者只有5个月，平均也不到1年。在此之前，芜湖从1912年到1919年先后有9任县知事，从1923年到1927年先后有4任县知事，从1927年到1945年先后有15任县长。县府下属的任期更是变动频繁，芜湖在1912年到1919年县知事不过9任，警察厅却已14易其长。

如此频繁地更换县知事、县长、警察厅厅长等，势必会使芜湖的地方政局常处于动荡之中。身在安徽官场多年的许汉三回忆说：“那时任何大小机关，只要主要领导人一换，这个机关中原有的大小职员，差不多要被整个更换，这在旧时的机关中是个惯例。”②

---

① 许知为:《抗日胜利后国民党政府接收芜湖见闻》,中国人民政治协商会议安徽省芜湖市委员会文史资料研究委员会编:《芜湖文史资料》第二辑,1986年,第237—247页。

② 芜湖市地方志办公室编:《芜湖商业史话》,黄山书社2011年版,第215页。

芜湖官场各机关更换主要领导人如此频繁，经常需要忙着官员职员的调动，而新调来的官员及大小职员又需要很长时间的磨合期、适应期。这样一来，不只各任官员所制定的一些政策难以持续执行，即使是政策制定本身，由于官员职员短期内对芜湖的诸般情形不甚了解，也很难起到针对性效果。更何况，如谢汝昌任芜湖县县长时的情况而言，芜湖也并非谢汝昌一人说了算，其中也还是有不少其他势力的存在。各势力之间免不了争权夺利，尤其是在上面管制力不强的情况下更难以避免。

芜湖的情况无疑是旧社会的一个缩影，抗战胜利后国民党接收芜湖由"接收"变为"劫收"，参与劫收的张宗良最后能代表中央政府主持芜湖的接收工作，这绝不是偶然，而在某种程度上是国民党方面长期政治腐败的必然。

受国民党方面人员任命乱象及政治腐败等的影响，芜湖和平解放前税收方面的官商勾结问题也很突出。当时的芜湖税务局征税采用的是包税的方法，即对大厂商采取派驻税务官坐征，一般税收采取分地段、分行业的形式包给私人承办，包交定额税款，歉收包赔，盈余归己。征税由此变成了一门生意，税额也变得可以讨价还价，官商勾结问题由此而生。税务官员到芜湖办税务，需取得长街商家有势力者的支持，否则这个官就做不下去。商家也要拉拢税务官员，否则就得照章纳税，加重负担，毕竟税额并不是固定的。

包税的人大都由商界推举或税务局借重，其一届任满，上自税务局局长，下至承包人都发了财，而政府税收所得仅占少数。包税的税额不是固定的，有势力的大商家便可以少纳税，没有势力的小商户反要多纳税，这自是充满着不公，但时代如此，亦是无可奈何。[①]

芜湖和平解放前，渔民们长年累月地日漂江面，辛辛苦苦地捕鱼捉蟹，却依然过着极其贫苦的生活。根源何在？在于其所面临的苛捐杂税众多，在于政府官员和帮头渔霸的欺压与盘剥。这一点，实际上和长街小商

① 芜湖市工商联组稿、许知为执笔：《芜湖十里长街史话》，中国人民政治协商会议安徽省芜湖市委员会文史资料研究委员会编：《芜湖文史资料》第二辑，1986年，第119—120页。

户所面临的处境是基本一致的。

据不完全统计，当时渔民们所面临的各种苛捐杂税竟有10多种。苛捐杂税如此众多，致使渔民们由于经济贫困，渔船大多年久失修。芜湖港因翻船事故葬身鱼腹的就有38人。芜湖作为通商口岸，渔民们连在江河里撒网捕鱼的自由也没有，一旦偶入“禁区”即遭毒打。据1949年前的10年的不完全统计，被毒打致死的竟有18人之多，致伤致残的更是不计其数。①

芜湖小轮在抗战胜利后，约有船工七八千人，每月工资只五六斗大米，还要养家糊口，生活过得极为困苦。据王启礼回忆，他从14岁起在轮船上当学徒工五六年，没有工资，只有饭吃。当时在船工中流行一首歌谣：“官僚把头手遮天，船家含泪年复年。”为了改善待遇，在1947年端午节前夕，芜湖船工举行罢工，军警竟架设机关枪，强迫他们复工。

芜湖船工为何如此困苦？在某种程度上也与芜湖小轮业的管理不善、秩序混乱有关。他们没有固定的售票处，只由售票人在各旅社四处叫卖；船业没有固定的工资收入，轮船舱面归驾驶员承包，船员则常常贩运货物赚取外快；帮会里的人或无业游民，乘船时不但不买票，还要在船上白吃白喝。②

芜湖和平解放前，有着数量众多的妓院，它们都是在官府登记、合法开张的，是按月缴纳花捐的。据1949年5月的一份《芜湖市特种户籍调查表》，芜湖当时的娼妓总计有270人，分头等、二等、三等、童女四个等级。这还不包括“台基”和暗娼，实际数字当远超此数。暗娼多是各地穷苦的小姑娘迫于生活，不得已而为之，也有夫妻恶感或贪图金钱享乐而卖身者。“台基”与妓院不同的是，混迹其中的女性并不是职业妓女，不挂牌，不对外公开营业。

芜湖妓女的生活极为悲惨，有的五六岁便被妓院买去，才11岁便要陪

---

① 俞子徽：《芜湖的“水上人家”》，芜湖市文化局编：《芜湖古今》，安徽人民出版社1983年版，第65—68页。

② 贺楚森：《利济港·利济公司·小轮业片段》，中国人民政治协商会议安徽省芜湖市委员会文史资料研究委员会编：《芜湖文史资料》第二辑，1986年，第138—148页。

客应酬或公开卖唱卖艺，14岁甚至更早便要接客。花柳病诊所林立、门庭若市，无情诉说着妓女们的悲惨遭遇。[①]

抗战胜利后，国民党方面不顾国家和人民的利益，悍然发动内战，随着其发动内战的深入，军费开支浩大，发行了大量法币，促使货币逐渐膨胀。法币面额从战时的千元票面逐渐增大到了10万元、100万元甚至500万元的面额，且一再贬值，致使黄金价格和物价飞涨。

1948年8月，国民党政府发布《改革币制紧急措施》和《金圆券发行办法》，意在取代法币。然而，却引发了更严重的经济崩溃，出现了金融失控。在1949年，从市场米价来看，原来每担22元，到4月上旬竟涨到了190万金圆券。[②]

在兆梦口述的《米厂学徒琐忆》里有一节《变幻莫测的钞票》，里面叙述了其在当时的经历："最早，我到钱庄送钱、取钱提个小钱袋便够了，米厂的生意没有多大变化，可装钱的口袋变化大得让人吃惊。""货币贬值的速度让我连换口袋都来不及，最后收来的纸币也没法数得清了，只好一股脑儿装进大麻袋里，雇黄包车拉着。"[③]

二、芜湖和平解放进程

淮海战役结束后，国民党军队余部纷纷向长江以南败退，但已是强弩之末，胜利的天平已悄然向偏转。

1949年1月1日，新华社新年献词《将革命进行到底》指出：1949年的主要任务是在全国范围内推翻国民党的反动统治，在全国范围内建立人民共和国。在明确了新的斗争目标之后，渡过长江，占领南京，来正式宣

① 朱鼎元:《绵绵无尽青楼恨——记旧社会芜湖的娼楼妓院》,中国人民政治协商会议安徽省芜湖市委员会文史资料研究委员会编:《芜湖文史资料》第二辑,1986年,第263—277页。

② 管天文:《解放前芜湖银行业概述》,中国人民政治协商会议安徽省芜湖市委员会文史资料研究委员会编:《芜湖文史资料》第四辑,1992年,第73—78页。

③ 兆梦口述,熊梅萍整理:《米厂学徒琐忆》,中国人民政治协商会议安徽省芜湖市委员会文史资料研究委员会编:《芜湖文史资料》第五辑,1992年,第101—114页。

告国民党反动统治的灭亡，便成了势所必然之事。基于此，1月8日，中共皖南地委发出指示，要求所属各级组织动员一切力量迎接中国人民解放军过江。①

芜湖和平解放之前的准备工作，至少可上溯到抗战胜利之初。

抗日战争胜利后，中共中央从和平建设祖国的需要出发，向国民党作了有原则的让步，决定将皖南新四军撤到苏北解放区。1945年9月下旬，皖南地委和新四军皖南支队奉命北撤，仅留下了尹彬、张良仕率领的20多人的游击队，就地坚守在铜陵。

1945年10月初，华东局考虑到地方斗争的需要，从更好地坚持游击战争的实际出发，派杨明率新四军皖南支队约300人返回铜陵。随后，朱农、陈爱曦、陈尚和等也奉命回到铜陵，并成立了中共沿江中心县委。在10月10日于雁门肖家村召开的县委会议上，据皖江区党委电报指示："我们进山，坚持皖南游击战争，坚决执行党的政策，紧密依靠群众，团结可以团结的力量，武装斗争配合政治斗争，以便站住脚跟，建立隐蔽的游击根据地。"不仅为接下来皖南的革命斗争指明了新的方向，同时也预示着由铜陵而衍及整个皖南的革命斗争新形势即将出现。

中共沿江中心县委即针对当时敌我双方的形势，确定了包括"积蓄力量""秘密坚持""争取时机与胡明打通联系"的方针。②

在中共皖南地委的领导下，熊兆仁、杨明、胡明率领的三支游击队，三年来多次粉碎敌人的清剿，并先后建立了沿江工委、苏浙皖工委、皖浙赣工委及四个县委，每个工委下设若干区域小工委。由铜陵开启的游击战争新形势，已由点及面，逐渐散布于整个皖南大地，芜湖自然为其重要一隅。

在芜湖城内，中共南京市委芜湖地下支部、中共芜当宣工委等地下党组织，经过三年发展，已掌握安徽学院的进步学生力量，一些地下党员也

① 潘惟孝主编：《安徽40年大事集录（1949—1988）》，安徽人民出版社1991年版，第1页。

② 孙泰英：《人民是胜利之本——解放战争时期泾、青、南地区群众工作回忆》，中国人民政治协商会议安徽省芜湖市委员会文史资料研究委员会编：《芜湖文史资料》第二辑，1986年，第248—262页。

打入了敌人控制的少数工厂和敌军内部。值得一提的是，中共华东局国区部芜湖工作组的方向明、石原皋等人，还在敌军政上层进行了策反工作，成功地策动了芜湖县县长谢汝昌、国民兵团及海军第二舰队秘密起义。[①]这些行动，对于芜湖的和平解放具有至关重要的意义。

解放前夕的芜湖，主要有3支国民党方面的势力：一是安徽省第六行政区督察专员兼保安司令沈光武及其直辖的特务中队。沈光武为少将级军衔，反动顽固；特务中队有100多人枪，但都是些老弱兵痞，扰民有余，并没有多少战斗力。

二是芜湖县县长谢汝昌及其兼任团长的国民兵团。国民兵团驻城区的2个营（各）有五六千人枪，分驻各区乡镇的（1个营）也有五六千人枪，其中驻城区的2个营的士兵体质、装备和训练都较好，比国民党的正规军并不逊色。而营长王心一和金敦厚跟随谢汝昌多年，对谢很忠实。

三是芜湖警察局局长陈浙民及其所辖4个分局。陈浙民为军统特务，少将军衔，对县长谢汝昌仅是表面上敷衍，实际上并不买账；各分局警察虽有三四千人，但都是些流氓地痞，乌七八糟。[②]

从这3支国民党方面的势力来看，很显然是以谢汝昌及其国民兵团实力最强，且最有可能被我方工作组所策动。

能策动谢汝昌起义，对芜湖和平解放的重要性毋庸置疑，这可从他本人所说的一段话感知出来："县政府干部都是跟随我多年的亲信，秘书宋德谦是（我）中学时的同学，财政科长张吉是我的学生，建设科长王承平、社会科长伍用海也都可靠。我兼国民兵团上校团长，副团长（即大队长）奚乃辉是本县人，与军统外围有关系，不是我的人。兵团下属3个营：一营长王心一，潜山县人；二营长金敦厚，桐城县人；三营长刘步云，山东人，驻方村镇及附近乡下。每营约有500人，共计约1500人。武器装备也还好，虽不能打仗，但维持地方秩序，还是绰绰有余。王、金两人是我

① 古培霖：《芜湖解放经过》，政协芜湖县文史资料研究委员会：《芜湖县文史资料》第三辑，1990年，第102—106页。

② 谢汝祥：《芜湖解放前后见闻》，中国人民政治协商会议安徽省委员会文史资料研究委员会编：《安徽文史资料选辑》第十二辑，1983年，第215—223页。

的心腹，倚之为左右手。”①

从谢汝昌所说的这一段话，可知其在芜湖势力之大，影响面之广。若能策动谢汝昌为我党所用，几等于获得了半个芜湖。有谢汝昌的帮助，清除出芜湖与谢敌对且难以争取的势力，比无谢帮助要容易得多。当时的方向明、石原皋等人想要策反谢汝昌，某种程度上确是作此考虑，方向明曾言：谢汝昌是芜湖城防5人小组之一，“在这个小组中，真正有实力的人物是谢汝昌，因为他掌握着1000数百支枪杆，又亲自兼军事法庭的庭长，可以说他操生杀大权。他在官场混了10多年，有一套经验，善于同特务周旋。”②

1949年年初的一个晚上，方向明、石原皋、朱子帆等八人在谢汝昌家开会，在一致认为芜湖地位非常重要、不能有失误的同时，便提到了这一问题。他们商定，这件事由朱子帆负责。因朱子帆当时是国大代表、省政府秘书长，他可以运用这个权力，来维护谢汝昌的县长地位。③

在会上，石原皋还将工作组研究的意见，向谢汝昌作了布置，其中包括六条。一是把可靠的王心一、金敦厚两位营长及该部保安队集中在市区，而叫奚乃辉带领刘步云营分驻乡下集镇。二是全力负责芜湖市区的治安，设法保护进步人士的安全。三是确保国家财产和明远电厂、裕中纱厂、益新面粉厂和火柴厂、碾米厂不遭破坏。四是调查芜湖的军粮和四大家族囤积的粮食，查清数目、存放地点和店号，防止敌人偷运、疏散。五是保护人民的生命财产安全。六是保护好各种档案不要丢失。

谢汝昌对这六条意见认真执行。以第四条意见为例，谢汝昌在3月初某天晚上的会上，便汇报了自己将军粮和官僚资本家囤积的粮食都已调查

① 古培霖：《国民党芜湖县长谢汝昌及国民兵团秘密起义》，政协芜湖县文史资料研究委员会：《芜湖县文史资料》第三辑，1990年，第93—97页。

② 方向明：《回忆华东局国区部芜湖工作组活动的情况》，中国人民政治协商会议安徽省委员会文史资料研究委员会编：《解放战争》，安徽人民出版社，1987年版，第88—112页。

③ 谢汝昌自1948年2月任芜湖县县长，到芜湖和平解放之时已有一年零两个月，相比前四任县长总共才任职两年零五个月而言，实已大大超出。这在某种程度上确乎是不得不归功于朱子帆等人的努力，于此也可见“确保在大军渡江之前，谢汝昌的县长地位不能动”确是一关键问题。参见张卫强：《谢汝昌起义与芜湖解放》，《江淮时报》2005年4月22日。

清楚，并已向米商打好招呼的情况；而在4月上旬国民党后勤部长派来大型拖轮和拖驳，要将存放在芜湖的公粮20000包即400万市斤强行运走时，谢又采取明拖暗抗的办法将这批粮食保存了下来。[①]

1949年3月31日，总前委制订《京沪杭战役实施纲要》，做出了东、中、西三路渡江作战的具体部署。其中路作战集团兵力为30万人，从芜湖对江裕溪口至姚沟及枞阳镇进行渡江。4月20日夜，渡江战役正式开始，人民解放军中路军迅速突破安庆、芜湖线，渡至繁昌、铜陵、青阳、荻港、鲁港地区。

4月23日下午4时，正在鲁港附近江堤上休息待命的人民解放军88师262团，在汤德性的引领下到达河南南街；当晚8时，研究和布置了第二天举行入城仪式的有关问题。

4月24日上午8时，在芜湖各界派出的代表迎接和引导下，262团以1营为先导到达芜湖中山桥，因桥面被溃退之敌用土石堵死，遂折由老浮桥进入市区，谢汝昌率起义军政人员在县政府为其举行了隆重的欢迎仪式。

从渡江战役开始，仅仅历时4天，芜湖便迎来了解放。更为可喜的是，芜湖的解放是和平解放，芜湖城完好无损地回到人民手中，商店照常开业，水、电没有中断，社会秩序良好。[②]

4月22日当天谢汝昌召集县属部队负责人做了部署，让一营王心一部负责市区各街道，二营金敦厚部负责城内，并指定连排长昼夜轮流放哨、巡逻，确保治安。[③]很显然，这一部署是将非谢心腹即奚乃辉和刘步云排除在外。如果奚、刘二人都在市区或城内，而不是被安排分驻乡下集镇，芜湖的解放不会如此轻松，更就谈不上和平解放。

奚乃辉是芜湖本县人，势力不容小觑，加上其与军统外围有关系，如

① 古培霖:《国民党芜湖县长谢汝昌及国民兵团秘密起义》,政协芜湖县文史资料研究委员会:《芜湖县文史资料》第三辑,1990年,第93—97页。

② 参见古培霖:《芜湖解放经过》,政协芜湖县文史资料研究委员会:《芜湖县文史资料》第三辑,1990年,第102—106页;潘惟孝主编:《安徽40年大事集录(1949—1988)》,安徽人民出版社1991年版,第3页;戴卿:《七十年前的今天,芜湖解放》,《芜湖日报》2019年4月24日。

③ 古培霖:《国民党芜湖县长谢汝昌及国民兵团秘密起义》,政协芜湖县文史资料研究委员会:《芜湖县文史资料》第三辑,1990年,第93—97页。

果他不阻挠人民解放军进市区入城，很难令人置信。倘若奚乃辉和非谢心腹的刘步云再联合在一起，其实力与谢汝昌比，不落下风。

这种情况自然是方向明、石原皋、谢汝昌等人不愿见到的，而谢汝昌对工作组意见的切实执行，则真正避免了这一情况的出现，有力地促进了芜湖最终的和平解放。

三、芜湖和平解放重要历史人物

在芜湖和平解放的进程中，有着不少重要人物，在这些人中间，又以中共华东局国区部芜湖工作组的方向明、石原皋等人表现较为突出。

方向明、石原皋等人除策动芜湖县县长谢汝昌及其国民兵团起义外，还策动了海军第二舰队第四江防区“安东舰”的秘密起义，为芜湖的和平解放起了重要的推动作用。其时，国民党为了加强芜湖一带江面的防守，在此设立了第四江防区，“安东舰”即为第四江防区的指挥舰，严时信为安东舰航海官兼第四江防区指挥参谋。

严时信因不满国民党政府的反动统治，看到蒋家王朝即将覆灭，便于1949年1月通过其身为中共地下党员的表兄耿家舒找到朱子帆，又通过朱子帆与芜湖工作组的方向明、石原皋等人取得了联系。

严时信本来是想让工作组派给他4个人，暗藏武器并由他带上舰艇，强制“安东舰”驶至长江北岸起义。石原皋认为严时信在舰上只有孤身1人，且海军总部还派有特务在舰上监视，万一不成功，不光严时信会牺牲，工作组在芜湖的一切布置也有前功尽弃的危险；即使起义成功，国民党也会立刻派飞机轰炸。

石原皋不同意严时信立即起义，而是让他设法取得“安东舰”实际上的领导权，以便在大军渡江时能让国民党海军舰艇按兵不动，协助大军顺利完成渡江任务。4月中旬，大军渡江前夕，严时信巧妙支走了“安东舰”舰长兼第四江防区指挥唐涌根到上海养病，取得了第四江防区的指挥权。严时信将驻防舰艇作了周密调整，使得芜湖至土桥一带仅有一“太原号”，而此舰只有1门炮20多发炮弹，这就造成芜湖江面上游海军基本呈兵力空虚的状态，为解放军顺利渡江创造了有利的条件。

4月20日，石原皋在从严时信处得知国民党飞机已侦察到大军准备渡江的情况后，立即向严时信传达了三点决定：一是想尽一切办法拖延舰艇上驶的时间；二是“安东舰”不要向渡江船只开炮；三是向北岸旷地开炮，方向和角度不要改变。严时信对此严格予以执行，极力拖延舰艇上驶的时间，直到4月21日晚上9时许，严时信才率各舰艇上驶。

为了完成掩护解放军渡江和避免轰炸我军渡江船只的任务，严时信把舰艇控制在了芜湖和白茆洲一带江面，指挥各舰向非渡江区域的江北农田和沼泽地乱发炮弹，在空打了几个小时、打了数千枚炮弹后，直到22日清晨才开回芜湖停泊。23日，“安东舰”行驶到南京附近的巴斗山江面，随海军第二舰队司令林遵所率的25艘舰艇一同起义。[①]

谢汝昌能被策动，主要有两方面的原因，一是在于他长期目睹了国民党的贪污腐化，目睹了国民党不顾民族危亡而消极抗日，目睹了国民党不顾全国人民的反对而发动内战；二是在于他通过与方向明、石原皋等人的接触交谈，了解到了人民革命迅速发展的大好形势，淮海战役已经胜利结束，辽沈、平津战役也已接近尾声，解放大军已经集结于长江北岸，准备渡江解放全中国。

有这两方面的原因在，再加上方向明、石原皋等人的殷殷规劝，谢汝昌便逐渐打消了顾虑，毅然决定弃暗投明、起义投诚。[②]

除此之外，以朱子帆为代表的进步民主人士，也为芜湖的和平解放做出了很大的贡献。

朱子帆自大革命以来便与我党有着长期的秘密联系，成为芜湖党组织与各界民主人士联系的桥梁，芜湖的许多民主人士甚至国民党军政要员，

① 参见《安东舰起义》，中共芜湖市委党史研究室编：《先驱的足迹——芜湖革命史党员干部教育读本》，安徽师范大学出版社2014年版，第169—172页；方向明：《回忆华东局国区部芜湖工作组活动的情况》，中国人民政治协商会议安徽省委员会文史资料研究委员会编：《解放战争》，安徽人民出版社1987年版，第88—112页。

② 张卫强：《谢汝昌起义与芜湖解放》，《江淮时报》2005年4月22日。

均经他介绍加入了爱国民主统一战线。

芜湖城防五人小组之一的刘格非，通过朱子帆与方向明等人取得了联系，秘密参加了地下党组织的工作。身为安徽第六行政专员公署保安副司令兼芜湖城防司令的刘格非，在大革命时期曾加入过中国共产党，但后来脱离了党组织，解放战争时期弃暗投明。

芜湖城防五人小组的进步民主人士张台望早在大革命时期就与我党建立了深厚友谊，并于1947年秋将在国民党部队当军官的儿子引荐给了方向明。1949年初，张力化在收到方向明要其设法从南京调来芜湖工作的信后，向汤恩伯主动请缨前往芜湖，被授予了国民党芜湖城防指挥部视察室主任一职。张力化到芜湖后，组成了芜湖城防五人小组，自己兼任组长。①

至此，芜湖城防小组组长张力化、芜湖城防司令刘格非、芜湖县县长兼国民兵团团长谢汝昌皆为我党所用。这一革命大好形势的出现，为芜湖的和平解放奠定了良好的基础。

在这些弃暗投明人员的保护下，中共地下党组织在芜湖县城的活动变得更加顺利和安全。有一次，国民党特务拟报了一份200多人的黑名单，内有中共地下党员和进步民主人士，报请张力化进行逮捕，张力化以没有真凭实据等为借口加以制止，使其抓捕计划未能得逞。

中国农工民主党芜湖县临时工作委员会主任詹云青，曾撰文提及工委会于1948年8月成立后所做的一系列工作，其中就包括继续争取芜湖县县长谢汝昌参加迎接解放。

詹云青说，曾任专员公署视察且与谢友好的张牧野对其说，他要劝谢汝昌不要离开芜湖。詹云青对张牧野说，我们已和中共地下党组织取得联系，可保障谢汝昌的安全。张牧野对詹云青说，谢汝昌要求与中共地下党工作负责人见面，可以不走。在芜湖即将迎来解放的关键时刻，谢汝昌最

①《战斗在敌人的心脏——大军渡江前夕中共芜湖地下党的活动》，中共芜湖市委党史研究室编：《先驱的足迹——芜湖革命史党员干部教育读本》，安徽师范大学出版社2014年版，第154—159页。

关心的还是自身的安全能否得到保障，也希望借由与中共地下党工作负责人的见面，来进一步对此进行确认。也正因如此，詹云青才在谢汝昌已决定起义，并按党组织的要求做了许多迎接解放的部署之后，依然是将继续争取谢汝昌留芜迎接解放看作一重要问题。

谢汝昌身为芜湖县县长兼国民兵团团长，如果在迎接芜湖解放的关键时刻离芜，必然会产生很坏的影响，轻则带动诸多弃暗投明人员一道离芜，重则很可能影响到芜湖的和平解放事业，使芜湖的“和平解放”变为仅仅是“解放”。①

四、芜湖老浮桥的前世今生

按现今很多人说法，老浮桥诞生于南宋初年，《芜湖古今》《芜湖老地名撷萃》皆从此说。

民国《芜湖县志》之《建制志·桥梁》，其中并未提及老浮桥诞生于南宋初年。由此亦可想见，如今多数人所持的老浮桥诞生于南宋初年的说法，很可能仅为一传说而已。

老浮桥在其“浮桥”之名外，还有一个正式的名字，叫作通津桥。

民国《芜湖县志》所录《邹守益通津桥记》记载：“芜湖南有河，受徽宣诸水迤折而西，以达于江，其两涯当驿路之冲，旧有桥浮其上，曰通津。”②

“通津”二字，指的是这座桥将“当驿路之冲”的河“两涯”连接了起来。由此可见，通津桥之所以如何重要，主要是由芜湖这条“迤折而西”的河所决定的。若没有这条河的存在，通津桥即老浮桥也就没有存在的必要。

民国《芜湖县志》记载：“通津桥旧名便民桥，在长虹门外，联舟为

① 詹云青：《解放前芜湖市民主运动片段回忆》，中国人民政治协商会议安徽省委员会文史资料研究委员会编：《安徽文史资料》第二十二辑，1984年，第191—203页。

② 余谊密等修，鲍实等纂：民国《芜湖县志》卷十六《建制志·桥梁》，民国八年（1919）石印本，《中国方志丛书》华中地方第88号，台北成文出版社有限公司1970年版，第203页。

梁，横亘长河，以通往来，盖境中要路也。”[①]这不仅说出了这条河名为“长河”，还说出了其除“老浮桥”“通津桥”之外的另一个名字“便民桥”。正如“通津桥”之名取其“当驿路之冲”，“老浮桥”就其年代“老”及形态“浮其上”命名，“便民桥”之名当是取其便利行人“以通往来”之意。

老浮桥位于“长河”之上，而这条“长河”即现在所说的青弋江。芜湖地处长江上游，青弋江与长江在此交汇，并将芜湖城区分成了南北两个区域，青弋江南岸即“河南”，青弋江北岸即“河北”。[②]颇有今河南河北两省古以黄河分界的味道。有青弋江将芜湖城区分开，自是不便于行人往来，而在其上修桥便成了解决这一问题的关键。这里先是提到了横亘其上的老浮桥，但其上不只老浮桥这一座桥，还有别的桥可供通行，如人民解放军88师262团本打算通行进入市区的中山桥即为其一。

中山桥横亘在青弋江之上，其前身为“利涉桥”。利涉桥是芜湖关道吴景祺于光绪二十六年即1900年所建，采用的是西洋式造桥法，与该处原有浮桥“富民桥”完全不同，其是芜湖历史上第一座新桥，人们称之为“洋桥”。到光绪三十三年即1907年，利涉桥被木排冲垮，1年后，芜湖关道文焕责令木商赔款，赔款加原存修桥款共3500余两，历时4个月，将利涉桥整修一新。并在桥栏上安置路灯，桥下置浮木，上游系结铁链拉住，大桥两岸添造楼房10余间，收取租金作为常年修缮、护役、灯油之费。

抗日战争时期，利涉桥被日寇炸毁，这里又恢复昔日的浮桥面貌。到1946年，芜湖市政筹备处为便利内河南北岸交通，在原利涉桥基址又筹建了一座中山桥。中山桥于1947年10月建成，属钢筋混凝土排架木面半永久式桥梁。[③]

---

① 余谊密等修，鲍实等纂：民国《芜湖县志》卷十六《建制志·桥梁》，民国八年(1919)石印本，《中国方志丛书》华中地方第88号，台北成文出版社有限公司1970年版，第203页。

② 芜湖市民政局、芜湖皖江地名文化研究中心编：《芜湖老地名撷萃》，安徽师范大学出版社2019年版，第302页。

③ 参见芜湖市民政局、芜湖皖江地名文化研究中心编：《芜湖老地名撷萃》，安徽师范大学出版社2019年版，第87—88页；芜湖市文化局编：《芜湖古今》，安徽人民出版社1983年版，第16—17页。

中山桥虽于1948年5月历经洪水洗礼，但却已经维护，其在芜湖和平解放之际较老浮桥仍具优势，要不然人民解放军88师262团在准备进入市区时，也不会径直前往中山桥，而是一开始就前往老浮桥。

中山桥较老浮桥虽具优势，但要更好地说明这种优势，还需结合老浮桥的历史来说。老浮桥在明清时期曾长期受到重视，民国《芜湖县志》记载，老浮桥即通津桥旧名便民桥，其是“明嘉靖间修建。天启元年（1621），歙人汪伯爵倡捐重造。嗣后相沿，分派十三铺轮年缮补。清乾隆二年（1737），详革请于芜关费项下岁扣银一百两俟修，造年动支七年，因桥梁损坏，复请岁拨七十两随时办修，余银三十两仍贮关库备支。咸丰时毁，克复后节次重修。光绪三十三年（1907），由总商会募捐造船十三只，自后即归商会经营。”①

老浮桥1907年后转归商会经营，这在某种程度上可以说，老浮桥自此不再受到官府的重视，受重视的已经从1900年开始转为中山桥的前身利涉桥了。

老浮桥不再受到重视，其在后面民国时期的管理自然会较为混乱。当时的官吏以修桥为名，按户挨船摊派的修桥捐税有增无已，银元滚进贪官口袋，行人照样跌落水里。在此之下，老浮桥已不再称得上是便民桥，而成了人们齐声咒骂的吞噬人命钱财的“老虎桥”。②

如果老浮桥还是原来的便民桥，利涉桥、中山桥没有相继修建，相信人民解放军88师262团自会首选由老浮桥进入市区。

然时移境迁，到芜湖和平解放之际，老浮桥已然是变成了“老虎桥”，中山桥却刚刚建成不过两年，其首选显然不会再是老浮桥。

但人民解放军会首选从中山桥进入市区，国民党方面又岂会预料不到，又岂会不加以破坏。在中山桥桥面被溃退之敌用土石堵死，人民解放军又无别的桥可供选择时，不得不折由老浮桥进入市区。

① 余谊密等修，鲍实等纂：民国《芜湖县志》卷十六《建制志·桥梁》，民国八年（1919）石印本，《中国方志丛书》华中地方第88号，台北成文出版社有限公司1970年版，第203页。

② 芜湖市文化局编：《芜湖古今》，安徽人民出版社1983年版，第18—19页。

老浮桥能成为芜湖和平解放的历史见证，这里面确是有着不少的阴差阳错，有着偶然的因素。老浮桥自南宋初年以来历经风雨，其能成为芜湖和平解放的见证者，又不是以“偶然”两字便可轻描淡写带过的，在某种程度上可以说是一种必然。

由此可以说，老浮桥能成为芜湖和平解放的历史见证，得益于两种因素：一是其自身的因素，即历经风雨长期的坚持；二是外部的因素，即中山桥被溃退之敌用土石堵死，解放军88师262团已无法由此通过。

1949年9月芜湖市第一届各界人民代表会议上，有代表提出修建老浮桥的方案；1952年芜湖市第六届各界人民代表会议上，又有代表提出了要修建永久桥梁。之后，在1954年芜湖市第一届人民代表大会上，又有代表提出了要修建永久桥梁。在广大市民的热切盼望下，1956年11月，经芜湖市人民政府研究，决定在老浮桥上游地段建造一座现代桥梁，暂命名为青弋江大桥。

青弋江大桥原计划于1957年2月开工，历经一波三折，到了1959年4月18日，青弋江大桥终于建成通车。新建成的青弋江大桥，“两边桥栏高高矗起八座灯柱，柱头玉兰花电灯入夜光芒四射照耀桥上水面，一片光明。”①

青弋江大桥后更名为弋江桥，到2015年10月新弋江桥建成通车，老弋江桥亦如老浮桥一样完成了它的历史使命。

---

① 参见新浪博客“芜湖记忆”之《古城老浮桥传说》，2017年5月6日；芜湖市文化局编：《芜湖古今》，安徽人民出版社1983年版，第18—19页。

后　记

《芜湖市文化研究论文汇编》（第二辑）于2019年12月在《论文汇编》第四、五集基础上结集成辑，由安徽师范大学出版社正式出版发行，同时推出了《芜湖影像志》第四季电视文献宣传片，受到各有关方面的肯定与鼓励。

按照既定计划，我们又将《论文汇编》第六、七、八、九集遴选部分课题研究论文，结集成辑，出版《芜湖市文化研究论文汇编》（第三辑）。

主要撰稿人：谢迎春、赵朝兵、王永祥、丁瑜、张云龙、孙栋华、崔敢、陈尚前、罗光成、潘振华、曹立群、孙新文、王婧、郑飞飞、翟自成、王梅、侯奎林、童毅之、芮进西、沈大龙、张晓辉、李声保、陆宗文、牛佳、吴云峰、杨涛。

统稿：王永祥

统筹：袁道友

由于时间仓促，加上水平有限，错漏和不足之处难免，诚请广大读者批评指正。

2023年8月